AtV

ERWIN STRITTMATTER wurde 1912 in Spremberg geboren. Bis zum 16. Lebensjahr besuchte er das Realgymnasium, danach Bäckerlehre. Arbeitete als Bäckergeselle, Kellner, Chauffeur, Tierwärter und Hilfsarbeiter. Im zweiten Weltkrieg Soldat, desertierte er gegen Ende des Krieges. Ab 1945 arbeitete er erneut als Bäcker, war daneben Volkskorrespondent einer Zeitung und seit 1947 Amtsvorsteher in sieben Gemeinden, später Zeitungsredakteur in Senftenberg. Lebte seit 1954 als freier Schriftsteller in Dollgow/Gransee. Er starb am 31. Januar 1994.

Romane: Ochsenkutscher (1951), Tinko (1955), Der Wundertäter I–III (1957/1973/1980), Ole Bienkopp (1963), Der Laden I–III (1983/1987/1992), Erzählungen und Kurzprosa: Pony Pedro (1959), Schulzenhofer Kramkalender (1966), Ein Dienstag im September (1969), 3/4hundert Kleingeschichten (1971), Die Nachtigall-Geschichten (1972/1977/1985), Selbstermunterungen (1981), Lebenszeit (1987). Aus Tagebüchern: Wahre Geschichten aller Ard(t) (1982), Die Lage in den Lüften (1990). Dramen: Katzgraben (1953), Die Holländerbraut (1959).

Strittmatters Wanderer ist eine epische Figur besonderer Art. Naiv im eigentlichen Wortsinn, zudem wach und neugierig auf die Welt, manchmal verwundert über das Geschehen, geht der Stanislaus Büdner seine oft verschlungenen Wege, von der Teilnahme der Leser an seinem Geschick begleitet, sie ab und an zum Lächeln, zum Lachen herausfordernd. Doch dem plebejischen Parzifal ist durchaus nicht zum Lachen zumute, als Spaßmacher erscheint er nicht vor seinem Publikum, wie denn die Helden des Autors wenig lachen ... Sie müssen immer wieder Beschwernisse auf sich nehmen, müssen Widerstände überwinden, und vor allem müssen sie mit Menschen zurechtkommen, die ihnen fremd sind als Habgierige oder als blauäugige Idealisten.

Hans Jürgen Geerdts, Weimarer Beiträge 8/87

Erwin Strittmatter

Der Wundertäter

Roman Zweiter Band

Aufbau Taschenbuch Verlag

ISBN 3-7466-5412-2

2. Auflage 1995
Aufbau Taschenbuch Verlag GmbH Berlin

Umschlaggestaltung Bert Hülpüsch
unter Verwendung eines Fotos
von Gerhard Kiesling
Satz LVD GmbH
Druck Elsnerdruck, Berlin
Printed in Germany

Inhalt

FÜR EVA

Vorspiel

Zwei fremdländische Männer betreten die Stadt Dinsborn; der eine segnet, der andere treibt schwarzen Handel und entpuppt sich als Sohn einer Prinzipalin.

Eine sachte Sonne durchwärmte das Land, und es war still zwischen Himmel und Erde, bis ein Amselhahn sang.

Auf dem Bahnhofsvorplatz saßen Menschen, die sich an der Vorfrühlingssonne wärmten, und der Amselsang verführte sie, wieder an das Leben zu glauben.

Ein Personenzug kam an; zwei Männer stiegen aus; sie waren in schwarze Gewänder gehüllt, in Podrisniks, wie sie griechische Priester tragen, und die Köpfe der Pröpste waren von Kamilawkas bedeckt, von Zylinderhüten ohne Krempen.

Die Kaplane plusterten sich wie schwarze Hühner, und wenn sie nicht einem Eisenbahnzug entstiegen wären, hätte man sie für Raketenbenutzer, für Sendboten anderer Erden halten können. Der Rauch der abfahrenden Lokomotive umhüllte sie wie Fernendunst.

Die Ferne, die Ferne! Sie ist dort, wo wir nicht sind, und für den, den wir in der Ferne wähnen, ist sie dort, wo wir sind.

Und ob die Männer nun Priester, Kaplane oder Pröpste waren, ihr Haupthaar war lang, und ihre Gesichter waren in Bartnester eingelassen, und die Leute auf dem Bahnhofsvorplatz ahnten nicht, daß Haar- und Barttracht der Herren fünfundzwanzig Jahre später als große Mode in der Welt erscheinen würden, denn die Mode bewegt sich im Kreise. Das fettige Haar der Männer glänzte im Sonnlicht wie vor siebzig oder nach fünfundzwanzig Jahren, und sie ähnelten einander, wie Schafe sich zu ähneln scheinen, und man mußte hinter die Bärte blicken, um die Verschiedenheit ihrer Charaktere zu erkennen. Der eine der Pröpste war bleich. Sein Mund glich einer gut verheilten Schnittwunde, und wenn wahr ist, daß aufgeworfene Lippen Sinnlichkeit verraten, so handelte es sich um einen keuschen Mann, aber unser Mann setzte jedwede Faciologie außer Kraft: es fehlte ihm ein Zahn im Oberkiefer, und er versuchte diesen Mangel mit dem Zusammenpressen seiner Lippen zu verschweigen. Er war also eitel, nicht allzu heftig, aber immerhin.

Der andere Herr hatte Wangenknochen wie Mauerecken, grinste unausgesetzt, hüstelte von Zeit zu Zeit, und je nervöser er wurde, desto mehr hüstelte er, und sein Oberbart wurde durch einen Wallgraben roter Lippen vom Unterbart getrennt.

Die Herren betraten die Stadt Dinsborn, und das war eine mittelgroße Stadt am Niederrhein in der Nähe der Grenze. Hinter der Grenze lag das Land Holland; es gehörte nicht mehr zu Großdeutschland, und für Großdeutsche war es nur mehr eine fette Erinnerung.

In den Villenvorgärten lockten blühende Forsythien Hochzeiter an, aber die deutschen Insekten schliefen noch, und die Sträucher blühten wider Willen zur Erquickung von Zweibeinern. Ihre zitronengelben Schwingungen drangen in die Menschen, und durch manche gingen sie nutzlos hindurch, aber in anderen setzten sie sich in ein Lächeln oder eine Hoffnung um.

Die Menschen hungerten, und viele suchten nach Nahrung, und wenige forschten nach den Ursachen ihrer Not und trachteten den Sinn des Lebens zu ergründen.

Der bleiche Priester brach einen Forsythienzweig und suchte an seinem Ornat nach einem Knopfloch, doch er fand keines, und es war seltsam, daß der Priester nach etwas suchte, was sein Rock nicht hergab. Schließlich entdeckte er an seinem Gewande eine kleine Stelle Nichts, eine Stelle, die Insekten vom schwarzen Gewebe geräumt hatten, und er erweiterte das Mottenloch mit seinem Kleinfinger und steckte den Forsythienzweig hinein.

Die Pröpste näherten sich einem schwarzgeschotterten Platz; es war der Rummelplatz der Stadt, und dort standen

Menschen in Gruppen umher, die trotz der Frühlingssonne dicke Wintermäntel trugen, und die Mäntel hatten Taschen an unüblichen Stellen, geheime Schlitze zwischen Stoff und Futter, und in diesen Schlupfen nisteten Päckchen, Dosen, Schächtelchen und Tüten.

Die Sonne stieg; doch da wir im wissenschaftlichen Jahrhundert leben, sagen wir lieber: die Erde stieg. Es schien, als ob Zeit entstünde und als ob Zeit verginge, und Waren, die keine Käufer fanden, nahmen den Geruch ihrer Herumträger an.

Der Priester mit den derben Wangenknochen setzte seine Kamilawka ab, entnahm ihr ein Päckchen, palmierte es wie ein Varietézauberer und ließ es im Ärmel seines Podrisniks verschwinden.

Es trat ein Mann auf den Priester zu, und der war von oben bis unten schwarz eingefärbt. Vielleicht war dieser Mann in seinen Glanzzeiten Furier, Zahlmeister oder die »Mutter einer Kompanie« gewesen, aber jetzt war er nichts als ein Schwarzhändler, und er flüsterte mit dem Priester, und auch der Priester zischelte, und sie krochen ineinander. Es drängten sich Neugierige heran, die erlauschen wollten, was da verhandelt wurde, aber der geschwärzte Soldat machte der Sache geistesgegenwärtig ein Ende, und alle konnten hören, wie er sagte: »Wenn Sie schiffen wollen, Herr Jesus, dort rechts, in der Ruine!«

Der Priester ging auf die Ruine zu, und er vergaß all seine Heiligkeit, hob seine Kutte an und suchte in den Taschen der Beinkleider nach etwas, und wer wollte, konnte sehen, daß der Pope deutsche Infanteriestiefel unter dem Rocke trug.

Da umzingelten die Schwarzhändler auch den bleichen Priester, und sie boten ihm belgischen Sauerkohl und Büchsenfleisch unbekannter Herkunft zum Tausch gegen Zigaretten an.

Der Priester mit den unsinnlichen Lippen schlug Kreuzzeichen mit seinem Forsythienzweig. Die Schwarzhändler respektierten das Zweigwedeln und wichen. Der erloschene Krieg ließ ihnen geraten erscheinen, kleine Religiositäten zu entwickeln. Gingen sie ein Risiko ein, wenn sie sich ein bißchen auf Gott ausrichteten und ihn gewissermaßen als rechten Flügelmann gelten ließen? Wenn er existierte, so hatte er, wie geschrieben stand, nicht gerade das Schlechteste mit der geschundenen Menschheit vor, und wenn er nicht existierte, war nichts Nachteiliges zu befürchten.

Der bleiche Priester gewann die gegenüberliegende Straßenseite, und dort näherte sich ihm auf klappernden Holzsandalen eine Frau. Die Frau kniete vor dem Kaplan nieder und beugte den Nacken; es war ein grauer Matronennacken, den eine angeschmutzte Paketschnur umschlang.

Reglos stand der Priester, reglos kniete die Frau, und mitsammen sahen sie aus wie eine kirchliche Serienskulptur, doch als schaulustige Schwarzmarktbesucher herandrängten, packte der Priester die Frau und hob sie auf. Die Frau fühlte sich erhört, küßte die Hand des Priesters und sagte: »Mein Sohn ist gefangen, Hochwürden, er hungert.«

»Wer hungert, der lebt«, sagte der Priester. Die Antwort war wenig geistreich, aber man hatte es mit einem Geistlichen, nicht mit einem Geistreichen zu tun.

»Mein Sohn hungert hinter Moskau, Hochwürden«, sagte die Frau, denn sie hielt den Propst für einen russischen Popen, und dieser scheue Herr wunderte sich: er war über Meere und Gebirge gereist, und er hatte unterwegs Huren und Geschlechtskranke gesegnet; ehemalige Schutzstaffelleute hatten ihn zitternd gebeten, er möge auch sie segnen, und alle hatten einen Gottesmann ohne besondere Nationalität in ihm gesehen; hier nun wurde er für einen russischen Popen gehalten, und er wurde hilflos und hielt Ausschau nach seinem geistlichen Bruder.

Die Frau zog ein Medaillon aus ihrem Blusenausschnitt, löste es von der verschmutzten Paketschnur und bat: »Bringen Sie es meinem Sohn, Hochwürden, mag er es um fünfzig Brote vertauschen!«

Der bleiche Propst errötete, seine Hände zitterten, er suchte nach Worten, und er verfiel auf Bibelworte, die er im Konfirmandenunterricht gelernt hatte. »Weib, was habe ich mit dir zu schaffen?«

Die Frau stampfte unwillig, und es war ein Glück, daß der andere Geistliche aus der Ruine kam; er hatte dort eine dünne

Gewächshausgurke gegen Zigaretten eingetauscht, er schwang die Grüngurke wie einen Krummsäbel und befreite seinen Geisteskumpan aus der Umzingelung.

Die Priester setzten sich in Marsch, aber die Menge murrte, und die Sympathie für die Geistlichen schlug in Feindseligkeit um, und ein gummikauender Mann behauptete, die Russen wären am Niederrhein gelandet, um beweibte Popen und Unzucht einzuführen und ihren verkommenen griechisch-katholischen Glauben in diesem römisch-katholischen Landstrich Deutschlands auszupflanzen.

Die Priester wandelten durch die Stadtmitte. Dort gab es Häuser mit halbierten Leibern. Im ersten Stock eines Hauses konnte zum Beispiel ein muskelroter Kachelofen auf einem Dielenrest stehen und aussehen wie ein freigelegtes Hausherz. Es gab Stuben, die von Bomben zerschnitten waren, und es keimte Unkraut, wo einmal Ehebetten gestanden hatten. Aus den Dielenritzen einer zerplatzten Kammer wuchs eine kleine Birke, und aus dem Rest eines versotteten Schornsteins sproß ein Holunderstrauch.

Dort, wo sich die Stadt mit großen Gärten entsann, daß sie vom Lande kam, rasteten die Herren auf einer Bank ab. In die Banklehne waren obszöne Zeichnungen und Vokabeln graviert. Der Priester mit den hervortretenden Wangenknochen vergewisserte sich, ob es auf diesem Gebiete etwas Neues gab. Es gab nichts Neues. Er tröstete sich mit den Meisen- und Finkenstrophen, die durch die Luft wellten, und er sog den Duft der Felder ein, den Schweißgeruch der Erdbakterien.

Dem bleichen Priester fiel die kniende Frau ein. Sie mußte so alt gewesen sein wie seine Mutter. Er hätte seinen Priesterrock am liebsten auf der Stelle ausgezogen. »Schluß jetzt mit der verfluchten Heiligkeit!« sagte er, doch der Priester mit der grünen Gurke grinste. Er wußte, daß der bleiche Propst seine Priesterkutte nicht entbehren konnte, da er seine Beinkleider in der Parteitaggegend von Nürnberg gegen Weißkäse und einen Laib Brot vertauscht hatte, außerdem hatte der Gurken-Priester etwas vor, was sich in rachitischen Unterhosen nicht bewältigen ließ.

Eine Viertelstunde später näherten sich die Herren einem Landhaus, das von einem parkartigen Garten ummummt und mit einem Turm bestückt war. Der Turm hatte Zinnen und Schießscharten. Die Schießscharten waren zweckentfremdet und waren die Fenster zweier Klosetts, denn das Anwesen sollte einem englischen Landsitze gleichen, doch es war vom Turm bis zur Gartenmauer stilwidrig aus grauem Beton gestampft, und es half nichts, daß die Parkpforte edelverputzt und gotisch geschnitten war.

Der Kaplan mit der Grüngurke hatte einen Plan, und der bleiche Propst billigte diesen Plan nicht. Die Herren kamen in ein heftiges Wortwechseln, aber wir mischen uns da nicht ein. »Der Geduldige wird belohnt«, heißt es in einem alten Liede. Übrigens besiegte der Kaplan mit der Grüngurke den bleichen Kaplan im Wortgefecht, und danach setzten die Herren ihre Kamilawkas ab und kämmten ihr Langhaar, auch ihre Bärte, aber sie hatten nur einen Kamm, einen Holzkamm, und der hatte lauter Lücken.

Der Priester mit der Grüngurke drückte auf den Klingelknopf am gotischen Tor des Landhausgartens. Sein Fingerdruck pflanzte sich elektrisch fort. Der Stromstoß bewegte im Landhaus einen Klöppel. Der Klöppel schlug gegen eine Glocke. Die Glocke versetzte die Luft in Schwingungen, und die Schwingungen erreichten ein Menschenohr, und dort setzten sie sich in Töne um. Es handelte sich um ein großes Ohr; allein das Außenohr hätte Masse für zwei durchschnittliche Menschenohren abgeben können. Der Mann aber, dem dieses Ohr gehörte, traute seinem leibeigenen Organ trotz der Größe nicht, weil es zuzeiten Eigengeräusche erzeugte, und diese Geräusche glichen dem Getrill einer Glocke.

Der Mann bohrte seinen Kleinfinger in das besagte Ohr, um es fit zu machen, wie das später bei zunehmender Amerikanisierung der deutschen Sprache heißen würde, und als das Glockenzeichen zum zweiten Male erklang, war er sicher, daß sein Ohr keine Töne auf eigene Rechnung produzierte; er vertauschte seine Hausschuhe mit holländischen Holzschuhen und ging nach draußen.

Die Priester warteten, lugten durch das Gittertor und sahen auf den Rasenflächen des Parkgartens Betonplastiken antiker Götter stehen. Der bleiche Propst hatte den Liebesgott Amor als ein flinkfingeriges Kerlchen in seiner Vorstellung umhergetragen, jetzt mußte er umlernen, denn hier glich Amor einem nackten Bierkutscher von der Dortmunder Unionsbrauerei.

Der Mann mit dem Überohr schwamm in seinen Holzschuhkähnen auf dem betonierten Parkweg zur gotischen Pforte, und der Propst mit den hervortretenden Wangenknochen verbarg die grüne Gurke, verneigte sich und sagte: »Kalen nikta.« Das sollte Neugriechisch sein und »Gute Nacht« heißen, und wie das geschrieben wird, wissen wir nicht, und der Priester wußte es auch nicht, sowieso war die Grußformel für den hellen Nachmittag etwas unpassend.

Der Mann mit den Holländerschuhen formte seine Hand zu einem Schalltrichter und legte sie an sein rechtes Überohr. Der Priester wiederholte: »Kalen nikta.« Der Mann verstand wieder nicht: »Ne compris nix«, und er hielt, was er sagte, für Französisch. »Palle vous Franzos?« Nein, der Priester sprach nicht Französisch, und um den Alten in den Kahnschuhen ganz zu verwirren, sagte er einen Satz auf neugriechisch, den er sich von Schuhputzern im Hafen von Piräus abgehört hatte: »Möchten Sie sich mit einem hübschen Mädchen vergnügen, Herr Hauptmann, meine Großmutter steht Ihnen zur Verfügung.«

Der Holzschuhmann hielt die zuhälterische Frage für Bettelei und verwies auf ein Emailleschild am gotischen Betontorbogen: »Betteln und Hausieren verboten!«

Der bleiche Propst flüsterte auf seinen geistlichen Bruder ein, bis der anfing, gebrochen Deutsch zu sprechen. Die oberste griechische Kirchenleitung, behauptete er, hätte ihn ermächtigt, deutsche Hoch- und Tiefbaufirmen mit Betonbauprojekten zu beauftragen.

Der Mann hinter dem Tor lächelte dieser geschäftlichen Aussicht zu, doch er verlangte, eine Vollmacht, ein Papier, einen Wisch zu sehen. Das treudeutsche Wort »Wisch« verstand der Priester merkwürdigerweise, und er zog ein Schreiben aus der Tiefe seiner Podrisniktasche. In dem Schreiben wurde auf neugriechisch bescheinigt, daß die Herren frei von Ungeziefer und ansteckenden Krankheiten wären, aber das kümmerte den Mann hinter dem Tore nicht, er suchte auf dem Papier nach einem Stempel, nach dem bürokratischen Qualitätszeichen, und er fand, was er suchte: Der Stempel war ein Dreieck, und das Dreieck enthielt ein Kreuz und griechische Schriftzeichen, alles aus bester Stempelfarbe.

Der Kaplan mit den hervorstehenden Wangenknochen übersetzte den Inhalt der Bescheinigung schnell und geschickt: Kirchliche Heiligkeiten von Griechenland und Kykladien wünschten ihre Kirchengüter und Klöster gegen das Andringen landeseigener Kommunisten mit Bauwerken aus bewährtem deutschem Beton zu schützen, »aus beriehmte deitsche Piton«.

Das war mehr, als der Herr in den Holzschuhen erwartet hatte. Er öffnete das Tor, und er schüttelte und küßte die Hand des hüstelnden Priesters und sagte: »Ehre sei Gott in der Höhe!«

»Kalemera«, dankte der Priester, das hieß zu deutsch »Guten Morgen«, aber dem beleibten Manne bedeutete es soviel wie Amen, und er haschte nach der Hand des bleichen Propstes, doch dieser Herr schlug seine bewährten Kreuzzeichen mit dem Forsythienzweig.

Fünf Minuten später befanden sich die Protopopen im Empfangszimmer der Firma Weißblatt, ZEMENTWAREN UND BETONBAU PP., und sie setzten sich dort in polierten Ledersesseln zurecht, schlugen die Beine weltmännisch übereinander und rauchten amerikanische Zigaretten. Als der beleibte Mann der Hausherrin den Besuch melden ging, zankten sie wieder aufeinander los, und es entwichen ihren Mündern religiöse Worte wie »Himmelhund« und antireligiöse Worte wie »gesengte Sau«.

Die Hausfrau kam, ihr Gesicht war fromm, sie trug eine randlose Brille mit Goldbügeln; sie war eine gute Rom-Katholikin, eine Rechtgläubige. Die griechischen Priester waren für sie Reformisten, Sozialdemokraten der Gläubigkeit, doch der Hausherr hatte sie verständigt, daß Geschäfte und große Aufträge auf dem Spiele stünden und daß ideologische Belange zurückzutreten hätten.

Frau Weißblatt verneigte sich vor den welschen Priestern. »Gelobt sei Jesus Christus, wenns recht ist.«

Der Priester mit den hervorstehenden Wangenknochen dankte: »Peloponnesus el Grecco.«

Als die Hausherrin die Stimme des segnenden Priesters vernahm, rupfte sie sich die Brille herunter, putzte sie am Tischtuchzipfel, hakte die Brillenbügel wieder hinter die glühenden Ohren, trat auf den geistlichen Herrn zu und schrie: »Ich kriech zuviel, ich kriech zuviel!« Sie fand den Mund des Priesters hinter den speckigen Barthaaren nicht, und sie küßte den heiligen Mann, wie sichs traf, und der Priester hüstelte, und er grinste, und er schämte sich vor seinem Priesterkameraden und entzog sich der Umarmung. Er schenkte seiner Mama die grüne Gewächshausgurke, und seinem Papa schenkte er nichts, doch als der bleiche Priester das enttäuschte Gesicht des Papas sah, schenkte er ihm seinen Forsythienzweig.

1

Zwei nackten Männern werden die Gewänder von einem Mädchen genommen; und das Mädchen wird dafür mit der Lust gestraft, einen der Männer zu küssen.

Die Gewänder der Priester lagen wie schwarze Eierschalen auf den Dielen eines Zimmers. Dieses Zimmer lebte im Turm des Betonlandhauses und pflegte nur umständliche Verbindung über eine Treppe und einen langen Korridor mit der Weißblattschen Wohnung. Madame Weißblatt, eine überdeutsche Hausfrau, hatte ihr Haus den Krieg lang frei von Läusen und adäquatem Ungeziefer gehalten und wollte jetzt, im Frieden, schon gar nichts mit diesen Insektengattungen zu schaffen haben, deshalb schickte sie ein junges Mädchen ins Zimmer der Schläfer, das die verdächtige Wäsche kassieren sollte.

Das Mädchen hieß Rosa, und sein Familienname war Lupin, und wenn ihr fragt: Wieso Rosa Lupin?, so ist die Antwort: Es war die Poesie, die sich die Blumennamen erzwang.

Rosa hatte einen großen Mund, der mit schönen Zähnen bestückt war; sie glitzerten hinter feuchtroten Lippen, die zu wild für Rosas Gesicht waren; dafür war aber die Nase klein, doch Rosa trug sie hoch und blähte sie, und wer das Menschenkind nicht kannte, mußte es für hochmütig halten, aber es blähte seine Nase nur, um von seinem Französischen Gang abzulenken, von jener kleinen X-Beinigkeit, die so charmant war, daß man Rosas ewige Ungekämmtheit übersah.

Der Autor weiß, daß eine zu genaue Beschreibung dem Leser eine Romanfigur mehr entrückt als näherbringt, und hat dennoch so viel über Rosa gesagt, weil er in sie verliebt ist.

Büdner und Weißblatt lagen nackt unter geblümten Bettdecken und schliefen, schliefen, als wären sie von einem Gestirn auf die Erde gefallen und müßten sich erst an den Druck der irdischen Lüfte gewöhnen.

Ein Tag war durch die Weißblattschen Parkanlagen gegangen, hatte die Zementgötter von drei Seiten besonnt; eine Nacht folgte. Die Luft war mild, und die aufgebrochene Erde duftete. Was nun hatte das Sterngewimmel, was das Weltgeschehen mit jenen Schläfern in der Turmstube zu tun? Es mußte die Herren wahrscheinlich benötigen.

Das Mädchen Rosa sollte die Priesterkittel und die Wäsche der Jungherren auf einem Wege in das Waschhaus bringen, der die Wohnung der Weißblatts nicht berührte. Die schlafenden Männer beeindruckte die Anwesenheit des Mädchens nicht, und Rosa hatte Zeit, sich die neuen Hausgenossen anzusehen. Vom Sohn des Hauses kannte sie ein Foto. Es stand auf dem Nachttisch der Madame Weißblatt: der junge Johannis in Poetenpose, den Kopf auf die Herzhand gestützt, die Stirn vom Sturm der Gedanken gewellt, den Blick in die Ferne, in die unermeßlich dichterische Ferne gerichtet, ganz, wie sich Tante Berta einen Dichter vorstellt.

Jetzt sah Rosa den Dichter im Bett liegen. Er grinste im Schlafe, an seiner Schreibhand waren die Nägel beknabbert, und die Klöppelfinger lagen auf der geblümten Bettdecke. Rosa sah sich den anderen Reisigen an und konnte sich nicht erklären, weshalb der ihre Neugier weckte. Aber wer weiß stets, weshalb er auf dies oder das neugierig ist? Vielleicht hatten Rosas Ahnungen einen guten Tag, jene leisen Mitteilungen aus dem Weltenraum, die wir anzweifeln, weil wir wissenschaftlich gebildet sind und nur noch Nachrichten trauen, die uns über Apparate geliefert werden, zum Beispiel die wichtige Nachricht, daß das Wetter nicht bleibt, wie es ist.

Die Brust Büdners war von einem kupferfarbenen Haarrasen bedeckt, sein Atem rauschte wie ein mittelstarker Wind in einer Hecke, und seine Gesichtszüge waren so konzentriert, als hätte er im Traume eine Nähnadel einzufädeln.

Oi, oi, da stand nun diese Rosa Lupin und sah sich schlafende Priester an. Sie fand so lustig, daß die Männer es nicht ahnten, und sie beschloß, sich diese Belustigung ein zweites Mal zu verschaffen, und sie nahm nur die Priestergewänder mit, und die Wäsche ließ sie liegen.

Aus den Podrisniks stiegen fremde Düfte in Rosas geblähte Nase, der Geruch von Lokomotivenöl, und weit hinten im Gewebe waren Duftmoleküle von reifen Apfelsinen zu vermerken. Oder war es der leise Duft von einer Hand, die einem Mädchen namens Melpo gehörte? War es der Duft des Meeres, waren es die Düfte von Inseln, die bisher kein Mensch dieses Landstriches betreten hatte, am wenigsten Rosa?

Aber dann diese Roheit: Am Turmausgang fing Prinzipal Weißblatt Rosa ab und ersuchte sie, die Kutten ins Heizhaus zu bringen, sie sollten verbrannt werden.

Als Rosa das zweitemal in das Zimmer der jungen Männer kam, lag Büdner entblößt vor ihr, ein Meter und achtzig Zentimeter Mann und prickelnde Aussichten.

Rosa war kein weißes Lamm auf grüner Weide mehr, sie hatte die Oberschule, das Abitur, den Krieg und ihre Jungfrauenschaft hinter sich. Denkt aber nicht, sie wäre nun eine große Sünderin vor dem Herrn gewesen und daß ihr Liebesumarmungen zum täglichen Bedürfnis geworden waren. »Lust, Leid, Süße und Verbrechen schlummern unter dem Nabel des Mannes«, heißts in einem alten Liede vom sündigen Menschen. Aber der strapazierte Himmel mag wissen, was das Leben mit Rosa vorhatte, und wie das nun von den Mitgliedern der werten Frauenbünde auch aufgenommen werden mag, sie fühlte Lust, den Fremdling ohne Vorbereitungen zu küssen. Das war doch eine Überdosis Schwung, wie?

Büdner erfuhr Rosas Begehren auf somnambule Weise. Er atmete tief und bis in seine Rippen hinein. Rosa mußte fürchten, daß er aufwachen würde, und sie huschte mit ihrem Wäschebündel davon.

Im Waschhaus stand die alte Melters, ein Weibstrumm, eine niederrheinische Mutter Wolfen. Sie leckte sich den Kautabaksaft aus den Mundwinkeln, spie in die holzrauchblaue Waschlauge und raunzte: »Bringst noch mehr so verschissene Unterwäsch?«

Das beleidigte Rosa, obwohl es sich nicht um ihr Unterzeug handelte, aber es war im Turmzimmer etwas in sie eingedrungen: ein Bazillus, ein Strahl, eine Welle, ach, wer weiß, und was es auch gewesen sein mochte, es breitete sich aus.

2

Ein Expriester träumt von den Küssen zweier Frauen, ein anderer promeniert wie Adam vor einem Mädchen und wird von einem sagenhaften Weibe bespien.

Wenn man sich im Schlafe die Bettdecke bis an den Hals zieht, verschafft einem der gelinde Druck einen Traum, in dem man gehängt wird. Gleich nach dem Gehängtwerden stellt man fest, daß auch der Tod ein ganz angenehmes Leben ist, denn die Bettdecke verrutschte, und unser Hals wurde frei.

Wenn wir unsere Arme im Schlaf vom Oberbett befreien, erinnern wir uns im Traume der Zeit, da wir fliegen konnten, aber Tiere waren. Es gelingen uns Sprünge von einem halben Meter Höhe und sieben Metern Länge wie nichts, und wir landen mit dem vorgereckten Bein, wo wir uns hin wünschen, zugleich aber wundern wir uns, daß wir diese Engelsfertigkeit nicht früher an uns entdeckten.

Andere Träume werden vom Liebesdrang ausgelöst. Sie können abscheulich, auch angenehm sein. In günstigen Fällen erscheinen uns Damen von erlesenem Liebreiz, von denen wir wissen, daß sie sich längst in fester Hand befinden, doch sie haben nichts dagegen, sich auf einer Traumparty mit uns nach der Schnur zu vergnügen. Der Verfasser sagt bewußt »Party«, weil er auch von modernen Deutschen verstanden werden will. Solche Partyträume stärken unser Selbstbewußtsein und versetzen uns, nach dem Traum, in eine gehobene Stimmung.

Die Männer aus der Psychologen- und Traumologenbranche haben derlei Vorgänge mit lateinischen Fachausdrücken beklebt, die alles bis in den letzten Winkel klären. Uns Laien sollte man nicht verübeln, wenn wir solche Schlaferlebnisse Reizträume nennen.

Quälend sind Träume, in denen sich uns eine zärtliche Geliebte nur nähert, um uns Lebwohl zu sagen und zu verschwinden, weil wir uns dann auf den Weg machen, suchen und suchen, bis wir, von Sehnsucht zerrillt, erwachen.

Aus einem solchen Suchtraum tauchte Stanislaus auf, als Rosa bei der Tür des Turmzimmers verschwand. Er hätte bei jedem ordentlichen Gericht beschworen, daß er Rosas Mund und die Reihen ihrer weißen Zähne gesehen hatte, und konnte im Halbwachsein nicht begreifen, daß ein Traumwesen eine reale Tür in Anspruch nehmen mußte, um zu verschwinden. Stanislaus reckte sich, schüttelte den Schlafstaub aus seinem kupferfarbenen Fell, doch die Grenzen zwischen Traum und Wirklichkeit blieben verschwommen. Er gewahrte gerahmte Scherenschnitte an den Wänden, Spezialhandarbeiten der Madame Friedesine Weißblatt, »künstlerische Selbstbetätigung«, wie es später heißen würde. Und ob Stanislaus diese Handarbeiten nun billigte oder nicht, es war erstaunlich, wie hier Rosen auf Wickenranken blühten und wie an den Wickenranken Elfen emporklommen. An den Rosen aber und an den Elfen erkannte Stanislaus, daß er unwiderruflich in Deutschland und daheim war.

Draußen arbeitete der niederrheinische Teil der Erde an seinem Frühling. Die Dünste des Rheinstromes paarten sich mit den Düften der Felder und mischten sich mit dem Gestank der Hochöfen, dieser Riesenräucherkerzen von Humborn.

Vor dem Fenster der Turmstube sang ein Amselhahn, ein Nachkomme der kommunalen Amseln vom Bahnhofsvorplatz.

Er hatte sich reprivatisiert und schien den Parkgarten des Zementwarenfabrikanten mit Gesang zu versorgen, doch in Wirklichkeit kreiste der schwarze Vogelhahn sein Liebesrevier mit Tönen ein. Gewöhnen wir uns daran, die Dinge biologisch, chemisch und physikalisch zu sehen, solange unser Stolz auf das »wissenschaftliche Jahrhundert« noch anhält!

Stanislaus Büdner dachte an Melpo, und ob der Amselhahn mit seinem Gesang die Brücke zu diesem Mädchen auf den Kykladeninseln schlagen half, wissen wir nicht: Melpo war eines jener beiden Mädchen, die Stanislaus und Johannis Weißblatt gerettet und ins Kloster gebracht hatten, eines jener Mädchen, von denen Weißblatt, aber auch Stanislaus gern geliebt worden wäre.

Als Stanislaus acht Wochen im Kloster verbracht hatte, kam Melpo. Sie war klug und sagte, sie brächte eine Botschaft des geistlichen Würdenträgers der weißen Inselstadt, und bestand darauf, die Botschaft Stanislaus übergeben zu dürfen. Der Mönch an der Pforte respektierte ihren Wunsch. Er gestattete dem Novizen Stanislaus, das Kloster zu verlassen, obwohl der sich verpflichtet hatte, die Außenwelt für ein Vierteljahr zu meiden.

Das war vor nunmehr zwei Jahren, und es war im Kykladen-Frühling. Auf den neugrünen Rücken der Hügel weideten die Schafe, und das wehmütige Geblök der Lämmer wallte mit der Mittagswärme aufs Meer. Nicht nur die Blumen, auch die Felsen und die Steine blühten, und tausend mal tausend Bienen summten. Stanislaus kannte die fremden Blumen nicht, und er kannte die griechische Sprache nicht, und es bedrückte ihn, daß er sich Melpo mit halb deutschem Gestammel verständlich machen mußte, weil er zuwenig Französisch konnte.

Melpo zog Stanislaus in eine Nische der Klostermauer und übergab ihm das Papier mit der Botschaft des Würdenträgers, drückte seine Hand dabei und lächelte.

Stanislaus legte die rechte Hand auf die Herzseite seiner Brust und verneigte sich. Diese Art zu danken hatte er einem Mönche abgeguckt, der in Indien gewesen sein wollte; eine universelle Verneigung, die Verschiedenes besagen konnte.

In Melpos Augen glomm es auf. Sie mußte hüpfen, um Stanislaus' Nacken zu erreichen, und sie küßte die Novizenstirn, und dem Herrn fiel die Kamilawka vom Haarwulst, und als er seinen Priesterzylinder aufgehoben hatte, war das Mädchen schon am Strand, bestieg das Boot und winkte. Da fragte auch er nicht nach der Novizenordnung und winkte zurück. Melpo stieß ab, und er sah sie rudern und hörte sie singen, und obwohl er die verwarnenden Blicke des Bruders an der Pforte spürte, begann auch er zu summen.

So erfuhr Stanislaus, daß ihm die Liebe eines griechischen Mädchens gehörte. Die Botschaft des geistlichen Würdenträgers war in französischer Sprache geschrieben; Stanislaus konnte nur die Unterschrift ohne Schwierigkeiten verstehen, und die hieß »Melpo«. Da beschloß er, bei den Klosterbrüdern besser Französisch zu lernen.

Der Vorkriegsdichter Johannis Weißblatt erwachte, schmatzte, reckte und befühlte seine Arme, und die Arme waren noch vorhanden. Er betastete seine Waden, und auch die Waden waren noch anwesend, und er zog sich aus dem Bett, räusperte sich und verdrehte die Augen. Das Tagesleben fuhr in ihn ein; er begann infamer zu grinsen und drückte auf den Klingelknopf neben seinem Bett.

Wenn er als Gymnasiast auf diesen Klingelknopf gedrückt hatte, war Erna erschienen, und er hatte getan, als ob er wieder eingeschlafen wäre. Erna hatte sich über ihn gebeugt, und er hatte ihr in den Blusenausschnitt geblinzelt, und in der Schule hatte er mit einer Handbewegung die Form von dem, was er beim Blinzeln sah, beschrieben.

Weißblatts Körper war schwammig, und seine Haut war luftentfremdet. Er öffnete die Zimmertür, lauschte ins Turmhaus, kratzte sich die Brust, und sein Hinterteil hing wie ein Vollmond bei Trübwetter ins Zimmer.

Stille im Turmhaus, gutbürgerliche Stille. Weißblatt trat ans Fenster, sah den Amselhahn im Gartenpark und beschloß, früher oder später über Amseln zu schreiben. Er wandte sich an Büdner: »›Amsel nach dem Blutbad‹, ein kräftiger Titel, wie?«

Büdner tippte sich an die Stirn. Er dachte an seinen Traum, doch da klopfte es, die Klinke knackte, die Tür ging auf, und im Türspalt erschien ein kinderzarter Ellenbogen. Weißblatt sprang hinzu, half die Tür öffnen und stand wie Adam in seiner paradiesischsten Zeit neben Rosa. Stanislaus wußte nicht, ob Weißblatt aus Zerstreutheit so ungeschürzt vor dem Mädchen stand oder ob er Bürgerschreck spielte, und knurrte: »Sauhund!« Da zuckte es in Rosas Gesicht, und Büdner bedauerte seinen sprachlichen Mißgriff.

Das Kaffeegeschirr klirrte, und der Raum war angefüllt mit Rosa: Rosa ganz Augen, und die Augen ganz blau, Rosa ganz Mund, und der Mund so groß, und Stanislaus wußte nicht, was denken, denn wenn es dieses Mädchen und diesen Mund gab, mußten sie ihn geküßt haben.

Rosas Hände zitterten, es schwappte Kaffee aus dem Kannenschnabel, und Rosa stellte das Tablett ab. Sie besah sich Weißblatt, wie sie sich früher ein Präparat in der Biologiestunde angesehen haben mochte, und sagte mit zitternder Ruhe: »Verzeihen Sie, wenn ich so unnackt hier eindrang, aber mein syphilitischer Ausschlag macht mich so häßlich; andererseits macht mich die Krankheit so lüstern, daß ich an Ihrem Frühstücksgelee leckte, verzeihen Sie!«

Weißblatt erblaßte hörbar, sprang in sein Bett, kroch unters Zudeck, und nur das gesträubte Haar seines Hinterkopfes blieb sichtbar.

Stanislaus glaubte sich für die Nacktheit seines Kameraden entschuldigen zu müssen und tats auf französisch: »Excusez, mademoiselle!«

»Wieso«, sagte Rosa, »ein nackter Lyriker, es war mir ein Vergnügen.«

Stanislaus verbeugte sich im Bett, ein Akrobatenkunststück zweiten Schwierigkeitsgrades.

Rosa ging steif wie die Oberin einer psychiatrischen Klinik aus dem Zimmer. Ihre Beherrschung reichte bis auf den Flur; dort verselbständigten sich ihre Hände, ihre Knie wurden wankelmütig, und alles an ihr zitterte und führte ein Eigenleben, selbst ihr Magen drohte sich umzukehren.

Büdner und Weißblatt belegten einander mit Preußenflüchen. Der Klosteraufenthalt hatte die Herren nicht hörbar veredelt. Es war Weißblatt, der schließlich einlenkte: Er wäre ein Schwein, ein Entblößer; alle Dichter wären Entblößer; er hätte in genialer Zerstreutheit gehandelt. Alle genialen Menschen wären zerstreut, sie wären auf Erkundungen im Unbehausten.

Stanislaus protestierte: Behaust oder unbehaust, Tutenkarle, der Nachtwächter aus Waldwiesen, war eines Sonntags mit einem Weiberhute in die Kirche gegangen; er wäre ein Trottel und kein Genie gewesen.

Die alte Melters sah Rosa zittern. »Kriegst'ne Blach, kriegst wat Kleinet, Rosa? Siehst ja aus wie jebleichte Soda.«

Rosa verlor die Fassung und erzählte, was ihr widerfahren war, und als sie eine Weile später von Madame Weißblatt beauftragt wurde, den Jungherren Wäsche und Anzüge ins Turmzimmer zu bringen, sagte die Melters: »Dat macht niemands wer als ick!«

Die Expriester lagen in ihren Betten und durchwirkten die Zimmerluft mit Zigarettenqualm. Die Melters legte ihnen Wäsche und Zivilanzüge hin. Büdner dankte dörflich und brav für das Gebringe, Weißblatt nicht. Die Melters stampfte in ihren ausgeplatzten Militärschuhen auf sein Bett zu und sah ihn aus wimpernlosen Augen an. »Kannst du Jeck dich nit verdanke?«

Weißblatt hüstelte, wollte etwas sagen, hüstelte wieder, und die Melters lachte blechern, packte sein Deckbett, riß es herunter, reckte sich und bespie die Scham des Lyrikers dreimal mit Kautabaksaft. Weißblatt schmolz in sein Unterbett. Da lag er nun, der Vorkriegsdichter: bleich, zitternd und noch immer nicht auspubertiert.

3 Stanislaus sucht nach dem Sinn des Lebens und entwickelt ein Selbstunterrichtssystem für die Dichtereiarbeit, um in dieses Handwerk einzuwachsen.

Die Menschen ziehen über die Erde, bauen Häuser und bauen Städte, aber die Häuser sind nichts als verwandelte Erde, und die Städte werden wieder zu Erde, wie die Menschen wieder zu Erde werden. Was bleibt, sind die Legenden von großen Liebenden, die Sagen von Katastrophen, Höhlenzeichnungen und Urlieder, Zeichen von Vorübergehenden, denen es auf wundersame Weise gelang, länger auf Erden zu bleiben als ihre Zeitgenossen.

Als der Mensch zum ersten Male fragte: Wozu lebe ich?, stieg er aus dem Tier- ins Menschenreich. Solcherlei Gedanken gingen in Stanislaus um. Nicht alle waren sein Eigentum, manche waren angelesen, andere hatten einst Klosterbrüdern oder einem geistlichen Würdenträger auf einer Agäerinsel gehört, und der Spatz Stanislaus hatte sie aufgepickt, ohne zu wissen, daß Gedanken ohne Erfahrungen so fragwürdig wie Erfahrungen ohne Gedanken sind.

Jetzt hatte sich dieser weise Stanislaus an Weißblatt gehängt und hockte am Niederrhein. Er wollte kein Bäcker mehr sein, der jahrelang Gesellenlohn auf Gesellenlohn legt, um als halber Greis eine Bäckerei zu eröffnen und in den goldenen Boden des Handwerks einzuwachsen. Er wollte eine Dichterei eröffnen, ein Handwerk ohne Boden, und Weißblatt hatte versprochen, ihm dabei behilflich zu sein, denn der konnte bereits zwei gedruckte Vorkriegsbücher vorweisen, eines davon vollgesackt mit selbstgefertigten Versen: »Rufe ins Leere«, dreizehn mal dreizehn Gedichte von Johannis Weißblatt.

Von einigen dieser Gedichte verstand Stanislaus hin und wieder eine Zeile, von den meisten gar nichts. Weißblatt tröstete seinen Kameraden: »Du wirst mein Œuvre bis zum letzten Komma verstehen, wenn du durch meine Höllen gegangen sein wirst.«

So standen die Dinge, als der Bäcker Stanislaus Büdner den Lyriker Johannis Weißblatt kennenlernte. Sie lebten lange unfreiwillig nebeneinander, teilten Brot, Not und Gefahren, und dabei ging Stanislaus auf, daß Weißblatts Gedichte nur ein Mensch verstand: Johannis Weißblatt.

Nichts leichter als schreiben, man hats in der Schule gelernt, man fertigt eine Rechnung aus, führt Buch oder schreibt einen Brief; zehn Briefe hintereinander – ein halbes Buch ist fertig! Mein Leben – ein Roman! Wenn ich nur Zeit hätte, ihn aufzuschreiben ... So hört mans sagen, flüstern und denken. Stanislaus war nicht so anmaßend, aber erlernen lassen mußte sich die Dichterei doch wohl: Man schrieb, legte Kapitel auf Kapitel wie Tortenschicht auf Tortenschicht, verband sie mit dem Krem einer durchgehenden Handlung, schlug Wortschaum und bespritzte das Ganze mit blumigen Tropen.

In der Backkunst machte man aus einem Grundteig mit verschiedenen Handgriffen Weißbrot, Brötchen, Hörnchen und Semmeln; sollten sich in der Dichtkunst nicht aus einem Wortteig mit verschiedenen Kniffen Romane, Novellen und Gedichte anfertigen lassen?

Damals nach Frankreich beabsichtigte Weißblatt, eine Novelle über den Tod des Mädchens Hélène zu schreiben, und Stanislaus wollte zugucken und sich einige Kunstgriffe aneignen. Er holte Essen für Weißblatt aus der Kompanieküche, scheuerte ihm das Kochgeschirr, putzte ihm die Stiefel, das Koppel, bemutterte und betat ihn, und Weißblatt nahms hin, wie ein Hauptmann die Handreichungen seines Burschen hinnimmt. Mehr als einmal stand Stanislaus Wache für Weißblatt, weil der vorgab, es wäre die rechte Schreibstimmung in ihm; doch wenn Stanislaus von der Wache kam, lag der Dichter auf der Pritsche und rauchte duftende Zigaretten, die ihm seine Mama geschickt hatte, oder er konzipierte die Novelle schnarchend. Ein andermal war die Stimmung nicht »impetabel«, oder Weißblatt mußte zulauschen, wie der Stoff in ihm reifte und gärte. Dann wieder war Vollmondzeit, die dem Dichter so abträglich wie einem Mondsüchtigen war.

Es wurde Stanislaus leid, seinen Dichtereimeister zum Kneten an den Backtrog zu treiben. Hatte er nicht schon als Dorfschüler gereimt, auch als Bäckerlehrling »was weggedichtet«? Also betrieb er als Deserteur und Klosternovize die Dichtung auf eigene Rechnung. »Organisiertes Selbststudium«, wie es später heißen würde. Bei wem hatte der erste Bäcker sein Handwerk erlernt; bei wem nahm der erste Sänger Unterricht?

Stanislaus war in seiner Wundertäterzeit bis zu den Anfängen der Dichtkunst vorgedrungen, hatte Zaubersprüche, Bannflüche und Segnungen hergestellt und war in die Zeiten zurückgegangen, da der Mensch sich selber belehrte.

Er versah Papierstöße mit seinen eigenwilligen Schriftzeichen, machte vor keinem Thema halt, und dann und wann zeigte er Weißblatt etwas von seinem Kleingebäck.

»Es scheint was in dir zu stecken«, sagte Weißblatt bei guter Laune, und wenn er schlecht gestimmt war, sagte er: »Deine Dichtung plätschert wie ein Bächlein bei Treuenbrietzen; sie muß wie ein Geysir hervorbrechen und die Welt in Verständnislosigkeit stürzen!«

Stanislaus wollte schon explodieren. Es war nicht wenig Dampfdruck in ihm, doch er wollte die Welt nicht in Verständnislosigkeit stürzen, er wollte verstanden werden.

Stanislaus gab sich erneut den auferlegten Meditationen hin, nahm an Disputen teil und war in keiner Weise Nummer Null. Schließlich erdachte er sich eine Methode, die ihn zum Selbstinspekteur seiner Schreibarbeiten machte: Er las, was er geschrieben hatte, nach einer Stunde, und was ihm noch gefiel, legte er beiseite. Nach drei Tagen nahm er diese Dichtereierzeugnisse wieder vor und trennte abermals Kaff und Korn. Nach drei weiteren Tagen sichtete er die Körner und schied sie in gute und geringe, und das weiter und das weiter: drei mal dreißig ist neunzig, und was vom Geschriebenen bis zum neunzigsten Tage unvernichtet blieb, ließ Stanislaus vorläufig gelten. Es wurde trotz dieser scharfen Kontrolle eine Menge Dichtarbeit fertig.

Jahr und Tag vergingen; Büdner und Weißblatt fanden sich drein: Die Welt bestand aus Wasser und einigen Inseln, aber als sie dem Klosterleben entsagten und in einem Schiffchen zum Festland fuhren, schien der Erdball sogleich wieder aus Land und nur aus Land zu bestehen. »Für die Götter sind die Entfernungen von Stern zu Stern nur Zwischenräume in einem Gewebe«, heißt es in den nachgelassenen Schriften eines Leuchtturmwärters.

Sie gingen in der Hafenstadt Piräus umher. Es stank dort nicht mehr dentsch nach Stiefelwichse und Gewehröl. Am Kai roch es nach angefaultem Wasser, doch drüber lag ein Duft von Zimt und Nelken, und die Mädchen waren aus ihren Kriegsverstekken gekommen, und ihre Gesichter dufteten nach Zitronat und Sandel.

Sie tranken in einer Hafenschenke geharzten Wein, und Weißblatt wurde wehmütig, so gut's ihm gelang. »Du solltest dich nun nicht wieder mit Teig bekleckern«, sagte er und ermunterte Büdner, mit ihm an den Niederrhein zu fahren. »Es wird nicht das erstemal sein, daß ich ein Buch drucken lasse, weshalb sollte das nächste nicht eines von dir sein?«

Stanislaus war überrascht, als ob ihn auf der Straße ein Mädchen angesprochen und ihm gestanden hätte: Ja, ich liebe dich, wie du gehst und stehst, und wenn du nicht der erste bist, weshalb solltest du nicht der zweite sein?

»Du kennst kaum, was ich schrieb«, sagte er.

Weißblatt, mit großer Geste: »Aber das wenige, was ich sah, enthält den gewissen Funken, der nun einmal in dir ist.« Großes Gerede aus dem Lande Salbad. Weißblatt las auch jetzt nicht, was Büdner geschrieben hatte, doch Stanislaus' Eitelkeit fühlte sich gestreichelt und schnurrte.

Weißblatt hielt das Dichten nach seinem Kriegs- und Klostererlebnis nur mehr für eine menschliche Jugendsünde. »Die Philosophie, mein Gott, die Philosophie!« brüllte er zuweilen und betrommelte seine Brust mit den Fäusten wie ein berauschter Gorilla. Die deutsche Menschheit sollte sich nach dem militärischen Reinfall gefälligst im Abstrakten umtun. Dichtung wäre nichts als eine aufgedonnerte Tochter der Philosophie, nein, Weißblatt trieb es jetzt mit deren geistreicher Mutter.

4

Stanislaus kämpft gegen seine fallsüchtige Hose, bekommt die antike Götterwelt erklärt und erlebt den Start eines holzenen Raumschiffs.

Der Mensch will als ein Schneelamm vor den Augen seiner Mitmenschen grasen, deshalb belegt er seine Schwächen und Unzulänglichkeiten mit hübschen Begriffen wie Zufall, Glück, widrige Umstände, Schicksal, Fügung, Vorsehung, Unglück, logische Folge, natürlicher Drang – weiter, so weiter, obwohl alles, was ihm widerfährt, von ihm selber vorgefertigt ist.

Stanislaus konnte sich auf den Zufall berufen, wenn er bei der ersten Familienmahlzeit im Hause Weißblatt neben Rosa Lupin zu sitzen kam. Rosa und Stanislaus wurden einander genähert wie die Kugeln einer Elektrisiermaschine, und wer feine Ohren hatte, konnte es knistern hören, als sie sich die Hände gaben.

Stanislaus trug einen Anzug, den der Prinzipal getragen haben mußte, als der die Hälfte seines jetzigen Umfanges erreicht hatte, denn Stanislaus mußte den Bauch recken, um Kontakt mit dem Hosenbund aufnehmen zu können.

Das Tischtuch verbreitete einen Duft von tauendem Schnee, der sich mit dem Dunst von Neugier mischte. Madame Weißblatt war neugierig auf den Kameraden ihres Sohnes, Rosa auf den neuen Hausgenossen und Stanislaus auf alles, was ihm geschehen sollte.

Rosa huschte umher, zupfte an den Servietten, die von breiten Silberringen zusammengehalten wurden, während Johannis Weißblatt Akkorde aus dem verstimmten Klavier holte. Man wartete auf den Prinzipal. Madame Weißblatt beschäftigte den Gast und erklärte ihm den Sinn der Betonfiguren auf dem Rasen vor dem Fenster: Eine männliche Figur hieß Zeus, obwohl Stanislaus sie für Rübezahl hielt; eine weibliche Figur, die aus erstarrtem Zementbrei kroch, wurde von Madame Weißblatt »die Schaumjeborene« genannt.

Stanislaus nahm alle Auskünfte zur Kenntnis und arbeitete dem Bestreben seiner Hose entgegen, die sich willenlos dem Fallgesetz zu unterwerfen drohte.

»Ja, all die janze Jötterwelt hat nu mein Mann selber jejossen«, erklärte Madame Weißblatt, und ihr Sohn Johannis hieb so zornige Wagner-Akkorde aus dem Klavier, daß die Kristallprismen des Lüsters klirrten.

Prinzipal Weißblatt betrat das Eßzimmer. Man setzte sich zu Tisch; Johannis Weißblatt nahm sich die größte Roulade, und Prinzipal Weißblatts Glaube an die erzieherische Wirkung des Krieges erhielt einen weiteren Knacks.

Stanislaus ließ sich dreimal zum Zulangen auffordern. Er befolgte eine Anstandsregel, die Mutter Lena einst aus einem Leihbuch herausgelesen und in die Familie gestreut hatte.

Leider lief die Mahlzeit nicht so liturgisch ab, wie man sichs wünschte: Die Jungmänner versäumten zum Beispiel, die Kochkunst der Hausfrau zu loben, und der Prinzipal mußte es tun: »Jut jeschmort, dat Rindfleisch, woll?«

Keine Beipflichtung von den jungen Männern, aber Rosa bedankte sich.

»Von Ihnen war nicht die Red«, tadelte Madame Weißblatt.

Rosa entschuldigte sich. Sie wäre so frei gewesen, weil sie die Kartoffeln geschält, die Rouladen geklopft, die Klöße gepreßt und die Tunke gesotten hätte.

Johannis Weißblatt keckerte und genoß Rosas Renitenz. Stanislaus spürte die Spannung, suchte sie mit Bäckerlobsprüchen zu beseitigen und patschte mit der Eßgabel auf seine Roulade. »Prima Ware, nichts zu tadeln, Lob für Meister und Gesellen!«

Als Stanislaus' rechter Leihjackenärmel sich zum zweiten Male in der Rouladentunke badete, griff Rosa ein und krempelte die Ärmel um. Das gestreifte Innenfutter verlieh den Ärmelenden einen Zug von Vornehmheit.

Stanislaus beherrschte noch immer die in Europa gültigen Eßhandgriffe nicht sicher und sah von einem Tischnachbarn zum anderen. Er versuchte, vornehm zu schmatzen wie der Prinzipal, aber da erreichte ihn ein strafender Blick von Rosa. Johannis Weißblatt kröpfte die Rouladen wie ein Gansgeier, und Madame Weißblatt hantierte mit den Klößen wie eine Jongleuse. Das war Artistik und nicht in Sekunden zu erlernen. Am besten gefielen Stanislaus Rosas Eßbewegungen; sie glichen gut vorgetragenen Freiübungen, und kleinere Bissen verschwanden bei ihr nach zwei Zungenschlägen. Von Zeit zu Zeit berührte ihr Ellenbogen Stanislaus' Jackenärmel, und der Heimkehrer fühlte sich gestreichelt, doch nach dem dritten Streicheln entschuldigte sich Rosa für ihre Ungeschicklichkeit, und er wurde gewahr, daß er die Klöße nach alter Gewohnheit mit abgespreizten Ellenbogen einfuderte. Da errötete er, dieser Kriegsveteran.

Vor dem Fenster des Parkgartens sang der Amselhahn. Die Märzluft versuchte durch einen Fensterspalt in die Betonvilla zu dringen, aber der zwiebelschwere Duft der Rindsrouladen drängte sie zurück. Madame Weißblatt bemühte sich um den Gast und befragte ihn nach seinem Herkommen, nach seiner Profession, nach der Profession seines Herrn Vaters und dem Gesundheitszustand seiner Frau Mutter. Ersparen wir uns dieses Gespräch, die Herkunft des Helden ist uns bekannt.

Prinzipal Weißblatt mißtraute den Angaben des Gastes zur Person; für einen Bäcker war ihm der Fremde zu »intellijent«. Offenbar war dieser bleiche Jungmann Offizier gewesen und wünschte seine Vergangenheit zu verschweigen, aber der Herr Gast irrte, wenn er glaubte, ihn, den Prinzipal, nasnarren zu können, wie es sein eigener Sohn getan hatte. War das der Dank der Front an die standhafte Heimat?

Der Prinzipal ließ seine Serviette fallen, bückte sich rasch, erschien wieder an der Tischoberfläche und ächzte: »Bäcker haben aber Plattfüß.«

»Er fuhr auf einer Brotmaschine«, sagte Sohn Johannis und konnte es nicht lassen, seinen Vater zu reizen.

Der Prinzipal tat, als hätte er die Bemerkung nicht gehört, und starrte auf die Kuckucksuhr, als sähe er sie zum ersten Male. Die Uhr hing über dem Klavier und war eine Bastelei des Prinzipals, eine seiner Erfindungen. Wenn der Kuckuck arbeitete, gab er den Kammerton a von sich.

Madame Weißblatt versuchte, den aufquellenden Zorn des Prinzipals zu dämpfen, und beschäftigte sich wieder mit dem Gast. »Bäcker sind immer so Mehl am Schleppen, woll?«

Der Gast nickte.

»Bäcker sind immer so arch am Schwitzen, nit?«

Der Gast nickte abermals.

»Bäcker sind morgens so zeitig am Schuften, stimmt et?«

Der Gast nickte hinwiederum und verschluckte vor Höflichkeit die Kerne der Kompottmirabellen. Johannis Weißblatt kam ihm zu Hilfe. »Mama, wo is Hindenburch jeblieben?« – »Jestorbe, Jung.« Madame Weißblatt wunderte sich, daß ihr Sohn das nicht wußte, doch der Prinzipal ahnte, daß der Junior das Hindenburgporträt meinte. Es hing vormals über dem Klavier, aber der Prinzipal hatte es gegen das Kriegsende vernichtet, weil er, etwas verspätet, wütend auf den toten Generalfeldmarschall war, der in Alterstrottelei den militärischen Oberbefehl an den Laien Hitler abgetreten hatte, und dieser Hitler hatte den Prinzipal beim Bau des letzten Führerhauptquartiers ohne Vorwarnung belassen, als die Russen anrückten. Weißblatts Leute mußten fliehen und alle Maschinen im Stich lassen. Seiner Frau aber hatte der Prinzipal erklärt, das Hindenburgporträt wäre beim Schießen der Fliegerabwehrkanonen von der Wand gefallen und »zum Deubel jejangen«.

Da der Prinzipal keinerlei Erklärungen zum Hindenburgporträt abgab, provozierte ihn sein Sohn von einer anderen Seite. »Mama, wo is mein Podrisnik jeblieben?«

»Dein wat?«

»Mein Priesterrock.«

Vor Textilien einer Ketzerreligion ging der Prinzipal nicht in die Knie. War dieses Gelump vielleicht der Heilige Rock von Trier? »Ich duld keine Ketzerkutten im Haus!« sagte er ruppig und spie Mirabellenkerne aufs Parkett.

»Ketzerkutte? Et war ne jeweihte Rock!« Die Ketzer hätten ihm das Leben gerettet, behauptete Sohn Johannis.

Der Prinzipal sprang auf, sein Stuhl kippte um, Madame Weißblatt erbleichte, ihre Hände flatterten auf, näherten sich dem Lüster und ließen sich in Betstellung auf der flachen Matronenbrust nieder. Der Holzkuckuck ließ einen Kammerton fallen, der Prinzipal verließ das Speisezimmer. Er knallte die Tür zu, und das hörte sich an wie ein Karabinerschuß. Als Gegenstoß klatschte das Geschoß eines Vorkriegslyrikers, ein Kloß, gegen das Holz des Türrahmens. Der Prinzipal riß die Tür wieder auf, sah den zerplatzten Kloß auf dem Parkett, fühlte sich symbolisch getroffen, zog einen Holzschuh vom Fuß, warf ihn und schrie: »Judas, hinaus!«

Der Holzschuh raste wie ein Raumschiff aus späteren Zeiten gegen die Wand und riß die Kuckucksuhr vom Haken. Die Kuckucksuhr fiel auf das Klavier; im Klavier summten die Saiten, Madame Weißblatt summte Gebete, und Johannis Weißblatt schrie: »Kriegsjewinnler, Kriegsjewinnler!«

Rosa zwinkerte Stanislaus zu, aber der erlaubte sichs angesichts der betenden Madame nicht, zurückzuzwinkern. Der Amselhahn sang auf dem Haupte des Zementgottes Zeus, die Märzluft drang in das Abfütterungszimmer, denn die Esser hatten den Rouladenduft mit sich fortgetragen. Johannis Weißblatt stieg in den Keller und holte seine Priesterkutte vom Koks.

Stanislaus konnte sich nicht erinnern, daß wer Weißblatt zum Priester geweiht hatte; sie waren die ganze Zeit zusammen gewesen; man konnte Weißblatt nicht in einem Augenblick geweiht haben, da er einen anderen Abtritt als Büdner benutzt hatte.

Madame Weißblatt verließ betend den Speiseraum, Rosa krempelte Stanislaus' Leihjackenärmel herunter, und Stanislaus sah ihr etwas dankbarer in die Augen, als nötig war.

5

Stanislaus denkt über den Sinn des Lebens und fehlende Hosenträger nach und trifft auf einem Zementplatz einen Engel, der durch Leihjacken hindurchsieht.

Die Kriegszeit hatte Stanislaus wie ein Halbtoter verbracht. Jetzt wollte er leben. – Wozu? Diese Frage tauchte oft auf; da sich ihm aber keine Antwort näherte, schwamm er auf dem Lebensflusse weiter, bis die Frage aufs neue aus der Tiefe tauchte; je älter er wurde, desto häufiger. Er war seine eigene Frage; weder die Klosterbrüder noch der Würdenträger Simos hatten sie ihm gestellt, und auch angelesen hatte er sie sich nicht;

sie überfiel ihn, machte ihn schlaflos und peinigte ihn wie die Nachthexe Morawa.

Der Verfasser verschweigt nicht, daß Stanislaus manchmal auch andere Fragen peinigten, wenn er nachts wachte: Hatte ihn dieses Mädchen Rosa geküßt, oder hatte er es geträumt? Sein Gesicht glühte noch von den Abschiedsküssen des Mädchens Melpo, und ein neues Mädchen schien in sein Leben zu dringen. Stanislaus schob seine neue Liebesunruhe auf biologische Kräfte, die zerstörerisch wirken konnten, wenn man sie unterdrückte. Vielleicht handelte es sich auch um verstärkt auftretende Sonnenflecke, die ihn so liebeslustig machten. Feine Gedanken für einen Mann, der erwogen hatte, Mönch zu werden.

Der Amselhahn sang auf dem Köcherrand des Zement-Amors. Der Liebesgott stand in selbstsicherer Bierkutscherhaltung auf seinem Sockel im sprießenden Gras, als erwarte er einen Gruß. Stanislaus enttäuschte ihn nicht, er grüßte, aber es war ihm nicht möglich, die Kopfbedeckung zu ziehen; denn zum Leihanzug gehörten weder Hut noch Hosenträger. Stanislaus suchte nach einem Halt für seine Beinkleider, nach einer strammen Schnur, und darin bestand in diesem Augenblick der Sinn seines Lebens.

Weshalb, werdet ihr fragen, ging der Held nicht zu seinem Kriegskameraden Weißblatt und sagte: Der Sinn des Lebens ist ein verborgener, und was ist eine Leihhose ohne Träger? Das fragt ihr so hin, aber Johannis Weißblatt war nach dem Mittagskrach davongegangen und war nachts nicht heimgekommen.

Im gepflegten Parkgarten lag nicht, wonach Stanislaus suchte; er mußte weiter, ins Weißblattsche Werksgelände. Er hielt seine Hose mit der Hand und betrachtete die Bäume; sie hatten grüngraue Äste, und das vorjährige Gras war mit graugrünem Staub bedeckt; die Wegpfützen hatten eine graugrüngraue Haut, und der Wind, der vom Rhein heraufwehte, sättigte sich mit Zementstaub und trug den Grundstoff für ganze Betonhäuser davon.

Wenn ihr nun fragt, was Zement ist, so antwortet der Verfasser: »Zement ist gesinterter Kalkstein«, so stehts im Lexikon, und vielleicht noch, daß es sich bei Zement um zerkleinertes Gebirg handelt. Ja, dieser Mensch! Beim Aufbruch in sein Zweibeinerdasein bewohnte er Höhlen im Gebirge, und die Höhlen boten ihm Schutz vor Raubtieren und Feuern, aber er war gierig auf Erlebnisse, und er strebte in die Ebenen hinaus, setzte sich in Baumnester und dachte darüber nach, wie er seine alten Steinhöhlen in die Ebenen verpflanzen könnte. Er ging ins Gebirge zurück, brach Gestein, zermahlte und zermehlte es, schleppte es in die Ebene, mischte das Gesteinsmehl mit Sand und Wasser, erhielt Betonteig, buk sich Höhlen draus und wähnte sich vorangekommen, als er das vollbracht hatte, so vorangekommen, daß er im letzten großen Kriege Beton zum Vernunftersatz erhob und sich in Betonbunkern vor seinen eigenen Bomben schützte.

In der Zementwarenfabrik begann man zu arbeiten. Eine kleine Diesellokomotive zog Kipploren, die mit Betonbrei gefüllt waren, in eine Halle. Das Signalhorn der Lokomotive knurrte, und Stanislaus sprang zur Seite.

Hinter den Hochöfen von Humborn ging die Sonne auf, und in den flachen Fabrikhallen schienen hundert stallmutige Pferde zu stampfen. Verstaubte Männer zwangen Betonbrei in unnachgiebige Metallformen, und auf dem ehemaligen Ackerland, das die Dächer der Hallen überspannte, wuchsen, anstelle von Weizen und Zuckerrüben, Kaminschieber, Schornsteinaufsätze, Kaninchenfreß- und Hundesaufnäpfe.

Neben den Feldbahngleisen betrachtete Stanislaus ein Gerät, das aussah wie ein schußbereiter Mörser – eine Betonmischmaschine. Über einem Schaufelstiel hing eine Männerjacke und schaukelte im Niederungswind. Stanislaus hob Erdgemisch auf und musterte das Mehl, aus dem man Betonzeug buk, da schob sich ein weicher Arm unter den seinen. Unser Held erschrak und befolgte eine Anweisung seiner Mutter: Er spie dreimal aus; es war ihm nicht möglich, diese Gewohnheit zurückzudrängen, obwohl Rosa neben ihm stand, Rosa, die ihm Hosenträger hinhielt. War dieses Mädchen ein Engel, der durch Leihjacken hindurchsah? Stanislaus war so verwirrt, daß er seine Jacke auszog, als Rosa es wünschte, und er entblößte sich vor aller Welt.

Die Träger der Hosen paßten. Rosa half Stanislaus in die Jacke zurück. Aus einer Werkhalle wurde zu dieser Feierstunde auf zwei Fingern gepfiffen. Peinlich für Stanislaus, aber Rosa lachte, und da lachte auch er, starrte auf ihren feuchtroten Mund und dachte an einen gewissen Traum. »Die Hosenträger standen Ihnen zu. Sie sind hier Gast. Es fehlt Ihnen Selbstsicherheit«, sagte Rosa.

Kein Kommentar von seiner Seite. Er bedankte sich nicht für den Rat, nicht für die Hosenträger. Nun lags bei Rosa zu entscheiden, ob ihm Selbstsicherheit fehlte. Aber Rosa erwartete keinen Dank.

Sie ging den Hauptweg hinunter. Aus einer staubigen Seitengasse trat ein langer, lahmer Mann; er und Rosa redeten miteinander und sahen zu Stanislaus herüber, als ob der ein Pferd wäre, das gekauft werden sollte.

Dann küßte der Mann Rosa, und Rosa küßte den Mann. Guten Appetit! Stanislaus wars, als hätte er auf einen entblößten Starkstromdraht getreten. Ein über alle Maßen flottes Mädchen, diese Rosa! War sie die Animierdame des Weißblattschen Betonbetriebes?

Stanislaus' Eifersuchtsqualen konnten sich nicht auswachsen; der Mann, der die Betonmischmaschine bediente, erschien. Es war ein mächtiger Mann, ein aufrecht stehender Grizzlybär. Auch er sah der davongehenden Rosa nach und sagte: »Feines Mensch, Klasseweib!«

Stanislaus ließ sich zu diesem Thema nicht aus, sondern sagte: »Guten Morgen!« und sah zu, wie der Mann Sand, Zement und Wasser in die Mischtrommel gab. Das war nicht schwerer und nicht leichter als das Beschicken einer Knetmaschine in der Bäckerei.

Er gab dem Manne am Mischer eine griechische Zigarette. Der Grizzlybär sah gierig auf die Zigarette und bat Stanislaus, die Mischtrommel zu beschicken; er wollte mit Verstand rauchen, und das konnte er nur auf dem Klosett.

Stanislaus zog sich die Leihjacke aus, hängte sie an einen verstaubten Holunderstrauch, nahm die Schaufel, warf den mit Zement verheirateten Sand in den Betonmischer und begann sein Nachkriegsleben.

6

Ein Prinzipal sucht Bedürfnisse zu erwecken, aber die Bedürfnishäuschen läßt er zunageln, und er selber hat Bedürfnis nach einem Nachfolger.

Wir lernten Prinzipal Weißblatt als auftragsfreudigen Betonisten, als Zerstörer von Familienharmonie und einer Kuckucksuhr kennen, doch es wäre ungerecht, wenn wir daraus auf einen rundum negativen Charakter schlössen. In einem Werk über Charakterologie heißt es, man brauche ein Leben, um alle Schwarz- und Weißflecke eines Mitmenschen kennenzulernen. Primitive »Unwissenschaftler« wollen allerdings zu der Erkenntnis gekommen sein, es wäre für jedermann wichtig, die Schwarz- und Weißflecke des eigenen Charakters kennenzulernen.

Wenn der Prinzipal über sich sprach, begann er: »Ich entstamme der dritten Generation einer Architektenfamilie. Mein Großvater baute Bürgerhäuser, und mein Vater war an Wallfahrtsbauten in Kevelaer und am Bau einer türkischen Botschaft beteiligt.«

In seiner Studentenzeit hatte der Prinzipal mit Farben experimentiert und eine Menge Gerank und Geblüh im Jugendstil produziert. Aber in der Studentenzeit pendeln sich der Charakter und die Talente des Menschen ein, und er überhört zuweilen trotzig die Zurufe der Vorsehung. Die studentischen Malversuche des Prinzipals wurden in einer Turmkammer des Weißblattschen Stammhauses für die Nachgeborenen aufbewahrt.

Als Praktikant befaßte sich Prinzipal Weißblatt mit Erfindungen. »Es gilt, dem modernen Menschen Bedürfnisse einzupflanzen«, las er in einem Buche über modernen Amerikanismus; und sobald der Menschheit die Bedürfnisse einwüchsen, müßte man sie im großen Stile sättigen. Ein rechter »Bedürfniserwecker« wäre auf Lebenszeiten aller Existenzsorgen enthoben.

Der Verfasser jenes Buches, das Weißblatt gelesen hatte, pflanzte zum Beispiel den amerikanischen Männern das Bedürfnis nach einem unsichtbaren Hosenträger ein und machte damit sein Glück!

Das Buch des hurtigen Amerikaners beflügelte den Prinzipal. Er erfand das zweiköpfige Streichholz. Leider aber wuchs seinen Landsleuten nicht das Bedürfnis ein, sich am abgebrannten Streichholzende die Finger zu beschmutzen, um die zweite Kuppe am anderen Ende des Hölzchens anzureiben.

Unentmutigt erfand der Prinzipal jenen Holzkuckuck mit dem Kammerton a. Leider erwies sich diese Erfindung für Klavierstimmer und sonstige Verbraucher von Kammertönen als nicht transportabel genug.

Aber dann entdeckte Prinzipal Weißblatt jenen Grundstoff, mit dem sein Wesen »existentiell korrespondierte« – den Zement. An einem schönen Tage rann dünner Zementbrei über Holzwolle, erstarrte und begann den leichten, handlichen, sogar sägbaren Werkstoff abzugeben, der später als Bimsbeton von sich reden machte.

Die Entdeckung des Bimsbetons verführte den Prinzipal zu anderen »geistigen Leistungen«: Er stellte eine Theorie auf: Erfindungen macht die Natur, der Mensch aber ist der Finder der Erfindungen. Die Natur erfand und der Mensch fand die Kohle!

Der Prinzipal fürchtete, es könnten auch andere Architekten den Bimsbeton durch Zufall finden, und verkaufte seine Erfindung beizeiten. Vom Erlös legte er seinen Betrieb an. Mit dem Betrieb hinwiederum erwarb er sich eine goldene Braut, die vor allem römisch-katholisch war und behauptete, nicht der Zufall, sondern Gott hätte dem Prinzipal beigestanden, als er sie und den Bimsbeton fand. Da es dem Prinzipal um die Geschäftseinlage ging, die seine Braut einbringen würde, bequemte er sich ihrer theologischen Theorie an, legte seine studentische Freisinnigkeit ab, faßte Tritt in Glaubensdingen und versuchte es mit Gott als Teilhaber bei seinen Findungen.

Nicht lange, und es schien, als hätte der Prinzipal einen Wink Gottes zum Finden einer neuen Erfindung erhalten, denn er wurde mit der Idee gesegnet, die Regierungen und Stadtverwaltungen Mitteleuropas vom »Nordkap bis zum Schwarzen Meer« mit Denkmälern und Skulpturen aus Beton zu beliefern. Es mußte Unmengen Magistratsverwaltungen geben, in denen das Bedürfnis nach billigen Denkmälern schlummerte, und dieses Bedürfnis mußte geweckt werden.

Es geschah, wie Gott befohlen, aber die vom Prinzipal gefertigten Zementskulpturen waren selbst den kunstunkundigsten Stadtvätern bei aller Billigkeit zu plump. Die Findung blieb im embryonalen Zustande stecken, und die magistralen Erwekkungsversuche standen jetzt im Parkgarten des Weißblattschen Stammhauses.

Der Prinzipal versuchte, ohne Gott fertig zu werden, und wurde ein As unter den Betonisten; seine Konkurrenten sagten zwar, er wäre ein Aas, aber gerade deshalb konnten die Reichsregierung und ein Mann wie Albert Speer ohne ihn nicht fertig werden, und wer nicht weiß, wer Albert Speer war, hat nichts versäumt.

Als der Krieg und alles Schlimme vorüber war, faßte der Prinzipal wieder Hoffnungen und wartete auf die Rückkehr seines Nachfolgers. Die unverständlichen Gedichte, die sein Sohn Johannis vor dem Kriege produzierte, hatte er hingenommen. Das waren »Farbexperimente«, wie er sie in der Studentenzeit betrieben hatte, und als der Sohn sich freiwillig zu den Reitern meldete, härteten sich die Hoffnungen des Vaters auf einen brauchbaren Nachfolger. »Der Krieg macht Männer«, steht auf einer nachgelassenen Elefantenhaut Alexanders I., und diese Unweisheit gilt bis auf den heutigen Tag, wie man sieht.

Aus Johannis Weißblatt machte der Krieg keinen Mann im Weißblattschen Erbfolgetyp. Der Prinzipal konnte nicht erkennen, ob sein Sohn sich noch einbildete, Dichter, oder ob er sich bereits einbildete, ein Pope zu sein. Würden eines Tages Ketzermönche vom Berge Athos kommen, sein Zementwarenwerk an Konkurrenzunternehmen verschachern und den Erlös auf den »verlausten Balkan« transferieren?

Wer einmal glänzte, möcht wieder glänzen, wer einmal Macht hatte, möcht sie wieder haben.

Prinzipal Weißblatt wurde alt und schwer und bezweifelte, daß er den Glanz und die Macht der Firma WEISSBLATT, BETONWAREN PP., ohne einen tüchtigen Nachfolger zurückgewinnen könnte.

Zweimal ging er täglich durch den Betrieb; das erstemal vor Arbeitsbeginn, das zweitemal nach der Frühstückspause. Er trug einen grauen Arbeitsmantel und holländische Holzschuhe. Der Arbeitsmantel war mit Zementbrei bekleckert und hatte viele Löcher. Priebe, der Grizzlybär, behauptete, Weißblatt zöge die Holzklompen auch im Bett nicht aus. Der Prinzipal bildete sich ein, seinen Arbeitern, so maskiert, näherzustehen, und glich in diesem Wahne jenen Vorarbeitern und Schichtführern, die Schlipse und Stehkragen tragen, um den Fabrikherren näherzustehen.

Der Prinzipal stöberte jene Arbeiter auf, die ihrer Frühstückspause auf der Latrine eine »Zigarettenlänge anklebten«.

Das Latrinenstöbern war für den Prinzipal »ein nett Spielke«. Die Latrinen hatten ihre Geschichte: In den zwanziger Jahren setzte der Betriebsrat durch, daß in der Nähe jedes Arbeitsplatzes ein Herzhäuschen aufgestellt wurde, denn das Werksgelände war groß, und der Weg bis zur Hauptlatrine am Werkseingang konnte für einen Bedürftigen zur Qual werden.

Während des Krieges ließ der Prinzipal einen Teil der Latrinen zunageln. Sie wurden ihm zu häufig ohne Bedürfnis aufgesucht. Nach dem großen Kriege sorgte der neue Betriebsrat dafür, daß alle Latrinen wieder arbeiteten.

Die Sonne hatte die Höhe der feuerspeienden Hochöfenschlünde erreicht. In den verstaubten Holunderbüschen am Rande des Werksgeländes pinkten die Kohlmeisen, und vom Rhein her brummten die Schleppdampfer wie satte Kühe. Prinzipal Weißblatt betrat die Platzmeisterbaracke. Es roch dort nach Karbid, Staub und nassem Leder, und es herrschte dort Leo Lupin, eine Autorität für den Chef und für die Kollegen. Für die Kollegen war Leo »ein jelehrtet Haus«, und seinem Chef war er »die rechte Hand, leider links einjestellt«.

Leo Lupin war lang, aber nicht zu beugen. Er hatte die Heimatfirma zusammengehalten, als der Prinzipal »seine Kraft für den Bau des Führerhauptquartiers im finsteren Osten bereitstellte«.

»Wie gehts, Leo?« fragte der Prinzipal.

»Noch jehts, bald stehts.«

»Wie dat?«

Es mußte Zement beschafft werden. Die »Zementbeschaffe« war ein verfitzter Vorgang. Die gute Laune des Prinzipals bedeckte sich mit Zementstaub. Er betraf Julius Priebe, den Grizzlybären, auf der Latrine. »Ich werd dich ein bißchen entlassen, Priebe!« Der Prinzipal duzte seine Arbeiter und hörte gern, wenn sie ihn »Papa« nannten. »Ich werd dich ein bißchen entlassen«, war eine der strämmsten Drohungen des Prinzipals. Sie bewirkte, daß der so Bedrohte seine Mütze zog und sich entschuldigte. Das war Prinzipal Weißblatts »Spielke mit der Macht«, sein »Spaßvergnüjen«. Papa Weißblatt zahlte seit Mitte des Krieges einen Teil des Arbeitslohnes in Naturalien. Er war stets ein christlicher Sozialist, auch, als es DER FÜHRER schon nicht mehr erlaubte, und er war es jetzt wieder.

Julius Priebe nahm die Mütze nicht ab. »Meine Arbeit läuft, Papa.«

»Wie dat denn? Bist hier am Schisser und dort am Mischer, bist alljejenwärtig?«

»Alljejenwärtig ist Jott, Papa.«

Der Prinzipal fand Priebes Betonmischer »am Laufen«, denn dort stand Stanislaus, der für den Prinzipal bis zu diesem Augenblick ein blauer Fremder gewesen war, blau wie die Ferne, vielleicht ein Offizier, der sich in seinem Hause versteckte, ein Marodeur, den sein Sohn eingeschleppt hatte. Jetzt sah der Prinzipal den Fremdling schippen, schuften und schwitzen, und Stanislaus wurde für ihn zu jenem Engel aus frommen Sagen, der unerkannt als Fremder vorspricht. Sollte Gott Weißblatt ein spätes Angebot machen? Schickte er ihm in einer Art Verpuppung einen Nachfolger?

Der Prinzipal vergaß Julius Priebe und hatte nur noch Augen für den Fremdling am Betonmischer. »Jelobt sei, wer da schaffet, jetadelt, wer da jaffet!« Eine halbe Stunde später brachte die alte Melters Frühstück und einen halbneuen Arbeitsanzug für Stanislaus.

Büdner mischte an diesem Tage Betonteig für Hunderte Kaminschieber und Hundesaufnäpfe, und der Prinzipal verströmte väterliche Zärtlichkeit.

Seid nicht unzufrieden mit dem Prinzipal! Versteht, daß er sein Lebenswerk fortgeführt wissen wollte. Steckt nicht auch in uns das Verlangen, zu überdauern und der Nachwelt mitzuteilen: Ich war hier, gedenket meiner! Pflanzt der Kleingärtner nicht den Nußbaum vor seine Laube, damit seine Nachkommen nüssekauend seiner gedenken? Ist der Wunsch zu überdauern nicht die Stelle unseres Wesens, auf die das Lindenblatt fiel, als das Leben uns hornhäutig machte?

Die Erde drehte sich zweimal; die Sonne schien zweimal aufund unterzugehen, und der Frühling wurde saftiger. Aus Morgen und Abend wurde Stanislaus' dritter Arbeitstag, und das Wohlgefallen des Prinzipals wuchs, und er offenbarte sich dem Fremdling und pflanzte bunte Aussichten in ihn, die erste hieß: gutbezahlter Volontär; die zweite: stellvertretender Chef; die dritte: Teilhaber der Firma WEISSBLATT, ZEMENTWAREN UND BETONBAU PP.

Die Überzeugungskraft des Prinzipals war keine Bärenkraft; es züngelten keine Begeisterungsflammen in Stanislaus auf. Trugen seine Klosterexerzitien zum Erlangen von Gleichmut Zinsen? Er blieb höflich: Er wollte eine DICHTEREI PP. eröffnen, das mußte gesagt sein, er wollte den Zivilanzug abarbeiten, den ihm der Prinzipal überlassen hatte, er beabsichtigte, die zivilen Mahlzeiten, die man ihm hingestellt hatte, nicht schuldig zu bleiben, und er war willens, einige Wochen, vielleicht Monate, im Betrieb zu arbeiten, um zu einer Rücklage zu kommen, die ihm gestattete, sich hinzusetzen und zu schreiben, ohne um Brot zu bangen.

Die Angebote des Prinzipals erschienen Stanislaus wie die Versuchungen, die einem gewissen Herrn Jesus von einem gewissen Herrn Teufel auf einem gewissen Turm angeschafft wurden. Auch Stanislaus verschmähte die betonierten Reiche, die da vor ihm ausgebreitet lagen. Nein, dann lieber Gethsemane.

7

Ein Mädchen namens Rosa, das die Naslöcher bläht wie eine Ziege, braucht die Erlaubnis seines Onkels, um sich von Stanislaus für beschaffte Hosenträger entlohnen zu lassen.

Der Knabe Leo Lupin litt an Kinderlähmung, und mitleidige Menschen lasen ihm Geschichten vor, die ihm halfen, überall zu sein, ohne sein Bett zu verlassen. Wenn er erwachsen und reich sein würde, wollte er eine Höhle aus Büchern bauen, die aus allen Ländern und von allen Sachen der Welt berichten sollten. Leos Lähmung ging Zeit bei Zeit und Glied bei Glied zurück, doch ein Stubben des großen Leidens blieb in seinem rechten Bein stecken.

Er wurde nicht reich, doch wenn seine Arbeitskollegen ins Bierhaus gingen, hinkte er in die Buchhandlung. Es kränkte ihn nicht, wenn ihn manche seiner Kameraden einen »gelehrten Scheißer« nannten, wenn sie ihn nur nicht für sein lahmes Bein hänselten. Leo kaufte Bücher, die anderen Bier; das hört sich an wie das Lied vom »Braven Mann«, aber der Verfasser hält sich nicht für berechtigt, einiger Snobs wegen Leos Lebenslauf zu fälschen.

Als Leos »Höhle« bereits aus zwei Bücherwänden bestand, traf er in einem Krankenhausgarten ein sanftes Mädchen, das eine Kinnkerbe bekam, wenn es lächelte. Es hieß Rosalia und billigte Leos lahmes Bein, mit dem er auf seinen Wegen sichtbare und unsichtbare Ausrufezeichen hinterließ. Übrigens trug Rosalia einen kleinen Buckel zwischen den Schulterblättern, von dem Leo behauptete, er wäre abhebbar, er wüßte es aus einem Märchen, es säßen Flügel unter dem Buckel.

Leo und Rosalia lebten bald leicht, bald schwer und zuerst mehr leicht und zuletzt mehr schwer, weil Rosalias Buckel zwar die von Leo erdachten Flügel schützte, aber gleichzeitig ihre Lungenflügel beengte; und der Tod nistete sich dort ein und trieb sein verstecktes Wesen, bevor er hervortrat und raffte. Rosalia hinterließ Rosa, und Rosa war sechs Jahre alt, als ihre Mutter starb, und sie reifte früh. »Ich hab eine Tote zur Mutter und einen Witwer zum Vater«, sagte sie in der Schule.

»Man sieht dir das Besondere an«, sagten ihre Mitschülerinnen, »besonders, wenn du die Nasflügel blähst wie eine Ziege.«

Leo wäre gern noch Bibliothekar geworden, aber erst hielt ihn Rosalias Krankheit, dann die Sorge um Rosa ab, Geld in ein Abendstudium zu stecken; widerwillig fand er sich drein, sein Wissen zweckfrei zu lieben.

Die Lupins bewohnten zwei Stuben im Arbeiterviertel. Rosas Stube war ein Elsternnest; es funkelte dort von farbigem Glas und blitzbunten Dingen, die sie von Schutthalden zusammengetragen hatte, und es duftete nach Waldmeister, und der Duft rührte von Waldmeisterheu her, das in kleinen Sträußen in den Stubenwinkeln und an der Lampe hing. Auch Rosa hatte Bücher, doch deren farbige Rücken mußten Leos Bücherhöhle schmücken helfen; überhaupt litt der Vater nicht, daß sich Bücher außerhalb der Höhle aufhielten, nur die, die gerade gelesen wurden, hatten Ausgang.

Leo empfands mit der Zeit als ein Glück, ein verstaubter Platzmeister zu sein, zu beobachten, zu lesen und die Verwandlungen von Menschen und Dingen zu durchschauen.

Er durchschaute auch Rosa. »Was gabst du dem zugereisten Bäcker?«

»Was ich ihm gab?« fragte Rosa. »Sagt man Hosenhalter oder Sockenträger?«

»Man sagt Hosenträger und Sockenhalter.«

»Ja, dann waren es Hosenträger, die ich ihm brachte, aber er ist nicht nur Bäcker, auch ein Dichter.« Rosa war ein kluges Kind, denn Dichter machten Eindruck auf Vater Leo.

Ein Kaplan trägt keinen Unterrock und ein Dichter keine Hosenträger, hätte Leo am liebsten gesagt, aber er sagte es nicht, weil er nicht wußte, wie Dichter ihre Hosen zum Halten kriegen. »Da müßt ihr recht weit miteinander sein, wenn du ihm Hosenträger bringst.«

»Wenns nach mir ginge, wären wir weiter.« Rosas Mund glänzte wie eine betaute Erdbeere.

Leo kannte seine Rosa und ihre Scherze. »Ich nehm nicht an, daß du ihn heiratest, bevor die Sonne untergeht.«

»Nein«, sagte Rosa, »es muß dämmrig, am besten dunkel sein.«

»Es wäre gut, zuvor Onkel Otto zu verständigen!«

Statt einer Antwort küßte Rosa den Vater, und das geschah am Morgen auf dem Hauptwege im Werksgelände, und wie Stanislaus die Küsse aufnahm, wissen wir.

Woher wußte Rosa, daß Stanislaus ein Dichter war? Unter uns, sie wußte es aus Feldpostbriefen, die offen auf Madame Weißblatts Schreibtisch herumgelegen hatten.

Rosa war gehorsam, solang es sich ertragen ließ. Sie ging zu Onkel Otto, der sich seit dem Kriegsende Osero nannte. Alle, die seinen früheren Familiennamen gekannt hatten, mußten sich daran gewöhnen. »Gefiel dir dein alter Name nicht mehr, Otto?«

»Er war mir zu dynamisch.« Otto Osero schmückte, was er sagte, gern mit Fremdwörtern.

»Aber es gibt dynamischere Namen auf der Welt, als deiner war, Otto, Schutenschitt zum Beispiel.«

»Man tut, was man kann, die Welt ist noch nicht fertig.« Mit Otto war in dieser Sache nicht zu reden.

Otto Osero arbeitete in den vornehmen Räumen einer Villa, die man zu Büros disqualifiziert hatte: Leitzordner auf dem Kaminsims, Akten in einer Kredenz, im Gewehrschrank die Besuchergarderobe. Für einen, ders wußte, wars eine unheimliche Villa: Als die Amerikaner über den Rhein kamen, hatte sich darin ein schwarzer Faschist mit seiner Frau und drei Töchtern umgebracht. Wieviel Wahn gehörte dazu, drei schlanke Töchter zu veranlassen, Blausäurephiolen wie Konfekt zu zerkauen? »Es gibt mehr Krankheiten, als unsere Wissenschaft sich träumen läßt, zum Beispiel den politischen Wahn«, heißt es in einer apolitischen Monatsschrift, die man auf dem Klosett einer Fürst-Pückler-Pyramide fand.

In Oseros Büro gings zu wie auf dem Schwarzen Markt. Gewimmel und Getümmel in allen Räumen. Rosa mußte warten. Onkel Otto war unterwegs. Als er kam, hielt er Besprechungen ab. Für viele Leute war Osero eine Art Kaplan. Rosa ging ungebeten in Onkel Ottos Büro und sprengte dort eine Besprechung mit ihrer Beichte. »Ich habe Gelegenheit, eine Dummheit zu begehen.«

Oseros Augen kullerten wie Glasmärbeln. Er ließ Rosa berichten.

»Wie sieht er aus, dieser Büdner?«

So und so, aber eigentlich ganz anders.

Osero ließ einen Briefbeschwerer aus schwedischem Granit über den Schreibtisch rollen. »Was ist er, sagst du?«

»Ein Bäcker, aber ein Dichter auch.«

»Immer noch?«

»Wie?«

»Du hältst immer noch so Faxenmacher für wat Besonderes?« Osero hielt Rosa einen Vortrag über die Unzuverlässigkeit von Künstlern. »Mag sein, dat die Bildhauer nicht janz so sind, aber die Dichters, die Dichters!«

Rosa zauste ihr ungekämmtes Haar. »Ich will aber mit ihm jehn, Onkel Otto.«

»Hand in Hand oder mit Abstand?«

»Umschlungen.«

Osero drohte seiner Nichte mit geballter Faust. Er war bereits an kleine Fuder Ehrerbietung gewöhnt. Schließlich gab er seiner Nichte den Auftrag, Büdners politischen Standpunkt zu erkunden! Sodann kamen zwei Männer mit strengen Gesichtern und breitem Gehabe herein und drängten Rosa aus Oseros Rummelbudenbüro.

Der Verfasser bemerkt, daß er den Lesern in einer Zeit, in der stümperhafte Lebensläufe halbe Verbrechen sind, zuwenig über Rosas Vorleben berichtete: Sie sollte nach ihrem Abitur ihr sogenanntes Pflichtjahr als Flakgehilfin im Geschäft der Deutschen Wehrmacht abdienen, aber Leo hatte seine Tochter nicht auf die Hohe Schule geschickt, um sie Amüsierdame für Offiziere werden zu lassen. Er nahm die Hilfe von Prinzipal Weißblatt in Anspruch, dessen Firma wegen »Mittäterschaft am Führerhauptquartier« ein »kriegswichtiger Betrieb« war. Der Prinzipal forderte Rosa als Kontoristin an und freute sich, beweisen zu können, daß er für seine Belegschaft, die er damals

»Gefolgschaft« nannte, ein »weites Herz« hatte. »Is et so, Leo?« Leo ließ sich nicht über die Herzerweiterung des Prinzipals aus.

Um den Schein zu wahren, schrieb Rosa Trostbriefe an die Friedenskundschaft: »Auf Ihr Geehrtes vom Soundsovielten, Kaminschieber betreffend, möchten wir Sie höflichst bitten, Geduld haben zu wollen, da wir derzeitig mit der Herstellung kriegswichtiger Artikel betraut sind ...«

Die meiste Zeit diente Rosa Madame Weißblatt als Hausmädchen und wurde »Hausdöchterke« genannt. Sie erhielt ein Zimmer im Turm des Weißblattschen Stammhauses, und sie übernachtete dort, wenns ihr für den Heimweg zu spät wurde. Normalerweise aber nächtigte sie daheim, weil sie auch den kleinen Haushalt des Vaters weiterführte. Eine tüchtig tüchtige Person war Rosa und brav dazu.

Das, was man bequemerweise Zufall nennt, machte Rosa zu Stanislaus' Zimmernachbarin. Der Prinzipal veranlaßte, daß dem »lieben Jast« ein eigenes Zimmer eingerichtet wurde, um ihn den Einflüssen des »unlieben Sohnes« zu entziehen.

Der Frühling arbeitete mit lauer Luft an Bäumen und Sträuchern, und der Amselhahn sang wie ein betrunkener Tenor. Rosa klopfte an Stanislaus' Zimmertür. »Bitte eintreten zu dürfen.«

Erstarrt nicht, es hatte Rosa Mühe gekostet, zu Stanislaus zu gehn. Mehrere Male ging sie bis zur Tür und lauschte; nicht aus Neugier, sondern um ihren Mut anwachsen zu lassen, aber dann reckte sie sich: sie handelte in Sachen Sache.

Stanislaus lag lesend auf dem Bett und sah drein wie eines der Kinder, denen die Madonna von Lourdes erschien. »Erschrecken Sie nicht!« sagte Rosa, aber gerade das tat er und sprang auf.

Die Sache war die, Rosa wollte die Hosenträger vergolten haben. Stanislaus ging um Geld an den Schrank, doch Rosa vertrat ihm den Weg, und er sah ihre feuchtroten Lippen, und es kostete ihn Mühe, keinen Verführungen zu unterliegen.

Rosa wollte kein Geld; sie wollte ausgeführt werden. »Und was Sie auch von mir denken, ich muß es verlangen!«

»Und Ihr Freund, der Lange vom Bauplatz?«

»Ich hoffe, Sie werdens ihm nicht verraten.«

Wie gut, zu wissen, daß Rosa der Lage nicht aus eigener Kraft so gewachsen war!

8

Stanislaus stellt fest, daß der Rhein aus einem Ei schlüpft, und Rosa muß ihm den Lohn für gelieferte Hosenträger entreißen.

Der Mensch behandelt seine Vorderfront mit Rasiermessern und Cremes, läßt sich die Gesichtshaut straffen, seine Nase zum Näschen formen, versorgt sich mit Zähnen und Haaren, die er vor dem Zubettgehen ablegen kann, zahlt für die künstliche Jugend und übersieht, daß es ein kostenloses Mittel gibt, jung zu bleiben – das Wundern.

»Wer nichts für selbstverständlich hält, sich sogar wundert, daß er zur rechten Zeit auf diesem Planeten erschien, bleibt jung bis zu seiner Verflüchtigung«, heißt es auf einer Papyrusrolle, die auf dem Hausboden eines altägyptischen Schiroplastikers gefunden wurde.

Stanislaus wunderte sich mit siebenunddreißig Jahren wie ein Dorfschuljunge, wenn ers auch nicht zeigte. Da war dieser breite Niederrhein bei Dinsborn! Der Büdner-Junge sah dieses Nibelungenwasser zum ersten Male und mußte an Lehrer Gerber denken, bei dem sie »Die Wacht am Rhein« lernten. Er erinnerte sich an ein politisches Plakat, das man an eine Linde auf dem Dorfplatz gezweckt hatte: »Der Rhein, Deutschlands Strom, nicht Deutschlands Grenze!« Jenes Lied fiel ihm ein, das da hieß: »An den Rhein, an den Rhein, zieh nicht an den Rhein, mein Sohn, ich rate dir gut ...« Er dachte an die Lorelei, an all die rheinischen Mädchen, den rheinischen Sang und den rheinischen Wein.

Ein gewaltiges Wasser, dieser Rhein! Es wogte nicht unschlüssig wie das Ägäische Meer, sondern bewegte sich nach Norden, nur nach Norden. Tröstlich war, daß auch dieser große Fluß im Süden klein angefangen hatte, als ein Quell, in dem feiner Sand umherwirbelte, und daß er das Erdinnere aus einem eigroßen

Loch verlassen hatte, haha, auch er war aus einem Ei geschlüpft, dieser Strom, dieses deutschnationale Politikum.

Was braucht man, um die Sympathie, die zwei Menschen füreinander hegen, in Liebeshandgreiflichkeiten umzusetzen? Einen milden Vorfrühling, eine Halbnacht, und die Halbnacht muß von jungem Gras durchduftet sein, einen Rest Abendrot, das sich in einem breiten Fluß spiegelt, das Schwatzen, Schmatzen und Glucksen des Wassers, und der Flußdeich muß menschenleer sein, ein leichter Wind darf wehn, der Ordnung halber, weil Wasserkühle und laue Luft Winde erzeugen, wo sie sich treffen.

Alles das war vorhanden, und doch wurden Stanislaus und Rosa nicht handgreiflich gegeneinander. Er schätzte die Breite des Rheins. Sie nannte die genaue Meterzahl. Er gestand, daß er ein so breit dahinziehendes Gewässer noch nie gesehen hätte. Sie dachte an Oseros Auftrag und sagte: »Ich schwärm für Länder mit stehendem Wasser, für Länder mit tausend Seen und so was.« Es war nicht klug von ihr, so direkt nach Karelien zu fragen, aber Stanislaus war liebesdumm und haschte nach Gesprächsstoff: Er kannte ein Land mit tausend Seen, vollgestopft mit stehendem Wasser.

»Nein, wirklich?«

Er baute ihr sein Karelien auf, seine Wälder dort, seine Seen, die wie Planetenaugen aus den Kiefernwäldern in den Himmel starrten; er holte *seine* Hechte aus den Seen, Räuber mit bemoosten Rücken, älter als die ältesten Menschen der Erde; er malte seine Mitternachtssonne und schwärmte vom Gesang der sommertollen Vögel, die um ein Uhr in der Nacht ihre Brut füttern.

Rosa hörte so heftig zu, daß sie dümmlich dreinsah, doch sie ahnte etwas von dem Gebrodel in diesem Dichterburschen und spürte die Schubkraft der Poesie.

Dann wollte sie wissen, ob er während dieser Zeit nie Gelegenheit gehabt hätte, zu den Russen überzulaufen.

Doch, die hätte er gehabt, aber wenn er sie genutzt hätte, würde ein gewisser Johannis Weißblatt nicht mehr leben.

»Und das wär schad?« fragte sie.

»Er ist ein Mensch.« Ihre brutale Frage, die zu Oseros Auftrag gehörte, befremdete ihn. Sie spürte sein Erschrecken, blieb stehen und stemmte die Hände in die Hüften. »Eine Frage noch.«

»Die Frage, bitte.«

»Wissen der Herr, wozu zwei junge Menschen an einem Vorfrühlingsabend auf einem Flußdeich spazieren?«

Der Herr wußte es nicht, und sie tat es, und ihre Feuerküsse verwirrten ihn, und er wollte wissen, ob er es wirklich mit einer Art Animierdame der Firma Weißblatt zu tun hatte, und probierte es aus. Sie machte kein Geschrei, kicherte nicht jungfräulich, doch sie trat einen Schritt zurück und sagte: »Aber nicht zum Spaß! Ich bin katholisch.«

Da erschrak er, dieser Kriegsveteran, ließ von ihr ab und wußte nicht, wie er nun sein sollte, aber er begehrte sie immer mehr.

9

Stanislaus wird von einem unbeweisbaren Wesen heimgesucht, beschließt herauszufinden, wozu er lebt, und giert nach dem Mädchen Rosa.

Die Bienen hatten eine Königin; weshalb sollten nicht auch die Schmetterlinge eine haben? So dachte Stanislaus als Dorfschuljunge. Seine Einbildungskraft war stark, und eines Tages erschien ihm die Schmetterlingskönigin, und sie besuchte ihn hinfort, und ihre Besuche beflügelten ihn, bis ihm die Eifersucht auf eine gewisse Lilian Pöschel das Blut vergiftete. Da erschien ihm die Schmetterlingskönigin nicht mehr. War sie seine verkleidete Jugend gewesen? Möglich!

Aber Stanislaus trauerte der Schmetterlingskönigin nicht nach. »Was war, kann wieder werden«, hieß ein Satz in einem Leihbuch seiner Mutter Lena. Der Satz bewahrheitete sich in Stanislaus' Klosterzeit: Obwohl ihn Melpo unter verschiedenen Vorwänden besuchte, bemühte er sich, ein guter Novize zu sein. Die Brüder forderten ihn nicht auf, einbeinig auf einer Säule zu stehen oder seine Arme wie Luftwurzeln zum Himmel zu recken, bis sie verwelkten; sie redeten ihm nicht ein, er müsse seine Körperschmerzen ersticken und über glühende Kohlen oder Glasscherben wandeln; sie benutzten keine schmalen metaphysischen Experimente, um die Allmacht eines höheren Wesens zu bezeugen, doch sie versuchten auch nicht, mit schmalen physikalischen Erkenntnissen die Allmacht des Menschen zu beweisen. Sie trieben keine Heiligenverehrung, denn es waren dort mehr kluge Heiden versammelt, als man je in einem Villenviertel westeuropäischer Hauptstädte antreffen wird.

Die Klosterbrüder empfahlen dem Novizen, über sein Leben zu meditieren und sein Hirn von Zeit zu Zeit in Ruhe zu versetzen. In einer solchen »Sendepause« erschien Stanislaus zum ersten Male jenes Wesen, das er später den »Meisterfaun« nannte. Er erschien Stanislaus als ein mahnendes oder überredendes, auch ironisierendes Geschöpf. Mag sein, daß wissenschaftlich durchgebildete Leute für das Erscheinen des Fauns Erklärungen fänden; möglich, daß Moralisten ihn das »gute Gewissen« und Ethiker das »bessere Ich« des Helden nennen würden, trotzdem wäre die Erscheinung ökonomisch und gesellschaftlich »nicht tragbar«; sie gehört in die unerforschten Bereiche der Kunst.

Körperlich ähnelte der Meisterfaun manchmal dem geistlichen Würdenträger Simos von der Ägäerinsel, häufiger einem russischen Bauern mit struppigem Haupthaar und einem Bart, der vom Rande der Augenhöhlen bis zum Gürtelstrick reichte, mit Augen, die hinter zerzausten Brauen lagen und wie Scherben hinter Schlehdorngesträuch blitzten.

Wenn Stanislaus' Schmetterlingskönigin ein Wesen aus Glauben war, so war der Meisterfaun ein Wesen aus Ahnungen und Verstand.

In der Klosterzelle roch es nach Quarzsteinfunken, und durch ihr hutgroßes Lichtloch drang der Duft jungen Grases, der den Novizen an die Auen in Waldwiesen erinnerte, auf denen er Mutter Lenas Ziegen gehütet hatte. Bei der kindshohen Zellentür säuselte es: Der Meisterfaun war da und hockte sich auf die Schlafstätte. Das war ein Sockel aus Lehm, über den Ziegenhaardecken gebreitet waren. Der Faun räusperte sich und fragte: »Wozu lebst du?«

Stanislaus ließ sich Zeit mit der Antwort. Vom Klosterhof drang das Klirren der Ziehbrunnenkette in die Zelle; in der Ferne schrie ein Lamm.

»Wozu lebst du?« wiederholte der Faun.

»Wenn ich mich umseh, wozu andere leben, so wird auch mir nichts blühen, als dereinst meinen Kindern ein guter Vater gewesen zu sein.«

»Biologie«, sagte der Faun, »zeugen kann jeder Aff. Ein Mensch muß ausforschen, wozu er überdies hier ist.«

»Ich will es versuchen«, sagte Stanislaus demütig, aber der Meisterfaun war verschwunden. Sein Bart schrumpfte zu einem Häuflein Bergflechten zusammen, das auf der Feuerstelle lag, und dort, wo dem Novizen die Augen des Bärtigen geblitzt zu haben schienen, blinkten Quarzstellen aus dem Gestein der Zellenwand.

Stanislaus wurde es unheimlich. Er kroch aus der Zelle, ging auf den Klosterhof und suchte Gesellschaft. Keine Mönchsseele dort! Er schöpfte Wasser aus dem Felsenbrunnen und kühlte sich die Stirn: Hatte ihn der Gegensatz von Krieg und Klosterleben wahnkrank gemacht?

Es wurde Abend, und die Sterne wimmelten über dem Klosterhof. Er sah ihnen zu und wurde ein unerheblicher Punkt im Weltall. Das beruhigte ihn.

In den nächsten Tagen dachte er reger über den Sinn seines Lebens nach als sonst, und er holte die Frage willentlich herbei, wenn sie im Klosterleben zu versanden drohte.

Nachdem Weißblatt damals in der Hafenschänke von Piräus Stanislaus' Talent anerkannt hatte, trank er, der Anerkannte, mehr als gewohnt vom griechischen Harzwein und schleppte sich in der Dämmerung durch die Gassen, um sich zu ernüchtern. Ein sachter Wind wehte den Geruch fauligen Wassers und duftenden Grases heran, und der Venusstern blinkte. Stanislaus sah rührselig zu ihm hinauf, und da erschien ihm der Meisterfaun zum zweiten Male. Er ging mit Turnerschritten neben ihm her und hatte die rechte Hand hinter den Gürtelstrick geschoben. »Wozu lebst du?«

»Zum Dichten leb ich vielleicht!«

»Du sagst es, weil Weißblatt dir schmeichelte.«

Stanislaus wollte ungehörig antworten, aber er zähmte sich. »Manchmal glaub ich zu wissen, daß ich ein Dichter bin.«

»Aber du bist nicht sicher?«

»Nein.«

»Belaure dich weiter!«

Stanislaus konnte seine Abneigung gegen plumpe Belehrungen nicht mehr verstecken. »Du langweilst mit deiner Weisheit!«

»Und du begnügst dich mit Halbgewißheiten. Das Leben ist kein Kaufhaus mit BILLIGEN WOCHEN.«

»Wir könnten mit unseren Dialogen auf die Bühne«, spöttelte Stanislaus, aber er sagte es bereits zu einer jungen Zigeunerin, die neben ihm herging. Sie hatte die Augen eines Araberpferdfüllens, packte seine Hand, versprach, ihm eine »extra prima Zukunft« vorauszusagen, und titulierte ihn »Hauptmann«. Sie hatte ihn trotz der Priesterkleidung als Deutschen erkannt! Duftete er deutsch?

Es war ihm nicht gegeben, eine schöne Frau abzuweisen, obwohl er wußte, daß ein fremder Mensch seine Zukunft nicht kennen konnte; seine Zukunft war in ihm, er mußte sich kennen, wenn er sie kennenlernen wollte.

Er griff in die tiefen Taschen seines Podrisniks: Neben einigen Drachmen Zehrgelds gab es da eine mit Küssen versehene Mandarine, eine Wegzehrung von Melpo, die er mumifizieren wollte, um lange etwas bei sich zu haben, was die röstbraunen Hände seiner griechischen Freundin berührt hatten. Haltet Stanislaus nicht für sentimental, Erinnerungen sind Schwingungen, die lähmen und beleben können. Der Verfasser hofft, unsere ehrenwerten Wissenschaftler werden, nach der Analyse des Venusgesteins, die Wirkungen von Erinnerungen klären.

Zwei Drachmen wanderten aus der tiefen Tasche eines Podrisniks in die tiefe Tasche eines Zigeunerinnenrocks. Die Finger der »Wahrsagerin« glitten wie Katzenpfoten über seine Handinnenflächen. »Nächste Zeit werden verlieben, extra prima Frau. Wird Kummer sein und Liebe, lange Jahre!« Man konnte aus den Voraussagen der Zigeunerin dies und das machen, wie aus den Prophezeiungen aller Zukunftsdeuterinnen der Welt, auch die Pythia in Delphi dürfte nicht anders gearbeitet haben. »Deutsches Mann keine Krieg machen mehr, bitte«, sagte die Zigeunerin, »aber wenn wieder Krieg machen, dann hier ...« Sie legte den gereckten Zeigefinger an ihren schönen Hals und ging rasch davon, nicht ganz ohne Furcht.

Ein drittes Mal erschien der Meisterfaun Stanislaus nach dem ersten Spaziergang mit Rosa. Stanislaus lag auf seinem Bett, und es fiel ihm nicht leicht, Wand an Wand mit einem Mädchen zu liegen und daran zu denken, daß sie einander nicht angetan hatten, was junge Menschen sonst nach einem Frühlingsspaziergang einander anzutun pflegen. Er hätte gern gewußt, ob auch Rosa so dachte, und er preßte sein Ohr an die Wand, doch er hörte nichts von diesem merkwürdigen Mädchen.

Gegen Morgen breiteten sich Erd- und Grasduft aus, der Meisterfaun erschien, hockte sich aufs Fensterbrett und fragte: »Willst du es mit Bigamie versuchen?« – Seine Ironie war nicht zu überhören. »Diese smarte Rosa (du weißt, daß man jetzt in Deutschland ›smart‹ sagt, wenn man zu den ›Smarten‹ gerechnet werden will), also, diese Rosa darf sich dir nur noch einmal anbieten, dann machst du ihr ein Kind, ohne ihr zu sagen, daß du verheiratet bist.«

»Du bist schon klüger aufgetreten«, antwortete Stanislaus. »Man hat mich kriegs- und ferngetraut. Ist nicht aufgehoben, was Kriegsgesetz war?«

»In so Sachen ist man in Deutschland nicht gründlich«, antwortete der Faun. »Du solltest fahren und dich von Lilian scheiden lassen!«

»Und Rosa, du Bürokrat?«

»Was sein soll, wird sein«, war die dunkle Antwort des Fauns, und er verschwand.

Stanislaus grübelte. Er dachte an Lilian, er dachte an Rosa. In einem Punkte waren vielleicht alle Frauen gleich: Sie verlangten, daß man ihnen etwas bot, sie waren Weibchen im Schopenhauerischen Sinne, die nach Versorgung gierten. Sie verlangten von einem Manne, daß der nicht nur in seiner Einbildung etwas war, zum Beispiel ein Dichter. Für Frauen schien nur *der* Beruf des Mannes zu gelten, mit dem er die Familie ernährte.

Wie auch immer, er wollte Rosa haben. Er wußte nicht, weshalb, aber er *mußte* sie haben! Er beschloß, sich von Lilian scheiden zu lassen und auf das Angebot des Prinzipals einzugehen. Da würde er ein gutes Einkommen haben und konnte sich vielleicht in den Feierabendstunden der Dichterei widmen.

Das alles beschloß er, aber im Hintergrunde bewunderte er diesen Kerl Jesus. Es mußte was an ihm gewesen sein, wenn er trotz aller Reiche, die ihm gezeigt wurden, Golgatha, die Schädelstätte, wählte.

Lächelt nicht über Stanislaus' Beschlüsse! Gieren wir nicht alle nach Glück und erwarten, es möge ein wenig länger sein als unser Unglück? Und sollten wir nicht wissen, daß die Glücks- und die Unglücksstunden gleich lang sein *müssen* und daß dauerndes Glück so verdächtig ist wie dauerndes Unglück? Ach, wir gleichen zuweilen jenem naiven Märchenmanne, der seinen Schatten in die Tasche zu stecken versuchte.

10

Stanislaus soll in die Zementbesorge eingeweiht werden und gelangt über den DENKER von Rodin zu merkwürdigen Denkergebnissen über den Prinzipal.

Stanislaus teilte dem Prinzipal seinen Entschluß mit. Wenn Chagall die Freude des Betonisten wiedergegeben hätte, so hätte er den Prinzipal gezeigt, wie er als zwei Zentner schwere Putte in graugrünen Zementstaubwolken über begrünten Straßenlampenmasten und blumengefüllten Hundesaufnäpfen schwebt. Der Prinzipal packte Stanislaus bei den Schultern und schüttelte ihn, daß Stanislaus fürchten mußte, väterlich von ihm abgeküßt zu werden. »Die Freude ist ein Ballon, der Kummer ein Sandsack«, heißt es in den Ausführungsbestimmungen zum Erwerb des seelischen Sportabzeichens.

Stanislaus sollte zunächst die Produktionsphasen kennenlernen. Einen Mischer konnte er bereits bedienen, nun würde er bei den Formern mittun. Der entlaufene Bäcker, Traumdichter, Wundertäter und Kriegsveteran ging an die Arbeit, daß graue Betonfunken flogen, und am Abend führte er eine stattliche Kolonne Kaninchenfreß- und Hundesaufnäpfe an.

Der Prinzipal glühte vor Glück, nahm den Betonnovizen nach dem Abendbrot beiseite und fragte ihn, ob er, trotz der harten Arbeit, noch fähig wäre, einen Ausflug zu machen; der eventuelle Nachfolger sollte mit der ZEMENTBESORGE, der zur Zeit wichtigsten Phase der Betonherstellung, vertraut gemacht werden.

Stanislaus war bereit, denn es handelte sich nicht um sinnlosen Kriegsdienst, sondern um Schieber und Aufsätze für kriegszerstörte Kamine, um Freßgeschirr für wichtige Nachkriegstiere wie Kaninchen, um Saufnäpfe für die Edelhunde der Besatzergattinnen.

Die ZEMENTBESORGE wurde in zwei Phasen betrieben: Zuerst mußten auf abenteuerliche Weise Naturalien erworben, dann mußten diese Naturalien auf noch abenteuerlichere Weise bei Leuten, die zu der Gilde der sogenannten Schieber gehörten, in Zement umgesetzt werden. Beide Phasen widerlegten die Behauptung von Militärs, daß ein Krieg die Menschheit zivilisiere, nein, er stieß sie in die Verwilderung und in die Naturalwirtschaft zurück.

Frau Elly Mautenbrink war die erste Geliebte des Lyrikers a.D. Johannis Weißblatt. Zwischen Johannis Weißblatt und Hauptmann der Reserve Mautenbrink hatte es im ersten Buche vom »Wundertäter« eine Eifersuchtsszene gegeben, und es gab eine Schießerei, die glücklicherweise keine Schadensmeldung nach sich zog. Wir wollen aber nicht weiter davon reden, sonst kommen wir in den Verdacht, Reklame für ein unmoralisches Buch zu machen, das eine Landesmutter gegen die kaukasische Nußbaumwand ihres Boudoirs warf. Und wenn die Leser den Verfasser fragen, ob es in Holland geschah, wo dieses verderbte Buch vom »Wundertäter« zuerst übersetzt wurde und unter das Volk gelangte, so antwortet er: Nein, es geschah nicht in Holland.

Der schießwütige Gemahl der Elly Mautenbrink starb im Krieg als Hauptmann der Reserve beim Schutze der »heiligen

Heimat« an den Folgen seiner Vaterlandsliebe. Was tut die »leidgeprüfte Witwe« eines Hauptmanns? Sie gibt eine Nachrufanzeige auf und erklärt, ihr »innigstgeliebter Mann« hätte sich auf dem »Altare des Vaterlandes geopfert« und sie stünde einem »schweren Schicksalsschlage« gegenüber. Danach bleibt die Hauptmannswitwe eine Weile auf der Stelle stehen und behält das Schicksal im Auge.

Aber kein Mensch kann monatelang auf den gleichen Gegenstand starren, ohne zu ermüden. Er muß seinen Blick dann und wann nach dieser und jener Seite ausscheren lassen. Das mußte auch Frau Mautenbrink, und ihr Blick fiel auf die tröstliche Volksweisheit: Das Leben muß weitergehn!

Elly Mautenbrink hatte getreue Freunde, und der getreusten einer war Prinzipal Weißblatt, der damals etwas gegen die Liebschaft seines Sohnes mit der Gutsbesitzersdame hatte, aber als Frau Mautenbrink Kriegerwitwe geworden war, kümmerte er sich höchstpersönlich um sie. Er erkannte, wie es um sie stand, offenbarte sich ihr und versicherte, er hätte sie damals seinem Sohne nicht gegönnt, er wäre eifersüchtig gewesen.

Damit war alles gesagt, was zu tun war. Keine Rede davon, daß Elly Mautenbrink ihrer Freundin, Madame Weißblatt, etwas stahl, wenn sie geschäftliche Konferenzen mit dem Prinzipal abhielt.

Zwischen dem Prinzipal und Frau Elly entwickelte sich ein emsiges Geschäftsleben »auf der Basis gegenseitiger Vorteile«. Frau Elly schätzte die geschäftsmännische Diskretion des Prinzipals, denn sie hatte das obligate Trauerjahr noch vor sich. Für Prinzipal Weißblatt waren die Beziehungen zu Frau Elly zugleich eine lukrative Liaison mit der Landwirtschaft, und wenn er ein hoffärtiger Mann gewesen wäre, hätte er sich sogar im letzten Kriegsjahr seine Zigarren mit den Reichslebensmittelkarten anzünden können.

Aber der Mensch ältert. Die Niederlagen seines Volkes untergraben sein Wohlbefinden. Die Taten seiner unfähigen Regierung zehren an ihm. Auch Prinzipal Weißblatt alterte an diesen Tatsachen. Er blieb nicht der leistungsfähige Springbock in den Zementsteppen von einstens: Der Kundenkreis der Firma

Weißblatt vergrößerte sich; der Rohstoffverbrauch nahm zu; die Naturalienforderungen wuchsen, aber die Gegenleistungen des Prinzipals verkleinerten sich. Er hatte so sehr damit gerechnet, der arme Prinzipal, daß ihn sein Erbe Johannis gerade in dieser Hinsicht vertreten würde, aber dieser Sohn priesterte umher und schien verloren zu sein.

So kam es, daß Weißblatt mit seinem eventuellen Teilhaber Stanislaus Büdner an einem niederrheinischen Abend durch die Felder auf den Gutshof der Mautenbrinks zuging. Der Prinzipal funktionierte diesen Geschäftsgang mit einem Stock aus lasiertem Bambusrohr zu einem harmlosen Spaziergang um. Auch Stanislaus trug ein Gehholz aus dem Schirmständer des Weißblattschen Stammhauses, einen Touristenstock mit metallener Spitze und Stocknägeln: »Gruß aus Fallingbostel, der Lönsstadt im Heidekraut.«

Über den Köpfen der Spaziergänger gondelten zwei Schnepfen und quorrten sich frühlinglich an. Stanislaus beobachtete das Liebesspiel der Vögel. Für Prinzipal Weißblatt war das Federvieh zwischen den Wolken und seinem Kopfe nicht vorhanden; es hatte nichts mit Zement zu tun. Am Horizont machten die Hochöfen von Humborn mit ihrem Flammengespei die Sterne verstummen und strengten sich an, feuerspeienden Bergen zu gleichen, Vesuven und Ätnas der Zivilisation.

Als sie eine Weile gegangen waren, wurde es luftiger im Prinzipal, er fühlte sich angehoben, und in seiner zementverstaubten Seele regte sich was von seinem stillgelegten studentischen Genie: Er machte Stanislaus mit seinen Erfindungen bekannt, mit Bimsbeton, dem Kuckuckskammerton und anderen Dingen, aber sein zweiküppiges Streichholz erwähnte er nicht; über diese Erfindung schien er hinausgereift zu sein.

Stanislaus schob beim Zuhören sein Kinn in den Kragen des Oberhemdes, das aus der mittvierziger Zeit des Prinzipals stammte und das gut und gern den Mann mit den zwei Köpfen auf dem Rummelplatz hätte behemden können.

Der Prinzipal hatte eine überaus gute Stunde, wurde mitteilsam und schwärmte von der Zukunft: Er würde die Produktion von Betonplastiken wiederaufnehmen; natürlich mit »ausgereifteren Werkstücken« als vor Jahren. Vor allem gings ihm um eine Figur, der »Denker« genannt, die ein gewisser Rodin, ein »französischer Unternehmer aus der Gipsbranche«, angefertigt hätte. Der Prinzipal hatte die Figur als junger Architekt in Paris, im Louvre, gesehen, und sie hatte ihn beeindruckt. Jede aufgeweckte Stadtverwaltung »sollte woll jezwungen sein«, einen Weißblatt-Abguß jener Figur als Denkanstoß für die Bürger zu erwerben. »Nehmen wir an, et spaziert eins durch ne Stadtpark und steht janz plötzlich diesem Denker jejenüber. Wat bleibt dem übrisch? Er muß sich ja woll selber wat denken und will ja woll rausbekommen, wat diese Kerl da am Denken is.«

Sie gingen über einen Steg, der ein verschmutztes Rinnsal überbrückte. In der Ferne schrie ein Kauz. Prinzipal Weißblatt hielt den Schrei für das Signal des Achtuhrzuges nach Wesel und zog seine Taschenuhr: Die Taschenuhr blinkte golden im Hochofenschein.

Stanislaus dachte an Johannis Weißblatt, den er seit Tagen nicht gesehen hatte. Gewisse geistige Unebenheiten mußte Johannis von seinem Vater geerbt haben. Es schien in den Köpfen der Weißblatts Hirnzellen zu geben, die von Ungeziefer befallen waren. Wenn Bienenzellen von Bienenlauslarven heimgesucht wurden, mußten es im Weißblattschen Falle Hirnlauslarven sein.

11

Stanislaus sieht eine Liebespostkarten-Dame, wird von ihr »musikalisch umrahmt« und plantscht in der Bibliothek eines Edelhofes.

Vor dem Portal des Mautenbrinkschen Edelhofes standen zwei Blutbuchen, und die flochten ihre Zweige ineinander. Im Sommer überdachte ihr Blattwerk das Edelhofportal, und man ging durch einen rotroten Wandelgang in das ehemalige Herren-, jetzt: Damenhaus.

Prinzipal Weißblatt und Stanislaus waren angemeldet. Die Dame Mautenbrink kam ihnen mit Zwanzigzentimeterschritten entgegen und breitete die Arme aus. »Willkommen der Gast, willkommen, Freund Weißblatt!«

Die Gastgeberin war anmutig geschnürt, ein karätiges Weib, und nur ein taktloser Mensch konnte sie mollig bebust nennen. Sie trug ein lilafarbenes Mantelkleid; es fiel faltig, und sein Saum berührte die Freitreppenstufen. Die Spitzen der weißen Herrinnen- Schuhe erschienen und verschwanden wie spielende Meerschweinchen am Rocksaum. Damen von so angehobener Qualität und Schönheit hatte Stanislaus bisher nur auf Liebespostkarten gesehen, die seine Schwester Elsbeth vom Sohn eines Limonadenfabrikanten aus der Kreisstadt erhielt.

Auf dem Edelhofe war vorhanden, was zu einem Herrenhaus gehörte: ein Spezialzimmer zum Musizieren, ein Boudoir, ein Spielzimmer, eine Bibliothek, kleinere Salons, Gästezimmer und als Spezialität à la carte ein Atelier für durchreisende Maler.

Im Musikzimmer stand ein Konzertflügel, und nicht weit von ihm graste auf langhaarigem Teppich ein Füllen des Flügels, das Cembalo. Niemand soll denken, daß ein Harmonium fehlte, und jedermann darf erwarten, daß der Rundfunkempfänger in eine Chippendalekommode eingebaut war.

In der Bibliothek hausten Klassiker von Aristoteles bis Zaroaster und Schriftsteller, von denen man noch nicht sagen konnte, ob sie Klassiker werden würden oder nicht.

Allerdings war auf dem Edelhofe auch manches zu finden, was nicht in ein Herrenhaus gehörte, aber darum kümmern wir uns vorläufig nicht. »Alles zu seiner Zeit, aber dann zentnerweis«, heißt es in dem Liede von der gefallenen Jungfrau.

Der Prinzipal und Stanislaus wurden bewirtet. Im Weißblattschen Stammhause hatten sie Abendbrot gegessen, auf dem Edelhofe nahmen sie es ein. In Stanislaus ging noch manches hinein, zum Beispiel holländische Räucheraale, die in Schwarzhändlersäcken rheinaufwärts geschwommen waren.

Er aß jetzt sicherer, weil er Rosa einige »Tafelfertigkeiten« abgeguckt hatte, und es kam ihm nicht in den Sinn, sich in die Serviette die Nase zu schneuzen. Er musterte heimlich das Gesicht der Gastgeberin. Die Eßzimmerbeleuchtung war so gehalten, daß er nicht ein Fältchen in diesem Gesicht wahrnahm. Frau Mautenbrink hatte verdächtig rappenfarbenes Haar, trug es hochgesteckt und wirkte sauber und gewaschen von den Fußspitzen bis hinter die Ohren; die Blicke ihrer dunkelbraunen Augen filterte sie durch lange Wimpernprothesen. Wenn sie vergaß, wer sie sein *wollte*, war ihre Stimme warm und herzlich, doch sie wurde knarrend, wenn sie die Herrin Elly mit y am Ende des Vornamens herauskehrte.

Der Leser erlasse dem Autor, über die Tischgespräche zu berichten; sie unterschieden sich nicht von denen am Weißblattschen Familientische. Nach dem Kaffee jedoch fragte Frau Mautenbrink den hochverehrten Gast, ob sie sich etwas wünschen dürfe.

»Der Wunsch, bitte!«

Frau Mautenbrink wünschte ein Gedicht zu hören. Der Wunsch war dem Dichter ein Donnerschlag. War sein Dichterruhm bereits bis auf den einsamen Edelhof gedrungen? »Die Welt ist klein«, sagte die Schwiegermutter der Schwägerin zu ihrem Goldfisch im Glase. Stanislaus konnte nicht wissen, daß Frau Mautenbrink und Frau Friedesine Weißblatt bereits am Abend seiner Ankunft miteinander telefoniert hatten; allerdings ging es bei diesem Telefongespräch um die gesunde Heimkehr des Lyrikers Johannis Weißblatt, und Stanislaus figurierte als ein Dichterlehrling, den sich »der liebe Johannis jroßherzig auf den Hals jeladen« hätte.

Stanislaus ließ sich nach der erwähnten Anstandsregel aus dem Leihbuch seiner Mutter Lena dreimal um ein Gedicht bitten, obwohl für ihn feststand, daß im Leben alles abgearbeitet werden mußte: Weshalb sollte er sich für den holländischen Räucheraal nicht mit einem Geisteserzeugnis abfinden?

Frau Mautenbrink erbot sich, den Gedichtvortrag musikalisch zu umrahmen, wie man sich ab Jahrhundertmitte auszudrücken pflegt. Die fetten Fingerchen der Gastgeberin ließen sich auf den Tasten des Flügels nieder und gruben mit langen Nägeln ein Rondo aus der Klaviatur, und ob es nun der Genuß von zwei Gläsern Riesling war, ob der Drang, seine Schulden abzutragen; nach dem Rondo stand Stanislaus auf, stützte sich auf den Konzertflügel, hob die Brust an und staute eine halbe Minute Luft und Zeit. All das hatte er von einem Rezitator im Fronttheater abgeguckt.

Die Lieder, sie sind verklungen.
Die Spuren, sie sind verweht.
Süßherbe Erinnerungen,
Die Zeit zaust mich und vergeht.

War es ein Morgen im Maien,
Als mich die Liebe gestreift?
Lenzblauer Taumel zu zweien,
Jetzt rötet der Wein sich und reift.

Die Stutenhufe, sie springen
Über Grüfte, Gräben und Karst.
Weiß dir kein Lied mehr zu singen,
Weiß nur noch leis, wie du warst.

Das Gedicht hatte Stanislaus in seiner Rekrutenzeit gemacht. Es bezog sich auf seine Liebe zu Lilian Pöschel, und es war eines jener Wunder der Kunst, mit denen die Wissenschaft nicht fertig wird: Eine verderbte Person gab den Anstoß zu einem anmutig elegischen Gedicht.

Der Konzertflügel stand mit angehobener Deckellippe, seine Tastenzähne bleckten Stanislaus an, und Frau Mautenbrink sah kokett-verlegen auf die breiten Blätter einer Zimmeragave, atmete erregt und sagte: »Superb!«, wartete einen Augenblick und fügte hinzu: »Exquisit!« Sie streichelte die Tasten des Flügels, und der Flügel flog in eine Toccata von Debussy hinein.

Am Schluß verneigten sich die Pianistin und der Dichter. Das Publikum bestand aus Prinzipal Weißblatt, und der Beifall wurde von zwei fleischigen Händen angefertigt.

Frau Mautenbrink und Stanislaus hatten einen gehaltvollen Abend gestaltet, um eine Szene aus Tageszeitungen um die Mitte des zwanzigsten Jahrhunderts vorwegzunehmen. Später zogen sich der Prinzipal und die Herrin zu einer geschäftlichen Besprechung zurück. Stanislaus ging in die Bibliothek, es roch dort nach der Ewigkeit, die aus alten Büchern strömt. Der Betoniernovize las die Autorennamen auf den Bücherrücken, zog hier, zog dort ein Buch heraus, las ein Weilchen, steckte es in seine Reihe zurück, nahm das nächste und las und verfiel in einen Rausch und wünschte sich, ein Jahr um und um in der Bibliothek sitzen bleiben zu dürfen.

Was immer Frau Mautenbrink und der Prinzipal vorverhandelt hatten, als sie die Bibliothek betraten, sprachen sie über Weizen, der in der Mühle zum Stappschen Hähnchen gemahlen werden sollte. Der Weißblattsche Holzgas-Lastwagen sollte Punkt sieben Uhr vor eine bestimmte Tür des Gutshofes fahren und mit Weizen beladen werden.

Der Prinzipal wirkte gelöst; auch zwei gewisse Knöpfe an seinem Anzug waren es, und er bat seinen eventuellen Teilhaber um strengste Diskretion in bezug auf die Weizenlieferung und so weiter.

Frau Mautenbrink trug nach der geschäftlichen Besprechung einen olivgrünen Hosenrock, und Stanislaus gewahrte, daß sie unter Keulenwaden litt.

Sie verabschiedeten sich von Frau Mautenbrink auf der Freitreppe. Der Prinzipal küßte der Gastgeberin die Hand; sein eventueller Teilhaber konnte sich nicht dazu entschließen. Mutter Lena, diese belesene Person, hatte oft erklärt, es müsse einer Frau peinlich sein, wenn man ihr die Hand küsse. Man schnitzele Zwiebeln und müsse Schweinefutter umrühren, und alles das wäre kein Parfüm.

»Kommen Sie wieder, immer, immer wieder«, sagte die Dame Mautenbrink zu Stanislaus. Die Gäste verließen den Edelhof und gingen heimzu. Die Venus hatte sich aus dem Gelohe der Hochöfen aufs freie Himmelsfeld gerettet, und dort leuchtete sie.

12

Stanislaus wird die Arbeitswilligkeit von unbekannten Mächten verübelt; er durchsucht eine Kirche vergeblich nach Rosa und tröstet sich bei der Herstellung eines Hilfsschemas zur Klassifizierung der Menschheit.

Die Baumknospen reckten sich die ganze Nacht, und es wurde Morgen, und mancher Baum schimmerte grün. Wo war das Grün über Nacht hergekommen? Die Deckblätter der Hyazinthenblüten durchbohrten die Blumgarten-Erde, und frühwache Fliegen probten ihren Schlittschuhlauf an durchwärmten Betonwänden.

Eine der Freiheiten des Menschen scheint darin zu bestehen, seine Empfindungen mit alkoholischen Getränken aufzuputschen, um den Rausch am nächsten Tage mit Gefühlsstumpfheit zu bezahlen. Was für eine Dummheit, sich künstlich in gute Laune zu versetzen und seinen förderlichen Gleichmut betrügen zu wollen! So dachte Stanislaus, denn der genossene Riesling wirkte übel in ihm nach. Er schämte sich, wenn er an den vergangenen Abend dachte. War es Stanislaus Büdner aus Waldwiesen gewesen, der Verächter fremder Eitelkeiten, der ein Gedicht in die Überohren des Prinzipals gestopft hatte? Es war ihm gewiß geworden, daß Weißblatt ihn vor allem mitgenommen hatte, um mit der Dame Mautenbrink haben zu können, was er mit ihr hatte.

Im Laufe des Tages verbesserte sich Stanislaus' Laune: Er dachte weniger an die Peinlichkeiten, die er auf dem Edelhofe erlebt hatte, als an die Bibliothek, und gegen Abend war er so gestimmt, daß er mit sich hätte handeln lassen, wenn die Dame Mautenbrink gefragt hätte: Wären Sie geneigt, mir ein Gedicht zu schenken, wenn Sie den Sonntag in meiner Bibliothek verbringen dürften?

Aber der Reihe nach: Als Stanislaus am Morgen sein Zimmer verließ, flatterte ihm ein Zettelchen vor die Füße. Aha! Rosa hatte ihm einen Spaziergang in Aussicht gestellt, da kam also die Einladung. Leider! Der Zettel kam von Johannis Weißblatt. »Hau nicht ab! Bin auf Reisen, immerzu auf Reisen, besuche Redaktionen, auch für Dich. Wenn Dir mein Alter dämlich kommt, gib ihm Saures! Gruß Johannis.« Edle Verlautbarungen eines Lyrikers, der nicht ahnte, wie einig sich Stanislaus und der Prinzipal inzwischen waren.

Der Prinzipal verließ Dinsborn mit dem frühesten Morgenzug. Er fuhr, die zweite Phase der ZEMENTBESORGE zu bestreiten und mit den Leuten zu verhandeln, die so fest auf dem Rohstoff saßen, daß ihre Ärsche graugrün waren.

Der Prinzipal war im Gegensatz zu Stanislaus guter Laune; durch ihn war der Wein in seinem Leben fässerweis geronnen, und drei, vier Schoppen Riesling machten ihm nicht mehr aus als jene drei, vier Tropfen Wasser, die man in den Mund bekommt, wenn man im Regen spaziert. Trotzdem gelangs auch ihm nicht, das Leben zu betrügen; er zahlte mit »sauren Wochen«. Zunächst aber versetzten ihn die gehabten Vorverhandlungen mit der Dame Mautenbrink in einen Schwebezustand, der durch die Gewißheit verstärkt wurde, daß er seinen Betrieb diesmal unter der Aufsicht seines eventuellen Teilhabers zurückließ.

Stanislaus stampfte eifrig, um die Nachwirkungen des Rieslings aus seinem Kopf zu schwitzen, und bis zum Frühstück hatte er jene Anzahl Kaninchenfreßnäpfe hergestellt, für die seine Kollegen die Zeit bis zur Mittagspause benötigten, aber nach der Frühstückspause legte Leo Lupin Stanislaus seine Hand auf die Schulter. »Arbeitest du im Akkord, Herr Neuling?« Die sanfte Stimme Leos paßte nicht zu seiner Länge.

Stanislaus wußte nicht, ob er im Akkord arbeitete, er arbeitete hier, um Rosa zu bekommen, und hatte mit dem Prinzipal über Teilhaber- und Nachfolgerschaft gesprochen, nicht über Entlohnung, aber was ging das seinen langen Nebenbuhler an?

»Du bist nicht als Dampframme eingestellt, sondern arbeitest im Schichtlohn und wirst dich auf den Produktionsausstoß deiner Kollegen einstellen!«

Stanislaus war gereizt. Hielt dieser Langlatsch sich für einen Unteroffizier? Es war kein Krieg mehr. Er beschloß, den Befehl zu verweigern, und stampfte verbissen, und bis zum Mittag erreichte er die Tagesproduktion seiner Kollegen, doch als er nach dem Mittagessen aus dem Weißblattschen Stammhaus kam, war sein Stampfgerät verschwunden, und niemand kümmerte sich um seine Verlegenheit.

Er ging zum Pförtner, einem ehemaligen Matrosen, dem im Krieg ein Bein über Bord gegangen war. Der Pförtner war gleichzeitig Magazinverwalter des Betriebes. »Werkzeuge? Nichts dergleichen an Bord.«

Stanislaus ließ die Schultern hängen, er ahnte etwas. Der Magazinverwalter bekam Mitleid: In einer Woche würde das Betonschiff einen Hafen anlaufen und Stampfgeräte fassen.

Stanislaus bummelte, war traurig und fühlte sich einsam. Rosa war wer weiß wo, und Weißblatt war auf Reisen. Eine Weile hörte er dem Amselhahn im Parkgarten zu, dann schlenderte er zum Rheindeich, doch der breite Strom beeindruckte ihn nicht mehr. Ihn fror.

Gegen Abend wollte er in sein Zimmer und traf Rosa. Konnten sie den Abend nicht gemeinsam nutzen und spazierengehen? Nein, das konnte Rosa nicht verantworten. Stanislaus müsse sich ausruhen. Er wäre Neuling im Betrieb und übernähme sich, hätte man ihr erzählt.

Stanislaus wurde bitter. »Das hat dieser Langlatsch Ihnen beigebracht.«

Rosa lächelte. »Mir ist, als hätten wir uns früher geduzt.«

Freilich hatten sie sich geduzt, und Stanislaus wäre Rosa lieber sogleich als später um den Hals gefallen, doch als er es versuchte, wich sie zurück, aber gleich drauf schloß sie ihm eigenfingerig einen Knopf am Hemdlatz, und das tat sie zärtlich, doch gleichzeitig belog sie ihn, als er sie um einen Spaziergang am nächsten Abend bat. Sie müßte in die Kirche, sagte sie.

Und den übernächsten Tag?

Auch in die Kirche, immer in die Kirche, acht Tage lang, eine Betwoche.

Stanislaus glaubte an diese Betwoche, und Rosa drückte ihm die Hand so, daß er spürte – es gab noch Hoffnung.

Da stand der eventuelle Teilhaber einer BETONBAU PP. und wußte nicht, wie sehr er in jener Welt angeeckt war, in der Rosa lebte.

Am nächsten Abend ging er im Weißblattschen Leihanzug, die Hosen von Rosas Trägern an Ort und Stelle gehalten, in die Kirche; der unkatholische Stanislaus ging in die katholische Kirche, um Rosa zu treffen.

Die Eßhandgriffe hatte er sich von Rosa abgesehen, die heiligen Kirchhandgriffe stahl er mit den Augen von den Gotteshausbesuchern. Wenn ihn allerdings ein katholischer Fachmann beobachtet hätte, würde er festgestellt haben, daß der fromme Betonstampfer mit dem Kreuzschlagen auf der falschen Brustseite begann. Stanislaus beugte die Knie, wippte, betete, bewegte seinen Mund lateinisch, und der Gottesdienst lief ab wie eine Theaterinszenierung, aber der Weihrauchduft erweckte Sehnsucht nach fernen Ländern und Himmelreichen, und in der Orgelmusik konnte man versinken und schmerzlos sterben. Leute, denen es darauf ankam, aus geschäftlichen Gründen in der Kirche gesehen zu werden, erschienen erst zum Ende der Messe, aber Rosa war auch unter diesen Spätlingen nicht. Ging sie in das Haus des Teufels, wenn sie nicht ins Gotteshaus kam? Aber weshalb sollte sie gerade jene Kirche beglücken, in die Stanislaus gegangen war; es ragten fünf Kirchtürme über die Dächer von Dinsborn.

Nach der Messe blieb Stanislaus vor dem Kirchenportal stehen und ließ die Kirchgänger an sich vorüberziehen: Nicht ein Hauch von Rosa, dafür Madame Weißblatt, teerschwarz und schwer in ihrem Kirchkleide.

Frau Friedesine Weißblatt hielt Stanislaus für eine Erscheinung, und sie riß sich wie in der Stunde, da sie ihren heimgekehrten Sohn erkennen wollte, die Brille herunter, putzte sie mit dem Tüchlein, das sie auf ihrem Gebetbuch trug, ging auf Stanislaus zu, erkannte ihn, und ihr Gesicht färbte sich rosa: In ihrem Hause war die Seele eines Ketzers zur Umkehr angetreten!

Der Abend verfügte noch über Tagesrestbestände. Stanislaus saß im dämmerigen Turmzimmer, war ratlos und versuchte, den Meisterfaun willentlich herbeizutreiben. Der Faun erschien nicht, und Stanislaus wurde bissig: Sollte er herumsitzen und sein Glück von Rosa, vom Meisterfaun oder einem Betonstampfgerät abhängig sein lassen?

Stanislaus griff auf seinen verläßlichsten Trost zurück, suchte Zuflucht im Schreiben und schrieb seine Ansichten über die Menschen in ein Groschenheft:

Es gibt Menschen, die leben zwischen den anpackbaren Dingen; was anpackbar ist, ist für sie vorhanden, was nicht, ist nicht vorhanden. Sie schieben die anpackbaren Dinge hin und her und sind glücklich.

Im Kloster lernte ich Menschen kennen, die untersuchten das Verhältnis der anpackbaren Dinge zueinander, prüften die Spannungen zwischen ihnen und beobachteten deren Neigungen, sich miteinander zu vereinigen; kurzum, Menschen, die ihren Mitmenschen Einsichten in die Naturgesetze vermittelten. Sie taten es unermüdlich und waren glücklich dabei.

Ich lernte noch andere Menschen kennen, und auch von ihnen nicht wenige im Kloster, die sahen die anpackbaren Dinge dahinfließen und sich verwandeln, sahen Erde zur Pflanze und Pflanzen wieder Erde werden und wußten, daß das, was gestern Humus hieß, morgen Rose und übermorgen wieder Humus heißen wird. Manche von ihnen versuchten, den anpackbaren Dingen, die sich ihnen als sich ewig Verwandelnde offenbarten, Dauer zu verleihen, indem sie sie in Töne faßten, in Gedichten oder Bildern und Skulpturen festhielten, und einige versuchten, um den Preis ihres Lebens ihren Mitmenschen im Winter die Poesie eines Rosensommers lebendig werden zu lassen.

Es kann sein, daß ich mit meiner Rubrizierung der Menschen ins Ungenaue geriet, dann erkläre ich, wie in der Wissenschaft üblich, es handele sich um ein Hilfsschema. Ich selber, schrieb Stanislaus weiter, möchte zur dritten Menschengruppe gehören, aber ich bin nicht sicher. Ich lebe eine Weile zwischen den anpackbaren Dingen, es scheint mir zu gelingen; aber dann macht mich der Verlust eines Betonstampfwerkzeuges unglücklich. Ich werde mein Leben zwischen den anpackbaren Dingen aufgeben und eine Weile in der Welt der Begriffe leben, mich intellektuell und geistreich gebärden; werde das Leben in physikalische, chemische und biologische Vorgänge auflösen; die Zellen werden mir zu Molekülen und die Moleküle zu Atomen zerfallen, und auch die Atome werden sich auflösen, und ich werde mir selber ein namenloses Bündel organisierter Elementarteile sein, aber dann werde ich mich müde den Dichtern zuwenden, mich bei ihnen erfrischen und mich beim Anschauen der Welt von einem Stoff tragen lassen, der bisher in keinem Reagenzglas und unter keinem Elektronenmikroskop sichtbar gemacht werden konnte, von der Poesie.

So kluge Sachen schrieb dieser Stanislaus Büdner zu seinem Selbsttroste auf, obwohl er riesige Wissenslücken in Politökonomie aufzuweisen hatte.

13 Weißblatt entdeckt den »weltgänzlichen Übersinn«, gründet den Santorinischen Bruderorden und macht sich zum Popignore Johannis I.

Johannis Weißblatt ließ sich, im Gegensatz zu Stanislaus, Langhaar und Priesterbart nicht abnehmen. Er reiste im geretteten Podrisnik umher, und es befriedigte ihn, wenn er mit seinem Gewand Aufsehen erregte. Er kassierte die lüsternen Blicke perverser Damen, genoß das demütige Aufschauen von Menschen, die stets zum Anbeten bereit sind, wenn sich ihnen ein Mensch zum Anbeten darbietet; und es machte ihn glücklich, wenn er für einen Kosakenpriester oder den auferstandenen Tolstoi gehalten wurde.

Der Geisteslage von Johannis Weißblatt war mit Stanislaus' Hilfsschema nicht beizukommen. Er gehörte zu einer Untergruppe, zu jenen armen Menschen, die aus sich selber nichts sind und sich deshalb ständig gedrungen fühlen, die Prachtkleider am nackten König zu sehen, zu jenen Schwärmern und Schwadroneuren, die nicht fähig sind, ihre Talente durch Arbeit zu potenzieren, und deshalb schwatzen, schnalzen und übernommene Ansichten und Ideen auswälzen.

Seien wir nicht ungerecht: Wir hatten über das uns eingeborene Maß an Kräften nicht mitzureden, bevor wir auf diesem Erdball erschienen. Deshalb sollte uns Mitgefühl angemessener sein als Spott, wenn wir sehen, wie sich jene Leute andrängen, sobald sie vermuten, einer unter ihnen hätte eine Idee gehabt.

Der Verfasser ist sicher, daß der Leser nun weiß, was er vom Sohn des Zementwarenfabrikanten zu erwarten hat.

Johannis Weißblatt hatte sich vor dem Kriege Dichter gefühlt, hatte seine »Rufe ins Leere« veröffentlicht, und es gab Kritiker, die dieses Gestammel »nachempfanden« und ausdeuteten, und diese Bestätigungen von seinesgleichen waren Weißblatt damals süffig wie Eierlikör gewesen.

Nunmehr hatte sich Johannis Weißblatt, angeleitet von einigen verblasenen Klosterbrüdern, zu einem Pseudo-Philosophen »entwickelt« und war, nach seiner Meinung, auf dem Wege, den »Dienstgrad eines Sonderheiligen« zu erlangen. Er gründete ganz für sich einen Orden, machte sich zu dessen Vorsteher und nannte sich Popignore Johannis I.

Auf seinen Fahrten durch die Heimat stieß der Popignore auf die Zeitschrift ÜBERSINN. »Doll interessant!« In einem Leitartikel von ÜBERSINN hieß es, die materielle und geistige Ödnis, die in Deutschland Platz ergriffen hätte, beweise, daß alles, was früher als sinnvoll betrachtet worden wäre, sinnlos war. Sinn hätte sich als unsinnig erwiesen, und die Stunde geböte, die deutsche Menschheit auf den »weltgänzlichen Übersinn« hinzulenken. Das war »gravierend«! Und wenn man das las, wußte man, daß einer aus der Sippe eine Idee gehabt hatte, und war verpflichtet, sich auf die »geistigen Socken« und auf die Suche nach dem Übersinn zu machen.

Der Popignore war sogleich überzeugt, daß es *seine* Ansichten waren, die in ÜBERSINN vertreten wurden, zumal es in einem »Exklusiv-Artikel« des Chefredakteurs John Samsara hieß, die Kapitalien der Welt müßten, mit welchen Methoden auch immer, vergeistigt und von der materiellen in die geistige Existenz übergeführt werden!

Im Ansturm dieser Idee flammte der Popignore auf wie ein frisch angeblasener Hochofen von Humborn. Hatte er diese Theorie nicht praktiziert, als er seine »Rufe ins Leere« und seinen Roman »Ist die Liebe ein Geschäft?« auf Kosten seines »materiell basierten« Vaters drucken ließ? Johannis Weißblatt wurde inne, daß er auf diesem Acker, als Popignore des Santorinischen Bruderordens, etwas zu bestellen haben würde.

Er fuhr für eine Nacht heim, ließ sich von seiner Mama mit neuem Reisegeld ausstatten, fuhr am nächsten Tage nach Düwelsheim und besuchte die Redaktion von ÜBERSINN, die in einer Villa am Stadtpark untergebracht war. Im ÜBERSINN-Center gabs ein Café, ein Kasino, Büros und Übernachtungsmöglichkeiten, doch es wäre falsch, zu vermuten, daß sich im ÜBERSINN-Center auch eine Spielhölle verbarg!

Der Popignore Johannis I. wartete im Vorzimmer des Chefredakteurs zwischen Menschen aller Provenienzen, und es duftete dort exotisch. Einer der Wartenden fluchte kroatisch, ein anderer, den niemand befragt hatte, bezeichnete sich als Original-Donkosak. Die Bolschewiken hätten ihm 1917 sein letztes Pferd geraubt, und seine Frau hätten sie ihm nur belassen, weil sie nicht so jung gewesen wäre wie sein Pferd. Ein Neger fehlte nicht, und ein Inder grüßte und setzte seinen Turban ab wie einen Hut, doch dann wickelte er ihn sich neu um den Kopf, um zu beweisen, daß er ein echter Inder wäre.

Übersinn wirkte auf all diese Menschen und zog sie an, und der Popignore fühlte sich in seinem Podrisnik in keiner Weise fehl am Platze. Das Übersinn-Wartezimmer war ein Schaufenster in die Zukunft, eine verwackelte Momentaufnahme vom paradiesischen Zusammenleben aller Völker und Rassen.

Der Chefredakteur des Übersinn wäre Engländer, hieß es, aber empfängt ein Engländer Gäste und hat dabei seine Beine auf dem Schreibtisch liegen? Das tut nur ein Deutscher, der Amerikaner spielt.

»Go in. Take place! What is the matter?« sagte John Samsara, und er sah den Popignore dabei nicht an, doch als er es tat, starrten sich zwei Weißfische an, die einander im Bach begegnen, eine Weile nebeneinander auf der Stelle schwimmen, sich mit Augen und Flossen verständigen und gemeinsam weiterschwimmen.

Der Übersinn-Redakteur und der Popignore begrüßten sich soldatisch schlicht: »Leck mich die Bouletten!« sagte der Chefredakteur.

»Da zahnt ja meine Schwiegermutter«, antwortete der Popignore.

Aus der Chefredakteurs-Verpuppung schlüpfte Weißblatts ehemaliger Mitschüler Jochen Samstag, der Besitzer eines jener Gesichter, die nach der Pubertät nicht weiteraltern, die Jahrzehnte keine Erlebnisse registrieren, aber um das sechzigste Lebensjahr ihres Trägers nach innen einbeulen wie naßgewordene Fastnachtslarven.

Jochen Samstag alias Samsara war nach dem Abitur Jouruالist und Korrespondent des »Völkischen Beobachters« geworden. Dieser Völkische Beobachter war keine Zeitung des Volkes, sondern eine Zeitung, deren Mitarbeiter das Volk beobachteten. Johannis Weißblatt hielt den Völkischen Beobachter für eine ungeistige Tageszeitung, und er brach damals seine Beziehungen zu Jochen Samstag ab.

Und nun? »Die Welt ist klein wie ein Hundeei«, sagte der Chefredakteur.

»Scheißklein«, bestätigte der Popignore.

Jochen Samstag hatte seinen Posten als Volksbeobachter in der Mitte des Krieges durch politische Intrigen verloren und wurde als Infanterist zum Heer gezogen. Sein Leben verdankte er einer Gnade Gottes, der ihn auf Verwundetenurlaub schickte, bevor die Russen den Kessel von Stalingrad zudeckelten. Seine Rettung betrachtete er als ein metaphysisches Ereignis. Es leitete seine geistige Erleuchtung ein. Er begann sich noch während des Krieges mit Vorgängen in »höheren Dimensionen« zu befassen. Jetzt näherte er sich der dritten Dimension. So kam eines zum andern, und Gott kam nach Flandern, und Jochen Samstag kam als Chefredakteur zum Übersinn.

Der Popignore wurde für eine Minute vom Wirklichkeitssinn durchleuchtet. »Woher das Geld für den Übersinn?«

»Unabhängig«, sagte Samstag, der Übersinn wäre eine unabhängige Zeitschrift, außerdem frage man Geld nie nach seinem Herkommen, es hätte stets reiche Verwandte.

Sie setzten sich in die Lederpolster der Besuchernische, und wer draußen auf John Samsara wartete, der mochte.

»Ich hoffe, du bist nicht so ein Hundepriester, der einen Whisky ablehnt?«

Nein, der Popignore war der Vorsteher eines modernen Ordens, nach allen Weltseiten geöffnet, keine Verbote, nur Empfehlungen.

Sie tranken Whisky und knabberten Jugenderinnerungen: Wie sie damals Kaulquappen fingen und dabei Libellenlarven einschöpften, und wie die Libellenlarven die Kaulquappen auffraßen. Wie sie in den Ölsträuchern ihre ersten Zigaretten rauchten, und wie sie nachher über die Brücke der Schweinelache gingen, und wie alles aus ihnen herausfiel, was sie vorher gegessen hatten. Wie sie Fanny, der harmlosen Idiotin, ihr Taschengeld und einige Knöpfe schenkten und sie baten, sich auszuziehen, und wie sich Fanny vor ihnen auszog, und wie sie endlich alles sehen konnten.

Es blieb nicht bei zwei Gläsern Whisky. Jochen Samstag schlug vor, in den Club zu gehen. Sie mußten durch das Wartezimmer. Dort waren zu den Wartenden zwei Spanier gekommen, die der sogenannten BLAUEN DIVISION zur Errettung Großdeutschlands angehört hatten. Der beschwingte Popignore hielt die Spanier für Griechen und begrüßte sie: »Kalen nicta« – Gute Nacht!

Im Club gabs Spargelcremesuppe, Steaks und Bullschwanz in Aspik. Sie tranken Wein und »Miller on the rocks«. Die Beschwingtheit des Popignore wucherte, und Samstag hatte Mühe, ihm beizubringen, daß sie sich trennen müßten. Johannis Weißblatt könnte im ÜBERSINN-Center nächtigen, für seine Bequemlichkeit stünde alles zur Verfügung, es wäre sogar möglich, sich beim Kellner ein Taxigirl zu bestellen.

»Wie? What arest du da saying?«

Das alles hatte sich also in deutschen Landen entwickelt, während der Popignore sich in einem griechischen Kloster kasteite.

»Die Nacht kam herauf und hüllte alles in ihren dunklen Mantel«, heißt es in gewissen Frauenromanen. Der Popignore erlebte eine randvolle Nacht. Für die Damen des ÜBERSINN-Centers war die Verführung eines Priesters ein hinwerfendes Erlebnis.

14

Stanislaus lernt den Nacherfinder des STEHENDEN SEILES kennen, wird ein Arbeitnehmer von Arbeitnehmern und erfährt vom Popignore Johannis I., daß er Essays geschrieben hat.

Ein Sandkorn wurde in ein Haus geweht. Es liegt dort in einer dunklen Ecke hinter einem Schrankbein, unerwischt vom Putzlappen der Hausfrau. Denkt nicht, daß es so still daliegt, wie es euch erscheint; in ihm rasen Atome, umkreisen Elektronen die Atomkerne. Wehte der Wind das Sandkorn in den Winkel, damit ihm Gelegenheit wurde, Erkenntnisse zu sammeln?

Stanislaus, dem Wundertäter aus Waldwiesen, Vorkriegsbäcker, nunmehrigen Aspiranten der Beton- Stampfkunst, gingen die Dinge nicht so von der Hand wie dem Popignore. Seine Mitstampfer mieden ihn, als ob er die Saat von Schwarzen Pocken in den Hosentaschen trüge. Er ließ sich seine Verstimmung jedoch nicht anmerken, ging wieder zum Grizzlybären Priebe, jonglierte mit griechischen Zigaretten, sah Priebe gieren, gab ihm drei Zigaretten und machte ihn beredsam. »Du kannst den Mischer immerhin beschicken; wenn ich mich zurückhalt, wirst du niemand den Schichtlohn verderben!«

Priebe ging auf den Abtritt, rauchte, spazierte auf dem Werksgelände umher und prahlte, er wäre jetzt der Arbeitgeber eines Arbeitnehmers.

Bei Priebes zweitem Werksrundgang wurde der Stampfer Wendstadt ungehalten, ging zu Stanislaus und forderte: »Jetzt vertrittst du mich!«

»Sobald du mich bittest«, sagte Stanislaus. Wendstadt ähnelte jenen Sandsteinfiguren, die an vornehmen Bürgerhäusern Balkone schleppen. Er ging wütend davon, doch nach einer Weile kam er zurück und sagte: »Also, bitte!«

Stanislaus vertrat Wendstadt, und der setzte sich auf den Abtritt und spielte eine Partie Steckschach mit sich selber. Stanislaus war in keiner Weise kleinlich: er vertrat auch andere Arbeitskollegen, sprach mit allen und erfuhr manches: Gustav Freibier, dessen Vater ein durchreisender Japaner gewesen sein mußte, bastelte sich aus Kriegsschrott ein Motorrad. Tags zuvor hatte sich dieses Motorrad zum ersten Male auf dem Ständer bewegt.

Der Stampfer Silaschkin zauberte daheim und verriet, daß er auf dem Wege wäre, das STEHENDE SEIL zum zweiten Male zu erfinden. Er probte den Trick mit seinem kleinen Sohn. Wenn andere Väter sich ums Sattwerden ihrer Kinder sorgten, so bangte Silaschkin, sein Sohn könnte fürs Stehende Seil zu schwer werden.

Ein anderer Stampfkollege hieß Hermann Schnitter. Er war hohlwangig und sang mit dunkel-dräuender Baritonstimme.

»Du solltest deine Stimme auf der Sängerschule vorführen«, sagte Stanislaus, »vielleicht kannst du zur Kunst.«

Schnitter schob seinen verstaubten Konfirmationshut ins Genick. »Vorführen? Hunde führt man vor, Hunde.« Schnitter hielt Kaninchen und behauptete, das Züchten von Deutschen Riesenschecken wäre »Kunst«.

Viele von Stanislaus' Arbeitskollegen hatten Lieblingsbeschäftigungen, und wenn sichs ihnen erlaubt hätte, diese Lieblingsbeschäftigungen zu ihren Berufen zu machen, würden sie ihrer Mitwelt mehr gedient haben als mit Zementstampfen. Es versuchte aber auch keiner der Kollegen, einen Beruf aus seiner Lieblingsbeschäftigung zu machen, deshalb fühlte sich Stanislaus unter ihnen wie der »ungeratene Sohn« einer Familie. Seine Liebhaberei war das Bücherlesen, doch er machte dabei nicht halt, sondern hatte den Ehrgeiz, selber Bücher zu schreiben.

Stanislaus' Mitstampfer und Mitmischer fanden heraus, daß der Zugereiste kein »Schleppenträger« oder »Armlecker« war. Er kannte als gebürtiger Teigaffe nur die Gepflogenheiten auf Zementplätzen nicht. Sie verlangten von Leo Lupin, Stanislaus' Aussperrung aufzuheben.

Stanislaus ging wieder in die Kirche. Vielleicht hatte Rosa den ersten Tag ihrer Betwoche geschwänzt? Nein, Rosa war auch diesmal nicht da, aber Frau Weißblatt schien eine Betwoche hinter sich bringen zu müssen: Ihr Sohn Johannis, der Abgott, ließ nicht vom welschen Glauben und war möglicherweise bereits Kardinal einer Ketzerbewegung.

Madame Weißblatt beichtete dem Kaplan die »ideologische Abweichung«, die im Weißblattschen Stammhause statthatte. Obgleich die Madame selber nicht »abgewichen« war, legte ihr der Kaplan das Abbeten von Rosenkränzen, auch tiefschürfende Selbstkritik auf und verlangte von ihr außerdem eine Wallfahrt nach Kevelaer und Gaben für den Opferstock.

Das begab sich zu der Zeit, als ein Gebot vom Popignore Johannis I. ausging, daß die Brüder des Santorinischen Bruderordens Podrisniks in jeglicher Farbe zu tragen hätten, um der Weltoffenheit des Ordens Ausdruck zu verleihen. Madame Weißblatt ahnte nicht, daß *sie* den Popignore mit Podrisniks in »jeglicher Farbe« auszustatten haben würde und daß neue Sünden auf sie lauerten.

Die klug-kluge Rosa hatte daheim so oft und so begeistert von Stanislaus gesprochen, daß Vater Leo fürchten mußte, sie könnte sich einem Abenteurer beibetten und ihr bevorstehendes Studium aus den Augen verlieren, deshalb funktionierte er seine väterliche Besorgnis in ein klassennützliches Treffverbot um. »Eine Kommunardin und einer, der den Lohn seiner Arbeitskollegen am Drücken ist? Der Deibel soll ne neue Hufeisen kriejen!«

Rosa geriet bis über die Zwergmausohren in einen Zustand, der wissenschaftlich KONFLIKT genannt wird. Sollte der Vater diesen Stanislaus doch arbeiten lassen, wie der mochte! Der arme Mensch war klamm und ohne eigene Hosen aus Griechenland gekommen, mochte der Vater dafür sorgen, daß der Heimkehrer sich aus seinem Mönchsdasein herauswühlen konnte!

Rosa gefiel Stanislaus trotz seiner Naivität und Verworrenheit. Sie war geneigt, alles gutzuheißen, was dieser Zuwanderer dachte und tat.

Lacht nicht so überlegen! Wen ein solches Fehlverlangen nie packte, der hat nie geliebt!

Stanislaus traf Rosa auch am dritten Abend der Betwoche nicht in der Kirche, aber es begann ihn zu interessieren, wie die Priester sich zwischen die Gläubigen und den ALLERHÖCHSTEN drängten, wie sie diesen Gott überdies mit Hilfe seines eingeborenen Sohnes und von dessen Mutter Maria vor dem Volke abschirmten. War er so gewaltig, dieser katholische Gott, strömte er so viel Feuer und Hitze aus, daß die Gläubigen sich bei direkter Berührung an ihm verbrennen konnten, oder fürchteten die Priester, ihre Pfründensessel zu verlieren, wenn den Gläubigen das wahre Wort Gottes zur Richtschnur ihres Handelns wurde?

An diesem Abend schien der unbewiesene Gott Stanislaus für die Wahrheit, die er entdeckt hatte, belohnen zu wollen: Im Korridor vor dem Turmzimmer erschien ihm Rosa. Sie hüpfte auf einem Bein und klatschte in die Hände: Leo Lupin hatte Stanislaus' Aussperrung auf Grund der »Eingaben« seiner Kollegen und von Rosas »Interventionen« aufgehoben. Als Rosa Stanislaus sah, hörte sie auf zu hüpfen und tat beleidigt.

»Entschuldigen!« sagte Stanislaus.

»Entschuldigen?« sagte Rosa. »Aber gar nicht; wenn du mich länger vernachlässigst, lasse ich mich scheiden!«

Der Korridor füllte sich mit Stanislaus' Sprachlosigkeit.

Zehn Minuten später machte er sich fertig, um mit Rosa spazierenzugehen, da trat der Popignore Johannis I. bei ihm ein. »Wir bitten, bei Euch eintreten zu dürfen.«

»Du bist schon drin.«

»Es bedeckt uns noch der Staub der Reise.«

»Na, na!« Stanislaus klopfte mit der flachen Hand auf den Tisch. Der Popignore hatte vergessen, daß er es mit seinem Kriegskameraden zu tun hatte, der ihn in peinlichen Situationen kennengelernt hatte und für den er kein Ordenskardinal war.

Nach dem Verweis wurde der Popignore sogleich hiesiger. Die Sache war die: Er hatte eine Redaktion gefunden, die vielleicht Stanislaus' Essays drucken würde.

Essays? Stanislaus hatte so Sachen nicht, er hatte Dichtungen.

Der Popignore behauptete, in Stanislaus' Sammelmappe Essays gesehen zu haben. »Her mit dem Schnellhefter!«

Weißblatts Verhandlungen mit dem Chefredakteur John Samsara hatten folgendes Kommuniqué gezeitigt: Die Redaktion erklärt sich bereit, dem Popignore des Santorinischen Bruderordens Johannis I. Gelegenheit zu geben, das Programm des Ordens und die Absichten seines Stifters im ÜBERSINN gegen später zu vereinbarende Gegenleistungen und übliches Honorar abzudrucken. Gegeben zu Düwelsheim, den Soundsovielten.

Leider verfügte der Popignore im Augenblick nicht über eigene Essays, aber wozu hatte er seinen ehemaligen Burschen Büdner? Stanislaus legte die Mappe auf den Tisch und blätterte zitternd in seinem Gesamtwerk, und es trieben im Papierstrudel vor allem Gedichte herauf, Gedichte, Gedichte: »Du sammelst Flechten, edle Melpo« oder: »Die Sonne gehet auf und nieder«, weiter und so weiter.

Der Popignore wurde ungeduldig und wühlte selber in Büdners Gesamtwerk. Er zog zwei Betrachtungen heraus: »Hinter den Kulissen des Orakels von Delphi« und »Meditation – Irrweg oder Segen?«, das wars, das ließ sich für ÜBERSINN zurechtmachen.

15

Stanislaus betrifft Rosa mit einem Jack-London-Doppelgänger, baut sich eine Gedichthöhle, wird aber von Rosa in eine Bücherhöhle und in Peinlichkeiten gestoßen.

Stanislaus kam zu spät zur Mühle ZUM STAPPSCHEN HÄHNCHEN. Rosa war nicht mehr dort. Er wartete eine Weile auf der Mühlenwehrbrücke und stand vor dem großen Wasserbrausen, jenem Ton, der mit Gott auf die Welt kam, doch was hatte Stanislaus mit Gott zu tun? Für ihn war das Brausen ein mächtiger Ruf, und der hieß: Rosa, Rosa und Rosa!

Er trabte den Weg hinunter, den sie vor Zeiten gemeinsam gegangen waren, und stolperte vor Eile.

Ein Stück vor der Stadt stieß er auf Rosa. Sie stand auf einer Buhne, und bei ihr war ein Mann, der aussah wie Jack London vor seiner zweiten Heirat. Er hatte die Hemdärmel hochgerollt und protzte mit Tätowierungen; in die Haut seines linken Unterarmes war eine nackte Frau eingelassen, sie tanzte, war blaufarben und hatte rote Lippen.

Stanislaus grüßte. Rosa nickte beiläufig, als ginge ein entfernter Bekannter über den Deich, und sie blieb, wo sie war, und sie war ganz bei dem Manne. Der Mann lächelte und grüßte keineswegs zurück. Für ihn schien Stanislaus eine Möwe, einer der befiederten Rheinfische zu sein, die den Strom krächzend begleiteten.

Ach, ach, ach, die Liebe und das Menschenleben, waren sie nicht ein Kreislauf? Sollte Stanislaus, der bisher mit Weiberliebe nicht gesegnet gewesen war, mit Rosa erleben, was er mit einer Pfarrerstochter Marlen oder einer Lilian Pöschel erlebt hatte? Rechts, links, oben und unten war niemand, der es verneinte oder ihm das Gegenteil bewies.

Nein, er würde sich nicht wieder leidend machen lassen, er nicht! Er hielt sich grade und ging weiter, und wer ihn nicht kannte, mußte ihn für einen eisernen Menschen halten, der mindestens fünfundzwanzig ungetreue Bräute solcherweis hatte abfahren lassen.

Der Rhein bewegte sich hinter dem Deich, und Stanislaus bewegte sich auf dem Deich; der Fluß wurde von physikalischen Gesetzen gedrängt weiterzufließen; der Mann wurde von verschmähter Liebe gedrängt überzufließen: Stanislaus baute eine Höhle für seine geschundene Seele, betrachtete Wörter, verwarf sie, fand bessere und setzte sie ein, und als sein Unternehmen, ein kleines Gedicht, leisen Trost zeitigte, hörte er in der Ferne eine Mädchenstimme. Rosa rannte hinter ihm her.

Er wandte sich erst um, als die Rufe klagend wurden. »Alle Liebenden sind Komödianten«, heißt es in dem Buche über die Liebeskunst, das demnächst im Aufbau-Verlag erscheint. Als Stanislaus sich Rosa zuwandte, wars, als trüg er die eiserne Totenmaske von Alfred Krupp. »Irgendwelche Wünsche?«

Rosa antwortete nicht, sie keuchte, sie war so sehr gerannt, doch er ließ sich nicht erweichen. »Eine Erklärung vielleicht?«

Da schluchzte Rosa auf, umarmte ihn und erklärte, der Tätowierte wäre einer ihrer verläßlichsten Männer gewesen.

Stanislaus, noch eiserner: »Wie viele Männer hast du?«

Da küßte ihn Rosa und ließ ihn lange, lange nicht los.

Die Leser wollen dem Verfasser verzeihen, wenn es ihm nicht gelingt, ohne ein paar landläufige Liebesszenen, Zärtlichkeiten und Küsse auszukommen. Das Leben ist stark, und der Verfasser ist gewarnt: Als vor Jahrzehnten eines seiner Bühnenstücke aufgeführt wurde, fragten einige Frauen aus der Leitung: Wie kann sie zweimal ein Kind von ihm kriegen, wenn er sie einmal küßte? Eine Dame aber schrieb in einem Abendblatt: Er hat weder von Shakespeare gelernt, noch hat er sich in Liebesdingen etwas von Brecht abgeguckt.

Ja, die Liebe zwischen Stanislaus und Rosa begann leider landläufig, aber der Verfasser garantiert, daß sie es nicht bleibt.

Eine Weile gingen sie nebeneinanderher, sie als Küsserin und er als Geküßter. Es roch nach Fischen und Teer, und obendrüber lag das Duftgemisch, das Frühlingsabende mit sich führen. Stanislaus fiel der Mann auf der Buhne ein und daß ihn Rosa einen ihrer verläßlichsten Männer genannt hatte. Und was war er – Stanislaus?

Wenn er schon nicht ihr verläßlichster Mann war, wollte er ihr durchgeistigtster Mann sein. Er ließ laut werden, daß von ihm geschriebene Betrachtungen, sogenannte Essays, gedruckt werden würden. Er wurde dümmlich und prahlte, es hätte sich ein Verlag für seine Dichtungen gefunden.

Da wurde Rosa wieder ganz Rosa: ihre Ironie reckte die Brennhaare: Der Verlag, in dem Stanislaus' Dichtungen erscheinen würden, wäre bekannt, ein Eigenverlag: Rufe ins Leere, dreizehn mal dreizehn unlesbare Gedichte von Johannis Weißblatt.

Eine betrunkene Spechtin hätte im geöffneten Mund des Dichters ihre Eier ablegen können. Wie viele Gesichter hatte diese Rosa? Im Augenblick trug sie für Stanislaus das Gesicht einer Hexe.

Sie hörte, was er von ihr dachte, oho, sie konnte das als Hexe, und sie verwandelte sich zu einer Hexenkatze und umschnurrte ihn. »In welchem Alter ist man reif genug, ein Gedicht von Herrn Büdner zu hören?«

Kein lieberer Mensch als Rosa hätte Stanislaus um ein Gedicht bitten können. Er blieb sogleich stehen, hob seine Brust und staute auf dem Rheindeich Atem und Zeit wie vor Tagen im Salon der Mautenbrink.

Es flammt und loht die Linde
In nässelnder Nebelluft.
Die Blumen, die ich noch finde,
Sind blaßblau und ohne Duft.
Das ist die gilbende Stunde,
Da Liebe und Freundschaft verwehn
Und Küsse am kühlen Munde
Wie Sommerbauschwolken vergehn.

Das Gedicht war jene Höhle aus Worten, die er sich eine halbe Stunde zuvor gebaut hatte, und wenn darin vom Herbst geredet wurde, obwohls noch nicht recht Frühling war, so bittet der Verfasser zu bedenken, daß ein Dichter nicht verpflichtet ist, die gerade vorhandenen Jahreszeiten zu verarbeiten. Wenn seine Stimmung einen Herbst benötigt, so macht er sich einen, und daß er sich einen ohne Erlaubnisschein machen darf, ist ein beglückender Vorzug an seinem gefährlichen Beruf.

Der Rheinkies knirschte unter ihren Schuhsohlen, und wo sie hintraten, veränderten die kleinen Steine ihre Konstellationen zueinander. Stanislaus stellte sich die Milchstraße als ein Nebeneinander größerer Kiesel vor. Was, wenn eines Tages ein Weltraum-Riesen-Liebespaar über sie hinspazierte wie er und Rosa über den Deichkies ... Er schüttelte sich.

»Wem nützt das?« fragte Rosa.

»Das Wandern auf der Milchstraße?«

Rosa meinte sein Gedicht.

Sein Adamsapfel hüpfte. Zugegeben, es wäre kein Gedicht, das jedermann jeden Tag benötigte, aber jedermann könnte einmal in die Lage kommen, es nötig zu haben.

»Eine wehmütige Linde, wozu dat?« sagte sie. »Es gibt Zeiten, da ists ein Verbrechen, von Bäumen zu schreiben.« Sie wußte nicht, daß das einer gesagt hatte, der Brecht hieß. Sie hatte den Satz als Faustregel in Sachen Literatur vom Kulturwart »empfangen«, der die Kommunarden mit Ansichten versorgte. Rosa war ein Medium, aus dem die Geister abwesender Personen sprachen.

Sie fühlte alsbald, daß sie ihm mißfiel, und sie ließ einen Geist mit sanfteren Ansichten aus sich reden: Ein wenig Stimmung dürften Gedichte schon enthalten, aber vor allem hätten sie soziale Ungerechtigkeiten anzuprangern.

Stanislaus wand und bog sich, wurde zum lebenden Fragezeichen, richtete sich wieder auf, schritt aus und suchte davonzukommen, aber Rosa war wie die Klette an seiner Hose. Sie wollte wissen, ob er Heine-Gedichte kenne.

Er kannte Heine-Gedichte.

»Es gibt auf Erden Brot genug für alle Menschenkinder ...« Da war die soziale Situation in der ersten Zeile klar.

Stanislaus ging noch schneller. »Leise zieht durch mein Gemüt liebliches Geläute, klinge, kleines Frühlingslied, kling hinaus ins Weite.« In welcher Zeile war hier die soziale Situation klar?

Rosa erboste sich über den lernunwilligen Urmenschen, der sich erdreistete, sie zu widerlegen, ohne je an einem Gruppenabend teilgenommen zu haben. Sie entriß dem Kunstketzer ihre Hand, ging steif neben ihm her, und ihre Fäuste hingen wie kleine Gewichte an ihren Armen. Sie ließ Stanislaus herzliche Verachtung spüren. Er durfte ihre geblähten Nasenflügel bewundern, und obwohl er von Zeit zu Zeit bekümmert seufzte, ging sie wie die Schutzpatronin der deutschen Eisschränke im geblümten Frühlingskleid neben ihm her. Ein leiser Wind wehte Wasserduft auf den Deich, den Duft der Sintflut und der Ewigkeit.

In der Arbeitervorstadt blieb Rosa vor einem Hause stehn. »Ich habe hier was zu erledigen. Möchten Sie mit hineingehen oder warten?«

Da waren sie von Rosa aus also wieder per Sie; Stanislaus wollte lieber warten. Er setzte sich auf einen zweihundertjährigen Prellstein an der Hausecke. Rosa verschwand im Hausflur, richtig eckig ging sie, und nach einer Weile kam sie unbeleidigt zurück und sagte: »Komm bitte mit, damit der, den ich meine, mich nicht belästigt.«

Mit solcher List lockte Rosa Stanislaus in die Bücherhöhle ihres Vaters Leo, der tausend Bücher gelesen hatte und die guten Sitten der Welt kannte: Ein Gast war ein Gast, ob es sich um den Lohndrücker Büdner oder den Geliebten seiner Tochter handelte.

Stanislaus war verlegen; Rosa lächelte, doch er konnte nicht erkennen, ob ermunternd oder schadenfroh, denn das merkwürdige Weibswesen Rosa verfügte über eine Skala von Lächelmöglichkeiten. »Dieser Langlatsch ist mein Vater«, sagte sie.

Stanislaus wollte sich entschuldigen, doch er stotterte, und Leo bekam Mitleid mit ihm. »Lang- oder Kurzlatsch – sei willkommen!«

Später saßen sie in Leos Bücherhöhle. Rosa brachte bunte Gläser, goß Wein hinein und versetzte ihn mit Sodawasser. Leo nannte das Getränk »getaufte Katze«. Er hob sein Glas, sah seinem Gast in die Augen und prostete – alles sauber und nach der Schnur.

Stanislaus stürzte das Weingemisch auf einen Hieb herunter, Rosa goß nach und nestelte an seinen Hemdknöpfen, und nach dem dritten Glas Getränk brachte sie ihn dazu, sein Gedicht noch einmal aufzusagen; sie wollte ihrem Vater beweisen, daß sie nicht mit diesem und jenem, sondern mit einem Dichter umherzog.

Stanislaus rezitierte, und die Brauen des Menschenkenners Leo zuckten. Rosa stützte den Kopf auf die rechte Hand, und ihre Finger betrommelten die schöne Stirn.

Zwanzig Jahre später wird Stanislaus sich schämen, wenn er an diese Rezitationen zurückdenkt, und wird die Zeit bedauern, die er in Streitgesprächen über die Kunst verbrachte, weil er wissen wird, daß der Gelegenheitsdieb von der Ehrlichkeit, der Bürokrat von der Menschlichkeit, der Frömmler von der Seele, alle Sektierer am liebsten von ihren Idealen und von dem sprechen, was sie nie erreichten.

Aber jetzt stritt Stanislaus um sein Gedicht, denn Rosa wiederholte, was sie auf dem Rheindeich gesagt hatte. Vater Leo stand ihr nicht bei. Er wehrte sich ein Weilchen gegen die Sympathiewellen, die Stanislaus' Sommersprossengesicht verströmte; aber dann sagte er: »Es ist in diesem Gedicht nicht von einem Baum die Rede, aber von Liebe und Freundschaft, und die wird es geben, bis die Menschheit ausstirbt. Das soll woll sein!«

Rosas Antwort hieß: »Auf Wiedersehn.«

Die Männer hörten die Flurtür knallen, die Haustür klappen, und dann hörten sie nur noch den Wasserhahn in der Küche tropfen, und die Tropfen teilten die Ewigkeit in Geräusch und Zeit.

16

Stanislaus wird in ein Büro betoniert, kämpft gegen die Geruchsstrahlen von Schwefel und soll von einer Papiermücke verführt werden.

Prinzipal Weißblatt kam nachts von einer erfolgreichen Zementbesorge zurück. Er war glücklich. »Einem Durchschnittsmenschen gelingts leicht, sich mehrere Tage glücklich zu halten, einem Unternehmer gelingts nur für Stunden«, heißt es im Handbuch für werdende Millionäre, das aus den Trümmern eines eingestürzten Wolkenkratzers geborgen wurde.

Der Prinzipal erfuhr vom Prokuristen Käske, seinem eventuellen Teilhaber Büdner wäre das Stampfwerkzeug abhanden gekommen. Er ahnte, was geschehen war, und ging, ohne den bekleckssten Arbeitsmantel überzuziehen, in den Betrieb.

Stanislaus und Leo waren am Abend, als Rosa sie wütend verlassen hatte, bis zu den »Grenzen menschlichen Dichtens und Trachtens« vorgestoßen. Ihr gemeinsames Pochen am Bretterzaun der Welt hallte in Leo am Morgen nach. Er verabsäumte, Stanislaus das Werkzeug auszuhändigen, und Stanislaus war noch »Arbeitnehmer« des Grizzlybären Priebe und beschickte den Betonmischer, als der Prinzipal erschien und losschimpfte: »Da soll man doch zuviel kriejen!« Er stampfte zur Platzmeisterbaracke und drohte, die Naturallieferungen für die Belegschaft einzustellen. Leo machte ihn aus Leuchtturmhöhe mit sanfter Stimme darauf aufmerksam, daß das Konkurrenzunternehmen Otto ter Meer, Hoch-, Tief- und Straßenbau, seit vierzehn Tagen höhere Löhne zahle, so daß die Ter-Meer-Belegschaft sich jetzt Butter und Brot auf dem Schwarzmarkt kaufen könne.

»Wat, wat, wat?« sagte der Prinzipal, und das bedeutete, der lange Leo hatte ihn geschlagen.

Das Leben geht weiter, und wer nicht mitgeht, weils ihm an Lebenskenntnis gebricht, wird mitgeschleift. Das kann schmerzhaft sein.

Der Prinzipal ging im Büro auf und ab, und man hörte das Perpendikelklappen seiner Holzklompen. War der Traum von einem eventuellen Teilhaber nicht mehr gewesen als eines jener Wölkchen, die unter dem Mond hinziehen und vom Nachtwind zerblasen werden?

Obwohl der Prinzipal sich falsch ernährte, zuviel Fleisch und Fett umherschleppte und täglich eine Mandel Schwarzmarktzigarren rauchte, hatte er noch Einfälle; denn der Mensch ist ein technisches Wunder: Man kann ihn mit überfettem Brennstoff betreiben, jahrelang falsch kuppeln und schalten, doch er bleibt relativ leistungsfähig, obwohl er aus weichen Legierungen besteht.

Der Prinzipal hatte zwei Einfälle, einen mittelmäßigen und einen geringeren: Die Naturalentlohnung seiner Belegschaft mußte erhöht werden! Stanislaus sollte ins Betriebsbüro einbetoniert werden, um ihn den Verbrüderungsbestrebungen der Belegschaft zu entziehen. Sein Teilfolger oder Nachhaber würde im Büro die Rentabilitätshebel entdecken (wie es später heißen würde) und rascher hinter die Geheimnisse der Kapitalvermehrung kommen. Im Büro verwandelten sich Hundesauf- und Kaninchenfreßnäpfe zu Zahlen, und Produkte, die auf einer Fläche von der Größe eines Tanzsaales hergestellt wurden, nahmen dort den Raum eines DIN-A4-Bogens ein.

Keine Mühe, Stanislaus für die Büroarbeit zu gewinnen. Der Dichtergeselle hoffte, für seine Werkstatt zu profitieren. Er wollte mit der Maschine schreiben und dichten lernen und den Verlagsfirmen halbgedruckte Manuskripte vorlegen: Punkt, Komma, Absatz und Semikolon, alles, wie es sich gehörte.

Im Weißblattschen Büro hockte die Restmannschaft aus den Zeiten der Westwallkonjunktur. Sie hatte den Vorkrieg und den Krieg in vier dämmrigen Büroräumen überstanden. Als gegen

Ende des Krieges auch in Dinsborn Bomben explodierten, pochte Prokurist Käske mit der Faust gegen die Bürowand und versorgte das Personal mit Mut: »Was brauchen wir Bunker bei Weißblattbeton!«

Käske war fünfundfünfzig Jahre alt, klein, rotgesichtig, wurde von überhöhtem Blutdruck geplagt, war die finanzielle Seele des Betriebes, falls wir uns die Kopplung von Finanzen und Seele gestatten wollen, und bewältigte den geschäftlichen Nachkrieg. Er gewöhnte sich das Rauchen ab, um den demoralisierenden Wirkungen des Schwarzen Marktes zu entgehen, und ging im Sommer mit Gras- und im Winter mit Heuhalmen, als Rauchereiersatz, im Munde umher. In einer Schreibtischschublade lagen Ersatzhalme: Honiggras mit Wedeln, Zittergras, Knaulgrasstengel und Schafschwingelhalme. Auch Käske war ein Beispiel für die Durabilität des Menschen. Er schlug die Warnungen der Sanitätsräte und Zeitschriftengesundheitseckenmänner in den Wind und bewies, daß die gefürchteten Sporen des Strahlenpilzes nicht in die Zellen seines Prokuristenkörpers einzudringen vermochten.

Oft verwandelt sich eine »abgeschaffte« Leidenschaft im Menschen nur und tritt in anderer Verkleidung hervor: Solange Prokurist Käske rauchte, trank er kaum, aber dann metamorphosierte die Rauchlust in ihm zu der Leidenschaft, Weinflaschenetikette zu sammeln, und die Sammelei veranlaßte ihn, »unbillige« Weine zu trinken, um zu den Flaschenpapierchen zu kommen.

Dem Prokuristen stand die Stenokontoristin Pampelow zur Seite. Wer die Pampelow sah, bekam Appetit auf die Frage: Frau oder Fräulein Pampelow? Die Stenokontoristin gehörte zu jenen beklagenswerten Mädchen, die mit Altfrauengesichtern geboren werden.

Herr Käske und Frau Pampelow arbeiteten harmonisch wie zwei Töne eines Gondelliedes miteinander, und der weiße Leinenschutz auf den Unterärmeln beider Personen verstärkte den Eindruck ihrer Zusammengehörigkeit. Aber wenn die Pampelow eine Andeutung in dieser Richtung hörte, sagte sie: »Der und ich? Wie denken Sie sich das?«

Und wenn Herrn Käske eine solche Meinung zu Ohren kam, konnte man sehen, wie Geringschätzung seinen Mund umspielte.

In flinken Geschäftszeiten hatte die Weißblattsche Bürobelegschaft bis zu zehn Personen betragen, deshalb war Prokurist Käske wie der Prinzipal von dem Wunsche durchdrungen, der Firma wieder zu Glanz zu verhelfen. Er stellte die Tochter seines Sammlerfreundes Mück als Bürolehrling ein. Mück sammelte Bieruntersetzer und war eine niederrheinische Kapazität auf diesem Sammelsektor.

Fräulein Mück war die verstrichelte, doch sympathische Bleistiftskizze für ein Jungmädchenporträt mit dem Titel »Zartbleiche Nachkriegskrise«. Über die Liebesverhältnisse der Mück war nichts bekannt. Sie schien vorläufig weißglattes Papier zu lieben, auf dem sich akkurate Zahlen schreiben ließen.

Maschinenschreibunterricht erhielt Stanislaus von der Pampelow. Sie war beglückt von ihrem Lehrauftrag; wie viele Menschen beglückt sind, wenn sie das, was sie lernten, anderen, vor allem jüngeren Personen, weitergeben können. Ach, wie gern beschenken wir unsere Kinder mit Erfahrungen! Und wenn sie nicht beschenkt werden wollen, trösten wir uns mit dem Augenblick der Genugtuung, der da kommen wird, wenn unsere Söhne stranden und wir vor sie hintreten und sagen werden: Hättet ihr lieber Kerzenzieher gelernt. Das Kerzenziehen nährt seinen Mann. Seht mich an!

Fräulein Pampelow war vom Alter ihres jugendlichen Lehrlings Stanislaus nur um zehn Lebensjahre getrennt. Genaugenommen neun Jahre und fünf Monate.

»Aber wer streitet um Monate, wenns nicht um Alimente geht?« heißt es in einem Buche, das in einem Blumenladen von Pirna gefunden wurde, als man dort im April nach Märzbechern suchte.

Das Rückenteil der Pampelowschen Kompletjacke war mit Ziegelchen verbrauchter Haut bedeckt, und die Pampelow ging von Zeit zu Zeit mit Schwefelpuder gegen das Mausern ihrer Kopfhaut an. Als sie den Lehrling Stanislaus betreute,

»verdoppelte sie ihre Kampfkraft« gegen die Kopfschuppen, aber Stanislaus litt an Geruchsempfindlichkeit und hätte weder eine nieder- noch eine oberrheinische Schönheit geküßt, die nach Schwefel stank. Er litt, wenn sich die Pampelow über ihn beugte, um seine Betonarbeiterfinger auf den Schreibmaschinentasten zurechtzusetzen.

Er kaufte auf dem Schwarzmarkt französisches Parfüm. Mit dem Geld, das man ihm abverlangte, hätte er seine Reise in die Heimat bezahlen können. Er schmuggelte das Parfüm in das Handtäschchen der Pampelow. Die Stenokontoristin hielt die heimliche Gift für ein Zeichen der Verehrung, und sie versuchte, ihre im Anhimmeln bereits ungeübten Augen an Stanislaus zu trainieren, und das nahm sich aus, als wenn eine Filmdiva an ihrem achtzigsten Geburtstag den Presseleuten Kußhändchen zuwirft. Stanislaus' Lehrmeisterin betupfte ihre Ohrläppchen und das geschwefelte Haar, und die Düfte von Haarpuder und Parfüm zogen gegeneinander in den Krieg. Stanislaus wurde von einem scheußlichen Schwefel-Chanell-Duft getroffen und stopfte sich mentholgetränkte Heuschnupfenfilter in die Nasenlöcher.

Von den zweihundert himmelnden Blicken seiner Lehrmeisterin erwiderte Stanislaus zwei bis drei am Tage, doch durch die Rationierung machte er die Pampelow von Tag zu Tag verliebter. »Sie lernen so leicht, Herr Büdner, Sie haben so schöne Hände!«

Stanislaus wurde verlegen wie ein Konfirmand, den man für seinen starken Bartwuchs lobt. »Sie werden nichts dagegen haben, Fräulein Pampelow, wenn Ihnen diese Hände einige Stäubchen vom Jackenrücken klopfen.«

Fräulein Pampelow fühlte sich nicht beleidigt; es war ein Hochgefühl, sich von Stanislaus beklopfen zu lassen.

Fräulein Mück prustete in die Registratur; wohl weniger, weil sie das Wesen der Pampelow belustigte, als um Stanislaus auf sich aufmerksam zu machen, aber der Bürolehrling sah die Papiermücke nicht.

Eines Nachmittags steckte zwischen den Schreiben, die Prokurist Käske durchsah, ein Anfragezettel, entpersönlicht, in

Stenographie geschrieben: »Sehen Sie mich nicht?« Das »mich« war unterstrichen.

Käske überlegte: Welche seiner Mitarbeiterinnen konnte gefragt haben? Käske war mit hohem Blutdruck beflucht und schien auf starren Schienensträngen durchs Leben zu fahren, und doch waren einige Kleingeister in ihm rege, die er daheim nicht mehr tummeln lassen konnte, weil die adäquaten Geister seiner Frau erstorben waren. Du kannst es ja versuchen! dachte der Prokurist und schrieb auf denselben Zettel: »Wann könnte man die Ehre haben?«

So scharf Käske seine Mitarbeiterinnen hierauf auch beobachtete, er sah keine einen Zettel beschreiben, und doch passierte der Antwortzettel mit der Geschäftspost bei ihm ein: »Heute acht Uhr am Stappschen Hähnchen!«

Von diesem Augenblick an wußte Käske, daß er Kopfschmerzen haben würde, sobald er nach Büroschluß seine Wohnung betrat, und daß er nach dem Abendbrot würde einen längeren Spaziergang machen müssen.

Auf dem Abendspaziergang kamen ihm Bedenken: Wenn der Zettel nun nicht für ihn bestimmt gewesen war? Schließlich siegten die erwähnten Geisterchen in ihm, trieben ihn zum Stappschen Hähnchen und ließen ihn dort auf Fräulein Mück treffen. »Welch ein Zufall!« sagte er und klatschte in die Hände. Dabei entfiel ihm sein Spazierstock. Fräulein Mück hob den Stock auf und schlug die Augen nieder. Prokurist Käske war drauf und dran, zu nehmen, was sich ihm bot; denn jung und alt läßt keinen kalt, und sowohl König Salomo als auch der deutsche Kronprinz hatten es als Fünfzigjährige mit Fünfzehnjährigen zu tun gehabt. Der Prokurist bilanzierte Aktiva und Passiva der Angelegenheit: Er konnte Fräulein Mück scherzhaft fragen, ob sie für den Anfang ihrer Liebeslaufbahn mit ihm vorliebnehmen würde. Ein Ja hätte seiner von Papierstaub bedeckten Männlichkeit Auftrieb gegeben. Aber wenn Fräulein Mück sich nicht einverstanden erklärte, hieße das, juristisch, sein Lehrherrenverhältnis mißbrauchen und die Sammlerfreundschaft mit Fräulein Mücks Vater aufs Spiel setzen. Nein! Käske legte seine Hände lieber auf den Rücken, stützte sie auf seinen Spazierstock und nahm Lehrherrenhaltung ein. »Törichte«, sagte er, »wußten Sie nicht, daß Herr Büdner Stenographie nicht lesen kann?«

Fräulein Mück antwortete nicht.

»Ich bin gekommen, Sie an Stelle Ihres Vaters vor verfrühten Abenteuern zu warnen.« Fräulein Mück sah zum ersten Male auf und sagte: »Ich danke Ihnen, Herr Prokurist.«

17

Der Popignore stößt beim Durchgrasen von Zeitungen auf seine vormalige Gespielin, und Stanislaus erscheint zum zweiten Male auf dem Edelhof, um über einen Zitronenfalter zu referieren.

Ein Kiosk – ein Häuschen, gefüllt mit rußbeflocktem Papier, Zeitungen uud Zeitschriften genannt, die vollgestopft sind mit erstarrten Mitteilungen, bis Menschen kommen, die die BLEISTABEN-Abdrücke zueinander in Beziehung setzen und die eingefrorenen Nachrichten auftauen. Viele Mitteilungen sind angefertigt, Papierseiten zu füllen, wenige, das Wissen der Leser ZU VERGRÜNDLICHEN.

Auf der einen Seite des Zeitungshäuschens stand eine Frau; sie trug einen großkarierten Frühlingsmantel, ihr Gesicht wurde von einer breiten Hutkrempe beschattet. Auf der anderen Seite des Häuschens stand ein Mann im blauen Podrisnik. Die Frau las, der Mann las; sie lasen aufeinander zu, sahen, erkannten einander, und Sympathiestrahlen flogen hin und her.

Die Frau hieß Elly Mautenbrink und war das erste Liebeserlebnis des Popignore Johannis I. gewesen; sie hatte ihn angelernt, wie es auf der Gasse heißt, und sie konnte die junghündische Tappigkeit nicht vergessen, mit der der Mann im Podrisnik einst getan hatte, was sie von ihm verlangte; beiden war vorzeiten etwas Unwiederholbares geschehen.

Das letztemal hatten sie sich im Kriege gesehen. Johannis Weißblatt war auf Kurzurlaub, als auf dem Mautenbrinkschen Edelhof die Nachricht eintraf, Hanptmann der Reserve Mautenbrink wäre von der strapazierten »feindlichen Kugel« getroffen worden. Elly Mautenbrink sah den Urlauber Johannis Weißblatt damals vor Tränen nicht, und er vermochte die Reize der ehemaligen Geliebten hinter Trauerschwärze und Schleiern nicht aufzuspüren.

Elly Mautenbrink lud Johannis Weißblatt zu einer kleinen Abendveranstaltung auf dem Edelhof ein. »Du wirst wenige, aber erlauchte Namen treffen, geistige Elite.« Sie hatte noch immer diese sacharinsüße Weise, sich auszudrücken, küßte sich die eigenen Fingerspitzen und fügte hinzu: »Erlesene Leute, sollte ich denken.«

Hinter dem Kiosk verabschiedete sich das Vorkriegsliebespaar, und dabei bat Frau Mautenbrink den Popignore, in seiner Klosterkleidung auf der Abendgesellschaft zu erscheinen, unbedingt!

»Weitere Wünsche?«

Ach ja, Freund Johannis sollte so freundlich sein und seinen Dichterlehrling mitbringen, jenen Ex-Ketzer-Mönch, der auf dem Wege wäre, Katholik zu werden, wie man von Madame Weißblatt höre.

Auf diese Weise erschien der Maschinenschreiberlehrling Stanislaus Büdner ein zweites Mal auf dem Edelhof. Die reizend verlogene Dame Mautenbrink tat, als ob sie das erstemal das Vergnügen hätte, und errötete beim Lügen nur leicht in der unteren Halspartie.

Die kleine Abendgesellschaft wurde für den Strahlenforscher Schaman Rishi gegeben, der, nach eigenen Angaben, kürzlich aus indischem Exil eingetroffen war. Ihm zu Ehren trug die Kammersängerin Grimalda Windström Goethes »Heidenröslein« nach der Melodie von Schubert vor. Sie kaschierte den Alterssprung ihres Soprans und zog sich beim Singen ihre Langstulpenhandschuhe aus. Die Herren fanden das artistisch. »Oi, oi!« Die Damen betadelten den plissierten Schlepprock der Windström: »Sie musset woll nötig han bei ihrer Fijur.«

Nach der Windström sang ein Baßgast oder Gastbaß die Arie vom »Büblein an der Mutterbrust«, und Schaman Rishi, der aus dem Exil heimgekehrte Strahlenforscher, sagte, er hätte dieses Couplet vor dem Kriege in Bayreuth gehört, nur tiefer und bassiger.

Doktor Ocker, Professor für angewandte Chemie, blies die Wangen auf. »Büblein in Bayreuth? Dort gibts nur Wagner.«

»Dann muß es in Augsburg gewesen sein«, sagte Schaman Rishi.

Der Kunsthonigfabrikant Pomuchel mischte sich ein. Er hätte die Arie zum ersten Male in Rußland, von einem Baßsänger bei der Fronttheatertruppe, gehört, erzählte er. Bei der Stelle »Juchheißa, bei Regen und Wind« wären Sänger und Orchester davongeflogen. Russische Partisanen! Der Himmel hätte nicht nur voller Geigen gehangen, auch eine Baßgeige wäre dabeigewesen. Die Herren lachten über die fliegende Baßgeige, denn es waren, Gott sei Dank, nicht sie gewesen, die mit ihr aufgeflogen waren.

Johannis Weißblatt konnte sich an so abgeschmackten Scherzen nicht beteiligen. Die Damen bedrängten ihn, von seinem Leben im griechischen Kloster zu erzählen. Der Popignore hüstelte und gab acht, daß Stanislaus sich nicht in der Nähe aufhielt. Die Frau des »angewandten Chemieprofessors« wünschte einige Deutlichkeiten über die Priesterweihe zu erfahren. Sie fand so charmant, daß die griechischen Priester heiraten dürften, und betrachtete den Popignore mit Schlafzimmerblicken.

Die Auskünfte des Popignore über die Priesterweihe waren spärlich; im Grunde wären Weihen und Zeremonien Äußerlichkeiten, die er verabscheue, deshalb hätte er für Deutschland den weltoffenen Santorinischen Bruderorden gegründet, dessen vornehmste Aufgabe es wäre, die Habenden zu expropriieren und materiellen Besitz zu vergeistigen.

Die Damen fanden die Ausführungen des Popignore »doll interessant«, aber die Gattin des Holzgasgeneratorenfabrikanten Blaurauch gestand, daß ihr das Verbum »expropriieren« nicht geläufig wäre, wohl weil sie das Lyzeum nur mit »genügend« abgeschlossen hätte.

Auch der Popignore hätte bis eine Woche zuvor das Verb »expropriieren« nicht ausdeuten können, aber er tat sich um, trieb philosophische Studien, und es waren auch einige marxistische Broschüren durch seine Hände gegangen, deshalb gelang es ihm mit der linken Hand, der Holzgasgeneratorenfabrikantengattin die Expropriierung zu erklären.

Darauf wandte sich die Gattin des Chemieprofessors, die so blaß und vornehm zugehört hatte, vom Popignore ab. Die lebenslustige Frau Blaurauch entgegen fühlte sich dem Popignore besonders verbunden, weil sie nun kein schlechtes Gewissen mehr zu haben brauchte, wenn sie ihrem Manne größere Geldbeträge entführte. Sie expropriierte ihn, glänzend, ha, ha!

Die Hausherrin Mautenbrink kümmerte sich wenig um ihren ehemaligen Gespielen Johannis Weißblatt. Der Strahlenforscher Schaman Rishi schien es ihr angetan zu haben. Der Popignore sah, wie die beiden miteinander plauschten, und dachte wehmütig an gehabte »süße Heimlichkeiten«. Aber sogleich mußte er sich fragen, ob es einem Popignore und Ordensstifter gestattet war, eifersüchtig zu sein. Die Tatsache, daß er bestimmte Sehnsüchte im ÜBERSINN-Center bis »über den Rand hinaus« gestillt hatte, erleichterte es ihm, sich selber nein zu sagen.

Stanislaus stand unter dem Glasvordach des Portals. Im Festsaal fühlte er sich überflüssig. Weißblatt, sein einziger Bekannter, mied ihn, weil er ihm das Air als Popignore zerstören konnte. »Die Kultbedürftigen fürchten die Wissenden«, heißt die Inschrift auf einer Mauer, die so alt ist, daß man sie schon für ungültig hält, die Mauer und die Inschrift.

Alle anderen Gäste kannte Stanislaus nicht, lediglich Frau Mautenbrink war einmal zu ihm hingetreten und hatte gesagt: »Sie sind vergnügt, edler Freund, sollte ich denken!« Dann wandte sie sich einem anderen Gast zu. Es war der reizende Redakteur der Zeitschrift ÜBERSINN, John Samsara.

Von Frankreich her trieben dicke Wolken über den Rhein und trennten den Edelhof von den Sternen. Ein Aprilgewitter ließ eine Sendung Hagel auf die jungen Blätter der Blutbuchen knattern. Stanislaus sah dem Frühlingsgewitter zu. Ein in Donner gefaßter Blitz bewirkte, daß er in die Knie ging. Der Blitz war in eine der Pyramidenpappeln gefahren, die den Edelhofpark begrenzten. Stanislaus befolgte die Gesundheitsvorschrift seiner Mutter Lena und spie dreimal aus. Diese Gewitter! Die Menschheit, einschließlich der Herren von der Wetterwissenschaft, war ihnen noch immer ausgeliefert wie einem Fatum. Es gab auch keine Anzeichen, daß sich das ändern würde, denn zunächst mußten die Kriegsschäden beseitigt werden. Wenn einige Herren mit kleinen Regengüssen protzten, die sie erzeugt hatten, so war das, als ob Kinder ein Märbelloch in die Erde graben und behaupten, sie hätten die Erde verändert.

Verzeihen wir dem Helden seinen Pessimismus! Er konnte nicht ahnen, daß die entsprechenden Wissenschaftler sich zwanzig Jahre später bereits mit dem Wetter auf Mars und Venus beschäftigen würden und daß wir voller Optimismus in die uns oft so unpassend kommenden Regengüsse und Nebel unserer Zeit sehen können!

Ein neuer Blitzschlag und Donnergetöse setzten Stanislaus ins Recht, aber zum Ausspeien kam er diesmal nicht, denn Elly Mautenbrink war herangeschlichen und küßte ihm die Stirn. »Als Muse, wenn Sie erlauben?«

Stanislaus behauptete später niemals, daß ihm dieser Stirnkuß von Frau Mautenbrink unangenehm gewesen wäre, obwohl er bezahlt werden mußte.

Könnte der Herr Büdner der Frau Mautenbrink »einen aller-, allereinzigsten Gefallen tun« und die Gäste mit einem seiner »doll-dollen Gedichte« beschenken?

Stanislaus wird später auch nicht bestreiten, daß der Wunsch ihm schmeichelte. Kein Künstler kann am Anfang seiner Laufbahn widerstehn, sich vor Leuten zu produzieren, die sich unterhalten wollen und über die Oberflächen des Lebens rutschen wie Wasserwanzen. »Gepriesen sei das Alter, das den Künstler in den Stand setzt, auf billigen Beifall verzichten zu können«, heißt es in den Dichterdienstanweisungen der Assyrier.

Der Baßgast, der Stanislaus freundlicherweise ankündigte, nannte ihn »einen jungen Dichter, dem das Bad in den Stahlgewittern des Krieges die Poesie in die Brust getrieben hat«. Eine Formulierung der Dame Mautenbrink. Stanislaus hörte sie vor Aufregung nicht und hub an:

Wippender Zitronenfalter
Auf dem Blau der Wegewarte ...

Und die Damen, die vorher gegiert hatten, vom Popignore etwas über sein Klosterleben zu erfahren, gierten jetzt nach Stanislaus' Worten:

Manchesmal beneid ich dich:
Immer dann, wenn ich vergesse,
Daß ich schnellre Flügel habe ...

Frau Mautenbrink flüsterte der Professorsgattin zu: »Süß, so verlegen, wie er ist, woll?«

Und als Stanislaus endete:

Die mich bis zum Monde tragen,
Eh du Taumler nahebei
Eine Glockenblume küßt,

applaudierten die Damen. Auch die Herren wollten nicht für Banausen gehalten werden und ließen ihre Hände zwei- bis dreimal ineinanderfallen. Herr John Samsara sogar siebenmal.

Frau Mautenbrink nahm Stanislaus in Empfang, küßte ihn dreimal auf die Wangen und adelte ihn.

Diese zärtliche »Dichterehrung« beunruhigte Schaman Rishi, den Favoriten der Edelhofherrin. Jedenfalls ließ auch er sich sogleich ankündigen. Der Gastbaß stellte den Strahlenforscher, Wunderarzt und Propheten Schaman Rishi als einen rechts- und linksrheinischen Schlagzeilenmacher vor, der so liebenswürdig wäre, den hochverehrten Gästen einen Zipfel jenseitiger Welten zu zeigen.

Schaman Rishi war einen Meter und neunzig Zentimeter lang. Sein Gesicht gehörte zu jener Art, wie sie Feldwebel bevorzugen; wenig durchgeistigte Gesichter, die Charme ausströmen, sobald sie in Frauennähe gelangen. Die Höhe, in der Rishi seinen Kopf durch die Welt trug, war vielleicht günstig für den Empfang von Nachrichten aus dem All. Rishi bereitete die Herrschaften auf einen eventuellen Mißerfolg seiner Experimente vor. Er hätte es mit einer illustren Gesellschaft und Hellköpfen zu tun, sagte er, und die zu erwartenden Gegenströmungen könnten die leisen Kräfte, auf die er angewiesen wäre, beeinträchtigen.

Rishi führte Experimente niedrigsten Schwierigkeitsgrades vor. Er bewog zum Beispiel den Kunsthonigfabrikanten Pomuchel, im mittleren Schlafzustande einen Löffel Tafelsenf als Kunsthonig eigener Produktion zu verschlingen, und Pomuchel verschlang.

Die Köpfe der Herren wackelten halbgläubig, und die Damen atmeten schneller. Beifall von mindestens zwölf Händen. Die gelbhäutige Kunsthonigfabrikantengattin rieb sich die Schläfen und sagte beleidigt: »Man kommt aus der fünften Dimension, und nun dieser barbarische Beifall!«

»Sahen Sie während der Vorführung dieses mittelblaue Bleu um den Magier herum?« fragte die Professorsgattin.

»Nein, für mich war es ein Violett mit grünen Rändern.«

Der Kunsthonigfabrikant zweifelte vorübergehend an seiner Existenzberechtigung. Es hatte sich erwiesen, daß unter bestimmten Umständen ordinärer Tafelsenf oder Mostert ebensogut schmeckte wie sein Kunsthonig. »Da kann ich mich ja jleich auf einer Eisscholle ins Nordmeer treiben lassen«, sagte er.

Stanislaus konnte nicht länger verfolgen, was der Strahlenforscher Schaman Rishi noch für Augenauswischereien zum besten gab. Johannis Weißblatt zog ihn in eine Nische neben der Essendurchgabe, wo eine Kübelpalme stand. Der Popignore hatte den Anfechtungen der Eifersucht nicht standgehalten, und er war so süchtig und voll Eifer, daß er in Landsknechtsdeutsch verfiel. »Mach ihn fertig!« sagte er zu Stanislaus.

Stanislaus hatte keine Lust, einen Scharlatan mit Scharlatanerie zu widerlegen. »Hier helfen nur Beredsamkeit und Religion«, sagte er, »wenn einer ihn vom Podium putzen kann, dann du; dir gehört ein ganzer Orden!«

Weißblatt griff in seinen physiognomischen Koffer und setzte seine Trauermiene auf, die ihren Eindruck auf Stanislaus bisher nie verfehlt hatte, doch in diesem Augenblick steuerte ein Mann auf Stanislaus zu. Der Popignore hielt es für günstig zu verschwinden, bevor John Samsara heran war.

Samsara machte Stanislaus Komplimente für das Gedicht, das er »hören durfte«, und bat ihn, in nähere Geschäftsverbindung zu seiner Zeitschrift ÜBERSINN zu treten. Die Redaktion hatte sich entschlossen, neben geisteswissenschaftlichen Beiträgen auch Lyrik mit hohem Symbolgehalt zu veröffentlichen. In Stanislaus' Gedicht wäre bereits Symbolgehalt, aber wenn er noch Symbolgehaltigeres auf den Markt brächte, Samsara würde für Absatz sorgen. Von gewissen Essays sagte Samsara nichts, weil er nicht wissen konnte, daß er den Verfasser vor sich hatte.

Das Gespräch mit Samsara war für Stanislaus ein Wind, der sein Selbstvertrauen für viele Tage blähte.

18

Rosa erfährt, daß die Kunst ein überflüssiges Rad am Weltwagen ist. Stanislaus spaziert mit einer Papiermükke und demütigt Rosa.

Rosa gings nicht gut. Waren Kunst und Dichtung so wichtig, daß es lohnte, sich mit einem Menschen, den man mochte, zu veruneinigen?

»Aber sicher!« sagte Vater Leo, als sie ihn fragte, und Rosa trotzte weiter, denn Onkel Osero hatte einmal behauptet, Vater Leo wäre »in Punkto Kunst weich jewickelt«.

Rosa versorgte Leos Haushalt, doch bevor der Vater heimkam, verschwand sie und verbrachte die Abende und die Nächte in ihrem Betonturmzimmer. Dort lag sie auf dem Bett, versuchte »Romeo und Julia« zu lesen, starrte die meiste Zeit in den Reclamband, ohne etwas aufzunehmen, und lauschte vergeblich, weil hinter der Wand Stanislaus lag und lauschte, und beider Lauschen vereinigte sich zu einer Überstille. Wieder fragte sich Rosa: Hatten Romeo und Julia sich ihre Liebe mit Gedichten vergällt? Sie entschloß sich, Onkel Osero ins Vertrauen zu ziehen, doch sie ging nicht in sein Büro; sie wollte nicht Besucher Nummer dreiundsiebzig sein.

Osero wohnte in einem alten Kleinbauernhaus am Stadtrand, weil Tante Erna »einen Garten, einen Garten« brauchte. Der Duft der Aprikosen- und Mandelbäumchen vermischte sich hier draußen mit dem Gestank vorgejauchter Kohlbeete. Die

Venus schien Rosa zuzuzwinkern. Sorgen, wie Rosa sie hatte, gab es in den Gefilden des zeitigen Abendsterns nicht mehr.

Onkel Osero war nicht daheim. »Früher war hier Leben, Leben war hier, und einer trat dem anderen auf die Hacken«, sagte Tante Erna, »jetzt rennt alles ins Büro, ins Büro.« Sie wischte sich mit der erdigen Hand den Schweiß und beschmutzte sich die kummerige Stirn.

Als Rosa die Oseros am dritten Abend vergeblich aufsuchte, stellte Tante Erna sie im Garten zum Umgraben an. »Wo die Vorjahrsbohnen waren, säe ich Radieschen, Radieschen!«

Erst bei Rosas viertem Besuch saß Osero in der Küche, hemdärmelig und frisch gewaschen, wie früher, wenn er von der Arbeit kam. »Berichte, Mutter künftiger Kommunardengeschlechter!« sagte er zu Rosa.

Ach du grundgütiger Himmel, Rosa hatte ihren Auftrag vergessen! Was sollte sie berichten? Büdner wäre wirklich in Karelien gewesen; Onkel Otto hätte sich nicht geirrt.

»In Karelien – und weiter?« Osero fing an, um den Küchentisch herumzurollen.

»Hechte, er hat dort Hechte gesehen, Methusalämmer, und Seen, die aussahen wie die Augen der Erde!«

»Wat Jedöns! Blieb er in Karelien oder wat?«

Darüber konnte Rosa nichts vermelden. Sie hätte sich mit Büdner in Sachen Literatur verkracht. Soll man sich um Kunst verkrachen? Rosa brauchte Rat, Onkel Ottos Rat, aber einen schönen.

Osero wußte immer Rat, aber ob es stets der rechte Rat war, mit dem er die Leute schlug? Er dribbelte mit den Fingern auf der Tischplatte, und Tante Erna gab ihm einen Klaps auf den Handrücken. »So werden Leute, die nichts mehr im Garten tun, im Garten.«

Kurz und gut: Die Literatur gehöre nicht zur Ökonomie, nicht zur Organisation, sondern zur Ideologie, sie wäre eine anfällige Blüte des Überbaus. Rosa fühlte, mit welchem Genuß Onkel Otto sie belehrte. Vater Leos »sozialdemokratische Abweichungen« in Sachen Literatur wären zwar bedauerlich, aber bei weitem nicht so gefährlich wie Abweichungen in Organisationsfragen und Politökonomie. »Literatur marschiert hinten, merk dir!« Wenn sie überhaupt in Frage käme, müßte sie nützlich sein; jedes zehnte Wort klassenwirksam, sonst wäre sie nichts als kritischer Realismus und verdammter Formalismus, den ein anständiger Mensch nicht einmal mit der Beißzange anpacke. Onkel Ottos »Ratschläge« kamen Rosa entgegen. »Also lohnt et sich nicht, um Jedichte zu streiten?«

Osero rollte um den Küchentisch und rollte.

»Zieh dir die Schuhe aus, die Schuhe!« sagte Tante Erna, aber Otto hörte es nicht, er brauchte das Rollen zum Nachdenken. »Nein, lohnt nicht«, sagte er, »und du wirst es mit dem Büdner wieder aufnehmen! Ich verlang es, erhebe es zum Beschluß! Was kam nach Karelien bei Büdner?«

»Aber ich wollt mit ihm jehn, Onkel Otto.«

»Kein Wort mehr! Man tut, was man kann; die Welt ist noch nicht fertig!«

Stanislaus massierte seine Finger. Die Pampelow war mit seinen Schreibergebnissen nicht zufrieden. Hatte Herr Büdner »große Feste« gefeiert und seine Finger übermüdet? Das ging nicht an. Wenn man schreiben lernte, müßte man seine Maschine und alles, was mit ihr zusammenhing, lieben; später, wenn man mit der Maschine verheiratet wäre, dürfte man wieder Feste feiern. »O Afterweisheit, wo wächst du?« heißt es in den Memoiren eines Gassenhauerfabrikanten.

Die Pampelow beugte sich über Stanislaus. Er beschloß, ihr wieder Parfüm in ihre Handtasche zu schmuggeln, er konnte sichs erlauben, er bekam jetzt Gehalt, keinen Lohn mehr.

Mit Rosa war alles zu Ende, schien ihm. Er konnte nicht davon leben, seine Nächte Wand an Wand mit ihr zu verbringen, aber er fuhr auch nicht in die Heimat, um seine Ehe aufzulösen; er war mit seiner Dichtereiarbeit auf dem Wege zu FIRNIGEN RUHMESHÖHEN. Seine Essays würden gedruckt erscheinen und die niederrheinische Geisteswelt aufhorchen lassen, außerdem waren Unmengen Gedichte mit mindestens siebzig Prozent Symbolgehalt bei ihm bestellt worden.

Prinzipal Weißblatt war zufrieden; im Büro schlug sein eventueller Teilhaber ein. Man sah ihn abends an der Maschine sitzen und seine Finger üben, wenn das andere Personal gegangen war.

Stanislaus schrieb seine Gedichte auf der Maschine ab:

»Gras und Korn und roter Mihn ...« zum Beispiel, und er riß das Blatt aus der Maschine und zerknüllte es, weil es nicht Mihn, sondern Mohn heißen mußte, und er schrieb die Zeile zum zweiten Male: »Grus und Korn und roter Mohn ...«, und er radierte den Grus aus und machte Gras aus ihm, und so schaffte er die erste Zeile hinter sich, doch schon bei der zweiten hob das Elend von neuem an. »Lustig wenn die Lurchen singen ...«

Man mußte schon ein Fuchs auf der Schreibmaschine sein, wenn man nicht alle Poesie mit ihr zerklappern wollte.

Dem Bürolehrling Büdner fehlte es nicht an Ausdauer. Er übte, übte und brachte es dazu, fast ein ganzes Gedicht ohne Fehler niederzuschreiben, doch plötzlich »zickte ein Blatz« aus dem Gewitterhimmel, und die Stimmung, die der zuckende Blitz in das Gedicht brachte, war dahin.

Indes wartete John Samsara gewiß auf Stanislaus' symbolträchtige Gedichte. Der Dichter fürchtete, der Redakteur könnte ungeduldig werden, und fragte Fräulein Mück, ob sie einig mit der Schreibmaschine wäre, und Fräulein Mück sagte, sie wäre so gut wie perfekt, und sie blieb abends im Büro und schrieb Stanislaus' Gedichte nach Diktat. Sie machten Fortschritte miteinander, und die Dinge fingen an, ein gewisses Ansehen zu kriegen.

»Auch der Tod ist nicht umsonst; er kostet das Leben«, sagt man im Volke; Stanislaus konnte die Hilfeleistungen von Fräulein Mück nicht umsonst entgegennehmen. »Zwei Mark pro Stunde, Fräulein Mück?«

Fräulein Mück sah ihren »Diktator« wasserblau an. Sie würde sich nicht bezahlen lassen, nicht von einem Dichter.

Wollte Fräulein Mück vielleicht ausgeführt werden?

Das wollte Fräulein Mück.

Sie schrieben noch eine Weile, dann gingen sie, doch Fräulein Mück fiel ein, daß sie sich mit ihrer Freundin verabredet hatte. Sie trafen die Freundin am Rheinufer, sie hieß Rosa, und sie war es auch. Fräulein Mück stellte Rosa vor, und Stanislaus sagte: »Danke, man kennt sich, man wohnt Wand an Wand in einem Hause.«

Sie gingen zu dritt und redeten vom Wetter, daß der Frühling nicht aufzuhalten wäre, und Fräulein Mück erzählte, auf welche gewundene Weise sie zu ihrer Frühlingsbluse gekommen war. Ihr Vater hätte den bückeburgischen Teil seiner Bierdeckelsammlung gegen Taft an einen Amerikaner vertauscht. »Ich trag eine Bluse aus Bierdeckeln, hie, hie!«

Rechts eine Dame, links eine Dame, in der Mitte Stanislaus, und die Dame rechts sagte etwas Unwichtiges, dann sagte die Dame links etwas noch Unwichtigeres. Stanislaus wendete den Kopf höflich hier- und dorthin; eine gute Übung, die Halsmuskeln zu lockern.

Die Venus erschien. Immer diese Venus! Aber wer war verantwortlich dafür, daß sie heller und früher in der Höhe erschien als die anderen Sternkörner? Es wurde dunkel, und Stanislaus fühlte sich bei der Hand gegriffen; es handelte sich um seine rechte Hand, und an seiner rechten Seite ging Rosa. Der Dichter entzog ihr seine Hand. Sie fühlte sich gedemütigt, aber dann fiel ihr ein, daß sie, Gott sei Dank, »im Auftrage« handelte.

Fräulein Mück gewahrte das HÄNDEGETECHTEL ihrer Begleiter. Keine Mücke ohne Eifersucht! Sie packte Stanislaus' linke Hand. Stanislaus fühlte die Mückenhand zittern. Guter Rat war billig. »Wie lange sind die Damen miteinander befreundet?«

»Seit vorgestern«, sagte Fräulein Mück.

»Ja, ja, die Freundschaft, janz plötzlich kommt sie über einen!« sagte Rosa.

Die List der Eifersucht fing an, in Fräulein Mück zu werken. »Ich muß immerzu an das Sommergedicht denken, das Sie mir diktierten«, sagte sie.

Schweigen. Nur ein Zucken bei Rosa – unter der Haut.

Fräulein Mück rezitierte: »Du im offnen Leinenhemd, eine Blume zwischen Zähnen und das Haar vom Wind gekämmt, in den Augen Spur von Tränen, bin jetzt endlich wieder dein ...« Sie blieb stehen. »Endlich wieder dein? Wie habe ich das zu verstehen? Hatten Sie jemand gehört, dem Sie nicht mehr gehören wollten?«

Da blieb auch Rosa stehen. Ihre Lippen zitterten, diese Rosa-Lippen! Sie sah auf Stanislaus' ausgetretene Leihschuhe. »Hast du das Jedicht jetzt oder vor Jahr und Tag jemacht?«

»Jetzt!« sagte er erbarmungslos.

Das verwaschene Blau in Fräulein Mücks Augen wurde dichter. »Ah, die Herrschaften kennen sich?«

Rosa, wild: »Dachten Sie, er sagt nur Ihnen seine Liedchen auf?«.

Fräulein Mück, nicht weniger wild: »Ich bin seine Mitarbeiterin, bitte.«.

»Und wissen nicht, daß sich dieses Summsummchen von einem Sommerjedicht auf Herrn Büdners Frau bezieht?«

Das war mehr als zwei Zentner Graupen für Stanislaus. Er hatte in einem griechischen Kloster aus dem Kessel der Weltweisheit gelöffelt, ohne zu erfahren, was er jetzt erfuhr, nämlich, daß verschwiegene Tatsachen mit Lügen verschwistert waren.

Sie gingen weiter wie drei Menschen, die beim Begehen einer belebten Straße zufällig in eine Linie gerieten, bis Fräulein Mück zu weinen begann: Sie war bei ihrem ersten Flirt einem LIEBESGANGSTER in die Hände gefallen.

Rosa hingegen schritt aus wie eine Siegerin. Stanislaus mußte handeln.

Er verneigte sich vor Rosa. »Sie sagten die blanke Wahrheit, meine Dame, aber Sie irrten, wenn Sie glaubten, daß ich die Absicht hatte, mit Ihnen spazierenzugehen. Es war Fräulein Mück, die ich meinte.«

Rosa ging davon. Was tats, wenn man sie beleidigte und verhöhnte? Sie handelte im Auftrag. Sie war eine Märtyrerin, innerlich unbeteiligt, ganz unbeteiligt. Es kam vor, daß die Ausführung eines Auftrages mißglückte. Hochcho, diese Scheiß-Tränen! Sie kullerten nur aus alter Gewohnheit.

19 **Der Popignore und der Prinzipal plaudern an einem Heimspringbrunnen über einen hohen Geldbetrag. Stanislaus wird zum Anlaß eines mißglückten Selbstmordes, und es erscheint ihm eine nixenbeinige Rosa.**

Prinzipal Weißblatt zog seine Beinkleider an; nicht morgens und nicht daheim, sondern nach »Gutsherrenart« im Schlafzimmer des Edelhofes. Frau Mautenbrink dürstete nach einfachem Wasser. Der Prinzipal gings ihr holen. Die Brückenbögen rotgestreifter Hosenträger überspannten seine feisten Schultern. Er strebte summend dem Heimspringbrunnen zu, der Frieden im Salon verplätscherte.

Als der Prinzipal die Karaffe gefüllt hatte, räusperte sich wer. Er sah seinen Sohn in einem hellblauen Podrisnik auf dem Diwan hocken. Die Kamilawka hatte der Popignore neben sich. Es sah aus, als hätte der Diwan einen hellblauen Schornstein bekommen.

»Was bist du hier am Herumsitzen?« flüsterte der Prinzipal.

Sohn Johannis machte seinen Herrn Vater darauf aufmerksam, daß er der Popignore des Santorinischen Bruderordens Johannis I. wäre, und verbat sich das vertrauliche Du. »Es wird meine Madame Mama nicht freuen, wenn sie erfährt, daß Sie an fremden Brunnen Wasser schöpfen und Ihre gestreiften Hosenträger veröffentlichen.«

Der Prinzipal hob zwei Finger und flüsterte: »Zweitausend.«

Der Popignore nickte.

Frau Mautenbrink verhörte ihr Stubenmädchen. Das Mädchen war lange auf dem Edelhof, war eigentlich eine Stubenalte, die sich in Mautenbrinkschen Angelegenheiten auskannte. Nach ihrem Ermessen hatte Herr Weißblatt junior ältere Rechte als sein Herr Papa, sich in den Mautenbrinkschen Edelhofräumen zu ergehen; aus diesem Grunde hatte sie den Popignore in den Salon geführt. Sollte einem Griechenpapst, dem der Himmel offenstand, der Zutritt zu den Mautenbrinkschen Wohnräumen verwehrt sein?

Ein Mensch verbringt eine kurze Zeit seines Lebens in einer Gruppe von Mitmenschen, und sogleich wird er einbezogen. Es entstehen Verschiebungen, Schicksale: Prokurist Käske fand am Morgen neben seinen weißen Unterarmmanschetten einen Brief von Fräulein Emmi Pampelow. Es war ein geschäftlich gehaltener Abschiedsbrief: »... und sehe ich mich leider gezwungen, aus triftigem Grunde mein Leben zu annullieren ...« Den »triftigen Grund« teilte Fräulein Pampelow nicht mit; sie war nicht verpflichtet, er hatte nichts mit der Büroordnung zu tun.

Die Liebe ist eine Nachtigall im schattigen Erlgebüsch; sie singt dort auch am Tage, und du hörst ihr zu und möchtest sie und willst, daß sie in deiner verwrasten Küche singt, doch sie tuts nicht, und es ist, als ob sie dort nicht fände, woraus sie ihre Töne machte. Es hockt ein grauer Vogel in deiner Küche.

Oder ist das die Liebe? Zwei Menschen treffen sich, tasten sich ab, werfen sich übereinander, verhindern im letzten Augenblick, daß sie einswerden, betrügen das Leben, gehen in verschiedenen Richtungen davon und halten sich für klug und halten sich für frei.

Ist die Liebe jener Ton, der eines Nachts erklingt, dich weckt und auf die Suche treibt?

Stanislaus erfuhr den Grund für »das Hinscheiden« von Fräulein Pampelow aus einem Brief, den er mit der Frühpost erhielt. Fräulein Pampelow klagte niemand an. Schuld an ihrem »Frühtod« hätte sie selber; sie hätte nicht gewußt, daß in ihrem Blute noch einige Körnchen LIEBESPFEFFER umhertrieben. Fräulein Pampelow bat alle, die ihr zugetan gewesen wären, um Verzeihung und gab jedem symbolisch noch einmal die Hand, Stanislaus am symbolischsten.

Auch so kann die Liebe sein!

Prokurist Käske traf die schnellste Entscheidung seines Lebens, telefonierte mit den Leuten vom Rettungsamt und wußte auch sonst, was zu tun war, um eine mittelälterliche Dame zu retten, die fünf Schlaftabletten übers Maß genommen hatte. An die Pumpen, meine Herrschaften!

Das Büro war eine Welt im Tümpeltropfen. Es gab Für- und Widerströmungen, Spannungsbögen und Kurzschlüsse: Ein weibliches Wesen, nicht Mädchen mehr, aber auch nicht Frau, nahm Tabletten, um einen Schlaf auf sich herabzuziehen, auf den der Mensch sich sonst nur zögernd einläßt: Eine Liebe wurde nicht erwidert, wie gewünscht. Zum Teufel mit Für- und Widerströmungen, mit Spannungsbögen! »Versuchter Selbstmord mit Schlaftabletten«, heißt der Vorgang unter den »werktätigen Massen«.

Fräulein Pampelow hatte zuwenig Tabletten genommen. Es wurde kein großer, sondern ein mittelmäßiger Schlaf; mittelmäßig, wie alles im Leben der Pampelow. »Ihr, die ihr alles wisset, suchet den Schuldigen!« stand an der Wand einer Felsspalte, in der ein abgestürzter Bergsteiger starb.

Prokurist Käske erstattete dem Prinzipal Bericht. Er wolle nicht zuviel, aber auch nicht zuwenig sagen, doch mit Stanislaus wäre der Liebesbazillus in das allzeit gesunde Büroleben gedrungen, sowohl die minderjährige Mück als auch die überständige Pampelow hätten sich infiziert. Ein Casanova und Don Juan, dieser Büdner, oder hieß er Don Quichotte, dieser da? Die Alterseifersucht ging mit Käske durch.

»Don Quichotte? Ausjeschlossen!« sagte der Prinzipal. »Der war doch jeck!«

Es gelang Käske nicht, den Prinzipal gegen Büdner einzunehmen. Der Liebesbazillus Stanislaus blieb im Büro. Er erhielt vom Prokuristen den Entwurf eines Absagebriefes: »... und teilen wir Ihnen mit, daß wir die Produktion größerer Betonbauprojekte noch nicht wieder aufgenommen haben. Sobald wir uns jedoch durch die zügigere Anlieferung von Rohstoffen in die Lage versetzt sehen sollten ...«

Stanislaus machte sich an die Arbeit. Wenn er auch zuerst »Kindschaft« statt »Kundschaft« schrieb, was tats? Er zerriß den Versuch, und der zweite glückte, und er zeigte ihn Käske, und der sagte: »Hundertmal abschreiben!«

Bürostrafen glichen den Schulstrafen.

Als Stanislaus das Muster zum fünfundvierzigsten Male abschrieb, taten es nur noch seine Finger; seine Gedanken waren anderswo. Er dachte zum Beispiel an den geistlichen Würdenträger Simos. War er ein Kommunist gewesen, oder war ers nicht? Man konnte übrigens seine politischen Maximen überhören und sich dafür seine geistigen zunutze machen. Aber tat Stanislaus es? Dachte er genügend und täglich über sein Leben nach?

Er träumte von Rosa. Sie waren einander wieder gut und gingen Hand in Hand über den unpoetischen Betonplatz. Rosas Beine waren grüngrau bis an die verläßlichen Knie. »Liebst du mich trotzdem?« Stanislaus gewahrte, daß es Fischschuppen waren, die Rosas Beine grüngrau färbten und nixenkühl machten.

Ach, wir sind schlechte Traumdeuter und müssen uns noch immer mit dem Traumbuch von Tante Anna begnügen. Im »Großen Traumbuch«, das wir nötig hätten, schreiben die Psychologen erst an der Seite zwei. Was sind sie, unsere Träume, was sind sie? Vielfach überlagerte Abbilder von Taten, Gesprächen, Gedanken aus unseren Hirnzellen? Das Durcheinander von Sendungen aus einem schlecht trennenden Rundfunkapparat?

Das schrieb Stanislaus auf einen Sonderzettel, und zur nixenbeinigen Rosa sagte er: »Ich liebe dich so und so.« Prokurist Käske stieß ihn an. »Tun Sie jetzt nicht so, als ob Sie schliefen! Ich hörte wohl, daß Sie Fräulein Mück einen frischen Antrag machten!«

20

Der Popignore trifft auf eine Adelsdame und das Nachtleben von Düwelsheim. Er versucht zwei Damen zu expropriieren. Von Stanislaus wird berichtet, daß er erbschleicht.

Als der Popignore die Liebesspiele mit seiner Vorkriegsfreundin Elly Mautenbrink wieder aufzunehmen gedachte, war ihm nicht bekannt, daß man nicht zweimal im gleichen Flusse badet. Als er seinen Herrn Vater verfänglich hemdärmelig vor dem Boudoir der ehemaligen Geliebten betraf, beschloß er, eine halbe Mandel Enttäuschungsgedichte herzustellen, aber dann fiel ihm rechtzeitig ein, daß er Philosoph war und sich nicht mit einer so lächerlichen Pennälerbeschäftigung wie Lyrik abgeben konnte: Männlicher Samen drängte zum weiblichen Ovarium, das war die Liebe. Dem Popignore stand Trost bei den Damen des ÜBERSINN - Centers zur Verfügung. Es war schließlich gleich, mit welcher Ovarienträgerin man seine Pollutionen herbeiführte. So betrachtet, neutralisierte sich die Liebe und wurde fast ein physikalischer Vorgang, wurde zu Wasser, das abwärtsrann, wenn sich ihm Gefälle bot.

Bei Gelegenheit wollte der Popignore alle Lebensvorgänge auf physikalische und chemische Prozesse zurückführen und sie in der großen Bulle, einer Art Bibel des Santorinischen Bruderordens, niederschreiben.

Den Dichter erregt ein Stoß weißes Papier. Es ist sein Brachacker, auf dem er Satzbäume, Wortzweige und Gedankenfrüchte heranwachsen lassen wird.

Der Kleingärtner weiß beim Anblick eines Stücks Steppe, wohin er seine Laube, wohin er den Kirschbaum zu setzen hat. Den Metzger erregt die Schweineherde, und er sieht Schinken im Rauch.

Der Anblick einer Geldsumme erweckt verschiedenartige Wünsche: Den Popignore regten die zweitausend Mark von seinem Vater an, die Bulle des Santorinischen Bruderordens unter die Menschen zu bringen und Raum für den Abdruck in einer Zeitschrift zu kaufen.

Er fuhr ins ÜBERSINN- Center. Samsara war verreist. Der Popignore suchte die Dame auf, die ihn beim ersten Besuch betreut hatte. Es war nicht zu umgehen, daß sie sich einander vorstellten: »Popignore Johannis I.«

»Cläreliese von Leisegang.«

Der Popignore verbeugte sich ehrfürchtig vor der Adelsdame.

Nur keine Verlegenheit! Schlesischer Landadel erfreute sich stets gediegener Volkstümlichkeit. Cläreliese von Leisegang stand dem Popignore in gehabter Qualität zur Verfügung. Ausgezeichnet, daß Samsara zum Über- Center des ÜBERSINN - Centers gereist war und erst am nächsten Tage zurückerwartet wurde.

Cläreliese von Leisegang erbot sich, dem Popignore das Nachkriegs-Düwelsheim zu zeigen. Johannis I. wurde in intimen Etablissements mit Neugier und Zuvorkommenheit empfangen. Popignore wäre ein »kirchlicher Dienstgrad« zwischen Kardinal und Papst, erklärte Frau von Leisegang den Informationsdurstigen. Die Beflissenheit der Leisegang gefiel dem Popignore, und er erwog, dem Santorinischen Bruderorden einen Santorinischen Schwesternorden anzugliedern. Diese Fürsorglichkeit aber auch! Es schicke sich für einen Popignore nicht, schmutziges Geld zu berühren, war die hohe Meinung der Frau von Leisegang, und sie erbat sich die Brieftasche Johannis' I. und bezahlte, was zu bezahlen war.

Wer will dem Popignore verübeln, daß er tat, was er tat? Vorzeiten streunte der Mensch umher, bestieg Berge, bekletterte Bäume, übersprang Bäche, aß sein Wildbret, kaute Wildfrüchte, stopfte sich voll, rülpste, ließ seine Winde gehn, suchte sich ein Weibchen und ersprang sich sein erotisches Erlebnis.

»Da war der Mensch aber noch ein Halbtier«, sagte die Tante der Schwiegermutter und biß in ein Brot, das mit kleingehacktem Rohfleisch bestrichen war.

Jawohl, ganz jawohl, jetzt ist der Mensch zivilisiert, verbringt sein Leben umhersitzend, schont seine Hühneraugen und befriedigt sein Bewegungsbedürfnis durch Rauschmittelgenuß.

Der Popignore und Frau von Leisegang saßen, aßen, tranken alkoholversetztes Wasser, rauchten opiumgetränkten Tabak, sahen zu, wie eine Dame zersägt wurde, folgten einem Tenor nach Monte Carlo und ließen sich von einem Zelluloidstreifen nach Hollywood versetzen. Diesen »heiligen Wald« vor Augen, fragte der Popignore Frau von Leisegang, ob sie gewillt wäre, die Oberin des Santorinischen Schwesternordens zu werden. Frau Cläreliese von Leisegang bat sich Bedenkzeit aus.

Sie übernachteten, nein, sie legten sich morgens im ÜBERSINN-Center schlafen, und mittags stellte der Popignore fest, daß vom Schweigegeld seines Vaters nichts mehr geblieben war. Vom Kopfschmerz geplagt, besuchte er John Samsara. Keine Rede mehr davon, Zeitschriftenraum zu kaufen; Johannis I. forderte Honorar für Essays, die er geliefert hatte.

Die Essays waren noch nicht veröffentlicht worden. John Samsara wollte erst wissen, ob der Popignore, als Kirchenfürst, nicht lieber ein Pseudonym verwenden wollte. Der Popignore wollte, nannte sich Stan Naxos, erhielt Honorar und fuhr heim. Zu seiner Ehre soll gesagt sein, daß er nicht vorhatte, Stanislaus' Honorar einzubehalten; er vergaß es abzuführen; geniale Zerstreutheit.

Geld, der papierene Ersatz für anpackbare Dinge, drängt aus den Taschen der Menschen, um sich wieder in Dinge zu verwandeln; es flüchtet auch aus Podrisniktaschen und läßt Heilige und Popignores entblößt in der geldgierigen Welt zurück. Der Popignore Johannis I. ging vorerst mit der Vergeistigung des Besitzes nicht auf die Gesamtheit der Habenden los. Es fehlte ihm noch eine repräsentative Geschäftsstelle, deshalb vergeistigte er zunächst den Besitz habender Verwandter.

Der Popignore Johannis I. ließ sich bei seiner Mama Friedesine melden. Madame Weißblatt wunderte sich. »Soll er doch reinkommen, der Jung!«

»Sie solln rein!« sagte Rosa respektlos zum Popignore.

»Himmel und Erde mit Ihnen«, grüßte der Popignore seine Mama.

Madame Weißblatt legte ihr Stickzeug beiseite. »Jetzt kriech ich bald zuviel, Johannis, selbst Jesus hat ja woll seine Mutter jeduzt.«

Kein Stutzen beim Popignore. »Ist Ihnen bekannt, Mama, daß ein Mann Ihrer allernächsten Bekanntschaft seine Frau betrügt?«

»Ich weiß woll, dat du den Papa meinst.« Madame Weißblatt machte sich nichts vor. Sie war keine vollwertige Frau mehr. Besser, der Prinzipal suchte den geschäftefördernden Edelhof als ein gesundheitsgefährdendes Bordell auf. Madame Weißblatt bat ihren HERRN tagtäglich um Verzeihung für die Sünden ihres Gatten, und *der* Herr, zu dem sie betete, hatte Verständnis für Sünden, die zum Wohle eines Geschäftes begangen wurden. Aber nun wußte auch ihr Abgott Johannis von den Sünden seines Herrn Vaters, da gehörte es sich wohl, daß sie die Tatsachen nicht so gelassen hinnahm. Sie setzte die Brille ab, beugte sich nach vorn, hielt sich die Hände vors Gesicht und weinte ein wenig. Der Popignore klopfte ihr den Rücken und ging auf sein Ziel zu: Seine Frau Mama müsse einsehen, daß er, als Popignore eines Bruderordens, moralisch verpflichtet wäre, das Haus eines Hurers zu verlassen; es wären zwar Geldsendungen aus Griechenland für ihn unterwegs, aber vorerst müßte er leider die liebe, liebe Frau Mama, und so weiter. Er war so phantasiebegabt, dieser Johannissohn, er mußte nur noch lernen, seine Phantasie in solide Unternehmen zu stecken! Der Popignore Johannis I. wunderte sich, daß ihm die niederschmetternde Nachricht, die er überbrachte, nicht mehr als achthundert Mark eintrug, die seine Mama aus dem Nähkasten kramte.

Tags darauf kam die Nachricht, Frau Cläreliese von Leisegang hätte sich entschlossen, die »Führerin« des Santorinischen Schwesternordens zu werden.

Der Popignore geriet in Panik und besuchte am Abend Frau Mautenbrink. Das Stubenmädchen zwinkerte ihm zu und ging ihn melden.

Elly Mautenbrink trug ein blaues Schleppkleid. Ihr Haar war hochgesteckt und verschaffte dem Popignore ein Wiedersehen mit dem feinen Nacken und den wohlgeformten Ohrmuscheln der vormaligen Gespielin. Was halfs, die Dame Mautenbrink hatte »lieben Besuch« und wenig Zeit. »Was gilts, alter Freund?«

Schaman Rishi, der »liebe Gast«, betrat uneingeladen das Boudoir. Er hatte die Stimme des Popignore erkannt. Die Herren verbeugten sich andeutungsweise voreinander, doch der Popignore begehrte Frau Mautenbrink allein zu sprechen – Auge um Auge. Frau Mautenbrink ging widerwillig mit ihm in den Salon und erfuhr dort beim Geplätscher des Zimmerspringbrunnens, daß der Popignore fünftausend Mark nötig hätte.

Ja, bitte, was hatte Frau Mautenbrink damit zu tun?

»Alte Freundschaft.«

»Was hat alte Freundschaft mit Geld zu tun?«

Der Popignore hüstelte, stärker und immer häufiger. »Wenn nicht alte Freundschaft, dann neue Feindschaft.« Seine Frau

Mama würde nach entsprechender Einweihung entsetzt über ihre liebestüchtige Freundin sein.

Frau Mautenbrink, ganz auf der »Höhe ihres Zenits«: »Bitte, weihn Sie die Mama ein, Popliniore!« Sie wandte sich ab und ging ins Boudoir zu Schaman Rishi.

Der Popignore gewahrte, daß die Habenden nicht so leicht zu expropriieren waren, wie er sichs vorgestellt hatte. Er ging heim und schrieb einen Brief an seinen Herrn Vater »hier im Hause« und forderte von dem fünftausend Mark.

Der Prinzipal schlief zwei Nächte nicht. War er denn »jeck jeworden«, der Herr Sohn? Zweitausend Mark für eine bewiesene Sünde sollten wohl genug gewesen sein! Trotzdem steckte er fünftausend Mark in einen Umschlag, doch nach einer Weile öffnete er den Umschlag wieder; zweimal hin und her; zuletzt steckte er die fünftausend Mark in die Kassette zurück, ging hin und unterrichtete Madame Weißblatt von seinem Ehebruch.

Die Folgen waren schrecklich: Madame Weißblatt fiel in Ohnmacht. Der Prinzipal rannte in die Küche und rief nach Rosa. Rosa kam und sah, wie es um die Prinzipalin stand. »Frau Weißblatt«, schrie sie, »dat Stielmus verkocht in de Köch, wieviel Salz soll heran?«

Madame Weißblatt belebte sich wieder. Der Prinzipal schickte Rosa Salz an das Stielmus geben, und Rosa ging, aber hinter der Tür blieb sie stehen.

»Verlang wat, aber stirb nich!« sagte der Prinzipal zur Madame.

Frau Weißblatt erhob sich, putzte ihre goldgeränderte Brille und diktierte, unter welchen Bedingungen sie leben bleiben würde:

Sie wünschte das Kapital, das sie in die Ehe gebracht hatte, für ihre privaten Zwecke aus dem Geschäft zu ziehen. Der Prinzipal machte seine Zigarre zu Kautabak. »Dein Ernst?«

Madame Weißblatt scherzte angesichts des Todes nicht.

Aber das hieß die halbe Firma liquidieren.

Die Firma würde so und so in die Hände eines zugereisten Erbschleichers fallen.

Die Verhandlungen gingen hin und her und endeten, wie oft in der Weltpolitik, mit einem Ultimatum. Madame Weißblatt wollte ihr eingebrachtes Kapital im Unternehmen belassen, sofern sich der Prinzipal von Büdner trennen würde.

»Die Menschen spiegeln einander; aber ein Mensch ist dem anderen ein Zerrspiegel«, war über der Tür eines altvenezianischen Spiegelgeschäftes zu lesen. Für Madame Weißblatt war Stanislaus ein klassischer Heuchler, der als Lutheraner die romkatholische Kirche besuchte, um sich beim Prinzipal beliebt zu machen.

Die Erschütterung verhalf dem Prinzipal nachts drei Uhr, als er erwachte und eine Flasche »Dortmunder« trank, zu einem genialen Einfall, der sich auf seinen eventuellen Teilhaber und die Naturallieferungen vom Edelhof bezog. Er setzte sich in der kühlen Mainacht im Schlafrock ins Kontor und schrieb einen Brief. Den Brief ließ er am Morgen von Prokurist Käske eigenhändig bestellen. U. A. w. g.

21

Stanislaus fertigt Linealstriche und symbolträchtige Gedichte und geht zum Stelldichein mit einer Papiermücke, das vom Prinzipal zu einem Entlassungsgespräch umgeformt wird.

Fräulein Pampelow war nach dem Krankenhausaufenthalt in Erholungsurlaub gegangen. Stanislaus arbeitete nicht mehr an der Schreibmaschine. Er wurde von Käske in die höheren Bereiche der Bürowissenschaft eingeweiht. Der langweilige Korridor aus Absagebriefen lag hinter dem Büronovizen. Käske war gründlich; ehe er den Günstling des Prinzipals in die Bilanzierung einweihte, sollte der sich im Schönschreiben von Zahlen üben. »Schlußstriche unter Zahlenpacken werden grundsätzlich mit dem Lineal gezogen, ja?« Wozu das? Schöngeschriebene Zahlen zur Numerierung von Gedichten, das war zu verstehen, aber Linealstriche? Doch Prokurist Käske bestand darauf, präzise Striche wären die Urelemente einer sicheren Bilanz.

Stanislaus entschädigte sich abends bei seiner Dichtereiarbeit. Er mußte nicht dichten, er wollte! Stanislaus dichtete, weil John Samsara es wollte. Er schneiderte an symbolträchtigen Gedichten: Der Zauberer mit der Schmeißfliege unter der Nase redete dem Zipfelmützenmenschen ein, seine Stube wäre zu klein. »Aber die größere Stube gehört anderen Leuten«, sagte der Zipfelmützenmensch. Da verwandelte der Zauberer den Zipfelmützenmenschen in einen Werwolf, dem die Menschen zu Schafen wurden, und er riß die Schafe.

Allerlei Symbolik! Stanislaus staunte, wie leicht es ihm fiel, ins symbolische Fach zu wechseln. Keine guten Stunden vonnöten, alles ließ sich mit einem bißchen Verstand anfertigen; jeden Feierabend ein symbolträchtiges Gedicht! Bitte, Herr Samsara, wir fertigen, was die geistige Welt benötigt.

Auf diese Weise fiel es Stanislaus leichter, nicht so häufig an Rosa zu denken. Nicht, daß Rosa bei ihm bereits gelocht in der Ablage hing. So herausfordernde Nasenflügel, wie Rosa sie herumtrug, vergaß man nicht von heut auf morgen! Ein so duftender Mund mit kalkweißen Zähnen brachte sich von selber in Erinnerung.

Aber noch hielt Stanislaus es ohne Rosa aus. Sollte sie sich bei ihm melden, wenn sie bereute! Jener Bruder im Inselkloster, der in Indien gewesen sein wollte, hatte behauptet, alle Kräfte ließen sich vergeistigen, auch jene, die man glaubt, von Zeit zu Zeit den Frauen widmen zu müssen. Stanislaus setzte diese Kräfte jedenfalls in symbolträchtige Gedichte um.

Und Rosa? Sie blieb Stanislaus' Zimmernachbarin im Weißblattschen Stammhause. Dort hörte sie Stanislaus wenigstens dann und wann hinter der Wand seine symbolischen Gedichte brummeln. Es war nicht fein, wie sie sich gegen ihn benommen hatte, zumal sie die Tatsache, daß er verheiratet war, ebenfalls aus Feldpostbriefen wußte, die sie unerlaubterweise gelesen hatte. Sie erwog, zu Onkel Osero zu gehen und ihm zu sagen: Schon wieder verkracht. Ich hab zu viele Gefühle für den da. Aber sie hörte sofort Oseros Antwort: Gefühle hebt der neue Mensch sich für später auf! Man tut, was man kann ...

Frau Elly Mautenbrink hatte sich in ihrer Trauerzeit mit Gedichten von Rilke bekannt gemacht; besonders die Rilkeschen Requiems halfen ihr die Trauer um den Hauptmann der Reserve Mautenbrink tragen. Freilich begriff Frau Mautenbrink die großen Gedichte nicht zur Gänze, doch sie las auch andere, für sie begreifbarere Rilke-Gedichte: »... wer nun allein ist, der wirds lange bleiben ...« zum Beispiel, und sie sah, daß Rilke viele dieser Gedichte seinen Gastgeberinnen auf Schlössern und Edelhöfen gewidmet hatte. Sie wollte nichts dagegen haben, wenn auch ihr Ähnliches geschähe, und sie willigte »freudigen Herzens« ein, als ihr der alte Fellow, Prinzipal Weißblatt, den jungen Dichter Stanislaus Büdner zur »gefälligen Verwendung« anbot, »unter Aufrechterhaltung der bisherigen Naturallieferungen«, versteht sich.

»Her mit dem Dichter!«, es sollte Frau Mautenbrink eine Ehre und Freude sein!

Prokurist Käske überbrachte das Antwortschreiben dem Prinzipal. Der Briefumschlag war rosarot und trug das Wappen der Mautenbrinks: Krähender Hahn, in der rechten Pfote eine Papyrusrolle, in der linken Pfote einen Pflug.

Fräulein Mück schickte dann und wann einen Blick über den eingespannten Briefbogen auf den bilanzsicher werdenden Stanislaus. Durfte Stanislaus das als eine neue Ermunterung auffassen?

»Was suchen Sie, Fräulein Mück?« fragte Käske und wachte wie ein Bürogott über die Blicke seiner Mitarbeiter.

Ach ja, Fräulein Mück suchte schon etwas! Wir wissen noch immer zuwenig von den Drüsen, jenen kleinen Kosmen im Menschenkörper. Wir wissen nicht, wie sie unser Befinden beeinflussen und wie wir ihnen mit unserem Willen oder unserer unbewiesenen Seele Hilfe leisten können. Auch im Falle Stanislaus ließen sich nicht alle Drüsensäfte in symbolträchtige Gedichte umwandeln, und eines Tages trieben jene Säfte ihn, ein Zettelchen für Fräulein Mück zu schreiben: »So verheiratet, wie Sie denken, bin ich nicht.«

Eine Weile später, als Käske sich einen neuen Grashalm zum

Kauen aus seiner Vorratskiste nahm, langte ein WIDERZETTELCHEN von Fräulein Mück bei Stanislaus an. »Entweder man ist, oder man ist nicht, bitte.«

Stanislaus' Antwortzettel: »Sie können die Schwere meines Schicksals nicht ermessen!«

Kaum hatte Stanislaus also jenen Drüsen ein wenig nachgegeben, da entwickelten sie den schönsten Schwulst. Bis zum Feierabend gingen Zettelchen hin und her. Das Ergebnis: »Die Gelegenheit ist heute abend, unaufschiebbar unwiderruflich – STAPPSCHES HÄHNCHEN – wie gehabt.«

Fünf Minuten vor Büroschluß telefonierte Fräulein Mück mit ihrem Herrn Vater, sie wäre mit ihrer Freundin Rosa verabredet und käme später heim. Prokurist Käske konnte und sollte es gern hören.

Ein Spaziergang, zweimal um das STAPPSCHES HÄHNCHEN herum, genügte Stanislaus, sich zu einem Märtyrer in Sachen Liebe hinunterzureden: Wie er hinter dem Drahtzaun der Kaserne stand, während seine Braut Lilian mit dem Wachtmeister Dufte in die Stadt ging, und wie die beiden in jener Nacht ein Kind zu seinen Lasten zeugten!

Fräulein Mück weinte. »Nein, wozu verschiedene Mädchers imstande sind!« Sie schneuzte sich. »Ich, für meinen Teil, wäre nicht imstande, die Hälfte so garstig zu jemand zu sein wie solcherlei Damen.« Sie ergriff Stanislaus' Hand und wischte sich mit ihr die Tränen aus den Augwinkeln. »Versprechen Sie mir, nie wieder davon zu reden. Es war der Rand meines Ertragens.«

Stanislaus schonte seine Dummheit nicht. Er war auf eine Frau aus, um und um biologisch: All das wäre ihm nicht geschehen, versicherte er Fräulein Mück, wenn ihm bereits früher gewisse Menschen mit einer Seele im Herzen entgegengetreten wären; wirklich, »Seele im Herzen«, sagte er.

»Nun meinen Sie meine frühere Freundin Rosa«, sagte Fräulein Mück, »und das enttäuscht mich.«

Stanislaus schüttelte den Kopf, als ob er ihn für entbehrlich hielte und wegwerfen wollte.

Was nun? Mit Worten war alles vorbereitet, es konnten Taten folgen. Fräulein Mück betrachtete die Schleifchen auf ihren

Halbschuhen. Ein kräftiger Wasserwind wehte, es duftete nach Erde und Grüngras, und der Meisterfaun erschien, zupfte Stanislaus von hinten bei der Jacke und sagte: »Jetzt wärs soweit, du könntest sie mit Küssen besoffen machen.«

»Ich hab nie geschworen, im Zölibat zu leben«, antwortete Stanislaus.

»Bedenk, daß du einen Menschen vor dir hast, nicht einen frühreifen Apfel, den man wegwirft, wenn man eine Made drin findet!«

»Du vertrocknete Wurzel hast gut reden.«

Der Meisterfaun kämmte seinen Bart mit gespreizten Fingern.

»Und Rosa, was ist mit Rosa?«

»Auch so eine frühreife Birne, in die man nicht beißen soll!«

»Ich bitt um Entschuldijung«, aber das sagte nicht mehr der Meisterfaun, sondern Prinzipal Weißblatt.

Der Prinzipal hatte bisher den Mut nicht gefunden, Stanislaus mitzuteilen, daß er ihn an Frau Mautenbrink verhökert hatte. Jetzt betraf er seinen eventuellen Nachfolger dabei, seine Stellung als Juniorchef zu mißbrauchen. Den Hinweis hatte er von seinem wachsamen Prokuristen Käske erhalten. Es fiel dem Prinzipal nicht leicht, seinen Wahlsohn vor die Betriebstür zu setzen. Da stand dieser harmlose Mensch, der das Reservoir unverbrauchter Sohnesliebe bei ihm angezapft hatte, aber was halfs, der Prinzipal hatte Geschäfte zu Beherrschern seines Schicksals gemacht, er mußte ihnen gehorchen. Er wandte sich an Fräulein Mück: »Sie sehn, ich han mit Herrn Büdner zu reden, woll?«

Die kleine Mück, sie hatte vor der geöffneten Tür zu einem Ersterlebnis gestanden, und nun kam der Prinzipal und warf die Tür vor ihrer blassen Nase zu! Sie machte einen Knicks und ließ die Herren allein.

So kam es, daß Stanislaus, statt mit Fräulein Mück, mit dem Prinzipal im Stappschen Hähnchen, dem Trefflokal der spazierfreudigen Dinsborner Welt, saß. Ein angenehmer Ort, ein angenehmer Abend; die Kastanien und der Flieder blühten, und die Gartentische waren mit viel Abstand aufgestellt; man konnte seine Gespräche offen führen.

Der Prinzipal verzichtete, aus Stanislaus' Zusammensein mit der Mück einen Trennungsgrund zu schustern. Es erschien ihm mit eins erbärmlich.

Er leimte mit dicken Burenlippen am Deckblatt seiner Zigarre, atmete tief und holte weit aus: Kein Beruf ist so gefährlich wie der des Unternehmers. Einem Artisten drängt sich die Gefahrenzeit in Augenblicke zusammen, für den Unternehmer ist sie lang wie sein Leben. Ist er unkonzentriert, stürzt er im Konkurrenzkampf ab; der Absturz kann ein halbes Jahr dauern, zum Tode führt er. Der Prinzipal sah sich um: Nichts als rheinwassersatte Luft bis zu allen Nebentischen, trotzdem sagte er hinter der vorgehaltenen Hand: »Sie müssen dat verstehn. Et handelt sich um ne Konstelljation, die bis an die Jeschäftswurzeln jeht.« Der Prinzipal teilte Stanislaus mit, daß sie sich trennen müßten, bei aller Sympathie und allen lieben Absichten. Frau Mautenbrink hätte ein Auge auf den Herrn Büdner geworfen, weil der »so jute Jedichte von sich jejeben hätt«. Er müßte nachgeben; Frau Mautenbrink wäre eine »Jönnerin seines Jeschäfts«. Der Prinzipal zerrieb ein junges Kastanienblatt zwischen seinen Metzgerfingern, entschuldigte sich zweieinhalbmal für seine Zwangslage und fragte, ob Stanislaus bereit wäre.

Stanislaus war bereit, denn es war das Wort Bibliothekar gefallen. »Leicht geht sichs über die Schwelle von der Wirklichkeit zum Traum, aber schwer über jene vom Traum zur Wirklichkeit, obwohl auch die ein Traum ist«, heißt die Inschrift in einer Anti-Opiumhöhle.

Der Prinzipal erbot sich, eine Abstandssumme für nichteingehaltene Versprechungen zu zahlen. Der taumelige Dichter hielt das für nebensächlich. Er hörte kaum noch, was der Prinzipal ihm anbot; denn er sah Rosa mit dem Jack-London-Doppelgänger am Eingang des Restaurationsgartens sitzen, und die Eifersucht fuhr ihm in Adern und Gedärm, obwohl Rosa und der Mann keinerlei Zärtlichkeiten tauschten, sondern heftig aufeinander einredeten. Der London-Doppelgänger griff unter den Tisch und zog aus einem Rucksack zwei Packen, schob sie Rosa hin, und die beiden trennten sich.

Rosa riß einen Packen auf, ging von Tisch zu Tisch und verteilte Handzettel. Sie erreichte auch den Tisch, an dem Prinzipal Weißblatt und Stanislaus saßen.

Was geschah? Nichts geschah. Rosa erschrak nicht, sie grüßte nicht; sie gab Stanislaus, sie gab dem Prinzipal einen Zettel und ging weiter. Der Prinzipal stippte seine Zigarre statt in den Aschenbecher in sein Weinglas. Es zischte.

Stanislaus erhielt also von einer, die ihn zweimal geküßt hatte, einen Zettel mit Nachrichten: »Besatzungsmacht plant Flugplätze am Niederrhein! Gewissenlose Bauunternehmer gieren nach Aufträgen von Besatzern.« Es folgten Namen von Unternehmern, auch der von Prinzipal Weißblatt. »Arbeiter, ohne euch keine Besatzerflugplätze! Die Friedensfreunde.«

Die dicke Faust des Prinzipals krachte auf den Gartentisch. Der Kellner kam.

»Ich wollt nix von Ihnen.« Der Prinzipal starrte Stanislaus an. »Haben Sie jesehn, wer mir dat Flugblatt jab?«

Stanislaus schüttelte den Kopf.

»Wat, wat, wat?« Der Prinzipal holte eine frische Zigarre aus seinem ledernen Etui und biß statt der Spitze das obere Zigarrendrittel herunter. Als der kubanische Tabakduft sich mit dem Duft der Kastanienblüten mischte, sagte er: »Et is, als ob 'ne Made drin wär in de Welt!«

22

Stanislaus verläßt in angenehmer Gesellschaft die Weissblattsche Betonbau pp., hört die Sommernacht reden und wird von Rosa degradiert.

Der Frühling tat sich auf; Luftfeuchtigkeit und Bodenwärme waren dem Keimen der Saaten günstig. Auf dem Betonplatz drängte die Graue Melde aus der Erde, und der Wermut mühte sich, bittere Blätter zu erzeugen. Der Klatschmohn konzentrierte sich aufs Rot seiner Blüten. Alle Pflanzen kamen aus gleicher Erde, doch sie waren verschieden »vorprogrammiert«. Schlicht leben die Pflanzen neben uns her und tun ihre Arbeit; nur wir prahlen, loben einander, wenn sich uns ein Guckloch in die Geheimnisse des Programmierens auftat.

Zu den unausrottbaren Lebewesen auf dem Betonplatz gehörten einige Wildkaninchen. Nicht einmal mit Frettchen kamen ihnen die Arbeiter in den Kriegsjahren bei. Da war zum Beispiel jene Kaninchenfamilie, die sich unter dem Stapel Lampensäulen eingenistet hatte. Wer benötigte in der Zeit der Verdunkelungen Lampensäulen? Sie umzupacken, hätte man einen Kran benötigt. Mit dem Kran arbeitet man am Führerhauptquartier. Die Kaninchen lebten und heckten ungestört unter dem Stapel und breiteten sich über das Fabrikationsgelände aus. Aus solchen Realitäten setzt sich der Zufall zusammen.

Nun war Frühling, und die Jungkaninchen liefen aus, nagten an Meldestengeln und knabberten an Wermutblättern. Der Prinzipal schwamm in seinen Kahnschuhen auf die Platzmeisterbaracke zu. Die Wildkaninchen flitzten vor ihm her, schlugen Haken und verschwanden in Brennesselwäldern und Erdlöchern. Das Fabrikationsgelände war unterminiert. Anlaß für den Prinzipal, mit Lautstärke zehn in der Platzmeisterbaracke einzufallen.

Leo Lupin hatte sich am Vorabend von seinem Schwager Osero sagen lassen müssen: »Laß nach, Rosa mit deinen Meinungen über Kunst und Literatur auszustatten!« Das hieß, Rosa hatte sich über ihren Vater beklagt, und das war neu. Das bedeutete ferner, Schwager Osero hielt Leo Lupins Ansichten über Kunst für reformistisch. Das quälte ihn, und er schlief nachts schlecht. Der unausgeschlafene Prinzipal ging auf den unausgeschlafenen Lupin los. »Ich fürcht, du wirst mitsamt deiner Barack in ’ne Kanine-Loch versacken.«

»Machen Sie eine Treibjagd!« sagte Leo. »Laden Sie erlauchte Gäste ein, Besatzeroffiziere mit Knalldingers!«

Die Gesichtsfarbe des Prinzipals wechselte von Rot in Blau. Er griff in die Tasche seines bekleckstεn Arbeitsmantels und gab Leo Rosas Handzettel. Leo las und sagte: »Leider nicht von mir.«

»Aber von deiner Familie«, sagte der Prinzipal. »Du solltest woll sehn, dat dat auch jejen dich geht.«

»Jejen mich? Wat hätt ich mit Besatzer zu schaffe?«

Wort und Widerwort und noch ein Wort: »Et bleibt mir nix, dein Rosa, dat muß jehn!« sagte der Prinzipal.

Leo, überruhig: »Wir gehen beid!«

Der Prinzipal bohrte seinen Kleinfinger ins rechte Ohr. Es trillte drin; ein greller Glockenton.

Die Liebenden packten Wand an Wand ihre Koffer. Stanislaus legte seine Sachen in einen Halblederkoffer, und das war ein heuchlerisches »Abschiedsgeschenk« von Madame Friedesine Weißblatt. Es waren weniger Gehröcke, Straßen- oder Gesellschaftsanzüge, die Stanislaus zu verpacken hatte, sondern mehr Manuskripte, Gedichte und Essays. Er packte geräuschvoll, weil er sich bemerkbar machen wollte. Auch Rosa packte mit Lärm, weil sie hoffte, Stanislaus anzulocken. So kams, daß eines das andere nicht hörte.

» ›Ich hör nichts von deiner Arbeit‹, sagte ein Kesselnieter zum anderen«, berichtet der Volksmund.

Stanislaus sollte im Auto abgeholt werden. Fein und nobel – das walte Gott! Er wartete eine Stunde, aber es kam kein Auto, da lud er sich den Halblederkoffer auf die Schulter. Die Manuskripte strebten dem Erdmittelpunkt zu, und es war weniger die Schwerkraft des Inhalts als die der Menge, die den Dichter niederdrückte.

In den Feldern setzte er die Last ab, verschnaufte und meditierte: Die Orte, zu denen einen das Leben schwemmte, waren Lehrstellen. Er konnte jetzt Betonteig kneten, und das Anfertigen von Hundesauf- und Kaninchenfreßnäpfen war ihm kein »Buch mit sieben Siegeln« mehr; er konnte auf der Schreibmaschine musizieren, verfügte über Akkuratesse im Zahlenschreiben, konnte Striche nur noch mit einem Lineal ziehen, hatte gelernt, wie man mit Eßwerkzeugen umgeht und wie man sich bei Tische verhält.

Aber das waren Äußerlichkeiten; wie stands nun mit den Innerlichkeiten? Er hatte gelernt, zwischen Industriearbeitern zu leben, und es war ihm gelungen, die intellektuellen Bedürfnisse der höheren Dinsborner Gesellschaft zu befriedigen. Die Redaktion einer Zeitschrift würde Essays von ihm drucken, und der Abdruck von symbolhaltigen Dichtereierzeugnissen würde folgen. Auf dem Edelhofe wollte er sogleich einen Essay schreiben: »Lebensorte – Lehrstellen«. Das Leben war nicht allzu schlecht mit ihm umgegangen die letzte Zeit; oder war er bereits so weit, daß er mit dem Leben umging?

Er nahm den Koffer wieder auf und stapfte über lehmige Feldwege dem Edelhofe zu. Die Weizensaat war dabei, Ähren auszufahren. Die Grillen sangen glitzernd, doch, doch, die I-Laute im Zirpen und im Glitzern waren verwandt. Er würde auch einen Essay über die Verwandtschaft von Tönen und Farben schreiben. Ach, er war so »schöpferisch«, daß ihn die Grillen beim Namen riefen: »Stanislaus« und »Stanislaus«! Er schüttelte den Kopf wie ein langohriger Hund, dem eine Mücke in den Gehörgang drang, stand vor einer Gebüschinsel aus Holunder- und Ebereschensträuchern, lauschte wieder und hörte die Sommernacht sagen: »Sis, sis, sis ... «, bis sein Name wieder gerufen wurde und er Rosas Stimme erkannte.

Er ging ihr entgegen. Es war dunkel, und als er sie rief, stand sie dicht vor ihm und schluchzte, faßte sich aber sogleich, stemmte die Hände in die Hüften und schimpfte: »Dumm Tünnes, dat du bist!« Er konnte nichts erwidern, denn sie legte ihm ihre Hand auf den Mund, und sie ließ sie dort, bis sie mit ihrem Mund heran war.

Er nahm nichts geschenkt, und nach einer Weile war die Luft drei Schritt im Umkreis von ihren Wünschen durchglüht. Sie entzog sich seinen Zudringlichkeiten. Oseros Auftrag war ihr eingefallen, und sie glaubte es geschickt anzufangen, wenn sie fragte: »Hast du im Kloster nicht schwören müssen, Mädchen zu meiden?«

Ratlosigkeit seinerseits. Schweigen. Ein Wachtelhahn rief im Weizenfeld und ermunterte ihn: »Zuerst hätt *ich* eine Frage«, sagte er. »Ich saß in einem Gartenlokal. Ein Mädchen kam herein. Es glich dir um und um, aber es war eine Fremde; sie kannte mich nicht und ging vorüber.«

Rosa versicherte, es gäbe in Dinsborn ein Mädchen, das ihr gliche, einen »Fernzwilling«, na.

»Ich hatte dich für einmalig gehalten.«

Das weckte ihre Eitelkeit. »Wenn dir das Mädchen etwas verabreichte, einen Zettel zum Beispiel, so war es am Ende doch ich.«

»Richtig, du warst es, und dein verläßlichster Mann umschnaufte dich wieder.«

»Ein Friedensfreund, wenn du den meinst, den ich meine.«

Er wollte mehr über ihre »Friedensfreundschaften« wissen. Sie setzten sich. Die Unken riefen aus den Tümpeln der Rheinwiesen. »Ich hab es dich schon einmal gefragt: Wieviel Friedensfreunde hast du?«

»Viele. Bist du keiner?«

Er dachte an die politischen Dispute im Kloster und fragte sie: »Bist du Kommunistin?«

»Friedensfreundin in dem Falle.«

»In welchem Falle?«

»Mit den Flugblättern.«

»Und wenn du keine Flugblätter verteilst?«

»Hast du was gegen Kommunisten?«

»Ich habe nichts gegen dich.«

»Ich fragte dich nach etwas anderem.«

»Auch dagegen habe ich nichts. Man muß zuwarten, wie es in Rußland vorangeht!«

»Spießer!« sagte Rosa, sprang auf und ging davon.

Er hörte zwei, drei ihrer Tritte, dann nur das Gestöhn der Unken. Als er seinen Koffer schulterte, war sie wieder bei ihm. »Geh nicht hin, wo du hingehst.«

»Ich geh dorthin, wo ich hingeh, Spießerfreiheit!« Stanislaus ließ sich auf nichts ein. Sie stolperte neben ihm her, versuchte ihm den Weg mit Küssen zu verlegen, aber er ließ sich trotzdem auf nichts ein. Sie war ihm zu launisch. Er mußte sie erst besiegen.

23 **Stanislaus wird vom Meisterfaun auf die ewigen Gesetze der Kunst aufmerksam gemacht und stellt aus Protest Trümmerlyrik her. Rosa erstattet Osero Falschbericht.**

Die Sonne ging auf über Guten und Gerechten, über Bösen und Ungerechten, sie traf auch auf den Edelhof, und das war kein Pilz, kein Baum, keine Kuh und war doch aus den Feldern gewachsen, weil die Menschen, die ihn errichteten, aus Niederrhein-Erde gemacht waren. Das Leben hat sich die Erde und die Erde den Menschen zum Mittler erkoren.

Natürlich, eine Notiz von Stanislaus ins Groschenheft.

Das Sonnenlicht drang in die Zimmer, sickerte auch in Stanislaus' Dichterstube. Der Dichter brauchte die Sommeranfangssonne nicht zu scheuen und hätte ihr, wie der Igel im Märchen dem Hasen, sagen können: Ich bin schon da!

Laut Kleinanzeigen in Tageszeitungen unterscheidet man »möblierte« und »komfortable« Zimmer. Komfortabel heißt, die Nachttischlampe ist seidenschirmbestückt, es gibt einen abgelegten Rundfunkempfänger, einen Gummibaum mit abgezählten Blättern und einen abgestorbenen Teppich aus dem Großmuttererbe.

Stanislaus' Zimmer war nicht nur komfortabel, sondern »first class«. Jeder moderne Nachkriegsmensch weiß, was das zu bedeuten hat: Interhotel, Service, eine gedruckte Versicherung auf der Klosettbrille: ANTISEPTISCH.

Morgensonnenflecken wanderten über das hellgelbe Parkett. Ein familienmüder Amselhahn saß auf einem Magnolienbaum und entließ eine Andeutung von Tönen. Duft von Getreideblütenstaub wehte beim Fenster herein. Der Dichter stand an seiner Hobelbank. Auf der Platte des birnbaumholzenen Biedermeierschreibschrankes lag ein Brief von John Samsara.

Der Herr Redakteur hätte sich über Stanislaus' symbolträchtige Gedichte »rassig gefreut«, wäre auch bester Absicht gewesen, sie zu drucken, aber die Zeit, besonders die Nachkriegszeit, wäre »so schnellebig«, der Trend ginge auf Trümmerlyrik hin;

eine psychologische Reaktion des Individuums, der Versuch, wieder im behausten Raum Fuß zu fassen.

Stanislaus krauste die Stirn und ging in seinem »first-classroom« auf und ab. Unsere Vorfahren dachten nie im Sitzen. Wenn sie saßen, ruhten sie; und wenn sie sich bewegten, dachten sie nach, wie ihre Beute einzuholen wäre. Ein Windstoß erhob sich, der Amselhahn flog aus dem Magnolienstrauch, die Gardine bewegte sich, und die Sonne schien sich zu räuspern; es duftete nach Junggras und Erde: Der Meisterfaun hockte im Schaukelstuhl. Er stützte sein bärtiges Kinn auf die angezogenen Knie. »Hat der Brief dich beeindruckt, dieser Quatsch?«

»Willst du behaupten, es sitzen Dummköpfe in Zeitschriftenredaktionen?«

Der Meisterfaun lachte rauh, russisch, und nieste, daß der Schaukelstuhl wackelte. »Nein, es sitzen dort die Neunmalklugen, redigieren und intrigieren, bestimmen, was Wahrheit ist, machen die Literaturmoden und versuchen zu diktieren, wer ein guter und wer ein schlechter Dichter ist, und loben vor allem die, die des Königs neue Kleider anfertigen.«

»Diese Weisheit, diese Weisheit!« Stanislaus hielt sich die Ohren zu.

»Verstopf dir die Ohren, versiegel dir Augen und Maul, und du wirst es nicht ändern: Es gibt Gesetze in der Kunst, die seit Altägypten und länger bekannt und so unumstößlich sind wie die Gesetze, nach denen die Gestirne umeinander kreisen.«

»Ich bin kein Altägypter.«

»Du bist ein erfolgssüchtiger Mitteleuropäer, ein betriebsamer Deutscher.« Der Meisterfaun lachte. Der Schaukelstuhl drohte sich zu überschlagen, die Stubentür sprang auf, Elly Mautenbrinks Stubenmädchen erschien. »Mir wars, als hätt der Herr gerufen.«

Nein, der Herr Büdner hatte nicht gerufen. Stanislaus entschuldigte, verbeugte sich, ging an die Werkbank und spannte ein Gedicht ein, ein Trümmergedicht, einen Protest gegen die Afterweisheiten des Meisterfauns: Ziegel, Ziegel, Ziegel-Dach. / Ziegel auf der Erde liegend. / Ziegel, Ziegel nicht mehr Dach /

Ziegel nicht mehr Menschen schützend. / Nach lief Mensch dem Gotte Mars. / Mars hob Dach vom Grundgemäuer. / Ziegel, Dach und Mensch zertrümmert.

John Samsara konnte gern sehen, wie sehr Stanislaus imstande war, auch Trümmerlyrik anzufertigen. Königs neue Kleider oder nicht, wenn er erst in die Literaturgesellschaft eingedrungen war, in die Elite, konnte er nach eigener Konfession dichten.

Frau Mautenbrink verhielt sich wie eine Ameise, die im Fluß schwimmt, eine Emse, die ein Stück Rinde für das Land hält, dem sie zustrebt, aber mit der Zeit wird die naivste Miemse gewahr, daß auch das Rindenstück im Flusse schwimmt und von günstigen Winden und Zufällen abhängt.

Elly Mautenbrink war eine materialisierte Mittagsfrau, eine Weizenmuhme, sie war aus den Feldern ihres Herrn Vaters, Konrad Mautenbrinks, herausgewachsen. Die Frauen der Landarbeiter hielten sie in ihren Spitzenkleidern und Buntbändern für etwas Unirdisches. Als ihr Vater sie mit einem viel älteren Vetter Mautenbrink verkuppelte, bedauerte das Gesinde das arme gnädige Fräulein, doch als das Fräulein mit dem Dichter Weißblatt hurte, wurde es auch für die wohlmeinendsten Frauen zu einem irdischen Wesen, das von körperlichem Verlangen gepeitscht wurde wie gewöhnliche Leute.

Die Witwe Elly Mautenbrink war eine Frau von jener mütterlichen Fürsorglichkeit, die die Weiber des Mautenbrinkschen Bauerngeschlechtes auszeichnete. Sie litt an ihrer Kinderlosigkeit, ohne daß sie es zeigte, und ihr Trieb, Kinder zu betreuen, verwandelte sich in Absonderlichkeiten. Sie »durchschwamm die Strömungen moderner Musik« und wollte nach dem Kriege gewürdigt wissen, daß in ihrem Salon während der arischsten Zeit Zwölftonmusik gespielt wurde und daß sie Amtsträger in senfgelben und schwarzen Uniformen gezwungen hätte, sich bei ihr »entartete Kunst« von Hindemith und Schönberg anzuhören.

Der Heldentod ihres Gatten hatte Frau Mautenbrink zu Mozart und Beethoven »zurückgeführt«, und in der Dichtkunst fand sie von Joyce und Kafka über Rilke wieder zu Storm und Fontane.

Verzeihen wir uns diese Abschweifung, diesen Verstoß gegen die Romantheorie. Es sind übrigens mehrere Romantheorien dabei, geboren zu werden. Spätere Romanschreiber werden die Auswahl zwischen vielen haben, wenn sie es nicht vorziehen, sich eine eigene zu machen.

Aber zurück, zurück zum Helden! Was tat er auf dem Edelhof? Welche Aufgabenstellung hatte er, um modern zu fragen? Seine Aufgabenstellung war mit keinem einzigen Muß versehen. Alles Tun auf der Basis: Wie Herr Büdner wünschen. So Herrn Büdner die Lust packen sollte, die Bücher der Bibliothek zu ordnen? – Bitte! Sollte Herr Büdner wünschen, Unterricht im Autofahren zu nehmen, so auch das. Stanislaus hatte nichts, als dazusein. Eine ideale Position für einen Dichter, wenn er etwas aus ihr zu machen weiß.

Stanislaus war mißtrauisch. Er hatte manche Arbeitsstelle bezogen, und zu Anfang war in vielen Fällen alles glattgegangen, doch es hatte rauh geendet. Er probierte, was die neue Stellung an Belastungen vertrug. »Ich bin noch verheiratet und so gut wie verlobt«, sagte er zu Frau Mautenbrink.

Kein Stutzen, keine Aufregung. Wenn Herr Büdner wünschte, »das Mädchen seiner Wahl« mitzubringen, bitte schön, es sollte »Brot und Wohnung auf dem Edelhofe finden«.

»Nein, nein, eine Liebe im ersten Stadium!« untertrieb Stanislaus, während er in Wirklichkeit mächtig auf Rosa los- liebte.

Wirklich, Frau Mautenbrink war es gleich: Ihr Hausdichter hätte fünf Mädchen haben dürfen. Frau Mautenbrink war nicht eifersüchtig. Ihre Galaabende zeigten ihr, wie viele »männliche Möglichkeiten« ihrer harrten. Die Herren drängten sich von weit her zu ihren Partys. Leider vergaß Frau Mautenbrink in ihrer chronischen Verliebtheit, die Nachkriegsfreßsucht der Herren zu veranschlagen. Von dem Mann, den sie »schließlich küren« würde, mußte ein geistiges Air ausgehen, das stand für sie fest.

»Der Mensch ist ein Marktplatz von Gefühlen, ein kleiner Kosmos für sich«, schrieb Stanislaus in sein Notizbuch und dachte wunder, was er entdeckt hatte.

Rosa war nicht so glücklich. Sie dachte an die nächtliche Begegnung im Sommerfeld und bebte. Jetzt hätte sie Osero über Stanislaus berichten müssen: Aussichtslos, eine Spießernatur, ein Rückversicherer, denn so und so hat er sich über Rußland geäußert. Aber immer noch ging jener Bazillus in ihr um, der damals in sie eindrang, als sie die Wäsche der schlafenden Exmönche aus deren Zimmer holte, deshalb lautete ihr Bericht für Osero: Büdner verfolgt die Entwicklung in der Sowjetunion mit großen Hoffnungen, nicht ausgeschlossen, daß er einer der Unseren wird, aber er hat sich »vom alten Weißblatt zur ollen Mautenbrink auf den Edelhof verschachern lassen«. Wir müssen ihn retten und rausholen!

»Rausholen?« Osero rollte um den Küchentisch. Tante Erna schlief schon: Wer einen Garten hat, der schläft auch, der schläft! »Man muß Büdner benutzen«, sagte Osero. Rosa sollte mit Hilfe von Stanislaus in die Mautenbrinkschen Kreise eindringen. »Keinen Streit mehr über Dichtung und so Jedöns!« Mit wem traf sich Büdner in Griechenland, welche Verbindungen ging er ein?

Rosa war enttäuscht. Sie hätte so gern gehabt, Osero hätte ihr geholfen, Stanislaus aus den manikürten Fängen der Mautenbrink zu befreien. »Wer bestimmt eijentlich, wat ich zu machen hab?«

»Wat 'ne Frage. Die Kommunarden. Man tut, was man kann, die Welt ist noch nicht fertig!«

Die Kommunarden, immer die Kommunarden, dachte Rosa. Sie war nicht sicher, ob Onkel Ottos Wünsche stets die Wünsche aller Kommunarden waren, doch sie vermaulte sich nicht. Möglich, daß Osero sich nachts mit der Leitung traf, mit dem Gremium, wie er es nannte.

Kannten wir Osero von früher her nicht als einen aufgeräumten Menschen, der sich auch für einen Spaß nicht zu schade war?

Das wohl, aber sind wir noch so, wie wir vor zehn Jahren waren?

Als wir den unverbissenen Osero kennenlernten, lebte sein Sohn noch, auch seine Tochter existierte noch für ihn. Ach, diese Tochter Katja! Als man Osero im Börgermoor gefangenhielt, befreundete sie sich (aus Vaterliebe, wie sie immer noch behauptete!) mit einem Unterführer der Schwarzfaschisten namens Adolf Deutscher. Katja sagte (und sagte es noch), ihr Freund Adolf Deutscher hätte beigetragen, den Vater aus dem Börgermoor herauszuholen. Vielleicht war es so. Laßt es uns nicht geradezu bestreiten.

Danach wollte Adolf Deutscher Katja heiraten, doch sie lehnte die Heirat ab, um den Vater nicht zu kränken, doch eine lockere Freundschaft zwischen ihr und Adolf blieb bestehen, weil Katja nicht undankbar sein wollte.

Als bekannt wurde, daß Osero in die sowjetische Gefangenschaft gelaufen war, erneuerte Adolf Deutscher seinen Heiratsantrag, um weiteres Unheil vom Hause Osero abzuwenden. Katja dachte an Mutter Erna, die jeden Tag etwas tun konnte, was die Faschisten reizen würde, und sie heiratete Adolf Deutscher.

Auf dem Schnellehrgang, den Osero auf der antifaschistischen Lagerschule absolvierte, wurde er immer und immer wieder darauf hingewiesen, daß die Wachsamkeit eine der wichtigsten kommunistischen Tugenden wäre. Otto Osero war als deutscher Kommunist wachsam gegen den Klassenfeind gewesen, das hatte er des öfteren bewiesen, doch er hatte verabsäumt, das Wachsamkeitsprinzip auch auf seine Freunde auszudehnen. »Im Kopf deines Freundes hockt der Verräter«, heißt es in den Dienstanweisungen für Berufsmißtrauische.

Die Wachsamkeit gegen Freunde war schwierig, verzwickt, ja verteufelt, fand Osero, weil so schwer zu bestimmen war, wo sie in krankhaftes Mißtrauen umschlug.

Er wurde belehrt: Es wäre richtiger und wichtiger, zehnmal zu Unrecht mißtrauisch als einmal zuwenig mißtrauisch zu sein, und die Wachsamkeit des einzelnen Kommunarden müßte sich nicht nur auf alle parteilosen Menschen, sondern auch auf die

Mitkommunarden, auf Vater, auf Mutter, auf Sohn und Tochter erstrecken. Es steht ein dritter Weltkrieg vor der Tür, wenn wir nicht hart sind, Freunde!

Osero kam heim und fand seine Tochter mit Adolf Deutscher verheiratet. Er füllte seinen ersten Nachkriegsfragebogen aus und bemerkte, was dieser Schwiegersohn für ihn als Antifaschisten und Altkommunarden bedeutete. Katja, die gehorsame Tochter, ließ sich scheiden, doch sie blieb bei ihrem ehemaligen Manne; es war ihr nicht gegeben, undankbar zu sein.

Osero mied seine Tochter, zuerst in der Hoffnung, sie würde Deutscher doch noch verlassen, dann verbittert, weil dies nicht geschah, und er übertrug alle Kindsliebe auf sein Schwesterkind Rosa, und wie diese zwiefach umgesetzte Liebe aussah, erleben wir.

Und das alles zusammen wars, was Osero so bitter machte; das wars auch, was sein Verhalten zu seinem ehemaligen Kriegskameraden Büdner bestimmte.

Wer besser ist als Osero, nehme den ersten, wer besser ist als seine Tochter Katja, nehme den zweiten Stein ...

24

Stanislaus, der Edelhofhausdichter, verweilt beim Buchstaben A, stellt ein alogiales Gedicht her und eignet sich Kenntnisse über den Zündkerzenfunken an.

Die Menschen verpacken viel Sinn und Unsinn in Papier, um sie nachfolgenden Generationen als Frühstücks- oder Vesperbrot zu überreichen. Den eingewickelten Sinn vom Unsinn zu scheiden sollte Sache der Bibliothekare sein. Aber es wird ihnen nicht leicht gemacht, weil sie leben müssen und weil es darauf ankommt, wer sie besser bezahlt – die Sinn- oder die Unsinnverfechter. Ja, selbst jenen Bibliothekaren, die da hungern oder Junggesellen bleiben, damit sie nicht nach der Bezahlung fragen müssen und redlich Sinn von Unsinn scheiden können, wird es nicht leicht gemacht, weil Unkraut üppiger wuchert als Weizen.

(Aus Büdners Groschenheft Numero zehn.)

Der Edelhofhausdichter wollte seinen Monatslohn nicht für umsonst beziehen. Er alphabetisierte die Bibliothek. Die Bücher waren wie Fliegen auf alle Räume des Edelhofes verteilt; die Gäste benutzten sie ein bißchen und ließen sie liegen: aufgeklappt, zugeklappt, ein Strang Wolle oder ein abgerissener Zeitungsrand, eine Zahnbürste und sogar ein mumifizierter Rauchhering als Lesezeichen. Ausgerechnet im »Zarathustra« von Nietzsche! Das Buch war verdorben.

Stanislaus trieb die Bücher in der Bibliothek zusammen; das Parkett wurde zur Bücherwiese. Der Edelhofdichter ordnete und ordnete und wurde bleich und hohlwangig dabei, denn er nahm seine Mahlzeiten (ganz wie der Herr Dichter wünschen) lesend in der Bibliothek ein.

Nach drei Wochen hatte der Mensch nicht einmal Ordnung unter die Bücher gebracht, deren Verfassernamen mit A anfingen. Er las sich bei Anzengruber fest, von dem er nur den »Steinklopferhannes« gekannt hatte. Sodann las er Aristoteles, von dem ihm nur der Name geläufig war. Er wurde nicht dümmer; er fand Trost, Belehrung, Genugtuung und Kurzweil bei einem Manne, der zweitausend Jahre tot war, und er leckte sich die Lippen: Es war nicht schlecht, ebenfalls ein Mann zu werden, von dem nach zweitausend Jahren noch was lesbar war.

Er vertiefte sich in Fachbücher; seine Lernfreudigkeit war groß: Er befaßte sich mit der Behandlung des Rippentabaks und wollte Autofahren lernen. Dahinfahren, weite Strecken Landschaft heranreißen, sie in die Muschelschalen der Dichtung pressen!

Als er ein Dorfjunge war, kam ein japanischer Kleinkramhändler in die Büdner-Kate.

»Tsching-tschang-bumm-williwitzki«, begrüßte ihn Stanislaus, denn Schwester Elsbeth hatte ihm eingeredet, das wäre Japanisch. Der Japaner lächelte und schenkte ihm eine kleine Muschel. Stanislaus legte sie ins Wasser, und die Muschel öffnete sich; es blühten kleine Blumen auf, und sie schwebten dahin.

Die Muschel von damals blieb ihm ein Symbol: Man mußte Sätze schreiben, die im Leser aufgingen wie jene japanischen Muscheln. Schwer, o schwer!

Ein geschäftlich noch so weitsichtiger Mann gerät in Bedrängnis, wenn er sich Gefühlen hingibt. Gott wußte, aber der Prinzipal wußte oft nicht zu sagen, ob er sein Verhältnis zur Mautenbrink der Naturalien oder seiner Gefühle wegen unterhielt. Nachdem er seinen EVENTUELLNACHFOLGER Büdner Frau Mautenbrink vermacht hatte, seufzte seine Gattin Friedesine auf, und der Prinzipal erachtete die Zeit für gekommen, eine schriftliche Erklärung von ihr zu verlangen. Madame Weißblatt sollte, solange er lebte, niemals mehr Anstrengungen machen, ihre Mitgift aus dem Geschäft zu ziehen, aber die Madame wollte eine solche Erklärung nur abgeben, wenn sich der Prinzipal seinerseits schriftlich bereit erklären würde, ihr monatlich ein ansehnliches Nadelgeld auszuzahlen.

Der Prinzipal rechnete schnell wie ein künftiger Computer: Nadelgeld oder Kapitalverminderung? Lieber Nadelgeld. Man mußte finanziell ausholen können, wenn man große Geschäftsaufträge erwartete. Wenn er die Aufträge erhielt, würde das Nadelgeld zehnfach einkommen.

So geschah es, daß der Prinzipal die Einrichtung der Geschäftsstelle für den Santorinischen Bruderorden finanzierte, doch diesmal hatte ihn nicht sein Sohn, sondern seine Frau erpreßt.

In der Geschäftsstelle des Santorinischen Bruderordens herrschte Cläreliese von Leisegang, jenes Mädchen, jene Frau oder jenes Frauenmädchen, das sich Johannis Weißblatt im ÜBERSINN-Center unentbehrlich gemacht hatte. John Samsara hatte sich etwas bestürzt gezeigt, als er erfuhr, daß er die beste Hostesse des »Centers« würde entbehren müssen, aber sein alter Schulfreund sollte sie haben.

Das Büro des Santorinischen Bruderordens befand sich in einem Patrizierhaus in der Nähe des Rummelplatzes. »Santorinischer Bruderorden, Hauptbüro des Popignore Johannis I.«, stand in Goldbuchstaben auf einer schwarzen Marmortafel.

Frau Friedesine Weißblatt begab sich auf den Schwarzmarkt, um die goldene Inschrift an der Residenz ihres Sohnes zu lesen, doch sie schlug die Augen dabei nieder; denn es konnte sein, daß andere Romkatholikinnen sie sahen. Mit ihrem Herrgott, der sowieso wußte, daß sie eine Ketzergemeinschaft unterstützte, wollte sie schon fertigwerden.

Stanislaus' Geschäfte gingen schlechter. Der Chef der ÜBERSINN-Redaktion war auch mit seinen neuen Gedichten nicht zufrieden. Er erhielt sein berühmtes »Ziegel, Ziegel, Dach«- Gedicht zurück. Ein »doll schönes Gedicht«, versicherte John Samsara im Beischreiben, »ein Gedicht, das unter die Haut geht, aber zu logisch«. Stanislaus sollte bedenken: Alles, was dem Menschen geschähe, wäre bar jeder Logik; das Kriegsende hätte es bewiesen. Aus der Alogik, die nunmehr hochgetrieben werden müsse, könnte sich vielleicht mit der Zeit eine neue Logik entwikkeln; es käme, wie schon gesagt, nicht mehr aufs Emotionale, auch nicht aufs »Intellektuale«, sondern nur noch aufs »Alogiale« an. »In der Hoffnung, daß wir uns verstehen, und in gehabter Wertschätzung, Ihr John Samsara.«

Stanislaus bekam den »Eishauch des Unbehausten« zu spüren. John Samsara hatte seinem Brief Proben des allermodernsten Dichterei-Trends beigelegt, Erzeugnisse eines Dichters, der sich Hit Hanzke nannte. Nun saß Stanislaus nicht mehr unorientiert im intellektuellen Raumschiff seiner Tage: Die Dichtereierzeugnisse Hit Hanzkes waren ein lärmendes Wortgetümmel, vom »Wind des Unbehausten« verblasene Gedankenfetzen, Gedichte, die auseinandergenommenen Uhren glichen, deren Teile jemand in Kreisform mit der Behauptung nebeneinanderlegte, ein Kreis wäre rund, auch eine Uhr wäre rund, folglich wären kreisförmig nebeneinanderliegende Rädchen eine Uhr.

Stanislaus, der sich einbildete, Rosas wegen zu schnellem Ruhm kommen zu müssen, bewies, daß auch er in sich hatte, was andere von sich gaben. Er verfertigte ein Gedicht, das einem zerschmetterten Radioapparat glich. Er überlas es mehrmals und vergrößerte die Unordnung der Worte. Sodann tütete er das Gedicht ein und schickte es John Samsara. Jetzt würde sich zeigen, ob der ÜBERSINN - Redakteur imstande war, auch in ihm einen »Neustern am Dichterhimmel« zu erblicken.

Stanislaus, ach Stanislaus, weshalb wollte er berühmt werden? Weshalb wollen wir alle, daß unsere Namen zum wenigsten *einmal* in unserem Leben mit Hochachtung, Respekt oder Bewunderung ausgesprochen werden? Was treibt junge Damen, sich auf ihren Hochzeitstag zu freuen, an dem sie mit der Schleppe einer Königin umhergehen? Was treibt Männer, ihren Körper zu einem einzigen Muskelballen zu machen, mit dem sie drei Zentner und achtzig Pfund emporheben? Was treibt einen anderen Mann, vier Tage und dreihundertunddreißigeinehalbe Minute lang Klavier zu spielen?

Vielleicht sinds unbekannte Fermente, die uns antreiben, Fermente, die eine Arbeitsbiene zum eierlegenden Weisel machen? Steckt in jedem von uns ein Weisel, der herauswill?

Zwei Tage nach der Ablehnung seines ZIEGEL-Gedichtes durchblätterte Stanislaus die neueste Nummer des ÜBERSINNS und begegnete in einem Artikel Absätzen, die er geschrieben hatte. Es handelte sich um seinen Essay »Hinter den Kulissen des Orakels von Delphi«, der jetzt überschrieben war: »Schon Pythia verschmähte die Logik.«

Stanislaus war davon ausgegangen, daß Hellseherei bereits in alten Zeiten bekannt, aber immer ein schillerndes und umstrittenes menschliches Vermögen gewesen wäre. Die »Offenbarungen Hellgesichtiger« wären Stammeleien in einem Zustand von Selbsthypnose oder unklar gehaltene Aussagen. Die delphische Pythia, eine kluge Frauensperson, hätte im Auftrage einer Priesterkaste »prophezeit«, und ihre Aussprüche wären knapp und mehrdeutig gewesen – die Taktik guter »Hellseher« bis auf den heutigen Tag.

Diese Betrachtungen hatte John Samsara nicht gestrichen, doch er hatte Abschnitte zum Lobe der »Alogik« zugefügt, und der Verfasser des Essays hieß nicht Stanislaus Büdner, sondern Stan Naxos. Stanislaus nahm sich keine Zeit, die Hochstapelei seines Kriegskameraden Weißblatt zu ahnden. Er hatte die Gabe des echten Schreibschaffenden, nur als existent anzusehen, was er demnächst schreiben würde. Außerdem mußte er sich Kenntnisse über einen Funken aneignen, der in der Zündkerze eines Motorfahrzeuges entstand und das Samenkorn für die Motorenbewegung war. Er hatte mit der Autofahrschule begonnen und sich in den Gedanken verliebt, eines Tages im Zweitwagen der Frau Mautenbrink vor das Haus einer gewissen Lilian Pöschel zu fahren, sich dort die Handschuhe von den Händen zu pellen und zu sagen: »Ich habe wenig Zeit, Gnädigste, lassen wir uns rasch scheiden!« Er wollte dabei auf die Armbanduhr schauen, die er inzwischen auf dem Schwarzmarkt gekauft haben würde, und sagen: »Es ist jetzt drei Uhr und dreiundzwanzig Minuten.«

Bald beunruhigte ihn etwas anderes: Rosa. Sollte nun alles zwischen ihm und ihr zu Ende sein? Diesmal war er es, der zu verzeihen hatte.

---

25 **Rosa erwägt, ob Kommunarden einander fürchten dürfen. Stanislaus wird zum Diener degradiert, macht Bekanntschaft mit der hyperprogressiven Dichtkunst und soll Ordensdichter werden.**

Rosa wartete auf Onkel Osero. Er hatte sie in Sachen Sache zu sich bestellt. Sie wartete bei Tante Erna in der Küche und ahnte, was Onkel Osero von ihr wollte. Sie fürchtete sich vor seinen Fragen. Ging es an, daß Kommunarden einander fürchteten? Auch Vater Leo fürchtete Onkel Osero. Hatte die Furcht was mit der Kommunardendisziplin zu tun, oder hatte sie sich von anderswoher unter die Kommunarden geschlichen? Sie arbeiteten doch an einer »gemeinsamen Sache«, wie es hieß!

Rosa traf Osero erst am dritten Abend. Er entschuldigte sich nicht bei ihr; sie war seine Nichte, außerdem war sie Kommunardin und nach Oseros Meinung verpflichtet, vergeblich zu warten. Woher kam diese Mißachtung?

Osero rollte um den Küchentisch. »Was gibts auf dem Edelhof?«

Rosa hob die Schultern. Woher hätte sie es wissen sollen?

»Kommunardenauftrag! Ich hätte erste Nachrichten erwartet!« Osero wurde laut. Tante Erna fuhr dazwischen, aber sie richtete nichts aus, und Rosas weinerliches Gesicht beeindruckte Osero nicht. »Hast du vergessen, was du Ilja schuldig bist?«

Jetzt weinte Rosa wirklich.

Ilja war Oseros Sohn, und er war zwei Jahre älter als Rosa. Beiden war es mit List gelungen, dem faschistischen Jugendverband fernzubleiben, beide wurden dadurch zu Verdächtigen, Ausgestoßenen. Sie lasen zusammen, sie wanderten zusammen, sie schliefen, wenns not tat, in einem Schlafsack und glaubten, einander zu lieben.

Damals, als keine Feldpostbriefe von Onkel Osero mehr eintrafen, sagte Tante Erna: »Er ist übergelaufen, übergelaufen. Dat soll woll sein!«

Ilja glaubte der Mutter nicht, sie wollte die Kinder nur trösten. Für ihn war der Vater gefallen. Ilja war Druckerlehrling im letzten Lehrjahr. Man braucht sich den Kopf nicht darüber zu zerbrechen, wie er zu gedruckten Handzetteln kam: »Wieviel Väter wollt ihr noch morden? Schluß mit dem Krieg!«

»Wenn du mich liebst, hilfst du mir«, sagte Ilja zu Rosa. Rosa half ihm. Seitdem konnte sie auf zwei Fingern pfeifen wie ein Mann.

Am ersten Abend brauchte sie beim nächtlichen Zettelkleben nicht zu beweisen, was sie in der Pfeifstunde gelernt hatte. Den zweiten Abend rettete sie Ilja mit einem Fingerpfiff vor zwei alten Frauen, die aus der Abendmesse kamen. Alles schien lächerlich leicht zu sein. »Du bist mein Schutzengel«, sagte Ilja, aber schon in der nächsten Nacht erwies sich, daß Rosa vielleicht ein Engel, aber kein Schutz war.

Ilja wurde gestellt. Er entwischte ihnen; sie schossen nach ihm, die von der Geheimen Staatspolizei. Rosa suchte ihn die halbe Nacht und fand ihn neben dem alten Prellstein ihres Hauses. Er war ohnmächtig und blutete. Rosa weckte den Vater, und sie richteten ihm ein Lager im Waschhaus im dunklen Winkel hinter der Wäscherolle ein. Vater Leo fand einen Arzt, einen illegal lebenden jüdischen Genossen, den er vom sozialdemokratischen Ortsverein her kannte.

»Gott, der Ungerechte!« sagte der Arzt, als er Ilja untersucht hatte. Iljas Blut schien zu kochen, rötliche Luftblasen platzten auf seinen Lippen, und Rosa wischte und weinte.

Ilja starb verkrampft und verbissen. Das war Rosas schweres Erlebnis.

Und jetzt? »Ich wünsch, daß du dich bei diesem Edelhofjesindel einführen läßt, verstanden?«

Rosa hatte verstanden, aber sie ging, ohne zu antworten.

Stanislaus war beim Ordnen der Edelhofbibliothek bis zum Buchstaben F vorgedrungen und hatte sich bei Flaubert festgelesen. Ach, es gab soviel Geschriebenes auf der Welt! Blieb für ihn noch etwas übrig?

Aber sein Mut hing nicht länger als einen Tag so tief, hernach spürte er sein Eigengewicht wieder. In der Autofahrschule eignete er sich Kenntnisse über die Vierradbremse an und wurde theoretisch in die Lage versetzt, ein Auto abzubremsen. Bald würde er den alten Holzgas-Mercedes der Mautenbrinks in seine Gewalt bekommen.

Auch sonst lebte der Edelhofdichter wie Gott auf dem Eppinghovener Schützenfest; er aß und trank, was ihm gefiel; er wechselte seine Hemden aus reinem Übermut jeden zweiten Tag und trug sich mit der Absicht, noch vier Hemden einzustellen. Die Schuhe wurden ihm geputzt, das Haar wurde ihm vom Hausfriseur gestutzt, und die einzige Pflicht, die ihm auferlegt wurde, bestand darin, hin und her zum Nachmittagskaffee bei hausbackenem Kuchen ein hausbackenes Gedicht oder eine Betrachtung zu einem allgemeinmenschlichen Thema von sich zu geben. Frau Mautenbrink nickte, lächelte, applaudierte wohl auch und war glücklich, eine Mäzenin sein zu dürfen und, wenigstens auf diesem Gebiet, den Lebensstil in einer gewissen »Villa Hügel« erreicht zu haben. Sie machte Stanislaus nicht zu ihrem leiblichen Sklaven; mehr zu ihrem geistigen Pagen. Es schien ein Flirt zwischen ihr und Schaman Rishi im Gange zu sein. Er verbrachte viele Nachmittagsstunden im Edelhofsalon, denn abends stand er außerhalb im Engagement und mußte seiner Sendung als Prophet, Strahlenforscher und Wunderarzt nachkommen.

Für Stanislaus war Schaman Rishi das Pfefferkorn in der Schlagsahne, weil der ihn wie einen Diener zu behandeln versuchte. Wenn die Herren einander in der Diele begegneten, übergab Rishi dem »Diener« Stanislaus seinen Schlapphut und sagte: »Hüten Sie meinen indischen Filz!«

Frau Mautenbrink beobachtete die versteckte Gegnerschaft der Herren, hielt sie für Eifersucht und fands »nicht unreizend«, beiden Männern begehrenswert zu sein.

Schaman Rishi setzte sich an den Teetisch und versuchte, Stanislaus seine angerauchte Zigarre in die Hand zu drücken. Stanislaus warf ihm die Zigarre vor die Füße. Funkensprühende Feindschaft! Von nun an hielt Frau Mautenbrink die brünftigen Hirsche getrennt.

Stanislaus wurde wieder vom Ehrgeiz gepackt. Ja, genügte es ihm nicht, ein Hauspoet zu sein? Bah, ein Haus war nicht die Welt! Er ließ sich von Frau Mautenbrink beurlauben.

»Nicht von was, mein Freund, fahren Sie, fahren Sie!«

Er fuhr nach Düwelsheim, suchte die ÜBERSINN-Redaktion auf, fand John Samsara, fand alles, was Johannis Weißblatt gefunden hatte, und verbrachte eine Stunde im Wartezimmer. Dort begegnete er einem merkwürdigen Wesen. Es trug einen ledernen Lumberjack, weiße Handschuhe und war gesprächig wie ein Star auf der Stange. Es handelte sich um den Chefdichter des ÜBERSINNS Hit Hanzke, den Hersteller des »zerschmetterten Uhrengedichtes«. Hanzke tänzelte umher, beklopfte die Bilderrahmen, behauchte die Ölfarben und trillerte mit einer Fistelstimme das Schlagerlied vom »Theodor im Fußballtor«. Schließlich wandte er sich mit einem Sunnyboy-Lächeln an Stanislaus. »Sind wir vom gleichen Fach oder nein? Ich jedenfalls bin Dichter.«

Stanislaus stellte sich als Dichtereiarbeiter vor. Hit Hanzke wollte wissen, wie Stanislaus zur Trümmerlyrik stehe. Stanislaus hob die Schultern. Sollte er zugeben, daß auch er einen Radioapparat zertrümmert hatte?

»Sind Sie für leicht oder schwer verständliche Lyrik?«

Stanislaus fühlte sich gereizt. Er mußte den Plebejer nicht in sich wecken; wenn dieses Zwitterwesen ein menschliches Thema war, so war er das menschliche Antithema: Jedes Gedichtwort unter der Sonne müsse verständlich sein, sagte er, als hätte er nie daran gezweifelt.

»Che, che, che.« Hit Hanzkes Lachen klang wie der Abendgesang einer Heuschrecke. »Und wenn ein Dichter sich selber nicht versteht? Muß er seine Mitwelt nicht davon benachrichtigen?«

»Ein Dichter, der sich selber nicht versteht, sollte die Schnauze halten«, sagte Stanislaus.

»Gott, wie interessant roh!« fistelte Hit Hanzke, er jedenfalls fände es reizvoll, »seine unauslotbaren Tiefen« vorzuzeigen.

Schlapperapapp, schlapperapapp, es war ein Glück, daß John Samsara Hit Hanzke ins Sprechzimmer rief. Zu Stanislaus aber setzte sich eine Dame, die sich Miss Clatschman nannte und behauptete, sie wäre die Mutter des ÜBERSINN-Centers. Eine schöne Dame! Und wenn ihr fragt, woran man die Schönheit einer Dame erkennt, ist die Antwort: Schön ist wie aus Marmor, aber bewiesen ist damit nichts.

Miss Clatschman war sprechender Marmor, selbst ihre Waden, und sie ließ davon sehen, soviel sich schickte; sie war um und um unaufdringlich und vielleicht dreißig, auch fünfunddreißig Jahre alt. John Samsara hatte Büdner eine angenehme Center-Mutter zugewiesen. Sie brachte Stanislaus einen Schoppen Weißwein, doch der trank ihn nicht, sondern verlangte Rühreier und trank Selters dazu.

Miss Clatschman erkundigte sich taktvoll nach Stanislaus' Familienverhältnissen. Er war nicht geneigt, sich darüber zu verbreiten, deshalb sprach Miss Clatschman über ihre Intimsphäre, wie mans später nennen würde; auch sie hätte Kümmernisse gehabt, wäre weit unten gewesen, doch sie wäre von der ÜBERSINN-Bewegung John Samsaras gerettet worden; nun wären ihre Kräfte so gewachsen, daß sie anderen davon abgeben könne. Wenn Herr Büdner Bedarf hätte?...

In diesem Augenblick verließ Hit Hanzke Samsaras Büro. Die Herren schienen sich gestritten zu haben. »Ich bin nicht gegen Starhonorare, aber das ist unerschwinglich«, sagte John Samsara.

»Leck mich fett!« antwortete der Cheflyriker.

John Samsara begrüßte Stanislaus wie einen alten Bekannten. »Dieser Schaman Rishi, Strahlenforscher, pipapo, war er nicht umwerfend komisch, damals auf dem Mautenbrinkschen Edelhof?« Samsara alias Samstag schien den Sprachlehrgang »Tausend Worte Intellektualienisch« absolviert zu haben; denn viele seiner Sätze endeten mit »pipapo«. Das bedeutete »irgend etwas« und wurde mit der Haltung ausgesprochen: Was werd ich hoher Geist mich mit so Kleinigkeiten abgeben, pipapo – Sie wissen schon.

Stanislaus ließ Samsaras Wortregen an sich herabrieseln, rauchte eine englische Zigarette und wollte wissen, wer Stan Naxos wäre.

Leider, John Samsara war nicht ermächtigt, das Pseudonym zu lüften. Redaktionsgeheimnis.

Redaktionsgeheimnis hin, Redaktionsgeheimnis her, Stanislaus zog eine Abschrift seiner Abhandlung über das »Orakel von Delphi« aus der Tasche. John Samsara verglich die Texte. Stille. Man hörte die Redaktionsfliegen über die Schreibtischplatte trippeln. »Das ist ja peinlich«, sagte Samsara endlich, »und der Verfasser des Essays sind Sie?«

Stanislaus nickte.

»Doll peinlich, kaum zu verkraften!« Samsara wäre einem Plagiator aufgesessen. Trotzdem könne er den Namen nicht angeben. »Noblesse oblige ...«, und so weiter.

Stanislaus konnte nicht sehen, daß Samsara auf einen geheimen Klingelknopf unter der Schreibtischplatte drückte, deshalb wunderte er sich, als plötzlich ein Mann erschien, der sich ohne Entschuldigung in ihr Gespräch mischte, ein Leichtathlet mit Brille, der breit und englisch sprach und vielleicht ganz und gar John Tree hieß, Stanislaus aber als Oberchef des ÜBERSINNS Johannes Baum vorgestellt wurde. Baum gratulierte Stanislaus.

»Wozu, bitte?«

»Zur Heimkehr aus russischer Gefangenschaft.«

Stanislaus kam nicht da her.

»Sorry«, sagte Herr Baum.

»Wie bitte?«

John Samsara dolmetschte. Herr Baum wäre traurig, daß Stanislaus nicht aus russischer Gefangenschaft käme. Er drückte wieder auf den Klingelknopf unter der Schreibtischplatte, und gleich drauf läutete das Telefon; beide Herren wurden zu einer dringenden Besprechung gerufen. Sie entschuldigten sich bei Stanislaus und baten ihn, ihr Gast im Center zu bleiben, zu warten, ja gern auch zu übernachten.

Stanislaus' Kopfschütteln brauchte nicht ins Englische übersetzt zu werden.

Am Nachmittag sprach Stanislaus in einem anderen Büro vor. Auch dort wurde er gebeten zu warten. Gehörte Stanislaus jetzt zu jenen Menschen, die von Büro zu Büro ziehen und das als Arbeit ausgeben? Denkt das nicht! Stanislaus besuchte das Büro des Santorinischen Bruderordens, und das war wohl mehr die Vorhalle einer Kirche.

Cläreliese von Leisegang hatte Anweisung, den Popignore nicht zu stören. Der Popignore halte Meditationsstunde, sagte sie vornehm, blaublütig und von oben herab.

Seid gerecht gegen Cläreliese! Es kamen wirklich wurzellose Subjekte, um in die Bruderschaft einzutreten, weil sich herumgesprochen hatte, daß der Popignore Johannis I. einen Hunderter Handgeld ausgesetzt hatte. Fräulein von Leisegang machte sichs zur Pflicht, ihre Menschenkenntnis spielen zu lassen und die Hunderter nur an Leute zu verausgaben, von denen man annehmen konnte, daß sie der Bruderschaft nützlich sein würden.

Die »Meditationsstunde« des Popignore dauerte und dauerte. Stanislaus seufzte gelangweilt. Die Leisegang sagte: »Geduld, Herr, Geduld, SEINE HEILIGKEIT ist nicht der und jener!« Da packte Stanislaus der Jähzorn. »Treibt euren Schwindel, mit wem ihr wollt!« Er stieß die doppelt gepolsterte Tür zum Zimmer des Popignore auf und fand ihn schlafend auf einem Diwan; auf seinem Bauche lag ein in Rindsleder gebundenes Buch, die Bulle des Santorinischen Bruderordens, und im Aschenbecher wimmelten Zigarettenstummel. Büdner packte den Popignore beim blauseidenen Podrisnik und rüttelte ihn.

Der Popignore fühlte sich von dem harten Griff Büdners in die Klosterzeit zurückversetzt und fragte weinerlich: »Schon wieder Betzeit?«

»Hochstapler!« sagte Stanislaus. Fräulein von Leisegang zog sich ahnungsvoll ins Vorzimmer zurück. Der Popignore fiel zusammen wie eine besalzte Kellerschnecke. Ja, ja, er hätte in einer Notlage Stanislaus' Essays für die seinen ausgegeben, übrigens, nicht ganz und gar für die seinen, immerhin für die von Stan Naxos, damit man etwas von Stanislaus dabei spüre.

»Oberscheißer«, sagte Stanislaus, doch er bekam Mitleid mit dem Popignore im zerknautschten Seidenpodrisnik, der an seinen eigenen Schwindel zu glauben schien. Es war eine von Stanislaus' Eigenschaften, sich beim Anblick schäbiger Charaktere für die Menschheit zu schämen, doch hier war weder Mitleid noch Scham am Platze; denn kaum hatte der Popignore sich eine seiner duftenden Zigaretten angesteckt, da wurde er wieder anmaßend, nannte Stanislaus einen »entlaufenen Dorfkläffer« und suchte ihn zu belehren. Einem Philosophen müsse gleich sein, unter welchem Namen seine Erkenntnisse an den Tag gebracht würden.

»Ich bin kein Philosoph, ich bin Dichter!« schrie Stanislaus.

»Dichter? Fein!« sagte der Popignore, als wüßte er es nicht. Ob Stanislaus nicht Lust hätte, dem Santorinischen Bruderorden beizutreten?

Es war etwas Manisches in diesem Weißblatt! Hatte er vergessen, daß Stanislaus wußte, woraus der Santorinische Bruderorden gebacken war? Ja, Weißblatt hatte es vergessen und offerierte seinem ehemaligen Kriegskameraden den Posten eines Ordensdichters. Er sollte das Programm und die Ziele des Ordens in Liedern und Kantaten verherrlichen. Pro Lied fünfhundert Mark; ein Komponist würde sich finden.

»Ferkel«, sagte Stanislaus, und damit endete das Gespräch zwischen dem Popignore Johannis I. und dem Edelhofhausdichter Stanislaus Büdner.

26

Stanislaus hat wieder eine Präsidiumssitzung mit dem Meisterfaun. Er soll Rosa wiedersehen und greift voll Dankbarkeit darüber zu Rilkeschen Praktiken.

Die Erde, der erkaltete Wandelstern, hörte trotzdem nicht auf zu streben und zu weben, wie das Gesetz es befahl. Der Sommer begann, und es war ein Knistern in den Nächten; Regen rauschten, und Böen zausten die Blutbuchen.

Stanislaus wachte nachts auf. Er sehnte sich nach Rosa. Wie sollte er Rosa wissen lassen, daß er ihr verziehen hatte, ohne zu einem Knaben zu werden, dem Beschimpfungen zorniger Mädchen wohltaten?

Erdduft und Grasgeruch zogen ins Zimmer. Der Meisterfaun erschien, war sommergebräunt, hatte sich den Bart stutzen lassen und ähnelte Bernard Shaw. Er hockte sich in den Schaukelstuhl am kalten Kachelofen und sagte: »Geh hin und beleidige Rosa; nenn sie eine Sektiererin, dann seid ihr quitt und fangt von vorn an!«

»Der beste Rat, den ich je von dir hatte«, sagte Stanislaus. Der Meisterfaun schaukelte kindlich glücklich, daß der Stuhl über die Dielen schurrte. »Trotz allem, ich möchte dich warnen!«

»Bist also Warnungsbeamter geblieben?«

»Du solltest nachlassen, diesem Samsara gefallen zu wollen.«

»Aber er wird etwas von mir drucken. Es wird Zeit. Ich komm in die Jahre.«

»Ein Dichter, der zählt, zählt nicht!« sagte der Meisterfaun. »Man muß warten, bis man was Wirkliches weiß!«

»Ich bin gleich vierzig Jahre, da sollten einige Wahrheiten bei mir angekommen sein.«

»Ein Dichter, der zählt, zählt nicht!«

Stanislaus brauste auf. »Du mit deinen altägyptischen Weisheiten. Ich lebe hier und jetzt!«

Der Faun war nicht mehr da. Die lederne Lehne des Schaukelstuhls war ein Mumiengesicht. Es grinste ihn an.

Der Edelhofhausdichter konnte jetzt ein Auto steuern, ohne Hausecken zu beschädigen, und war imstande, Fußgänger anzuhupen, damit sie flüchten konnten. Wer Befriedigung am Lernen findet, hört nicht damit auf; man weiß von Zeitgenossen, die ihr Leben lang lernten, ohne etwas von sich zu geben.

Rosa rannte durch die Felder; einen Abend, zwei, drei Abende. Sie hatte es schwerer als Stanislaus. Er durfte verzeihen, sie wünschte Verzeihung zu erlangen. Sie mußte. Allerdings hätte sie einen Brief schreiben können, aber darin hätte es heißen müssen: »Verzeih!« Das fiel ihr zu schwer. Sie hoffte, Stanislaus zufällig zu treffen, und umschlich den Edelhof. Überall Hecken aus Schottischen Zaunrosen; hie und da ein magerer Durchblick. Sie wußte nicht, wo sein Zimmer lag. Wenn sie im Seitenflügel zwei Fenster erleuchtet sah, war sie glücklich, und es tat ihr wohl, zu glauben, daß er dort hinter Büchern hockte oder schrieb.

Aber wo saß er, wenn sein Licht nicht brannte? Bei der Klassenfeindin? War die Mautenbrink eine Klassenfeindin, oder machte Rosas Eifersucht sie dazu? Die Mautenbrink hatte Besitzungen und beutete Arbeiter aus. Das war die Faustregel. Machen Besitzungen einen in jedem Falle zum Klassenfeind? Beutet, wer Arbeiter beschäftigt, sie unbedingt aus?

Rosas Eilmärsche waren nicht nutzlos fürs Nachdenken in Sachen Sache. Leider nirgendwo ein Lüftchen von Stanislaus. Der Zufall hatte kein Erbarmen.

Leute, die den Charakter von Frau Mautenbrink zu kennen glaubten, gingen fehl. Wir alle haben es so eilig mit dem Urteilen: Diese Frau ist geistig fünf Zentimeter zu schmal und erotisch acht Zentimeter zu flott. Was aber, wenn ihre geistige Breite doch noch zunimmt?

Von einer anderen Frau behaupten wir, sie wäre eine Exzentrikerin. Aber wenn gewisse Drüsen in ihr anfangen, normaler zu arbeiten? Der Mensch verwandelt sich nicht mit einem Ruck.

(Aus Stanislaus' Groschenheft Numero elf.)

»Ich bin eine Barbarin«, sagte Frau Mautenbrink zu Stanislaus. »Bis heute fragte ich nicht, wie der Aufenthalt in meinem Hause Ihrer Dichtkunst bekommt.«

Stanislaus überlegte: Sollte das heißen: Was hast du zusammengedichtet für Lohn und Essen? Er redete lieber von der Bibliothek. Er wäre mit dem Ordnen jetzt beim Buchstaben Z, ein Weilchen, und die Bibliothek wäre in Ordnung, und wenn Frau Mautenbrink »keinen Schiß« hätte, könnte er sie im Auto nach Düwelsheim fahren, soweit wäre er jetzt.

»Ich habe keinen Schiß«, sagte Frau Mautenbrink ohne Zukken. »Es geht mir aber darum, etwas Erdichtetes von Ihnen zu sehen.« Niemand war bereiter als Stanislaus, seine Dichtereierzeugnisse vor Frau Mautenbrink hinzubreiten. »Eine oder zwei Mappen?«

Frau Mautenbrink wünschte die jüngste Mappe zu sehen, und sie klemmte sie unter ihren rundlichen Arm, und es duftete noch lange nach »Creme Mouson« in der Bibliothek.

Am nächsten Nachmittag brachte die Dame Mautenbrink die Mappe zurück. Nein, das war nicht, was sie sich wünschte. Moderne Tagesfliegen von Gedichten, nein! Sie bat um eine Mappe mit »poetischen Handgreiflichkeiten«.

Stanislaus fühlte sich halb entlassen. Dieser verfluchte Samsara würde ihn mit seinen verqualmten Forderungen noch um seine Edelhofhausdichterstellung bringen!

Am nächsten Tag kam Frau Mautenbrink zufriedener, duftender und mit Wünschen: Sie hatte einige ältere Gedichte ausgesucht und bat Stanislaus lieb und vorsichtig, sie demnächst auf einer Herbstbeginning-Party zu lesen.

Gern, nur zu gern! Stanislaus dachte an Kost, Logis, Gehalt und alles Gute, was er auf dem Edelhofe empfing.

Frau Mautenbrink besah ihre Finger. »Kennen Sie Rilke?«

»Aber ja, aber ja, ›... dann wird es still, sogar der Regen geht leiser über der Steine mattdunkelen Glanz ...‹ «

Nein, das war es nicht. Frau Mautenbrink meinte eine andere »Stelle im Wesen des großen Dichters«. Es gäbe so viele Gedichte, die Rilke irgendwelchen Damen gewidmet hätte. Hielt Stanislaus das für tragbar?

Stanislaus wollte nicht verstehen. »Er wird seine Gründe gehabt haben, der Rilke!«

»Ach, wirklich?« Aber Frau Mautenbrink hatte noch eine Bitte, sie wünschte auf der Herbstbeginning-Party endlich Stanislaus' Freundin kennenzulernen. Sie bat um Rosas Anschrift.

Es war Stanislaus unmöglich, über eine gewisse Beleidigung zu sprechen, die Rosa bei ihm noch nicht getilgt hatte; denn seine Freude über das Vorhaben der Dame Mautenbrink stimmte ihn weich und freigebig. Wenn Frau Mautenbrink eines seiner Gedichte besonders gern hätte, so wollte er nicht anstehen, es mit einer Widmung für sie zu versehen.

Frau Mautenbrink klatschte in die Hände, wurde zu einem Mädchen auf dem Spielplatz und bat, Stanislaus möge ihr sein Gedicht von den verklungenen Liedern »dedizieren«.

27

Stanislaus trachtet zu erforschen, inwieweit es im Leben vorangeht, zwei Männer verhandeln über Rosa, und Frau Mautenbrink beraumt eine Herbstbeginning-Party an.

Es geht voran, alles geht voran, auf ein Ziel zu, das wir nicht kennen. Kanns ohne Ziel vorangehen? Ja, denn unsere Ahnungen sind verläßlich.

Ein Birnkorn fällt auf die Erde, keimt, treibt Blätter, wird ein Strauch, ein Baum, blüht, bildet Früchte; ein Birnkorn fällt auf die Erde und keimt. Wo ist das Voran? Wir sehen es nicht. Sehen wir die Elektronen um den Atomkern kreisen?

Ein Mensch ißt eine Birne, ihr Wohlgeschmack weckt fördernde Gedanken in ihm. Das Voran des Birnkorns zeigt sich. Beweist das Gegenteil!

Solche Gedankenketten beschäftigten Stanislaus im septembrigen Obstgarten, und er schrieb sie auf.

Wir benutzen die Zeit bis zur Herbstbeginning-Party, einige Gespräche aufzuzeichnen, obwohl Gespräche den Lauf der Welt nicht zu bestimmen scheinen; denn sie finden hier, auch dort statt, und die hiesigen heben zuweilen das Ergebnis der dortigen auf und umgekehrt! Aber wenns nicht Gespräche sind, die uns voranbringen, was dann? Etwa Gedanken? Wenn wir es wüßten, brauchten wir die Geschichte von Stanislaus nicht zu erzählen.

Leo Lupin mußte seinen Schwager Osero sprechen, aber er wollte die »Schildwachen« in dessen Sekretariat nicht passieren. War Otto denn der Dalai-Lama?

Leo lud den Schwager zu seinem Geburtstag ein, aber der erschien nicht, sondern schickte fünfundfünfzig rote Nelken mit Draht im Genick, dazu eine maschinengeschriebene Glückwunschadresse, die mit einem Tadel endete: Ein fünfzigster Geburtstag wird gefeiert, ein fünfundfünfzigster, nein! Erst der sechzigste wieder! So wärs Sitte und Protokoll bei den Kommunarden. Vorwärts auf dem Wege des Fortschritts! Erfolge im Friedenskampf! Kommunarden der Welt, seid bereit! »Dieses wünscht Dir Otto Osero.«

Leo Lupin steckte das Glückwunschschreiben in den Ofen, den Nelken im Korsett gab er Wasser und wartete, bis Oseros Geburtstag heran war. Früher hatten sie ihre Geburtstage zusammen gefeiert. Osero wurde zweiundfünfzig Jahre alt und betrieb trotz des »Kommunarden-Protokolls« eine Geburtstagsfeier, stellte Leo fest. Aber Osero war schuldlos; seine Mitarbeiter zogen ihn aufs »kleinbürgerliche Niveau« herab, sie erschienen abends in Ottos Wohnung und feierten ihn. Als Leo das sah, warf er seinen Geburtstagsstrauß zum Fenster hinaus. Seine Schläfenader schwoll an. »Ich hätte dringend mit dir zu reden, Otto!«

Das Zweimann-Gespräch fand in der Küche statt und war nicht klein- und nicht großbürgerlich. Leo wollte nicht mehr dulden, daß Rosa ihre Jungmädchenjahre daheim versaß. Osero hatte versprochen, für ein Studium zu sorgen. Wann wollte er das Versprechen einlösen? Osero rollte in der Küche umher, kratzte sich den Kopf und klopfte seine Pfeife im Blumenkasten aus. »Rosa arbeitet für die Sache!«

Gut, aber sie sollte studieren, abgemacht wäre abgemacht!

»Zankt euch nicht!« rief Tante Erna von der Straße; sie holte Leos Geburtstagsstrauß herauf. Als sie zurückkam, duftete es in der Küche sogleich nach Reseda, doch Tante Erna keuchte und beschimpfte die Männer weiter: Der eine verachte den Garten, der andere die Blumen. »Unnaturen seid ihr, Unnaturen!« Ein gewisser Antäus verlor seine Kraft, als er sich von der Erde löste, hätte Genosse Stalin gesagt.

Osero schob seine Frau zu den Gästen ins Wohnzimmer, um sich in Ruhe mit seinem Schwager Leo weiterzanken zu können.

Ein anderes Gespräch fand im Wohnzimmer des Weißblattschen Stammhauses statt. Die Weißblatts hörten ein Rundfunkkonzert: »Des deutschen Volkes Lieder«. Der Prinzipal hatte die Hände auf dem Bauche gefaltet, doch er betete nicht; er hatte ein schlechtes Gewissen. Zwei Tage zuvor hatte er Frau Mautenbrink besucht, zunächst ganz und gar aus geschäftlichen Gründen. Frau Mautenbrink hatte Verbindungen zu Leuten von der ÜBERSINN-Zeitschrift, und diese Leute hatten Verbindungen zu Leuten von der Besatzungstruppe, die Aufträge an deutsche Baufirmen vergaben. Der Prinzipal konnte nicht zusehen, wie sein Konkurrent ter Meer mit Aufträgen versehen wurde, während er sich mit der Produktion von Hundesauf- und Kaninchenfreßnäpfen zufriedengeben mußte.

Der Besuch des Prinzipals kam Frau Mautenbrink nicht ungelegen. Sie hatte inzwischen neue Fellows, aber sie hatte noch nicht gewählt. In die engere Wahl kam der Strahlenforscher Schaman Rishi, doch der weilte so häufig »in fernen Welten« und reiste umher. »Wenn man nicht hat, was man lieben will, so liebt man, was man hat«, heißt es im süßlichen Buch eines Heidegängers.

Der Prinzipal rechnete damit, daß sein »geschäftlicher Seitensprung« seinem mißratenen Sohne nicht verborgen bleiben würde, und überwies dem Popignore prophylaktisch einen kompakten Betrag.

Das Rundfunkkonzert ging mit dem unentbehrlichen Lied »Weh, daß wir scheiden müssen ...« zu Ende, und Madame Weißblatt weinte. Das war in Ordnung und beunruhigte den Prinzipal nicht: es gehörte sich, daß eine überdeutsche Hausfrau beim Anhören dieses Liedes weinte. Als die Madame nach fünf Minuten aber noch immer schluchzte, schienen andere Gründe als Rührung vorzuliegen.

»Weinst du um Rosa?«

Kopfschütteln.

»Immer noch um dat Lied?«

Kopfschütteln.

»Ja wat nur, wat?«

Madame Weißblatt zog einen Brief aus ihrem Blusenlatz. Der Prinzipal las ihn. »Ihr Herr Gemahl betrügt Sie wieder. Zu detaillierten Auskünften bereit. Wir melden uns.«

Prinzipal Weißblatt zerriß den Brief. »Haben wir dat nötig?« Er erinnerte seine Frau an die »Westwallzeit«. Wie viele anonyme Briefe damals! Drohbriefe. Der Prinzipal hatte sie alle zerrissen. »Nie is wat nachjekommen. Sag selbst!«

Das Schweigegeld des Prinzipals an den Popignore war also umsonst verausgabt worden. Das war kriminell! Aber der Prinzipal beschuldigte seinen Sohn zu Unrecht; er kannte die geschäftstüchtige Leiterin des Santorinischen Schwesternordens nicht, die den Fall nach allen Richtungen auszuschlachten gedachte.

Der Prinzipal langte mit seinen dicken Fingern ein Taschentuch aus dem Hosensack, trocknete seiner Frau die Tränen, strich ihr über das schüttere Haar und drückte ihr seine zigarrenbraunen Lippen auf die Stirn. Es knackte in Madame Weißblatt, und sie sagte: »Beweis mir deine Unschuld!«

»Wie dat?«

Frau Friedesine holte eine Karte aus dem Schub ihres Nähtisches. Es war die Einladung zur Herbstbeginning-Party auf dem Edelhof. »Geh mit mir dorthin!«

Der Prinzipal war sofort einverstanden. Er hätte sich keine angenehmere Strafe ausdenken können.

Auch ein Arbeitsgespräch zwischen Stanislaus und dem Meisterfaun darf nicht unerwähnt bleiben.

Der Meisterfaun betraf Stanislaus beim Grübeln und hockte sich aufs Fensterbrett. Stanislaus fand den Bart des Fauns aufs neue gestutzt. »Habt ihr Friseure dort, wo du herkommst?«

»Es ging mir jemand um den Bart«, sagte der Faun und zuckte mit den Brauen.

»Welches Thema heute?«

»Poesie«, sagte der Meisterfaun.

»Was ist Poesie?«

»Es gibt so viele Auffassungen von Poesie, wie es Auffassungen vom Glück gibt, und es gibt so viele Auffassungen vom Glück, wie es Menschen gibt.«

»Man hört davon reden, daß Poesie veraltet und daß in der Dichterei immer mal was Neues her muß«, sagte Stanislaus.

»Poesie ist Leben, Leben ist Poesie, Leben an sich altert nicht, wie könnte Poesie an sich altern?«

»Ich fürchte, du könntest vor weiser Geblähtheit in der Fensterluke steckenbleiben, durch die du hereinkamst.«

»Beobachten«, sagte der Meisterfaun, »besser beobachten!«

Frau Mautenbrink hatte ein Gespräch mit einem gewissen Mister Thousand, mit dem sie der Chefredakteur des ÜBERSINN, John Samsara, bekannt gemacht hatte. Thousand wünschte von Frau Mautenbrink etwas über die Leistungsfähigkeit des Weißblattschen Betonbau-Betriebes zu erfahren, aber da hätte er eine Eidechse nach der Leistungsfähigkeit eines Ameisenhaufens befragen können.

»Sorry, so sorry!«

Aber Mister Thousand gefiel Frau Mautenbrink, »rein mannmäßig gesehen«, wie man sich in Wirtschaftsberichten auszudrücken pflegt. Sie lud ihn zur Herbstbeginning-Party ein, dort wäre Gelegenheit, mit Mister Weißblatt direkt zu verhandeln.

28

Stanislaus sieht, wie sich auf einer Edelhof-Party Froschzehen recken, sieht Julia auf der Bühne und Rosa neben sich.

Frau Mautenbrink beriet mit Stanislaus die Festfolge für die Herbstbeginning-Party. Sie sollte »alles bisher auf dem Edelhofe Dagewesene überblühen«. Welche Musik-Piècen wünschte Herr Büdner persönlich? Stanislaus wünschte sich was von Strauß.

»Vater, Sohn oder Oscar?« fragte Frau Mautenbrink.

Büdner bemerkte, daß er für seine musikalische Bildung im Kloster zuwenig getan hatte. Er beschloß, im Selfmade-man-Verfahren auf die Komponisten loszugehen.

Aber nicht nur Musik, Gesang und Lyrik würden auf der Party zu hören sein, auch eine Schauspielertruppe sollte auftreten. Auf die Truppe freute sich Stanislaus. Komödianten waren für ihn keine Menschen, sondern Blumengötter, die heute dies und morgen das sein konnten.

Der letzte Ratschlag des Meisterfauns ging Stanislaus länger nach, als er sich eingestand: Beobachten, besser beobachten! Was war eine Party? War sie eines jener tropischen Gewächse, die eine Nacht lang blühen, aber stinken? Das wohl nicht, wenn man veranschlagte, daß keine Blume der anderen gleicht, sondern daß es auf die Mineralien, die Basen und Säuren ankommt, die die verschiedenen Blumenarten dem Erdboden entziehen.

Die Schlemmerei auf dem Edelhofe konnte nur stattfinden, weil die Felder des Mautenbrinkschen Edelhofes gegeben hatten, was dazu nötig war. Fabriken und Maschinen lagen noch zerschmettert, aber die Erde produzierte bereits wieder. Der weise Mensch, die Krone der Schöpfung, zerbombt und verbrennt die Erde, um Sieger über seinesgleichen zu sein, und übersieht, daß ihn der Hunger packen wird, sobald seine Schlachten geschlagen sind. Ach, diese dummgute Erde! Kaum schweigen die Geschütze, kaum sind die Explosionsgeräusche der Bomben verhallt, da ist sie wieder bereit, dem Menschen zu geben, was sie kann; und der Mensch singt Loblieder auf den Landbau, bis er gesättigt und verfettet ist, dann betet er wieder die Pseudozivilisation an, schmäht, was mit dem Landbau zu tun hat, als dumpf und rückständig und brütet neue Kriege. Ein Kreislauf?

(Aus Büdners Groschenheft Numero dreizehn.)

Ob Strahlenforscher, ob Chemieprofessor, Fabrikant, Popignore, Sänger oder Schauspieler, keiner war sich zu schade für die Mautenbrinksche Abendgesellschaft. Früher freilich hatten einige der anwesenden Damen ihre Nasen über Frau Mautenbrinks Lebenswandel gerümpft, und einige hatten sie »eine

Landpomeranze« genannt, anderen war sie zu neureich, noch anderen zu ungebildet gewesen.

An der Festtafel hörte man lediglich das Knacken der Wangenknochen, wenn sich die Schandmäuler bis zum Anschlag öffneten, um sie der Rundung einer Hähnchenkeule anzupassen. Es gab da Leute, die die Pommes frites mit bloßen Fingern gegessen hätten, um der Hausherrin zu gefallen.

Leise Musik. Das Tafelgeschirr klirrte. Die Herrschaften drängten und bedrängten einander wie ein Wurf Junghunde am Napf. Der Mittelpunkt des kalten Buffets war ein totes Ferkel, das zur Gänze gebraten war. Seine Schwarte war rhombenförmig geschlitzt, und es lag mit eingeknickten Beinen auf einer Wiese aus Petersilienblättern.

Stanislaus wurde zur Seite gerempelt; Chemieprofessor Okker ergriff einen Tischdolch und schnitt sich ein Stück aus dem Ferkelrücken. Sodann erhielt der Maschinenschreiberlehrling einen Schubs vom rechtsrheinischen Kunsthonigfabrikanten Pomuchel, der mit einer Art Ofengabel auf einen blauen Karpfen losging.

Die Festkleider schmiegten sich an die Leiber der Damen; die Stoffe, aus denen sie genäht waren, hatten Abenteuer hinter sich: Die Seide, die das tiefausgeschnittene Kleid der Madame Ocker abgab, hatte als Vorhang in einem Kulturhaus bei Minsk Dienst getan, und der schwarze Atlas, den Frau Pomuchel trug, war die Fracht einer Junckersmaschine gewesen. Die Maschine stürzte ab, der Pilot starb, aber der Atlas wurde gerettet.

Ach, wenn die Kleider der Damen die Unterhaltung hätten bestreiten können, man hätte Interessantes über die Verworfenheit bestimmter deutscher Menschen erfahren!

Das Abendfest war ein Fest nach Modell; es sollte großen Festen in einer gewissen »Villa Hügel« gleichen. Der Herr der »Villa Hügel« saß augenblicklich im Gefängnis. Kriegsüber war er Unternehmern aus Übersee als Geschäftspartner recht gewesen. Weshalb hatte man ihn jetzt festsetzen lassen?

Diese Tatsache flocht Frau Mautenbrink in eine kleine Rede: Jeder bade einmal im Glück; jeder wate einmal im Morast, und wenn der Herr der »Villa Hügel« jetzt im Gefängnis säße, wären das die »Ausgleichungen«, von denen einst Emerson gesprochen hätte. Die Gottesstrafe für die Tatsache, daß sich der Herr der »Villa Hügel« mit der Herstellung von Gerätschaften zur Vernichtung von Menschen beschäftigte, während man auf dem Edelhofe allzeit um die Ernährung, also um die Erhaltung von Menschenleben besorgt gewesen wäre.

»Keine Fete ohne Rede«, sagte der Kunsthonigfabrikant und kaute kalten Karpfen.

»Fete und Rede reimen sich nur bei Ihnen, Sie Sachse«, sagte der Chemieprofessor.

An der Billigkeit solcher Witzchen war abzulesen, daß die Gesellschaft drittklassig war. Konnte man zum Beispiel den Dichterlehrling Büdner mit dem Großdichter Johannis Johst vergleichen, der einst die Feste auf der »Villa Hügel« geschmückt hatte? Und was war ein Büdner gegen jenen Dichter, der der deutschen Jugend befehlen konnte, seine Gedichte zu lernen, jenen Baldur von Schirach?

Nach dem ersten Imbiß wurde Stanislaus von Frau Mautenbrink mit Mister Thousand bekannt gemacht, einem Manne mit gelichtetem Kopfhaar, dessen schmächtige Beine in ungebügelten Hosenbeinlingen steckten. Stanislaus hatte noch immer Mühe, mit Floskeln und nichtssagenden Worten zu jonglieren, und hatte sich deshalb vor dem Herbstfest aus einem Büchlein, betitelt »Verbeugung oder Bückling«, mit Rat versorgt. Er sagte zu Mister Thousand: »Ich hörte bereits Interessantes von Ihnen.«

Mister Thousand erschrak. »Thank you.« Frau Mautenbrink war etwas bestürzt, lächelte nach links und nach rechts und lächelte Mister Thousand von Stanislaus hinweg.

Beobachten, besser beobachten!

Von Rosa war nichts zu sehen. Die Mietkellner brachten Austern und panierte Froschschenkel herein. Die dünnen Froschzehen reckten sich im Salondunst. Stanislaus war verführt, die Platte zum Fenster hinauszuwerfen.

Frau Mautenbrink stellte einigen Gästen Prinzipal und Madame Weißblatt vor. Frau Friedesine nickte wie ein Bleßhuhn nach allen Seiten: »Gelobt sei Jesus Christus!«, doch ihre frommen Freundlichkeiten erreichten niemand; sie war eine stillgelegte Sendestation. Stanislaus bekam Mitleid mit ihr, begrüßte sie und faßte sie bei beiden Händen. Frau Weißblatt ließ sichs geschehen. Sie bereute, daß sie den guten Herrn Büdner früher nicht genug geschätzt hatte.

Auch der Popignore Johannis I. und die Führerin des Santorinischen Schwesternordens Cläreliese von Leisegang fehlten auf der Party nicht. Frau Mautenbrink trug ihrem ehemaligen Gespielen die versuchte Erpressung nicht nach. Sie war zudem begierig, ihre Nachfolgerin kennenzulernen.

Der Popignore berichtete Frau Mautenbrink, er hätte das Zölibat beim Santorinischen Bruderorden annulliert, und verschwand mit Frau von Leisegang grußlos im Getümmel, weil sein Papa und seine Mama sich näherten.

Der Prinzipal bat Frau Mautenbrink, mit Mister Thousand bekannt gemacht zu werden. Die Herren gingen aufeinander zu wie zwei ungleiche Boxer im europäischen Wirtschaftsring. Frau Mautenbrink hakte Madame Weißblatt unter, und Madame Weißblatt erblaßte, als ihr bewußt wurde, daß ihre Rivalin sie berührte.

Die Theatertruppe trat auf. Sie spielte Szenen aus »Romeo und Julia«. Man sah Julia in ihrem Zimmer, und das war die freie Ecke zwischen der großen Jazztrommel und dem Klavier. »Hinab, du flammenhufiges Gespann zu Phöbus' Wohnung! Verbreite deinen dichten Vorhang, Nacht, du Liebespflegerin ...«

Stanislaus sah mit Dorfschuljungengesicht zur Julia-Darstellerin auf, da schob sich, wie vor Monaten auf dem Zementplatz, ein weicher Arm unter den seinen. Rosa stand neben ihm und küßte ihm vorsichtig die Wange. War das zu fassen? Nein, es war nicht zu fassen, und es blieb Stanislaus auch keine Zeit, sich darüber zu wundern, denn John Samsara ruderte auf ihn zu. »Gute Nachrichten!« rief er von weitem.

Samsara hatte sich von seinem Chefpoeten Hit Hanzke getrennt. Die unverschämt hohen Honorare wären nicht zu »verkraften« gewesen. Ja wirklich, »verkraften« sagte er und setzte ein Gleichheitszeichen zwischen sich und eine Maschine. Tausend Worte Intellektualienisch! »Wenn Sie wüßten, wie ÜBER-

SINN nach Gedichten lechzt! Wir sind die Wüste ohne Regen. Schicken Sie uns Gedichte, ich bitt, ich bitte Sie sehr!«

»Verzeihen Sie, wenn ich mich einmisch«, sagte Rosa, »aber halten Sie meinen Verlobten für einen Lohndrücker?«

Stanislaus errötete. Soeben hatte sich Rosa mit ihm verlobt.

Ein Lohnkellner brachte Madame Weißblatt ein Billett. Die Madame las es, schloß die Augen und wankte. Die Mautenbrink fing sie auf. »Ist Ihnen was?«

»Der Sekt! Ich hätte den Sekt nicht trinken sollen«, murmelte Frau Weißblatt. Sie schwankte durch den Festsaal. Ihr Mann unterhielt sich noch immer mit Mister Thousand. Madame Weißblatt übergab dem Prinzipal das Billett. »Eine dringende Wichtigkeit, Herr Engländer, entschuldigen Sie!«

Der Prinzipal las und begann zu zittern: »Achten Sie auf den Ruf Ihres Hauses! Wir meinen es gut mit Ihnen.«

Woher der Brief?

Madame Weißblatt fand den Mietkellner, der ihr den Zettel gebracht hatte. Der Kellner hatte den Zettel von einem Kollegen erhalten. Der Prinzipal stöberte und erfuhr, der Zettel wäre aus der Küche gekommen. Weißblatt ging in die Küche und forschte dort. Der Gutsinspektor half ihm ermitteln. Sie vernahmen die einäugige Beiköchin: »Der Brief? Er kam mir so in die Hände!«

»Von woher in die Hände?«

»Vom Schofför her.«

Der Schofför wurde geholt. »Der Brief? Jemand hat geläutet und ihn abgegeben.«

»Wer hat geläutet?«

»Ein unberittener Landbriefträger, um genau zu sein.«

Nichts zu machen! Das Glück schien den Prinzipal verlassen zu haben. Er war so flott dabeigewesen, mit Mister Thousand niederrheinisches Englisch zu schwätzen, und jetzt sprach ein Mann mit dem Engländer, der ein Prälatenkäppchen trug. Er trug es nicht aus religiösen Gründen, sondern um seine Mitmenschen vor dem Anblick einer Kriegsverwundung zu schützen. Es fehlte ihm ein Stück Schädeldecke, und das Deckenloch war mit einer dünnen Seidenraupenhaut überzogen, unter der man sehen konnte, wie sein Hirn sich bewegte. Der Mann war skrupellos und feinfühlig nach Bedarf und wäre befähigt gewesen, ein Wirtschaftsministerium zu leiten. Böse Zungen behaupteten, seine Spezialbegabung hätte sich durch die Kopfverletzung gesteigert. Es war der neue Prokurist der Weißblattschen Konkurrenzfirma ter Meer.

Der Prinzipal stampfte ungeduldig, ob Lack-, ob Holzschuhe, er stampfte eben: Wie lange würde dieser Jesuit noch auf Mister Thousand einreden? Wer war dieser Pfaff mit dem bekappten Kopf überhaupt? Der Prinzipal holte sich Auskunft von Frau Mautenbrink, und seine Vorfahren, die westfälischen Buren, wurden in ihm wild. Er schob sich zwischen die Verhandelnden; Mister Thousand trat unmutig einen Schritt zurück und zog den Prokuristen mit sich. Aber der Prinzipal folgte ihnen. Das war der Augenblick, da sich Rosa mit ihrem schönsten Mund und ihren weißesten Zähnen den Herren näherte und sagte: »Damenwahl.« Rosa hatte sichs in den Kopf gesetzt, mit dem Gast von der britischen Insel zu tanzen. Sie sagte es im gefällig-knödeligen Englisch. Mister Thousand, ein Gentleman, durfte wohl nicht widerstehen, und er tanzte mit Rosa.

Der Tanz war ausgebrochen: Samba und andere Tänze aus Übersee. Brotersatz für die hungernde Jugend, und die Älteren holten nach, was sie mit dem Marschieren versäumt hatten.

Ei, wie Frau Mautenbrink ihre Arme zu verrenken wußte, mit den Händen wedelte und mit den Füßen wackelte. Sie tanzte mit Schaman Rishi, modern, gelöst und um ihn herum wie um einen Maibaum.

Der Popignore beschloß, den Brüdern des Santorinischen Ordens das Tanzen zu erlauben. Er würde ein Edikt, rhythmisches Bewegen betreffend, herausgeben.

Beobachten, besser beobachten!

Ein Fest wie ein Ölfeuer; einmal angefacht, läßt sichs schwer löschen. Erlauchte Herren und Damen schütteten Alkohol in sich hinein, der in ihren Leibern verbrannte und mit seinen Abgasen ihren Verstand vernebelte.

29 Stanislaus tanzt zum ersten Male mit Rosa, wird eingeladen, für die Bühne zu dichten, wird von Schaman Rishi aufs neue beleidigt und nimmt Rache.

Aber dieses Fest, diese Schau von Oberflächen, diese Parade geistiger Genügsamkeit war nicht ohne Poesie: Es stand eine Palme in der Nische zwischen dem Konzertflügel und der Salonwand, die ihr Erdreich in einem Kübel bei sich hatte. Sie war ein Hauch Afrika unter Nordsternen, der frierende Neger unter dem Polarkreis. Auch ihr ging es auf der Edelhof-Party gut, denn es traf sie der rechte Rand eines Scheinwerferstrahles, der Abfall eines Lichtkegels, und es erwachten Erinnerungen an die südliche Sonne in ihr, und sie fühlte sich für Stunden heimisch in diesem kriegskahlen Lande.

Dann war da der Schlitz neben der Essenausgabe, der dem »goldenen Schlitz« glich, durch den der Betende in den Himmel schaut; durch ihn sahen das Küchenpersonal und die Mautenbrinkschen Hofleute auf die Herbstbeginning-Party.

»Von den Dingen der Tafel möchte man nichts, die kann man haben, bevor die Herrschaft sie hat, aber einen Blick aufs Podium wünschte ich mir«, sagte eine Küchengehilfin. »Ich war noch nie im Theater.«

»Wenn mich was interessiert, sinds die Kleider«, antwortete die Köchin, doch sie bewunderte weniger die Kleider als die Schlankheit der Damen.

Sogar der Schofför und der Gutsverwalter taten nach der Köchin und den verschiedenen Küchengehilfinnen einen Blick durch diesen Schlitz. »Ohne uns könnte das Fest nicht stattfinden«, träumte der Schofför.

»Wie dat?« fragte der Gutsinspektor.

»Wer würde die Herrschaften umherfahren, wer für sie kochen?«

»Andere«, sagte der Gutsinspektor.

»Sie sind alte Schule, Harzburger Front«, eiferte der Schofför.

Der Gutsverwalter machte eine Runde um den Autolenker.

»Sie sind altes Haus mit neuer Fassade und gehören am End zu Oseros Truppen.«

Das war die Poesie der Küche, Weltpoesie mit vielen Möglichkeiten, und es war so heimelig, besonders dort, wo die Köchin stand; sie war ein krisenfester menschlicher Herd, mit keinem Infrarot-Backgerät zu vergleichen.

Wie kams, daß Rosa so freie Hand hatte und mit anderen Herren und nicht mit Stanislaus tanzte? Stanislaus sprach mit dem Schauspieler, der vor einer Viertelstunde Romeo gewesen war. Ein heiliger Augenblick für den Dichterburschen, obwohl der Romeo-Darsteller oberschlesischen Dialekt sprach und mit bürgerlichem Namen Franz Foitzik hieß. Alles das entzauberte ihn bei Büdner nicht. Romeo-Foitzik entschuldigte sich, es wäre keine einwandfreie Aufführung gewesen, er hätte die richtige Julia, eine gewisse Dame Lund, daheim lassen müssen, sie kränkele. Stanislaus war auch die Ersatzjulia nicht zu schwach. Er lobte sie, und Romeo-Foitzik holte sie herbei. Sie hieß Dinasard Dornkapp, und sie küßte Stanislaus für sein Lob behutsam, und der Dichter leckte sich den Engelskuß von den Lippen. Es handelt sich nicht um einen dramaturgischen Kniff des Verfassers, wenn Dinasard Dornkapp nun mit Stanislaus tanzen wollte; Damenwahl ist Damenwahl.

Dinasard und Stanislaus tanzten von dannen, und Julia-Dinasard sorgte dafür, daß es nicht der Tanz von zwei Stummen wurde; sie plapperte, schwälbelte, schwatzte und tanzte leicht und anschmiegsam.

Mit eins war Rosa heran. Sie keuchte, denn sie schob Prinzipal Weißblatt vor sich her. Auch er hatte sich in die Damenwahl ergeben müssen. Rosa klatschte in die Hände, und das bedeutete, daß sie mit Stanislaus zu tanzen wünschte. Den Prinzipal schob sie Dinasard Dornkapp zu.

Rosa und Stanislaus tanzten das erstemal miteinander. Sie waren kein Turnier-Tanzpaar, doch es tat gut, sich vor allen Leuten nah sein zu dürfen ...

Ihr Tanz wurde von Schaman Rishi gestoppt. Einige Gäste hatten das Podium zum Abstellplatz für ihre Gläser und Teller gemacht. »Bringen Sie das leere Geschirr vom Podium, bevor ich auftrete!« sagte Rishi.

»Ihnen ist woll 'ne Zeppelin am Beißen«, sagte Rosa.

Schaman Rishi, von oben herab: »Sie sollten nicht mit Domestiken herumtanzen, oder sind Sie auch von der Dienerschaft?«

In Stanislaus standen alte Tanzbodengepflogenheiten auf. »Komm raus, damit ich dir zeig, wie ein Domestike zuhaut!«

Schaman Rishi zuckte zusammen, stöhnte und machte sich von dannen. Es war doch nicht etwa Rosa gewesen, die ihm so heftig auf den linken Lackschuh getreten hatte? Stanislaus bemerkte nicht, wann und wo sie ihm wieder entschlüpfte, aber es muß gewesen sein, als Romeo-Foitzik ihn fragte, ob er nicht Lust hätte, ein Zeitstück für seine Truppe zu schreiben.

»Ausgeschlossen!«

Und versuchen, wollte Herr Büdner es nicht wenigstens versuchen? Man könnte jede geschriebene Szene sofort auf der Bühne probieren. Die Hauptsache wäre ein Dichter. Da stünde er. Von kompetenter Seite empfohlen.

Stanislaus fühlte sich geschmeichelt, und die lockenden Blicke, mit denen ihn Dinasard Dornkapp bedachte, kamen nicht aus der flachesten Requisitenkiste.

Der Tanz lockerte die Herrschaften. Eine vielbenutzte Galadame war Cläreliese von Leisegang. Sie duftete nach Moschus und süßem Pfeffer, und sie ging auf die Herren ein und höhlte sie aus.

Kunsthonigfabrikant Pomuchel sang einen Oldtimer aus seiner Jugendzeit: »Ich küsse Ihre Hand, Madame, und träum, es wär Ihr Mund ...«

»Sie sollten mir nicht so verführerische Worte ins Ohr summen«, sagte die Leisegang, »unsereins ist weder Stahl noch Eisen, und Sie sind gebunden, wie man sieht.«

Pomuchel gebunden? Es war nur noch eine üble Gewohnheit, daß er mit seiner Frau hier auftrat.

Die Leisegang näherte ihre Wange der Kunsthonigfabrikantenschulter und erprobte, was der sich sonst noch unter der Aufsicht seiner Frau leistete.

Der Popignore jauchzte nicht gerade vor Freude, wenn er die Mutter des Santorinischen Schwesternordens, an andere Männer geschmiegt, im Tanzgetümmel auftauchen sah. Außerdem mußte er achtgeben, daß er im Festtrubel nicht auf seine irdischen Eltern stieß. Die Leisegang ließ sich an den trauernden Popignore herantanzen und flüsterte: »Alles für den Orden! Großgermanisches Ehrenwort!«

Holzgasgeneratorenfabrikant Blaurauch zog seine Jacke aus. Er hatte das Gesicht eines Boxers. Vier Jahre zuvor war er Fallschirmspringer, und daß er noch lebte, verdankte er den Engländern. Sie fischten ihn aus dem Ägäischen Meer, trockneten und fütterten ihn, denn er war, statt auf Kreta, ins Wasser gesprungen.

Blaurauch hob den rechten Arm, wedelte mit der Hand und verkündete: »Pfänderspiele!«

Der Chemieprofessor winkte ab. »Keine Sauereien, bitte«, sagte er, »sonst gehe ich!« Sein Smokinghemd war auf dem Rücken mit Twist gestopft. Nachkriegszeiten.

Frau Mautenbrink war besorgt. »Keine Mißtöne in der Festsymphonie!« Sie holte den Holzgasgeneratorenfabrikanten zum Tanz, verbrauchte eine Menge Liebreiz und klatschte, wenn die FIVE SYNCOPATERS ihre Instrumente absetzten, tanzte und tanzte, bis das Auftreten von Schaman Rishi angekündigt wurde.

Einige Damen mittlerer Jahrgänge schluckten, wie andere Menschen beim Vorgenuß einer leckeren Speise. Der Zweimetermann lächelte selbstsicher, nestelte an seiner Frackbinde und bat »einige der hochverehrten Gäste«, ihn bei seinen Experimenten zu unterstützen.

Die Auswahl seiner Medien betrieb er wie jeder Rummelbuden-Hypnotiseur. Er ließ die Experimentierlustigen ihre Finger verschränken, ihre Arme gestreckt über dem Kopf halten, zählte bis sieben, und fünf Versuchspersonen bekamen ihre Hände wirklich nicht mehr auseinander; zu ihnen gehörte der Dichtereiarbeiter Stanislaus Büdner. Schaman Rishi konnte seine Freude schwer verbergen.

Stanislaus erkannte neben sich jene Frau, die ihn am Tage seines Einzugs in Dinsborn kniefällig gebeten hatte, ihrem hungernden Sohn ein silbernes Medaillon zu übermitteln. Es handelte sich um die Frau eines Herrn Pauly, der in seinem NACHKRIEGSWICHTIGEN Betrieb Auto-Zündkerzen regenerierte.

Die erste Versuchsperson war der frauenlose Uhrmacher Uwe. Er war als Zwischenhändler für Edelsteine reich geworden und nahm an der Party teil, weil er für den Edelhof eine Kopie des Westminster-Glockenspiels beschafft hatte.

Uwe hatte eine Heiratsannonce aufgegeben, und es hatten ihm viele Bewerberinnen geschrieben. Welche paßte zu ihm? – Schaman Rishi schläferte den Uhrmacher ein. »Bitte, werden Sie sehen die Damen, wählen Sie!«

Nach einer Weile lächelte der Uhrmacher. Er schien die richtige Dame gefunden zu haben.

Jetzt drängte sich Frau Pauly zum Hypnotiseur. Sie schien unausgesetzt auf der Suche nach Suggestionen zu sein. Vielleicht suchen wir alle nach geistigen Leitböcken und gieren nach Suggestionen, die uns sympathisch sind! In Stanislaus zitterte es, als er das dachte. Schaman Rishi drängte Frau Pauly zurück. Er konnte es nicht erwarten, seine Scharlatanerien mit Stanislaus zu treiben. Es wurde ein Stuhl aus glattem Holz herbeigebracht. Schaman Rishi erklärte den Gästen, daß es nicht in allen Fällen nötig wäre, das Medium einzuschläfern. Er sah Stanislaus starr in die Augen. »Sie jetzt spüren, wie wird Ihre Stuhlsitz heiß«, radebrechte Schaman Rishi.

»Es fängt schon an«, sagte Stanislaus. Ausgerechnet an Stanislaus wollte Schaman Rishi jenes kleine Suggestionsexperiment demonstrieren, das der Bäckerlehrling Büdner einst an der Bäckermagd Sophie erprobt hatte.

»Der Stuhl werden immer heißer«, sagte Rishi.

»Tatsächlich!« sagte Stanislaus.

»Der Stuhl jetzt werden ganz heiß, bitte.«

Stanislaus stand ganz langsam auf, ging um den Stuhl herum, sah sogar unter die Sitzfläche und sagte: »Es muß mir jemand einen Kühlschrank untergeschoben haben.«

Gelächter im Saal. Schaman Rishi erklärte den Gästen, daß sich bei manchen Medien, im Suggestionszustande, die physikalischen Grundvorstellungen vertauschten, er müßte den Diener der Frau Mautenbrink doch einschläfern.

Stanislaus schlief schnell ein, verdächtig schnell. Er wurde zu einer Denkmalsfigur im Straßenanzug. Man klatschte Beifall. Schaman Rishi verbeugte sich. Auf einmal marschierte Stanislaus im Stechschritt über das Podium. Der Publikumsbeifall mischte sich mit Lachern. Schaman Rishi sah sich um. »Was ist mit Ihnen?« – »Ich vertausche physikalische Grundbegriffe!« rief Stanislaus. »Ich bin der Feldwebel Schaman Rishi.«

Zunehmendes Gelächter. Frau Pauly trat vor die Gäste hin. Es wäre unerzogen und roh, an den Fähigkeiten Schaman Rishis zu zweifeln. Er hätte ihr ermöglicht, Kontakt mit ihrem Sohn in Rußland aufzunehmen und ihm Wertgegenstände zu übermitteln.

Stanislaus wunderte sich noch in späteren Jahren, wie gut er damals der Sache mit der armen Frau Pauly gewachsen war: Er versicherte den Gästen, jetzt verspüre auch er die Kräfte des großen Schaman, die Rishi-Kräfte wären auf ihn übergegangen. Im gleichen Augenblick berührte er Frau Pauly und schob sie zu ihrem Sessel. Sie schlief ohne Beschwörungsgerede ein.

»Halt halt!« schrie Schaman Rishi.

»Wieso halt?« fragte Professor Ocker. »Lassen Sie den mageren Schnelldichter mal machen!«

Auch andere Gäste protestierten.

»Es erscheint Ihnen jetzt Ihr Sohn«, sagte Stanislaus, und das Gesicht der süchtigen Frau verdüsterte sich, und nach einer Weile verklärte es sich wieder. »Adolf!« schrie sie. Ihre Stimme war voll Wiedersehensfreude. Stille im Festraum. Man konnte den Zigarrenrauch aufsteigen hören. Das Gesicht der Frau Pauly verfinsterte sich wieder. »Er will nicht mehr Adolf heißen. Aber er hungert wieder. Das Medaillon, das ich ihm schickte, ist aufgezehrt.«

»Schicken wir ihm also etwas anderes«, sagte Stanislaus. Frau Pauly löste ihre goldene Armbanduhr. Stanislaus steckte die Uhr in die Hosentasche.

Ersparen wir es uns, das entlarvende Experiment bis zu Ende zu beschreiben. Als Stanislaus der erwachten Frau Pauly die goldene Uhr zurückgab, die sie ihrem Sohn in die Gefangenschaft geschickt zu haben glaubte, entstand Tumult im Festsaal.

Schaman Rishi war verschwunden. Hatte er sich in eine Stubenfliege verwandelt und hörte sich vom Kronleuchter aus an, was für Vermutungen und Verdächtigungen in der Party-Gesellschaft über ihn laut wurden?

Frau Mautenbrink bestieg das Podium und beruhigte die Herrschaften. »Keine Panik, bitte!« Alles wäre nur ein Scherz gewesen. Frau Pauly jedoch schluchzte, und Uhrmacher Uwe zerschmetterte enttäuscht sein Sektglas. Frau Mautenbrink küßte Stanislaus auf die linke, dann auf die rechte Wange. Als sie sich anschickte, ihn auf den Mund zu küssen, griff Rosa ein. Sie drängte Frau Mautenbrink zur Seite. Jedermann konnte sehen, daß sie zuviel getrunken hatte.

Rosa mußte betrunken sein, denn sie hatte sich auch aufdringlich gegen ihren ehemaligen Dienstherrn, den Prinzipal, benommen und ihn gedrängt, die von Ohnmacht bedrohte Madame Weißblatt unverzüglich heimzubegleiten. Sie hatte außerdem das Prälatenkäppchen eines gewissen Herrn Prokuristen zum Fenster hinausgeworfen. Zwei Lohndiener rannten in den Garten, um das Käppchen zu holen. Sie fanden dort schon den Edelhof-Schofför beim vergeblichen Suchen. Der Prokurist mußte das Fest verlassen. Die Gäste sollten nicht sehen, wie sein Hirn arbeitete.

Nein, Rosa konnte unmöglich nüchtern sein, zumal sie sich auch anbot, bei Stanislaus im Hofdichterzimmer zu übernachten.

30

Stanislaus erlebt die plötzliche Ernüchterung einer Unbetrunkenen und soll im Anschluß an eine Medialreise vergewaltigt werden, entfleucht aber.

Rosas »Sektrausch« war verflogen, als sie Stanislaus' Dichterstube betrat. Sie lagen nebeneinander, und zwischen ihnen spielte sich eines der Märchen ab, von denen die Welt der Liebenden voll ist:

Er versuchte sie zu küssen, doch da sagte sie etwas Schönes, etwas für ihre Liebe so Wichtiges, und er hielt sich zurück und benahm sich wie der Pferdehirt im Märchen. »Ich wagte nicht, dich zu küssen, es saß ein Falter auf deinen Lippen.«

»Wars ein Trauermantel oder ein Tagpfauenauge?« fragte die Holzhauerstochter.

Die schönen Worte und die Wichtigkeiten, die sie einander sagten, ließen sie vergessen, was sie vorgehabt hatten, und als sie sich vor dem Abschied doch küßten, sagte der Pferdehirt: »Ich bin nicht sicher, was schöner war, die Worte über sie oder die Liebe selber.«

»Alles auf der Welt kann dies und das sein«, antwortete die Holzhauerstochter.

Wer raten mag, der rate!

Eine Weile verging. Eine Weile wird aus Herzschlägen gemacht.

»Die kleinste Einheit sind zwei Menschen«, behauptete Rosa.

Er antwortete nicht.

»Du glaubst es nicht? Aber ich habe es gelesen.«

»Schade«, sagte er, »man sollte nur das behaupten, was man an sich selber erfuhr.«

Wer raten mag, der rate!

Wieder eine Weile. Sie war aus den Rufen eines Kauzes gemacht, der in einer der Blutbuchen vor dem Portal saß. »Glaubst du, daß man sich verlieren kann, wenn man sich einmal so nah war wie wir jetzt?« fragte sie.

Er antwortete nicht, er hatte seine Erfahrungen mit ihr.

Nach einer Weile, die aus dem Gekräh der Gutshofhähne gemacht war, sagte sie: »Es genügt, wenn ich es glaube.«

Wer raten mag, der rate!

Als sie sich anzog, sang sie:

Es flammt und loht die Linde
In nässelnder Nebelluft.
Die Blumen, die ich noch finde,
Sind trotzdem blau und voll Duft ...

Es schauerte ihn vor Glück. Woher war die Melodie gekommen? Wer hatte die letzte Zeile geändert?

Er sollte ihr nicht schreiben, sie wollte ihm nicht schreiben. Sie würde wiederkommen.

Jetzt waren einige Tage vergangen, aber sie kam nicht. Weshalb kam sie nicht?

Rosa war gut dran: Sie hatte Stanislaus in der Nacht nach dem Feste bewiesen, daß sie ihn liebte, wie er ging und sprang und wie verheiratet er auch war; andererseits war sie Oseros Wünschen nachgekommen, der sich Verbindung gewünscht hatte.

Schüttelt nicht die Köpfe über Rosas naives Unterfangen, den Bau von Kriegsflugplätzen zu verhindern, ihr fortgeschrittenen Fortschrittlichen des zwanzigsten Jahrhunderts! Wir alle bescheiden uns mit kleineren Erfolgen, wenn uns die großen Siege noch versagt bleiben!

Osero war beeindruckt vom Erfolg, den Rosa mit ihren Friedensfreunden erzielt hatte: Sie hatten den Bau von Kriegsflugplätzen bis auf weiteres vereitelt, hurra! Es tat gut, ein bißchen stolz zu sein und zu feiern, und es war schön, sich feiern zu lassen. Kampf ohne Siegesfeier? Wozu da der Kampf?

Die Gruppe beschloß, Rosa zum Studium zu delegieren. Es war Witz genug in ihrem Kopf. Osero ließ zwei Schreiben anfertigen: eines für eine Kommunardenleitung im Ausland; ein anderes für eine Kommunardenleitung außerhalb der britischen Besatzungszone. Zeig dich der Delegierung würdig, Rosa, tu nichts, was sie in Frage stellt! Enorme Ratschläge! Und wenn Rosa schon etwas getan hatte, was der Delegierung abträglich war?

Die Herbstwinde trieben kühle Tage ins Land. Es war angenehm, in der leicht geheizten Edelhofbibliothek zu sitzen, zu lesen und dann und wann etwas zu notieren.

Frau Mautenbrink besuchte den Edelhofdichter und wünschte mit ihm über Literatur zu sprechen. Stanislaus hatte bereits erfahren, daß er mit der Entlarvung von Schaman Rishi im Sinne seiner Wohltäterin gehandelt hatte.

Freilich hatte Frau Mautenbrink den Strahlenforscher oft empfangen, so daß Menschen mit losen Mäulern ihre Vermutungen anstellten. »Es handelt sich hauptsächlich um Neiderinnen, sollte ich denken«, sagte Frau Mautenbrink. Sie hatte Rishi hin und wieder mit nicht allzu kleinen Geldbeträgen versehen, weil er vorgab, seines Wanderlebens müde zu sein und sich eine feste Praxis in Düwelsheim anlegen zu wollen. Als Frau Mautenbrink sich mit Mister Thousand in Düwelsheim traf, um ihn aus alter Fellowschaft zu Prinzipal Weißblatt für die Herbstbeginning-Party einzuladen, wollte sie auch Schaman Rishi in seiner neuen Praxis aufsuchen, doch sie fand weder die Straße noch das Haus, die er genannt hatte.

Frau Mautenbrink sprach über Johannis Weißblatts »Rufe ins Leere«. Sie verstünde nicht, wie sie diese Gedichte einst hätte verstehen können. Kompliziert! Die Wahrheit wäre wohl, sie hätte sie nie verstanden, sondern nur so getan, sie hätte keine »Banausin« sein wollen. »Aber der Mensch reift. Meine Johannis-Weißblatt-Periode scheint zu Ende zu gehen, sollte ich denken.«

Sodann sprach Frau Mautenbrink über Stanislaus' Gedichte. Ehrlich gesagt, sie verstünde auch die nicht, die letzteren jedenfalls nicht, die früheren ja. Das mußte gesagt sein, weil Frau Mautenbrink sich vorgenommen hatte, niemals mehr Verständnis vorzutäuschen.

Die Edelhofherrin hielt die Hände gefaltet im Schoß, saß da wie eine Halbheilige und seufzte, und nach einer Weile stellte sich heraus, daß sie nicht nur die Literatur zu ihrem Hofhausdichter führte. Sie atmete tief und erregt, entschuldigte sich, betupfte sich die Auglider mit Kölnischwasser und äußerte endlich die Bitte, der Herr Büdner möge sie einschläfern.

Ach, das Leben, das Leben! Es war sofort mit seiner Strafe zur Hand, und ob wir diese Strafe nun Ausgleichung, Dialektik oder Schuld und Sühne nennen: Stanislaus wurde für seinen Rückfall in die Scharlatanerie, den er sich auf der Edelhof-Party geleistet hatte, bestraft.

Das also wars, was Frau Mautenbrink mit Schaman Rishi verband! Auch sie schien süchtig geworden zu sein. Die Mautenbrink ließ Stanislaus keine Zeit zum Nachdenken; sie hatte Vorstellungen von dem, was sie im hypnotischen Schlaf zu sehen wünschte: einen Mann, den Stanislaus kannte und der Winston Thousand hieß. »Es handelt sich um ein Experiment, um einen Ausflug in die Intimsphäre«, sagte Frau Mautenbrink. Oi, oi, sie wußte Bescheid! Es zeigte sich immer mehr, daß sie Schaman Rishi die Leihgelder nicht ohne Gegenleistungen überlassen hatte. Jener Drüsenkanal, der in der Edelhofherrin für die Sachlichkeit zuständig war, schien sich versetzt zu haben, ihre Sekretionen für diesen körperlichen Sektor stockten.

Stanislaus konnte sich nicht entschließen. Frau Mautenbrink wurde eifrig und mitteilsamer. Die Superlative, mit denen sie über die Qualitäten des Mister Thousand sprach, widerten Stanislaus an. Er mußte mit der Sache fertig werden. »Bitte, schlafen Sie ein!« sagte er gelangweilt. »Sie sehen Thousand; er kommt auf Sie zu!« Damit überließ er Frau Mautenbrink ihren Gesichten und nahm ein Buch aus der Reihe Z, ein Buch von Zuckmayer. Er wollte wissen, weshalb die Faschisten die Bücher jenes Mannes verboten und verbrannt hatten.

Es erschien ihm ungeheuerlich, daß im zwanzigsten Jahrhundert Regierungen bestimmten, was der einzelne lesen dürfte und was nicht.

Nach einer halben Stunde riß er sich aus dem Zirkusspiel um »Katharina Knie« und klappte das Buch so laut zu, daß Frau Mautenbrink erwachte. Sie war mit ihrer Traumreise zufrieden, dankte, bat um Entschuldigung, sie müßte allein sein, und ging.

Hätte ihr Stanislaus nicht sagen sollen, daß sie sich betrog? Freilich, aber wer kann wissen, wann es am günstigsten ist, belehrend in das Leben eines Mitmenschen einzugreifen?

Links- sowie rechtsrheinisch hatten sich viele Dichter über den Herbst geäußert:

»Schon ins Land der Pyramiden flohn die Störche übers Meer ... «

»Herr, es ist Zeit, der Sommer war sehr groß, leg deine Schatten auf die Sonnenuhren ...«

»Das ist der Herbst, der bricht dir noch das Herz ...«

Jedes Jahr entstehen neue Herbstgedichte, des seid sicher! Wir kühnen Mondbespringer des wissenschaftlichen Jahrhunderts stecken mit unserer Sehnsucht nach Geborgenheit vor den Unbilden des Winters noch im Tierreich. Im Herbste werden Bär, Bilch, Eichhörnchen und Igel in uns wach.

»... Bald wird es schneien, wohl dem, der jetzt noch Heimat hat ...«, schrieb der Dichterphilosoph Friedrich, der mit der kleinkarierten Jacke. Steckte auch er, obwohl er der »Vater des Übermenschen« und zum Schluß selber ein »Übermensch« war, noch mit drei Zehen im Tierreich?

Wir vermuten nicht zu Unrecht, daß es sich um Betrachtungen handelt, die Stanislaus zum Herbstbeginn anstellte und aufschrieb, um Ergebnisse eines Verbrennungsprozesses; er verbrannte seine Sehnsucht nach Rosa.

Es kam ein Brief, leider nicht von Rosa, sondern von John Samsara. Der Redakteur bedauerte, daß der Festtrubel auf der Party ein Gespräch über schöpferische Dinge unmöglich gemacht hätte. Die Zeit, die Zeit, die Zeit, schon wieder zöge eine Morgenröte am literarischen Himmel herauf. Der Symbo-Irrealismus führe im Sonnenwagen heran. Vorbei die Zeit der symborealistischen Dichtung! Alle lyrischen Kreise Restdeutschlands würden sich dem Symbo-Irrealismus zuwenden. Die neue literarische Richtung wäre mit den Siegern aus Frankreich gekommen. Symbole ja, aber sie müßten unkenntlich für Uneingeweihte sein.

John Samsara hatte dem Briefe das Manifest der Symbo-Irrealisten beigegeben. Als Stanislaus es gelesen hatte, dachte er: Nun leck mich bald am Arsch, es muß doch einmal Ruhe werden in der Dichtkunst! Ach, was wußte er! Er kannte die Fliegenunruhe der kleinen Entdecker nicht.

Nein, Stanislaus wollte sich an dem neuen Trend nicht beteiligen. Er dachte an sein letztes Gespräch mit dem Meisterfaun, und er dachte an das, was Rosa gesagt hatte, er wollte kein Lohndrücker sein.

Samsara teilte außerdem mit, daß er bereit wäre, Stanislaus' Essay über die Verwandtschaft von Tönen und Farben zu drucken; kleine Änderungen nicht ausgeschlossen.

Ja, es wollte und wollte kein anerkannter Lyriker aus Stanislaus werden, aber das Zeug für einen Essayisten schien in ihm zu sein.

Am Schlusse seines Briefes distanzierte sich John Samsara von dem sogenannten Popignore Johannis I., der nunmehr auch Diebstahl an geistigem Eigentum verübt hätte, das John Samsara gehörte: Die Expropriierung der Habenden wäre ein rein theoretisches Phänomen, doch der Popignore hätte sich erdreistet, diese Theorie skrupellos in die Praxis umzusetzen.

Ach, hätte Stanislaus in seinem Antwortbrief John Samsara doch wirklich das Lecken an seinem Hinterteil angeboten! Leider erklärte er sich mit dem Abdruck seines Essays einverstanden. Er war ruhmsüchtig. Aber halten wir es ihm zugute, daß er es zur Hälfte Rosas wegen war, auf die er Eindruck machen wollte, dieser Dichtergeselle aus dem Lande Naivitas.

Er setzte sich hin und schrieb neue Essays, und er mühte sich, die Sehnsucht nach Rosa so gründlich zu verbrennen, daß er beim Schreiben oft nicht wußte, ob es Tag oder Nacht war. Aber manchmal kam der Morgenwind und blies, was er in der Nacht noch für gut gehalten hatte, wie Nachtkehricht davon. Trotzdem verlor Stanislaus die Hoffnung nicht, daß hin und her einer seiner Sätze genug spezifisches Gewicht hatte, dazubleiben, wenn es seinen Verfasser Büdner von der Erde wehen würde.

Es wehte, es kam über einen, es wollte gesagt sein. Wer oder was war dieses Es?

Er wußte noch nicht, daß man die Sehnsucht nicht verbrennen kann, daß nichts verbrennt und daß alles, was wir zu tilgen meinen, bleibt und daß wir schlecht beobachten.

Frau Mautenbrink erschien wieder in der Bibliothek und bat um ein weiteres Experiment. Bei der vorigen Reise hätte sie in »medialer Schwebe« die Gefühle Winston Thousands beobachten dürfen, jetzt wollte sie Einfluß auf diese Gefühle nehmen.

Stanislaus hatte in der Zeitung gelesen, es wäre unter Mithilfe wachsamer Zeitgenossen endlich gelungen, den sogenannten Strahlenforscher Schaman Rishi zu überführen. Einer der wachsamen Zeitgenossen war Stanislaus.

Und jetzt? Schickte er sich nicht an, in die Tapfen Schaman Rishis zu treten?

Er versuchte Frau Mautenbrink aufzuklären: Alles, was sie im hypnotischen Schlaf erlebte, wäre Selbsttäuschung, Spiegelung; die Wissenschaft knabbere noch an dem Problem, aber mit Knabbern wären Nüsse nicht zu knacken.

Frau Mautenbrink sah ihn schläferig an. »Ich weiß, ich weiß doch!« – Trotzdem wollte sie; sie wollte unbedingt, und auch diesmal sprach sie nach dem Erwachen nicht über das Ergebnis ihrer »medialen Reise«.

Als es ganz schlimm mit seiner Sehnsucht wurde, schrieb er Rosa einen Brief, obwohl sie es sich verbeten hatte. Der Brief kam nicht als unbestellbar zurück, aber es kam auch keine Antwort. Er beobachtete drei Abende lang das Haus in der Arbeitervorstadt. Er saß an der Hausecke auf dem Prellstein und sah, wie sich das Haus vom Putz häutete und wie seine ziegelsteinroten Wunden im Licht der Gaslaternen flimmerten. Keine Rosa, kein Leo, niemand von den Lupins ging ins Haus oder kam heraus. Am vierten Abend stieg er zu Leos Bücherhöhle hinauf.

Leo freute sich über den Besuch. »Rosa? Immer unterwegs, dieses Mädchen, und wenn ich dir sagen sollte, wo, so kann ichs nicht. Nicht einmal ich darf danach fragen. So geht es bei uns zu. Wer nicht dabei ist, kanns nicht wissen.«

Man konnte mit Leo nicht lange sprechen, ohne daß Bücher erwähnt wurden. Stanislaus benutzte Leos Belesenheit für den Essay, an dem er schrieb. Konnte ihm Leo Gedichte nennen, die da bewiesen, daß sich der Mensch im Herbst nach der Zeit zurücksehnt, da er noch ein Igel oder ein Eichhörnchen war? Leo stutzte nicht lange. »Eine originelle Idee!« sagte er und sprudelte Beispiele. »Der enge Nebel geht, das Tal wird grau, und jeder Ton verweht grauschleierlau ...«, Dichter unbekannt

... »Der Nebel steigt, es fällt das Laub; schenk ein den Wein, den holden ...« Das war der Theodor, der Storm, der sich im Herbste am Wein erwärmen wollte; fort und so fort, bis Stanislaus etwas anderes einfiel. Hatte Leo je gehört, daß die kleinste menschliche Einheit nicht einer, sondern zwei Menschen sind?

Ja, Leo hatte es gelesen, bei Brecht.

»Und?«

»Für einen Menschen, der sich allein langweilt, sind zwei Menschen die kleinste Einheit.« Aber kaum hatte Leo das herausgeplatzt, da korrigierte er sich: Er könne es nicht beschwören. Vielleicht hätte der parteilose Kommunist mehr recht als er, der parteigebundene Reformist, immerhin, für das körperliche Zeugen sind zwei Menschen die kleinste Einheit, für das geistige Zeugen genüge einer. »Wie gesagt, ich kann mich täuschen!«

Die späten Fuchsienblüten auf dem Fensterbrett der Dichterstube fingen an zu läuten. »Also ists wahr, daß man Farbtöne hören kann«, brummelte Stanislaus.

»Dichter konnten stets Farben hören«, sagte der Meisterfaun. Stanislaus war ungehalten über die Störung und wies den Meisterfaun zurecht: Er hätte sich nicht mit Erdgeruch und Grasduft angemeldet.

»Vor dem Eintreten bitte die Füße säubern!« höhnte der Faun.

»Du hältst dich wohl für den leiblichen Onkel der Sphinx?« fragte Stanislaus.

Hier schneiden wir Stanislaus' Gespräch mit dem Meisterfaun und redigieren es nützlich, wie Chefredakteure vom Format John Samsaras sich auszudrücken pflegen, wenn sie ihre Willkür begründen.

Stanislaus und der Faun zankten sich eine Weile unergiebig wie Normalmenschen, bis der Meisterfaun unvermittelt fragte: »Hast du je über Glück nachgedacht?«

»Von hinten bis vorn.«.

»Soso, dann hast du sicher bereits verbindliche Buchungen darüber.«

»Ein Dichter ist glücklich, wenn er gefundene Wahrheiten ansprechend und gefällig niederschreibt«, sagte Stanislaus.

»Ich dächte, du hättest dich oft glücklich gefühlt, wenn du den wahrsten Unsinn niederschriebst«, antwortete der Faun.

»Warst du vielleicht Meisterschüler in einer Jesuitenschule?« fragte Stanislaus.

»Leben gleich Schreiben und Schreiben gleich Leben, was immer aus dem Geschriebenen wird, das ist das Glück des Dichters!«

»Ein richtiger Kohlweißling bist du«, sagte Stanislaus, aber der Meisterfaun war verschwunden. Stets, wenn er Stanislaus einen kräftigen Erdfloh unters Hemd gesetzt hatte, verschwand er.

Und der Herbst griff um sich, und wieder besuchte die Edelhofherrin ihren Hausdichter und begehrte mit ihm über Rilke zu sprechen. Naaa? – Stanislaus war skeptisch.

Frau Mautenbrink hatte natürlich den »Cornet« von Rilke gelesen: »Reiten, reiten durch den Tag und die Nacht ...« Ach ja, Frau Mautenbrink kannte alles von Rilke, womit sich eine Generation von TÜMELNDEN SCHWÄRMERN begnügt hatte, aber Rilke kannte sie nicht.

Stanislaus kam das Gespräch, falls es echt gemeint war, nicht ungelegen. Er grübelte über einen Essay, der sich mit der Reichweite von Dichtern beschäftigte. (Seine Sehnsucht nach Rosa war immer noch nicht verbrannt!) Wie kam es, daß das Werk eines großen Dichters nur von wenigen seiner Zeitgenossen verstanden wurde? War das so, oder war es nur eine Abmachung unter jenen, die vorgaben, ihren großen Dichter »jetzt schon« zu verstehen? Nein, auch das konnte es nicht sein, denn Stanislaus verstand Rilkes »Elegien«, glaubte es wenigstens, während Leo Lupin sie als unverständlich ablehnte. Frau Mautenbrink nannte sie »Liturgien«. Also waren sie auch für sie nicht vorhanden.

War dieses NOCHNICHTVERSTEHEN ein Metermaß für die Größenbeurteilung eines Dichters oder war es das Unvermögen des großen Dichters, sich mit klareren Worten und Sätzen verständlich zu machen? Oder war es noch anders, und man mußte erst selber adäquate geistige Erlebnisse gehabt haben, ehe man gewahr wurde, was der große Dichter meinte?

»Wer nun kein Haus hat, baut sich keines mehr, / wer nun allein ist, der wirds lange bleiben ...«, hauchte Frau Mautenbrink. Wozu? Sie hatte es nicht nötig, vor dem Beginn der neuen Heizungsperiode ein neues Haus zu bauen. Auch »wer nun allein ist, der wirds lange bleiben ...«, traf für Frau Mautenbrink nicht zu; sie konnte ihren Edelhof beliebig mit Gästen füllen, zumal es ihr nicht mehr auf einen beständigen Partner oder auf eine schmiedeeiserne Ehe ankam. Was sich Frau Mautenbrink wünschte und wünschte, war ein Kind, und der Partner, mit dem sie es in die Welt zaubern wollte, durfte ihr nicht unsympathisch sein. Diese Gefühle waren es, die Frau Mautenbrink zwischen den Herbstworten des großen Dichters unterbrachte. Die Verfechter der unmittelbaren Kunstwirkungen wollen daraus ersehen, wie mittelbar und unmeßbar Kunstwirkungen sind.

Behutsam leitete Frau Mautenbrink auch diesmal auf den Grund ihres Literaturgespräches über. Eine Herrin besucht ihren Knecht nicht ohne Grund in seiner Kammer.

Was stand zu Diensten?

Eine Medialreise natürlich.

Wohin die Reise?

Wie gehabt zu Mister Thousand.

Ein Gespräch wie auf einem Reisebüro.

Mister Thousand hatte nicht reagiert. Frau Mautenbrink mußte bei ihren früheren Medialreisen etwas falsch gemacht haben. Sie wollte es überprüfen. Würde Stanislaus erlauben, in ein Experiment einbezogen zu werden?

Stanislaus' Augen weiteten sich. Frau Mautenbrink ereiferte sich, ihn für ihren Plan zu begeistern. Sie bat um Erlaubnis, in Stanislaus' Gedanken spazierenzugehen. Sie würde ihm dann sagen, was sie erforscht hätte. »Sie aber könnten mir sagen, ob ich mich in den Wäldern Ihrer Gedanken zurechtfand, sollte ich denken.«

Frau Mautenbrink redete, versprühte zweieinhalb Flaschen

Charme. »Könnte es nicht sein, daß Mister Thousand unmedial, ein reiner Schneemann, ist?« Es hätte vielleicht nicht an Frau Mautenbrinks Seelenkräften gelegen, wenn sie ihn nicht erreichte. »Möglich, daß Thousand ein Musterexemplar britischer Nüchternheit im Empirestil, ein unwarmer Mann, ist.« Jawohl, sie sagte wirklich »unwarm«.

Stanislaus wurde es heiß. Er riß sich den Hemdkragen auf und beeilte sich, Frau Mautenbrink einzuschläfern.

»Bedienen Sie sich meiner!« Er überließ die Edelhofherrin ihren Träumen und machte sich wieder an seine Arbeit.

Erst nach einer Stunde entsann er sich seiner Klientin, weckte sie und hoffte, daß ihr der Unsinn ihres Unterfangens offenbar werden würde, aber wieder ließ sie sich über ihre Erlebnisse nicht aus, sie wollte allein sein, alles wie gehabt.

Stanislaus schrieb einen Essay über die »Reichweite der Dichter« und machte sich an einen neuen über »Die Gewohnheiten, an die sich die Menschen gewöhnten«. War der Mensch auf der Welt, um sich an Gewohnheiten zu gewöhnen?

Stanislaus dachte viel an Rosa, aber wir, die wir sie nicht mehr erwähnen, kommen in den Verdacht, der Dramaturgie zu dienen und der Dichtergewohnheit zu frönen, Gestalten, die den dramaturgischen Ablauf stören, verschwinden, auch sterben zu lassen oder sie nach Amerika zu schicken. Andere Dichter ließen Figuren, die ihnen dramaturgisch hätten hinderlich werden können, überhaupt nicht auftreten, und das führte zu ganzen Generationen mutterloser Heldinnen und Helden.

Deshalb weg von dieser Gewohnheit! Was Rosa betrifft, so haben nicht wir sie aus dramaturgischen, sondern die Kommunarden aus unerklärbaren Gründen verschwinden lassen.

Frau Mautenbrink entwickelte die Gewohnheit, MEDIALREISEN zu machen. Sie war noch immer nicht getröstet, und Stanislaus hatte seine Sehnsucht nach Rosa noch immer nicht verbrannt, und das war gut so, wie wir sehen werden.

Der Dichtergeselle erinnerte sich jener Broschüre, mit deren Hilfe er als Bäckerlehrling in die »Kunst der Hypnose« eindrang: Der Hypnotiseur trägt große Verantwortung, weil manche Medien der Hypnosesucht wie andere der Trunk- und Rauschgiftsucht verfallen. Er gab es Frau Mautenbrink zu bedenken. Frau Mautenbrink überhörte die Mahnung. Sie sähe Erfolge, ihre Experimente kämen jetzt zum Tragen, wie es später heißen würde.

»Geben Sie mir bitte, bitte die Erlaubnis, Meister, ein zweites Mal zwischen Ihre Gedanken zu schlüpfen!« Frau Mautenbrink wollte versuchen, Stanislaus einige Wünsche einzupflanzen.

»Bitte, pflanzen Sie!« seufzte Stanislaus, schläferte Frau Mautenbrink ein, und es ist fast peinlich, noch zu sagen, daß er sie nach einer gewissen Zeit wieder weckte.

Diesmal eilte Frau Mautenbrink mit den Ergebnissen ihrer MEDIALREISE nicht davon. Sie sah Stanislaus an. Ihre Augen leuchteten. Wetterleuchten von Wünschen. Sie ergriff Stanislaus' Hand. »Welche Wünsche flammten in Ihnen auf, als ich inmitten Ihrer Gedanken weilte?«

Öffnen wir zunächst das Fenster, bevor wir weiter berichten. Es ist so schwül.

»Keinerlei besondere Wünsche«, sagte Stanislaus.

Frau Mautenbrink erkundigte sich unvermittelt nach seiner Verlobten. So und so, er wäre dabei, seine Sehnsucht nach ihr zu verbrennen. Das hätte er nicht so geradeheraus sagen sollen. Frau Mautenbrink warf sich über ihn. Wir sagen es im konventionellen Romanstil, um besser verschweigen zu können, was die Edelhofherrin Stanislaus ohne Worte wissen ließ. Wir geben lediglich noch bekannt, daß Stanislaus äußerte: »Frau Mautenbrink, aber liebe, liebe Frau Mautenbrink, bedenken Sie doch!«

Er ging davon, als die Gutshofhähne krähten.

31

Stanislaus mischt sich unters Fahrende Volk und versucht sich in der Maßkonfektion von Theaterstücken.

Es war herbstiger geworden, viel herbstiger.

Die Bäume stoßen die Blätter von sich: Altpapier, Makulatur. Den Winter über werden sie dastehen und in sich hineinhorchen, um im Frühling ein neues Lied auf neue Blätter zu schreiben. Für uns wird es das alte Lied des Frühlings sein, aber die Bäume werden wissen, an welcher Stelle sie ein kleines Wort änderten und vorankamen.

Und was ist mit uns? Sind wir vorangekommen, wenn unser Kind in die Schule zu gehen beginnt, wenn wir das Rentenalter erreichen oder todkrank auf dem Sterbebett liegen und die Schmerzen hinter uns gelassen haben, wenn die Stunden der Schwerelosigkeit kommen, die unserem Tode vorausgehen?

Ist jener Soldat vorangekommen, der in die Schlacht zog, zu erfahren, wie es um seinen Mut bestellt ist und ob er »ehrenhaft zu sterben« versteht? Ist jener Soldat auf der anderen Seite des Erdballs vorangekommen, der gekämpft hat, am Leben blieb und weiß, daß alles, womit man ihn in den Krieg lockte oder zwang, Schöngerede im Namen von Institutionen war, die einmal Gott, einmal König und ein anderes Mal Vaterland hießen?

Sind die Gottsucher vorangekommen, die eines Tages gespürt zu haben glaubten, daß der Alte ihnen über den Weg lief?

Sind die Weltverbesserer vorangekommen, die wähnen, der Augenblick sei nicht weit, da die Menschen vor lauter Liebe übereinanderherfallen?

Ist der Eremit vorangekommen, der die Tür seiner Klause zuschlägt, um der Ewigkeit »ins Auge« sehen zu können?

Ach, wer ist wirklich vorangekommen, Leidensbrüder? Wer weiß es gewiß? Sind es jene Menschen, die wach sind und mit entblößten Sinnen daliegen und wissen, daß kein Jahr und kein Tag, kein Mittag und keine Nacht einander gleichen und daß die späte Aster, die sie in der Hand halten, nicht mehr die ist, die sie von der Staude brachen; daß die Liebenden sich verändern, wenn sie sich von ihren Brautlagern erheben?

Was, wenn nur die vorankamen, die fähig waren, ihren Zeitgenossen einen neuen Gedanken als ein Flämmchen aufzustecken?

Es fällt nicht schwer, zu erraten, daß es sich wieder um Spekulationen handelte, die Stanislaus in einem Essay niederschrieb. Aber wie stand es um ihn? War er vorangekommen?

Er saß in einer Miethöhle, und es war meist Abend. Die Großstadt erholte sich von der Nachkriegskolik – es polterte und rumorte bereits wieder in ihrem Gedärm.

Das Fenster von Stanislaus' Zimmerchen ging auf einen Hinterhof hinaus. Dort stand eine Linde. Sie hatte ihre Blätter davongestoßen. Die letzten hatte der Portier in eine Mülltonne gestopft. Sie stand an der kahlen Hofwand.

In der verwohnten Stube duftete es nach Salbei- und Pfefferminzsud, der sich in Stanislaus' Nähe mit dem Rauch von deutschem Autarkie-Tabak mischte.

Stanislaus entkernte billige Zigaretten und rauchte den feingeschnittenen Schwarztabak in der Pfeife. Er war kein Hausmagier, kein Privatbibliothekar, kein Autofahrschüler mehr, sondern Theaterdichter, auch Dramatiker genannt.

Er schrieb, schrieb und strich. Kaum war eine Manuskriptseite in wohlgestalteten Buchstaben fertiggeschrieben, so wurden die meisten Repliken wieder gestrichen, Personen stranguliert und mundtot gemacht. Es konnte sein, daß auf einer Manuskriptseite nach der Streichorgie des Dramatikers hinter dem Namen des Helden nur noch ein einziger Satz stand: »Daß ich dich wiederseh! / Mein Leben trieb ein solches Hoffnungsgrün nicht mehr ...« Ein Satz, der vielleicht stehenbleiben konnte, wenn man ein Auge dabei zukniff.

Kann man von Dramen, die man erst schreibt, leben? Man kann nicht. Auch Stanislaus konnte es nicht. Er arbeitete, er war Statist. Statisterei hat nichts mit der lebenswichtigen Statistik zu tun, in der festgestellt wird, daß wir null Komma fünf über dem Durchschnitt stehen, nein, Statisterei ist etwas Unentbehrliches auf dem Theater. Wie soll ein Regisseur Heerscharen oder randalierende Handwerker, zum Beispiel im »Julius Cäsar« von Shakespeare, herstellen ohne die Leute von der Statisterie?

Stanislaus war also an einem Abend Kriegsvolkdarsteller, Soldat auf Zeit in einem Shakespeare-Drama, und an einem anderen Abend eine Minute lang Diener in einer englischen Kriminalkomödie: »Madame, es steht ein blasser Herr heraußen.« Und die Antwort der Madame: »Ich ahne Ungemach, doch lassen Sie ihn ein!«

Damit war die Rolle des Dieners ausgespielt, aber Stanislaus war in der Kriminalkomödie auch für drei Minuten ein Blinder auf Zeit, saß mit hutlosem Kopf an der Straßenecke und hielt den kopflosen Hut in der Hand. Die Heldin ging vorüber und warf ihre »milde Gabe« in den hingehaltenen Hut. »Zehn Penny, armer, lieber Mann!«

»Madame gedenkt noch neunmal herzukommen?« fragte der blinde Bettler und bewies, daß er sah. Ein plumper Witz, eine »Kiste«, auf bühnendeutsch gesagt, und trotzdem mußte nach dieser »Kiste« eine auffällige Pause im Dialog gemacht werden, weil der Zündfunke lange unterwegs war. Aber dann bellte der Vorlacher los, und es erhob sich scheues Gekicher in allen Saalecken, und schließlich lachte der Saal, jawohl, es »lachte der Saal«, wenn man Provinzkritikern glauben darf. Stanislaus, der Blinde, erhielt Szenenbeifall, das Publikum solidarisierte sich mit ihm, obwohl er ein Betrüger war. (Solange es sich beim Betrügen um Pfennigbeträge handelt, wirds hingenommen!)

Stanislaus wußte, wie Theaterbeifall schmeckte, begann nach ihm zu gieren wie der Säufer nach dem Schnaps und befand sich bereits in dem Stadium, in dem es dem Gierenden gleichgültig ist, aus welchen Quellen Schnaps oder Beifall kommen, die Hauptsache, daß sie kommen!

Er stellte sich die Befriedigung vor, die ihm aus dem Beifall über ein Stück von ihm erwachsen würde. Dieser Vorgenuß trieb ihn immer wieder an die Arbeit. Er schuftete, obwohl er manchen Tag früh, mittags und abends nichts als Marmeladenbrot aß und Salbei- oder Pfefferminztee trank.

Franz Foitzik, der Romeo von der Mautenbrinkschen Herbstbeginning-Party, war der Dramaturg und Regisseur der Truppe. »Wie weit bist du mit dem Stück, Stani?«

Romeo-Foitzik ließ sich zuweilen Szenen, die Stanislaus für fertig hielt, geben und versuchte auf sogenannten Stellproben, ob zu spielen war, was Stanislaus geschrieben hatte. Es konnte geschehen, daß Foitzik und Büdner dabei in Meinungsverschiedenheiten gerieten. Foitzik stritt laut und theatralisch. Die Damen des Theaters verfolgten derlei Streitereien wie einen Stierkampf. Foitzik formulierte überintellektuell, und Stanislaus drechselte an Weisheiten, weil er einer bestimmten Dame gefallen wollte. (Auf dem Theater spricht man nur von Damen, meine Herren!) Die Dame hieß Betty Lund. Sie war nicht zu groß und nicht zu klein, nicht zu hübsch und nicht zu häßlich, nicht unbegabt, nicht überbegabt, und sie sprach ein wenig kehlig, weil sie ihre Kinderjahre in der Schweiz verbracht hatte. Sehr begabt war die Lund für die Liebe. Eine Dame in besten Konditionen, die allein durch ihr Erscheinen auf der Bühne fast jedes Stück retten konnte.

Um es kurz und volkstümlich zu sagen, Stanislaus hatte bereits ein Auge auf Betty Lund geworfen. In seiner Trauer um Rosa glich er jenem Witwer, der bis vier Wochen nach dem Tode seiner Frau mit einem Hängestrick in der Tasche umherlief, um mit diesem Strick in der fünften Woche die Kommode seiner neuen Frau in sein Haus zu tragen. Über die Sehnsucht nach Rosa, die Stanislaus sein Leben lang mit sich umhertrug, ist damit nichts gesagt.

Die Streitgespräche zwischen Stanislaus und Romeo-Foitzik endeten gewöhnlich mit der Foitzik-Feststellung, das Theater müsse »irgendwie eine moralische Anstalt sein«. »Irgendwie«, auch dieses Wörtchen gehört in den Lehrgang »Tausend Worte Intellektualienisch«. Übersehen wir höflich, daß der Satz von der moralischen Anstalt von jenem Schiller stammt, der »Kabale und Liebe« gemacht hat!

Luis Schmückchen, ein junger Schauspieler, mischte sich in den Streit. »Moralische Anstalt? Ich bin nicht in die Heilsarmee eingetreten, Boß.« Schmückchen hatte seine Gründe, wenn er das sagte. Er spielte in drei Stücken; einmal einen Schreiber, dann einen Bürogehilfen und schließlich einen Sekretär. Alle in der Truppe nannten ihn die Stenotypistin, und obwohl es Männerrollen waren, die er spielte, nannten sie ihn die Stenotypistin.

Wie sollte Büdner der Forderung nach einer moralischen Anstalt in seinem Stück genügen? Konnte man in einer solchen Anstalt überhaupt Komödie spielen? War es nicht besser, eine Tragödie oder Halbtragödie zu machen? Stanislaus, der eine Lust darin fand, sich alles in seinem Leben selber zu erschuften, wurde zum Zweiterfinder des Begriffes »Tragikomödie«. Die Mittelpunktsfigur in seinem Stück war ein Prophet und Strahlenforscher, aber wie konnte ein so kriminelles Monstrum einen moralischen Mittelpunkt abgeben?

Stanislaus wußte Rat. Er ließ seinen Strahlenforscher an die eigenen Wunderkräfte glauben. Er betrog also die Menschen nicht, sondern sich selber und die Gläubigen dazu, weil sie glaubten, was die Mittelpunktsfigur glaubte.

»Deine Kunst in Ehren, aber das Stück wird die Zuschauer verwirren«, sagte Romeo-Foitzik. Er hatte ein Gesicht, das sich zum Kinn zu verjüngte wie ein Löthammer. Er trug eine Brille mit einem Nickelgestell, und es ahnte noch niemand, daß diese Brillenform einmal das Augenbekleidungsstück aller Wohlstandsgegner werden würde. Romeo-Foitzik hatte das Brillengestell jedenfalls von seinem Großvater geerbt. Er entstammte einer oberschlesischen Bergarbeiterfamilie, die in das Steinkohlengebiet an der Ruhr übergesiedelt war. (Wir kennen diese Völkerwanderung von Bergleuten innerhalb Deutschlands.)

Der junge Foitzik bewunderte die Maulwürfe in Menschengestalt, wie sie sich, auf dem Rücken liegend, an die Kohlen heranarbeiteten. Diese Leute waren für Foitzik größere Helden als die Kriegsleute. Über Kriegsleute schrieb man Stücke und Bücher, in den Schulbüchern wurde ausgiebig über sie berichtet. Über die unterirdischen Helden wurde höchstens gesagt: »Hart ist das Brot des Bergmanns«, oder so etwas. Wer kannte die Heldentaten der Unterirdischen überhaupt? Manchmal wollte Foitzik scheinen, als brächte man die Bergleute nicht auf die Bühne, weil eine unterirdische Szenerie mit mangelnder Beleuchtung nicht bühnenwirksam genug war.

Das waren »die Probleme«, mit denen sich Romeo-Foitzik herumschlug. Sie hatten ihn trotz des Widerstands seiner Sippe auf die Theaterschule getrieben.

Das Kriegsende hätte die deutschen Menschen gleichgemacht, war eine von Romeo-Foitziks Thesen, deshalb hätten die geistig regen Menschen jetzt eine Chance. Sie könnten beweisen, daß es nicht auf gut Geld, sondern auf guten Geist ankäme. Er hatte sich gleichgesinnte Theaterleute zusammengesucht und mit einer älteren Kollegin namens Abelone Tratscher eine Truppe gegründet, mit der sie wie Theaterleute zur Zeit Shakespeares umherreisten, auch weil sie glaubten, sich durch diese Pionierarbeit im darniederliegenden Deutschland den Anspruch auf ein festes Theater zu erwerben.

Also wähnte auch Romeo-Foitzik sich ein Stück vorangekommen, als er Stanislaus als Truppendichter »einkaufte«. Ein wunderbares Gefühl für einen Dramaturgen und Regisseur, über einen Dichter verfügen zu können, bei dem man, wie bei einem Bühnenschneider die Kostüme oder beim Bühnenfriseur die Bärte, die Stücke nach Maß anfertigen lassen konnte.

Leider ließen sich Stücke nicht so leicht umarbeiten wie Kostüme und Bärte! »Kann man das Publikum geistig unberaten nach Hause schicken?« war Romeo-Foitziks beharrliche Frage.

»Das Publikum ist nicht dümmer als du und ich«, sagte Stanislaus, und die jüngeren Mitglieder der Truppe klatschten ihm Beifall. Es traf ihn überdies ein bewundernder Blick der Betty Lund.

32

Stanislaus verlegt seine Dichtereiwerkstatt ins Bett und wird von seiner Mitarbeiterin unvorteilhaft beeinflußt.

Sie zogen weiter, spielten in einer anderen Stadt, und Stanislaus war Handwerker in Shakespeares »Julius Cäsar« und mitverantwortlich für das Gemurmel der Menge; er war der Diener, der Bettler, und wenn er nicht als Statist arbeitete, saß er im Parkett, sah sich Betty Lund an und konnte sich nicht satt sehen: Betty Lund als Luise Millerin, Betty Lund als Julia, Betty Lund als Gangsterbraut. Stanislaus (und nicht nur er) erlebte jedesmal die Geburt der Venus, zum Beispiel, wenn sich die Lund auf der Bühne den Mantel auszog; jedesmal ein homerischer Sonnenaufgang, wenn die Lund lachte: »Ah, daß ich Sie wiederseh, Lord Murder!« Und wenn die Lund weinte: »Wie konnten Sie mir das antun, lieber Lord?«, wars Stanislaus, als ob das Leid der Welt auf ihn losginge.

Nach der Vorstellung saß er in seiner Wohnhöhle, die sich wenig vom dunklen Zimmer in der vorigen Stadt unterschied; sie war etwas kleiner, auch existierte auf dem Hinterhofe kein Baum; er war abgesägt worden, der Winter näherte sich, und die Leute in den Hinterhäusern hatten Brennholz nötig.

Stanislaus hauchte sich in die Hände und schrieb. Wenn ihm zehn Repliken gelungen erschienen, belohnte er sich mit einem Marmeladenbrot, und bei fünfzehn gelungenen Repliken brannte er sich eine Pfeife an.

Die Einnahmen wurden nach dem Abzug der Ausgaben für Saalmieten, Kostüme, Perücken und so weiter von der Truppenchefin Abelone Tratscher gleichmäßig an alle Truppenmitglieder verteilt. Es gab keine Stargagen. Ein Grundsatz aus Romeo-Foitziks Küche: Weder Romeo-Foitzik, der Dramaturg und Regisseur, noch Stanislaus, der Truppendichter, erhielten einen Pfennig mehr als die anderen, und Foitzik behauptete, sie wären eine Kommune.

Stanislaus schrieb und lief sich, wie man sagt, auch die dramatischen Erfahrungen an den Schuhsohlen ab. Mit Ächzen und Stöhnen erkannte er, daß in seinem Stück jemand fehlte, der das Gute verkörperte. Er machte wieder eine ZWEITENTDECKUNG – den positiven Helden, eine Abart des Supermans, von dem zehn Jahre später zu hören sein würde.

Eine andere Entdeckung, die er machte, er hatte sich selber in sein Stück hineingearbeitet: Der Prophet und Strahlenforscher in seinem Stück hieß Scharlatan Ricki und sein Widerpart Stachus Bauder. Er war so gut wie sicher, daß sich sein Stück zu einer Kriminaltragödie auswachsen würde.

Sie wechselten ihre Rollen, und sie wechselten die Städte, und die Liebe zwischen Stanislaus und der Dame Lund blieb lange Zeit im molekularen Schwebezustand. Kaum zu ergründen, weshalb sie sich nicht verfestigte und sichtbar wurde! Waren die Erinnerung und die Sehnsucht nach Rosa in Stanislaus noch immer stärker, als er sich bewußt war?

Aber es bleibt kein Nebel schwebend, auch dieses stumpfgraue Wasserpulver kühlt sich ab, sinkt ins Gras und bildet blanke Tautropfen, die das Himmelslicht spiegeln; und auch die

Reifblättchen, die durch einen Wintermorgen schweben, finden ihren Zweig, an dem sie glitzern, wenn die Sonne aufgeht.

Was die Leute der Truppe den Zuschauern auch für gewaltige Sommer vorspielten, ihrerseits kamen sie nicht umhin, an den Winter zu denken. Die Lokale, in denen sie auftraten, waren schlecht geheizt, und wenn sie abends in ihre Mietzimmer krochen, waren auch die schon ausgekühlt. Keiner unter ihnen verfügte über zwei Mäntel. Einige hatten keinen. Und so einer, der einen Mantel hat, ihn teilt, kann es nur, indem er ihn quer über eine gemeinsame Liegestatt breitet.

Auch Stanislaus hatte verabsäumt, sich in den guten Zeiten einen Mantel anzuschaffen, und die Dame Lund verfügte nicht einmal über ein wärmendes Tuchkleid. Eines Tages schwirrten sie und Stanislaus über den Schwarzmarkt, und es ergab sich, daß die Lund ein paar heiße Blicke für Stanislaus freihatte, die er ohne Zögern erwiderte. Daraufhin hängte sich die Lund bei ihm ein und wärmte sich an ihm.

»Hattest du je einen Mantel?« fragte die Lund. Er überlegte und fand, daß er nie einen Mantel besessen hatte, außer bei den Soldaten. Jawohl, da hatte er einen Mantel. Das konnte so aussehen, als ob es die beste Zeit seines Lebens gewesen wäre. Übrigens hing das Lebensglück für ihn nicht von einem Mantel ab, aber die Lund redete von einem Mantel wie eine Hungrige von einer ausgiebigen Mahlzeit.

Es näherte sich ihnen ein Mann, der in einen langen Fliegerpelz gehüllt war. Dieser Mann schien alle Wärme, die auf diesem Platz möglich war, bei sich vereinigt zu haben. Zu allem Überfluß zog dieser Mann ein Umschlagetuch, wie es früher die Großmütter trugen, unter seinem Pelz hervor. »Tun Sie Ihrer Frau etwas Gutes an!«

Stanislaus' Erstaunen über die plötzliche Verheiratung glich keineswegs dem Glücksschauer von damals, als sich Rosa mit ihm verlobte; schließlich handelte es sich hier um einen Fremden, der ihn aus Geschäftsgründen verheiratete. Aber was nun auch für eine Teufelei im Spiel sein mochte, die Dame Lund verliebte sich in das Großmuttertuch. »Schau, schau, die schöne Stola, Stani, schenkst du sie mir zum Hochzeitstag?«

Die Lund legte sich die Stola über die Schultern, schlang sie sich um die Hüften, und als sie Kopf und Schultern mit ihr bedeckte, glich sie – für Stanislaus – einer etwas zu klein geratenen Madonna.

Ihre Lippen waren so warm, und sein Ohr war so kalt, und als diese Lippen seine Ohrmuschel berührten, wars ihm, als läge er auf blachem Schneefelde und eine Madonna erschiene ihm, um zu erkunden, ob er noch lebe, und es zeigte sich, daß er durchaus nicht erfroren war. Er zog Geldscheine aus einer Geheimtasche, die er sich in das Futter seines Rockes geschlitzt hatte, Scheine, die zu den Ersparnissen gehörten, die er als Hofbibliothekar gemacht hatte.

Die Dame Lund küßte ihn für das Großmuttertuch freimütig überall hin. Er mußte besorgt sein, nicht zu einer Schwarzmarktbelustigung zu werden. »Die kanns, Vetter«, sagte der Mann im Fliegerpelz und zwinkerte Stanislaus FELDWEBELIG zu.

Die schwebenden Liebesmoleküle verdichteten sich also, und das Geld, das Stanislaus in seiner geheimen Rocktasche aufbewahrte, verflüchtigte sich allmählich.

Der Winter meinte es nicht gut mit den fahrenden Leuten. Wer hat euch geheißen, umherzuziehen und Faxen zu machen? Schert euch in bürgerliche Berufe!

Mitgliedern, die kein Überkleid besaßen, erlaubte die Truppenmutter Tratscher, Mäntel aus dem Kostümfundus zu benutzen. Die Tratscher war breit und gütig. Sie rauchte nicht mehr und bezog seither ihren Hauptgenuß aus dem Weitererzählen von »Geheimnissen«, die sie in »vertraulichen« Gesprächen erntete.

Die Mäntel aus dem Fundus waren nur Wintermäntel, soweit es ihre Kaninchenfell-Krägen betraf; einzig der Biberpelz aus dem gleichnamigen Drama von Hauptmann war gefüttert und gepolstert. Um ihn mußten die bedürftigen Herren täglich losen.

Die Dame Lund hatte nicht mehr nötig, im Königinnenmantel aus dem »Wintermärchen« umherzugehen; sie hatte Stanislaus, der ihr auf dem Schwarzmarkt zu allem ein Paar Damenlangstiefel kaufte. Diese Zuwendung leerte zwar Stanislaus' geheime Jackenfuttertasche, besiegelte aber den Ehebund der beiden.

Sie bewohnten ein gemeinsames Zimmer, wenn die Vermieterinnen weitherzig waren, wenn nicht, nahmen sie zwei Zimmer im selben Hause und wiesen sich damit als »sittenrein« aus.

Aber auch ein gemeinsames Zimmer war für die beiden nicht zu jeder Stunde ein Paradies: Die Lund störte Stanislaus mit dem Rollenstudium beim Schreiben. Sein Stück sollte nun endgültig »Gaunerei und Glauben« heißen.

Er war soeben dabei, den Gauner Scharlatan Ricki mit den Eigenschaften eines preußischen Feldwebels auszustatten, da fragte die Dame Lund: »Und was für ein Kleid soll ich tragen, wenn ich als Hausherrin die große Herbstbeginning-Party geb?«

Der arme Stanislaus! Er wußte nicht, wie Schauspielerinnen sein können; Verzeihung, sagen wir: einige Schauspielerinnen; denn diese absichernde Formulierung hat sich im gesellschaftspolitischen Umgangsdeutsch bewährt; sie schützt uns davor, jemand zu Unrecht zu beleidigen.

Der Dame Lund kam es auf die Effekte bei ihrer Rolle an. Frau Mautenbrink war in Stanislaus' Stück »Gaunerei und Glauben« zu einer Adeligen namens Hulda von Hammelburg avanciert. Eine Adelsdame konnte nur von der Lund »verkörpert« werden. Sie versuchte sich deshalb die Rolle, auf dem Umweg über Stanislaus, nach ihren Wünschen zurechtzuschneidern. »Also, ich komme als die von Hammelburg herein, wenn alles versammelt ist; die Gäste erheben sich, erweisen mir ihre Reverenz!«

»Aber gar nicht!« protestierte Stanislaus. Frau von Hammelburg wäre froh, daß erlauchte Leute ihr Haus besuchten, und stünde bei der Tür, um jeden Gast dankbar zu begrüßen.

Die Lund verzog ihren Puppenmund. »Hast du je so etwas in adligen Kreisen erlebt?«

»Nein, aber du, wie ich merke.« Seine Eifersucht sprang auf. Sie hatte nichts dagegen. »Freilich, unsereins hat in allen Kreisen verkehrt. Darum solltest du dich nicht sorgen!«

Aber Frau Lund durfte nicht glauben, daß Stanislaus als Dichter nichts in der Hand hatte: Er nahm der Hammelburg das

Adelsprädikat und machte sie zu einer Neureichen. Das war sozial genauer und würde sogar Rosa gefallen haben. Rosa? Dachte er noch an sie? Beträchtlich!

Aber jetzt hatte er es mit der Dame Lund zu tun, und das war kein leichtes Brot: Eine Party-Veranstalterin ohne Adelsprädikat spielen? Niemals! Das sollte Dinasard Dornkapp besorgen, die bewährte Hausmädchendarstellerin.

Sie schlossen etwas, was aussah wie ein Kompromiß, und glichen zwei Staatsmännern, die ahnen, daß jedes Prinzip tödlich sein kann. Die Hammelburg blieb adelig, doch sie sollte ihre Gäste bei der Tür begrüßen. Die Lund wollte es in folgender Haltung tun: Liebster Herr Scholly, liebe Frau Scholly, es dürfte Ihnen klar sein, daß ich Sie mit meiner Einladung auszeichne.

Ein Kompromiß? Eine Übervorteilung? Stanislaus durfte jedenfalls eine Weile ungestört weiterdichten. Die Lund lag beträchtlich unangezogen auf dem Bett, und es fiel ihm nicht leicht, sie nicht zu beachten, trotzdem gelang es ihm, aber sie brachte sich wieder ins Spiel. »Findest du nicht, daß ich mich im Verlaufe der Party umkleiden sollte? Ich hab erlebt, daß es für einen solchen Einfall Szenenbeifall gab.«

Stanislaus versuchte sich rauszureden. Romeo-Foitzik würde den Toilettenwechsel nicht erlauben, der Fundus gäbe das nicht her. Der Puppenmund der Lund wurde bissig. »Schreibst du oder schreibt Foitzik das Stück?«

Sie einigten sich auch in diesem Falle zu Stanislaus' Ungunsten: Hulda von Hammelburg sollte zu vorgerückter Stunde in einem Kostüm in den Salon tanzen, das aus nichts als ein paar Atlasresten bestehen würde.

Danach war Stanislaus entnervt, beendete die Dichtarbeit und legte sich zur Lund.

Erklärlich, daß sich die Fertigstellung von »Gaunerei und Glauben« auf diese Weise hinauszog.

Die Einnahmen der Truppe deckten nur mühsam die Tagesausgaben. Stanislaus' geheime Tasche war leer, doch es fiel ihm ein, daß er über Außenstände verfügte, über Honorar für einige Essays. Leider sprach er darüber zur Dame Lund, als sie liebesgesättigt nebeneinanderlagen, und das war unweise. »Wahrlich, es gelang mir, viele Männer in meinem Leben kennenzulernen, feurige, auch unfeurige«, sagte die Lund, »aber den Namen des feurigsten nenne ich nicht, solange er bei mir liegt und auf Honorare wartet, die ihm zustehen.«

33

Stanislaus meditiert über die Austauschbarkeit des Menschen, streicht Geld ein, das er mit »eigenem Kopfe« verdiente, und wird über das »proletarische Element« aufgeklärt.

Stanislaus nahm zwei Tage Urlaub. Statt seiner spielte ein anderer den Handwerker, den blinden Bettler und den Diener auf der Bühne: »Madame, es steht ein bleicher Herr heraußen ... «

Sind wir alle austauschbar? Sind nur die nicht austauschbar, die der Menschheit geistige Entdeckungen hinterlassen? Wer bestimmt die Größe übernationaler Entdeckungen von Zeitgenossen?

Ist ein einziger Stern austauschbar, ohne den geregelten Weltenlauf zu gefährden? Sind die Moleküle eines Elementes austauschbar, ohne daß das Element sich ändert?

Sind wir austauschbar, oder sind wir es nicht?

(Fragen aus Stanislaus' Groschenheft Numero fünfzehn.)

Büdner reiste rheinabwärts und dachte an einen »geflügelten Dialog« von daheim: »Was macht die Kunst?«

»Die Kunst geht betteln.«

Er ging betteln – also war er ein Künstler. Er lebte jetzt von der Kunst. Wie eine Reisebrieftaube flog er im Übersinn-Center zu. Die Sekretärin erkannte ihn, er mußte nicht warten. John Samsara nannte Büdner den »Sohn des Erzengels Gabriel«, der zu passender Stunde erschiene, die Übersinn-Redaktion dürste nach einem Essay über Posthypnose.

Weshalb sollte Stanislaus nicht mit einem solchen Essay aufwarten? »Was gebraucht wird, wird gemacht«, sagte der Schuster und fertigte Schuhe, aus denen die nackten Zehen des Kunden herauslugen konnten!

»Ausgezeichnet!« Samsara atmete auf. Wäre der Herr Büdner auch bereit, bei unerläßlichen Demonstrationsfotos mitzuwirken? »Je Foto fünfundzwanzig, sagen wir – dreißig Mark?«

Eine gute Gelegenheit für Büdner, an die ausstehenden Honorare zu erinnern. John Samsara krümmte sich vor Untröstlichkeit. »Die neue Sekretärin, entschuldigen!« Niemand war zahlungswilliger als John Samsara. »Essays also! Wieviel waren es übrigens? Drei? Sagen wir fünf, nein, ein halbes Dutzend, es rechnet sich runder.« Samsara gab sich generös wie ein Feldwebel beim Kompaniefest. Dem Herrn Dichter und Essayisten Stanislaus Büdner sind zu zahlen: sechs Essays plus Verzugszinsen ...

Als Stanislaus die Summe in die Tasche steckte, wars ihm wie ein Wunder: Geld – blank und schier aus seinem Kopf herausgeholt! Vielleicht fühlte ein Fußballspieler so, der mit einem Kopfball ein Tor schoß.

Für die Demonstrationsfotos wurde der Heizer des ÜBERSINN-Centers herbeigeholt. Stanislaus sollte ihn einschläfern und seine Posthypnose mit ihm betreiben. »Oder heißt es gar Postpsychose?« fragte Samsara. Jedenfalls sollte der Vorgang fotografiert werden.

Der Heizer trug übrigens die Uniform, mit der er aus der russischen Kriegsgefangenschaft entlassen worden war. Hatte man ihm nicht Zeit gegeben, sich umzuziehen?

Zwei Fotografen mühten sich, Stanislaus' Posthypnose physikalisch in Fotos umzusetzen. Es blitzte hier, es blitzte dort wie bei zwei heraufziehenden Gewittern.

Danach reiste Stanislaus weiter: Der Dunst von Dinsborn fühlte sich an wie die Luft einer verlorenen Heimat. Büdner wurde sentimental. Ihm war, als ob Straßenecken und Mauersteine von Rosa wußten. Der Tag leistete sich einen Klecks Sonne, und die Kugel auf dem Turm der Kirche, in der er Rosa einst gesucht hatte, leuchtete auf. Es tat gut, zu denken, Rosa hätte tags zuvor diese blinkende Kugel betrachtet.

Er besuchte das Büro des Santorinischen Bruderordens. Dort empfing ihn Cläreliese von Leisegang. Sie trug einen blauseidenen Damenpodrisnik, der von einer goldenen Kordel zusammengehalten wurde. Die Leisegang nahm Sprechfunkverbindung mit dem Popignore auf: Der Popignore ließ bitten.

Johannis Weißblatt war dicker geworden, um nicht zu sagen – feist. Er tat beschäftigt und blätterte in einem Buch, ohne hineinzusehen. Büdners Erscheinen langte und weilte ihn. Sein erhabener Geist schien zu Höhen aufgestiegen zu sein, aus denen sich sein ehemaliger Kamerad wie eine Fliege ausnahm. Stanislaus reizte es, Weißblatt an einen gewissen Bunker in Karelien zu erinnern.

Der Popignore hüstelte: Karelien, ja, er erinnere sich leise.

Ob er sich auch leise an gewisse Honorare erinnere, die er Stanislaus schulde.

»Ich sehe, daß du bliebst, der du warst, ein Materialist!«

»Ich seh, daß du fett wirst vor Heiligkeit. Das Geld her!«

Weißblatt sank zusammen und machte in Weltschmerz. Er kannte die Wirkung, die (auch geheuchelte) Trauer auf Stanislaus ausübte, und redete sich heraus. Hatte er Stanislaus nicht vor Jahr und Tag gebeten, sich das geliehene Geld im Vorzimmer auszahlen zu lassen?

Das war richtig, und Stanislaus wußte mit eins selber nicht, woher die Härte seiner Forderung gekommen war. Sprach die Dame Lund schon aus ihm?

Die Führerin des Santorinischen Schwesternordens übernahm die Regie des Gesprächs und leitete es in unverbindliche Bahnen. Cläreliese von Leisegang war unentbehrlich geworden. Soeben hatte sie den Unternehmer ter Meer, Hoch- und Tiefbau, in eine verfängliche Lage gebracht. Die Herren aus der Geschäftswelt flogen auf adelige Damen. Die Leisegang hatte zwei stürmische Liebesbriefe von ter Meer in der Hand. Man durfte im Orden an die allmähliche Vergeistigung des ter Meerschen Kapitals denken.

Im Wartezimmer saßen drei Ordensbrüder. Die Leisegang schickte sie ohne Voranmeldung ins Zimmer des Popignore. Der eine der Brüder war zahnlos, der andere war Alkoholiker und zitterte; der dritte hatte seinen germanischen Langschädel scheren und die Glatze rasieren lassen. Die drei Brüder verneigten sich vor Weißblatt. »Gelobt sei Eure Heiligkeit!«

»Wir hören, es geht um die Ter-Meer-Vergeistigung?« fragte der mit der rasierten Kopfhaut.

»Schicken Sie mich bitte mit dem ersten Bittbrief zu ihm«, nuschelte der Zahnlose, »es wird mich gefreuen, ihn erblassen zu sehen.«

Der Popignore zeichnete mit dem Zeigefinger eine Spirale in die Büroluft: Das war das Schweigezeichen des Ordens. Er machte die Brüder mit Stanislaus bekannt. »Ein Bruder, der mit mir die heilige Stille eines südländischen Klosters teilte.«

Der Popignore erzählte den grau berockten Räubern, wie er und Stanislaus in ihren griechischen Klosterzellen meditiert hätten; wie der Tod sie auf der Flucht bereits beim Bein gehabt und wie das Leben im Kloster sie gewandelt und geläutert hätte.

Daran war nichts Gelogenes. Stanislaus konnte nichts als nicken. Es wäre wohl sogar einem gewitzten Psychiater schwergefallen, bei Weißblatt die Grenze zwischen Welterlösungswahn und Kriminalität zu entdecken.

In klassischen Romanen spielt sich häufig der Zufall auf. Uns nimmt man Zufälle in Romanen nicht gern ab, obwohl die Literaturgelehrten uns andererseits das Nachahmen klassischer Romane heiß empfehlen. Nehmen wir uns also aus dramaturgischer Ratlosigkeit die Freiheit, einmal mit dem Zufall zu arbeiten. Vielleicht aber ist dieser Zufall nicht so akkurat zufällig, wie die klassische Art es verlangt, denn die Geschäftsstelle des Santorinischen Bruderordens lag am Schwarzmarkt, und dort traf Stanislaus Frau Mautenbrink.

Sie setzten sich in ein Café, tranken Tee und knabberten Keks, schwelgten im Wiedersehensglück, und Frau Mautenbrink streichelte mütterlich die Hand ihres ehemaligen Hofdichters. »Verzeihung«, sagte sie zu Stanislaus, »Verzeihung, Sie sind männlicher Rasse, Sie können nicht imaginieren, was eine Frau meines Alters alles wagt, um zu einem Kind zu kommen, sollte ich denken.«

Sie drückte seine Hand aufs neue. Kolportage! Es rieselte und sprudelte aus ihr: »Ich erzähle es vorläufig nur Ihnen: Ich werde gesegneten Leibes sein.« Ja, das sagte sie, und der Autor hätte gern geschrieben, »sie wollte ein Kind kriegen«, aber das wäre eine Fälschung gewesen. Lassen wir sie also »gesegneten Leibes« werden; fragen wir nur noch, wer sie, bei ihrem Alter, in diesen Zustand bringen sollte.

Sie erging sich in Andeutungen: Alte Freundschaften wären die besten, sagte sie. »Zwingen Sie mich, deutlicher zu werden?«

Nein, er zwang sie nicht. Es belustigte ihn, zu denken, daß der Popignore des Santorinischen Bruderordens ein Halbschwesterchen bekommen könnte.

»Der alte Fellow Weißblatt würde sich freuen, wenn er Sie bei mir sähe. Er denkt mit Wehmut daran, daß Sie einmal in ihm die Aussicht weckten, einen prächtigen Nachfolger zu bekommen. Soviel ich weiß, wäre er sogar bereit, auf die früheren Pläne zurückzukommen, denn nach peinlichen Widerwärtigkeiten ist ihm von der Besatzungsmacht ein Großauftrag zugesprochen worden.«

Stanislaus erstickte ja fast in Neuigkeiten. Zuletzt bot ihm Frau Mautenbrink an, zu ihr zurückzukehren. Keine Belästigungen je wieder! Es wäre jene große Stille in ihrem Hause, aus der ein Dichter eine Menge machen könnte, »sollte ich denken«.

Stanislaus atmete tief, und sein innerliches Schwanken drang bis nach außen. Er dachte an das, was ihn erwartete, wenn er zur Truppe zurückkehren würde. An die Dame Lund dachte er nicht allzu lange. Mit Wehmut dachte er hingegen an sein »komfortables Zimmer« auf dem Edelhofe und an jene Nacht, da er Rosa dort umarmt hatte.

Täuschung, Traumtanz! Er war nicht umsonst zu gewissen Zeiten Philosoph und hatte einen Meisterfaun zum Bekannten, aber wer läßt sich nicht gern einmal täuschen? Er bat sich Bedenkzeit aus, ließ Frau Mautenbrink den Tee und die Kekse bezahlen und nahm ihren Wangenkuß hin wie etwas, was ihm zustand.

Auf der Straße dachte er wieder an Rosa und besah die Steine der Bürgersteige: Konnte sie Rosa nicht betreten haben, Rosa mit ihrem Französischen Gang? Er lief umher wie ein Spuren suchender Hund, und je mehr er sich dem Hause in der Arbeitervorstadt näherte, an dessen Ecke ein bestimmter Prellstein stand, desto mehr wuchs die Gewißheit: Hier kannte jeder Straßenstein Rosa und Rosa jeden Straßenstein.

Er drückte auf den Klingelknopf und hörte Leo mit dem lahmen Bein seine Ausrufezeichen auf dem Korridorfußboden schlurren. Leo hatte die Lesebrille auf die Stirn geschoben; seine Augen verrieten, daß er aus einem Buch kam. Stanislaus wurde hilflos und vergaß zu grüßen, doch Leo sagte: »Komm rein!«

Leo arbeitete jetzt als Nachtwächter in der Kunsthonigfabrik Pomuchel. Augenblicklich hatte er Urlaub und befand sich auf einer Lesereise. Dieses Jahr hätte sein fünfundzwanzigstes Jubiläum bei der Weissblatt PP. sein sollen. Laß fahren! Leo machte sich nichts aus konventionellen Ehrungen durch Unternehmer. Und was war mit Stanislaus? War er gekommen, den alten Lupin auszuhorchen?

Stanislaus erzählte vom Theater.

»Theater?«

»Theater.«

»Hat sie mir nicht erzählt.«

»Ist Rosa denn hier?« Büdner klatschte in die Hände. Leo überhörte es und verwandelte sich. »Sprechen wir von Literatur!« Er holte Wein und Selterswasser, schnitt Weiß- und Schwarzbrot auf und bestrich es mit Butter. Sie aßen Bodderramp und tranken »Getaufte Katze«, mümmelten und nippten, dachten an eine gemeinsame Bekannte, erwähnten sie aber nicht, weil einer den anderen schonen wollte, im ganzen gesehen zwei merkwürdige Männer.

»Theater – das wäre auch meine Sach gewesen«, sagte Leo, »aber was sollt ein Krüppel auf dem Theater?« Er bestieg eine Trittleiter, zog ein Buch aus der Reihe und sagte: »Alphabetisch gehört er unten hin, der Shakespeare, aber bei mir steht er oben, und rechts von ihm steht der Tolstoi, falls du den Namen je gehört hast. Der Tolstoi, der konnt den Shakespeare nicht leiden, aber was fragt die Nachwelt, ob zwei Dichter sich mochten, wenn jeder das Seine gut und gründlich tat!«

War das eine Antwort auf Stanislaus' Groschenheft-Frage nach der Austauschbarkeit von Menschen?

Leo hockte sich auf die oberste Stufe der Bücherleiter, saß dort wie Jesus bei der Bergpredigt, und hinter ihm schimmerte das kananäische Büchermeer. »Gut, schwöre nicht, obwohl ich dein mich freue, freu ich mich nicht des Bundes dieser Nacht, er ist zu rasch, zu unbedacht, zu plötzlich, gleicht allzusehr dem Blitz, der nicht mehr ist, noch eh man sagen kann, es blitzt ...« Leo hielt ein, seine Stimme zitterte. »Da han ich woll eine schlechte Stell jefunden?« Er wischte sich über die Augen.

Die »Getauften Katzen« kratzten in Stanislaus Wärme und Mut frei, und er fragte im Shakespeare-Stil: »Du kennst nun Julien, doch kennst du Rosa auch?« Leo rutschte eine Sprosse tiefer und antwortete nicht.

»Willst du oder darfst du es nicht sagen?«

Leo rutschte noch eine Stufe.

»Und wenn ich Kommunard wäre?«

Leo lachte, etwas unecht, wie Stanislaus schien. »Bist du denn ein proletarisches Element?«

»Ich bin ein Mensch mit gutem Willen.«

Leo rutschte wieder und saß nun auf dem Fußboden: Ein Mensch, einfach so ein Mensch zu sein wäre nach seinen neuesten Kommunardenerfahrungen »nicht tragbar«. Ein einfacher Mensch, das bedeutet Indifferenz, politische Unzuverlässigkeit, nein, man müßte ein proletarisches Element sein.

Stanislaus hatte Tag um Tag zwei Zentner schwere Mehlsäcke auf dem Buckel von dannen gehuckt. War das nicht proletarisch?

Nein, Bäckerei wäre Handwerk, und ein Bäcker könnte notfalls ein proletarisches Element abgeben, wenn er in einer Brotfabrik arbeite. Wieder wars Stanislaus, als ob ein fremder Geist aus dem Kommunarden Leo spräche: Schwere Arbeit ergäbe noch kein proletarisches Element, es müßte Industriearbeit sein. »Schwer zu verstehen. Auch Gorki, der Entdecker des sozialistischen Realismus, verstand es nicht, aber was war er? Ein Bäcker!«

»Ihr müßt große Hypnotiseure bei den Kommunarden haben«, sagte Stanislaus. Leo verstand nicht.

Verübeln wir Stanislaus die dumme Frage nicht, Brüder des WISSENSCHAFTLICHEN JAHRHUNDERTS. Wir sind durch so viele Schulen und Schulungen gegangen (allerdings dabei zuweilen um die Schule des Lebens herumgegangen), während Stanislaus auf den abseitigen Wegen der Philosophie und der Kunst herumzappelte. Trösten wir uns mit der Aussicht, daß wir an dem jetzt noch so dümmlich wirkenden Helden weiter hinten im Buch unsere Freude haben werden.

Der halbtrunkene Leo schloß seine Rede vor dem Versammlungsteilnehmer Stanislaus mit den Worten: »Hier steht ein unzuverlässiger Reformist, ein Sozialdemokrat, aber das alles wird meiner Tochter Rosa, die du einmal gekannt hast, nicht passieren.«

Ob es nun die vier »Getauften Katzen« waren, ob Erinnerung, ob Sehnsucht: Stanislaus schossen die Tränen. Er sprang auf, ging in den Flur, griff seinen verbeulten Hut und ging grußlos von dannen.

Auf der Straße fuhr ihm ein jacher Winterwind unter die viel zu dünne Jacke. Er hatte nicht Zeit, sich mit diesem Wind abzugeben, denn er verfluchte seinen Besuch bei Leo, und er konnte nicht an Rosa denken, ohne daß ihm neue Tränen aus den Augen schossen.

34

Stanislaus erkauft sich schreibgünstige Ruhe mit einem Mantel und wird als Blinder einer Erscheinung ansichtig, die Rosa gleicht.

Der November machte mit erstem Schnee von sich reden. Es wurde heller, und es wurde kälter. Möglich, daß sich der oder der die trübwarmen Tage zurückwünschte, aber das Jahr konnte keine Rücksicht darauf nehmen, es hatte seine Vorschriften: Hochschnee und Harsch mußten her!

Kein Grund zum Pessimismus: Für Prinzipal Weißblatts Betonunternehmen schienen die guten Zeiten der Westwallkonjunktur wiederzukehren. Freilich haperte es hie und hockerte es da, seit der Platzmeister Leo Lupin fehlte, doch Prokurist Käske stand nach wie vor, wenn es sein mußte – zwei Männer. Die Pampelow hatte ihr Leben wieder in der Hand, und Fräulein Mück mauserte sich. Sie bevormundete bereits einen neuen Lehrling. Die Büromannschaft stand »Gewehr bei Fuß«, der neuen Konjunktur zu begegnen.

Beim Santorinischen Bruderorden bewegten sich die Kontakte der Ordensmutter auf die Expropriierung des Zündkerzenregenerierers Pauly zu. Dem Propheten Schaman Rishi war der Prozeß gemacht worden. Man hatte ihn zu mehreren Jahren Haft verurteilt, aber er stand nicht zur Verfügung; Wundergläubige und Verehrer seiner Kunst hatten eine Kaution gestellt, und als der Tag der Urteilssprechung nahte, hatte sich Rishi mit Hilfe seiner Geheimkräfte entfernt. Die Gläubigen sprachen von einem Wunderteppich, auf dem der Prophet seinen irdischen Richtern entflogen wäre.

Durch das Verschwinden Schaman Rishis konnte Frau Pauly, die Zündkerzenregenerierersgattin, ihrem Sohne keine »Unterstützungen« mehr zukommen lassen. Sie war untröstlich und mußte in eine psychiatrische Klinik gebracht werden.

Und Rosa? Soll von ihr nicht mehr die Rede sein? – Doch, doch! Wir gaben uns Mühe und erhielten von unserer Heimatdienststelle die Erlaubnis, uns ein paar Tage in den Teil Deutschlands zu begeben, in dem sich das, wovon die Rede ist, vor mehr als zwanzig Jahren abspielte.

Sonstige Recherchen waren unergiebig, doch wir stießen auf eine Aktennotiz, die aus einem früheren Kommunardenbüro stammte. Wir bitten verschweigen zu dürfen, wie wir an diese Notiz kamen: Es handelte sich um eine Unterredung zwischen einem Otto Osero und einem Leo Lupin, das Studium einer Rosa Lupin betreffend. Hiernach plädierte Osero, der sich für den politischen Vormund des Mädchens ausgab, jene Rosa sollte Jura studieren. Jura – das wäre Beredsamkeit und Verhandlungsgewandtheit: beides bei Kommunarden mehr als am Platze. Leo Lupin jedoch wünschte, seine leibliche Tochter möge Germanistik studieren! Osero wäre, heißt es in der Aktennotiz weiter, in seinem Büro umhergerollt, hätte die Augen verdreht und geknurrt: »Germanistik studieren? Die Welt hat genug vom Germanentum.«

Lupin erklärte, daß es sich nicht um Germanentum handele, sondern um eine Wissenschaft, die einen befähige, Romane auseinanderzunehmen.

»Romanistik – daraus wird erst recht nichts«, sagte Osero.

»Entweder Germanistik oder nichts, überhaupt nicht studieren«, sagte Lupin. »Wozu aus dem Mädel eine unzuverlässige Intellektuelle machen, es ist doch so.«

Osero wußte keine Antwort, eine Seltenheit, aber dann schluckte er dreimal und ging wieder aufs Ganze: Ob ein studierter Proletarier zu den Intellektuellen zu rechnen wäre, würde ein Gremium bestimmen, nicht Leo Lupin. »Man tut, was man kann«, und so weiter.

Wie es trotz allem dazu kam, daß Rosa Germanistik und Philosophie studierte, war aus der Aktennotiz nicht zu ersehen. Sollte Leo Lupin sich wirklich ein einziges Mal gegen seinen polterigen Schwager Osero durchgesetzt haben?

Stanislaus war in einer anderen Stadt, es war die zehnte nach seinem Besuch in Dinsborn. Er war wieder der Bettler, der Diener oder ein Exemplar Volk auf der Bühne. Überdies hatte er der Dame Lund einen guten Mantel gekauft und seine Ruhe für eine Weile gesichert, denn die Lund besuchte zu Ehren ihres Mantels ihre Kolleginnen und Kollegen in anderen Quartieren und vergaß vorübergehend ihre Herrinnenrolle in »Gaunerei und Glauben«.

Stanislaus schrieb den Aufsatz über Posthypnose. Er beschäftigte sich also mit Erfahrungen aus einer Vergangenheit, die er bereits den Rhein hinuntergeschwommen und ins Nordmeer getrieben wähnte. Er kämpfte seine Skrupel nieder und schrieb mechanisch. Das Geld, das er für den schlechtgeschriebenen Essay erhalten würde, sollte ihm helfen, etwas Besseres zu schreiben. Wenn es einen Gott der Dichter gab, so mochte der ihm die Sünde verzeihen!

Der Essay wurde fertig. Stanislaus brachte den dicken Brief zum Postkasten, rannte zur Vorstellung, kam zu spät und ging, ohne Maske gemacht zu haben, auf die Bühne. Vor allem hatte er vergessen, die Blindenbrille aufzusetzen. Die Zuschauer bemerkten es nicht. Hatte er von Natur eine Bettlerphysiognomie? Romeo-Foitzik sah durch seine Großvaterbrille gütig über die Verspätung hinweg. Er hatte die Hoffnung noch nicht aufgegeben, daß in Stanislaus ein Dichter steckte, einer, der sich etwas zu lange in den literarischen Niederungen aufhielt.

Wann ist einer ein Dichter? Ist ers, wenn er entdeckt, daß nichts auf Erden ohne Bezug auf das Weltall ist? Nein, dann ist ers noch nicht, und er ists auch noch nicht, wenn er diese Beziehungen zum Weltganzen keinen Augenblick außer acht läßt; er ists erst, wenn er diese Tatsache mit dem, was er tut und schreibt, zum Ausdruck bringt.

(Aus Stanislaus' Groschenheft Numero sechzehn.)

Stanislaus wartete auf die Dame mit dem Pennystück, ein »Passant« warf ihm statt eines Geldstücks die dunkel beglaste Brille in den Hut. Er setzte sie auf. Die Dame – Frau Lund – würde einen etwas glaubhafteren Blinden vorfinden.

Das »Straßenleben« interessierte Stanislaus nicht mehr. Seine Kolleginnen und Kollegen zogen als Passanten vorüber, setzten sich hinter den Kulissen rasch einen anderen Hut auf oder zogen eine andere Jacke über und erschienen als neue Passanten. Er sah durch das Bühnenstraßenleben hindurch und sah die Zuschauer, soweit sie vom Bühnenlicht gestreift wurden. Er dachte an den Brief, den er in den Postkasten gesteckt hatte, aber dann glaubte er im Zuschauerraum etwas gesehen zu haben. Er fuhr auf, besann sich sogleich, tat, als hätte ihn ein Floh gebissen, kratzte sich und setzte sich wieder. Lacherfolg. Er hatte eine Kiste angefertigt. Romeo-Foitzik drohte aus der Kulisse: Kisten wurden nur mit seiner Genehmigung gefertigt, sie waren keine Kistenfabrik, sondern eine seriöse Truppe.

Stanislaus glaubte Rosa gesehen zu haben, und als er aufstand, sich zu kratzen, sah er, daß sie es wirklich war. Nun wurde sie wieder von anderen Zuschauern verdeckt. Er beugte sich zur Seite und tat, als ob er einen neben den Hut gefallenen Penny aufhöbe, da sah er sie wieder. Sie war fülliger geworden.

Endlich erschien die Lund und warf das Pennystück in seinen Hut. »Zehn Penny, armer, lieber Mann.«

»Madame gedenkt noch neunmal herzukommen?«

Sonderapplaus wie immer. Rosa stand auf, zwängte sich durch die Reihe der Sitzenden und ging. Als er sie bei der Tür noch einmal sah, zweifelte er. Er hatte sich wohl doch geirrt. Viel zu vollschlank die Dame für eine Rosa, besonders nachdem sie sich im Gehen ein Wolltuch um die Schultern warf und damit alle Rosa-Formen verdeckte, doch er zitterte noch, als der Vorhang schon gefallen war, zitterte und zitterte.

Und sie reisten wieder. Er arbeitete weiter an »Gaunerei und Glauben«, doch es wollte nicht flecken. Sobald er eine Szene, die er für fertig hielt, ausprobieren ließ, verlangte Romeo-Foitzik Änderungen.

Daheim – wie sie ihre Mietzimmer manchmal nannten – redete ihm die Lund in die Arbeit. Alle Unterkünfte unterheizt, er war gezwungen, ins Bett zu kriechen, damit seine Gedanken ein wenig schwangen. Die Lund lag neben ihm. Was sonst? Sie griff ein, sobald es sich im Stück um ihre Rolle handelte.

Wieder rannte sich Büdner eine Erfahrung an den Schuhsohlen ab: Ein Dichter, der erlaubt, daß andere Menschen theoretisierend in seine Arbeit hineinreden, erzeugt nichts als beschriebenes Papier. Zehn Jahre später wird Stanislaus Ähnliches geschehen: Jetzt redeten ihm Leute drein, die das Stück spielen wollten, dann werden es Leute sein, die es gespielt haben wollen; das Ergebnis in beiden Fällen: beschriebenes Papier.

35

Stanislaus beheizt einen Kanonenofen mit einer Kriminaltragödie, entheiratet sich mit der Lund und beunflatet den Meisterfaun.

Es war ein sehr kalter Tag. Die Bühne war nicht heizbar; die Probe fiel aus. Der Dramatiker und seine Heldin krochen am Frühnachmittag ins Bett, schwärmten minutenlang, kamen einander nah und näher, und zwischen Küssen, die wie Gewitternachregen waren, fragte die Lund: »Was wirst du für den Essay erhalten, den du abschicktest?« Stanislaus, von weit her: »Ich weiß es nicht.« Die Lund wühlte mit ihren Fingerchen im Fuchsfell auf seiner Brust. »Ich habe zwei Schafwollstrümpfe aufgetrieben, weiße Schafwollstrümpfe!«

»Ich kannte niemand, der mit *einem* Schafwollstrumpf durchs Leben ging.«

»Aber ich sagte doch: *zwei* weiße Schafwollstrümpfe.«

Sie stritten sich darum, wie man von Strümpfen zu reden hatte, ob zwei oder ein Paar Strümpfe. Sie stritten sich warm und wohlig und schliefen ein, wenigstens die Lund schlief ein; er war gereizt. Sollte das alles sein, was ihm das Leben zu bieten hatte?

So naiv dachte der Mensch Stanislaus zuweilen: Auf der einen Seite er, auf der anderen das Leben. Ein Rückfall? Nein, ein ENTFALL; es war ihm die Einheit von Mensch und Leben entfallen. Hand hoch, wem das nie geschah!

Womit tröstet sich ein Mensch, der ein Dichter zu sein wähnt? Mit Dichtereiarbeit. So auch Stanislaus.

Er zog das Manuskript von »Gaunerei und Glauben« aus dem Koffer, »stieg in die Werkstatt«, raschelte mit Papierbögen, schrieb, strich, schrieb, und der Jammer, der ihn hatte packen wollen, floh ins Jammertal.

Die Dame Lund erwachte, blinzelte zu ihm hin, doch er gewahrte es nicht. Er schrieb am letzten Teil der Kriminaltragödie: Einer der Party-Gäste hat die Polizei verständigt. Der Prophet soll unauffällig verhaftet werden. Die Gastgeberin bittet die Kriminalisten, von einer Verhaftung abzusehen, sie könne mit beiden Händen beschwören, daß der Prophet an sich selber glaube. Die Kriminalisten winken ab.

»So gehts nicht!« sagte die Lund.

Wir bitten um Entschuldigung für den abgenutzten Satz, aber er ist uns so geläufig und hat unser resignierendes Sprachgefühl unterlaufen. Der Dramatiker wurde wütend. »Was ich hier schrieb, hab ich so gut wie erlebt!« Die Lund streichelte ihm die Wange mit eingezogenen Krallen. »Wie kannst du mich lieben, wenn du zuläßt, daß meine Reize nicht reichen, Polizeier umzustimmen. ›Auf später, meine Herren, auf später, bye, bye!‹, so macht es die Hammelburg.«

Stanislaus sprang aus dem Bett. »Nichts mit später! Jetzt!« Er zerriß das Manuskript und stopfte es in den Kanonenofen der Mietsstube. Das Öfchen schüttelte sich vor Überfressenheit, und sein Rohr begann zu glühen. Sie hatten es eine Weile warm im Zimmer, doch sie wußten nicht mehr, was anfangen mit dieser Wärme.

Als die Dame Lund gewahr wurde, was geschehen war, stürzte sie sich keinesfalls aus dem Fenster. Gut, das war Stanislaus, er hatte seine »goldenen Seiten« gehabt, hatte ihr eine Stola, einen Mantel, Stiefel und dies und das gekauft, aber schon bei den Schafwollstrümpfen versagte er. Nun hatte er zudem ihre Hauptrolle verbrannt, ein Schauspielerinnenglück von mindestens einem Vierteljahr Reichweite verkohlte im Kanonenofen. Der Dramatiker hatte seine Aktien verbrannt und für die Dame Lund seinen Wert verloren. Was übrigblieb, war ein Kleindarsteller, ein Bettler, ein Diener, ein Exemplar Volk.

Als sie in die nächste Stadt kamen, war ihre Schauspielerehe unterwegs verlorengegangen. Sie bezogen keine gemeinsame Mietsstube mehr. Zwei mit verschiedenen Interessen geladene Teilchen der wirkenden Welt waren sich nahgekommen und stießen einander ab, alles gesetzmäßig.

Der Winter bekam seinen ersten »Leistungsknick«, um es in der Sprache der Humanmediziner zu sagen. Der Eiswind hielt inne, die Erde brach wieder auf, das Fallaub in den Parks duftete rückfällig oktoberlich, und Liebespaare, die noch nicht weit genug miteinander gekommen waren, nutzten die Winterschlappe auf den Bänken. Vergeblich!

Stanislaus kaufte neues Papier. Niemand soll denken, daß er nach der Einäscherung seiner Kriminaltragödie das Schreiben sein ließ. In diesem Erdbewanderer war die kräftige Unentwegtheit der Ameisen zugange, die nichts in der Welt veranlassen kann, keine Ameisen zu sein; oder hat je jemand gesehen, daß eine Ameise sich umstimmen ließ, die Arbeit einer Kleidermotte zu übernehmen?

Stanislaus machte sich wieder an diese unselige Kriminaltragödie. Diesmal wollte er versuchen, eine Komödie draus zu machen, und das Stück sollte mit einem großen Gelächter über abergläubische Geldbesitzer enden.

Zu Anfang kam er gut voran, denn er konnte vieles verwenden, was er schon einmal geschrieben hatte, und er verbrauchte in den ersten Tagen viele Zigaretten und Marmeladenbrote als Selbstbelohnung. Die Aussicht auf eine leichte, glückliche Arbeit am Stück durchglühte ihn. Er riß das Fenster auf, und der Duft des welkenden Fallaubes wehte herein.

»Du schreibst wie geschmiert. Verdächtig, verdächtig«, sagte der Meisterfaun, setzte sich auf die ererbte Kommode der Vermieterin und spielte mit den Fransen des gehäkelten Deckchens.

»Du kommst stets, wenn man dich nicht braucht«, sagte Stanislaus.

»Meine Eigenart.«

»Aber ich schreibe, siehst dus nicht?«

»Bewegt dich, was du schreibst?«

»Unsere Bühne braucht Zeitstücke.«

»Es bewegt dich also nicht?«

»Du fragst viel, und das Papier liegt da und verlangt, beschrieben zu werden.«

»Du schreibst, weil das Papier es verlangt?«

»Nimms nicht so wörtlich!«

»Und was bewegt dich, wenn du ehrlich bist?«

»Rosas Verschwinden.« Stanislaus sog an seiner Tabakspfeife. »Wenn du keine Mumie wärst, würde ich dir sagen, daß ich sie liebte, nur sie, und daß keine andere zählt.«

»Abgeschmacktheit, Verlogenheit. Redest über Liebe und schreibst über Gaunerei.«

»Glaubst du, es interessiert jemand, was ich liebe?«

»Nur das!«

»Du freilich wärest schamlos genug, nackt auf der Bühne zu erscheinen.«

»Und Beifall wär mir gewiß.«

Stanislaus spie aus. »Nudist, der du bist, um nicht Schweinsbock zu sagen.«

Der Meisterfaun war verschwunden. Die Vermieterin riß die Tür auf. Ihre sensenblattdünne Nase schnüffelte. Sie lüpfte die Bettdecke. »War hier nicht von Nacktheit die Rede?«

---

36 **Stanislaus läßt die literarischen Geister Staniro und Rosaria erscheinen, und der Autor des Romans teilt sich den Damen vom Theater mit.**

Der Liebende wacht, weil die Liebe ihn plagt; der Eifersüchtige wacht, weil die Sucht nach Leid in ihm eifert; der Kranke wacht, weil die Krankheit ihn quält. Der Liebesschmerz vergeht, das Eifern des Leidsüchtigen stumpft ab, und der Kranke stirbt oder gesundet, aber was einen Dichter nächtelang wach liegen läßt, vergeht nicht, auch nicht mit dem Tode: Die Sucht des Menschen, sich zu erkennen.

Stanislaus schlief mehrere Nächte nicht. Er schrieb und schrieb. Abends war er der Bettler, der Diener, der Handwerker ohne Text, in den Nächten schrieb und schrieb er. Wieder ein Kriminaldrama? Nein, er schrieb Romeo und Julia. Wollte er Shakespeare überflügeln? Denkt das nicht! Romeo und Julia in ihrer Zeit – unübertrefflich, aber die Qual der Liebenden, die einander nicht haben sollten, trat in immer neuen Verkleidungen auf. Jede Generation gierte, diese Qual in zeitgemäßer Verkleidung zu sehen. Stanislaus wollte diese verzeihliche Irrgier seiner Zeitgenossen befriedigen, und weniger durfte es nicht sein:

»Tod allen Dichtern, die unter sich greifen!« stand in den Instruktionsanleitungen für Meisterfaune.

So gings denn an: Der Romeo-Staniro liebte die Julia-Rosaria, und sie wähnten sich mit ihrer Liebe allein auf der Welt, und es brauchte lange, bis sie begriffen, daß die ganze Welt daran beteiligt war.

In der Zeitschrift Übersinn erschien zu dieser Zeit der Aufsatz »Kennen Sie Posthypnose?«. Stanislaus' Text war unverändert abgedruckt, und die Leser erfuhren, Hypnose hätte nichts mit Augenaufreißerei und Geheimkräften zu tun, man könnte sie mechanisch herbeiführen. Und was die Posthypnose beträfe, so könnte man zum Beispiel eine eingeschläferte Versuchsperson einen Liter Wasser trinken lassen, ihr einreden, es wäre Wein, und sie würde nach dem Erwachen betrunken sein et cetera, schön sachlich, fast wissenschaftlich.

In der nächsten Nummer des Übersinn wurden Leserfragen zur Posthypnose abgedruckt. Ein Mann wollte wissen, ob er seiner Frau blankes Leitungswasser zu trinken geben dürfe oder ob es destilliert sein müßte. Eine Ehefrau fragte an, wie sich die Leber der Versuchsperson zum hypnotischen Rausch verhalten würde. Sie hätte vor, ihrem Mann zu weniger gesundheitsschädlichen Räuschen zu verhelfen. Ein Gastwirt protestierte gegen diese gesundheitsschädliche Art, sich zu betrinken. Er würde wegen Geschäftsschädigung »klagbar werden«.

Die Redaktion antwortete schnell, zu schnell. Hatte John Samsara die Leserbriefe etwa geschrieben? In seiner Antwort hieß es: Wir brachten den hochinteressanten Aufsatz unseres Experten ausschließlich, um zu erklären, aus welchen Gründen deutsche Männer, die aus russischer Kriegsgefangenschaft kamen, die römisch-katholisch-niederrheinische Bevölkerung zum Glauben an den Sowjetstern bekehren wollen, obwohl sie gesehen haben mußten, daß die Menschen unter diesem Stern nach wie vor in Lehmhütten und Erdlöchern hausen.

Zum Beweis, daß aus Rußland kommende Kriegsgefangene durch Posthypnose auf ihre spätere Propagandatätigkeit vorbereitet würden, brächte Übersinn einige Fotos, die unter Lebensgefahr gemacht worden wären. Auf den Fotos hypnotisierte Stanislaus den Heizer vom Übersinn-Center.

Das alles geschah, und Stanislaus bemerkte es nicht, aber sein Held Staniro bemerkte, daß seine Rosaria nicht über sich und ihre Liebe verfügte, und wurde eifersüchtig. Der Dramatiker benutzte die Gelegenheit, dem Helden eine Eifersuchtstirade in den Mund zu legen: »Du standst am Fenster, und ich sah dich lächeln. Wem galt dein Lächeln, Holde, sprich!«

Rosaria: »Mein Lächeln galt der Sonn am hehren Himmel.«

Staniro: »Belog mein Auge mich? Ich sah kein' Sonn am Himmel.«

Rosaria erklärt, sie hat »die Sonn'« in ihrem Herzen gemeint, und das ist niemand anders als Staniro. Staniro (schließt Rosa in die Arme): »Wie ich dir glaub, solang mein' Brust an deiner ruht; sobald du gehst, umschleicht mich Eifersucht ...«

Gut, gut, wir kennen das, jeder hat seine Eifersucht vor oder hinter sich, jeder nach seinen Fähigkeiten.

Unser Dramatiker stellte sein Heldenpaar auf mannigfache Proben. Staniro wird gewahr, daß er Rosarias Liebe nicht mit einem einzelnen, sondern mit einer Gemeinschaft teilen muß. Dieser Umstand schien Stanislaus ein »Zug der neuen Zeit« zu sein. Er konnte mit seiner Entdeckung nicht allein bleiben und berichtete Romeo-Foitzik davon.

Foitzik war glücklich, daß seine Hoffnung, die er auf Stanislaus gesetzt hatte, sich erfüllen sollte. Er wurde zitterig und putzte seine Brille zweimal, las eine Weile und umarmte dann seinen Truppendramatiker: Endlich wäre der Mann erschienen, der Shakespeare für die »anmarschierende Neuzeit« wieder aufführbar machte.

Stanislaus fühlte sich wie ein Reitlehrling nach dem ersten Sturz. Sie gerieten in einen Streit mit der Überschrift: Shakespeare ist Shakespeare und Stanislaus – Stanislaus. Keine Verwechselungen bitte, und Stellen, die solche zuließen, wollte der Dramatiker sofort umschreiben und nachbessern.

Laßt uns nachsichtig sein mit unserem schwer schuftenden Dichter, er betrat DICHTERISCHES NEULAND, wie es später heißen würde. Er formte zum Beispiel die Gemeinschaft der Kommunarden, die in Rosarias Liebesangelegenheiten mitbestimmte, zum BUND DER GERECHTEN, einer halbreligiösen Sekte, um. Verzeihen wir ihm auch die DICHTERISCHE FREIHEIT, wenn er zeigte, wie die Mitglieder dieser Sekte umhergingen und ihre Mitmenschen vor egoistischen Taten warnten und alles bekämpften, was das Zusammenleben der Menschheit störte. Jawohl, Stanislaus verbreitete sich lobend über den BUND DER GERECHTEN, doch es mißfiel ihm, daß manche Mitglieder Geister aus sich sprechen ließen, an die sie mehr zu glauben schienen als an sich selber.

Der Winter kam zurück. Er konnte keine Rücksicht auf ein paar frierende Schauspieler nehmen. Sollten sie hingehen und sich bei nützlichen Taten erwärmen! Mochten sie die lahmende Industrie gängig machen helfen, Blindgängerbomben ausheben und Dächer decken! Andere Leute schufteten Trümmer in Feldbahnloren aus den Straßen und errichteten vor den Toren ein stadteigenes Gebirge.

»Wir räumen geistige Trümmer!« sagte Romeo-Foitzik. Aber wo war das »geistige Gebirge«, mit dem sie bewiesen, daß auch sie Trümmer räumten?

Die beißenden Winde kamen. Sie trieben feinen Schnee unter den Dachziegeln hindurch auf die Böden der Häuser. Es froren nicht alle Truppenmitglieder gleichermaßen. Die Dame Lund verfügte jetzt nicht nur über eine Stola und einen Wintermantel, sondern neuerdings über weiße Schafwollstrümpfe.

Woher die beiden Strümpfe gewandert kamen, die jetzt die porphyrenen Waden der Heldinnendarstellerin schützten, wissen wir nicht genau; nach einer vertraulichen Mitteilung der Truppenmutter Abelone Tratscher sollten sie die Draufgabe auf eine schwache Stunde sein, von der Romeo-Foitzik heimgesucht worden war. Für die Richtigkeit der Meldung übernehmen wir keine Gewähr, denn uns fiel auf, daß die Lund wieder Gefallen an Stanislaus fand. Man probte sein Liebesdrama, und das hieß endgültig: »Dein Lächeln, Rosaria«. Hinter dem schwebenden Titel konnten sich verschiedene Inhalte verbergen. Die Zuschauer, die den hektographierten Programmzettel lesen würden, konnten Phantasie und eigene Wünsche betätigen, bevor der Vorhang zur Seite schepperte.

Nach dem Wunsche des Truppendramatikers sollte Dinasard Dornkapp die weibliche Hauptrolle spielen, aber Frau Dornkapp »brachte das nötige Talent für die diffizile Hauptheldinnenrolle nicht auf«, wie es zuweilen in der Theatersprache heißt, wenn die Kabale gesiegt hat.

Stanislaus bestand auf Dinasard Dornkapp; sie hätte stets ein so bescheidenes, blasses Dienstmädchen in der Kriminalkomödie abgegeben, in der er den Diener spielte. Frau Dornkapp sollte eine Chance haben. Weshalb nicht? Weshalb stets Damen, die ihre Porphyrwaden in schneeweißen Schafwollstrümpfen umhertrugen? Das leise Lispeln der Dornkapp störte Stanislaus nicht. Wer konnte wissen, ob die wirkliche Jungfrau von Orleans nicht ein wenig gelispelt und Maria Stuart nicht leise gestottert hatte?

Als die Lund sah, daß Stanislaus die Hauptrolle ernstlich der Dornkapp übertragen wollte, probierte sie einige ihrer Künste an unserem Dramatiker aus: Sie vergewaltigte ihn mit Blicken und sagte zur Truppenschneiderin, so daß Stanislaus es hören mußte: »Wenn Sie es genau wissen wollen, meine Beste, Stani war der Mann meines Lebens, aber ich war damals zu jung und begriff es nicht.«

Der Kunsthonig schlug bei Stanislaus nicht an. Aber schließlich sah er selber, daß die Dornkapp es nicht schaffte. Er hätte gern einen Abglanz von Rosa auf der Bühne gesehen, wenn er sie schon nicht haben konnte, aber die Dornkapp brachte ihn nicht zuwege.

Trotzdem wartete er mit seiner »Einsicht«, bis Romeo-Foitzik wieder auf ihn eindrang, die Hauptrolle der Lund zu übertragen. Ach ja, die Lund hatte nicht nur an zwei weiße Schafwollstrümpfe gedacht, als sie es ein bißchen mit Romeo-Foitzik trieb.

Die Dornkapp weinte ein paar blasse Tränen. Sie hätte gewußt, daß sie keine Hauptrolle spielen könnte, sie hätte aber Herrn Büdner den Gefallen tun wollen, er wäre stets nett zu ihr gewesen.

Die Dame Lund hörte nicht auf, den Dramatiker mit Blicken verschiedener Güteklassen zu betasten. Es ging ihr darum, einige Veränderungen an ihrer Rolle zu erreichen. Nehmen wir es ihr nicht übel: Tote Klassiker lassen nicht mit sich handeln. Man muß sich an Autoren halten, die noch leben und greifbar sind! Die Lund ließ den Dramatiker leise wissen, daß ihre Rosaria »mehr Pfeffer« bekäme, wenn sie ihrem Liebhaber wenigstens einmal untreu werden würde. Damit kam sie bei Stanislaus nicht an. Sollte er seine gute Meinung von Rosa einer Lund zuliebe ändern?

Als man schon mit Kostümen probte, war der Lund die Garderobe der Rosaria zu kleinbürgerlich. Sie sagte es der Garderobiere. Stanislaus, wie ein gereizter Hahn: »Haben Sie Rosaria gekannt oder ich?«

»Ach, Sie haben die Dame gekannt? Reizend. Ich wußte es nicht!«

Der Verfasser ist durch viele Fegefeuer gegangen, und ein sechster Sinn warnt ihn vor einem neuen Fegefeuer der Kritik: Es könnten ihm einige Damen der Schauspielerzunft vorwerfen, er hätte mit der Figur der Dame Lund seiner Antipathie gegen Schauspielerinnen Ausdruck gegeben, das würde ihn traurig stimmen. Er behauptet, daß es in den »letzten zwanzig Jahren unserer Jahrhundertmitte« kaum einen Autor gegeben hat, der die Kunst der Damen und die Damen der Kunst mehr schätzte als er, und daß er oft unglücklich gewesen ist, weil die eine oder die andere Dame vom Theater, die er verehrte, keine Augen für ihn hatte. Auch Hagestolze, Weltverächter und Heilige sind nicht frei von dem Verlangen, von lieben Damen wahrgenommen zu werden. Sie lecken sich den Bart, wenn man von ihnen sagt: Seht, da kommt der Heilige, wißt, er ist ein Weltverächter!

Ja, weshalb sind selbst Hagestolze und Heilige drauf aus, von ihrer Umwelt anerkannt zu werden? Sollten sie nicht mit ihrer möglichen Anerkennung nach dem Ableben zufrieden sein?

Nein, ach nein, denn spätestens, wenn der Sargdeckel heruntergeklappt wird, ists aus mit den Genüssen, oder? Wir verweisen augenzwinkernd auf die Männer der Wissenschaft, die immer wieder versichern, daß sie das alles klären würden, wenn heute nicht, dann morgen, und wenn nicht sie, dann die, die nach ihnen kämen, und wenn die auch nicht, dann die nächsten. Wir müssen ein bißchen an die Wissenschaft glauben.

Aber »zurück, zurück zum Flieder«, wie Gustav, der Vater unseres Helden, einst sagte. Überlassen wir den Fortgang unseres Lebens nach dem Tode den Philosophen, da liegt er in guten Händen!

37

Stanislaus erlebt, was Gestalten, die er anfertigte, unter den Menschen ausrichten; Rosa erscheint ihm, doch er wird von anderen Damen gehindert, sich ihr beizugesellen.

Die Premiere von »Dein Lächeln, Rosaria« fand auf einem Dorfe statt. Auch diese Gepflogenheit gehörte zur »permanenten Theaterrevolution«, die Romeo-Foitzik anstrebte. Man ernährte sich leichter und billiger auf Dörfern. Die Truppenmitglieder wurden zuweilen eingeladen. »Kommt, freßt euch voll, ihr Hohlwangenbesitzer!«

Das Dorfpublikum war nicht geschmäcklerisch; niemand verglich den Romeo von Köln mit dem Romeo von Düsseldorf oder Berlin. Man folgte der Handlung, als wäre sie heutig und nicht von einem seit Jahrhunderten toten Shakespeare geschrieben. »Hätten sie ihm ihre Tochter Julia nicht geben sollen, diese sturen Leute, die? Mußten sie es erst zu diesem Unglück kommen lassen?« Was besagten die altmodischen Kostüme, die südliche Szenerie? Es waren reine Verkleidungen; denn was damals geschah, konnte heute geschehen, wenn die Buren dem Hochofenarbeiter aus Humborn ihre Tochter nicht geben wollten.

Es war die Zeit vor Weihnachten, eine arbeitsärmere Zeit, und die Dorfleute hatten Lust zu erfahren, was hinter dem Lächeln einer gewissen Rosaria steckte. Als sie gewahr wurden, daß man ihnen das geheimnisvolle Lächeln der Rosaria in einem kalten Saal erklären wollte, holten sie Buchenscheite von daheim und fütterten die Eisenöfen.

Es wurde gemütlich, eine vorzügliche Premierenstimmung kam auf, besonders, als ein Bediener durch die Sitzreihen ging und Glühwein ausschenkte. Die Bauern fingen selber an zu glühen, und während sie sich unterhielten, sahen sie mit einem Auge zum Bühnenvorhang, auf den eine italienische Phantasielandschaft gemalt war. Man hatte dabei nicht mit Blau gespart: Der Himmel blau, das Meer blau, und eine blau gekleidete Dame saß in einer Säulenhalle und bezupfte eine Harfe.

Der Dorflehrer behauptete, die Dame verkörpere die Göttin der Kunst.

»Woll, woll« bestätigte der Kaplan, »irgend so eine Terpzichorie.«

»Terpsichore«, verbesserte der Lehrer, »es handelt sich nicht um Kaffeezusatz.«

»Meinethalben«, sagte der Kaplan, »aber Sie werden zugeben müssen, daß diese Terpzichorie keine Rom-Katholische war.«

Der Lehrer schwieg lieber.

Die Kaltluft von hinter der Bühne und die Warmluft vom Saal fuhren aufeinander los, der Vorhang schlug Wellen, und das blaue Kleid der Göttin wallte. Den Träumern unter den Zuschauern kam es vor, als ob die Dame lebte. Die Nüchternen deuteten das bebende Musenkleid anders: Der Vorhang wakkelte, weil die Zigeuner dahinterstanden und durch ein Loch schauten, ob der Saal schon voll wäre. Die Bauern unterhielten sich über ein wichtiges Thema: Ein »Hans im Glück« war aus ihrer Mitte herausgewachsen; ein Erbhofbauer hatte seinen Hof an eine Dienststelle verkauft und viel Geld dafür erhalten. Ein Flugplatz für die Besatzungsmacht sollte gebaut werden, hieß es. »Hört mir auf mit so 'ne Jlück!« sagte einer der Bauern. »Erbhof bleibt Erbhof. Stimmt et, Bauernführer?«

Dem gedunsenen ehemaligen Ortsbauernführer wars durchaus nicht peinlich, mit seinem vergangenen »Dienstgrad« angesprochen zu werden. »Von diesem Flugplatz wird man gen Osten fliegen«, sagte er.

Aber jetzt sollten die Zigeuner endlich anfangen! Die Ungehobelten trampelten, die Kultivierten klatschten in die Hände. Stanislaus stand hinter dem Vorhang und zitterte bis in die Seele, also bis nirgendwohin, denn die Seele ist unbewiesen, und alles, was unbewiesen ist, gibt es nicht, heißt es.

Stanislaus hatte auf dem Schwarzmarkt einen dezenten Anzug aus dem Nachlaß eines evangelischen Pfarrers erworben, nicht schwarz, nicht dunkelgrau, doch auch nicht blau. Romeo-Foitzik bewog den Truppendramatiker, eine fast rote Krawatte in den Jackenausschnitt des Pfarreranzuges zu binden; ein progressiver Dichter müßte sich auf diese Weise zu erkennen geben.

Einen Mantel besaß der Dramatiker noch immer nicht. Was tats, er schwitzte ohne Mantel, vor Naivität.

Der Vorhang klirrte zur Seite: Kein Mensch auf der Bühne, nur Landschaft. Auf dem Bühnenboden war eine Uferpromenade angedeutet, die von einem Geländer begrenzt wurde. Hinter dem Geländer eine Uferböschung, Wasser, obwohl weder Uferböschung noch Wasser zu sehen waren. Eine von den Zaubereien des Theaters, herrje, ja! Im Bühnenhintergrund zog der auf einen Prospekt gemalte Niederrhein, breit wie ein Fettviehhändler, seinen Weg nach Holland.

Der Transport des Niederrheins auf die Bühne war eine von den Ideen Romeo-Foitziks. Die Leute, vor denen man spielte, hätten ein Recht darauf, ihre Landschaft, ihre Flüsse und was sonst noch sehenswert wäre, in aller Ruhe auf der Bühne betrachten zu können. Das konventionelle Theater hätte seinen Besuchern derlei vorenthalten; das progressive Theater zeigte zum ersten Male den bühnenreifen Niederrhein.

Ein Mann und eine Frau erschienen auf der Uferpromenade, die Eltern Staniros. Unser Dramatiker hatte Shakespeare abgelernt, daß weder der Held noch die Heldin sofort auf der Bühne erscheinen durften; es mußte erst von verschiedenen Seiten über sie geredet werden. Das war klassisch. Einige Schwierigkeiten hatte dem Truppendramatiker der Umstand gemacht, daß der wirkliche Staniro, also Stanislaus, seine Eltern nicht bei sich hatte, als ihm das geschah, was auf der Bühne zu sehen sein würde. Schließlich setzte er sich gegen den Nauralismus und gegen sich selber durch und versah den Helden trotzdem mit Eltern, und das waren ein Glasbläser und seine Frau. Romeo-Foitzik war dagegen. Glasbläser kämen am Niederrhein nicht vor. Die Souffleuse schlug vor, der Dichter solle mit zwei Zeilen bekanntmachen, daß der Glasbläser und seine Frau von weit her am Niederrhein erschienen wären, um an der holländischen Grenze Aale zu hamstern. Romeo-Foitzik hielt sich die Ohren zu, und der Dramatiker machte das Staniro-Elternpaar zu Bäckersleuten.

So kam es, daß die Meistersleute auf der Uferpromenade zunächst über die Nachkriegszeiten klagten und Berufliches besprachen. »Hast du des Sauerteigs gedacht, bevor wir gingen?« fragte die Meisterin.

Der Bäckermeister beruhigte seine Frau, der Sauerteig würde angefrischt werden. »Gedenkst du denn nicht unseres Sohnes? ... « Damit war das Stichwort gefallen, und die Bäckereltern konnten sich über die Qualitäten ihres Sohnes unterhalten. Das Publikum erfuhr, Staniro steige einem Mädchen namens Rosaria nach, das leider keine Bäckermeisterstochter, sondern die Tochter eines proletarischen Kaminschieberstampfers wäre.

Während die Bauern auf den Anfang der Vorstellung warteten, hielt ein verbeultes Opel-Auto vor der Bürgermeisterei. Eine Dame stieg aus. Sie wurde von einem Herrn begleitet, den man in der Dunkelheit mit dem amerikanischen Schriftsteller Jack London verwechseln konnte. Die Dame war in ein loses Gewand, in einen Sari, gehüllt, aber für eine Inderin war sie zu füllig, obwohl sie sonst eine Schönheit für Kenner war, besonders wenn ihre Nasenflügel wie die einer Beduinenstute bebten. Sie ging auf verläßlichen Füßen die Dorfstraße hinunter, und ihr Gesicht glühte.

Das Paar betrat den Theatersaal, als das Licht im Parkett ausging. Ein Mann hatte ihnen die Plätze reserviert gehalten, ein Mensch, der im Dorfe unbeliebt war. Er behauptete, die Äcker wären Produktionsmittel. Jedes Kind wußte, daß Produktionsmittel Räder haben mußten. Aber das schlimmste war, daß dieser Mensch vorschlug, die Äcker sollten allen Dorfbewohnern gemeinsam gehören.

Die beiden Fremdlinge verhielten sich wohl; man konnte über ihr Benehmen nicht klagen. Als sich jedoch im Stück Konflikte abzeichneten, wurde der Doppelgänger unruhig: Rosaria war unschuldig in den Bund der Gerechten geraten, war wie in eine Kirchengemeinschaft hineingetauft worden. »Ich hoff, du denkst wie ich, und nicht wer anders herrscht in deiner Seele?« fragte Rosarias Vater.

Rosaria antwortete: »Muß ich nicht sein in des, was meines Vaters ist?« Diesen Satz hatte Stanislaus aus dem Neuen Testament gestohlen, wir geben es zu. Es kam ihm zugute, daß er in seiner Dorfschulzeit ganze Bibelkapitel auswendig lernen mußte.

Die Bauern belohnten Rosarias Bibelsatz mit Sonderapplaus. Viele hatten daheim unter ungehorsamen Söhnen und Töchtern zu leiden. Leider hatten sie bis zu ihrem Applaus nicht erfahren, daß Rosarias Vater eben jener Sekte angehörte, deren Mitglieder zuweilen Geister aus sich sprechen ließen.

Draußen begann es zu schneien, für die Bauern fiel der Saatschutz, für die Schwärmer die »Weihnachtswatte«, aber der Schnee fiel für alle, für die, die es warm, wie auch für die, die es kalt haben würden, und es gehörte zu den Vorschlägen jenes unbeliebten Mannes, der sich jetzt auf dem Nachhausewege befand: Bis Schnee und Kälte nicht abgeschafft wären, müßte das gesellschaftliche Leben so eingerichtet werden, daß kein Mensch zu frieren braucht. Der Mann hatte die halbe Vorstellung bei seinen Freunden verbracht, aber nun mußte er heim, seine Frau erwartete ihn.

Die Heldin Rosaria schwankte indes, ob sie den Anordnungen der Geistergläubigen oder ihrer Liebe zu Staniro folgen sollte.

»Das Mädchen hat gretchenhafte Züge«, flüsterte der Lehrer dem Bürgermeister zu.

Der Held Staniro war jetzt sicher, daß er es nicht mit einzelnen Nebenbuhlern zu tun hatte und daß Rosarias Lächeln stets ihm galt, wenn sie sich eine Weile von den Geistergläubigen befreite.

Der Sektenleiter Ontario sagte zu Rosaria: »Wir pflegen Einzelliebe nur, wenn sie nicht unsere Sach gefährdet. Wie steht der, den du liebst, zu unsrer Sach?«

»Ich weiß noch nicht«, antwortete Rosaria.

Eine dicke Bäuerin rief: »Dat dumme Kind, wat läßt et sich von einem Jeisterkaplan beschwatzen?«

Der Dorfkaplan erhob sich, hustete hinweisend und drehte seinen runden Hut in den Händen.

»Hinsetzen!« rief man von hinten. Der Kaplan blies die Wangen auf, sah sich empört um und verließ langsam den Saal. Romeo-Foitzik rieb sich hinter der Bühne die Hände.

Es hatte nicht in Stanislaus' Absicht gelegen, einen Kaplan noch sonst eine Dienststelle oder Sekte zu beleidigen.

Dazu war er trotz seines Klosteraufenthaltes für einen Autor des zwanzigsten Jahrhunderts politisch nicht geschult genug. Er hatte niedergeschrieben, was er erlebt hatte und was er empfand. In ihren Disputen im Kloster waren sie übereingekommen, daß ein Autor sich beim Schreiben an das Leben halten müßte, und wenn Anstößigkeiten dabei entstünden, könnte man weniger dem Leben als falschen Lebensvorstellungen die Schuld geben.

»Du bist allein, vereinzelst dich«, sagte der Sektenleiter zu Rosaria und benutzte das vom vielen Gebrauch arg zerkleinerte Rutenbündel als Beispiel. »Wenn einzeln Rut alleinig, knack, schon ist sie weg! Ein Bündel Ruten kann der Feind nicht brechen.« Ontario klatschte in die Hände. Die Sektierer erschienen. Alle Mitglieder der Truppe im Gefecht, sogar ein paar Schülerinnen und Schüler des letzten Schuljahres hatte man sich für die Premiere ausgeborgt. Sie umtanzten Rosaria züchtig, eine Art Balletteinlage, sodann hockten sie sich im Kreis auf den Bühnenboden; Rosaria stand außerhalb des Kreises, und in der Kreismitte saß Ontario auf einem Thron und hatte eine Art Katechismus vor sich. »Glaubst du dem Geiste der Verstorbnen?«

»Wie sollt ich nicht.«

»Sodann bezichtige dich!«

Rosaria schwieg lange. Die dicke Frau rief aus dem Saal: »Dat liebe Kind, sie machen et verrückt!«

Die Sektierer nahmen Rosaria ins Kreuzverhör. »Stellst Einzellieb du höher als die Sach?«

Rosaria sagte, sie hätte zuweilen ihre Liebe, manchmal aber auch die Sache höhergestellt, aber oft hätte sie zuerst die Sache und dann erst die Liebe höhergestellt.

»Wie oft die Sach erhöhter als die Lieb?«

»Mal so, mal so, ich sagt es schon.«

»Wie oft die Sach, wie oft die Lieb? Die Zahl ists, die gerechtes Wägen zuläßt.«

Ein alter Mann aus dem Publikum rief: »Die Sach, die Sach! Was ist eure Sach? Ich bin ein Kind Jehovas, seid ihrs auch?«

Aber nicht nur dieser ZEUGE JEHOVAS brachte Unruhe in den Saal, auch jener London-Doppelgänger, der Begleiter der Dame, war aufgesprungen. »Ich bleib nicht!«

Die Dame im Sari packte ihn bei der Schulter und zog ihn nieder.

»Das Stück geht gegen uns«, sagte der Doppelgänger.

»Glaubst du an Geister?« flüsterte die Dame. »Das Stück richtet sich gegen seinen Verfasser, ganz allein gegen ihn.« Sie wischte sich die Augen mit einem bunten Taschentuch, das sie die ganze Zeit in den Fäusten gedreht hatte, und sagte: »Es ist mein Zustand – weiter nichts!«

Vor dem Theaterhaus und in den Feldern ließ sich immer mehr Schnee nieder, wolliger Neuschnee, der noch nicht viel taugte. Ein Fuchs schlich durch die Feldmark, näherte sich dem Dorfe und raubte eine Henne. Eine Viehmagd hatte in Theatervorfreude den Hühnerstall zu schließen vergessen.

In einem Landarbeiterhause kam ein Junge ohne Hebamme zur Welt. Der Mann, der die Hebamme hätte holen sollen, hatte zwei unbekannte Freunde aus Dinsborn in den Theatersaal gebracht. Als der Mann den Jungen sah, sagte er: »Gott sei Dank!«, verbesserte sich aber, weil ihm auffiel, daß Gott tot war, und sagte: »Ruhm und Ehre dem Neugeborenen!«

Als die Landarbeiterfrau sich Gedanken machte, auf welchen Namen man den Jungen taufen lassen sollte, sagte der Mann: »Getauft wird nicht, aber der Junge wird Staniro heißen!«

»Staniro heißt kein Mensch auf dieser Welt«, sagte die Frau.

»Doch!« sagte der Mann, er hätte einen leibhaftigen Staniro auf der Bühne gesehen. »Man hat ihm übel mitgespielt, aber er gab nicht auf.«

Im Theatersaal breitete sich Traurigkeit aus. Manche Frauen sahen weinerlich drein: Rosarias Verstand verwirrte sich von Szene zu Szene mehr. Sie fragte sich und fragte, wen sie mehr geliebt hätte, die Sache oder Staniro; vor allem fehlte ihr die genaue Zahl für die Fälle, in denen sie die Sache höhergestellt hatte als die Einzelliebe. Sie mied Staniro, ließ sich verleugnen, um nicht noch mehr Schuld auf sich zu laden. Es erschienen nicht gerade Männer in weißen Mänteln auf der Bühne, um Rosaria einzufangen, aber jedermann wußte, daß ihr Weg in eine psychiatrische Klinik führte. Staniro beschloß auszuwandern nach einem Lande, das Australien heißt.

»Buschkrank vom vielen Warten«, sagten die Bauern und klatschten Beifall. Es war kein »stürmischer Beifall«, doch als die Frauen sich die Augen gewischt hatten und mitklatschten, hörte es sich wenigstens so an, als ob zweiunddreißig Mann mit dem Flegel dreschen.

Die Theatersitte wills, daß der Autor sich bei einer Premiere vor dem Publikum zu verneigen hat, sofern er noch lebt. Das traf in Stanislaus' Falle einigermaßen zu. Keinerlei Aufsehen, als er sich verneigte, aber dann kam Romeo-Foitzik, der Regisseur, wies auf Stanislaus und sagte: »Der Autor.« Die Leute überlegten: War das einer von den Sektierern, die den Verstand der Rosaria auf dem Gewissen hatten?

Endlich erhob sich hinten im Saale die ausländisch gekleidete Dame und rief mit zitternder Stimme: »Bravo, ein Bravo für den Autor!«

»Bravissimo!« rief der Lehrer und ließ sich nicht lumpen; schließlich klatschten auch andere, aber der Mann neben der ausländischen Dame schrie: »Ein Pfui dem Verleumder, ein Pfui, ein Pfui!«

Die Schauspieler kamen Stanislaus zu Hilfe, die Lund und die Dornkapp hakten sich bei ihm ein. Sie verneigten sich zusammen, und als Stanislaus wieder aufblickte, sah er, wie die Dame den Saal verließ: Er erkannte Rosa, erkannte den London-Doppelgänger. »Rosa!« und »Rosa!« rief er, doch die Dame drehte sich nicht um. Er wollte in den Saal, aber die Leute von der Truppe hielten ihn fest, er mußte sich mit ihnen verbeugen, und die Lund küßte ihn. Er ließ sichs wehrlos geschehen. Der Kuß der Lund befreite das Publikum von der Trauer, in die es der Schluß des Stückes versetzt hatte; er bewies, daß keine irr gewordene Rosaria vor ihnen stand, sondern eine Zigeunerdame, die sich nicht vorschreiben ließ, wen sie zu küssen hatte.

38

Stanislaus durch sucht eine Winternacht nach Rosa und empfängt die ersten Nadelstiche öffentlicher Kritik.

Stanislaus zerstampfte den lilienweißen Schnee; und der Schnee rieselte ihm in die Halbschuhe, taute dort, wurde Wasser und machte unseren Helden auf unangenehme Weise darauf aufmerksam, daß alles Bestehende sich wandelt.

Stanislaus hatte nicht Zeit, sich mit diesem Wandel zu befreunden; er versuchte etwas einzuholen, was ihm als das Wichtigste auf der Welt erschien, eine Morgenwolke. Er ging nicht wie ein Dorfbewohner, der aus dem Theater kommt, er rannte und schrie von Zeit zu Zeit einen Mädchennamen in die Nacht. Er begann zu springen, um den Schnee zu überlisten, der da lag und lauerte, mit neuen Prisen in die ausgetretenen Halbschuhe des Dramatikers zu fallen.

Eine Theaterpremiere: Der Autor verneigte sich, wurde von einer Dame geküßt, mit der er nichts mehr zu tun hatte, und rannte einer Frau nach, die nichts mit ihm zu tun haben wollte.

Es führten zwei Menschenspuren zum Bahnhof, sie waren seine Hoffnung; er ächzte, zog sich an ihnen voran, sah im Schnee etwas Dunkles liegen und hielt es für das Kopftuch einer bestimmten Dame. Es war ein Fleck aus Hühnerfedern; hier hatte ein bestimmter Fuchs eine Henne gerissen.

Auf dem Bahnhof sah er, daß ihn ein Bauer mit seinem Sohne auf die falsche Spur gebracht hatte. Der Sohn wimmerte vor Zahnweh. »Wer kann das mit ansehen?« sagte der Mann und meinte den Zustand seines Sohnes.

»Das kann niemand mit ansehen«, versicherte Stanislaus und meinte sich.

Er lief ins Dorf zurück, überquerte den Platz vor der Bürgermeisterei und sah, daß dort ein Auto gestanden hatte ..., da ging er weiter und winkte von Zeit zu Zeit ab, wie Betrunkene es tun, die von der Welt, aber auch von dem unzulänglichen Mittel enttäuscht sind, mit dem sie ihren Weltschmerz wegzuspülen versuchten.

Die Truppenmitglieder saßen im Gasthaus. Es gab ein paar Dorfleute, die nicht fürchteten, sich gesellschaftlich zu beschmutzen, wenn sie mit fahrenden Leuten feierten: Es waren zwei Kleinbauern, ein Großbauer, der Lehrer und der Kirchendiener, den der Pfarrer geschickt hatte, um Bericht zu erhalten. Auch zwei Frauen feierten mit: das Fräulein von der Post und die Hebamme. Sie erzählte von einem Knaben, der sich selber geboren hätte. »Wozu der Mensch all fähig ist!«

Stanislaus wurde mit Hochrufen empfangen. Man rückte zusammen und schob ihm Grog hin. Der Großbauer, ein Süßhahn, hatte für die Ehre, neben der Dame Lund sitzen zu dürfen, einen Schweinehinterschinken von daheim geholt. Sein Gesicht glänzte in Geberlaune und Lebenslust.

Stanislaus spürte, wie jemand seine Hosenbeinlinge betastete. Es war Dinasard Dornkapp. »So können Sie nicht weiterleben«, sagte sie.

»Nein!« sagte er, und jedes von ihnen meinte etwas anderes. Sie ging in die Wirtshausküche, kam mit trockenen Socken und Hauspantoffeln zurück und war so voll beharrlicher Güte, daß er ihr hinter den runden Gasthausofen folgte, um sich von ihr betun und betrocknen zu lassen.

Als sie an die Tafel zurückkamen, schnitt einer der Kleinbauern den Schinken auf. Er hatte sanfte Augen und einen zahnlosen Mund. »Jetzt muß ich Sie anpacken!« sagte er zum Dramatiker und drückte ihm den Unterarm. »Ich werd in meinem Leben keinen Mann mehr zu packen kriegen, in dessen Kopf Theaterstücke eingelagert sind.«

Auch die rothaarige Hebamme wollte Stanislaus berühren. Sie wünschte sich so sehr, unter den tausend Kindern, die sie zur Welt brachte, möge ein Dichter wie Karl May sein, von dem sie auf der Hebammenschule heimlich einige Bücher gelesen hätte.

»Bedenken Sie, daß Sie einen Unglücklichen zur Welt brächten«, sagte die Lund zur Hebamme. »Dichter lassen sich schwer lieben.« Die Lund benötigte keine Antwort; der Süßhahnbauer legte seinen Arm um ihre Schultern.

Die Hebamme wollte vom Dramatiker wissen, weshalb der Liebhaber auf der Bühne seine Geliebte nicht aus den Fängen der Sektsäufer befreit hätte.

»Aus den Fängen der Sektengläubigen«, verbesserte der Lehrer, der froh war, zu Wort zu kommen und jemand belehren zu können. Die Hebamme entschuldigte sich, sie hätte die Vorstellung nicht besucht, sondern daheimgesessen, Strümpfe gestopft und auf Abruf gewartet; man hätte ihr den Inhalt des Stückes erzählt.

Der Lehrer, dem anzusehen war, daß die Dorfschule nicht die letzte Station auf seinem Weg zur Höhe sein würde, fragte den Autor: »Weshalb hat Ihr Held eigentlich keine Verbindung zu den Leuten gesucht, die die Gefühle seiner Geliebten steuerten? Wärs nicht möglich gewesen, daß er sich mit den Zielen der Sekte befreundet hätte?«

Stanislaus, schroff: »Das konnte er nicht!«

»Diesen Beweis eben sind Sie uns, meine ich, schuldig geblieben« , sagte der Lehrer.

»Dann wärs keine Tragödie geworden«, antwortete Stanislaus.

»Interessant!« sagte der Lehrer und meinte es ehrlich, wenn er folgerte: »Es hängt also von der Gattung eines Stückes ab, ob die Konflikte seiner Fabel ausgeschöpft werden oder nicht?«

Stanislaus blickte hilfeheischend zu Dinasard Dornkapp; aber Dinasard konnte ihm beim Strumpfwechsel helfen, nicht bei literarischen Gesprächen. Schließlich kam ihm Romeo-Foitzik, der geübte Diskutierer und Verfechter des progressiven Theaters, zu Hilfe. Er schmeckte die delikate theater-theoretische Frage ab wie eine Galamahlzeit und tischte dem Dorflehrer auf.

Wie der theoretische Streit endete, erfuhr der Dramatiker nicht. Der Wirt trat an den Tisch, begrüßte die Gäste, fragte nach »einem Herrn Stanislaus Büdner« und gab dem einen Brief.

Stanislaus erkannte an den Schriftzügen auf dem Umschlag, woher der Brief kam, verließ die Runde und hockte sich in seine kalte Gasthausherberge.

»Stanislaus!« (dickes Ausrufezeichen). Das war die Anrede im Brief. Dann hatte sichs die Schreiberin überlegt und die erste Anrede gestrichen. »Lieber, lieber Stanislaus!« hieß es jetzt. Stanislaus schluckte. »Schade, es gibt kein innigeres Wort für Liebe, sonst hätte ich es hingeschrieben. Es konnt nicht anders kommen, als es kam. Du interessierst Dich nicht für mein geistiges Zuhause.« (Das »geistige Zuhause« erschien Stanislaus ambitiös und war nicht nach seinem Geschmack.) »Ich las in den letzten Wochen die Lebensgeschichten von Dichtern und Künstlern, studierte sie, wie wir Kommunarden sagen, und folgere: Du konntest nicht anders sein, als Du warst. ›Sturm und Drang‹, wenn Du je davon gehört haben solltest. Alles war Weg, der Dich zu Deinem Ziel führt.« (Das Deinem war unterstrichen.) »Das ist der Stand meiner augenblicklichen Erkenntnisse.

Ich verzeih Dir. Nein, es gibt nichts zu verzeihen, weil es hieße, dem Leben großmütig die Erlaubnis zu erteilen, zu leben. Vielleicht gehe ich fort, ganz fort aus dieser Gegend, vielleicht nicht weit, vielleicht ganz weit, ich weiß so vieles nicht. Nimm den Kuß, den ich Dir geben wollte, als ich Dich zum ersten Male sah – schlafend. Rosa.«

Stanislaus atmete schwer und las zurück bis zur Stelle mit dem »geistigen Zuhause«. Obwohl ihm der Begriff abgeschmackt erschien, war wohl gemeint, was auch dem Dorflehrer am Stück gefehlt hatte.

Es lag noch ein Zettelchen im Briefkuvert. Stanislaus entdeckte es erst, als er den Brief zurückstecken wollte. »Noch flugs das, bevor ich in der Gasthausküche den Brief zukleb: In Deinem Stück machst Du Dich über uns lustig. Für mich wars eine Allegorie, solls für andere sein, was es will. Wenn Du mutmaßt, daß ich Spiritistin sei, bin ich Dir bös. Wenn ich Beifall klatschte, als der ›Herr Autor‹ auf der Bühne erschien, so schieb es auf mein Schwanken. Von jetzt ab bist Du mein Feind.

Wenn ichs überles, erscheint mir zu grob, was ich schrieb. Du weißt ja nichts von uns. Du schlugst Dich selber mit dem Stück. Freilich hast Du Dich nicht geschont, nein, das hast Du nicht, das muß ich sagen, und es war auch viel Poesie darin, besonders um Rosaria. Ich glaube fast, ich liebe Dich wie eh und je, aber Glauben ist nicht Wissen. Rosa.«

39

Stanislaus wird wieder seßhaft, rutscht wie ein Däumling in die Eingeweide eines Riesenschafes und wird dort zu einem Pampel.

Der Ort hieß Rabenfeld, denn die Menschen hatten noch nicht den Ehrgeiz entwickelt, ihre Städte, Flüsse, Berge, Straßen, Häuser und schließlich sich selber zu Nummern zu machen, um gewissen Apparaten zu gefallen, die sie kosend Computer nennen würden.

Es war Nacht, und ein Jahr nach der Premiere von Stanislaus' Drama. Dort, wo der Fluß einen Bogen machte, lag ein dicker Felsen, in den tausend glühende Vierecke eingelassen waren; es rumpelte und schrummte in seinem Innern, und graugelbe Dampfschwaden drangen aus ihm wie aus einem feuerspeienden Berg, der sich auf einen Ausbruch vorbereitet.

Man konnte alles so oder so, aber auch anders sehen, wenn man Stanislaus Büdner hieß und ein Mensch war, der sich verwandelte und für den sich die Mitmenschen und alle Dinge der Welt mitverwandelten: Der Felsblock an der Biegung des Flusses konnte zum Beispiel das größte Haus der Stadt sein, das in die Landschaft hinausgesprungen war, weil es zwischen den kleineren Stadthäusern nicht wohlgelitten war.

Weshalb hockte Stanislaus in der Winternacht auf einem Brückengeländer und starrte zu dem großen Haus hinüber? Er konnte sich ja erkälten! Zum Lachen! Unserem Helden war gleich, ob er sich heute erkältete, morgen krank wurde und übermorgen starb oder ob er leben blieb. Wer kennt diesen Zustand nicht!

Wir haben inzwischen erkannt, daß mit dem Felsgebirge eine Fabrik gemeint ist. In diese Fabrik wollte Stanislaus. Er hatte Arbeit angenommen und mußte in die Nachtschicht. Er war zu früh dran, wie es landläufig heißt, aber niemand weiß, ob »zu früh« für etwas, was geschehen soll, nicht »zu spät« für etwas ist, was schon geschah. Hier nun handelte es sich um eine Gewohnheit unseres Helden: Überall, wo er sich mit anderen Menschen zu treffen hatte, erschien er zu früh. Er wollte schon Hausrecht am Treffpunkt haben, bevor die anderen eintrafen. Manchmal wähnte er sich zu früh geboren, aber das war seine eigene Sache und eine glatte Dummheit.

Was fiel Stanislaus ein, in eine Fabrik zu gehen? Hatte er nicht als Theaterautor gewisse Erfolge gehabt? Doch, doch, aber nur beim Publikum, und das will nichts besagen, denn die Kritiker sind für den Erfolg eines jungen Autors zuständig. Romeo-Foitzik bat Stanislaus angesichts dieser Tatsache, das Stück umzuarbeiten. Der Held Staniro sollte mit Rosaria zum Sektenabend gehen und versuchen, sie vom Sektenwahn zu erlösen.

Stanislaus rührte sich nicht. Mit der Zeit wurde aus Romeo-Foitziks Bitte eine straffe Forderung. Trotzdem zeigte sich Stanislaus zu Änderungen nicht geneigt. Es schien ihm einer Lüge gleichzukommen, sein Leben, das auf der Bühne vorgeführt wurde, nachträglich zu korrigieren. Sowieso waren ihm das Lebensstück, das er hinter sich hatte, und das Theaterstück, das er daraus gemacht hatte, wie alte Häute, die er abgestoßen hatte.

Sein Stück wurde abgesetzt. Er spielte seine kleinen Rollen, vertrat die Souffleuse, sogar den Friseur, wurde zum Allroundman der Truppe und litt an »hochgradiger Gefühlsabsenz«, wie die Lund feststellte. Für die Damen wurde er von Monat zu Monat uninteressanter.

Ihn drohte die Sehnsucht nach Rosa zu übermannen. Es war keine volkstümliche »Liebessehnsucht«; er sehnte sich nach einem Menschen, mit dem er teilen konnte, soweit seine geistigen Erlebnisse mitteilbar waren.

Einige Auslassungen Leo Lupins fielen ihm ein und reizten ihn. »Du bist kein proletarisches Element. Man kann das schwer nachvollziehen. Am besten, man wird proletarisch geboren, dann hat man weniger Scherereien. Eine proletarische Geburt wird von der Leitung hoch veranschlagt.«

Stanislaus wäre nicht Stanislaus gewesen, wenn er sich nicht zugetraut hätte, die Welt aus den Angeln zu heben und auf

Proletarier umzuschulen, um Rosa wenigstens in dieser Hinsicht näherzukommen.

Er trennte sich in Frieden von der Truppe, von Romeo-Foitzik, der ihm ein kühler, intellektuell basierter Freund gewesen war, und ging im Personalbüro der Fabrik um Arbeit nachfragen, als die Truppe in Rabenfeld spielte.

Welcher Personalchef fällt einem Mann um den Hals, der als Hilfsarbeiter in seinem Betrieb anfangen will? Für einen Personalchef sind alle »Neueinstellungen« Schecks ohne eingesetzten Betrag. Stanislaus erhielt Arbeit, doch er mußte sich bereit erklären, in den ersten Wochen nur Nachtschichten zu machen.

Jetzt war er unterwegs zur ersten Nachtschicht, und je länger er zum rumpelnden, rauchenden Fabrikkoloß hinüberstarrte, desto mehr fürchtete er sich vor dem, was ihm bevorstand. Er dachte an Leo Lupin: Nicht leicht, Proletarier zu werden!

Die Fabrik war ein großes Schaf mit rollendem, kullerndem Gedärm. Ein Schaf erzeugt Wolle, auch diese Fabrik tat es. Sie war groß, ein Schaf war klein. Wie präzis arbeitete das Leben, wenn es die komplizierten Riesenmaschinen, die der Mensch zur Wollerzeugung benötigte, in einem Schafskörper unterbringen konnte? Trotzdem hielt der Mensch, der ewige Selbstlober, sich etwas darauf zugute, daß er Wolle in Maschinen wachsen lassen konnte, und fühlte sich wie ein jüngerer Kollege vom pensionierten Gott.

Stanislaus ging durch das Maul des Fabrikschafes und rutschte in dessen Gedärm hinein. Wenn Zellstoff und Chemikalien Schaffutter und Schaftränke waren, war Stanislaus jetzt eines der Enzyme oder ein Labferment, das mitgeschluckt worden war, um das Futter aufzuschließen.

Er erhielt einen Spezialanzug, Gummistiefel, Gummihandschuhe, eine Kappe und eine Schutzbrille. Alle Kleidungsstücke waren säurefest; denn die Magensäure des Riesenschafes war angriffslustig, am besten, auch der ehemalige Dramatiker wäre säurefest gewesen, um einen Idealhilfsarbeiter abzugeben.

Die Fabrik war keine Theaterschriftstellereiwerkstatt, in der Helden angefertigt wurden. Hier hatte man selber Held zu sein und sich in Abenteuer zu stürzen.

Stanislaus wurde vom Leiter der Nachtschicht in den Spinnsaal geführt. Und denkt nun nicht an einen Tanzsaal, wenn ihr das Wort »Saal« lest! Die Herrschenden der Welt waren nie um schöne Worte verlegen, wenn sie unschöne Taten, die sie ihren Untergebenen abverlangten, herausputzen wollten. Im Kriege spricht man nicht von dreckigen Schützengräben und Bombentrichtern, sondern vom »Kriegsschauplatz«. Schauplatz! Wie sauber, wie unverfänglich! Eine Art Schaubühne, auf der die Untergebenen den Herrschenden vorführen, wie sie verstehen, einander abzuschlachten.

Stanislaus tanzte die ganze Nacht im Spinnsaal, schleppte große Weidenkörbe, füllte sie mit Viskose, die im Säurebad »verreckt« und zu Gallertklumpen geronnen war. Quallen waren gegen dieses ekle Geklump wie Gebilde aus reiner Poesie.

Die Spinner rissen die störenden Klumpen aus den Säurebädern, warfen sie auf die Maschinengänge und riefen: »Hierher, PAMPEL, hierher!« Der PAMPEL für den Maschinengang III war Stanislaus.

Es war schwer, ein Prolet zu werden! Stanislaus versuchte die Klumpen zu packen, doch sie rutschten ihm weg, und er streifte die Gummihandschuhe ab, griff mit bloßen Händen zu, füllte den Korb und wuchtete ihn aus dem Maschinengang.

Er füllte und schleppte, und seine Hände röteten sich und brannten; er schwenkte sie, um sie zu kühlen, doch der Spinner schrie: »Mach keinen Frühsport! Weg mit dem Geschlader!«

Jemand packte ihn bei der Schulter. Er sah in ein Gesicht mit einer Papageiennase; große, starre Augen blickten ihn an. »Ich bin der Robert.« Der Mann nahm seine Kappe ab: Ein kahlgeschorener Schädel wurde sichtbar, nur über der Stirn stand ein Haarklecks mit winzigem Scheitel. Robert hieß Stanislaus sich die Hände spülen, doch der Spinner schrie: »PAMPEL, hierher!«

Robert hielt Stanislaus zurück und veranlaßte ihn, sich die Hände mit dem Wollfett von echten Schafen einzureiben, und der Spinner kam und brüllte: »JESUS, laß den PAMPEL gehn!«

»Widersprich ihm nicht!« sagte der kleine Mann. »Er ist noch kein Mensch!«

Stanislaus nickte dankbar und machte sich wieder an die Arbeit. Vielleicht war es doch nicht so schwer, ein Proletarier zu werden?

Der Schichtführer kam und sagte etwas. Stanislaus verstand nicht. Der Maschinenlärm versetzte sein Gehör. Der Schichtführer schrie ihm ins Ohr: »Frühstück!« Sollte er »Nachtstück« schreien?

Für Stanislaus war die Fabrik ein in Zellen aufgeteilter Hohlraum. Maschinen standen neben Maschinen, und nach welchem Prinzip sie miteinander arbeiteten, erkannte der Neuling noch nicht.

Die Kantine war ein Quader aus Helligkeit; Tische leuchteten ihm mit weißgescheuerten Platten entgegen, und die Stühle ließen ihn wissen, daß sie alte Bauernstühle zu Verwandten hatten. Der Thekentisch und die Zapfhähne glänzten; aus ihren Schnäbeln lief farbige Limonade, und der Teewasserkessel zischte wie ein Theaterinspizient, auch eine kleine Kaffeemaschine fehlte nicht. Die Kaffeetrinker wurden vom Kantinier behandelt wie anderwärts Sekttrinker.

Die Kantinenluft war mit Tabakrauch gepolstert. Er stank wie Jauchegas. Verwechslungskomödie der Sinne! Die Geruchsnerven des Neulings waren so derb vom Schwefelwasserstoff attakkiert, daß ihm die ganze Welt stank. Seine Zigarette warf er, nachdem er drei Züge geraucht hatte, weg. So mußte der »Schwedentrunk« im Dreißigjährigen Kriege geschmeckt haben!

Er war nicht der einzige Pampel, es gab noch andere, die in der gleichen Nachtschicht die Arbeit aufgenommen hatten. Man erkannte sie an der Vorsicht, mit der sie sich an die Tische der Stammarbeiter setzten. In der Betriebsordnung wurde das Milchtrinken anempfohlen. Entgiftung. Jeder eine Flasche Milch gratis! »Hier, trink auch meine Milch, Pampel, hopp, hopp!« sagten die Stammarbeiter. Sie tranken Tee oder Kaffee, und das Milchverschenken nannten sie »Winterhilfswerk« oder »Führergeschenk«, denn alle, die da saßen, rumorten und bramarbasierten, waren ein oder zwei Jahre zuvor noch Kriegsgefangene und drei Jahre zuvor Soldaten gewesen.

Die Pampel tasteten sich mit Fragen ab und mochten einander. Sie waren neu im Betrieb und Geschurigelte. Ihre Namen tauschten sie nicht aus. Das fehlte! Waren sie Manieraffen? Sie nannten sich Langer, Schwarzer und Dürrer, erkämpften sich einen Tisch. Einer hatte den Mut, mit der Faust draufzuschlagen und zu sagen: »Unser von jetzt ab!«

Sie tranken Milch, die eigene und die geschenkte; denn sie fürchteten um ihre Gesundheit. Die Stammarbeiter nickten ihnen zu. Bald sprang der erste Pampel auf und mußte hinaus, und schon rannten der zweite und der dritte. Als der erste zurückkam, sagte er: »Alles raus!«

Die Stammarbeiter schlugen sich auf die Schenkel und lachten.

Stanislaus wars, als wär ihm jemand mit einem Quirl in den Magen gefahren, doch er hielt durch bis zum Ende der Nachtpause. Die Stammarbeiter nannten ihn den »eisernen Gustav«.

Aus Morgen und Abend entstanden neue, immer neue Wintertage. Gleich würde es Weihnachten sein. Kein Tag glich dem anderen; es war Stanislaus' Stumpfsinn vom Vortag, der ihm auch den Nachtag stumpfsinnig erscheinen ließ. Die Zellwollfabrik lag, wie vier Wochen zuvor, an der nämlichen Flußbiegung, zog weidend durch die verschneite Flußniederung und erzeugte Fäden, die sich unlebendig anfühlten. Die deutsche Menschheit war wild nach diesen Fäden, denn sie war wie aus einem »Lumpenball« aus dem Kriege herausgekommen. Sie konnte nicht warten, bis die aufgefressenen Schafherden ergänzt waren und wieder Wolle aus Gräsern anfertigten. Es sah aus, als hätten die deutschen Marschierer Krieg und Not heraufbeschworen, um als Kollegen Gottes Kunstwolle zu produzieren und aus Steinen Brot zu machen.

Wenn die Zellwoll-Chemiker Gottes Kollegen waren, mußten die Zellwollarbeiter Engel sein. Der Zellwollengel Stanislaus Büdner bewohnte ein möbliertes Zimmer bei einem Arbeitskollegen namens Müller, vornamens Michel, spitznamens

Schwarzkünstler. Michel brachte einen Hauch von Kunst in die Kantine. Er malte, was sich die Kollegen wünschten, mit Kreide auf eine Tischplatte oder an die schwarze Anschlagtafel.

»Mal uns eine Rose!«

Müller malte sie in acht Komma null Sekunden.

»Mal einen Rohrkrepierer!« forderte ein Einarmiger, der mit dem Krieg nicht fertig werden konnte. Michel malte ein zerfetztes Geschützrohr und eine umherfliegende Bedienungsmannschaft.

»Mal uns ein Weib, das seinen Mann verdrischt!«

Sie wollten den »kleinen Schwarzen« damit ärgern. Am liebsten malte Müller Blumen, Ornamente, Pferde, Kühe, auch Affen und nackte Damen. Seine Arbeitskollegen meinten, er hätte »ein Genie werden können«, wenn ihn die richtigen Meisterfinger zu packen gekriegt hätten.

Der ehemalige Porzellanmaler winkte ab, wenn sie es zu gut mit ihm meinten. »Ihr wißt nicht, wovon ihr redet: Vor einem Genie nimmt Gott die Pfeife aus dem Maul und verneigt sich.«

Das war der Punkt, an dem Michel Müller für Stanislaus interessant wurde.

Die Müllerin sprach mit klagender Stimme. Sie hatte herunterhängende Wangen, die zitterten, wenn sie lief. Sie übergab Stanislaus eines ihrer aufgetragenen Hemden und ermahnte ihn klagend, seine Rasierklingen nicht am Handtuch zu säubern.

Der Aufsatz des Vertikos war mit bunten Produkten aus Michel Müllers Porzellanmalerzeit geschmückt. Stanislaus mußte sich schriftlich verpflichten, jede zerschlagene »Kunstfigur« zu bezahlen. Die Müllerin hatte Erfahrungen: Ein Schauspieler, der bei ihr gewohnt hatte, hätte fünf bemalte Teller nach Hunden und Krakeelern auf die Straße geworfen. »Sie sind ja Gott sei Dank kein Künstler!«

Er antwortete nicht, und als er einige Tage in der Zellwollfabrik gearbeitet hatte, hielt auch er sich nicht mehr für einen Künstler.

Manchmal besuchte ihn Michel Müller am Abend, bevor sie in die Nachtschicht mußten. Daheim trug er Schuhe, die seine

Frau aus alten Lumpen anfertigte. Michel schwärmte von großen Malern und nannte sie beim Vornamen, als ob sie seine verstorbenen Brüder wären. »Weißt du, daß der Ludwig all seine Zeichnungen mit einem Tier versieht?« konnte er fragen, wenn er von Ludwig Richter sprach. Stanislaus hatte es nicht bemerkt. »Wenn du keine Katzen auf seinen Radierungen findest, so wirst du einen Spatzen entdecken, jaaa. Man nennt das Affinität. Der Ludwig hatte sie. Vielleicht weißt du auch nicht, daß Adolph kleiner war als ich?«

Stanislaus wußte nicht, wie groß Menzel gewesen war.

»Er war an acht Zentimeter kleiner als ich, wenn ich richtig schätze«, sagte Michel Müller, »aber was er malte, war groß.«

Stanislaus lag gefühlstaub in Kleidern auf seinem Bett, obwohl die Müllerin es ihm untersagt hatte.

Weihnachten nahte. »Vergessen Sie nicht das Engelshaar!« hieß es in den Fenstern der Drogerien. Jeder anständige Deutsche war verpflichtet, sich seiner Lieben zu erinnern. Erinnerte auch Stanislaus sich dieser Verpflichtung? Er schrieb einen Brief für Rosa und schickte ihn an Leo Lupin; einen nüchternen Brief, für den Fall, daß ihn Leo öffnen sollte. »...teile Dir mit, liebe Rosa, daß ich in Rabenfeld lebe, aber ebensogut tot sein könnte. Wenn ich wüßte, daß ich Dich damit erfreu, würde ich mitteilen, daß ich in einer Fabrik arbeite, um etwas weniger Dein Feind zu sein.

Wenn Du mir antworten würdest, wäre mir wohl, aber Du wirst mir nicht antworten, und mir wird nicht wohl sein. Dein getreuer Stanislaus.«

In dem Begleitbrief vermerkte er, daß er trotz Leos Warnungen gegangen wäre, ein Prolet zu werden. »Lach nicht, Langer! Es ist meine Sache. Dein Büdner.«

Die Weihnachtsverpflichtungen nahmen kein Ende: Drei Tage vor Weihnachten schickte Stanislaus einen Brief an Vater Gustav und Mutter Lena in sein Heimatdorf: »Ich lebe, bin wohlauf, und wenn auch Ihr lebt, so antwortet! Grüßt die Brüder und Elsbeth! Ist Reinhold heil aus dem Lager gekommen? Euer Stanislaus.«

Zwei Tage vor Weihnachten fiel programmgemäß Schnee. Die liebe Frau Holle, wie nett sie es meinte! O du fröhliche, o du selige Weihnachtszeit! Morgen, Kinder, wirds was geben, nicht allzuviel; denn man war dem Krieg noch nicht weit genug entlaufen. Deutschland war noch immer ein Land der Raritäten: Wollsocken, Ziegenbutter und Schweinehinterschinken waren noch rar.

40

Stanislaus lehrt seine Finger das Sehen und lernt beim Warten auf einen Brief von Rosa eine eigene Dichtereiarbeit auswendig.

Die Müllerin riß die Tür auf. »Sie haben mir den Toilettenrand benäßt.«

Stanislaus versicherte, daß ers wegwischen würde. Trotzdem lamentierte die Wirtin weiter: »Ja, nun schämen Sie sich und schließen die Augen.«

Stanislaus hielt die Augen geschlossen, weil ihm die Augäpfel brannten. Er war erblindet. Die Müllerin ging. Die Tür klappte. Stanislaus öffnete die Augen gewohnheitsgemäß; Tränen quollen unter den Lidern hervor und rollten aufs Deckbett. Wenn er die Augen geschlossen hielt, war der Schmerz erträglicher. Er suchte mit geschlossenen Augen nach seiner Hose, stieß an das Vertiko, und eine Vase fiel herunter.

Frau Müller riß die Tür wieder auf. »Bezahlen!«

»Ich bin blind«, sagte Stanislaus, »ich bin blind, Frau Müller!« Die Müllerin sah ihn an: Ein Mensch konnte die Augen nicht den ganzen Tag vor Scham geschlossen halten. Sie begriff. »Aber bezahlt muß werden!« sagte sie.

Michel Müller trat ein. »Hab Mitleid mit ihm!«

»Mit dem vorigen sollt ich auch Mitleid haben, weil er ein Künstler war. Wer hat Mitleid mit mir?«

Stanislaus fand seine Hose, zog das Portemonnaie und zahlte. Michel Müller ließ es geschehen, doch er nahm einen Lappen und wischte die Toilette.

An seiner Blindheit war Stanislaus selber schuld, wenn man der Werksleitung glauben durfte. Büdner hatte sich gegen die

Betriebsordnung vergangen und bei der Arbeit die Schutzbrille nicht getragen.

Ach, diese Schutzbrillen! Wenn man sie trug, beschlugen die Scheiben innen vom Schweiß, und man mußte fürchten, in eine Maschine zu geraten. Der reine Hohn, diese Brillen!

Für die Betriebsleitung gabs keine Blinden. Man nannte sie VERÄTZTE. Sie hätten sich die Bindehaut verätzt, weiter nichts; eine vorübergehende Minderung der Sehkraft – in fünf Tagen behoben!

Stanislaus sah von den Menschen und Dingen dieser Welt nur noch leis-graue Schatten und auch die nur für Zehntelsekunden, denn sobald er die Augen aufriß, löste sich die Welt in Tränen auf; von den Schmerzen nicht zu reden!

Michel Müller brachte eine Schüssel Kamillentee, tränkte Wattebäusche, legte sie Stanislaus auf die Lider und band ihm ein Handtuch straff über die Augen; so wurden die Auglider stillgelegt, der Schmerz wurde erträglicher.

»Dein Mitleid immerzu«, grämelte die Müllerin. Michel Müller brauste auf. »Du hast eine lederne Seele!«

Er führte Stanislaus zum Arzt, saß bei ihm im Wartezimmer und war froh, daß ihm jemand zum Zuhören ausgeliefert war. »Warst du je in Greifswald?«

Nein, Stanislaus war nie in Greifswald.

»Nicht nötig«, sagte Michel, »wenn du dir da drüben an der Wand das Bild vom Caspar David gut ansiehst.«

Es gab keinen klassischen Maler, den Michel nicht mochte. »Wenn du wissen willst, wie es auf einer Bühne duftet und weht, empfehle ich dir Tänzerinnen-Bilder vom Edgar-Hilaire, was Ilär gesprochen wird. Hauchzarte Sachen hat der gemalt. Du schläfst wohl gar?«

»Hauchzarte Sachen«, wiederholte Stanislaus, zum Zeichen, daß er nicht schlief.

Die Tür des Wartezimmers wurde aufgerissen, und die Müllerin jammerte herein. »Du sitzt hier herum, und mein Holz, was wird mit meinem Holz?«

Michel Müller wurde noch kleiner, als er war, und ging mit seiner Frau nach Hause, um Holz zu spalten. Stanislaus mußte sich an den Häuserwänden entlang in sein Zimmer zurücktasten. Gottlob konnte er noch denken; am liebsten an Rosa: Ob sie ihn zum Arzt gebracht hätte? Er hatte sie und die Kommunarden beleidigt. Das ging ihm nicht aus dem Kopf. War die Beleidigung nicht in einem Theaterstück ausgesprochen, das er in einem früheren Leben verfaßt hatte?

Gut, daß er Rosa einen Brief geschrieben hatte, bevor er blind wurde. War das blinde Vorsehung? Mutter Lena würde gesagt haben: Das hat dir Gott eingegeben.

Mit Gott wollte Stanislaus seit seiner Lehrlingszeit nichts mehr zu tun haben. Gott hatte versagt. Dann hatte Stanislaus wohl sein Instinkt getrieben? Aber war Instinkt nicht ein Begriff, in dem die Wissenschaftler alles unterbrachten, was sich am menschlichen und tierischen Verhalten nicht erklären ließ; ein neuer Gott?

Er stellte sich vor, er wäre blind geboren worden. Hätte er dann gewußt, wie schön Rosa war? Schönheit ist nicht nur ein ebenmäßig gebauter Körper, Alabasterhaut, große Augen, geschwungene Lippen und weiße Zähne; auch Sanftmut, Mitgefühl, Intelligenz und mancherlei Schwingungen gehören zur menschlichen Schönheit. Er hätte Rosas Schönheit auch wahrgenommen, wenn er blind geboren worden wäre.

Aber wie hätte Rosa sich verhalten, wenn sie ihn als Blinden kennengelernt hätte? Er hätte viele Bücher nicht gelesen gehabt, hätte nicht von Farben sprechen können; er wäre Rosa als ein anderer begegnet, und sie wären aneinander vorübergegangen. Was war aber an seinem Leben gebessert, da sie einander begegnet waren und sich wieder verlassen hatten?

Er verfitzte sich in seiner Blindheit, fluchte und wetterte. Die Müllerin riß die Tür auf. »Geflucht wird hier nicht!«

Eine Woche ging herum. Seine Schmerzen nahmen ab und verflüchtigten sich. Die Dinge bekamen für ihn wieder Konturen. Das bunte Gezeugs auf dem Vertiko wurde wiedergeboren, aber was er zu sehen hoffte, sah er nicht.

Weihnachten, das Fest der Engel und der Liebe, war vorübergegangen. Er hätte bei seinen Schmerzen und Gedanken nicht drauf geachtet, und die Müllerin hatte es ihren »möblierten Herrn« nicht merken lassen. Sollte sie einem, der sowieso nichts sah, einen Fichtenstrauß und eine Kerze ins Zimmer stellen?

Erst am dritten Feiertag durfte Michel Müller seinen Arbeitskollegen Stanislaus besuchen. Er sprach von der Geburt des Jesuskindes auf den Gemälden der alten Meister. »Hundertfach gemalt und immer anders. Individualitäten nennt man das.«

Stanislaus dachte an andere Dinge: Vielleicht hatte Rosa die Weihnachtstage benutzt, ihm zu antworten?

Schließlich ging er wieder zur Arbeit, schlüpfte in seinen säurefesten Anzug, packte Hände und Füße in Gummifutterale und schob die Schutzbrille als Trennwand zwischen seine Augen und die Giftgase. Wie vorher: verschwitzte Gläser! Der Schichtführer achtete streng darauf, daß Büdner die Schutzbrille trug, und der trug sie, wenn der Schichtführer kam, und wenn der vorüber war, schob er sie wieder auf die Stirn.

Büdners Rückkehr in die Fabrik löste weder in der PAMPELEI noch bei den Spinnern Freudensprünge aus. »Eiserne Augen hast du jedenfalls nicht, eiserner Gustav«, hieß es. Nur der kleine Robert-Jesus begrüßte Stanislaus wie einen Freund. Auch er wäre als PAMPEL öfter »augenkrank« gewesen, erzählte er, eine gute Gelegenheit, sich im Ertragen von Schmerzen zu erproben, weil einen nichts von Gott und den guten Dingen der Welt ablenkt. »Hast auch du an Jesus gedacht?«

»Ich habe an ein Mädchen gedacht, das mich einmal liebte, und wenn ich dem Briefe trauen darf, den es mir einmal schrieb, liebt es mich noch.«

Robert nahms Stanislaus nicht übel, daß er an ein Mädchen gedacht hatte. »Da hast du nicht an das Schlechteste gedacht.«

Weshalb offenbarte Stanislaus sich Robert? Hatte er sich nicht mehr in der Hand? Er, der Dichter, der er einmal werden wollte? Hätte Shakespeare seine Erkenntnisse niedergeschrieben, wenn er sie mit anderen zerplappert hätte?

Der Zellwollfaden, den die Fabrik aus der Zellulose von Holz und Schilf herstellte, wurde länger und länger. Eines Tages war am Anschlagbrett zu lesen, daß eine Maus mit Hilfe des Zellwollfadens die Sonne erklimmen könnte, wenn sie könnte, so lang wäre er jedenfalls. Stanislaus stellte sich vor, wie die Maus durch den Weltenraum hangelte, um die Sonne zu erreichen. Immerhin etwas, woran die Arbeiter sich halten konnten: die Maus und den Faden. Wie hoch der Gewinst war, den die Aktionäre mit dem »Sonnenfaden« gemacht hatten, vermeldete die Büroleitung nicht.

Stanislaus kam in sein möbliertes Zimmer. Er nannte es schon »heimkommen«. Sein Heim war dort, wo er sich seine Strümpfe einmal an- und auszog. Die weiße Platte seines Nachttisches war blaugrün gemasert; sie sollte Marmor vortäuschen. Auf dieser Marmoraustauschplatte lag ein Brief. Stanislaus sah den Brief dort liegen, und es fiel ihm ein Ratschlag des geistlichen Würdenträgers Simos ein: Sei mäßig, beherrsch auch deine Freuden!

Stanislaus tat, als ob der Brief nicht vorhanden wäre. Er zog sich die Joppe, die Schuhe aus und sang: »Brieflein, o Brieflein, lieg dort man schön, aber ich habe dich doch schon gesehn!« Er trällerte den Text nach einer Kindermelodie. Rosa hatte also geschrieben. Sie hielt ihn immerhin für einen Menschen, der ein wenig Aufmerksamkeit verdiente.

Er verfolgte die Bewegungen des Großzeigers an der Wekkeruhr. Als eine Viertelstunde Wartezeit herum war, trieb er seine Selbstkasteiung auf die Spitze und ging mit ganz kleinen Schritten zum Nachttisch, aber dann griff er hastig zu wie bei der Schmetterlingsjagd.

Der Brief war nicht von Rosa. Wie, nicht von Rosa? Erquältes Lächeln. Wie hätte Büdner dagestanden, wenn er sich vor einer Viertelstunde unbeherrscht auf dieses Papier gestürzt hätte? Haben Briefe die Pflicht, von *dem* Menschen zu kommen, von dem man sie erwartet? Das stand in keiner Bibel und in keinem Koran.

Der Brief, der ihm eine Viertelstunde Vorfreude verschafft hatte, kam von John Samsara: Eine gemeinsame Bekannte, Fräulein Rosa Lupin, schrieb Samsara, hätte die Redaktion beschimpft, eine Fälschung an Stanislaus' Essay über Posthypnose begangen zu haben. »Weiß dieser Mann, den ich als meinen Verlobten betrachte, wie Sie mit seinem Artikel verfuhren?«

hätte die Dame geschrieben. John Samsara wäre ihr nichts schuldig geblieben, er hätte schroff geantwortet, und er hoffte, es mit Stanislaus' Einverständnis getan zu haben.

Der Brief hatte viele Orte passiert, auch solche, in denen Stanislaus mit einer Frau Lund in Unehe gelebt hatte. Jetzt war er also in Rabenfeld angelangt. Am nächsten Tage folgte jene Nummer des ÜBERSINN, in der Stanislaus' Essay über Posthypnose unverändert abgedruckt war. Die Nummer mit den Leserfragen, der Antwort der Redaktion und den Fotos erhielt Stanislaus nicht, und so wurde unser Held nicht ganz und gar enttäuscht: Rosa betrachtete sich also noch immer als seine Verlobte! Er sprang wie als Dorfschuljunge im Zimmer umher, sprang sogar aufs Bett, das ergab besonders feurige Sprünge, bis die Müllerin erschien und geplatzte Matratzenfedern bezahlt haben wollte.

Der Faden der großen Zellwollspinne verlängerte und verlängerte sich. Stanislaus erblindete ein zweites und ein drittes Mal, und er tastete die Platte seines Nachttisches ab. Er erhoffte Nachricht von seinen Fingerspitzen über einen lang erwarteten Brief, aber es lag kein Brief dort. Es lohnte sich weniger und weniger, an Rosa zu denken.

Sollte er an Jesus denken, wie Robert empfahl? Nein, er begann wieder zu dichten; der Drang, sich in unnatürlicher Weise über seine Erlebnisse zu äußern, steckte wie eine Krankheit in ihm. Er dichtete und feilte in Gedanken und lernte das Erdachte auswendig. Es entstand etwas, was die Literaturgelehrten lyrische Prosa nennen. Zuerst nannte Stanislaus sein Erdichtetes: »Ansichten eines Blinden«. Das war widersprüchlich. Konnte ein Blinder, der nichts ansehen konnte, Ansichten haben? Vielleicht konnte man das Erdichtete »Antastungen eines Blinden« nennen? Es war darin von einem Blinden die Rede, der einen Brief erwartete und täglich den kleinen blechernen Flurbriefkasten seiner Wohnung durchtastete. Was konnte der Brief dem Blinden nutzen? Hätte er ihn lesen können? Vorlesen konnte er sich ihn nicht lassen. Er konnte voller Liebesgeheimnisse stecken oder eine Verfluchung enthalten. Da war der Blinde besser dran, wenn er sich beschied, den Flurbriefkasten unbeachtet zu lassen. Es war lukrativer für ihn, zu denken, der Brief wäre angekommen und hätte das erwartete Liebesgeheimnis überbracht.

Und der Blinde ging beglückt umher. Er hielt seinen Gehstock schräg nach unten, ertastete den Weg einen halben Meter vor seinen Füßen und beklopfte Bordkanten und Hausecken. Eine Dame ging vorüber. Es war die, von der er den Brief erwartete. Sie erschrak, denn sie erkannte den Blinden, und sie sah weg. Er hatte nicht nötig, sich solche Umstände zu machen, er konnte mit erhobenem Kopfe weitergehen, als ob er die Dame mit Verachtung strafte. Mit solch einem Vorteil war ein Blinder gesegnet.

Einen Augenblick später trug dem Blinden seine Nase einen Duft zu, den es kein zweites Mal auf der Welt gab, und er sagte: »Dank, vielen Dank!«, weil die Dame ihm freundlicherweise ausgewichen war. Er war ja blind, blind, aber höflich.

Stanislaus sagte sich jeden Satz des Prosastückes mehrmals her. Als er wieder sah, schrieb er es nieder. Er las es ein paarmal, und es beglückte ihn, aber er wußte nicht, weshalb.

41

Stanislaus wird von einem kleinen Gott beobachtet. Der Popignore verunglückt bei einer Expropriierung und enttitelt sich.

Die Behauptung, die Erde wäre der einzige von Menschen bewohnte Stern, wird hingenommen; lächerlich aber würde klingen, wenn wer behauptete, die Erde wäre in bezug auf die Erzeugung von Zellwolle konkurrenzlos im Weltenraum. Wenn aber die eine Behauptung richtig ist, dürfte die andere nicht lächerlich wirken.

(Aus Stanislaus' Groschenheft Numero siebzehn.)

Er ging wieder zur Arbeit, und im Maschinengang nahm ihn ein Spinner beiseite. Seine Stimme klang wie Lederraspeln. »Ich heiße Paul Glocke«, sagte er, »aber hier nennen sie mich ZELLENPAULE.« Glocke empfahl Stanislaus, zum Schichtführer zu gehen und andere Arbeit zu verlangen. »Du bist nicht der Stärkste auf den Augen, wie man merkt.«

Stanislaus erschrak freudig: Es war also jemand da, der ihn beobachtete, ein kleiner Gott. Er dankte für den Hinweis, doch er vertagte es, zum Schichtführer zu gehen.

Daheim las er sein Prosastück wieder. Im großen und ganzen erschiens ihm noch gut geraten, aber es beglückte ihn nicht mehr so wie an den Vortagen. Ein Stück gelebtes Leben fing an, brüchig zu werden. Nur in den Stunden, da er die Gefühle eines Blinden niederschrieb, war ein Hochgefühl in ihm gewesen. Er mußte sich an etwas Neues machen, um sich wieder gut zu fühlen. Das Dichten war eine Sucht.

Er versuchte, etwas Neues zu schreiben, doch nach einer Weile fühlte er sich beobachtet: Auf der Marmorersatzplatte des Nachttisches hockte der Meisterfaun. Was für ein behender Greis! Der Dichter hätte auf dieser Platte nur mit Schwierigkeiten sitzen können. Er ließ sich nicht anmerken, daß er den Faun bewunderte, sondern höhnte lieber: »Du hast wieder die Unkosten für Gras- und Erdduft gescheut.«

Der Meisterfaun knetete an den Schäften seiner Saffianstiefel. »Wärest du nur deinem Schichtführer gegenüber so vorlaut! Es behagt dir anscheinend, blind durchs Leben zu kriechen.«

»Du übersiehst, daß ich aus meiner Blindheit etwas machte.« Stanislaus klopfte auf sein Manuskript.

»Gut, aber sei froh, daß du nicht immer blind sein mußt.«

»Was hast du sonst für Weltweisheiten zu verkaufen?«

Der Meisterfaun war beleidigt, hüpfte vom Nachttisch und wollte zur Tür hinaus.

»Zurück!« schrie Stanislaus. »Du rennst der Müllerin in die Arme!«

»Nein!« rief die Müllerin auf dem Flur. Da mußten sie beide lachen, der Meisterfaun und Stanislaus. Der Faun setzte sich auf die Bettkante. »Spaß beiseite! Weshalb gingst du nicht zum Schichtführer?«

Stanislaus stotterte: So und so, er wolle auf seinem Wege zum Proletarier keinen Schmerz auslassen.

»Proletarier sind keine Dulder! Mach keine Religion aus wirtschaftlichen Forderungen!« sagte der Faun, und leer war die

Bettkante, aber auch die Nachttischplatte, auf der sonst die Weckeruhr stand, war leer. Hatte der Meisterfaun den Wecker mitgenommen?

Es klopfte. Michel Müller trat ein. Er brachte die Weckeruhr; sie war zur Reparatur gewesen. Michel entschuldigte seine Frau. Sie hätte nicht gelauscht, sondern hätte nur zufällig draußen gestanden.

»Ganz wahr«, hieß es hinter der Tür, und Michel Müller wars peinlich. Er redete rasch von russischer Malerei. »Hast du je Landschaftsbilder vom Isaak gesehen? Wenn du seine Landschaften siehst, kommts dir vor, als ob du vor langen Zeiten dort und durch den Birkenwald in einen blauen Frühling hineingegangen wärest; in der Kindheit vielleicht oder in einem früheren Leben. Weißt du, daß Isaak nie einen Menschen malte? Manche nennen ihn deshalb menschenfeindlich. Falsch, ganz falsch, er malte ja Landschaften; die Menschen bestehen und kommen aus Landschaften.«

So gern Stanislaus Michel Müllers Schwärmereien hörte, an diesem Tage erreichten sie ihn nicht; ihn beschäftigte das dunkle Gerede des Meisterfauns.

Er bat den Schichtführer um andere Arbeit.

»Sei froh, daß du bist, wo du bist, und daß du nichts zu verantworten hast!«

Es kam jemand. Der Schichtführer wurde abgerufen. Nichts war geklärt.

Eine Weile später kam Glocke zu Stanislaus und fragte: »Was hat er dir geantwortet?«

»Nichts!«

An der Wurzel von Glockes zerschrammter Nase erschienen Unmutsfalten. Er schob sein Kinn vor. »Komm zum Meister!«

In der dynastischen Leiter der Zellwollarbeiter waren die PAMPELS die unterste Sprosse. Die zweitunterste Sprosse waren Leute, die noch keine Facharbeiter, aber auch keine PAMPELS mehr waren; auf der dritten Sprosse standen jene, die zwei Jahre in der Fabrik arbeiteten und Facharbeiter genannt wurden. Dann folgten Schichtführer, Meister, Obermeister, Abteilungsleiter und so weiter bis in den Fabrikhimmel.

Der Meister saß in einem Kasten aus lauter Fenstern und konnte den ganzen Spinnsaal überblicken. Er konnte aber auch von überallher gesehen werden. Das Glas sollte den Meister bei seiner »geistigen Tätigkeit« vor Lärm schützen, war die Meinung der Betriebsleitung. Die Meinung der Spinner und PAMPEL war: Die Betriebsleitung mußte den Meister vor fliegenden Sülzeballen schützen.

Als »Rangabzeichen« trugen die Meister Schlipse. Manche trugen allerdings nur Vorhemdchen mit aufgenähten Schlipsen, aber Meister blieb Meister, und eine Meistersfrau setzte einen Hut auf, wenn sie einkaufen ging.

Stanislaus und Glocke standen im Glaskasten. Der Meister war in Säureanalysen vertieft. Glocke hustete herausfordernd. Das Gesicht des Meisters wurde zornig, dann süßsauer. »Ach du bist es, ZELLENPAULE!«

»Wir sind es«, antwortete ZELLENPAULE, »der Mann hier braucht andere Arbeit; dreimal blind in kurzer Zeit.«

»Augenkrank«, verbesserte der Meister. Seine Stimme war rauh, und sein Gesicht war glatt. »Weshalb kommst du nicht mit deinem Schichtführer?«

ZELLENPAULE knuffte Stanislaus, und der gab Bescheid: Sein Schichtführer hätte keine Zeit, wäre stets in Eile. Der Meister machte sich eine Notiz. »Gut, ich werd sehn, wo ich dich hinsteck!«

Und der Popignore, was tat er die ganze Zeit? Seine Geschäfte gingen gut. Der Fall des Zündkerzenregenerierers Pauly war EXPROPRIATIV besonders einträglich. Paulys Frau befand sich noch immer in der psychiatrischen Klinik. Ihr Sohn, Adolf, war inzwischen heimgekehrt, doch nicht aus russischer, sondern aus amerikanischer Kriegsgefangenschaft. Frau Pauly war irregeführt worden; wohl weniger von ihren Medialkräften als von Propaganda. Wenn ihr Sohn sie in der Klinik besuchte, erklärte sie ihm, sie wäre mit Hilfe des Propheten Schaman Rishi zu Besuch gekommen. Sie sprach von einem Medaillon und einer goldenen Taschenuhr und versuchte den Sohn mit den Resten ihrer Mahlzeit zu füttern.

Zündkerzenregenerierer Pauly hatte eine Frau und hatte keine Frau, und so abgestorben war er nicht, daß er bereits ein Leben mit einer Frau, die keine Frau war, führen konnte. Die Frauen seiner Freunde erwarteten, daß er seiner Frau trotz allem die Treue hielt, das gehörte sich. Aber das sollten die, in deren Schlafstuben alles in Ordnung war, einmal vormachen! Pauly traf sich an verschwiegenen Orten mit Frau von Leisegang. Von Zeit zu Zeit erschien in seinem Privatbüro ein Abgesandter des Santorinischen Bruderordens und überreichte ihm eine vorgedruckte Spendenaufforderung: »Gott sieht Dich! Spende für den Santorinischen Bruderorden!« Als Pauly einmal mit der Spende zögerte, sagte der Abgeordnete: »Darf ich Sie von Frau Cläreliese von Leisegang grüßen?«

Da taten sich ja die Gräber auf! Herr Pauly zahlte.

Solange es die Leitung des Santorinischen Bruderordens mit ehrpusseligen Kleinunternehmern zu tun hatte, die die »öffentliche Meinung« ihrer Umgebung fürchteten, ließen sich die Kapitalien leicht vergeistigen; eines Tages aber stieß man auf den Antiquitätenhändler Truhe. Ein Bruder des Ordens hatte Truhe nahegestanden und wußte, daß der geschnitzte Kirchenheilige und Madonnen aus Kirchen rauben ließ, um sie an Besatzungsoffiziere zu verkaufen.

Herr Truhe erhielt die Drucksache des Ordens: »Gott sieht Dich! Spende einen Ersatz für den Balthasar aus der Dorfkirche zu Ebbinghausen!«

Hier hatte sich die Leitung des Santorinischen Bruderordens verrechnet: Es handelte sich um einen Sonderfall: Philosophie stand gegen Philosophie. Nach der Philosophie des Herrn Hubertus Truhe mußte Deutschland nicht nur geistig, sondern auch dinglich geräumt werden. Zwischen alten Uniformen und Urväterhausrat konnten sich keine neuen Ideen entwickeln. Die Menschen durften nicht an die »ruhmvolle Vergangenheit« erinnert werden. Konnte man Herrn Truhe strafbare Handlungen zur Last legen, wenn ihn zum Beispiel Amerikaner liebenswürdigerweise für die Entrümpelung Deutschlands bezahlten?

Nichts Gefährlicheres, als wenn sich zwei Philosophiesysteme gegenüberstehen und die »geistigen Klingen« kreuzen.

»Was seid ihr für eine Sekte?« fragte Truhe den Bruder, der ihm die Spendenaufforderung brachte.

»Wir sind keine Sekte, wenns erlaubt ist, wir vergeistigen den Besitz der Habenden.«

»Hört sich flott kommunistisch an. Solltet ihr nicht lieber im Osten missionieren?«

»Aber wir sind keine Sekte«, wiederholte der Bruder und wußte nicht weiter. Die Instruktionen und Meditationen des Popignore waren noch nicht tief genug ins Mitgliederbewußtsein gedrungen.

So kam es, daß die Leiter zweier geistiger Nachkriegsbewegungen aufeinandertrafen. Hubertus Truhe legte die »Zahlungsaufforderung« auf den Schreibtisch des Popignore. »Was ist das, Herr Papa Nore?«

»Popignore«, verbesserte der Popignore und sprach jede Silbe deutlich aus.

Truhe, ungerührt: »Ich fragte Sie, was das ist?«

»Ein Bittschreiben des Santorinischen Bruderordens«, sagte der Popignore.

»Und wenn ich Ihnen sage, daß es eine Erpressung ist?«

Der Popignore erblaßte. Hörte er das Wort »Erpressung« zum ersten Male? Glaubte er wirklich an seine Pseudophilosophie? Möglich, alles ist möglich, wenn man an die Riesenuntaten von Weltbeherrschern denkt, die im Namen von Philosophiesystemen begangen wurden!

Johannis Weißblatt, der früher seine Mama zu Hilfe gerufen hatte, wenn »böse Buben« auf ihn eindrangen, rief Cläreliese von Leisegang elektrisch herbei. »Was befehlen Eure Heiligkeit?« An Stelle des Popignore antwortete Truhe: »Ihr Popignore will nicht glauben, daß Sie mir eine Erpressung ins Haus sandten.«

Cläreliese von Leisegang, gelassen: »Hier steht Erpressung gegen Kirchenraub!«

Truhe war sommersprossig, gepflegt, umgänglich und glatt, wie ein Mann zu sein hat, der durch die »Maschen der Gesetze« hindurch muß. Er hatte vor dem Kriege mit Antiquitäten gehandelt und hatte sich während des Krieges einem dicken

Reichsmarschall in derlei Sachen in vielen Ländern Europas unentbehrlich gemacht.

Truhe kam nicht ohne Absichten zu den Santorinern. Was, wenn er diese Brüder in seine Hand bekäme! Niemand würde Alarm schlagen, wenn er Priester oder Mönche holzgeschnitzte Heiligenfiguren aus Kirchen tragen sähe.

Truhe schlug vor, der Popignore möge sich der Bewegung zur Entrümpelung Deutschlands anschließen; sie trüge politisch erwünschten Charakter und könnte den Unterbau zur santorinischen Philosophie abgeben.

Der Popignore hüstelte. Er sah nichts von einem Unterbau und war bester Absicht, mit Truhe zu disputieren, da mischte sich Cläreliese von Leisegang ein. »Darf ich den Heiligkeiten vorschlagen, sich auf eine Bedenkzeit zu einigen?« Sie zwinkerte Truhe zu, und der war von dem hurenhaften Gebaren einer Ordensmutter so überrascht, daß er der Leisegang seine Karte überreichte und ging.

Der Popignore warf der Leisegang vor, sie würde die Philosophie der Santoriner verraten.

Aber nein doch, nein, nichts lag Frau von Leisegang ferner als Verrat, aber es stünden Machthaber hinter Truhe, undurchgeistigte Menschen, die man hindern müßte, Anzeige zu erstatten. Truhe würde die Gerichte auf seiner Seite haben. Kein Richter würde sich herbeilassen, in die Philosophie des Ordens einzudringen. Man würde konventionell zu Gericht sitzen und den Popignore verurteilen.

Der Popignore begann zu flattern. Es gehörte viel guter Wille dazu, einen Ordensstifter in ihm zu erkennen.

Cläreliese von Leisegang zündete sich eine Zigarette an, rauchte sie geräuschvoll bis zur Hälfte und wußte Rat. Sie gab ihn aber so, daß Johannis Weißblatt ihn befolgen mußte. Der Rat war: Wenn Truhe unter dem Protektorat einer Besatzungsmacht stand, mußten sich die Santoriner des Wohlwollens einer anderen Besatzungsmacht versichern.

Die Leisegang schickte den zitternden Popignore zu John Samsara. Ein Kanossagang!

Samsara war informiert. Trotzdem ließ er sich berichten,

weidete sich an der Furcht des Muttersohnes Weißblatt und wiegte den Kopf. »Bös, böse Sachen!« Weißblatt müßte darauf gefaßt sein, eine Weile ins Gefängnis zu gehen. Vorläufig wäre in Restdeutschland noch das Bürgerliche Gesetzbuch in Kraft. Er ließ Weißblatt zittern, bis er sich an dem Kläglichen satt gesehen hatte, dann sagte er: »Einen Ausweg gibts.«

Die Zähne des Popignore klapperten. »Bitte, den Ausweg!«

Weißblatt sollte nach Griechenland fahren, dort Verbindung mit Priestern, Mönchen und Kommunisten aufnehmen und Berichte für ÜBERSINN schreiben.

Und die Justiz? Was wurde sie dazu sagen?

Solange Weißblatt für ÜBERSINN arbeiten würde – nichts.

Weißblatt bat sich Bedenkzeit aus. Am nächsten Tag warf er sich in seinem Büro auf den Diwan und vertraute sich der Leisegang an. »Was meinst du dazu?« (Wenn keine Brüder in der Nähe waren, duzten die beiden einander!)

»Griechenland?« Die Leisegang wurde marmorner als Marmor. »Es ist Bürgerkrieg in Griechenland. Hast du das bedacht?«

Nein, Weißblatt hatte es nicht bedacht. Krieg? Nein, dann wollte er nicht nach Griechenland.

»Also ins Gefängnis?«

Auch das nicht.

»Aber was?«

»Sag, wenn du es weißt!«

Die Leisegang überlegte. Sie tat wenigstens so und spielte mit der goldenen Kordel, die ihren Damenpodrisnik zusammenhielt.

Eine Viertelstunde später wurde auf einem Liebeslager der Santorinische Bruderorden aufgelöst. Die Santorinischen Brüder erfuhren nichts von dem Beschluß. Brennende Kerzen setzten den Duft von Rosenöl frei, und der Popignore enttitelte sich. Noch in der Nacht verließ er mit seiner Lebensgefährtin Leisegang seine niederrheinische Heimat. Sie gingen in ein Land, in dem nicht Englisch, nicht Französisch, auch nicht Italienisch oder Kroatisch, wohl aber ein wenig Russisch gesprochen wurde. Cläreliese von Leisegang hatte Beziehungen zu Truhe aufgenommen, sie war »umgestiegen«.

42 Stanislaus singt in vielen Tonlagen, spricht in fremden Sprachen und macht aus einer Anakonda eine Ringelnatter.

Die Erde fuhr nach physikalischen Gesetzen durch den Weltenraum, den es ohne sie und die anderen Sterne nicht gäbe, sie fuhr unerkannten Zielen zu. Es war Februar, und das neue Jahr zeigte ein paar Frühlingstagsproben. Keine schlechte Qualität!

Auf Stanislaus' säurefester Kappe ließ sich eine Wollflocke nieder. Sie kam aus der Abteilung Wolltrocknung geflogen und gehörte nicht in den Spinnsaal. Der Zufall, jenes unerkannte Gesetz, hatte sie verweht, und es war sicher, daß sie auf Stanislaus' Kappe nicht liegenbleiben würde.

Büdner stand auf einem zehn Meter hohen Podest im Spinnsaal-Himmel; auch sein Stundenlohn war um zwei Pfennig erhöht worden. Die Fäden von vielen hundert Spinnstellen vereinigten sich am Ende der Maschinenbatterie zu einem Vlies aus nasser, gelblich schimmernder Zellwolle, das in Stanislaus' Himmelshöhen transportiert wurde.

Wer je ein einzelnes Haar aus seinem reinwollenen Pullover zog, hat festgestellt, daß es gewellt war. Der Mensch ist bestrebt, der Natur ihre Fabrikationsgeheimnisse abzulauschen. Er fertigt den Honigfliegenfänger nach dem Prinzip der Venus-Fliegenfalle, baut Dome und Säulenhallen nach dem Prinzip der Buchenwälder, überträgt die Fischform auf seine Schiffe, und die Auchkünstler seiner Rasse bemühen sich, der Natur so nahe wie möglich zu kommen.

Im Falle unseres Helden Büdner versuchte der fixe Mensch, der starren Zellwolle mit geriffelten Hartgummiwalzen die Schwingungen der Schafwolle beizubringen. Zu diesem Zwekke mußte das Wollvlies die Hartgummiwalzen passieren. Es konnte vorkommen, daß sich im Vlies ein Knoten befand, den die eng aneinander rotierenden Hartgummiwalzen nicht bewältigten, dann mußte man einen Hebel herumwerfen, der die Walzen trennte. Das war Stanislaus' Arbeit. Es konnte sein, daß während einer Schicht nur ein Knoten auftauchte und daß

Stanislaus nur einmal den Hebel betätigen mußte, mit dem die Walzen voneinander entfernt wurden.

Eigentlich müßte man allen Zeitgenossen, die in ihrem Leben nie eine so geisttötende Arbeit verrichteten, das Recht absprechen, von Arbeitern an ähnlichen Arbeitsplätzen Optimismus und »heiteres Produktionsbewußtsein« zu fordern. Aber das dürfen wir wohl nicht, wie?

Stanislaus stand vier Stunden und starrte auf die gelbweiße Schlange, ohne daß ein Knoten erschien. Die Beine starben ihm ab, er versuchte, seine Blutzirkulation mit Kniewippen anzuregen. Müdigkeit beschlich ihn. Er konnte ihr nur entgehen, wenn er den Kopf kreiste. Wenn ihm die Augen trotzdem zufielen, wünschte er sich die Schmerzen einer Augenverätzung zurück. Einem Gefangenen war möglich, in seiner Zelle zwei, drei Schritte hin und her zu tun; Stanislaus konnte es nicht. Er ließ sich dies und das einfallen, was Stubengelehrte lächelnd mit dem Begriff »Selbsthelfertum« für naiv und unzulässig erklären. Er sagte zum Beispiel: »Heute wird eine Liederschicht gefahren!« Dann sang er alle Lieder, die ihm einfielen; die alten Schullieder, die er mit seiner Schwester Elsbeth gesungen hatte, die Spottlieder, die er als Bäckerlehrling gedichtet hatte, Schlagermelodien, auch Opernarien. Er sang sie als Sopran, als Baß und als Bariton. Es durfte sich durchaus scheußlich anhören; niemand wurde davon belästigt.

An einem anderen Tag fuhr er eine »Sprachenschicht«. Er wiederholte französische Vokabeln aus der Klosterzeit, englische Vokabeln aus der Selbstunterrichtszeit und versuchte, was er von seinem Podest aus im Maschinensaal sah, französisch oder englisch zu benennen. Dabei stellte er fest, daß ihm Fachausdrücke fehlten, und er kaufte sich Wörterbücher. Er suchte nach dem einfachen Wort »Spinndüse« und fand es nicht. Er hätte in einem Fachlexikon suchen müssen, aber er wußte noch nicht, wie weit man sich schon spezialisiert hatte und auseinandergerückt war.

Schließlich verfiel er auch im SPINNSAAL-HIMMEL seiner alten Krankheit wieder: Zuerst machte er ein Frühlingsgedicht: »Der Lenz ist blau, es blaut die Au ...«, ein Gedicht aus schönen

Worten und wohlklingenden Reimen zum Lobe des Lenzes, denn es sollte bald Frühling werden. Aber was hatte er als Wollschlangenbeschauer von daher zu erwarten?

Seine Gedichte wurden bitter: Er machte eines über die moderne Sklaverei: »Wenn der Frühling kommt, geht er vorbei an Galeeren. / Dort sitzen die Sklaven, in deren / Augen das Wasser voll Salz ist wie in den Meeren...« In diesem Gedicht hatte er den Reim mehr begünstigt, als dem zukam; es wurde ihm aber leichter, nachdem er herausgesagt hatte, was er beim Starren auf die Zellwollschlange fühlte. Er suchte noch stärkere Worte für seinen Widerwillen, strich in Gedanken und ergänzte und starrte auf die rotierenden Riffelwalzen, ohne den sich nahenden Knoten zu sehen. Der Knoten setzte auf, und die Wollschlange wand sich, als hätte man ihr den Kopf eingeklemmt. Er genoß das Schauspiel, ohne sich bewußt zu werden, daß er tausend Spinnstellen »absterben« ließ.

Im Spinnsaal erhob sich Geschrei. Die Spinner schonten ihre Stimmbänder nicht; Stanislaus hörte nichts. Er suchte ein Tauschwort für »Unterdrückung«; denn das Wort fügte sich dem Rhythmus seines Gedichtes nicht.

Die Windungen der Zellwollschlange hingen bereits vom Podest herab, doch Stanislaus war mit seinen Gedanken noch immer dort, wo die Toten hingehen und die Lebenden herkommen. Als die Spinner mit ihren Langmessern gegen sein stählernes Podest schlugen, fand er das Wort, das er suchte. Die Stelle seines Gedichtes sollte jetzt heißen: »Der König ging, die Sklaven blieben, der König ging, sein Machtrausch blieb!«

Der Schichtführer erkletterte das Podest. »Urmensch, Idiot, Affenvetter!«

Stanislaus zog sein Langmesser, zerhieb die Wollschlange, schlug den Hebel herum und fädelte das Wollvlies wieder zwischen die Walzen. Das Vlies, das vorher die Stärke einer Anakonda gehabt hatte, war jetzt so dünn wie eine Ringelnatter. Man hatte die meisten Spinnmaschinen anhalten müssen. Ein sichtbarer Schaden stand dem unsichtbaren Gewinn eines Gedichtes gegenüber. Der sichtbare Schaden setzte den Schichtführer und die Spinner gegen Stanislaus ins Recht. Er wurde vom Podest gedrängt. Der Schichtführer blieb oben und schaffte Ordnung. Stanislaus war wieder zum PAMPEL »degradiert«, zum pampeligsten unter den PAMPELN.

Robert-Jesus tröstete ihn. »Es ist dem besten Menschen nicht möglich, immerzu auf diese Schlange zu starren; man denkt an Gott und die guten Dinge der Welt, da kommt ein Knoten. Die Schlange hat den Menschen schon im Paradiese um seine Glückseligkeit gebracht. Hast auch du an Gott und die guten Dinge der Welt gedacht?«

Stanislaus erzählte Robert, woran er gedacht hatte, er sagte ihm das Gedicht her.

»Kein demütiges Lied«, sagte Robert und sah traurig aus seinem Papageiengesicht.

Paul Glocke nahm Stanislaus beiseite und lobte ihn. »Gut, daß du dich gegen die geisttötende Arbeit wehrtest. Sollen sie sich einen Automaten erfinden lassen!«

Es vergingen nicht acht Tage, da war Stanislaus wieder blind. Er hätte die Fabrik verlassen können. Er tats nicht. Er dachte noch an Rosa und hoffte, ihr zu gefallen. Auf seinen Brief war noch immer keine Antwort eingetroffen. Er tröstete sich mit der Unzuverlässigkeit der Nachkriegspost. Vielleicht hatte Leo Lupin seinen Brief nicht erhalten?

Er versuchte es noch einmal und schrieb: »Lieber Arbeitskollege Lupin, ich glaube nicht, daß man Proletarier von Geburt sein muß, um Kommunard zu werden. Ich habe einen Zentner Schmerzen umhergeschleppt und war viermal blind, um Euch näherzukommen. Das muß veranschlagt werden! Deshalb verlange ich wohl nicht zuviel, wenn ich Dich bitte, mir ein Wörtchen über Rosa zu schreiben.«

Es floß Zeit aus dem Wasserhahn der Ewigkeit; jeder Tag ein Tropfen, denn nur so wurden die Menschen mit der Ewigkeit fertig. Das Wollvlies, das die Zellwollfabrik nach dem Kriege ausgestoßen hatte, reichte für den halben Weg zum Mars. Es hatte dünne Stellen von Ringelnatterstärke. Eine schwache Stelle hatte ihm dieser Stanislaus mit einem Gedicht zugefügt, und die übrigen bewiesen, daß auch andere Menschen nicht ohne Fehlleistungen auf dem Podest stehen und geistlos wie Automaten funktionieren konnten.

Stanislaus' Meister hatte sich eine neue Spinnmaschine ausgedacht, die mit schwächeren Säuren in den Fällbädern auskam. Die PAMPEL würden von der »Augenkrankheit« befreit werden.

Vielleicht hatte der Meister die Maschine konstruiert, um zu einer »Erfinderprämie« zu kommen, aber das minderte ihren Wert für die leidenden PAMPEL nicht. Die Maschinenverbesserung wurde auf der Anschlagtafel im Umkleideraum bekanntgemacht. Das war eine Naseweisheit von Leuten aus dem unteren Fabrikhimmel. Für die Götter im oberen Fabrik- himmel stellte die Maschine keine Verbesserung dar. Die Herren, die die Säuren lieferten, hatten etwas gegen die Spinnmaschine, die mit weniger Säuren auskam. Der Entwurf von Meister Glatkowiaks Neukonstruktion wurde in einen Panzerschrank eingeschlossen. Dort blieb er liegen, damit die Gewinne der Herrschaften von der Säure-AG blieben, wie sie waren.

»Glatkowiak, wo bleibt deine neue Maschine?« fragten die PAMPEL. Meister Glatkowiak hob die Schultern.

Als Stanislaus von seiner sechsten Erblindung genesen war, schickte ihn Zellenpaule in die Meisterbude. »Sag, du hättest es satt!«

Das war nicht gelogen. Stanislaus war nahe daran, seine Proletarierlaufbahn aufzugeben; sie bestand ja nur aus Blindheit und Schmerzen! Und immer noch kein Brief von Rosa. Da mußte man mit einer solchen Ausdauer gesegnet sein wie ein gewisser Mann in der Bibel, der sieben Jahre um seine Geliebte diente.

»Die neue Spinnmaschine her; ich hab es satt«, sagte er zu Meister Glatkowiak.

»Ich gab dir andere Arbeit, aber du versagtest. Alle PAMPEL kommen hierhergerannt. Bin ich die Werkleitung?« Stanislaus wollte zur Werkleitung. Der Meister hielt ihn beim Ärmel zurück. »Meld dich morgen hinterm Trockenschrank!«

Nach einigen Tagen wurden in der Fabrik Handzettel geklebt: »Aktionäre wollen blinde Arbeiter.« Die Werkleitung ließ die Handzettel entfernen.

Glocke ging von PAMPEL zu PAMPEL. »Macht es dir Spaß, alle drei Wochen blind zu sein?«

»Wie kannst du fragen?«

»Dann unterschreib!« Glocke hielt ihnen eine Liste hin. Die meisten PAMPEL unterschrieben.

Zwei Tage später klebten neue Handzettel im Umkleideraum, an den Meisterbuden, am Pförtnerhaus und in der Kantine: Wann kommt die neue Spinnmaschine? Der Anfrage folgten die Unterschriften der PAMPEL, und Stanislaus' Unterschrift war die dritte von oben gesehen.

Die Werkleitung antwortete: Die vom Meister Glatkowiak verbesserte Spinnmaschine wäre noch nicht reif für die Praxis. Man versprach allen PAMPELN, die fleißig ihre Schutzbrille benutzen und in vier Wochen keinen Tag »augenkrank feiern« würden, eine Prämie.

»Ich brauche einen Zeugen!« sagte Glocke zu Stanislaus und nahm ihn mit zu Meister Glatkowiak. »Da hast du also eine unterentwickelte Maschine abgeliefert und deine Prämie für naß eingestrichen?« fragte er den Meister.

»Meine Maschine funktioniert«, antwortete Glatkowiak.

»Bist du bereit, in einer Belegschaftsversammlung zu bezeugen, daß du keine Gaunerei betriebst?«

Glatkowiak wiegte den Kopf. Der Wille hinter seinem Wunsche, sich zu rechtfertigen, wurde zitterig. »Du willst mich in deine linksradikalen Sachen hineinstricken.«

»Mitgefühl mit den leidenden PAMPELN nennst du linksradikal? Du hast es gehört«, sagte Glocke-Paul zu Stanislaus.

Meister Glatkowiak wehrte ab. »Wie soll ich dir beweisen, daß ich die Maschine erfand, weil mir die PAMPEL leid taten?«

Einige PAMPEL wollten zu Prämien kommen und behielten die verwrasten Schutzbrillen bei der Arbeit auf, aber dann fiel einer mit einem Korb voll Gallert eine eiserne Treppe hinunter und brach sich den rechten Arm. Ein anderer rutschte auf einem Gallertklumpen aus und fiel ins säurehaltige Fällbad.

»Jetzt fängt Gott an, für uns zu arbeiten«, sagte Glocke. Robert-Jesus sah traurig hinter seiner Papageiennase hervor. »Du wärst ein feiner Mensch, wenn du dich nicht ewig gegen Gott und die guten Dinge versündigtest.«

Während der Belegschaftsversammlung saßen fünfzehn Zellwollblinde unterm Rednerpult. Ein Mann vom Betriebsrat sprach: »Solidarisiert euch mit den Blinden! Her mit der neuen Spinnmaschine!«

Ein Mann von der Werkleitung sprach: »Ruhe! Besonnenheit! Die Spinnmaschine Glatkowiaks funktioniert noch nicht, wie sie soll.«

Meister Glatkowiak sprang auf: »Lüge!«

»Wie?«

»Unwahrheit, meine Maschine funktioniert!«

»Glatkowiak, Glatkowiak, Hoch auf Glatkowiak!« Am eifrigsten schrien die fünfzehn Blaubrillenträger unter dem Rednerpult. Glocke-Paul stimmte ein Lied an. Stanislaus sang mit.Er kannte den Text nicht, doch er sah Glocke auf den Mund. » ...die Internationale erkämpft das Menschenrecht ...« Ein Sprecher des Betriebsrates sprang ans Rednerpult. »Wer ist für Streik?«

Es waren nur wenige gegen den Streik.

---

43 Stanislaus wird von Rosa in die Spezies der Affen eingereiht, während er entdeckt, daß er bisher ein Erdchauvinist war.

Es lag ein Brief von Leo Lupin auf der marmorierten Nachttischplatte. Stanislaus packte zu und riß ihn auf. Wo war seine Weisheit hin?

»Lieber Büdner! Verzeih, wenn mir Dein Vorname nicht einfällt. Man nennt das Sklerose. Ich bin jetzt Hilfsbibliothekar, nicht mehr Nachtwächter. Die Arbeit gefällt mir, obwohl ich weniger verdiene. Die Kommunalpolitiker scheinen der Ansicht zu sein, daß der Umgang mit Büchern Glück genug sei.

Spaß beiseite! Du schreibst, Du hättest Dich proletarisiert, und Du schreibst auch von Schmerzen, aber nicht, ob es sich um körperliche oder seelische Schmerzen handelt. Ich nehme an, es handelt sich um seelische Schmerzen. Bäcker, Schauspieler, Dichter und so Gedöns leiden am Bewußtseinsmangel, behauptet man. Obwohl ich jetzt Hilfsbibliothekar bin, kann ich über Bewußtseinsschwund nicht klagen. Trotzdem behauptet mein Schwager, die Gefahr, daß ich das Bewußtsein verlöre, wäre ›lantent‹ (er meint natürlich latent!), weil ich früher Reformist gewesen wäre. Da mach mal was! Der tut, als ob er aus der Urquelle gesoffen hätte.

Für Kommunarden, die unsere Sache sachlich betrachten, wie es sich gehören sollte, bin ich Gleicher unter Gleichen, aber für Leute wie meinen Schwager, die unsere Sache wie eine Religion betreiben, ist ein früherer Sozialdemokrat wie einer, der sich einmal mit dem Teufel abgab und der immer mal wieder nach Teufel stinkt. Dann gibts auch solche unter uns, die betrachten einen ehemaligen Reformisten bald sachlich, bald religiös; das sind die Taktierer. Aber ich schreib Dir hier einen Lehrbrief. Das ist unangebracht. Du wirst alles selber erleben, wenn Du der Sache der Kommunarden treu bleibst!«

Der Autor sitzt seit dreiundzwanzig Monaten in seiner Kammer und schreibt wie sein eigener Sklave, und sobald er aufschaut, glaubt er jene Leser zu sehen, die auch ein Witzbuch so ernst lesen, daß an ihren Nasenwurzeln zwei tiefe Kerben entstehen. Sie werden ihm längst verübelt haben, daß er von der SACHE und von KOMMUNARDEN spricht. Der Autor bittet sie um Verständnis; auch die erhabensten Worte verschleißen im überhäufigen Gebrauch. Der Autor spricht trotz allem von der Pflicht der Menschen, ihre Gesellschaft in Ordnung zu bringen, bevor sie Kontakte mit Weltraumwesen aufnehmen, mit Wesen, für die soziale Ungerechtigkeiten möglicherweise zur Urgeschichte gehören.

Wir sind aus dem Brief von Leo Lupin an der Stelle hinausgeraten, an der er sich über Rosa ausließ: »Rosa ist wohlauf. Sie befindet sich nicht mehr in diesem Lande. Wenn Du mich fragst, wohin sie ging, so darf ich es Dir nicht sagen. Sie ging in Sachen Sache dorthin. Du kannst nicht verlangen, daß ich disziplinlos handele und mich womöglich von meinem Schwager wieder einen Reformisten heißen lasse!

Nur soviel: Rosa begann hier Germanistik zu studieren. Du kennst meine Rosa ein bißchen; es tut mir gut, das denken zu können, es macht uns verwandt. Kurzum, sie hat hier auf der Universität politisch um sich gebissen. Sie war sehr allein dabei.

Ach, unsere Rosa! Sie war manchmal vorlaut, auch ein bißchen ungerecht, dann wieder schweigsam wie ein Grab. Welcher Dichter hat dieses ›schweigende Grab‹ erfunden? Es gefällt den Leuten, obwohl es als Bild schon arg vernutzt ist. Verzeih mir!

Die Angelegenheit, in der Rosa schwieg, obwohl nichts mehr zu verschweigen war, war die: Sie sollte ein Kind kriegen.

Ganz recht, daß Du jetzt zusammenzuckst, mein lieber Büdner. Das Kind ist von Dir. Oder gehörst Du zu den Kerlen, denen es lieber ist, kein Kind gemacht zu haben?«

»Nein«, schrie Stanislaus, als ers las. Ein Kind, ein Kind! Er hatte es zum ersten Male zu einem *eigenen* Kind gebracht! Aber wie konnte ihn Rosa darüber in Unwissenheit belassen? Da reihte sie ihn doch in die Spezies Affen ein, die den Zusammenhang von Zeugung und Geburt nicht erkennen!

»Möglich, Du zweifelst, daß das Kind von Dir ist«, schrieb Leo, »aber laß Dir gesagt sein, daß ich meine Tochter kenne: Du warst es, nach dem sie gierte und verrückt war. Überhaupt, weshalb solltest Du das Kind anzweifeln? Rosa verlangt nichts von Dir.

Wenn Du nun von der Lust gepackt werden solltest, Rosa und das Kind zu sehen, so bedenke, daß auch ich von dieser Lust gequält werde und daß da eine Art Verwandtschaft zwischen uns besteht. Laß uns abwarten! Ich bin stolz auf meinen Enkelsohn, weil ich wähne, daß meine Eitelkeiten und Eigenheiten damit ein wenig bleibend gemacht sind auf dieser Erde, denn ein Künstler bin ich leider nicht geworden.

Du hast früher leidlich gedichtet. Gib es nicht auf! Wenn ein Funke in Dir ist, so laß wenigstens diesen Funken nicht ausgehn!

Schwiegersohn will ich Dich nicht nennen. Ich hab die Erlaubnis nicht dazu. Es wäre außerdem hausbacken. Dein ehemaliger Arbeitskollege Leo Lupin.«

Stanislaus schlief schlecht. Die Freude über die Nachricht von Rosa zitterte in ihm wie eine Taubenfeder bei Wind. Vor Tagen war er vom Schmerz in seinen verätzten Augen erwacht, jetzt ließ ihn die Freude wach liegen. War Schlaflosigkeit gleich Schlaflosigkeit? Nein, denn als er vor Augenschmerzen nicht schlief, sah er den Mond und die Sterne nicht, jetzt sah er den Weltraum.

Es gibt Zeitgenossen, für die die Menschheit dort aufhört, wo man keine Salzkartoffeln kennt; Für andere hört sie dort auf, wo man sich bei einem Gewitter nicht bekreuzigt; für noch andere dort, wo man die Sprache nicht spricht, die sie als Kind zufällig erlernten. Stanislaus entdeckte in jener Nacht der Freude, daß es für ihn eine Zeit gab, da die Menschheit am Rande der Erde aufhörte, und daß er ein Erdchauvinist gewesen war.

Wo mochte Rosa sein? Was dachte sie von ihm?

Er wußte, daß sich Gedankenverbindungen von Mensch zu Mensch herstellen, aber das geschieht nur zufällig. Er hätte eine solche Verbindung dringend als eine zuverlässige Einrichtung benötigt. Er war ein Phantast, verzeiht ihm, ihr Bewohner des WISSENSCHAFTLICHEN JAHRHUNDERTS. Er stellte sich Lebewesen auf anderen Sternen vor, die Superteleskope für das Auffangen von Signalen ferner Lebewesen benutzten. Er träumte von Wesen, die Verstärker in ihren Mützen trugen, mit denen sie den Schwingungen ihrer Gedanken den Nachdruck verliehen, der nötig war, Menschen zu erreichen, die ihnen lieb, aber fern waren.

Kurzum, er war ein Optimist. Wir müssen ihn passieren lassen! Optimismus tut not in einer Zeit, da wir von vielen Seiten mit »genialen Erfindungen« an unserer Selbstvernichtung arbeiten.

44

Stanislaus wird in eine Maschine eingebaut und trifft einen »guten Menschen«; er wird der sehende Anführer einer Blindenbrigade und trifft auf einen karelischen Bekannten.

Stanislaus meldete sich unausgeschlafen am Trockenschrank zur neuen Arbeit. Hinter den geriffelten Hartgummiwalzen, an denen er einmal gearbeitet hatte, lag die Wollwäscherei. Man konnte die Zellwolle der deutschen Menschheit nicht ungewaschen übergeben. Sollten die Käufer von Zellwollhemden etwa glauben, Krieg, Läuse und Krätze wären zurückgekehrt? Die Wolle wurde mit heißem Wasser gewaschen, und danach wand sich das Vlies in den Trockenschrank, wo ihm jedes Gran Wasser entzogen wurde. Knisternd kam es aus dem Schrank, aber man hörte es beim Gesaus und Gebraus der Maschinen nicht. Was die Natur in aller Stille anfertigt, vermag der Mensch nicht ohne Pauken und Trompeten herzustellen.

Jetzt geschah etwas Widersinniges: Nachdem man die ganze Zeit bedacht war, das Wollvlies gleichmäßig stark zu erhalten, wurde es in Stücke geschnitten, damit es sich in mannshohe Säcke stopfen ließ. Die Säcke hatten den Umfang von drei dicken Frauen bester Qualität.

Die geschnittene Wolle wurde aus dem Trockenschrank herausgeblasen, doch sie war inzwischen ein eigenwilliges und sperriges Gezaus geworden, dessen Lieblingsspiel es war, sich zu einem Wollhaufen zu verquisten. Stanislaus mußte diese weißen Misthaufen mit den Händen zerzupfen, damit die Einsackvorrichtung sie ansaugen konnte.

Unser Held stand am Umschlagpunkt zweier Qualitäten: Das Blasen hörte auf, und das Saugen begann. Was sich klumpte und nicht glatt ausgeblasen wurde und was sich klumpte und nicht glatt angesaugt wurde, zerrupften Stanislaus' Hände.

Freilich hatten die Konstrukteure der Schneide- und Einsackmaschine gehofft, daß dort, wo die Wolle aus der Schneidemaschine hingeblasen wurde, die Saugkraft der Einsackmaschine hingreifen würde, und sicher war der Vorgang auf dem Papier einwandfrei abgelaufen, und doch klappte es nicht. Man hatte es mit einem der vielen Fälle zu tun, bei dem sich Theorie und Praxis nicht deckten. Haha, plötzlich muß der Mensch heran und wird in eine nicht funktionierende Apparatur eingebaut, und das geschieht allenthalben und bis auf den heutigen Tag und wird von allen Maschinenseligen bis auf den heutigen Tag entschuldigt und bestritten.

Die Herren der Werksleitung dachten an Gewinn, die Ingenieure dachten naturwissenschaftlich, auch der Mensch war für sie eine Art naturwissenschaftliche Konstruktion, die mechanisch auf Reize reagierte. Seelenleben – das war eine menschliche Einbildung. Es verursachte weder der Werkleitung noch den Konstrukteuren Kummer, Menschen zu benutzen, um den Konstruktionsmangel einer Maschine zu verdecken. Ein so eingebauter Mensch war nun Stanislaus. Er war als Maschinenteil von großer Wichtigkeit für die Zellwollproduktion. Wenn er versagte, wurden nicht nur Spinnmaschinen, sondern auch andere Maschinenkomplexe und vor allem der Rentabilitätszufluß aufgehalten.

Er stand gebückt über einer Holzrinne. Die Wolle fluppte aus dem Trockenschrank. Er zerzupfte die sperrigen Wollhaufen und schob sie in den Sogbereich der Einsackmaschine. Das Holz der Rinne war von der Wolle poliert und konnte es mit dem bestpolierten Holz der Welt aufnehmen. Wir halten uns nicht damit auf, über die polierende Wirkung weicher Wolle zu staunen, weil wir wissen, daß Wasser Höhlen in Granit spült.

Tag oder Nacht, Stanislaus arbeitete bei künstlichem Licht; Tag oder Nacht, es war so warm an seinem Arbeitsplatz, daß er mit nacktem Oberkörper arbeiten mußte; Tag oder Nacht, er stand gebeugt über der polierten Holzrinne und konnte sich nur aufrichten, wenn keine weißen Misthaufen aus dem Trokkenschrank fluppten. Heraus zu seinem Lobe, Abiturientendichter; heraus zu seiner Beweihräucherung, Reporter und Verherrlicher der Fabrikarbeit am Band!

Stanislaus blieb Stanislaus: Für ihn wurde der Trockenschrank zum Kopf eines Riesen, aus dessen Maul die Wolle flutschte. Zuweilen sprach er mit dem Riesen. »Jetzt spuckst du ein Weilchen keine Haufen aus, mein Rücken muß sich erholen!«

Manchmal gehorchte der Riese, und Stanislaus konnte verschnaufen, seinen Oberkörper nach hinten beugen und vor Wollust ächzen. Aber häufiger spuckte der Riese gerade nach Stanislaus' Bitte Haufen bei Haufen aus und quälte den Wollzerzupfer.

Bereits in seiner ersten Schicht am Trockenschrank gewahrte Stanislaus, wie quälend sich die Unausgeschlafenheit bei dieser Arbeit auswirkte: Die Wolle verwandelte sich vor dem Einschlafen zu warmem Schnee. Es stellte sich dem Wollzerzupfer als eine Lust dar, unter diesem Schnee zu liegen und zu schlafen. Jemand schrie: »Du pennst ja!« Er schreckte auf. Ein Haufen Wolle war aufgelaufen.

Der Mann, der Stanislaus geweckt hatte, hieß Johann von Leesen. Er war ein harmloser Dümmling, der jüngste Sohn einer verarmten Adelsfamilie, ein ewiger Jüngling mit roten Bäckchen. Sein Haar war kurz geschoren, und er war stets gut gelaunt und glücklich.

Korrespondieren Dümmlichkeit und anhaltende Glücklichkeit? schrieb Stanislaus als Frage in ein Groschenheft.

Wir können uns nicht mit Stanislaus' philosophischen Erwägungen aufhalten; wir haben weiße Misthaufen zu beobachten und zu sorgen, daß geschnittene Zellwolle in Säcke gelangt; das deutsche Volk giert nach Zellwolle.

Johann von Leesen begann seine Gespräche stets mit der Frage: »Bist du ein guter Mensch?« Arbeitskollegen, die mit ihm Spaß treiben wollten, antworteten: »Ich bin ein schlechter Mensch, Johann.«

»Ja, dann sollst du auch nicht zu wissen kriegen, daß mein Bruder ein Oberstleutnant war und das Ritterkreuz bekam.« Das war nicht gelogen, denn bei fast gleichem Verstande war einer der Brüder Kriegsheld und der andere nichts als ein »guter Mensch« geworden.

Johann fragte auch Stanislaus: »Bist du ein guter Mensch?«

»Wer will kein guter Mensch sein?« fragte Stanislaus zurück.

Johann von Leesen schien zu überlegen, aber das Rätsel war für ihn nicht zu lösen.

Wenn von Leesen zum Essen in die Kantine ging, war Stanislaus für den Wollabfluß an zwei Rinnen verantwortlich. Dann begann allemal ein Wettlauf mit den Launen von zwei Trockenschränken. Schlimm wars, wenn der Wollabgang in beiden Rinnen zur gleichen Zeit stockte. Dann rief Stanislaus: »He, halt mal an, halt doch mal an!« Aber das war, als hätte ein Mensch einem Gewitter befohlen, aufzuhören.

Wenn Johann von Leesen vom Essen zurückkam, lobte er Stanislaus: »Du bist ein guter, ein guter Mensch bist du.« Er lobte Stanislaus jeden Tag für die gleiche Sache. Vielleicht war er glücklicher als Stanislaus, weil er auch für das dankbar war, was ihm zustand.

Eines Tages besuchte Paul Glocke Stanislaus, als Johann von Leesen zum Essen war. Stanislaus tanzte zwischen den Holzrinnen. Paul sprang ein, half und sagte: »Wir streiken demnächst. Dich muß ich doch nicht einladen? Sorg dafür, daß auch der adlige Dümmling streikt!« Damit verschwand Zellenpaule, und Stanislaus setzte seinen Veitstanz im »warmen Schnee« einspännig fort.

Die Fabrik lag im Tale am Fluß wie ehedem, doch statt Zellwolle schien sie Stille zu erzeugen. Der Fahrradabstellplatz blieb leer, einige Frühschichtarbeiter kamen vom Bahnhof, doch sie konnten nicht ins Werk: Vor dem Fabriktor saßen mindestens fünfzig Blinde mit dunklen Brillen auf Feldklappstühlchen. Sie hatten sich untergehakt. Wer in die Fabrik wollte, mußte sie umrennen. Das wagte niemand.

Einige Schläulinge umgingen die Fabrik an der Mauer und gelangten an den Hintereingang. Dort war das Tor verschlossen, und es hing ein Plakat an den Gitterstäben: »Guten Morgen, Herr Streikbrecher!«

Die Schläulinge fluchten, schlugen sich in den Laubwald am Flusse und machten sich zu Fuß auf den Heimweg.

Unter den Blinden am Vordereingang saß auch Stanislaus, obwohl er an diesem Morgen der Unblindeste von allen Blinden war. Seine Theaterpraxis kam ihm zustatten; er hatte nicht umsonst den Blinden in einer gewissen Kriminalkomödie gespielt. Er saß verhakelt mit seinen blinden Kameraden, schwieg und philosophierte hinter der dunklen Brille in den Frühlingsmorgen:

Das Leben drängt. Du mußt es bemeistern. Du solltest nicht unglücklich sein, wenn es dir nicht auf Anhieb gelingt. Rümpf deine Nase vor keinem Beruf! Denk immer an deinen Überberuf!

(Aus Stanislaus' Groschenheft Numero neunzehn.)

Und wie stands mit dem Überberuf? Er stellte fest, daß ihn der Meisterfaun lange nicht aufgesucht hatte, aber sogleich lachte er über sich selber: Er hatte an den Faun wie an etwas Wirkliches gedacht.

Der Blinde neben ihm knuffte ihn. »Will da nicht wer die Kette durchbrechen?« Jawohl, es kam jemand im Sturmschritt. »Das Ganze auf!« kommandierte Stanislaus, der Seher. »Einkreisen!« Die Blinden erhoben sich und kreisten den Dahergekommenen ein. Es war Meister Glatkowiak. »Wohin, Meister?«

»Wieso nennst du mich Meister, wenn du nicht siehst?«

»Ich roch Sie«, sagte Stanislaus.

Die Blinden lachten. Meister Glatkowiak brauste auf und versuchte Stanislaus zur Seite zu schieben. Ein Fremder, der mit Zellenpaule in einer Tornische stand, sagte: »Gleich wird dein Theaterblinder weich werden. Geh selber hin, sonst läßt er den Meister durch!«

Zellenpaule zögerte.

»Was wollen Sie in der Fabrik?« fragte Stanislaus den Meister.

»Säureanalysen sicherstellen«, war die Antwort Glatkowiaks.

»Die Säuren stehn sicher; es ist niemand in der Fabrik.«

Glatkowiak nahm Stanislaus beiseite und flüsterte auf ihn ein. Stanislaus wandte sich an die Blinden: »Meister Glatkowiak fürchtet, daß man ihn entläßt.«

Die Blinden lachten. »Es wäre schrecklich; er hat sich neue Möbel gekauft.«

Die Pampel lachten noch lauter. Es war ein merkwürdiges

Lachen, weil den Blinden dabei dicke Tränen über die Wangen rannen, denn sie rissen beim Lachen unwillkürlich die verätzten Augen auf, und sie mußten sie vor Schmerzen wieder schließen, und sie sahen nicht, wie sich Meister Glatkowiak davonschlich.

In diesem Augenblick sah Stanislaus den Mann bei ZELLENPAULE in der Tornische, und er riß sich die dunkle Brille herunter. Der Mann ähnelte einem, den Stanislaus einmal gekannt hatte, und je länger er hinstarrte, desto gewisser wurde ihm, daß es sich um seinen ehemaligen Kriegskameraden Otto Rolling handelte, der sich hierzulande Osero nannte.

45

Stanislaus erscheint in seiner Heimat Waldwiesen, macht seinen Künstlerhut zum Kartoffelkorb und sieht, wie seine Essays verbrennen.

Es war voller Frühling, aber die Kreisstadt war klein und grau. Eines Tages hatte sie den Einfall, sich selber davonzulaufen, und strebte mit blanken Häusern nach draußen, als wollte sie mehr Bäume und größere Winde um sich haben. Es blieb bei diesem einmaligen kleinen Einfall: Nach einem Kilometer fielen die vorwitzigen Einzelhäuser zurück, und es standen nur noch Apfelbäume, Robinien und Birken an der grob gepflasterten Landstraße, wie es sich gehörte.

Die Straße wand sich zur nächsten Kreisstadt. Die Dörfer, die rechts und links in den Wäldern und Feldern lagen, suchte sie nicht auf; dorthin schickte sie Wald- und Feldwege.

Ein Mann im zerknitterten Anzug ging in die Wälder. Obwohl er schwitzte, trug er einen runden Filzhut mit breiter Krempe. Er legte Wert darauf, wie ein Künstler auszusehen, wie ein Mann, der Gedanken produziert. Die Gedanken konnten sich noch ein Weilchen unter der breiten Hutkrempe aufhalten, ehe sie in die kalte Außenwelt fuhren.

An diesem Frühlingsvormittage war die breite Hutkrempe ziemlich nutzlos; denn der Mann produzierte wenig Gedanken, weil er erschöpft vom Kofferschleppen war.

Die Dinge, die er aus der Kreisstadt in die Wälder transportierte, waren nicht nur von enormem Gewicht, sondern auch von Wert; jedenfalls hielt der Mann sie für wertvoll.

Was wär am Golde, diesem weichen, technisch ziemlich ungeeigneten Metall, wenn der Mensch nicht so zäh im Wertverleihen wäre? Macht eine Blitzableiterspitze oder Zahnräder für eine Mähmaschine aus Gold, und ihr erlebt, was es wert ist!

(Aus Stanislaus' Groschenheft Numero zwanzig.)

Was unser Mann in seinen Koffern schleppte, war mehr als Gold, darüber war er mit *sich* übereingekommen. Für Fernstehende handelte es sich vielleicht nur um geschichtete Papierbogen, zum Teil mit Tinte bekritzelt und zum anderen Teil mit Schreibmaschinenschrift bedruckt, um Altpapier.

Unserem Manne kam ein anderer Mann entgegen, der war prasseldürr und trug die Spuren einer schlecht auskurierten Gelbsucht im Gesicht. Die Falten seiner ausgeblichenen Soldatenuniform verrieten, wie wohlbeleibt er gewesen sein mußte, bevor er die sogenannten Hoheitsabzeichen von seinem Rocke abgetrennt hatte. Das Schild seiner österreichischen Soldatenskimütze war geknickt. Es schützte die graublauen Augen des Mannes wie ein kleines Vordach.

Der Mann suchte Lorcheln, jene hell-, auch dunkelbraunen Frühlingspilze, die sich aus der Unterwelt durch den Sand der Heide ans Licht der Oberwelt drücken und für den einen Menschen ein schmackhaftes Pilzgericht und für einen anderen einen jämmerlichen Tod hergeben können.

Als der gelbsüchtige Mann den Fremden sah, wurden ihm der Waldboden und die Lorcheln gleichgültig, denn der Koffermann war für jene Zeit verflucht gut angezogen, und ein so breitkrempiger Hut war in jenem Landstrich nie gesichtet worden. Die Koffer des Reisenden schienen Grieß, Reis, Mehl, Puddingpulver und sonstige lang nicht gesehene Dinge zu enthalten. Der gelbgesichtige Mann grüßte den Kofferträger und schlug vorsichtshalber die Hacken seiner Holzschuhe militärisch aneinander. Der Mann mit den Koffern benutzte die Gelegenheit, ein wenig auszuruhen, und erkundigte sich nach dem Ergebnis der Lorchelsuche. Der Lorchelsucher zeigte seinen Fund, und die Männer trennten sich.

Der Mann mit den Koffern legte immer längere Verschnaufpausen ein, und als er sich einem Dorfe näherte, beschlichen ihn Erinnerungen. Er erkannte eine Wegstelle, die mit einem früheren Erlebnis verknüpft war, und er ließ seine Koffer am Waldrand stehen und suchte nach einer Waldlichtung. Die Bäume waren herangewachsen und hatten ihr Unterholz verloren, aber er fand die Waldlichtung noch, setzte sich dort ins Heidekraut, sah auf die sprießenden Windhalme und hörte die Heidelerche singen. Die Zeit schrumpfte ein: Er saß hier in kurzen Schulhosen, und am nächsten Tage sollte er die langen Erwachsenenhosen anziehen, um in die Lehre zu gehen. Neben ihm saß ein Mädchen, und wenn er den Arm ausstreckte, konnte er es berühren. Es war ein rundes Mädchen, kugelig und mit Hängebäckchen, wie viele Dorfmäd-chen zu jener Zeit, hatte große Augen und war seine Schulliebste.

Sie hatten sich auf die Lichtung geschlichen und viel gewagt, denn es war schon mehr Nacht als Tag. Sie waren gleich alt und zusammen konfirmiert worden. Während der sogenannten Einsegnung hatten sie einander in die Augen gesehen und waren sich dabei vorgekommen wie große Sünder. Ach, sie waren bereits gewahr geworden, daß alles, was ihnen im Konfirmationsunterricht als Unzucht und Sünde vorgestellt wurde, für sie nicht ohne Reiz war. Trotzdem wußten sie zuerst nicht, wozu sie sich getroffen hatten. Sie hockte da in ihrer Rundlichkeit und stützte sich mit einer Hand auf ein Büschel Schafschwingel. Die aufspringenden Birkenknospen dufteten nach Weihrauch, und ein Vogel sang. »Die Heidelerche«, sagte er, um nicht dazukauern wie ein Feldstein.

»Ja, ja«, antwortete sie, »du warst immer gut in Naturkunde.« Dann sagten sie lange nichts, bis es ihn zu der Äußerung hinriß: »Es ist so still, daß man die Abendröte hört.« Da lachte sie und fand es putzig daß man das Abendrot hören sollte. Er benutzte die Gelegenheit, um ihr mit einem vorjährigen Windhalm über den Handrücken zu fahren, und es erschienen Flämmchen in ihren Augen, und sie sagte: »Mit dem Kitzeln fängt es an, und mit einem Kind hört es auf!«

Das waren ja wilde Träume! Sie griff nach seiner Hand und hielt sie fest; und er seinerseits fing ihre Hand, und dann saßen sie und sahen einander in die Augen, ohne sich zu rühren, und staunten über sich: Waren sie einander denn so neu und unbekannt?

Das alles war so merkwürdig, und sie mußte lachen, und da lachte auch er, und sie stopften mit ihrem Lachen ein Loch aus Verlegenheit. Aber nach einer Weile kamen sie einander wieder näher, hielten sich bei den Händen, sahen sich in die Augen und hatten ihre Wünsche dabei. Sie wünschte, daß er ihre Wünsche erraten sollte, aber er erriet sie nicht, und sie wußte nicht mehr aus und ein und schnappte wie eine Hündin nach ihm hin und machte: »Wau!« Dabei berührten sich ihre Nasen, und sie fuhren auseinander, als wäre das Schlimmste zwischen ihnen geschehen.

Sie trennten sich, gegenseitig unerraten. Sie ging auf ihrem, er auf seinem Weg ins Dorf; niemand sollte wissen, daß sie zusammengekommen waren, um »Wau!« aufeinander zu machen.

Am Dorfrand trafen sie sich trotzdem aus reinem Zufall, und da lachten sie wieder; denn nun hatten sie ein Geheimnis mitsammen, und das hieß vorläufig: »Wau!«, und sie wußten nicht, daß es ihr Abschied war, denn von nun an sahen sie sich nicht mehr, es fügte sich nicht.

Der Mensch ist ein merkwürdiges Schiff: Dieser Stanislaus zum Beispiel ließ seine Koffer mit Goldwerten am Wegrand stehen, wuselte sich in den Wald, setzte sich auf eine Lichtung und blieb dort mit beglücktem Gesicht sitzen, obwohl weder eine Blume noch ein Vogelnest zu sehen waren, die seine Verzückung hervorriefen. Er hing wohl sehr an Erlebnissen, die die Moralisten »rein« und die Biologen »pubertär« nennen. Während unser Held also einem »pubertären Erlebnis« nachhing, das bereits einen Stern erreicht hatte, der fünfundzwanzig Lichtjahre von der Erde entfernt durch den Weltenraum strebte, kam der Mann mit dem Lorchelsack aus dem Wald und näherte sich Schritt bei Schritt den unbewachten Koffern. Er hob den einen an, hob auch den anderen an, schwenkte beide hin und her und kam zu dem Schluß, daß der eine losen Zucker enthalten müßte. Er behielt ihn in der Hand, tat ein paar kleine Schritte und verhielt sich so, daß ihm noch die Möglichkeit blieb, das Entwenden für einen Scherz zu erklären, falls der Fremde aus dem Wald treten sollte. Aber dann wurde der Abstand, den der Lorchelmann zwischen die beiden Koffer brachte, größer und schließlich so groß, daß der Diebstahl mit einem Scherz nicht mehr hätte rückgängig gemacht werden können. Wenn der Fremde gekommen wäre, so hätte der Lorchelmann Reißaus nehmen müssen. Aber der Fremde kam nicht, und der Lorchelmann erreichte eine schützende Schonung.

Stanislaus, der Mann aus dem Lande NAIVITAS sah, daß ihm ein Koffer fehlte, und glaubte, es hätte ihm jemand in der Nähe seines Heimatdorfes einen Scherz gespielt.

»He, he, ist da jemand?« rief er in den Wald.

Keine Antwort.

Die Sache wurde ernst. Es war ratsam, den zweiten Koffer so rasch wie möglich sicherzustellen, um den Dieb des ersten Koffers in Ruhe verfolgen zu können.

Das Vorwerk hockte wie vor Jahrzehnten im Nest des Wiesentales, und der Hochwald war der Rand des Nestes. Träger Holzrauch stieg aus den Schornsteinen der Katen.

Wenn der Autor seinem Helden einen breitkrempigen Hut aufsetzte, so tat er es nicht, um die lieben Leser irrezuführen oder zu erheitern, sondern weil der Held beharrlich nach einem solchen Hut verlangte. Stanislaus stand zu jener Zeit noch auf dem Punkte, auch Standpunkt genannt, ein Künstler müsse für die Umwelt an seinem Habit erkennbar sein wie ein Mönch an seiner Kutte. Freilich sind und waren auch andere Künstler dieser Meinung, und der Verfasser wähnt sich nicht frei von diesem Gehabe, doch er verbrachte manch gute Stunde, über die menschlichen Schwächen nachzusinnen, und er hofft, nachdem er Verfügungen über seinen Begräbnisplatz erlassen haben wird und darüber, welchen Nachfolger seine Witwe heiraten soll, noch zu einigen mitteilenswerten Erkenntnissen über die menschliche Eitelkeit zu kommen.

Nach diesem Vermerke »zurück, zurück zum Flieder!«, wie Vater Gustav einst sagte, denn wir sind ihm jetzt wieder nahe, und wir brauchen nur noch das Pförtchen aufzustoßen, dann sehen wir ihn über den Hof gehen: Er trug wieder (oder immer noch?) einen gußeisernen Topf voll ungeschälter Kartoffeln vor dem Bauch, und zwischen Stanislaus' erstem und seinem jetzigen Erscheinen auf dem Vorwerk schien keine Zeit zu liegen.

Vater Gustav erkannte seinen Sohn Stanislaus, dieses wundertätige Kind, sofort, und er würde diesen merkwürdigen Sohn auch wiedererkannt haben, wenn der zwei breitkrempige Hüte übereinander aufgesetzt hätte.

Aber schon wird der erste Unterschied in der Szenerie erkennbar: Vater Gustav ließ den gußeisernen Topf fallen. Das tat er damals nicht, als Stanislaus nackt und ohne Hut auf dem Vorwerk erschien. Der gußeiserne Kartoffeltopf fiel auf einen Hofstein und zerbrach. Die Kartoffeln rollten ins Hofgras, das schon grünte.

Das Zerspringen des gußeisernen Kartoffeltopfes machte Stanislaus Büdner wieder zum Kätnerjungen, dem Kartoffeln etwas Lebenswichtiges sind. Er war lange unterwegs gewesen, sein Proviant war zu Ende gegangen, er hatte Hunger. Deshalb las er die Kartoffeln in seinen runden Hut.

»Bist du verrückt«, schrie Vater Gustav, »dieses Wagenrad von einem Hut muß seine fünfzig Mark gekostet haben!«

Vater Gustavs Geschrei lockte Mutter Lena herbei. Sie stolperte auf der zweiten von den drei steinernen Haustreppenstufen, fing sich aber und war wieder Mutter Lena. Sie war nie mollig gewesen, aber jetzt war sie eine Mumie. Sie drückte ihre Wange an Stanislaus' Wange, und ihre Haut fühlte sich an wie trockenes Leder. Die Umarmung war kurz; Mutter Lena konnte den Rest ihres Lebens nicht dazu verwenden, Angehörige zu umarmen; dazu waren es zu viele. Sie hatte nicht nur Kinder, sondern schon Enkel und Urenkel, und ehe sie dreimal geniest hatte, würde sie auch Ururenkel haben. Sie nahm Stanislaus den Rundhut mit den Kartoffeln ab und zankte mit Vater Gustav um den zerbrochenen Topf. »Was der Krieg nicht zerschlug, zerschlägst du, aber du warst ja immer ein Bruder der Pechmarie,von der ich in einem Märchen las.«

Vater Gustav beleidigte sich nicht; wenn seine Haut auch nicht so ledrig war wie die von Mutter Lena, dick war sie. Sie waren ein eingefahrenes Gespann, er und seine Lena.

Vater Gustav beschäftigte sich mit Stanislaus' Koffer, hob ihn an, beklopfte ihn mit dem Zeigefingerknöchel und sagte: »Vorkriegsware, Halbleder!« Und zu Stanislaus sagte er: »Man muß sich wundern über dich, aber das war ja immer so; jedenfalls staune ich, daß du mit dem Koffer und den guten Dingen, die er enthält, bis hierher kamst, ohne angefochten zu werden!«

Der Kandidat der Dichtkunst war voller Wiedersehensgefühle. Seine Zeuger aber waren knorrig wie Kiefern auf der Heide, doch vielleicht täuschte er sich; denn auch unter der borkigsten Kiefernrinde fließen die Säfte, genauso wie in den dünnrindigen Bäumen.

Stanislaus fiel sein zweiter Koffer ein. Vater Gustav wurde nicht fertig, darüber den Kopf zu schütteln. »Man hat manches Wunder mit dir erlebt, aber das: Als ob ein Koffer Beine hätte und weglaufen könnte!« Er wollte hemdärmelig und in Holzpantinen davon, aber Mutter Lena erschien am Fenster. »Jacke an, sonst hast du morgen wieder die Krächze!«

Vater Gustav zog im Rennen die Jacke über; seine Holzpantinen beklapperten den Weg, Stanislaus ohne den runden Hut, ohne den Heiligenschein des Dichters, hinterher, immer hinterher.

»Deinen Bruder Herbert hast du nicht getroffen?« fragte Vater Gustav, und man hörte seine Glasbläserlunge pfeifen. Nein, seinen Bruder Herbert hatte Stanislaus nicht getroffen.

»Er wollte in die Lorcheln.«

Einen solchen Mann hatte Stanislaus freilich getroffen.

»Ja, na da«, sagte Gustav, »der Deibel solls holen!«

Sie erreichten die Stelle, an der Stanislaus' Koffer gestanden hatten. Vater Gustav drehte sich dreimal um und um, und seine Lunge pfiff dazu. Wo konnte er schon hin sein mit dem schweren Koffer, dieser Mensch – nur in die Schonung dort hinein!

Gustav hatte seinen Streifen Leben hinter sich und hatte nicht nur Pferde kotzen, sondern auch Hunde Bäume besteigen und Kirschen pflücken sehen!

Sie drangen in die Schonung. Trockene Zweige knackten, fielen zu Boden, um zu vermodern und im Kreislauf der Dinge vorwärtszukommen.

Ab und zu blieben die Männer stehen und lauschten. »Ist auch dir so, als obs hier rauchig riecht?« fragte Gustav. Sie sogen die Luft ein, schnupperten und durchbrachen noch eine Schonung. Sie kamen zu einer Lichtung. Dort brannte ein Feuer. Der Lorchelmann saß daneben und hielt in jeder Hand einen Papierbogen. Es sah aus, als ob der Mann zwei Schriftstücke zugleich läse. Er schien unzufrieden mit dem zu sein, was auf den Papierbögen stand, denn er schüttelte den Kopf.

»Strolch, der du bist!« schrie Gustav und schleuderte einen Holzpantoffel nach dem Sitzenden. Der lesende Mann wandte sich erst um, als Gustavs zweiter Holzpantoffel seinen Rücken traf. Aber dann erkannte er den Mann, dem er den Koffer entwendet hatte. Er hielt ihn für einen Funktionär aus der Kreisstadt, der Agitationsschriften ins Dorf brachte, und fürchtete, verhaftet zu werden, deshalb sprang er auf und wollte Reißaus nehmen.

»Bleib!« rief Stanislaus, den das Mitleid packte. Der Mann blieb stehn, und Vater Gustav sagte: »Wenn ich kein Sozialist wäre, wüßt ich, was ich mit dir machte!«

Bruder Herbert warf sich vor Stanislaus auf die Knie. »Wir haben Hunger, Brüderchen, liebes Brüderchen!« Die Situation glich einer Szene aus dem Volksdrama »Räuberhauptmann Purvis«.

Von Stanislaus' Essays war nicht viel zu retten. Seine wundersamen Auslassungen über das Orakel von Delphi hatten Verbrennungen zweiten und dritten Grades erlitten, nicht zu reden von den modernen Gedichten, die völlig verkohlt waren.

Wie auf einen Befehl aus Himmelshöhen öffneten die drei Männer ihre Hosenställe und löschten das Feuer mit dem Wasser, das ihnen zur Verfügung stand. Bruder Herbert wischte sich dabei mit dem Handrücken über die Augen; der beizende

Rauch half ihm, seiner Reue ein glaubwürdiges Aussehen zu verschaffen.

»Gottlob, daß es nur der Koffer mit Büchern und Papier war, der Flamme und Rauch wurde, und daß du die guten Dinge, die du aus der Welt mitbrachtest, im anderen Koffer hattest«, tröstete Vater Gustav Stanislaus. Zu seinem Sohne Herbert aber sagte er: »Du komm nach Hause! Mutter Lena wirds dir geben!«

46

Stanislaus bringt seinen Eltern einen Koffer voll Nichts, kleidet seinen Bruder und wird zum Erfinder von Gedankenflugzeugen.

So wurde aus Morgen und Abend Stanislaus' erster Tag in der Heimat, und aus sieben Tagen wurde eine Woche. In anderen Ländern hatte unser Held wenig an die Heimat gedacht. Heimat – waren das die Mineralien, aus denen man einst zusammengesetzt wurde? Sehnte sich der Sand, der in einem war, nach den Sandfeldern, auf denen die Kartoffeln wuchsen, mit denen man in der Kindheit in der Hauptsache ernährt wurde?

Oder war Heimatsehnsucht irregeführte Gier, den Kuckucksruf noch einmal in so unbeschwerter Stimmung zu vernehmen wie damals, als wir ihn zum ersten Male hörten? War es die Sucht, den Fleck wiederzusehen, an dem wir unsere Mutter ein gewisses Abendliedchen singen hörten?

Ach, es begann schon wieder zu philosophieren in unserem Helden! War es nicht ratsamer, im WISSENSCHAFTLICHEN JAHRHUNDERT unbewiesene Schwingungen nicht zu benennen oder statt von Sehnsucht wissenschaftlich von Affinität zu sprechen?

Drei Tage lang war Vater Gustav freundlich zu seinem Sohne Stanislaus und umgab ihn mit Turteleien wie damals, als dieser Sohn Anzeichen von Wundertätigkeit an den Tag legte, die den Vater hoffen ließen, daß sein Sohn eines Tages Glas fressen würde.

Diesmal galten Gustavs Schmeicheleien Stanislaus' zweitem Halblederkoffer, der noch immer unaufgeschlossen in der Bodenkammer stand.

Sie aßen früh, mittags und abends Pellkartoffeln; morgens mit Salz oder Rübenmarmelade, mittags mit saurer Ziegenmilch und abends mit Mehlstippe. Sie zählten die Kartoffeln: Jeder Mann erhielt pro Mahlzeit sieben und Mutter Lena drei. Bruder Herbert schälte seine Kartoffeln nicht, damit sie ihn besser sättigten.

»Es gibt Leute, die fahren bis nach Hamburg um einen Eimer Heringe, so etwas wollte sich mir nicht«, sagte Vater Gustav und sah Stanislaus an. »Dinsborn und andere Orte, an denen du warst, liegen wohl nicht allzu weit weg von Hamburg, wie?«

Stanislaus wußte die Entfernung nicht in Kilometern und Zentimetern anzugeben.

»Ich frage nur«, sagte Gustav, »falls auch dir irgendwo Heringe über den Weg gelaufen sein sollten. Ich meine, ein Hering wird leicht ranzig, besonders in einem Halblederkoffer!«

Stanislaus verzehrte seine sechste Kartoffel und war nicht geneigt, seinen Eßgenuß durch eine ausführliche Antwort zu schmälern. Aber Vater Gustav gab nicht nach. »Jemand kam aus Kassel oder da wo her, und man hatte ihm drei Pfund Zucker geschenkt. Er wollte den Zucker für Notzeiten aufheben und verschloß ihn in einer Bauerntruhe. Kritz, kratz kamen die Ameisen, krochen durch die Wurmlöcher der Truhe und trugen den Zucker weg. Nun wirst du sagen, dein Zucker steckt in einem Halblederkoffer, aber der hat Schlüssellöcher, das sind für Insekten wie Ameisen die reinsten Schloßportale!«

Dieser kindische Gustav, er war der Born, aus dem Stanislaus' Naivität geschöpft worden war! Von Mutter Lena hatte er die Lesewut, die Informationsgier, wissenschaftlich gesprochen, und von wem hatte er die Sucht zum Denken und Dichten bei so unbescholtenen Eltern?

Vater Gustav und Mutter Lena rüsteten sich, zu Schwester Elsbeth und Schwager Reinhold in die übernächste Kreisstadt zu fahren. Eine von Elsbeths Töchtern sollte heiraten. Vater Gustav holte seinen Bräutigamsanzug aus dem Schrank, den nämlichen, den er zu Stanislaus' Taufe getragen hatte, und denselbigen, den er zu Stanislaus' Konfirmation trug, den ewigen

Anzug. Er war ihm nicht zu eng geworden, sondern hing eher ein wenig lappig um den mageren Gustav herum und glänzte, man konnte sich in ihm spiegeln, so glänzte er. »Das ist der Vorzug an alten Anzügen«, sagte Vater Gustav. »Habt ihrs nicht gelesen: Der Kaiser und seine Gemahlin trugen glänzende Toiletten?«

Mutter Lenas Brautkleid, das sie zur Hochzeit der Enkelin anzog, war oft geändert worden. Es hatte seine Schleppe, auch an Länge und Breite verloren und war mehr ein Kinderkleid, aber es war immerhin noch da.

Etwas war neu an Vater Gustavs Bräutigamsanzug – ein Abzeichen. Es begrüßten sich darauf zwei rechte Hände mit Handschlag. Vater Gustav steckte es bald an den linken, bald an den rechten Rockaufschlag und wurde sich nicht schlüssig. Schließlich hängte er die Bräutigamsjacke über eine Stuhllehne und stellte sich davor. »Wenn ich mir den Bürgermeister von vorn vorstelle, sitzt sein Abzeichen rechts, von mir aus gesehen; vom Bürgermeister aus gesehen aber steckt es links.« Er überlegte eine Weile, wurde wieder unsicher und ging sich im Dorf befragen; es wäre ihm peinlich gewesen, zu einer Familienfeierlichkeit bei seinem Schwiegersohn Reinhold mit falsch angestecktem Abzeichen zu erscheinen. Reinhold war jetzt ein verhältnismäßig hoher Mensch. Fremde Leute nannten ihn Kreissekretär, aber Vater Gustav nannte ihn immer noch Reinhold.

Bevor Mutter Lena und Vater Gustav ihre hundertdreiunddreißigmal geflickten Fahrräder bestiegen, fragte Vater Gustav seinen Sohn Stanislaus: »Werden nun Dinsborn und all die Orte, aus denen du kommst, von den Amerikanern oder von den Engländern regiert?«

»Von den Briten«, sagte Stanislaus.

»Briten?« fragte Gustav. »Ja, das sind wohl auch die Engländer, aber man ist eben nicht fortschrittlich genug und sagt immer noch Engländer; womöglich haben auch die Amerikaner jetzt einen fortschrittlicheren Namen? Ich meinte nur, es hätte sein können, daß du aus dem amerikanischen Hoheitsgebiet gekommen wärst, wo sie mächtig mit Schokoladentafeln umherschmeißen. Es soll Frauen gegeben haben, die Tag und Nacht von Schokolade lebten, als die Amerikaner einzogen, aber all das ists nicht, was ich sagen wollte: Schokolade hat ihre Tücken und Nücken, wollte ich sagen: sie wird schnell grau und unappetitlich, wenn sie lange in einem Halblederkoffer liegt.«

Es ging Vater Gustav darum, seine Enkeltochter mit Schokolade zu beschenken.

Bruder Herbert kam aus dem Keller. Er hatte heimlich Ziegenmilch getrunken, weil er glaubte, Mutter Lena wäre schon weg; nun mußte er von sich ablenken und sagte: »Auf die Schokolade werdet ihr lange warten! Ich wäre froh, wenn ich von Stanislaus den Anzug bekäm, der zuoberst in seinem Koffer liegt.«

Alles, was recht ist, so neugierig Vater Gustav auf den Inhalt von Stanislaus' Koffer war, niemals hätte er ihn mit einem Zweitschlüssel geöffnet, wie es nunmehr offenbar geschehen war. Er verdeckte sein Abzeichen am Rockaufschlag mit der Hand und spie vor Bruder Herbert aus. »Mach, was du willst, aber glaub nicht, daß ich dich jemals wieder im Gefängnis besuche; das könnt ich schon Reinhold nicht antun!«

Mutter Lena saß bereits auf ihrem Fahrrad und rief: »Unser Enkelchen heiratet!«

Ach der Mensch, dieser Mensch! Bald ist er klug und krallt nach den Sternen, ein vergeistigtes Raubtier! Dann wieder ist er einfältig und glaubt, seine Gedanken werden nicht bekannt, wenn er sie nur vor sich her denkt. Seht diesen Stanislaus! Er war so einfältig zu glauben, niemand in Waldwiesen kennte den Inhalt seines Halblederkoffers, und er wäre nicht Stanislaus gewesen, wenn ihn nun nicht das samaritische Mitleid gepackt hätte. Konnte er mit ansehen, daß sein Bruder Herbert in einer ausgeblichenen Soldatenuniform zum Dorftanz ging und ein Schandfleck für die Familie war? Er schenkte ihm den Anzug, den einmal Prinzipal Weißblatt getragen hatte, und für einen Augenblick fielen ihm die »Gastmähler« im Weißblattschen Stammhause ein: Wenn er sie mit den traurigen Pellkartoffelorgien im Hause seines Vaters verglich, knurrte sein Magen, aber der führte ein Eigenleben; denn Stanislaus' Herz zeigte keinerlei Wehmutserscheinungen. In dieser Hinsicht war unser Held gebaut, wie sich die alten Propheten die Menschen wünschten: Fraget nicht, was werden wir essen, was werden wir trinken, nach all diesem trachten die Heiden, oder so ähnlich. Stanislaus war kein Heide, er nahms, wies kam, und er aß, was da war, und wenn nichts da war, aß er nichts, und er fürchtete sich nicht, viel zu essen, wenn viel da war.

Die Enttäuschung Vater Gustavs war schwer mit anzusehen, als Stanislaus das Geheimnis um seinen Koffer lüftete, ihn öffnete und seinem Bruder Herbert, diesem Halunken, den Weißblatt-Anzug gab; denn für seinen Vater hatte er nicht einmal einen Forsythienzweig. Aber der Mensch hat Inspirationen, behaupten die Mystiker, und die Wissenschaftler glauben, daß der Mensch »Einquellungen aus dem Unterbewußtsein« hat. Man streitet, ob derlei Impulse von oben oder von unten kommen, obwohl man wissen könnte, daß es im Weltenraum weder Oben noch Unten gibt. Stanislaus hatte einen Einfall: Er schenkte Vater Gustav einige lose Blätter aus der Zeitschrift ÜBERSINN mit seinem Essay über Posthypnose.

Der prasseldürre Herbert stand in zerschlissenen Unterhosen und probierte den geschenkten Anzug an, während Vater Gustav die losen Blätter des ÜBERSINN betrachtete und immer wieder laut las: »Stanislaus Büdner, Stanislaus Büdner...« Seine Augen glänzten wie Kirschen nach dem Regen. Er sah Stanislaus an, sah seinen Sohn Herbert an, sah wieder Stanislaus an und sagte: »Es ist nicht anzunehmen, daß du die Blätter gestohlen hast; denn Stanislaus Büdner gibts nur einmal auf der Welt, weil ich dich nach einem Glasfresser benannte. Schade, zu schade, daß kein Mensch weiß, von wem der, der so etwas geschrieben hat, abstammt, und daß zum Beispiel ich, Gustav Büdner, dein Vater bin.«

»Scheiße!« sagte Bruder Herbert. Er meinte den Anzug, der zu groß war, aber er wußte Rat: er würde sich ihn enger machen lassen und dabei Stoff für eine Mütze ernten.

Vater Gustav versuchte in Stanislaus' Essay einzudringen. »Ja, in Zaubersprüchen und solcherlei Kram warst du schon als Junge groß, solches muß dir die Welt lassen.«

Ein Stern zerfiel: aus einem Spiralnebel bildete sich ein neuer Stern, auf der Erde entfaltete sich der Frühling. Es blieb nicht bei Grüngrasflecken an geschützten Stellen. Der Huflattich blühte am Bachufer und an der kleinen Brücke, über die man ins Dorf ging. In den Wiesen versuchten die Sumpfdotterblumen zu blühen, aber sie waren Nachkriegsgeschädigte: Man zupfte ihnen die Knospen ab, bevor sie aufblühten, legte sie in Essig und nannte sie »deutsche Kapern«. Sie halfen, Erinnerungen an großartige Tauf- und Hochzeitsmahlzeiten mit Frikassee wachzuhalten, denn jetzt genoß man Pellkartoffeln und Mehltunke mit »deutschen Kapern«.

In den Wiesen standen fünf Salweiden, dick und krumm. Was hätten sie sein können, wenn sie steil dagestanden hätten wie die Blautannen am Wiesenweg! Aber die fünf Salweiden beschirmten eine besondere Welt unter ihren Zweigen. Es wuchsen dort Leberblümchen und Buschwindrosen und im April sogar einige Märzveilchen. Die Natur hält sich nicht an den Terminkalender, der das Leben vieler Menschen formt.

Stanislaus gierte nach dem Duft der Märzveilchen. Vorzeiten beim kindlichen Umherschlendern nannte er sie »blaue Duftblumen«, und sie hießen so, bis er sie der Mutter zeigte, und von diesem Augenblick an hießen sie Veilchen.

Der Mensch ist ein großer Bestimmer und Namensgeber. Diese Tugend dient seiner Selbstbestätigung. Wenn er etwas, was er benannte, wiedertrifft und sich erinnert, wie er es benannte, freut er sich seiner Klugheit. Wo stünden wir, wenn wir nicht wüßten, daß das, was um den Atomkern kreist, von uns Elektron benannt wurde? Da könnten wir einpacken; das wäre, als ob wir ohne Abendbrot ins Bett müßten.

(Aus Stanislaus' Groschenheft Numero einundzwanzig.)

Weshalb lief Stanislaus den Veilchen nach? Verband sich ihr Duft, in dem noch etwas vom Eisgeruch des Winters war, mit dem Glückszustand, in dem er sich befunden hatte, als noch niemand etwas von ihm verlangte und als alle sich freuten, daß er da und am Leben war, daß ihn die Gelbsucht und die Masern nicht umgebracht hatten; als noch alle zufrieden waren, wenn ihm das Essen schmeckte, weil er noch ein Willkommener auf dieser Erde war?

Die ersten Schmetterlinge waren unterwegs; es waren die weißen, denn die Sonne hatte noch nicht Kraft genug für die farbigen. Er fand drei Veilchenblüten, hielt sie an ihren Stengeln wie Kostbarkeiten zwischen Daumen und Zeigefinger und hatte Gedanken, die einem Manne seines Alters nicht mehr anstanden, denn es sind Gedankennormen für alle Altersklassen aufgestellt, jedenfalls nehmen wir nur den ernst, der sich an diesen »Normenkatalog« hält. Paßte Stanislaus vielleicht in die seinem Alter angemessene Gedanken-Rubrik, wenn er Düfte für die Flugzeuge von Gedanken hielt? Es war sowieso das Höchste an Verkommenheit, wenn ein arbeitsfähiger Mann unter Salweiden saß, Veilchen pflückte, den Kohlweißlingen nachsah und sich wünschte, die Schmetterlingskönigin möge ihn nur noch einmal in seinem Leben aufsuchen.

»Hast du vergessen, daß nur ich dir noch erscheine?« Der Meisterfaun schaukelte sich auf einem überhängenden Salweidenzweig.

»Du verdirbst mir die Stimmung«, sagte Stanislaus.

»Hattest du deinem alten Kameraden am Niederrhein nicht versprochen, dich nach seinen Wünschen zu entwickeln?«

»Da hast du gelauscht?«

»Hast du Rolling versprochen, dich zu entwickeln, oder nicht?«

»Ich werd wohl ein bißchen schreiben dürfen außerdem.«

»Vergiß es nicht, die nächste Zeit!«

»Als ob du wüßtest, was ich tun werde!«

»Man wird was mit dir tun, weil du nichts tust.«

»Du bist so klug, daß es einer Beleidigung gleichkäme, dich nur einen Klugscheißer zu nennen.«

Es kam ein Windstoß vom See hinter dem Dorfe her. Die Salweide schüttelte sich. Eine Haufenwolke verdunkelte die Sonne.

Mutter Lena saß in der Küche und strickte etwas aus Altwolle für die Enkel. Sie las dabei. Stanislaus gab der Mutter die Veilchen und war auf eine Ablehnung gefaßt. »Veilchen? Das ist mir jahrelang nicht geschehen und wie drei Tage Essen für mich«, sagte Mutter Lena. Es war mehr von den alten Zeiten in ihr geblieben, als Stanislaus wähnte. Oder wars, weil sie so allein in der Küche waren, ringsum alles still, und weil es Frühling wurde und weil das Weltgeschehen nicht aufgab, in neuen, immer neuen Frühlingen Menschen für Wahrheiten zu gewinnen?

47

Stanislaus soll eine Advokaterei mit Zahnarztstuhl betreiben, doch er will Kammer-Romanschreiber werden.

Stanislaus trug in seiner Brieftasche einige große Geldscheine umher, Ersparnisse aus der Zeit am Niederrhein. Eines Tages ging er in den Dorfladen, zerkleinerte einen Geldschein und gab die Trümmer Woche um Woche in die Familienkasse. Gut, aber Vater Gustav wollte »höher hinaus«. Stanislaus überraschte ihn im Schuppen, wo er die Metallteile des alten Zahnarztstuhles lackierte. Er zwinkerte Stanislaus zu wie einem Verschworenen. »Ein bißchen wundertätig solltest du doch wieder werden! Es war eine so schöne Zeit, als die Leute herrannten und uns hochhielten. Wundertäterei mag heutzutage nicht gern gesehen sein, und für einen Sozialisten ist sie am Ende ganz und gar verboten, aber du bist kein Sozialist, bist nicht parteigebunden, mehr indifferent.«

Woher Vater Gustav die fremden Worte nahm! Stanislaus wurde an seinen ersten Spaziergang mit Rosa erinnert.

Gustav bemerkte, daß sich Stanislaus über seine gelehrten Worte wunderte, und agitierte volkstümlicher. »Wir fangen hier etwas Neues an, was Sozialismus heißt, um es nicht direkt Kommunismus zu nennen. In den Gegenden, aus denen du kommst, baut man wohl mehr den Kapitalismus auf, wurde uns in der Andachtsstunde gesagt.«

»In der Andachtsstunde?«

»Habe ich Andachtsstunde gesagt? Ich bin wohl von Gott verlassen. Wenn das der Bürgermeister oder Lotte Wohlgemut gehört hätten, müßte ich zur Selbstkritik vortreten.«

Stanislaus schwieg.

»Ja, da staune nur! Wir machen eine Menge Neues hier.« Trotzdem konnte Gustav auch Stanislaus als seinem Sohne nicht alles sagen. Es gäbe eine Disziplin, die es nicht gestatte, Innerparteiliches vor indifferenten Familienangehörigen auszubreiten. Aber wie auch immer, der Sozialismus stünde knapp hinter seiner Grundsteinlegung. Es gäbe viele Leute, die gern etwas über das Schicksal ihrer Kriegsgefangenen wüßten und beim Roten Kreuz anfragten. Antwort bekämen sie nicht. Es wäre eine sozialistische Tat, solchen Suchern in einer Wundertäterei klaren Wein einzuschenken.

Stanislaus mußte Vater Gustav enttäuschen. »Ich will schreiben.«

»Und was machst du am Tage?«

Stanislaus wollte auch am Tage schreiben.

»Dann brauchst du sofort ein Büro!« Vater Gustav war bereit, die gute Stube in ein Büro zu verwandeln. Er setzte sich in den Zahnarztstuhl. »Die Akten von rechts nach links, eine kleine Drehung, es ist geschehen, von links nach rechts ebenso.« Aber schon lief Vater Gustavs Kleinunternehmerphantasie gegen eine Hürde. In einem Büro müßte etwas betrieben werden, eine Rechtsberatung zum Beispiel. Gustav berichtete von Leuten, die mit nichts als Menschenverstand eine einträgliche Advokaterei betrieben hätten.

Nein, kein Büro; Stanislaus genügte die Bodenkammer.

»Du hast doch nicht vor, ein ganzes Buch zu schreiben?« Vater Gustav wiegte den Kopf. »Man möchte es dir fast zutrauen, Geld hast du, blaues und grünes, wie ich sah; außerdem braucht man nicht allzuviel Geld bei uns im Sozialismus. Man kauft die billigen Nahrungsgüter, die einem die Lebensmittelkarte herhält, vielleicht hin und her eine Schachtel Schwarzmarkt-Zigaretten für mich, und basta!« Gustav saß noch immer im Zahnarztstuhl und drehte sich im dämmerigen Schuppen. »Es wäre außerordentlich, wenn du in deinem Buche hinterrücks erwähntest, daß du den Büdnernamen von mir hast und daß ich, als dein Vater Gustav, schon in deiner Kindheit drauf aus war, einen Glasfresser aus dir zu machen.«

Ach, dieser Gustav mit der jugendlichen Phantasie! Vorzeiten, als er aus Versehen Streikposten stand und vorübergehend seine Arbeit in der Glashütte verlor, verlangte Mutter Lena, er möge aus dem Sozialdemokratischen

Ortsverein austreten. Gustav tats nicht. Er besuchte weiterhin die Versammlungen, allerdings nur, wenn Mutter Lena sich mit den HEILIGEN DER LETZTEN TAGE im Nachbardorf traf. Gustav war nicht gerade revolutionär »bis in die Knochen«, trotzdem bekam er Konflikte mit den Faschisten: Eines Sonntags ging er aufs Feld, um Ziegenmist zu streuen. Ein Trupp faschistischer Sturmabteilungsleute kam ihm entgegen. »Guten Morgen auch«, sagte Gustav.

Der Truppführer brüllte ihn an und schickte ihn zurück. Er sollte mit waagerecht gehaltenem Arm die Fahne grüßen. Gustav tats, doch links hatte er die Mistgabel geschultert.

Die Genossin Lotte Wohlgemut warf Gustav nach dem Kriege vor, er hätte widerstandslos die Fahne der Faschisten gegrüßt.

»Und die Mistgabel auf der Schulter?«

»Nicht der Rede wert.«

»Hast nicht auch du das Horst-Wessel-Lied bei einer Betriebsfeier gesungen?«

»Ich bewegte nur den Mund.«

Das »Fahnegrüßen« blieb ein »dunkler Punkt« in Vater Gustavs politischer Kaderakte.

Mutter Lena trat nach dem Kriege aus ihrer Sekte aus. Die HEILIGEN DER LETZTEN TAGE hatten ihr jahrelang Hoffnung auf den Weltuntergang gemacht. Die Welt würde zerschellen, nur die Sektenmitglieder würden überleben und triumphieren. Als Bomben auf die Kohlenschächte von Kohlhalden fielen, rechnete Mutter Lena mit dem prophezeiten Weltuntergang. Sie versuchte noch rasch, Vater Gustav zu bekehren.

»Gib mir zum Spaß ein Aufnahmeformular!« sagte Gustav.

Es gab bei den »Heiligen« keine Aufnahmeformulare. Der Eintritt in die Sekte war eine Sache des Herzens und der Mitgliedsbeiträge. Damit konnte Gustav nicht dienen. Er wurde kein »Heiliger«. Nur gut, sonst hätte er sich auch in diesem Punkte vor jenen verantworten müssen, die die kleinste »Abweichung« im nachhinein verfolgten.

Als Mutter Lena in den letzten Kriegstagen ihren Sohn Willi, den Schornsteinfeger, verlor, rechnete sie mit dem Weltuntergang. Das Ereignis fand nicht statt. Mutter Lena wies den »Heiligen« die Tür als sie bei ihr anklopften. Der Krieg ging zu Ende, und die Welt stand immer noch. Sie war nicht so schnell »um die Ecke zu bringen«, wie die Heiligen der letzten Tage es sich einbildeten, doch Sektierer sind nicht belehrbar. Von nun an setzten die »Heiligen« ihre Weltuntergangshoffnungen auf die Atombomben.

Alles das erfuhr Stanislaus, und er dachte darüber nach. Und wie war es mit ihm gewesen? Hatte er in der Zellwollfabrik aus Überzeugung gestreikt, oder war er nur mitgerissen worden? Zellenpaule wunderte sich, als er sah, daß Stanislaus und Osero alte Bekannte waren. Sie umarmten sich nicht, doch Büdner ging vertraulich, fast respektlos, mit Osero um. Für Glocke war Osero ein Landesfunktionsträger, und er respektierte ihn fast wie einen militärischen Vorgesetzten. Das war entschuldbar; Glocke wurde vor Schluß des Krieges in eine Strafkompanie gesteckt. Dort verfügte der Vorgesetzte über sein Leben, und die Furcht vor der Vorgesetztenwillkür nistete sich so in Glokke ein, daß er sie auf seine Parteivorgesetzten übertrug.

Stanislaus wunderte sich, daß sein Kriegskamerad Rolling jetzt Osero hieß. Hatte er den Namen Rolling abgelegt, weil der beim Militär den Spitznamen »Rollmops« herausforderte?

Wir können nur vermuten, aus welchen Gründen Rolling seinen Namen wechselte, weil wir wissen, daß derlei aus konspirativen Gründen zuweilen nötig ist, und wenn wir nunmehr von Partei und von Genossen sprechen, so mögen die lieben Leser bedenken, daß wir uns jetzt in einem anderen Lande befinden; gemeint sind in jedem Falle Menschen, die sich vornahmen, das gesellschaftliche Zusammenleben paßrecht zu machen. Und sofern wir geneigt sind, diese Erklärung zu belächeln, wollen wir bedenken, daß die Bildungsmöglichkeiten auf Erden nicht gleichmäßig verteilt sind. Bedenken ist klüger als Belächeln.

Die Zellwollarbeiter gewannen den Streik. Die Werkleitung verpflichtete sich, die verbesserte Spinnmaschine Meister Glatkowiaks zu verwenden, doch Glatkowiak wurde entlassen. Die Arbeiter streikten nochmals und erreichten, daß Glatkowiak wieder eingestellt wurde, und wenn Glatkowiak die Spinnmaschine tatsächlich nicht aus Solidarität mit den Blinden verbessert hatte, so zeigten ihm die Zellwollarbeiter mit dem Streik zu seinen Gunsten, was Solidarität war.

Büdner besuchte Osero. Tante Erna bewirtete ihn mit Butterbroten, gehackten Zwiebelröhren und gehäckselter Petersilie. »Aus dem Blumentopf, alles aus dem Blumentopf.« Tante Erna kannte Stanislaus aus Rollings Briefen von der Front. »Kamerad, guter Kamerad«, hatte dringestanden.

Sie saßen im Wohnzimmer der Oseros. In diesem Zimmer hatte Rosa sich oft von Tante Ernas Alltagssingsang einlullen lassen. Stanislaus ahnte es nicht.

In Tante Ernas Glasschrank standen Bücher mit Rückentiteln aus sechs Goldbuchstaben: STALIN. Stalins Porträt hing über Rollings Glasschrank, und von Lenin hing eines in der Nische zwischen Schornstein und Kachelofen. .

»Bring uns Kaffee«, sagte Rolling zu seiner Frau, und er schlürfte den Edelkaffee, wie er jene Brühe, die sie an der Front »Kaffee« nannten, geschlürft hatte.

Stanislaus erging sich in Erinnerungen, aber die alten Zeiten blieben alt.

Rolling stemmte die Arme auf den Wohnzimmertisch, schlürfte und knurrte: »Willst du den Anschluß, den du damals verpaßtest, nachholen?«

Stanislaus wurde bitter. »Die Hitlers wollten mich arisch, ihr wollt mich proletarisch!« Er verschwieg nicht, daß Leo Lupin ihm gesagt hätte, die Kommunardenleitung bevorzuge reinblütige Proletarier.

»Sicher ein Konvertit, der dir das erzählte«, sagte Osero, »so Leute spielen sich radikaler auf als unsereiner.« Man wüßte aus der Geschichte, daß Bürger geadelt worden wären, die sich um die Sache des Feudalismus verdient gemacht hätten, im übrigen käme es drauf an, eine Massenbewegung zu schaffen.

Allerlei »Neuigkeiten«, die in Stanislaus eindrangen wie Tinte in ein frisches Löschblatt.

Stanislaus hörte Osero geduldig zu und trug sein Schuldgefühl mit Respekt ab. Schließlich sprach er von einem Mädchen namens Rosa, das den Kommunarden angehörte. Kannte Otto es vielleicht?.

Sollte Otto alle Kommunardenmädchen am Niederrhein kennen, die längst nicht mehr am Orte waren?

Aber Stanislaus war glücklich, von Rosa reden zu können; er hätte sich in dieses Mädchen verliebt. »Es ist übrigens nicht die erste meiner Liebesgeschichten, in die ich dich hineinsehen lasse«, sagte er.

»Sicher ein Gefühlsmensch, das Fräulein, das du meinst«, sagte Osero. Stanislaus hätte fragen sollen: Woher weißt du es?

Ach, dieser Osero, er hatte nichts mehr mit dem früheren Rolling zu tun! Wenn sein Herz nicht versteint war, so war es verblecht!

Als Stanislaus das dachte, machte ihm Rolling einen Vorschlag, der ihn Rosa näherbringen sollte, aber konnte Büdner es ahnen? »Es imponiert mir, daß du dich proletarisieren willst«, sagte Rolling, »aber in diesem verfluchten Landstrich sind die Verführungen zum Versagen zu groß!«

So kam es, daß Rolling Büdner zuredete, in seine Heimat östlich der Elbe zurückzugehen, und er gab ihm einen Brief ohne Anschrift mit, den er einem Landesvorstand in der Heimat übergeben oder auffressen sollte, falls man ihn diesseits der Zonengrenze verhaften würde.

Als Stanislaus sich in der Flurgarderobe den runden Künstlerhut aufsetzte, sagte Tante Erna: »Schiebt er dich nach dem Osten ab, nach dem Osten? Er schiebt alle nach dem Osten ab, nach dem Osten, vielleicht auch mich. Das kommt, weil er seinen Garten mißachtet, seinen Garten.«

48

Stanislaus erhält von seinem Vater Gustav ein »Dichtungsbüro«, schreibt über sieben weiße Hühner und wird auf neue Weise wundertätig.

Je weiter sich Stanislaus aus Rollings »Sendebereich« entfernte, desto mehr schwand sein Respekt vor ihm. Das Schuldgefühl für seine versäumte Desertion in Karelien nahm ab.

Eines Tages werden wir feststellen, daß wir es bei Menschenhirnen mit Sende- und Empfangsstationen zu tun haben, gegen die entsprechende elektronische Apparate Plumpheiten sind. Je stärker die Persönlichkeit, desto stärker die Sendeenergie! Nicht lange, und die Wissenschaftler werden es uns beweisen. Bis dahin aber werden wir jene, die Ahnungen und »Eingebungen« trauen, belächeln und Metaphysiker nennen.

Wir sehen, unser Held vernachlässigte die Eintragungen in seine Groschenhefte auch in der Heimat nicht, nur daß er sie jetzt »Aphorismen« nannte, damit sie sich wie was Wirkliches anhörten.

Er war auf Rollings Geheiß in die Heimat gegangen, hatte also zugelassen, daß ein anderer über sein Leben bestimmte. Jetzt schämte er sich dafür. Er wollte schreiben, schreiben, nichts als das. Wußte er, was er schreiben wollte?

Natürlich! Etwas Großes!

Wie groß?

Achselzucken.

Wie fängt man an, etwas Großes zu schreiben? Doch nicht nur mit großen Anfangsbuchstaben?

Seid nicht albern, Stanislaus wollte wieder einen Roman schreiben und brauchte Zeit, sich vor der Arbeit ausgiebig in die Hände zu spucken.

Vater Gustav trat in die Kammer. »Schreibst du?« Stanislaus schrieb nicht. Er spielte Fiedel: ein Lineal – der Bogen, sein ausgestreckter Arm – die Geige, er dachte nach. Gustav hatte das Gesumm seines Sohnes gehört, aber er wollte schön Wetter machen. »Komponierst du ein Lied zum Ersten Mai?«

Stanislaus antwortete nicht; es war ihm angenehm, daß der

Vater seine Summerei für Komponistenarbeit hielt. Aber Gustav führte etwas anderes in Stanislaus' Werkstatt: Unerhörtes war auf dem Vorwerk geschehen: Man hatte Altvater Adam seine sieben Hühner aus dem morschen Stall gestohlen. Der Volkspolizist hatte gesucht, aber nur Federn, Federn und keine Hühner gefunden. »Über dreieinhalb Hühner hätte niemand ein Wort verloren, aber sieben Hühner – das ist unsolidarisch. Der Diebstahl muß in die Zeitung!«

»Davon kommen die Hühner nicht wieder!« sagte Stanislaus.

»Nein, aber der Dieb auch nicht. In der Zeitung stehn ist schlimmer als Hiebe auf den nackten Arsch.«

Stanislaus wollte nicht über sieben Hühner schreiben. Er hätte über das Orakel von Delphi und andere weltbewegende Geschehnisse geschrieben, Kriminaltragödien, alles, was du willst – aber sieben Hühner?

Am nächsten Morgen klopfte Gustav wieder und störte wirklich. Stanislaus hatte den ersten Satz seines Romans niedergeschrieben: »Trügerisches Morgenrot stand über dem Wald.« Ein unerhörter Satz, wie der selbstverliebte Dichter meinte, und er schmeckte ihn ab. Gustav legte einen abgerissenen Zeitungsrand auf den Satz. »Heute ist Erster Mai, / Alle sind mit dabei...« und so weiter. Stanislaus sah den Vater an.

»Für den Fall, daß dir kein Text für das Mailied einfällt. Dein Dichtungstalent ist nicht aus der Luft in unsere Kate geflogen.«

Stanislaus seufzte, und um den Vater loszuwerden, versprach er, über die Hühner zu schreiben.

Eine halbe Stunde später war alles Wissenswerte über den Diebstahl berichtet, sogar mehr. Es war unter der Hand so etwas wie eine Zwergnovelle oder Novellette entstanden.

»Alle Weiber werden weinen, wenn sies lesen«, sagte der Vater. Aber Mutter Lena weinte nicht, und Bruder Herbert sagte beim Lesen: »Also hat die Polizei nichts rausgekriegt!«

Die Hühnernovellette erschien. Alle Dorfleute, die sie vorher in Stanislaus' merkwürdiger Handschrift gelesen hatten, lasen sie noch einmal gedruckt. Es war von einem alten Waldarbeiter die Rede, der sich invalidisiert durchs Leben schleppte. Seine Hoffnungen hätten an sieben weißen Hühnern gehangen. Tag für Tag sieben Eier. Eines davon für Adam selber, sechs für bedürftige Kinder des Staates... und so weiter, zweckdienliche Angaben an den Volkspolizisten Pelzkuhl.

Stanislaus hatte was angerichtet! Der Sohn von Tutenkarle erschien: Man hätte ihm die Steckkartoffeln aus den Pflanzlöchern gestohlen. »Mindestens ein so starkes Stück wie die Klauung von sieben Hühnern. Es muß in die Zeitung!«

»Ihr müßt bedenken, daß es auch Wildschweine gewesen sein können«, sagte Bruder Herbert. »Die Russen durchpanzerten die Zäune der Wildgehege, und die Wildschweine ergossen sich in alle Welt.«

»Du sei still!« sagte Gustav. »Und zweitens heißt es Sowjetarmee.«

»Dann heißt es auch sowjetisch-orthodoxe Kirche?« fragte Herbert.

Gustav brauste auf: »Wer hier was zu fragen hat, bin ich! Woher ist der Sommermantel in deinem Schrank?«

Bruder Herbert, unverzagt: »Das Liebesgeschenk einer Kriegerwitwe.«

Mutter Lena liebte ihren Sohn mit dem fragwürdigsten Charakter am heftigsten. Spürte sie, daß ein Kind, das mit der Welt schlecht zu Rande kommt, der eifrigsten Nächstenliebe bedarf? Sie verteidigte ihren Herbert. »Er wird sie bald heiraten, die Witwe.«

»Gott helfe ihm kräftig dabei!« sagte Gustav.

»Ich denke, es gibt keinen Gott nicht mehr?«

»Na, dann sein Ersatzmann!« Gustav war fertig mit Herbert.

Stanislaus schrieb über die gestohlenen Pflanzkartoffeln.

Nach dem Erscheinen des Berichtes liefen ihm auch Leute aus anderen Dörfern zu: Ein Mann lebte mit seinen Kindern immer noch im Keller eines zerschossenen Hauses. Sein Bürgermeister war säumig. In die Zeitung damit! Ein anderer Mann brachte Marmelade, die der Dorfkaufmann mit Wasser verdünnt hatte. In die Zeitung, immer in die Zeitung damit!

Der säumige Bürgermeister wurde abgesetzt, dem Kaufmann wurde der Laden geschlossen. Die Leute betrachteten Stanislaus, das wundertätige Kind von früher, mit neuem Respekt.

»Du brauchst ein Büro«, triumphierte Vater Gustav. Er brachte den alten Zahnarztstuhl aus dem Schuppen und holte einen mit Drechseleien verzierten Schreibtisch aus dem Dorf. Es war der Schreibtisch jener Gräfin, die Stanislaus einst zum »Hellseher« machte. Gustav ging gebläht neben dem Schreibtisch her wie ein Soldat neben einer eroberten Feindkanone. An die Tür der guten Stube schrieb er: »Dichtungsbüro«. Stanislaus sträubte sich nicht gegen die Annehmlichkeiten. Er zahlte redlich Kostgeld und Stubenmiete mit den blauen und grünen Scheinen aus seinen Ersparnissen, aber seinen Roman vernachlässigte er. Die Arbeit an Notizen und Berichten kostete ihn Zeit; zudem wußte er noch immer nicht, wovon der Roman handeln sollte. Es gab zwanzig Manuskriptseiten, die ihn »glänzend geschrieben« dünkten: Beschreibungen von Feldern, Wäldern und Stimmungen, aber noch hatte sein Held weder etwas Gutes noch etwas Böses getan.

An einem Tage mitten im April, an dem die Kirschen und die Klaräpfel blühten und die Tulpen an ihren Stengeln zitterten, ließ sich der Meisterfaun von den Düften hereinwehen, setzte sich mit gekreuzten Beinen aufs Fensterbrett und zwinkerte: »Na, Herr Zeilenschinder, wieder einmal ratlos?«

»Du hast nie unter kleinen Menschen gelebt«, sagte Stanislaus, »sonst wüßtest du, daß in ihrem Umhergewimmel und Getümmel ums tägliche Brot alle Poesie zuschanden wird. Wer würde hier etwas von meiner Sehnsucht nach Rosa lesen wollen, sag mir! Hier will man wissen, welche Bauern die ermolkene Kuhmilch nicht an den Staat liefern. Darüber soll man schreiben!«

»Eines schließt das andere nicht aus«, sagte der Meisterfaun, »wenn du nicht einschichtig wie ein Sektierer schreibst.«

»Daß es bei dir nie ohne Rätsel abgeht«, sagte Stanislaus, aber da schlug der Wind das Fenster zu, und der Faun war verschwunden.

Wenn ich ihn richtig verstand, dachte Stanislaus, meint er, man müßte das Tageswichtige stets am geistig Wichtigen messen.

Na, das war auch nicht wenig rätselhaft!

49 **Stanislaus feiert ein Frühlingsfest und erfährt dort, daß er verarmt und der Onkel eines Franzosenjungen ist. Er hat einen unzulässigen Traum.**

Vater Gustav verkaufte in Waldwiesen rote Papiernelken, aber Stanislaus schenkte er eine. Stanislaus wollte den Vater mit einer amerikanischen Zigarette »abfinden«, aber der lehnte eisenhart ab. »Rote Nelke gegen blauen Dunst? Nein!«

Gustav schenkte auch Herbert eine Mainelke. Herbert bot sie Stanislaus für eine Zigarette an. »Hast du zwei Nelken, bist du zweihundert Prozent.«

»Ein Mann, nach dessen Spuren die Volkspolizei sucht, sollte nicht so gotteslästerlich reden«, sagte Vater Gustav zu Herbert. Er nahm Stanislaus beiseite. »Geh mit mir zur Maifeier; die Genossen werden den Menschen sehen wollen, der für die Zeitung schreibt.«

»Wie sollen sie wissen, daß ich es bin?«

»Darum solltest du dich nicht sorgen, wenn dein Vater Gustav bei dir ist!«

Sie gingen sieben Kilometer durch den Wald nach Döllnitzberg. Es war ein schöner Morgen, eine Extraanfertigung zur Maifeier. Die Rinden der Birken glänzten, die Heidelerchen sangen, und der blühende Rosmarin duftete aus den Mooren. Stanislaus war feierlich zumute.

Gustav reihte Stanislaus in die Marschkolonne seiner Genossen ein und duldete nicht, daß er hinten bei den Parteilosen marschierte. »Hier, mein Sohn, der Zeitungsschreiber.«.

Die Genossen verneigten sich nicht gerade vor Stanislaus, doch sie ließen erkennen, daß sie es für wertvoll hielten, wenn einer schriftlich zum Ausdruck bringen konnte, wie den kleinen Leuten zumute ist.

Eine Blaskapelle spielte, Schalmeien klangen auf, doch es fehlten ihnen stets ein paar Töne, um ein Lied ordnungsgemäß in die Welt zu kriegen. Auch sogenannte Knüppelmusik war zu hören, Trommler und Querpfeifer. Sie marschierten nicht im Paradeschritt. Um Himmels willen! Es war kein Kaiser und kein Generalfeldmarschall da, auch saß niemand erhöht auf einer Tribüne, wie es später Mode wurde. Alle Genossen marschierten wie in den Zeiten, da sich die Arbeiter illegal am Maimorgen in den Wäldern versammelten, um sich aneinander zu stärken.

Die Sonne glitzerte. Die Papiernelken in den Knopflöchern leuchteten; die roten Fahnen wanderten durch das Maiblättergrün. Das alles gefiel Stanislaus. Stutzen machten ihn Bilder, die auf Stangen umhergeschleppt wurden. Hier war doch keine Fronleichnamsprozession, wie er sie am Niederrhein kennengelernt hatte.

Als man das Lied von der INTERNATIONALE sang, wurde Stanislaus wieder feierlicher zumute; er hatte es in Rabenfeld mitgesungen, als sie den Streik beschlossen, möglich, daß er es schon in der Kinderzeit von Vater Gustav gehört hatte.

Am Mainachmittag fanden Volksbelustigungen statt: Genossen und Parteilose schossen mit einer Armbrust nach einem hölzernen Vogel. Die kriegsflinken Deutschen begannen wieder bei Pfeil und Bogen. Drei Bolzen eine Mark. Festteilnehmer, die eine Papiernelke im Knopfloch trugen, erhielten ein gestempeltes Pappkärtchen, es berechtigte sie zur Entgegennahme einer Bockwurst.

Es gab kleine Gauner, die sich ihre Papiernelke vom Vorjahr in das Knopfloch gesteckt hatten, aber Vater Gustav hatte die Stiele aller heurigen Mainelken gelb gefärbt; die Stengel der Vorjahrsnelken waren grün.

Stanislaus' Bruder Herbert war ein flotter Mann auf der Volksbelustigung. Er trug den Kammgarnanzug von Prinzipal Weißblatt und eine passende Mütze dazu. Eine so vollkommene Kleidung kannten die Leute nur vom früheren Gutsbesitzer, dem Grafen. Herbert ging eingehenkelt mit einer Dame umher, FLOTTE EMMA genannt. Die FLOTTE EMMA konnte noch immer als schön bezeichnet werden. Schön und flott liegen bei manchen Damen nicht weit auseinander. Wenn sie aufeinanderfallen, brauchts einen festen Charakter. Die FLOTTE EMMA war Thekendame im Waldgasthaus gewesen, das am Rande eines Exerzierplatzes lag. Erhitzte Offiziere kühlten sich bei Bier und Emma.

Nach dem Kriege kümmerte sich ein vereinsamter sowjetischer Kommandant um sie; jetzt war sie wieder frei, und Bruder Herbert schien wie geschaffen für sie. Das Paar erschien mit gestempelten Pappkärtchen, um sich Bockwurst zu holen. Emma mit zugepuderten Falten und Ohrhängen wie Glockenklöppel. Vater Gustav prüfte bei beiden die Mainelken. Sie waren gelbstielig und diesjährig. Ach, der naive Gustav! Bei aller Kassiererstrenge hatte er eines Abends den Karton mit den Mainelken in der Küche stehenlassen.

Wer dem Holzvogel einen Flügel abschoß, bekam zwei, wer den Kopf herunterschoß, drei, und wer Mittelteil und Leib herunterholte, fünf Würste.

»Hundert Schuß!« sagte Herbert.

»Bist du noch gescheit?« fragte der Kassierer.

»Wenn ich sage, hundert Schuß, dann hundert Schuß.«

Herbert warf einen blauen Hundertmarkschein auf den Kassenteller, feuerte den ersten Bolzen ab und sagte: »Zack!« Der Kassierer bekam die Augen nicht von Herbert los. »Was willst du noch? Lebensmittelkarten?« fragte Herbert, und beim sechsten Schuß holte er den rechten Vogelflügel herunter. Emma hielt zwei Finger hoch: zwei Bockwürste. Die Leute rannten herzu und bestaunten den Dollschützen Herbert. »Die Pflanzkartoffeln brachten was ein«, flüsterte jemand.

»Sei still, du kannst nichts beweisen!« sagte ein anderer.

Auch Stanislaus wunderte sich über seinen Bruder. »Hat er wirklich bezahlt?« Der Kassierer wies den blauen Schein vor. Stanislaus trat hinter einen Heckenrosenstrauch und blätterte in seiner Brieftasche. Er fand keinen seiner blauen Scheine mehr, nur noch ein paar grüne. In diesem Augenblick traf ihn ein flotter Blick der FLOTTEN EMMA, und Herbert traf den Kopf des Vogels.

Ein Auto, das aussah, als hätte es den Rückzug aus Rußland mitgemacht, war auf den Festplatz gefahren. Ein Fahrer stieg aus und half einer Frau beim Aussteigen. Die Frau war nicht jung und nicht alt, aber mit einem Bubikopf ausgerüstet, wie er in den zwanziger Jahren getragen wurde. »Elsbeth, Büdners Elsbeth!« riefen die Dorffrauen.

Auf der anderen Seite sprang ein dunkelhaariger Junge aus dem Auto, der sogleich zum Vogelschießen rannte; ein handsamer Junge, der weder Stanislaus' Schwester Elsbeth noch dem Schwager Reinhold ähnelte.

Reinhold war lang und mager wie früher als Baggerführer und beugte sich zu jedem nieder, mit dem er sprach.

Stanislaus wandte sich nicht um, als sein Name dicht hinter ihm gerufen wurde, er glaubte, die FLOTTE EMMA wäre hinter ihm her. Am liebsten wäre er gerannt; aber es ziemte sich nicht, als Zeitungsschreiber vom Festplatz zu galoppieren. Da wurde er von hinten gepackt und abgedrückt, und die Dorfleute klatschten Beifall dazu.

Der Beifall erinnerte Stanislaus an seine Theaterzeit, aber die Dorfleute spielten nicht Theater; es war echte Teilnahme: Geschwister hatten sich nach einer Sintflut wiedergefunden. Elsbeth machte dem Bruder Vorwürfe. »Seit Wochen hockst du in Waldwiesen, aber uns in Kohlhalden zu besuchen, so ein hübscher Einfall ist dir nicht gekommen!«

Reinhold befreite sich aus der Umzingelung der Genossen und begrüßte Stanislaus nicht weniger herzlich als Elsbeth, die den Bruder sogleich wieder beschlagnahmte. »Mir fällt ein, daß ich nie mit dir getanzt hab außer damals, als ich dich auf dem Arm umherschleppte.« Sie hakte Stanislaus ein und zog ihn zur Tanzfläche. Stanislaus sträubte sich, aber das galt bei Elsbeth nicht. »Der kleine Bruder hat zu machen, was die große Schwester anbefiehlt, nicht wahr, Mattheus Müller?«

Die Schwester hatte den Bruder nicht aus Tanzlust ins Gewimmel geschleppt: Sie wußte, daß man gerade beim Tanzen »unter vier Augen sein« und Vertrauliches besprechen konnte. Er hörte sich an, was anzuhören war: Schwester Elsbeth arbeitete während des Krieges wie vorher, auf der Tagebau-Kippe. Auch Kriegsgefangene arbeiteten zu jener Zeit dort, Franzosen, gesetzte Männer, manche einsam und schön. Elsbeth war noch kein abgekehrter Hausbesen. Ein Blick gab den andern. In den Entwässerungsstollen des Tagebaues war es dunkel, und wenn ein Aufseher mit seiner Karbidlampe dort eindrang, hielt sie ihn auf, bis sich ein gewisser Franzose hinter einem Streb versteckt hatte.

Dann wäre ein Tag gekommen, fuhr Elsbeth fort, an dem sie den Gott ihrer Kindheit angebetet hätte: Mach, daß das Kind weder schwarze Haare noch dunkle Augen hat! »Sie hätten Rassenschande oder so etwas draus gemacht, du weißt. Aber dieser Gott erhörte mich nicht. Du hast den Jungen gesehen: Er wurde blauäugig, aber er hatte schwarzes Haar. Aber ich hatte Glück. Der Krieg ging zu Ende. Die Arier hatten keine Zeit mehr, sich um die Haarfarbe von Kleinkindern zu kümmern. Wer ein Recht gehabt hätte, einen Stein auf mich zu werfen, war Reinhold. Er warf nicht. Den zweiten Stein könntest du werfen, denn du hast mich die ganze Zeit unterstützt bei deinen armen Löhnen. Aber auch du bückst dich nicht, wie ich sehe. Übrigens kann man es sich nicht aussuchen; die Kinder, die zu einem wollen, die kommen.«

Elsbeth hatte sich eine Art Mormonen-Theorie zu ihrer Rechtfertigung erfunden: Es summte überall von Seelen, die eingefleischt werden wollten und Mann und Weib zueinander trieben, ohne nach einem Heiratsstempel zu fragen.

Wo hatte Elsbeth ihre »Weisheit« her? War sie bei Schopenhauer oder bei Joseph Schmidt, dem Propheten, in die Schule gegangen? Sicher nicht. Aber nun glühten ihre Wangen, und überdies hörten die Musiker mitten im Tanz auf zu spielen.

Eigenartige Ruhe auf dem Festplatz, wie auf See, wenn sich der Wind dreht. Die Männer fuhren sich in die Brusttaschen, die Frauen zogen die Nacken ein, und manche legten sich die flache Hand auf den Mund. Was war geschehen?

Schlosser Nunke, Fleischermeister Kammstück und Herbert Büdner hatten Karten miteinander gespielt. Heiße Spiele. Wenn Schlosser Nunke gewann und Fleischermeister Kammstück wehmütig seinem Gelde nachsah, umarmte ihn Herbert tröstend. »Auch du wirst wieder gewinnen, mein Lieber!«

Der angetrunkene Kammstück war dankbar für Trost und Mitgefühl, und sie spielten weiter, bis die Flotte Emma im Festgewühl schrie: »Was faßt du mich an? Ich ruf meinen Verlobten!«

Herbert sprang auf. Jedermann billigte, daß er seiner FLAMME zur Hilfe eilte, und Fleischermeister Kammstück ging inzwischen zur Theke, »erfrischte« sich, wollte zahlen und fand seine Brieftasche nicht. Er rief nach der Polizei.

Als Volkspolizist Pelzkuhl kam, umarmte ihn Fleischermeister Kammstück. Standen die beiden jetzt so gut miteinander? Nein, Kammstück erklärte Pelzkuhl: »So hat er mich umarmt!« Er verlangte die Durchsuchung von Herbert Büdner.

Herbert begrüßte soeben seinen Schwager Reinhold Steil, den Kreissekretär, und Volkspolizist Pelzkuhl wartete ab, bis sich die Familienszene auflöste, dann klappte er die Hacken zusammen, begrüßte den Kreissekretär und bat, Herbert Büdner »zwecks Leibesvisitation sprechen zu dürfen«.

Die Dörfler drängten heran: Eine zusätzliche Mai-Belustigung: Herbert Büdner entkleidete und visitierte sich selber. »Ehrlich, immer ehrlich, Leute! Und jetzt ziehe ich mir noch die Hosen aus, damit ihr seht, daß ich die Brieftasche nicht als Reitpferd zwischen die Beine klemmte!«

Geiles Frauenjuchzen, hartes Männergelächter, ein serviler Genosse ging auf den Volkspolizisten los. »Bist du irr? Verdächtigst den Schwager eines Kreissekretärs!«

»Weshalb solls aus der Welt sein, daß ein Kreissekretär einen Schwager hat, der stiehlt? Wir stammen alle aus der Familie Mensch!« sagte Reinhold.

Herbert preßte sich Tränen ab. »Schwager, Schwager, daß du so von mir denkst!«

Der servile Genosse schwenkte um und sagte: »Es denkt manch einer nicht, was manch anderer von einem denkt, und keiner denkt, daß alle etwas von ihm denken!«

Als man Vater Gustav an der Wurstausgabe vom Vorgefallenen berichtete, sagte er: »Na, Herbert soll mir nach Hause kommen!«

Aber Herbert kam nicht nach Hause. Gustav und Lena warteten die ganze Nacht auf ihn, jedes mit seinen eigenen Gedanken. Stanislaus aber schlief. Er war nicht neugierig auf die Heimkehr eines Taschendiebes. In seinem Kopf lief ein Traum ab, antirealistisch wie alle Träume: Frau Friedesine Weißblatt bekreuzigte sich vor dem Bild eines Kommunardenführers, das an eine Stange genagelt war. Reinhold legte ihr die Hand auf die Schulter. »Liebe Frau, Sie verwechseln eine ökonomische Angelegenheit mit Religion!«

Stanislaus erklärte Reinhold, Madame Weißblatt wäre eine frömmelnde Person, aber da kam Rosa, drängte die Madame zur Seite und erklärte, das Herumtragen von Porträts wäre Sitte, und Vater Gustav sagte traurig zu Stanislaus: »Ich hab dich nicht mitgenommen, damit du dich über unsere Gewohnheiten aufhältst!«

»Hört auf!« mischte sich Reinhold ein. »Das sind alles entbehrliche Äußerlichkeiten. Es geht um die Sache.«

Stanislaus war stolz auf Reinhold, aber Bruder Herbert drängte den Schwager zur Seite und hob die Arme. »Visitier mich, Brüderchen, untersuch mich! Sie behaupten, ich hätt ihnen den Sinn der Monstranzen gestohlen; wir sind ja alle so hungrig!«

50

Stanislaus' Dichtkunst läßt ihn für das Amt eines Gemeindesekretärs geeignet erscheinen. Er wird um Kuhmilch mit dem Tode durch Erstechen bedroht.

Mutter Lena verlor ihren Lieblingssohn Herbert in einem Krieg, in dem Menschen für immer verschwanden, obwohl sie nicht getötet wurden, damals der KALTE KRIEG genannt. Sie suchte die Ursachen von Herberts Verschwinden nicht bei sich, nicht bei der kriminellen Veranlagung ihres Sohnes, aber auch nicht bei den Leuten, die »weltlich regierten«. Vielleicht war Herberts Davongehen die Strafe von jenem Gott, den die HEILIGEN DER LETZTEN TAGE anbeteten. Na, dieser Pfuscher! Er war nicht mächtig genug, die Welt zu zerstören, und versuchte sich jetzt an Lenas Familie. Die Büdnerin steckte dem Gott der HEILIGEN die Zunge heraus, wurde noch herber und verschlossener und formte weiter an einem Gott, der zu ihr paßte.

Inzwischen tat die Erde für den Ort Waldwiesen, was ihr nach den Weltgesetzen zu tun auferlegt war. Sie offerierte blütenvolle Bäume und blumentolle Gärten. Und in den Nächten machten sich die Düfte auf und schlichen als Begünstiger in die Kammern der Liebenden.

Taten auch die Menschen, was ihnen laut Weltgesetz auferlegt war, oder benutzten sie ihre Menschenfreiheit, mehr Vergnügen aus dem Leben zu holen, als ihnen zustand? Aus Waldwiesen wurden derlei Verstöße kaum bekannt.

Herberts Flucht brachte es mit sich, daß Bürgermeister Stangenbiel und Volkspolizist Pelzkuhl bei den Büdners erschienen.

»Was habt ihr mit mir?« fragte Gustav.

»Mit dir so gut wie nichts. Du bist ein alter Genosse, obwohl du ein so alter Genosse auch nicht bist«, sagte Stangenbiel.

Gustav stand stramm. Es lag ein kleiner Hohn darin. »Jawohl, ich war früher im Ortsverein. Wie lange wollt ihr mir noch vorhalten, daß ich Sozialdemokrat war? Wir machten ein paar schöne Fehler, mein Schwiegersohn Reinhold Steil hat sie mir erklärt.«

Volkspolizist Pelzkuhl zuckte, als vom Kreissekretär die Rede war. Auch Bürgermeister Stangenbiel lenkte ein. »Alles richtig, es liegt uns auch fern, daran zu denken, daß dein parteiloser Sohn Stanislaus eine illegale Zeitung schreibt, denn seine Schreibereien sind bekannt und nützlich, aber es ist uns Kontrolle auferlegt worden, die besser ist als Vertrauen, wie man sagt. Und was nicht ist, braucht nicht das Licht des Tages zu scheuen.«

»Wegen mir sucht haus, wie man es von euch verlangt, aber mein Schwiegersohn Reinhold Steil, glaub ich, hält mehr von Stanislaus als wir alle zusammen. Sucht nur haus, sucht nur!«

Gustav wußte, wo der Schinken hing. Die Genossen standen von einer Haussuchung ab. Bürgermeister Stangenbiel las lediglich die ersten Seiten von Stanislaus' Romanmanuskript: »Trügerisches Morgenrot stand über dem Wald...« Stangenbiel sah den Romanschreiber an. »Wenn du den Wald von Waldwiesen damit meinst, so muß ich sagen, daß hinter ihm kein trügerisches Morgenrot schimmert.«

Stanislaus, beleidigt: »Es handelt sich um Kunst.«

Stangenbiel las weiter.

Stanislaus streckte nervös eine Büroklammer zu einem Stückchen Draht.

Stangenbiel las sich fest.

Stanislaus brach den Büroklammerdraht in Stücke. Er wollte zur Tür hinaus.

Stangenbiel sah auf. »Ich muß dir bescheinigen, daß du im Schreiben was weg hast. Ein Bericht aus deiner Feder, wie man so sagt, dürfte den härtesten Sachbearbeiter beim Rat des Kreises zu Semmelmus machen.«

Kurz und gut, Bürgermeister Stangenbiel bat Stanislaus, Gemeindesekretär zu werden. Die Dichtkunst könnte er als Feierabendsport betreiben, Freizeitgestaltung!

Stanislaus griff nicht mit beiden Händen zu, dafür tat es Stangenbiel. »Du brauchst eine Lebensmittelkarte, für ungeschriebene Bücher kann ich dir keine mehr geben.«

Stanislaus bat sich Überlegungszeit aus. Die reine Wichtigtuerei! Seine Brieftasche war verödet.

Er dachte an die Worte des Meisterfauns: »Man wird was mit dir tun, weil du nichts tust.« Er hatte die Warnung beherzigt und Rollings Brief nicht beim Landes-Kommunarden-Vorstand in Friedrichsdamm abgegeben. Er wollte sein Schicksal wieder selber verwalten. Aber weshalb blieb er, wo ihn Rolling hingeschickt hatte? Hätte er nicht lieber an den Niederrhein zurückgehen sollen? Litt er so mit der verschlossenen Mutter und dem arglosen Vater, daß er den Kummer, den ihnen der Bruder machte, nicht verdoppeln wollte? (Kummer verdoppeln, war das möglich?) Nein, alles das nicht – er hoffte, in der Heimat seine Kindheit wiederzufinden, um ein Dichter zu werden. So naiv war er, und weniger durfte es nicht sein.

Mitte Mai, als die Singvögel bereits lebende Fleischklümpchen in den Nestern hatten, gab es in Waldwiesen einen Gemeindesekretär. Wenn in der Bibel Gott dafür gerühmt wird, daß kein Spatz ohne sein Wissen vom Dache fällt, so war der Gemeindesekretär von Waldwiesen Gott ähnlich. Der Bürgermeister hatte wenigstens an fünf von sechs Wochentagen in der Kreisstadt auf Sitzungen, Besprechungen oder Rechenschaftslegungen zu sein, also blieb die Bürgermeisterarbeit fürs Dorf am Sekretär hacken.

Da drang zum Beispiel der Bauer Hefeschlucker in die Wohnung seiner Mieter, als die nicht daheim waren, und räumte sie. Die Krupkats waren Umsiedler aus Oberschlesien; der Mann arbeitete in der Glashütte, und die Frau half beim Mietsherrn Hefeschlucker und fing dem an zu gefallen. Das lag nicht in der Absicht von Frau Krupkat, deshalb ging sie in die Gärtnerei arbeiten. Da räumte der verzürnte Hefeschlucker den Krupkats die Wohnung aus.

Hier war also ein Spatz vom Dache gefallen. Der Gemeindesekretär bekam es sofort zu wissen. Man konnte weder warten, bis die Wohnungskommission zur Beratung zusammentrat, noch bis Bürgermeister Stangenbiel von seiner LANGZEITSITZUNG aus der Kreisstadt zurückkehrte, denn es regnete leise, und Frau Krupkats Behelfshausrat drohte zu verderben.

Stanislaus holte den Volkspolizisten Pelzkuhl zur Aufsicht und ließ den Krupkatschen Hausrat von zwei Gemeindearbeitern zurückräumen. Als Krupkat aus der Glashütte kam, schleppten sie als letztes eine alte Kommode in die Wohnung.

»Wie kamst du in meine Wohnung?« fragte Krupkat den Bauern.

Hefeschlucker grinste. »In meinem Hause habe ich Schlüsselgewalt.«

»Aber nicht bei den Mietern«, sagte Volkspolizist Pelzkuhl.

»So, so«, sagte Hefeschlucker, »meint das auch der Gemeindesekretär?«

Stanislaus nickte. Hefeschlucker beschimpfte ihn. Gustav Büdner und seine Lena wären ehrenhafte Leute, aber die Söhne, die Söhne! Einer hätte hier gestohlen und wäre nach Westdeutschland gegangen, und der andere wäre aus Westdeutschland hierhergekommen. »Warum, frag ich, warum?«

Volkspolizist Pelzkuhl zog sein Notizbuch und machte Striche hinein. Nach fünf Beleidigungen machte er einen Querstrich durch die ersten vier Längsstriche und hob die Hand. »Schluß mit Beleidigen!«

In Stanislaus regte sich Dankbarkeit. Ihm war, als gehörte er mit eins einer Familie an, in der der ältere Bruder nicht duldete, daß man den jüngeren beleidigte.

Es kam schlimmer: Eines Tages erschien die äußerlich wenig gealterte Bäuerin Schulte auf dem Gemeindebüro. Die Zeit schien auf sie sowenig Einfluß zu haben wie die Witterung auf glatte Steine am Wege. An der fleischigen Nase der Bäuerin hing wie eh und je das Wartetröpfchen, das von Zeit zu Zeit herabfiel.

Die Schulte beschäftigte noch immer zwei Knechte, doch jetzt nannte sie diese Männer in der Öffentlichkeit – Landarbeiter. Sie kugelte zur Bürgermeisterei, zog sich im Flur die Holzpantinen aus und stand plötzlich prall und drall vor Stanislaus. »Leck mich am Arsch, es ist also wahr, daß du Schreiber hier bist!«

Stanislaus starrte die Schulte an.

»Glotz nicht, Dürrling. Du bist immer noch dünn wie eine Zaunlatte. Schuld sind die Deinigen; sie hätten dich bei mir anfangen lassen sollen.« Die Schulte hob ihren Oberrock an. Stanislaus, der ehemalige Essayist, wandte sich ab.

»Ein Draufgänger bist du noch immer nicht, seh ich.« Die Schulte griff in die tiefe Tasche ihres Friesunterrockes, holte einen eingewickelten Butterklumpen hervor und klatschte ihn auf den Schreibtisch. »Friß, damit du zu Kräften kommst!« Die Bäuerin ließ ihren Oberrock fallen und betrachtete Stanislaus mitleidig. »Es fing schon so querig an in deinem Leben: Bei deiner Taufe gabs kaum Kuchen.«

Davon wußte Stanislaus nichts.

»Aber du weißt, daß ich deine Pate bin.«

»Ich weiß es.«

»Hol die Milchliste, ich muß dir was zeigen!«

Stanislaus holte die Milchliste und schob das Butterpäckchen zur Schulte zurück.

»Tu nicht, als ob Dreck drin wär!«

Stanislaus schob das Butterpaket zu sich zurück. Es ging eine hypnotische Kraft von der Schulte aus.

»Such den Namen Schulte heraus!«

Stanislaus tat es.

»Such die Zahl der Milchliter, die ich abzuliefern hab!«

Stanislaus tat auch das.

»Du weißt, daß du gelbsüchtig warst und kurz vor dem Abkratzen und daß ich dich rettete!«

»Ich weiß.«

»Einen Radiergummi nimm her!«

Es war kein Radiergummi vorhanden.

»Ein Messer nimm!« Stanislaus hatte auch kein Taschenmesser. Die Schulte griff in ihre Friesrocktasche und zog ein Küchenmesser. »Kratz die Milchliterzahl aus!«

Stanislaus zuckte; als stünde er unter Posthypnose und müßte etwas ausführen, was seinen Moralvorstellungen zuwiderlief. Er zögerte. Die Schulte entriß ihm das Messer und ging auf ihn los.

»Erstich mich, aber geändert wird nicht«, schrie Stanislaus, sprang auf, packte seinen Stuhl und wehrte die Schulte mit ihm ab. Die Bäuerin entriß ihm den Stuhl, zerschmetterte ihn auf dem Fußboden und lachte. Es war ein kaltes, irres Lachen. »Was muß ich dich erstechen«, brüllte sie. »Leute wie du bringen sich selber um!«

51

Stanislaus soll mit Schweineschinken vom Wege der Gerechtigkeit gelockt werden. Er besiegt seine Furcht und zieht gegen ein nackthinteriges Bauernweib in den Kampf.

Wenn der Autor bisher Stanislaus' Bruder Artur nicht erwähnte, so mögen die Leser bitte nicht denken, daß er mit der Vergeßlichkeit »der Massen« rechnete, wie es Zeitungsredakteure hin und wieder tun. Es hätte den »Aufschreiber dieses« wenig Mühe gekostet, Artur zum Kriegsgefallenen zu machen, aber nirgendwo sind Arbeitserleichterungen unangebrachter als in der Kunst.

Arturs Schwiegervater war bauerngeadelt und von den Faschisten zum Ortsbauernführer ernannt worden. Er hieß Müller, wurde aber, zur Unterscheidung von anderen Müllern, KLAUMÜLLER genannt.

KLAUMÜLLERS Tochter Berta war mit einem schiefen Blick beauflagt, der sich nicht wegoperieren ließ. Ihr Haar stand struppig und ließ sich nicht zum »deutschen Knoten« schnatzen, doch sie hatte einen schönen Mund, den sie leider zum Aussprechen von Unflätigkeiten mißbrauchte. Artur diente als Knecht um KLAUMÜLLERS Bertchen, und er blieb auch nach seiner Verheiratung Knecht.

Nach dem Kriege wurde Arturs Schwiegervater KLAUMÜLLER in einem grünen fensterlosen Kasten-Lastauto abgeholt. Das Auto hätte russisches Benzingas ausgestoßen, erzählten sich die Dorfbewohner hinter der vorgehaltenen Hand.

Zu den Zeiten des alten KLAUMÜLLER besuchte Artur seine Eltern an deren Geburtstagen. Er stahl auf dem Erbhof eine Gans und brachte sie um die Ecke. Vater Gustav und Mutter Lena nahmen solche »Erbhofgänse« nicht an, da verkaufte sie Artur, um ein Trinkgeld zu haben.

Nach der Abfuhr des Ortsbauernführers KLAUMÜLLER entfaltete sich die Tochter Bertchen, und die Verhältnisse zwischen den KLAUMÜLLERS und den Büdners besserten sich kaum, zumal Vater Gustav soziale Gerechtigkeit wünschte, während Bertchen beständig drauf aus war, den Staatstribut zu unterschlagen.

Die Bauern durften zu jener Zeit von ihren Getreideernten nur behalten, was sie für sich, ihr Vieh und zur Aussaat benötigten; das übrige wurde Brot. Man tauschte wieder wie vorzeiten: Die Fabrikarbeiter lieferten Maschinen, Hausgeräte und Kleider gegen Getreide, Kartoffeln und Milch. Das Leben verlangte es. Wer das einsah, wurde von uneinsichtigen Bauern »parteiisch« und »Kommunist« genannt.

Bertchen KLAUMÜLLER war wieder einmal ihrer Getreideablieferungspflicht nicht nachgekommen. Als Bürgermeister Stangenbiel sich nach dem Grund der Säumigkeit erkundigte, schimpfte ihn Bertchen KLAUMÜLLER vom Hofe. »Auf unserem Kornboden verhungern die Mäuse.« Stangenbiel drohte Haussuchung an: Frist vierzehn Tage.

Einen Tag vor dem Ablauf der Frist kam Bertchen in die Büdner-Kate, brachte ein Stück Schinken, legte es auf den Tisch, strich sich über ihr struppiges Haar und sah an Mutter Lena vorbei, denn ihr eines Auge erlaubte es nicht anders. Erst zuckte es um Bertchens schönen Mund, dann sagte sie: »Es kann doch nicht so weitergehen mit der Unfreundschaft zwischen Müller-Hof und Kate!« Die Feindschaft wäre zu Vater KLAUMÜLLERS Zeiten ausgebrochen, weil der Vater Gustav für einen Roten gehalten hätte. Jetzt wäre das vorbei, denn es finge alles an rot und röter zu werden, um zu einer roten »Volksgemeinschaft« zusammenzuwachsen.

Bertchen kam Schritt bei Schritt zu ihrem Anliegen: Wenn sich nur ein Hergewanderter wie Stanislaus etwas sanfter in dieser »Volksgemeinschaft« verhalten wollte! Bertchen schoß drei Tränen auf Mutter Lena ab. »Und wenn sie gar Haussuchung machen, wie geredet wird, sollte da ein Bruder das Haus seines anderen Bruders nicht verwandtschaftlicher durchsuchen als andere Häuser, na?«

Mutter Lena sah an Bertchens »Versöhnungsabsichten«, daß ihr selbstgefertigter Gott sie erhörte und die Familie wieder zusammenführen wollte.

Als Stanislaus und Vater Gustav am Abend heimkamen, fanden sie die Mutter nicht in der Küche. »Sie ist wohl wieder indispensibel«, sagte Gustav, und sie gingen in die Schlafkammer. Lena hielt die Hände im Schoß und starrte in die Ferne.

»Bist du krank, Lena, oder gar malade?«

Nicht malade, nein, aber ein gewisser Jemand vergälle ihr das Leben.

»Welcher Jemand?«

Nein, Mutter Lena nannte keinen Namen. Er hätte schon unlängst einen Packen Butter zurückgewiesen, den ihm seine Patentante hätte schenken wollen, dieser Jemand.

»Eine schöne Patentante«, höhnte Gustav, »jeder Mensch bindet ein bißchen Geld an seinen Patenbrief, und was gab sie? Dreimal das Pferd zum Ackern.« (Das war vor neununddreißig Jahren, aber in der Büdner-Kate wurde nichts vergessen; was Gustav vergaß, daran erinnerte sich Lena und umgekehrt.)

Mutter Lena hatte noch andere Dinge, die ihr das Leben nicht mehr lieb sein ließen: Ein gewisser Jemand würde demnächst bei seinem Bruder haussuchen helfen und die Familie Büdner dem Hohn der Dorfleute ausliefern.

Lena ging Schritt bei Schritt in die Küche, und dort schnitt sie Schinkenfett zu Grieben, briet es und legte einige Scheiben Schinkenmageres auf einen Teller. Es duftete so nußartig, und es blinkte so schinkenrot vom Tisch her, und es hätte zu einem Festmahl kommen können, wenn Vater Gustav nicht gefragt hätte: »Woher die Gottesgabe?«

Als ihm Bescheid wurde, aß weder er noch Stanislaus etwas vom Schinken. Sie waren mächtig positive Helden!

Als Stanislaus aber am nächsten Morgen mit Volkspolizist Pelzkuhl und Bürgermeister Stangenbiel zu Bertchen KLAUMÜLLER sollte, dachte er an Mutter Lena und zögerte. Wollte er ihr eine Freude machen oder sich etwas ersparen?

»Vielleicht könnt ihr mich entbehren?« fragte er.

»Es gibt zu schreiben bei der Haussuchung«, sagte Stangenbiel.

»Ja, aber auch hier gibts zu schreiben: Briefe für das Landratsamt und einige Zirkulare.«

Bürgermeister Stangenbiel setzte die Mütze mit den Ohrenklappen ab. (Er trug sie sommers und winters, denn es gab um jene Zeit nur wenige Leute im Ostteil Deutschlands, die zwei Mützen besaßen.) Er strich sich mit der flachen Hand über den kahlen Schädel und sagte: »Ich kann verstehen, daß man vor einer so widerborstigen Schwägerin Angst hat, aber du bist im Kriege gewesen.«

»Auch da hatte ich Furcht«, sagte Stanislaus.

»Und bist doch fertig geworden mit ihr.«

Stanislaus blieb wenig Zeit zum Überlegen. Das Weltgeschehen, dem auch Waldwiesen nicht zu hinterwäldlerisch war, rührte ihn an; es gibt kein Halbweltgeschehen. Er setzte seinen Künstlerhut auf und klammerte sich an ihn.

Sie fanden bei den KLAUMÜLLERS das große Hoftor, auch die kleine Pforte verschlossen. Hinter dem Zaun bellte der Hund. Bertchen hatte ihn von der Kette gelöst. Diese Vorkehrungen hätten vielleicht geholfen, Leute aus der Stadt vom Hofe zu halten, hier aber handelte es sich um eine Abordnung, die die Hintertüren der lieben Nachbarn und die Eigenschaften ihrer Hofhunde kannte.

Sie kamen an die Hinterhoftür aus Latten. Volkspolizist Pelzkuhl schob seine Hand hindurch, löste den Pflock und ging energisch auf den Hund zu. Der Hund wich im Krebsgang zurück. Dann übernahm Stangenbiel die Führung. Als er um die Ecke des Schuppens gebogen war, kehrte er um: Bertchen KLAUMÜLLER hockte, die Röcke hoch, auf dem Misthaufen und verrichtete ihre Notdurft. Sie warteten hinter der Schuppenecke und drangen dann wieder vor. Diesmal ging Volkspolizist Pelzkuhl vorn. Bertchen KLAUMÜLLER die sich inzwischen aufgerichtet hatte, hockte sich sogleich wieder hin. Pelzkuhl prallte zurück. »Sie hält uns bis Abend hinter dem Schuppen«, sagte er.

Jetzt mußte Stanislaus zum Ausprobieren um die Schuppenecke. Bertchen KLAUMÜLLER sah über die Schulter und schrie: »Wend deine Augen ab, wenn ein armes Weib sich mit der Ruhr quält, lüsternes Schwein!«

Stanislaus wich.

»Jetzt hat sie schon die Ruhr«, sagte Pelzkuhl, und da marschierten sie zusammen los und blickten nicht auf den Misthaufen, sondern in den Wipfel der Hofkastanie, um so auf die Seite von Bertchens Vordergesicht zu gelangen. Aber die Bäuerin drehte sich auf dem Misthaufen und nannte sie »Sauigel« und »Hurenböcke«, die ein krankes Weib überfallen, wenn der Mann sich auf dem Felde befände.

»Auf welchem Felde?« wollte Pelzkuhl wissen, aber da zeigte sich Artur beim Scheunentürchen. Er hatte Gekeif und Hundegebell auf dem Heuboden nicht mehr ertragen.

»Weshalb vom Müller-Hof noch immer kein Getreide?« fragte Stangenbiel streng.

»Ja, ja«, sagte Artur.

»Was heißt: Ja, ja?« fragte Pelzkuhl.

»Das heißt: Nein, nein«, antwortete Artur.

»Dein Glück!« sagte Bertchen.

»Wenn ihr nichts habt, werden wir nichts finden«, sagte Pelzkuhl, »aber wenn wir was finden...«

»Finden, finden«, äffte Bertchen, »die Ruhr sollt ihr euch holen!«

Die Männer schwärmten aus. Pelzkuhl ging in die Scheune, Stangenbiel ließ sich von Artur in den Keller führen, und Stanislaus ging überdrüssig in den Garten, in der Absicht, sich auf die Bank am Backofen zu setzen. Bertchen verfolgte ihn schimpfend, und je mehr er sich dem Backofen näherte, desto ausfälliger wurde sie und nannte ihn einen »Spitzbuben« und »Einbrecher«.

In Stanislaus stieg Zorn auf: Wenn ich jetzt das Getreide fände, wollt ichs ihr mit Wollust wegnehmen, dachte er.

An der Tür des Backofens hing ein Vorhängeschloß. Stanislaus packte das Vorhängeschloß und zerrte daran. Bertchen geiferte, daß der Speichelschaum umherspritzte: »Tagedieb, arbeitsscheuer!«

Da ging Stanislaus in den Hof und verständigte die anderen. Sie baten Artur um den Schlüssel für das Backofenschloß. Ehe Artur antworten konnte, ging Bertchen auf ihn los. »Du weißt, daß der Schlüssel uns fehlt, seit die Russen hier waren.«

»Ja, ja!« sagte Artur.

Als Volkspolizist Pelzkuhl drohte, sie würden das Schloß aufbrechen, wenn der Schlüssel nicht herzukäme, behauptete Bertchen, die Russen hätten im Backofen scharfe Munition gelagert. »Zur Kommandantur geh ich, zur Kommandantur!«

Bürgermeister Stangenbiel zuckte. Er fürchtete, vom sowjetischen Kreiskommandanten in den Keller gesperrt zu werden. »Das Schloß wird erbrochen, ich nehms auf meine Rechnung!« sagte Stanislaus.

Der Dorfschmied wurde geholt: Das Getreide lag im Backofen unter einer Schicht Holzasche. Bertchen KLAUMÜLLER schrie: »Mit einem Vieh bin ich verwandt, mit einem Vieh!«

52

Stanislaus wird vom Bürgermeister zum Eintreten eingeladen. Er wirkt brechreizend auf seine Mutter Lena und macht ein Fahrrad zur Aktentasche.

Am nächsten Tage sagte Bürgermeister Stangenbiel zu Stanislaus: »Tritt in die Partei ein!« Er sagte es, wie ein Wohlverheirateter einen Junggesellen in seine Wohnung lädt: Tritt ein bißchen ein, staune und laß dirs wohl sein! Stangenbiel gab zu, daß er Stanislaus den Vorschlag schon vor Wochen hatte machen wollen, doch er hätte noch ein wenig abprobieren wollen, aus welchem Holze Stanislaus wäre. – Na und?

»Jetzt sah ich, daß du nicht nach Bruder und Schwägerin fragst, wenns um die Sache geht.«

Da war sie wieder, Rosa und Rollings SACHE. »Dieses Schwägerinnenweib hat mich beleidigt, das ist die Sache«, sagte Stanislaus, »und das hat nichts mit eurem Sozialismus zu tun!« Stangenbiel wußte es besser: Der Klassenfeind hätte aus Stanislaus' Schwägerin gesprochen und ihn beleidigt.

»Nun redest auch du fremdzüngig«, sagte Stanislaus, »habt ihr eigentlich mit den Spiritisten zu tun?«

Bürgermeister Stangenbiel war überfragt, wie es später heißen würde; er hatte nur vierzehn Tage die Kreisparteischule besucht. Er wußte was über Machisten, nichts über Spiritisten. Stanislaus sollte sichs mit dem Parteieintritt überlegen, ein Gemeindesekretär wäre »eigentlich, fast sozusagen, in jeder, auch in anderer Hinsicht, wenn man es richtig nimmt«, verpflichtet, der Sozialistischen Einheitspartei anzugehören.

Der Vorschlag Stangenbiels ließ Stanislaus wieder heftiger an Rosa denken. Er dachte oft an sie, doch in anderer Weise; mal wehmütig, mal zornig; wehmütig, wenn er an ihr letztes Gespräch und den Brief dachte; zornig, wenn er sich bewußt machte, daß sie zuweilen politisch mit ihm herumgespielt hatte. Er war sicher, daß auch Rosa an ihn dachte; schließlich war da ein Kind. Oder erlaubten ihr die Kommunarden nicht einmal Erinnerungen? Er begann zu träumen: Gesetzt den Fall, Rosa befände sich in Ostdeutschland, würde sie dann nicht der hiesigen Partei angehören? Wenn er dieser Partei nun beitrat, was trennte ihn dann noch von dieser verfluchten Rosa, die er nicht vergessen konnte? Gab es in der Partei Rang- und Dienstalter? War Rosa vielleicht schon Partei-Unteroffizierin, die alles wußte, untadelig war, während er, der Parteirekrut, noch nicht einmal richtig laufen konnte?

Und dachte er nicht an Zärtlichkeiten, die er mit Rosa gehabt hatte? Auch das, auch das, liebe Leserinnen, aber weniger häufig; häufiger dachte er an die Sekunden, in denen er gespürt hatte, daß Rosa an den Dichter in ihm glaubte.

Der Autor hört jetzt bis in seine Schreibkammer hinein die Vorhaltungen seiner früheren Arbeitskollegen: Unrealistisch, alles unrealistisch; kein normaler Mann kommt wie dein Held so lange ohne Frau aus. Wohl, wohl, der Autor gesteht, daß sein Held tatsächlich zu einem Mädchen »nähere Beziehungen anknüpfte«. (So nannten wir das doch auf der Arbeit, nicht?)

Stanislaus' Mädchen war keine gebürtige Waldwiesnerin. Wir dürfen nicht vergessen, daß nach dem Krieg, den die Deutschen verursachten (hoffentlich war es der letzte!), eine Völkerwanderung stattfand. Aus Waldwiesen liefen zum Beispiel Mädchen weg und dem Heere nach, und später zogen Mädchen aus anderen Landstrichen in Waldwiesen ein; kein deutscher Ort ohne Zuwanderer! Durch diese Umstände erschien in Waldwiesen ein Mädchen, das süddeutschen Dialekt sprach.

Jene, die den Roman voreingenommen lesen und beim Studieren Zornkerben über der Nasenwurzel zur Schau tragen, werden sagen: Welche Fisimatenten nun wieder, nachdem der Held davorsteht, den wichtigsten Schritt in seinem Leben, den Eintritt in die Partei, zu vollziehen? – Geduld, der Autor verspricht ihnen, keine Mühe zu scheuen, den Helden dorthin zu bringen, wohin er gehört.

Das Mädchen hieß Katharina Hüberle. Daheim wurde es natürlich Kathi genannt. Kathis Daheim war die Waschküche auf einem Bauernhofe, und sie wohnte dort mit ihren Eltern, war ein feines Mädchen, überfein, was ihren Körperbau anbetraf; man vergleicht sie am besten mit einem Märzzicklein.

Katharina Hüberle hatte im Kriege Krankenschwester gelernt. In den letzten Wochen ihrer Ausbildung wurde die Schwesternschule zerstört. Katharina verbrachte die Zeit bis zum Ende des Krieges in Lazaretten. Obwohl sie unterernährt war, übersahen sie die genesenden »Helden« in den Krankenstuben nicht. Es steckte in dem Zicklein Katharina aber eine Kraft, die verhinderte, daß sie ein Hürchen wurde. Doch, doch, es steckte Kraft in Katharina. Stanislaus sollte es erfahren!

Nach der Haussuchung bei KLAUMÜLLERS litt Mutter Lena tagelang an Brechreiz. Man fand sie da, man fand sie dort auf dem Katenhofe mit dem Zeigefinger im Schlund, besonders wenn Stanislaus in der Nähe war. Gustav bestellte die Gemeindeschwester. Katharina Hüberle kam an einem Abend in die Büdner-Kate. Als Stanislaus dieses Zicklein mit dem weißen Häubchen auf dem hellblonden Haar betrachtete, sagte es ganz von selber aus ihm: »Ach, du lieber Gott!« Diese zierliche Krankenschwester hatte also sechzig bis siebzig Kranke in vier Gemeinden zu betreuen. Wer sollte da nicht angerührt sein? Stanislaus fühlte für Katharina wie für eine leibliche Schwester. Er hatte sich oft eine Schwester gewünscht, die er beschützen konnte; seine ältere Schwester Elsbeth hatte stets ihn in Schutz genommen.

Stanislaus brachte Schwester Katharina zur Mutter in die Schlafkammer. Lena saß auf dem Bettrand und starrte in eine Kerzenflamme. Es roch nach verbranntem Stearin. Das Fenster war geschlossen. Draußen glänzte der Maimond, und zwischen den Sternen war jener Verkehr, der uns so gehabt erscheint wie unser Alltagsgetu. Kastanien- und Fliederblütendüfte mischten sich, unwahrgenommen, draußen vor dem Fenster.

Mutter Lena sah die zarte Krankenschwester unwillig an. Dann jedoch schien sie sich der Anstandsregel zu entsinnen, daß man zu Fremden höflich sein müsse, und sagte: »Setzen Sie sich, Schwesterchen, helfen können Sie mir nicht, und bevor ich was sage, soll der da raus!«

Stanislaus ging auf den Hof und hockte sich auf den Hauklotz unter dem Holunderbaum. Es war ihm, als ob er seine Mutter verloren hätte.

Warum liebt man seine Mutter? Ist es nur das triebhafte Verlangen zur Kommunikation mit den Säften, aus denen man einst zum Klumpen Mensch gerann? Oder ist es das Erinnern an das erste Lied, das wir hörten, die Sehnsucht nach dem ersten Menschenangesicht, das wir sahen?

(Aus Stanislaus' Groschenheft Numero zweiundzwanzig.)

Als er wieder in die Kate ging, saß Schwester Katharina noch immer in der Schlafkammer. Vater Gustav lauschte an der Tür. Im Parteistatut war nicht ausdrücklich vermerkt, daß Genossen nicht lauschen durften, wenn sich Gelegenheit ergab. »Sie redet wie ein bayrischer Glasmacher«, sagte der Vater über Katharina, »hoffentlich säuft sie nicht auch Bier!«

Aber Katharina war nicht aus Bayern. Ihr Dialekt war nur bayerisch gefärbt. Sie stammte aus jener Gegend, die Sudetenland, aber besser Nordtschechoslowakei genannt wird.

Als Katharina aus der Kammer kam, sah sie die Männer verstört in der Küche hocken und neigte den Kopf, was in aller Welt Mitgefühl ausdrückt. »Na, ihr zwei, ihr«, sagte sie, »es is halt nix, wenn die Mutter nicht mittut, gell?«

Der Autor sieht sich nunmehr gezwungen, etwas über das neue Liebesverhältnis seines Helden zu berichten, denn er bemüht sich, althergebracht zu erzählen; er wünscht nicht, zu den modernen literarischen Grashopsern zu gehören.

Aber die Einordnung eines Autors hängt nicht von seinen Wünschen, sondern von den Ansichten der zeitgenössischen Literaturvermesser ab. Erst wird er von ihnen zum Kehrbesen, zum Handfeger, zur Drahtbürste, zum Flederwisch oder zum Rutenbesen ernannt, dann wird er den Lesern übergeben. Die Leser machen nicht viel Umstände; taugt er nicht, wird er in den Keller gesperrt, taugt er was, wird er benutzt.

Schwester Katharina wollte ins Hauptdorf zurückreiten, doch ihr klapperdürres Pferd hatte das Gegenteil von Kolik. Vater Gustav untersuchte die Bereifung und versuchte Luft einzupumpen, doch die Felge des Hinterrades hob sich nicht.

Flickzeug war nicht zur Hand. Auch dieses Zeug war zu jener Zeit rationiert, und da auch Fahrradbereifungen nicht im Walde wuchsen, mußten sie geschont werden. »Man müßte das Rad zur Werkstatt tragen«, sagte Vater Gustav und sah Stanislaus an.

Da es kein Herrenrad mit einer Querstange war, trug es der Gemeindesekretär wie eine Aktentasche unter dem Arm, und Schwester Katharina folgte ihm. »Möchten S' nicht was verschnaufen, Herr Büdner?« fragte sie unterwegs. Herr Büdner wollte nicht verschnaufen. Er schnaufte beim Schleppen und war damit einer Unterhaltung mit Katharina enthoben; denn er hätte nicht gewußt, was mit ihr reden. Sollte er mit ihr von Krankheiten und Todesfällen sprechen? Das haßte er. Über die schöne Mainacht zu sprechen, hielt er für abgeschmackt; über den Roman zu reden, an dem er grübelte, hielt er für großsprecherisch. Er schleppte lieber und schleppte. Katharina zog ein weißes Taschentüchlein und wischte ihm von Zeit zu Zeit den Schweiß von der Stirn. Das beeindruckte ihn.

Stanislaus stellte das Fahrrad bei der Schwesternstation ab. Das war eine ehemalige Bauernstube mit einem eigenen Eingang. Der Mond war hoch, und aus den Bauerngärten duftete der Flieder. Käfer und Nachtfalter schwärmten durch die Luft, und die Fledermäuse und die Eulen folgten ihnen. Die Käfer wollten sich paaren, und die Eulen wollten sie fressen, und was wollten Katharina und Stanislaus?

Katharina ließ nicht zu, daß Stanislaus, geschwitzt wie er war, durch die kühle Nacht heimging. Die Krankenschwester prophezeite ihm eine Erkältung, und sie stellte sich zwischen ihn und die Lungenentzündung.

In der Schwesternstation sagte sie: »Ziehen Sie das Hemd aus!« Er tat es. Sie rieb ihn mit einem Tuch ab. Er hielt still. Ein neues Erlebnis für ihn: Mainacht in einer Schwesternstation, in der es, statt nach Blüten, nach Jodoform und nach Mullbinden roch. Katharina schaltete einen elektrischen Heizofen ein, wikkelte den Patienten in eine Decke und schob ihn zur Liegestatt. Er legte sich, war willig und gehorsam und wußte nicht, weshalb. Katharina setzte sich zu ihm, und er kam sich vor wie ein wirklich Kranker. »Das Hemd muß erst trocknen, gell?« Sie strich ihm über die Stirn. Er schloß die Augen. Es war lange her, daß jemand behutsam mit ihm umgegangen war. Er ließ sich in seine Kindheit zurückfallen, in jenen Raum ohne drückende Pflichten, den jeder von uns in sich trägt.

53

Stanislaus wird von seiner Schwägerin eines unkeuschen Lebenswandels und von seiner Mutter der Eselei bezichtigt. Seine Dichtkunst stößt mit einer Klistierspritze zusammen.

So beganns mit Stanislaus und Schwester Katharina. Zwei Tage später hieß es, die Gemeindeschwester hätte mit einem Mann in der Station genächtigt. Da es im Dorf vor dem Kriege eine sogenannte Barmherzige Schwester gab, die ein Gelübde abgelegt hatte, ehelos zu leben, kam den Leuten, was sich Schwester Katharina geleistet hatte, so vor, als ob die Frau Pfarrer beim Gastwirt geschlafen hätte. Auch ein Gemeindesekretär sollte ein sittenreines Subjekt und ein männliches Vorbild sein!

Am eifrigsten bewegte sich in dieser Angelegenheit Bertchen Klaumüllers schöner Mund. »Da könnt ihr sehn, was für ein Kerl so ein Kerl ist, der seinen Bruder ums Eigentum bringt, ein Bock!«

»Igittigitt, was für ein Ferkel von Gemeindesekretär!« sagte die Bäuerin Schulte. »Gehoppt muß werden, aber nicht auf die Gemeindeschwester!«

Stanislaus und Katharina trafen sich heimlich. Im Juni waren die Heuschober, im Juli die Kornpuppen ihre Liebeslager. Die Welt war ihr Haus, der Wald ihre Stube und der Himmel ihr Dach.

»Ein Spray von Harz und Blumenheu umduftete ihr Liebeslager...«, heißt es in einem modernen Zigeunerlied.

Schwester Katharina sah jeden Abend nach Mutter Lena und versuchte der eigensinnigen Kätnerin unschädliche Hingfongtropfen einzuträufeln, aber Lena sagte: »Denken Sie denn, ich habe Zahnschmerzen oder Bauchweh, Schwesterchen?«

Katharina sah sich gezwungen, den schwierigen Fall dem Arzt zu melden. Der Arzt untersuchte Lena und murmelte etwas von: »Psychiatrische Klinik!«

»Dann müßt ihr mich fesseln«, sagte Lena und wurde hellwach.

Der Arzt ging. Mutter Lena verließ ihre Bettkante, fütterte das Vieh, bereitete das Essen für die Männer, putzte und fegte wieder, aber sie sprach kein Wort. Von Zeit zu Zeit schloß sie sich in der Schlafkammer ein. Gustav rüttelte an der Tür. Er fürchtete Schlimmes, holte Hammer und Stemmeisen und wollte das Schloß aufbrechen. Beim ersten Hammerschlag öffnete Lena die Tür. »Je älter du wirst, desto mehr Radau machst du.«

Ach, Mutter Lenas Krankheit war komplizierter, als ihre Leute dachten: Als man im Dorfe das Mobiliar des Grafen an Kriegszugewanderte verteilte, war auch Lena mit ins Schloß gegangen. Soeben wurden die Bücherschränke geleert. Sie sollten als Küchenschränke Dienst tun. Bevor der Bücherberg zum Sichten in die Kreisstadt transportiert wurde, suchte Lena sich einige Bücher heraus. Die handelten von einem Herrn Buddha. Lena hatte schon von ihm gehört.

»Was ist schon dran an diesem Buddha?« hatte der Pfarrer gesagt. »Der dicke Glatzkopf hockt die kostbare Erdenzeit lang mit gekreuzten Beinen auf dem Teppich, arbeitet nicht und denkt an nichts!«

Das abfällige Gerede des Pfarrers reizte Lena, etwas Genaues über Buddha zu erfahren. Die Lehren Buddhas gefielen ihr. Das Leben im HIERSEITS freute sie nicht mehr. Die HEILIGEN DER LETZTEN TAGE waren nicht termingetreu gewesen. Die Welt wurde zertrümmert, blieb aber bestehen und mußte, schon der Leute wegen, wieder hergerichtet werden. Dazu kam Lenas Kummer mit den Kindern; es war zuviel für sie, die Kräfte ihres vertrockneten Leibes reichten nicht.

Solang der Mensch lebt, möchte er sich an seinen Mitmenschen festhalten, am liebsten an solchen, die die Welt aus seinem Gesichtswinkel betrachten. Mutter Lena hält sich an Buddha. Wie kann man sich an der Lehre vom Nichts halten? Ich bin außerstande, die spitze Frage zu beantworten, aber ich weiß, daß viele Menschen der Erde der Lehre des Buddha anhangen. Es ist nicht genug Menschenzeit vergangen und noch nicht erkennbar, wer die Erde bewohnbarer gemacht hat, die Gläubigen oder die Ungläubigen. Ich bin ein Ungläubiger, der an den Sieg der Ungläubigen glaubt, also glaube auch ich.

(Aus Stanislaus' Groschenheft Numero dreiundzwanzig.)

Unheimlich wars, etwas zu Ende zu denken, fand Stanislaus. Da bekam das Leben des einzelnen groß, große Bedeutung und Verantwortung. Er flüchtete in nähere Bereiche, dachte lieber an das Morgen als an das Übermorgen, aber es war eine Flucht.

Wenn Mutter Lena die Tür der Schlafkammer abgeschlossen hatte, las sie in den Buddha-Büchern. Manchmal fand Gustav sie auf dem Bettrand sitzen. Sie starrte gegen die gekalkte Wand der Schlafkammer – buddhistische Übungen.

»Was gibts da an der Wand, Fliegendreck?« fragte Gustav, um sie aufzumuntern. Lena aber mühte sich, nichts zu sehen, nichts zu hören, nichts zu schmecken, nichts zu fühlen. Eines Tages saß sie so steif da, daß Stanislaus glaubte, sie wäre sitzend gestorben. Er näherte sich ihr, und der Schweiß trat ihm auf die Stirn. Leise berührte er die Mutter bei der Schulter.

»Was erschreckst du Esel mich?« fragte Lena. »Ich bete buddhistisch. Du als gelehrter Dichter solltest etwas davon verstehen!«

Es geht der Mutter gar nicht so schlecht, dachte Stanislaus, sie ist noch widerborstig. Er bat Schwester Katharina, die Behandlung von Buddhismus mit Hingfongtropfen einzustellen.

»Aber ich brauch an Bewerb, um zu dir zu kommen!« sagte Katharina und bewies, was für ein Zicklein sie war. Stanislaus küßte sie, und er nahm sie auf den Arm und schaukelte sie. War er nicht ein Essayist, ein »Starlet am Dichterhimmel«, ein welterfahrener Mann und Gemeindesekretär, der die Zügel in der Hand hielt und zwölfspännig fuhr?

»Heut bin ich in Döllnitzberg. Es wird spät wern, bis ich zurückkomm!« Ein wichtiges Telefongespräch der Gemeindeschwester, das auch Bürgermeister Stangenbiel entgegennehmen konnte. Stanislaus wußte jedenfalls, welchen Weg er am

Abend einzuschlagen hatte. Schwester Katharina machte Krankenbesuche, Stanislaus machte Schwesternbesuche. Alles erster Qualität. Unser Held auf dem besten Wege, eine zweite Familie zu gründen, sollte man denken. Aber gefehlt! Wie konnte Stanislaus bei aller Katharina zufrieden mit seinem Leben sein? Hatte dieses Zicklein den allergeringsten Appetit auf Gedichte? In einer Mainacht sagte er ihr eines auf. Sie schmatzte müde beim Zuhören, und als er zu Ende war, sagte sie: »Auch wir hatten schöne Gedichte im Lesebuch. Man vergißt sie halt, weil, man muß sich soviel Medizin merken, verstehst?«

Gut, sie wußte nicht, daß er das Gedicht gemacht hatte, aber in einer Nacht, Anfang Juni, versuchte er es nochmals bei ihr mit einem Gedicht und ließ durchschimmern, daß er es gemacht hätte. Sie kramte in ihrer Schwesterntasche, als er es ihr vorlas, und als er endete, sagte sie: »Es ist nicht zum Sagen, was du alles im Kopfe herumschleppst, aber jetzt muß ich meine Klistierspritzen doch wo ham liegenlassen!« Und sie bat ihn, seinen Kopf nicht so zu »strapazieren«. »Denk an dei Mutter! Hast nie nix von erbkrankem Nachwuchs gehört?«

Katharina war also ein Mensch, der keine Gedichte benötigte. Sie war selber ein kunsthandwerkliches Grätenmuster, eine blonde Häkelarbeit.

Die Dorfleute liebten die gütige Krankenschwester. Sie verziehen ihr sogar mit der Zeit ihr Verhältnis zu Stanislaus; doch, doch, sie schlossen Stanislaus mit in ihr Wohlwollen ein. Schwester Katharina verströmte eine Menge Menschlichkeit, aber Stanislaus war unersättlich; er sehnte sich trotzdem nach Rosa.

54

Stanislaus wird gewahr, daß er fünfundsiebzig Papierseiten mit Tinte ornamentierte, verdächtigt den Meisterfaun geheimer Hurerei und macht sich auf, seine Kindheit zurückzuholen.

In den Nächten zwischen Mai und Juli schien sich Stanislaus' Roman herauszumachen. Er wuchs Blatt um Blatt, und das schien er mit den Pflanzen gemeinsam zu haben. Leider war niemand da, der sich über den Zuwachs freute. Freilich las der

Dichtereiarbeiter morgens selber, was er nachts geschrieben hatte, jedoch er war zu verliebt in das, was da stand, und es war zwischen Schreiben und Lesen nicht genug Zeit vergangen, seinen blinden Stolz auf das Geschriebene zu vermindern. »Als aber die Zeit erfüllet war«, wie es in einem weisen Buche heißt, erkannte er, daß nur fünfundsiebzig Seiten bekritzeltes Papier vor ihm lagen, aus dem keine Funken in die Welt sprühen würden.

Er war vertieft in das, was er schrieb, trotzdem spürte er die überlastigen Hochsommernächte. Es war ihm, als wären sie von mächtigen Seglern aus südlichen Ländern eingeführt worden. Reizvoll zu denken, daß alles im Dorfe schlief und daß nur der Sommer und er die Nacht nicht anerkannten und arbeiteten.

In einer solchen Nacht kam der Meisterfaun. Sein Bart war voller Gerstengrannen.

»Hast du eine Nymphe im Getreidefeld beschlafen?«

Der Meisterfaun ging nicht auf Stanislaus' Zoten ein. »Du schreibst noch immer nicht, was du schreiben mußt. Bring endlich zu Papier, was dich quält!«

»Wie witzig«, sagte Stanislaus. »Wer wird lesen wollen, was mich quält. Jetzt ist es nicht einmal mehr allein die Sehnsucht nach Rosa. Ich will die Unbeschwertheit wiederfinden, mit der ich als Kind hier umherging.«

»Und an was denkst du dabei? An die unbekümmerte Barfüßigkeit der Kinderspiele, an die Hätscheleien der Mutter?«

»Ich such die Gewißheit wiederzugewinnen, daß die Welt mich braucht!«

Der Meisterfaun lüftete seine kachetische Kappe und verneigte sich vor dem Dichtereiarbeiter. »Schreib darüber, unbedingt!«

Es war eines der seltenen Male, daß sich Stanislaus und der Meisterfaun einmütig trennten. Noch in derselben Nacht begann der Dichtereiarbeiter etwas Neues zu schreiben: Er beschrieb einen Sommer in seiner Kindheit: Das Flüßchen Döllnitz wand sich durch die Wiesen vor der elterlichen Kate, bildete Buchten und schlängelte sich weiter wie die dicke Ader auf dem Handrücken eines alten Mannes.

Stanislaus saß an einer Bucht und beobachtete den Strudel, der sich an einer Salweidenwurzel bildete: immer der gleiche Strudel, doch stets aus anderem Wasser. Es traf ihn ein Strahl reflektierten Sonnenlichts. Ein kleiner Fisch hatte sich beim Spiel im Wasser auf die Seite gelegt. Stanislaus griff in den Fischschwarm. Als er die Hand aus dem Wasser zog, hatte er einige Algen gefangen.

Da legte er in der sandigen Bucht eine kleine Pfütze an, die er zum Fluß hin offenließ, wartete, bis der Fischschwarm zurückkam, und trieb ihn in die Pfütze. Die Fische witterten Gefahr und fuhren wieder heraus, nur ein Fisch blieb herinnen. Stanislaus versperrte den Eingang der Pfütze und hatte einen Fischstall erfunden, er würde Fische züchten.

Er fing nach und nach zehn Fischchen und sah nach, ob die Fischweibchen längere Flossen, also Röcke, und die Fischmännchen Bärte trügen.

Es wurde vom Hause gerufen, Mutter Lenas fordernde Stimme, die er nicht »überhören« durfte. Er berichtete der Mutter von seiner Fischzucht. »Ach herrje, ja, ja«, sagte sie, »aber nun bringst du der Ziege Wasser!«

Er nahm den kleinen Eimer, trabte in den Garten und brachte der angepflockten Ziege Wasser. Vergessen die Fischzucht. Jetzt war die Ziege wichtig. Er redete mit ihr. Die Ziege wakkelte mit dem Stummelschwanz. Natürlich verstand sie, was er sagte.

»Wenn ich satt und getränkt wäre wie du, würde ich mich in den Baumschatten legen«, sagte Stanislaus. Die Ziege wackelte auch dazu mit dem Schwanz.

Mit eins sah er Heuhüpfer vor seinen Füßen aufspringen. Er bat die Mutter, ihm etwas über das Leben der Heuhüpfer zu erzählen. Lena blätterte in Schwester Elsbeths alten Schulbüchern. Dort wurde verlautbart, Maulwurfsgrillen sowie Maikäfer, auch Heuschrecken wären Schädlinge. Und die Heuhüpfer? Sie sehen aus wie junge Heuschrecken, also sind auch sie Schädlinge. Schluß.

Stanislaus konnte nicht zulassen, daß die harmlosen Heuhüpfer einfach zu Schädlingen degradiert wurden. Er beschloß, ihr

Leben zu erforschen, hob Grasplaggen aus, legte sie in eine leere Kaninchenbox und fing Heuhüpfer. Es wurde Abend, er wurde ins Haus gerufen. Schwester Elsbeth wusch ihm die Füße. Er erzählte ihr von seinen Heuhüpfern. »Ach herrje, na ja, jetzt gehst du erst einmal ins Bett!«

Solcher Art waren die Beschreibungen, aus denen Stanislaus' neuer Roman herauswachsen sollte.

»Was wollte uns der Dichter hiemit sagen?«

Er wollte sagen, daß man uns in der Kindheit gewähren läßt. Nichts von dem, was wir tun, wird als unnütz bezeichnet. Die Hauptsache, wir sind gesund, bei Appetit, und wir wachsen. Alle ringsumher freuen sich, daß wir auf der Welt und unter ihnen sind. Aber je schneller wir wachsen, desto schneller kommt die Zeit, in der uns erst die eine, dann die andere unserer Handlungen als unnütz vorgehalten wird. Sobald wir einigermaßen vierzehn Jahre alt sind, wird uns auferlegt, nur das zu tun, was die Menschen um uns her für nützlich halten. Wer bestimmt, was nützlich ist? Geschäftsleute, Industrielle oder Politiker, die sich für die Menschheit ausgeben?

Ferner wollte uns der Dichter sagen, daß uns ein Teil der Leichtigkeit unserer Kindheit verlorengeht, sobald wir die Dinge und Verhältnisse unserer Umgebung als selbstverständlich hinnehmen und die unsicheren Belehrungen, die uns sogenannte Erwachsene erteilen, weiterschleppen, zum Beispiel, daß die Grashüpfer die Jungen der Heuschrecken und damit schädlich sind.

(Aus Stanislaus' Groschenheft Numero vierundzwanzig.)

Stanislaus war in dieser Zeit wie ein Mann aus Eisen: Er aß wenig, denn es gab wenig zu essen; er schlief wenig, denn es gab wenig zu schlafen, weil er am Tage als Sekretär amtierte und abends Katharina aus einem der Nachbardörfer abholte. Ihre Güte und ihre Kindlichkeit taten ihm wohl. Wenn er sie daheim und schlafend wußte, setzte er sich in die Dichtereiwerkstatt und schrieb, bis es hell wurde. Es schien, als sollte ihm gelingen, das große Wundern aus der Kindheit in sein jetziges Leben zurückzuholen.

55

Stanislaus wird von Stangenbiel bis zum Wekken beurlaubt, schlägt einem Kreissekretär vertraulich aufs Knie und beweist ihm, daß ein Künstler, der die Wahrheit sagt, leicht zuschanden werden kann.

Ein Auto fuhr beim Gemeindebüro vor. Man mußte sich wundern, wie viele Autos den Krieg überlebt hatten, allerdings waren die meisten Invaliden. Bürgermeister Stangenbiel räumte flugs auf, denn es handelte sich um das invalidisierte Auto des Kreissekretärs.

Reinhold Steil stieg aus und hielt die Nase in die Dorfstille. Es roch nach Getreidestaub und trocknendem Teichschlamm. Der Kreissekretär war lang, wie wir wissen, und für Bürgermeister Stangenbiel hatte er die Höhe eines Aktenregals, bei dem man sich auf die Zehenspitzen stellen mußte, wenn man dem oberen Fach etwas entnehmen wollte. Steils Gesicht war von zwölf Jahren Lagerzeit zerfurcht, aber es zeigte noch immer Ansätze zu roten Wangen. Zwischen Reinholds gepflegten Zähnen gabs einige ausgeborgte; die echten hatte man ihm im Lager ausgeschlagen. Trotz aller Lagerleiden war Steil der Humor nicht verlorengegangen, er war sogar fähig, über sich selber zu lachen.

»Gott grüßt den Meister und die Gesellen«, sagte er und brachte Stangenbiel in Verlegenheit. Wollte der Kreissekretär auf den Busch klopfen? »Gott kommt für uns laut Parteistatut weniger in Betracht«, erwiderte er ernst.

»Na dann, guten Morgen!« sagte Reinhold.

Stangenbiel blieb trotzdem auf der Lauer. Er war ein aussichtsreicher Kader für preußischen Kommunismus, doch schließlich fiel er von einer weichen Wolke in die andere, als er erfuhr, daß Reinholds Besuch nicht ihm, sondern Stanislaus galt.

»Genehmigt, genehmigt!« Stangenbiel war froh, dem Kreissekretär so unbefragt davongekommen zu sein: Urlaub bis zum Wecken für Stanislaus!

Die Schwäger fuhren im Auto zum Dorf hinaus. Die Dorfleute

hatten ihr Kopfzerbrechen. »Habt ihr Gustavs Schwiegersohn, den Kreissekretär, gesehen?«

»Schwiegersohn?«

»Schwiegersohn bleibt Schwiegersohn, ob ein Franzos dazwischen war oder nicht.«

»Du willst wohl nach Sibirien?«

Ein Waldarbeiter kam ins Dorf, um seinen Axtstiel zu reparieren.

»Hast du Gustavs Schwiegersohn im Wald gesehen?«

»Sein Auto nur; der Kutscher lag schlafend im Gras nebenan.«

Bertchen Klaumüller kam vom Zahnarzt aus Döllnitzberg.

»Hast du deine Schwäger gesehen?«

»Wenn du die beiden Spitzbuben meinst, so saßen sie im Heidekraut und rauchten. Ein Kreissekretär darf das, wie?«

»Geh und frag ihn selber, alte Bürste!«

»Man sollte öfter mal im Wald liegen und an gar nichts denken«, sagte Reinhold. Stanislaus wunderte sich über seinen Schwager. Er kannte ihn kaum. Freilich hatte er oft an ihn gedacht – mitleidig.

»Findest du nicht, daß mans nötig hat, von Zeit zu Zeit still zu sein und sich, wollen wir mal sagen, selber zu beobachten?«

Neues Erstaunen bei Stanislaus. Er hatte viele Arbeiter kennengelernt, die sich scheuten, über ihre Gefühle zu sprechen.

»Aber man sagt das so hin und tut etwas anderes«, fuhr Reinhold fort. »Leider lieg auch ich nicht absichtslos hier im Walde.« Man hatte Reinhold benachrichtigt, Kurierpost: Ein gewisser Stanislaus Büdner wäre mit der Absicht von West nach Ost gegangen, sich fortschrittlich zu betätigen. Reinhold sagte es wie in Anführungsstrichen. Stanislaus erkannte Rollings gespreizte Ausdrucksweise, die der sich nach dem Kriege zugelegt hatte.

Hin und her, Reinhold würde gern sehen, wenn Stanislaus der Partei beiträte. (Auch wir wollen forthin schlicht von »der Partei« sprechen. Es geht immer um den Kommunismus!)

Da stand Büdner nun unter der bekränzten Ehrenpforte: »Herzlich willkommen«, und er wußte bereits, daß am Hinterausgang kein Schild mit der Aufschrift hing: »Alles Gute für Ihr weiteres Leben«. Es gab nur eine schmale Seitentür, durch die man hinausgeworfen wurde, wenn man im Hause mißfiel.

Stanislaus seufzte, ächzte und machte es sich nicht leicht.

»Du gehörst ja längst zu uns«, sagte Reinhold, »hast so oft, wenn auch nicht bewußt, im Sinne der Sache gehandelt.«

»Ich kann nicht leiden, daß ihr die Sache so verselbständigt!«

Reinhold überhörte den Einwand seines parteilosen Schwagers – leider. Er holte Rollings Brief aus der Rocktasche. »Du hast einen alten Genossen zum Fürsprecher. Aber überleg dirs!«

Stanislaus sah einem Heidelerchenhahn nach, der sommertoll sang. In welcher Partei war er?

Reinhold stand auf und klopfte sich den Heidesand von den Hosenbeinlingen. »Allerdings wär noch was zu ordnen, bevor du eintrittst! Du bist verkehrt verheiratet, wie berichtet wird. Man denkt über die Liebe zuwenig nach, wenn man jung ist. Ich hab nie soviel über sie nachgedacht wie jetzt, wo für uns die Sonne aufgeht, wie ein Genosse aus dem Zentralkomitee künstlerisch formulierte:«

»Künstlerisch?« Stanislaus lachte »Eine poetische Stanze.«

»Ist Poesie nicht Kunst?«

Stanislaus lachte wieder.

»Da bin ich wohl ein Banause, wie ihr sagt?« fragte Reinhold.

In den Tagen seiner Schlosserlehre hatte Reinhold über mancherlei nachgedacht: Wozu rannten zum Beispiel die Menschen auf der Erde herum, arbeiteten und mühten sich? Die Frage ließ sich damals leicht beantworten: Eines Tages würde diese Erde unweigerlich erkalten. Alle Bemühungen und alle Arbeit der Menschen gingen dahin, den unerforschten Impuls Leben auf einen unausgekühlten Stern zu retten. In seinen gewaltigsten Träumen gehörte Reinhold zu den Ingenieuren, die den Schießapparat bauten, mit dem man den Lebenskeim, am besten eine Menschenfamilie, auf bewohnbare Sterne schießen würde.

An dieser Stelle gerieten Reinholds Wünsche ins Wanken. Er wußte nicht, was er sich mehr wünschte: der Erfinder des hausgroßen Geschosses oder der Vater der hinausgeschossenen Familie zu sein.

Ach ja, dann heiratete Reinhold Elsbeth, die ein fertiges Kind in die Ehe brachte und von ihm Zwillinge bekam. Die anhaltenden Sorgen um einen Arbeitsplatz verscheuchten die Lehrlingsträume. Er wähnte, erst müßte das Zusammenleben der Menschen auf Erden in Ordnung gebracht werden, ehe man sich auf Sterne schießen lassen könnte.

Doch Reinhold hatte nicht nur über das Bespringen von Sternen, sondern auch über näherliegende Gebiete nachgedacht. Zum Beispiel über die Kunst, und das besonders in seiner Lagerzeit.

Sie hatten einen, der nahm einen Baumstamm her und schnitzte ein Menschengesicht oder eine Büste draus. Zuerst wars Spielerei, eine heimliche Beschäftigung, um geistig nicht zu verkommen. Aber die Lagerwächter entdecktens und straften ihn ausnahmsweise nicht dafür. »Die Macht der Kunst, wollen wir mal sagen!« Reinhold hob sogar belehrend den Zeigefinger.

Die Lagerwächter verlangten, daß der Genosse Abel auch die Formen ihrer Gesichter aus Baumstammholz holte. »Wie aus dem Gesicht geschnitten – so waren die Holzschnitzereien des Genossen Abel!« Die Wächter fanden Gefallen an ihren Holzgesichtern. Dann wollte sich der Lagerkommandant in Holz geschnitzt sehen. Der Genosse Abel konnte seinen Mitgefangenen Erleichterungen verschaffen. Ein Fall, an dem Reinhold die Nützlichkeit der Kunst fürs tägliche Leben studieren konnte.

Stanislaus hob die Schultern. »War es Kunst?«

»Du konntest den geschnitzten und den lebenden Menschen nebeneinanderstellen, sie glichen sich bis auf die letzte Warze. Ich hätt so was nie zustande gebracht! Und das soll keine Kunst gewesen sein?«

»Kunstfertigkeit«, sagte Stanislaus, und sie verfitzten sich in eine Kunstdebatte, wie wir sie uns heute manchmal wünschen würden. Bald saßen sie, bald standen sie, fuchtelten, schüttelten die Köpfe oder nickten, und immer wieder ließ sich ein Männerhinterteil zwischen die Heidekrautstengel fallen. Der Heidelerchenhahn rief andere Hähne auf. Sie »umrahmten« die Kunstdiskussion mit Minnegesang.

Stanislaus legte seine Hand auf Reinholds Knie. »Hör mal, war euer Lagerkommandant ein Humanist?«

»Wie kann einer, der Leute umbringt, Humanist sein?«

»War dieser Antihumanismus auch in den geschnitzten Gesichtern von eurem Genossen Abel?«

Reinhold überlegte eine Weile und sagte dann: »Ja dann hätten sie *ihn* umgebracht.«

Sie gingen zum Auto. Reinhold war nachdenklich geworden. Sie fuhren ins Dorf zurück, und sie hinterließen im Wald etwas blaues Benzingas, das sich nach einiger Zeit mit Harzduft und Ozon vermischte und verschwand.

56

Stanislaus trifft mit seinem Abrieb zusammen, erfährt, daß er eine Leiche ist, wird überraschenderweise von seiner Frau geküßt, dann aber ideologisch verdammt.

Winkelstadt war eine der vielen deutschen Kleinstädte, in denen Menschen vorkeimen, die später in Großstädten Wurzeln schlagen. Glücklicherweise bleiben genug Keimlinge im Setzkasten. Das Leben braucht sie.

Stanislaus war in diesem Städtchen vor Jahren nicht mit Lebensglück verwöhnt worden, doch er war gebaut, wie ein Dichter gebaut sein soll: Glück ohne Unglück war sowenig möglich wie Höhe ohne Tiefe!

Er stieg auf dem kleinen Bahnhof aus dem Personenzug, und mit ihm stiegen zwölf Erwachsene und sieben Kinder mit Schulranzen aus.

Wir nutzen uns ab. Ein wenig Abrieb bleibt an allen Stätten zurück, die wir bewohnten, und es ist, als ob sich die Abriebteilchen als Erinnerungen auf uns stürzen, wenn wir einen Ort nach Jahren wieder betreten.

(Aus Stanislaus' Groschenheft Numero fünfundzwanzig.)

Stanislaus hatte einst in dieses Städtchen hineingeheiratet, ohne dabeigewesen zu sein. Jetzt betrat er es als Verheirateter und wollte es als Unverheirateter verlassen.

Er suchte seine Lebensmittelkarte aus der Brieftasche und ging in die Bäckerei, in der er als Geselle gearbeitet hatte. Die Bäckerin kürzte die Karte mit einer Schere und gab ihm zwei Brötchen dafür. Es war nicht die gütige, ewig hustende Meisterin Dumpf, mit der es Stanislaus einst zu tun gehabt hatte, sondern eine Meisterin mit frischem Gesicht, die breit ostpreußisch sprach, eine Umsiedlerin.

Stanislaus erfuhr, daß die alte Meisterin sich erhängt hätte.

»In der Backstube?«

»Nein, hier im Laden«, flüsterte die junge Bäckerin, »man spricht der Kundschaft wegen nicht gern davon.« Meister Dumpf wäre als Volkssturmmann in den Restkrieg gezogen und hätte sich in seiner alkoholischen Zappeligkeit mit einer sogenannten Panzerfaust in die Luft gesprengt. Und Stanislaus' früherer Mitgeselle, Helmut, war folgerichtig als Feldwebel einer Motorradschützeneinheit zugrunde gegangen.

Nach diesen Auskünften erkundigte sich Stanislaus nicht weiter nach früheren Bekannten; er mußte fürchten, daß keiner mehr lebte. Deshalb wunderte er sich, daß er Mama Pöschel wohlbehalten antraf; sie war jedoch nicht mehr so leibig, auch nicht so rot mehr im Gesicht. Wenn er sie auf der Straße getroffen hätte, wäre er vorübergegangen, ohne sie zu erkennen.

Mama Pöschel spuckte dreimal aus. »Nur gut, daß Sie Lilian nicht so unvermittelt sieht, sie würde tot umfallen!«

»Wir sagten früher du zueinander.«

»Sehn Sie mal an, wie sich so was vergißt!«

Mama Pöschel bot ihrem Schwiegersohn nicht eine Tasse Gerstenkaffee an. Hatte die Hungerzeit sie geizig gemacht, oder war sie früher nur gastfreundlich gegen den künftigen Schwiegersohn gewesen, der eingefangen werden mußte?

Lilian war nicht daheim. Auch Papa Pöschel war im Dienst. Mama Pöschel bat ihren Schwiegersohn, am Abend wiederzukommen. Sie setzte ihn vor die Tür.

Vor dem Haus stand ein etwa neunjähriger Junge, stemmte die Hände in die Hüften und betrachtete Stanislaus. Hatte nicht ein gewisser Wachtmeister Dufte, den Stanislaus einmal gekannt hatte, so vor der Kompanie gestanden? Der Junge hatte Lilians Rehaugen, auch Lilians Blick, und Stanislaus hätte eigentlich zu ihm sagen müssen: Hier stehe ich, dein Vater Stanislaus.

Auch er wurde nicht von seinem Abrieb verschont: Es sprangen ihn Erinnerungen an.

Da war jener Park, in dem er die Frau getroffen hatte, um die er in Winkelstadt geblieben war. Es stand noch immer eine Bank dort, vielleicht nicht mehr dieselbe. Er setzte sich und dachte an die hochgestimmte Nacht von damals und stutzte: Hatte er das Wesen jener Frau nicht wie ein Muster mit sich getragen? Eine Frau, die nicht nur sah, was er war, sondern auch ernst nahm, was er werden wollte – ein Dichter? Und hatte dieses Muster nicht schließlich auf Rosa oder Rosa auf das Muster gepaßt? Kurz und gut, auf dieser Parkbank hatte er einst im Glück geschwelgt.

Aber ein Stück weiter stand die Bank, auf der er Lilian mit dem Major getroffen hatte, der schließlich der Vater seines zweiten Kindes wurde. Doch, doch, er hatte Kinder aufzuweisen, die von hohen Chargen gezeugt waren. An dieser Parkbank hatte er also im Unglück geschwelgt.

Lilian arbeitete als Abteilungsleiterin für Volksbildung und Kultur auf dem Landratsamt und war Parteimitglied. Dafür hatte Papa Pöschel gesorgt. Paule Pöschel, ein »kunstbewanderter« Genosse, war Sekretär des Kulturbundes und hatte es zuwege gebracht, daß auch Lilian ihr Ein- und Auskommen bei Kunst und Volksbildung fand.

Am Abend empfing Mama Pöschel Stanislaus feierlich. »Mein Mann läßt bitten. Dort geradeaus, das Arbeitszimmer!« Lilian käme später, sie müßte noch Neulehrer anleiten.

Stanislaus betrat das Zimmer seines ehemaligen Freundes Paule Ponderabilus. Die große Standuhr war noch vorhanden und zerhackte die Zeit. Noch immer hing das rosarote Heidebild an der Hauptwand, nur daß jetzt links ein Pappkärtchen mit der Aufschrift im Rahmen steckte: »Vorsicht! Altes Original«.

Rechts und links neben dem Kolossalgemälde hingen die Fotoporträts zweier Politiker. Der eine hatte einen dunklen georgischen Bart und schien auf Stanislaus, aber auch auf Paule Pöschel herabzusehen; der andere mit dem tatarischen Gesicht hatte lächelnde Augen und blickte ein wenig nachsichtig auf Stanislaus und Paule.

Paule Ponderabilus erhob sich gemessen vom neuen Schreibtischsessel. Er gab Stanislaus nicht einfach die Hand, sondern reichte sie ihm und sagte: »Seh ich richtig, Stanislaus Büdner gibt uns die Ehre?« Pöschel hatte offenbar lange an dieser Begrüßung gedrechselt. Er machte hinter jedem Wort eine Pause und empfahl Stanislaus das Sofa als Sitzplatz. Es war das Sofa, auf dem Stanislaus diese und jene Stunde mit Lilian verbracht hatte. Aus dem Sofaplüsch sprangen ein paar Abriebpartikel auf ihn zu. Jetzt war das alte Liebessofa zu einer diplomatischen Sitzgelegenheit avanciert. (Solch ein Sofa, wie sie zu Tausenden über die Welt verstreut sind, auf denen man Diplomaten zu zweit in »weitgehender Übereinstimmung ihrer Meinung« fotografiert.)

Stanislaus setzte sich langsam in die ihm zugewiesene Sofaekke. Früher hatte er sich hineinfallen lassen, und gleich drauf hatte Lilian auf seinem Schoß gehockt.

Paule Pöschel ließ sich ächzend in der entgegengesetzten Sofaecke nieder. Er war dicker geworden, korpulenter, diplomatisch ausgedrückt.

Ja, da saßen sie nun, die ehemaligen Dichterkameraden, und ihr Gespräch wollte nicht vom Fleck. »Ja, so gehts uns nun!«

»Wieso uns?«

»Sie ließen übrigens lange nichts von sich hören!«

Paules Gehabe reizte Stanislaus. »Wenn deine Tochter nicht versagt hätte, wärst du jetzt mein Schwiegervater.«

Paule lächelte. »Für uns lebst du nicht mehr.«

»Freilich, es wird ein anderer Schwiegersohn dasein.«

Paule Pöschel fuchtelte. »Du bliebst zu lange aus. Wir ließen dich für postume erklären.«

»Was heißt postume?«.

»Na, einfach tot.«

Stanislaus gefiel der Gedanke, tot zu sein. Ein amtlich Toter war Gemeindesekretär und im Begriff, in die Einheitspartei einzutreten, Katharina Hüberle traf sich allabendlich mit einer Leiche. Stoff für einen Roman: Ein Mann macht die halbe Welt verrückt, ohne verantwortlich zu sein; er ist ein Toter. Stanislaus vergaß seinen ehemaligen Schwiegervater, und der deutete das Schweigen seines ehemaligen Schwiegersohnes als Bestürzung.

»Es verschlägt dir die Sprache, trotzdem müssen wir weiter mit der Tagesordnung. Bald kommt Lilian, und bis dahin sollte einiges geregelt sein. Hast du dir deine Kinder angesehen?«

Stanislaus hörte Paules Gesumm nicht. Wer konnte ihn zur Verantwortung ziehen? »Haha!«

Paule Pöschel zupfte an seinem rötlichen Schlips. Er war Sekretär. Es gingen Bittsteller bei ihm aus und ein, die um »erhöhte Lebensmittelkarten« baten. »Wir haben hier als Funktionär, der wir sind, keine Zeit für haha und Mätzchen, wie wir sie in unserer Jugend trieben.«

Getümmel und Gerede im Flur. Lilian erschien und duftete. Stanislaus, der Mann, der mit der Nase in der Hundewelt lebte, hatte Mühe, sie nicht sympathisch zu finden. Bei den Hüften war sie breiter geworden. Das Haar ihres Zauskopfes war nach der Mode gelegt. Sie setzte sich zwischen Stanislaus und dem Vater aufs Sofa und besah sich den Gemeindesekretär. »Ich hatte dich häßlicher in Erinnerung.«

»Manche Toten verschönen sich«, sagte Stanislaus. Lilian wedelte mit der Hand. Tot? Das war nichtig. Stanislaus spürte, daß Alkoholdunst von ihr ausging. Likörgeruch. Hatte sie sich für die Begegnung mit einem Toten Mut angetrunken?

Stanislaus sperrte sich gegen aufkommende Rührung, gegen diese alte Krankheit, die ihn verführte, viel zu verstehen und zu verzeihen. Lilian rückte dichter an ihn heran.

Papa Pöschel verließ diskret das Zimmer. Bei der Tür machte er eine leichte Verbeugung zu Stanislaus hin. Der Gemeindesekretär setzte sich auf die Sofalehne.

»Ich glaube gar, du fürchtest dich«, sagte Lilian ein wenig lallend.

»Bedenk, ich bin ein Toter«, warnte Stanislaus. Da fiel ihm Lilian um den Hals und küßte ihn hier- und dorthin. Mischduft von Parfüm und Kräuterlikör. Stanislaus sah die Fältchen in Lilians Gesicht. Ihre Jugendmaske begann zu zerbrechen.

»Bedenk, daß ich allein war, viel zuviel allein!« Lilian knispelte an seinem Ohr.

»Allein, sagst du?«

»Man ist trotzdem allein, wenn der Richtige nicht da ist, falls du etwas an mir auszusetzen hast. Ich bin ein natürlicher Mensch.« Sie küßte ihn wieder, küßte ihn, wie sie ihn früher geküßt hatte, und ließ keine Stelle seines Gesichtes aus. Er war nahe daran, schwach zu werden. Dann bedachte er, daß sie jeden so geküßt hatte, und er setzte sich zur Wehr. »Es ist nicht ernst mit dir zu reden; du hast getrunken«, sagte er.

»Willst du deine Kinder sehen?« fragte sie.

»Ein Toter hat keine Kinder«, sagte er, und Lilian kreischte auf. Die große Standuhr tat neun Schläge. Lilians Geschrei übertönte sie. Mama Pöschel stürzte herein und nahm ihre Tochter in die Arme. »Hat er dir was getan? Rede!«

Stanislaus ging hinaus. Im Flur traf er auf Papa Pöschel. »Sie hat getrunken.«

Papa Pöschel wrang die scheuen Hände. »Dieses ist nun das Leben, Lyro Lyring«, sagte er und vergaß, daß er Sekretär war.

Als Stanislaus am nächsten Abend zu den Pöschels kam, saßen Lilian und ihr Papa nüchtern und kampfstark auf dem Sofa. Paule Pöschel war wieder Sekretär, und jeder Zentimeter Lilian war Abteilungsleiterin. Sie streckte ihm die Hand hin. Ihre Gesichtshaut war grau, ihr Mund und ihre Wangen rot: eine Kirsche und zwei Äpfel auf grauem Teller. Sie entschuldigte sich für ihr Verhalten am Vorabend. Sie wäre dienstlich gezwungen gewesen, mit einigen Neulehrern zu trinken. Dann erhob sie sich vom Sofa, stemmte sich auf die Tischplatte und hielt eine Rede. »Wir haben uns hier versammelt, um über eine Todeserklärung zu beraten.« Stanislaus könne verlangen, daß man sie aufheben lasse. Die Schuld läge beim »Toterklärten«, denn er hätte sich nicht gemeldet, aber munter im westlichen Ausland gelebt.

»Verhält sich ein Ehemann so? Nein, kein Ehemann und Elternteil verhält sich so.« Sie ging auf Stanislaus los. »Sicher wird dein Fortbleiben Gründe gehabt haben. Ich möchte das nicht untersuchungsmäßig vornehmen. Fakt ist: Du hast unserem Aufbau deinen Rücken gekehrt und hast damit auch quasi sukzessive den Anschluß an die fortschrittlichen Kräfte dieses Landes, die wir sind, verpaßt!«

Da war freilich eine Menge Wahres dran, wie wir zugeben müssen. Stanislaus war umhergetaumelt und hatte leider über sein Verhältnis zur Welt und zum Leben nachgedacht, statt geschickt zu lernen, wie man mit einem neuen politischen Vokabular umging. Er hatte sich nicht gemausert, wußte nicht, »was Fakt war«, und kannte die »gravierenden Probleme« nicht.

Wie anders Lilian und Papa Pöschel! Sie konnten bereits über den »ideologiemäßig hinkenden« Stanislaus zu Gericht sitzen.

»Du weißt, Kollege Büdner, ich hatte in der Zeit der braunen Pest meine eigenen Ansichten«, sagte Paule Pöschel.

»Ich weiß, ich weiß, du nanntest die Zeit ›eine trächtige Zeit‹, Ponderabilus.«

»Wie nennst du meinen Genossen Vater?« fragte Lilian. »Du solltest mehr Achtung vor einem alten Kämpfer haben!«

»Ja wirklich«, sagte Stanislaus, »ich weiß, wie er zu kämpfen hatte, als du ihn einen ›roten Sozi‹ nanntest.«

Lilian kreischte los wie am Vortage. »Halt mich fest, damit ich nicht umfall! Das sagt einer, der sich freiwillig zu den Reitern meldete.«

Paule Pöschel klopfte auf den Tisch, aber Lilian mäßigte sich nicht. Stanislaus ging wieder unverrichtetersache. Noch auf der Treppe hörte er Lilian schreien.

Er stand vor dem Haus und dachte an die beiden Kinder. Ob es nun seine, ob nicht seine Kinder waren, beging er nicht Verrat an ihnen, wenn er davonging? Er wußte zuwenig darüber.

Es wird behauptet, die Umwelt wäre es, die aus dem Menschen heraushole, was in ihm wäre; und es wird behauptet, es käme so und so aus dem Menschen heraus, was in ihm wäre, wie widrig die Umwelt auch ist. Steckt nicht hinter beiden Ansichten etwas Willkür? Ich neige dazu, jenen recht zu geben, die von der menschenmachenden Umwelt sprechen. Bei ungeordneten Verhältnissen kann ein Mensch verhungert sein, ehe er zeigen konnte, was in ihm steckte.

(Aus Stanislaus' Groschenheft Numero sechsundzwanzig.)

Es war noch Zeit bis zur Abfahrt des Nachtzuges. Stanislaus ging vom Bahnhof wieder in die Stadt zurück. Er hatte eine Stelle, die ihm vor Jahren etwas bedeutet hatte, noch nicht aufgesucht: die Wohnung, in der Gustav Gerngut einst gewohnt hatte.

Er fand das Haus, er fand die Wohnung und klopfte. Keine Aufforderung zum Eintreten. Er drückte die Klinke herunter, die Tür gab nach.

Er stand in der Küche. Es roch dort noch immer nach Dielenschwamm. Auf dem Küchentisch stand eine brennende Kerze und täuschte ein bißchen Leben vor. Er gewöhnte seine Augen ans Küchendunkel und sah einen Rock und Tuchpantoffel, den unteren Teil einer Frau. Der obere Teil war mit einer Decke bedeckt. Die Frau saß auf dem Holzkasten in der Ofenecke. Stanislaus sah sie unter der Decke hantieren. Er räusperte sich, stampfte mit den Füßen und grüßte laut. Die Frau schlüpfte hervor: Frau Gerngut. Sie hatte sich wenig verändert. Ihr Haar war damals schon weiß gewesen. Also war sie wieder in die alte Wohnung gezogen! Sie schien Stanislaus zu erkennen, tippte mit ihrem krummen Zeigefinger an den Mund und füsterte: »Moskau! Noch immer keine Nachricht.« Sie verweilte lauschend, doch nach einer Weile löste sich etwas an ihr, und sie lächelte. »Kommen Sie nach Ihrer Wäsche?« Sie knipste das elektrische Licht an und blies die Kerze aus. Die Küche war wie in Kriegszeiten verdunkelt.

Nach dem Aufleuchten des elektrischen Lichts schien Frau Gerngut klarzuwerden, daß Stanislaus sie nach langer Zeit besuchen gekommen war. Sie erregte sich. Ihre Bäckchen glimmten. »Ich koch Kaffee!«

Stanislaus erfuhr, daß sich Gustav Gerngut nie wieder gemeldet hätte. Frau Gerngut hatte die ganze Zeit geglaubt, er wäre auf irgendeine Weise nach Moskau gelangt, aber es war wohl doch nicht so. »Hätte er sich sonst nicht gemeldet? Sagen Sie!«

Frau Gernguts Augen begannen sich wieder zu trüben.

»Schon wieder Fliegeralarm!« sagte sie und schien Sirenen zu hören. Sie zündete die Kerze wieder an und löschte das elektrische Licht. »Ich muß Moskau hören. Sie werden mich hoffentlich nicht verraten«, sagte sie und schlüpfte wieder unter die graue Militärdecke.

57

Stanislaus erfährt, daß er über Großnichten verfügt, und wird von Reinhold gewarnt, auszusprechen, was er denkt.

Auf seinem Rückwege besuchte Stanislaus die Steils am Stadtrand von Kohlhalden. Man hatte dort zwanzig halbstädtische Häuser gepflanzt. Jedes war von einem Morgen Feld umgeben, das, vornehm eingezäunt, mit Obstbäumen, Blumen und Ziersträuchern zu einem Garten hinaufzivilisiert war. Im Garten der Steils standen Kartoffelstauden und die Stoppeln von abgeerntetem Hafer. Elsbeth, das Mädchen vom Lande, nutzte den Garten auf ihre Weise, fütterte Hühner und mästete ein Schwein. Als sie ihren Bruder Stanislaus kommen sah, band sie sich die Gartenschürze ab, schwenkte sie zur Begrüßung, zog ihn ins Haus und hielt ihn fest, wie sie es in der Kinderzeit getan hatte, wenn sie fürchtete, daß er ihr davonrennen könnte.

Die Einrichtung des Steilschen Stadtrandhauses ähnelte der einer Kate in Waldwiesen: Küche, Schlafstube, Bodenstube, Waschküche und Keller, außerdem ein Arbeitszimmer für Reinhold. »Aber wir nennen es nur vor Fremden so«, sagte Elsbeth, »sonst sagen wir Gute Stube.«

In der Küche trocknete Holz am Herd. Ein Eimer mit Schweinefutter stand zum Anwärmen auf der Herdplatte. Es roch nach aufgebrühter Kleie und gedämpften Kartoffeln.

»Das Leben ist schwierig geworden«, sagte Elsbeth, »alles so vornehm, so unverständig: Er bringt rotes Leinen mit. Ich soll Fahnen draus nähen. Ein Jammer, denk ich, daß dieser schöne Stoff zu weiter nichts genutzt wird, als in Wind und Wetter zu baumeln. Nähst du lieber Inletts davon, denk ich. Na, der Krach, als er und sein Fahrer am Ersten Mai nach der roten Fahne suchten! Gut, das mach ich auch nicht wieder.«

Stanislaus kam nicht dazu, sich zu langweilen; er mußte Kartoffeln schälen, und Elsbeth plauderte wie das Flüßchen Döllnitz daheim: »Ich werd hier nicht heimisch; in der Bergarbeitersiedlung früher ja, aber hier nicht.« Hier wäre sie das gescheckte Huhn unter weißen Leghorns. Sie verstünde sich nicht so zu kleiden wie die Frauen in der Beamtensiedlung, könne sich auch nicht so benehmen, wie es für die Frau eines Kreissekretärs vielleicht erforderlich wäre.

Stanislaus mußte das Schwein bewundern, auch Elsbeths altes Grammophon, das Stück Jungmädchenzeit: Dajos Béla mit seiner Tangogeige! Und es war noch eine Grammophonplatte mit frech-geilen Chansons von Claire Waldoff da: »Und denn zuckt et mir so plötzlich in die Beene, ich möcht wegrenn', gleich zu Maxen hin.« –

»Das warn noch Lieder, die unsereinen trafen«, sagte Elsbeth.

Sie aßen in der Küche zu Mittag. Hier ließ sich der ausgehungerte Stanislaus nicht dreimal zum Essen auffordern. Er freute sich an der Schwester, aber wenn ihn jemand gefragt hätte, ob er mit einem Weibe ihrer Art und Güte verheiratet sein möchte – nein!

Der Junge, der Elsbeths, aber nicht Reinholds Sohn war, kam aus der Schule. »Eine Hälfte von ihm bin ich, die andere sein Vater. Wenn du dir die Hälfte, die ich bin, wegdenkst, weißt du, wie sein Vater war, ein hübscher Mensch und von einmaliger Zärtlichkeit. Und wenn du nach Günter fragst, der auch nicht von Reinhold ist, so ist er auf einer hohen Schule in Moskau oder da wo, aber das sage ich nur dir, weil du es nicht weitererzählst. Es ist von wegen Reinholds antifaschistischer Vergangenheit, wie es genannt wird.« Elsbeth lächelte. »Vergangenheit. – Jeder hat seine Vergangenheit. Meine war krumm, und sie wird noch krümmer sein, wenn ich sie mir eine Weile später anseh.« Elsbeth setzte zu einer Begründung an, aber da gabs für Stanislaus eine Überraschung. Es stürmten Zwillinge in die Küche, zwei merkwürdige Mädchen von etwa zehn Jahren, die Töchter von Elsbeths ältester Zwillingstochter. Sie hatte vor Monaten geheiratet, lebte in Berlin, und Elsbeth zog ihr die Zwillinge auf. Einige Eigenheiten der Büdner-Familie schienen sich zäh fortzupflanzen, zum Beispiel das Gebären von Zwillingen und unehelichen Kindern.

Eines der Zwillingsmädchen glich Elsbeth. Es küßte seinen Großonkel ab, das andere sah ihn mit schönen forschenden Augen an. Es war Lina, und das Mädchen mit dem kußfreudigen Mund hieß Tina.

»Auch ich hätte noch Lust auf Kinder«, sagte Elsbeth, »so ein kleines Ding, unterm eigenen Rock ausgetragen, würde mich närrisch machen!«

Es gibt Augenblicke, in denen man so überrascht aufs Leben sieht wie bisweilen auf die Rhythmen seines eigenen Pulsschlages. Wir philosophieren und versuchen, das Leben unseren Vorstellungen anzupassen, und sind doch nicht sicher, ob sich das Leben uns je unterwerfen wird. Wir selber sind Leben.

(Aus Stanislaus' Groschenheft Numero siebenundzwanzig.)

Nun wars aber Zeit, daß Stanislaus etwas über seine Liebesverhältnisse erzählte. Die Schwester gab keine Ruhe. Er erzählte stockend. Lilians Verhalten versetzte Elsbeth in Empörung. »Was denkt sie sich denn, dir zwei fremde Kinder ins Nest zu setzen?«

Stanislaus lachte. Elsbeth ging auf ihn los. »Bei mir war es die Natur, aber bei diesem Weibe ist es Berechnung!«

Bis Reinhold vorfuhr, hatte Elsbeth noch nicht die Hälfte von dem erfahren, was sie von Stanislaus wissen wollte.

Reinhold war abgearbeitet. Er küßte Elsbeth auf die Stirn, den Zwillingen die Wangen, den Jungen aber, der mit dem Federhalter auf den Flur kam, küßte er auf den Mund. Aber bemerkenswerter war, daß Elsbeth Reinholds Fahrer bei den Rippen packte und kitzelte. Der Fahrer schrie: »Reinhold, hilf mir!«, aber Reinhold verschwand in seinem Arbeitszimmer.

Später bedankte sich Reinhold bei Stanislaus für sein Kommen, es käme sonst keinerlei Besuch von Elsbeths Zuhause. Schwägerin Bertchen stecke die Zunge heraus, wenn sie Elsbeth träfe. »Merkwürdige Grußformen, was?«

Reinhold mußte eine Rede über landwirtschaftliche Belange ausarbeiten. Der Kreis Kohlhalden hätte Milchschulden beim Staat. »Die verfluchte Landwirtschaft ist für mich so schwer verstehbar wie die Kunst. Jede Kuh scheint Milch nach einem eigenen politischen Programm zu liefern!«

Reinhold war blaß, und die Augen starrten vor Übermüdung aus tiefen Höhlen. Er tat Stanislaus leid, und der Gemeindesekretär erzählte Reinhold, was er von den Milchablieferungsgepflogenheiten störrischer Bauern wußte, obwohl er zu den Steils gefahren war, um Reinhold mitzuteilen, daß er nicht in die Partei eintreten würde. Er wollte nicht mit Lilian in der gleichen Partei sein. Der Mensch wandelte sich, das sah Stanislaus an sich, aber daß Lilian mit ihrer Ignoranz und Unbelesenheit in der Volksbildung mitzureden hatte, war zu widersinnig.

Reinhold sah von seiner Schreibarbeit auf. »Es gibt Kreissekretäre, die sich ihre Reden von Sachbearbeitern schreiben lassen. Ich kanns nicht. Ich muß mit eigenen Worten reden, wenn ich vor die Leute tret.«

»Richtig«, sagte Stanislaus, »es gibt Leute bei euch, aus denen Geister reden wie aus Spiritisten.«

»Spiritisten?«

»Na, Leute eben, die mit den Stimmen von Geistern reden.«

»Also wie in der Kunst«, fragte Reinhold, »wenn Romanfiguren im Auftrage des Schreibers reden?«

Stanislaus war überrascht von dieser Logik. »Aber ich laß niemand etwas sagen, was ich nicht erlebt oder selber durchdacht habe«, antwortete er und tat, als hätte er schon fünf Romane hinter sich.

»Da sieht man, daß du noch nicht lange genug in der Partei bist«, sagte Reinhold, »wenn ich nur nach *meinen* Erfahrungen ginge, möchte mir die Leitung den Marsch blasen.«

Da bot sich nun Stanislaus die Gelegenheit, zu sagen: Ich bin nicht in deiner Partei. Ich werde nicht eintreten!, doch er sagte: »Kann sich nicht auch die Leitung mal irren?«

»Nein, da liegt ein Riegel vor«, sagte Reinhold. »Eine Leitung ist ein Kollektiv von mindestens zehn Genossen.«

»Die können sich zehnmal weniger irren als einer, das ist einleuchtend«, sagte Stanislaus, »aber ganz ohne Irrtum kommen auch sie nicht aus.«

»So red man in deiner Ortsgruppe«, sagte Reinhold, »da wird bald ein Verfahren gegen dich auf meinem Schreibtisch liegen.«

Ich tret ja nicht ein in deine Partei, dachte Stanislaus, aber er sagte es nicht.

»Jedenfalls komm ich mit meinem Milchreferat so nicht weiter«, sagte Reinhold. »Dank für deine Hinweise, aber ich muß dich geradezu bitten, hinüber zu Elsbeth zu gehen!«

Elsbeth spielte mit Reinholds Fahrer und den Kindern in der Küche »Mensch, ärgere dich nicht!«. Die Schwester und der Fahrer saßen nebeneinander, und wenn der Fahrer einen bunten Klotz von Elsbeth aus dem Spiel warf, kitzelte ihn Elsbeth zur Strafe. Eine herrliche Strafe!

Der Onkel der Mädchen, der französische Junge, ging auf die Zwillinge los, wenn sie ihn aus dem Spiel warfen. In der Küche gings zu wie auf einem Jahrmarkt, und von Zeit zu Zeit gabs ein Gekreisch wie auf der »Geisterbahn«. Es war auf der Straße zu hören, und es drang bis zu Reinhold, der mit einem Referat den Milchstrom von vielen tausend Kuhstrichen in die große Milchkanne des Staates umzuleiten versuchte.

58

Stanislaus liebt unter den Sternen dahin, überwacht das Kuhausmelken und erhält das Versprechen, daß man ihn nach seiner Beerdigung besonders ehren wird.

Wir beobachteten in letzter Zeit die Jahreszeiten zuwenig, verzeichneten nicht, wieviel Grad Wärme es gab und aus welcher Richtung der Wind wehte. Wir ließen die Regen unberücksichtigt und beachteten die lauen Nächte nicht, obwohl unser aller Leben, mehr als wir einsehen, damit zusammenhängt.

Also, es war August. Heiße Tage und heiße Nächte für Waldwiesen, Gelegenheiten für ein Liebespaar, das nicht Romeo und Julia, sondern Stanislaus und Katharina hieß, im Freien zu nächtigen, denn sie hatten noch immer keine Herberge für ihr »Liebesgeschehen«. Stanislaus, der ehemalige Bäcker, Essayist, Zementstampfer, Hofdichter, Zellwollarbeiter und jetziger Gemeindesekretär, war alt genug, sich einen Vollbart wachsen zu lassen und in der Dichtereibranche auf den Tisch zu hauen: Hier bin ich! Und Katharina Hüberle, die Krankenschwester, war ein Weib, das einen Haushalt mit Liebe polstern und ein blasses Kind hätte zur Welt bringen können. Aber sie rannten in der Feldmark umher wie Wiesel und Hase. Stanislaus' Katenkammer war Mutter Lenas und ihres Buddhismus wegen und Hüberles Waschküche war der Moralvorstellungen von Katharinas Eltern wegen nicht für Liebeszusammenkünfte zu verwenden. Katharinas Eltern wähnten, zwei Menschen müßten erst von einem Priester geweiht werden, bevor sie sich zueinander legen und eifrig Kinder zeugen könnten. Aber Katharina und Stanislaus wollten keine Kinder zeugen. Die Pellkartoffeln reichten kaum für sie beide.

Manche Bauern suchten aus den heißen Tagen ihren Vorteil zu ziehen! »Seht das verdorrte Gras! Wie solln unsere Kühe davon milchen?«

»Keine Schwarzseherei! Eine kleine Dürre gibts jeden Sommer!« sagte Bürgermeister Stangenbiel. Er kam aus der Stadt. Kreissekretär Steil hatte zu den Bürgermeistern gesprochen: Fort mit den Milchschulden! Stallkontrollen bei den Bauern, sofort!

Stanislaus verriet nicht, daß seine »Weisheit« da mitgewirkt hatte. Bürgermeister Stangenbiel »bereitete die Aktion vor«, aber am Nachmittag wurde er wiederum zu einer Versammlung in die Stadt gerufen.

Ein Augustmorgen, walzenförmige Wolken rollten über den Horizont aufs Himmelsfeld. Ein Urlaubsmorgen für Städter. Die Bauern mußten früh aus den Betten, aber noch früher an diesem Morgen die Genossen und ihre Frauen. Sie versammelten sich auf dem Hofe der Bürgermeisterei.

Stanislaus hatte gegen Sitte und Gesetz auf der Schwesternstation geschlafen, um zeitig bei der Hand zu sein. Es war noch halbdunkel, als er sich am Dorfbrunnen wusch und einige

Schlucke Wasser trank. Es gluckste in seinem Gedärm. Die Sterne verschwanden.

Es ist zu dunkel, um etwas zu sehen, jeder Mensch wirds recht finden, wenn du es sagst. Es ist zu hell, um etwas zu sehn, jedermann wird stutzen, wenn du es sagst, obwohl es sich nicht um Staubkörner, sondern um ganze Erden handelt, die du nicht siehst, wenn es zu hell ist.

(Aus Stanislaus' Groschenheft Numero achtundzwanzig.)

Stanislaus sah bleiches Licht aus den Fenstern der Bäckerei blinken und bekam Mitleid mit den schuftenden Bäckerlehrlingen. Er war Gemeindesekretär, er hatte das Recht einzuschreiten.

In der Backstube empfing ihn die Bäckerin, ein gereiftes Mädchen von etwa achtundzwanzig Jahren. Sie hatte tabakbraune Augen, ihr Haar war bräunlich, und ihre Zähne erinnerten ein wenig an Rosas Zähne. (Ging ihm diese Rosa nie mehr aus dem Kopf?)

Er sah die junge Kriegerwitwe an, und die junge Witwe sah ihn an, und da konnte er nicht so schroff sein, wie er sichs vorgenommen hatte. Er war ein Verehrer schöner Frauenaugen und vermutete hinter schönen Guckwerkzeugen noch immer Lämmchenseelen, dieser Philosoph auf Bäckerbeinen.

Ein Sonnenstrahl fiel in die Backstube und wurde von einem Kupferkessel an der Wand reflektiert.

Das Bäckermädchen bat den Gemeindesekretär um Gnade. »Mein Mann ist gefallen, Herr Sekretär.« Sie hätte von außerhalb in die Bäckerei geheiratet, und bis vor drei Tagen hätte ein Umsiedler als Meister bei ihr gearbeitet, der Umsiedler wäre typhusverdächtig ins Krankenhaus eingeliefert worden, nun müsse sie selber backen. War nicht zu verstehen, daß sie zwei Stunden früher mit der Arbeit begann?

Es war zu verstehen. Stanislaus verabschiedete sich mit einer Verbeugung. Solche Macht hatten tabakbraune Augen über ihn!

Bürgermeister Stangenbiel kam nicht zur Milchkontroll-Aktion. Dafür kam seine Frau. »Mein Stangenbiel kam nicht zurück, man wird ihn doch nicht überfahren haben!«

Was nun? Die Genossen verlangten, Stanislaus müsse die Aktion leiten. Er wäre eingeweiht.

Aber was war mit Stangenbiel? Er hatte eine lange Sitzung beim Landratsamt hinter sich und trank vor der Rückfahrt in einer Gastwirtschaft am Stadtrand einen doppelten Kornschnaps. Ihm war so flau, und er brauchte doch gerade Mut für die Milchaktion daheim.

Leider war Stangenbiel nicht der einzige Bürgermeister, der Mut brauchte; er traf im Gasthaus noch zwei andere Gemeindevorsteher, die an der langen Sitzung auf dem Landratsamt teilgenommen hatten.

Stangenbiel gab eine Lage »Doppelten«, die anderen Bürgermeister gaben je eine Lage »Doppelten«. Dann mischten sich Bauern ein, die ihre Bürgermeister zu schätzen schienen, und auch sie gaben je eine Lage »Doppelten«.

In späteren Berichten wurden diese DOPPELTEN als Munition des Klassenfeindes gewertet. Jedenfalls wurde das Fahrrad für Stangenbiel in jener Nacht ein hinderliches Vieh. Es war störrisch wie ein Bulle ohne Nasenring und riß ihn von einer Chausseeseite zur anderen. Aus der Garnison kam eine Streife sowjetischer Soldaten. Sie hielten Stangenbiel an. Der Streifenführer bat Stangenbiel in gebrochenem Deutsch, sein Fahrrad auf der Wache zu lassen und zu Fuß nach Hause zu gehen. Die genossenen Kornschnäpse machten Bürgermeister Stangenbiel streitlustig. »Nix Fahrrad wegnehmen! Ich Burgmeister, verstehn?«

Der Streifenführer prüfte Stangenbiels Dienstausweis. Der Erfolg: Man mußte einen so wichtigen Kader erst recht vor Unfällen schützen. Zwei Streifensoldaten packten Stangenbiel und führten ihn in die Kaserne.

Stangenbiel redete im Kleinkinderdeutsch auf den wachhabenden Offizier ein. »Ich mussen Kuhen melken! Verstehn? Bis drei Uhr« (er hob drei Finger) »alle Kuhen mussen Milch geben! Stadt mussen mehr Milch. Mussen melken, verstehn?«

Der Wachoffizier lächelte, die Posten lächelten, und sie wiesen Stangenbiel ein Lager an, und als er erst lag, schlief er sofort ein.

In Waldwiesen lief unterdes die Aktion »Mehr Milch für die Stadtkinder«. Sobald auf dem Hofe eines Milchschuldners die Haustür klappte oder die Hofpumpe quietschte, klopfte ein Genosse an das Tor.

»Abmelkkontrolle, bitte.«

»Wollt ihr nicht auch die Schlafkontrolle einführen?«

Sie wurden in keinem Falle freundlich empfangen, doch die Genossen ließen sich nicht provozieren. Sie gingen mit in den Kuhstall.

»Glaubt ihr, die Kühe geben mehr Milch, wenn ihr beim Melken zuschaut?«

Die Genossen antworteten nicht. Die Bauernfrauen melkten die Kühe ab. Die Milch wurde nachgemessen: Nur ein Viertelliter mehr, als am Vortage abgeliefert wurde.

»Sie haben eben keinen Respekt vor euch, die Kühe.«

Die Genossen steckten auch diesen Hohn ein, aber es setzte sich eine Genossin zum Nachmelken unter die Kühe.

Bertchen Klaumüller spie aus. »Kümmert euch lieber um eure Kinder, damit sie in der Schule was lernen, ihr Weibsstücker!«

»Es sind Schulferien, Bertchen, aber du kannst es nicht wissen, weil du keine Kinder nicht hast.«

Es stellte sich heraus, daß einige Bauern die Kühe nicht ausgemolken hatten, um die Genossen zu täuschen.

Bertchen Klaumüller gab sich trotzdem nicht geschlagen: Die Kühe hätten die Milch zurückgehalten, weil sie sich vor der Politik erschrocken hätten, behauptete sie.

Stanislaus, der Meister der Nachmelk-Aktion, ging von Hof zu Hof und notierte die nachgemolkenen Milchmengen, und wenn alle Verwünschungen in Erfüllung gegangen wären, die seine Schwägerin über ihn ausschüttete, hätte er hinfort hinkend, zahnlos, verkrüppelt, ehe-, kinder- und haarlos durch die Welt ziehen müssen. »Auf dein Grab soll dein Bruder schiffen, dafür werd ich sorgen!«

59

Stanislaus kommt in den Geruch eines Radikalen, versucht ein bleiches Mädchen unter drei Birken zu trösten und wird mit dem Dienstgrad eines Heiratsschwindlers belehnt.

Der Bürgermeister hatte die Kuhausmelk-Aktion nicht geleitet. Wenn er auch ein Kommunist war, er wußte, was sich gehörte. Er hatte sich nicht als Ausplünderer betätigt und sorgte, daß bei aller Radikalität die Kirche im Dorfe blieb. So und ähnlich wurde Stangenbiels unfreiwilliger Aufenthalt in der sowjetischen Kaserne ausgelegt. Der Zorn der Überführten richtete sich gegen Stanislaus. Man steckte sich hinter Mutter Lena, ging auf Vater Gustav los und versuchte sogar, auf Katharina einzuwirken.

Mutter Lena aß nicht mehr mit Stanislaus am selben Tisch.

»Er hat nichts verbrochen!« sagte Vater Gustav, setzte sich zu seinem Sohn, aß mit ihm, schmatzte und schüttelte den Kopf. »Ich hätt nie gedacht, daß sie so auf einen loshacken, wenn man Kommunist ist. Dagegen führte man als Sozialdemokrat das Leben eines Schäntelmännes.«

Auch Stanislaus erfuhr, wieviel Kraft dazu gehörte, Gerechtigkeit herzustellen. Wenn man den Egoisten ihre Absichten verlegte, war man sogleich ein Kommunist.

Was für eine Kommunistin war nun die Egoistin Lilian Pöschel, die in Winkelstadt an Stanislaus' Schicksal arbeitete? Sie wußte, daß ihre Kinder weder von Stanislaus ferngezeugt noch durch die Beschattung vom Heiligen Geist entstanden waren. Die Kindsväter waren reisige Krieger, ein Wachtmeister und ein Major, gewesen. Auch in älteren Kriegen waren Dirnen dem Heerhaufen nachgelaufen, hatten sich schwängern lassen und mußten für Vaterersatz sorgen. Nichts Neues also unter der Sonne, aber Lilian war ein »neuer Mensch«! Sie erschrak, als der toterklärte Stanislaus auferstand und sich verwahrte, der Vater ihrer Kinder zu sein.

Lilian lebte nicht ohne Mann, das hätte ihr Naturell nicht hergegeben, aber es herrschte Männermangel, eine Nachkriegsnot, hienieden, und es entwickelten sich allenthalben Wettkämpfe zwischen Ehefrauen und Witwen oder Freiweibern. Oft hatte dieses »Tauziehen« ökonomische Gründe, doch sie wurden mit Liebe drapiert, allwie zuweilen ökonomische Gründe mit Ideologie sämiger gemacht werden.

Bei Leistungskämpfen mit langmütigen Ehefrauen unterlag Lilian; ihre Liebe war in keinem Falle stark genug. Sie war für Abwechslung, und sie konnte sich Abwechslung leisten, weil sie Waisenrente für die Kinder erhielt und ökonomisch einigermaßen unabhängig war.

Die wirklichen Kindsväter fürs Zahlen von Alimenten zu greifen wäre mit viel Umständen verbunden gewesen. Also versuchte sie es mit Stanislaus.

Der mannbar gewordene Stanislaus gefiel Lilian überdies besser als der scheu liebende Bäckergeselle von damals.

Nach Stanislaus' Abreise gab es im Hause Pöschel eine Familienberatung. »Wird er sich scheiden lassen? Du kennst ihn besser als ich«, sagte Lilian zum Vater.

Freilich, Papa Pöschel kannte Stanislaus alias Lyro Lyring besser als seine Tochter und war diesem Partner illegaler Dichtergespräche noch zugetan. Er wiegte den Kopf. »Ich fürchte, daß es sich nicht um seine Kinder handelt.«

Lilian stimmte ihr hysterisches Gekreisch an. »Wenn auch du meinst, ich hätt mir die Kinder aufgelesen, was solln andere sagen!«

Mama Pöschel eilte Lilian zu Hilfe. »Kinder sind Kinder, und wenn sie da sind, sind sie da!«

Zwei Tage später fand der zweite Versuch einer Beratung statt. »Es wäre nicht zuviel verlangt, wenn du ihm schriebst, es sind deine Kinder, und fertig. Er kann nichts beweisen«, sagte Lilian zum Vater. Papa Pöschel deutete vorsichtig an, daß Stanislaus Blutproben veranlassen könnte.

»Ich mir Blut abzapfen lassen?« Ein neuer Hysterie-Anfall.

In Waldwiesen brachten nur drei Menschen Stanislaus noch die gleiche Sympathie entgegen wie vor der Abmelkkontrolle: Vater Gustav, Katharina Hüberle und der Bürgermeister. Stangenbiel war dazu verpflichtet, weil ihn Stanislaus bei der unangenehmen Aktion vertreten hatte. Vater Gustav betrachtete Stanislaus noch immer als einen Familienangehörigen, und Katharina Hüberle liebte ihren Gemeindesekretär bedingungslos. Stanislaus fehlte an Katharina dies und das, weil er sie mit Rosa verglich, aber er war für Katharina der Mann, an dem nichts fehlte außer ein paar Haaren über der Stirn.

Und wenn wir durch die Wüsten wanderten und du lechztest, wollt ich dich mit meinem Schatten erquicken.

Stanislaus gewöhnte sich dran, an Katharina zu übersehen, was ihm an ihr mißfiel. Nach wie vor holte er sie allabendlich ab.

Aber eines Abends kam er nach Döllnitzberg und traf Katharina nicht. Er trabte nach Waldwiesen zurück und sah in der Schwesternstation nach: Auch dort war sie nicht. Er ging zu ihren Eltern, aber die öffneten ihm nicht. Stanislaus lief ratlos durch die Nacht, und es schien ihm, daß er Katharina dringender benötigte, als er sich eingestand.

Unausgeschlafen ging er morgens an seine Arbeit. Er sah die weiße Haube von Katharina am Fenster vorbeihuschen und sprang hinaus. Katharina hörte nicht auf sein Rufen.

Bürgermeister Stangenbiel war wortkarg. Die Umwelt schien über Nacht mit sich eins geworden zu sein: Ab morgen ist der Gemeindesekretär mit einem Makel zu bemakeln, aber niemand hat ihm zu verraten, mit welchem!

Zu allem aber duftete der Phlox süß aus den Gärten; Bläulinge fluckten ums blühende Heidekraut, und die Schwalbenschwanzfalter saßen auf dem Möhrenkraut. Die Schwalben vereinigten sich zu Reiseschwärmen, und in den Nächten entfielen den Sternen feurige Schuppen.

Als er am Abend aufs Vorwerk ging, hörte ers auf halbem Wege von einem Hügel schluchzen. Es standen drei Birken dort, und unter ihnen saß Schwester Katharina im Gras. Er hätte sie nicht bemerkt, wenn sie nicht geschluchzt hätte, und Katharina schluchzte, weil Stanislaus vorüberkam. Zwischen Liebenden gehts nicht ohne ein wenig Komödienspiel ab. Obwohl Stanislaus es wußte, war er gerührt. Er setzte sich zu Katharina unter die Birken. »Was ist?«

Es wäre ein psychologisches Wunder gewesen, wenn Katharina sogleich gesagt hätte, was sie bedrückte. Erst mußte noch etwas geschluchzt werden.

Ach, auch eure Liebe erstarrt in Dogmen und Riten, so ihr euch nicht täglich erneuert.

Katharina hatte erfahren, daß Stanislaus verheiratet und Vater von zwei Kindern war. Du lieber Himmel, hatte er es ihr denn nicht erzählt? Nein, er hatte es ihr nicht erzählt. Wir wissen, daß er es auch Rosa nicht erzählte. Er war ein Heiratsschwindler, in Katharinas Augen zumindest; für eine Weile jedenfalls.

Es gehört zu den dramatischen Konstellationen einer Eifersuchtsszene, daß der Eingeweihte nicht sagen darf, von wem er eingeweiht wurde. Katharina war Gemeindeschwester, es war ihr gutes Recht, dies und das zu erfahren. Sie durfte sich ein bißchen hinter dem Hippokratischen Eid verstecken.

Obwohl drei Birken, ein grasbewachsener Hügel, ein weinendes Mädchen und ein mitleidiger Mann für eine Versöhnungsszene bereitgestellt sind, muß der Autor die lieben Leser enttäuschen. Unser Held bekam zu fühlen, daß sich hinter Katharinas Taubenzartheit katholische Härte verbarg. Es liegt dem Autor fern, seine katholischen Leser damit zu diskreditieren, er bewundert hingegen ihre Prinzipienfestigkeit, wenngleich »jedes Prinzip tödlich ist«, wie der Dichter Brecht einmal bemerkte.

Katharina hatte damit gerechnet, von Stanislaus zu hören, daß er sowenig verheiratet wäre wie der zwölfjährige Jesus im Tempel und daß man ihn verleumdet hätte. Aber dieser Mensch log nicht, stritt nicht einmal ab, obwohl das doch eine Möglichkeit zur vorübergehenden Leidverminderung gewesen wäre.

Nun war alles so aus, wie es sein konnte! Katharina Hüberles Eltern würden nie mehr ein Wort mit dem Heiratsschwindler wechseln; sie aber konnte ohne den Segen der Eltern nicht auskommen.

Katharina ließ nicht zu, daß Stanislaus sie ins Dorf begleitete. Er hinwiederum war zu müde und unmutig; seinen Willen durchzusetzen, und ließ sie gehen. Er sah ihr noch eine Weile nach, hörte die Kette ihres Fahrrades gegen den Kettenschutz klappern und sah die weiße Schwesternhaube wie den Spiegel eines Rehs in der Dunkelheit verschwinden.

Drei Sternschnuppen fielen. Die Sterne versuchten, einander Grußpostkarten oder kleine Päckchen feuerfester Bakterien zu überreichen.

60

Stanislaus wird in Lilians Parteiliebe eingeschlossen und in die Kaste der Bäcker zurückgestuft. Er wird der Meister eines weiblichen Gesellen, aber es gefreut ihn nicht.

Was färbte Stanislaus' Leben schwefelgelb? Befand er sich nicht am Orte, in dem er geboren worden war, aus dessen Sanden sein Körper bestand und aus dessen Waldweben seine Sehnsüchte wuchsen?

Es war ein Brief vom Landratsamt in Winkelstadt eingetroffen. Die Abteilungsleiterin für Volksbildung wollte vom Bürgermeister Stangenbiel wissen, ob ihr Mann, Stanislaus Büdner, die Absicht hätte, sich von ihr scheiden zu lassen. Der Brief war von »parteilicher Sorge durchflutet«. Die Abteilungsleiterin wünschte zu erfahren, ob der Gemeindesekretär Büdner der Partei angehöre; wenn ja, müßte nachgeprüft werden, ob Büdner in seinem Fragebogen angegeben hätte, daß er der faschistischen SA nahegestanden und sich freiwillig zur WEHRMACHT gemeldet hätte.

Bürgermeister Stangenbiel beriet mit dem Parteisekretär der Ortsgruppe, einem alten, ergebenen Genossen, der leider auch seiner parteilosen Frau ergeben war. Der »geistige Kopf« der Ortsgruppe war Stangenbiel.

Möglich, daß die lieben Leser, die diesen Bericht voreingenommen lesen, dem Autor Willkür vorwerfen und behaupten, es wäre (schon damals!) in allen Dörfern der beste Genosse Parteisekretär gewesen. Das freilich, ist die Antwort, aber nur auf der Lokalseite der Kreiszeitung. In Waldwiesen war ein guter, doch nicht der beste Genosse Parteisekretär. Der Autor hat sich Waldwiesen nicht ausgesucht, um voreingenommene Leser, für die die Wirklichkeit ein unrealistisches Argument ist, zu ärgern, sondern weil sein Held in Waldwiesen geboren wurde.

Der Parteisekretär hieß Kleinpfennig, aber seine Frau wurde DER GROSCHEN genannt. Stangenbiel befragte Kleinpfennig unmodern und unwissenschaftlich, obwohl er ihn hätte konsultieren müssen.

Wir sind zeitarm, weil wir schwülstiger wurden, zum Beispiel: »Die bedarfsgerechte Konditoreiproduktion ist bereits jetzt in Halle und Umgebung handelswirksam.«

(Aus Stanislaus' Groschenheft Numero neunundzwanzig.)

Aber zurück, zurück zum Parteisekretär Kleinpfennig: Er las das Schreiben aus Winkelstadt und fragte den Bürgermeister: »Was meinst du dazu?«

Bürgermeister Stangenbiel meinte, man müßte die Kreisleitung befragen, und da meinte es Kleinpfennig auch.

Stangenbiel wollte ganz sichergehn und den Ersten Kreissekretär zu Rate ziehn, doch er erhielt die Auskunft, Reinhold befände sich zur Zeit auf einer Schule.

»Auf welcher Schule?«

»Es gilt, positiv zu verzeichnen, *daß* er auf Schule ist.«

Stangenbiel fragte den Vertreter des Vertreters, ob es vertretbar wäre, einen parteilosen Gemeindesekretär zu beschäf- tigen.

»Diese Frage ist nicht einfach zu entscheiden«, hieß es.

Sie kamen überein, Stanislaus zu beurlauben, aber nicht direkt. Stangenbiel sollte sich etwas einfallen lassen, im übrigen wollten sie die letzte Entscheidung einem überlassen, dessen Position gefestigt genug wäre – Reinhold Steil.

Am nächsten Tag saß Stangenbiel in der Bürgermeisterei vor einem leeren Bogen Papier, stöhnte und rieb sich die Schläfen.

»Sorgen?« fragte Stanislaus.

»Die Bäckerei, die Bäckerei!« seufzte Stangenbiel. »Das Brot, das Brot! Wasserstreifen in der Krume. Gestern hat ein Prokopfverbraucher einen faustgroßen Klumpen Salz in seiner Ration gefunden.« Wenns nicht soviel Sekretärsarbeit gäbe, Bürgermeister Stangenbiel würde Stanislaus bitten, den typhuskranken Gehilfen der Bäckerin Lindstedt zu vertreten.

Der Bürgermeister beobachtete Stanislaus' Gesicht. Es war keine Abneigung darin zu erkennen, weil Stanislaus an die Meisterin dachte.

Stangenbiel: »Wenn ich mir in die Hände spucke, müßte ich eine Weile ohne dich fertig werden. Die Frage ist, ob du Lust hättest, bei Frau Lindstedt auszuhelfen.«

Es gibt Genossen, Genossen, die von sich sagen, je mehr mich der Klassengegner anfeindet, ein desto besserer Genosse bin ich. (Obgleich nicht alle Menschen, die einen Genossen nicht mögen, Klassenfeinde sind!) Konnte man eine solche Haltung von Stanislaus erwarten? Was war er denn?

Im Hinblick auf seine letzte Arbeitsstelle am Niederrhein war er ein Proletarier. In Waldwiesen hatte er ein Dichtereibüro eröffnet und war weder dies noch das, ein Intellektualist. Als Gemeindesekretär war er ein Angestellter. Wie konnte man, nach den marxistischen Faustregeln, im Kopfe eines so grenzgängerischen Individuums auf Klarheit stoßen? Und wer wollte einem so undefinierbaren Subjekt verübeln, daß es sich bestimmen ließ, seinen Sekretärsposten, der ihm viel Ungemach eingetragen hatte, vorübergehend zu verlassen, um in eine heimelige Backstube zu kriechen? Dazu die Aussicht, abends mehr als eine Scheibe Brot essen zu dürfen! Außerdem glaubte Stanislaus, Stangenbiel mit dem Stellungswechsel einen Gefallen zu tun und der Gemeinde nützlich zu sein.

Gepriesen sei die Ehrlichkeit, wenn sie es wagt, in einem unehrlichen Spiel nach vorn zu kommen!

Als Stanislaus sich von Stangenbiel verabschiedete, bekam der es mit einem Weichteil seines Gewissens zu tun und beförderte sogar eine Träne in den rechten Augwinkel seines linken Auges. Er zeigte Stanislaus das Schreiben vom Landratsamt in

Winkelstadt und sagte: »Noch ist nichts verloren, wenn du alles ehrlich in deinen Fragebogen schreibst, bevor du in die Partei eintrittst!«

Stanislaus bekam Lust, nach Winkelstadt zu fahren, um seinem alten Freund Paule Ponderabilus von dem Brief seiner Tochter zu erzählen. Es wäre ihm eine Genugtuung gewesen, wenn Pöschel Lilian wie vor Jahren ein paar Ohrfeigen verabreicht hätte.

Seine Bäckerlaufbahn setzte der Dichterbursche nicht dort fort, wo er sie einst beendet hatte. Auch er buk in den ersten Tagen klitschiges Brot. Freilich tat es gut, einen sanften, weiblichen Gesellen neben sich zu haben, und Frau Lindstedt war nicht nur in der Backstube wendig, sondern las ihrem Meister Stanislaus auch sonst dies und das an den Augen ab. Sie duldete nicht, daß er seine Wäsche Mutter Lena zum Waschen hintrug, aß Margarine und gab ihm Kuhbutter und ließ ihm tiefe Blicke aus tabakbraunen Augen zukommen.

Trotzdem war Stanislaus über seine anfänglichen Mißerfolge in der Backkunst zerknirscht. Er mochte sich selber nicht mehr: Was war schon an diesem Stanislaus, der nie Glas fressen lernte und seinen Mitmenschen mit seiner Wortkunst kaum etwas geboten hatte; an diesem Manne, der nicht Chefnachfolger, nicht Proletarier wurde; an diesem Manne, der sich in seinem Heimatorte so unbeliebt gemacht hatte, daß ihn die Mitmenschen am liebsten auf den Scheiterhaufen werfen würden, was war an diesem Manne, der fliegen wollte und immer wieder auf die Nase fiel?

Als der rückläufige Bäcker einige Tage so abträglich von sich gedacht hatte, sah er aus wie ein Dorfsperling, den die Katze unter sich gehabt hatte.

Gegen Ende seiner ersten Bäckerwoche glückte ihm der erste Schuß Brot. Jedes Exemplar ein Muster zum Abbilden in der Bäckerzeitung. »Man darf nicht aufgeben, Herr Büdner! Ich läg schon unterm Rasen, wenn ich aufgegeben hätt, Herr Büdner. Man weiß nie, wozu man aufgespart ist, Herr Büdner. Vielleicht, um einem Menschen ein Trost zu sein?« sagte Lina Lindstedt.

Stanislaus wurde trotzdem nicht viel froher. Die Beschuldigungen in Lilians Brief quälten ihn. Konnte er Bürgermeister Stangenbiel glauben machen, daß ihn Lilians Vorliebe für Militärs verführt hatte, sich selber in dieser Laufbahn zu versuchen? Jetzt, nach dem Kriege, mußte sich das wie eine zurechtgedrechselte Entschuldigung anhören.

Er mußte mit Reinhold sprechen und ging eines Sonntags nach Kohlhalden. Reinhold war nicht da. »Es hat doch in der Zeitung gestanden«, sagte Elsbeth. »Reinhold wurde zur Schulung eingezogen, und wohin, das ist ein Geheimnis. Ich sage es nur dir.«

»Schluß!« sagte Reinholds Fahrer Willi. Man wußte nicht, ob es sich auf Elsbeths Redereien oder auf den Kloßteig bezog, den er anrührte. Er hantierte in der Küche der Steils wie der Hausherr.

Mit Elsbeth wollte Stanislaus nicht über Lilians Brief sprechen, deshalb machte er sich nach dem Mittagessen wieder auf den Heimweg. Die Zwillingsmädchen hakten ihren Großonkel ein und brachten ihn bis auf die Landstraße. Es lag ihnen daran, von anderen Mädchen mit einem Manne zusammen gesehen zu werden.

Stanislaus fiel ein, daß ihn vor Jahren seine Zwillingsnichten in ähnlicher Weise auf den Weg gebracht hatten. War das Leben wirklich ein Kreislauf, eine »ewige Wiederkehr«, wie der Friedrich mit der kleinkarierten Jacke in seinem Buche »Zarathustra« behauptete?

Büdner schleppte an Mißmut und Trauer. Es kostete ihn Mühe, einen Fuß vor den anderen zu setzen. An den Chausseebäumen hingen halbreife Äpfel. Die Stare flogen in Schwärmen über die Felder, und es roch schon nach welkendem Kartoffelkraut.

Laß das Weltgeschehen und steig an einer Stelle ein, die dir gefällt, dachte unser Bäckergeselle. Er setzte sich in den Straßengraben. Ein Eichelhäher krächzte, und ein Maulwurf warf frische Erde im Gras auf. Erd- und Grasduft erreichten den mißmutigen Wanderer, und mit eins sah er den Meisterfaun in einem weißen Leinenkittel unter einem Apfelbaum hocken.

»Auch du noch!« sagte Stanislaus und bebte keineswegs vor Wiedersehensfreude.

»Wir schieden das letzte Mal in gutem Einvernehmen, bitte ich zu bedenken!« sagte der Faun. »Du wolltest dich aufmachen und die Unvoreingenommenheit der Kindheit in dein Leben zurückholen.«

»Du lieber Himmel, das wollt ich, aber wie mir mitgespielt wurde! Eine Schwerarbeit, diesen Vorsatz auszuführen, und fraglich, ob es sich lohnt«, antwortete Stanislaus.

»Nirgendwo stehen Arbeit und Lohn in einem so gerechten Verhältnis zueinander wie in der Welt des Geistes«, sagte der Faun, der diesmal aussah wie Tagore in seinen mittleren Jahren.

»Nirgendwo gibts einen Neunmalklügeren als dich«, antwortete Stanislaus, doch er sagte es zu einer Grille, die soeben in ihrem Loch verschwand. Außerdem gabs einen kleinen Wirbelwind. Er riß Büdner den Künstlerhut vom Kopf, und der Bäcker sprang auf, rannte dem kullernden Hut nach und benahm sich wie ein König, dem die Krone heruntergeschlagen wurde.

Laßt uns einen Blick nach Dinsborn und auf einige seiner Bewohner tun: Rosa war in das Deutschland östlich der Elbe gereist, um Germanistik zu studieren. Sie blieb nicht lange; sie hatte darauf verzichtet, selber an ihrem Schicksal zu arbeiten. Es war beschlossen worden, daß sie über mehr Bescheid wissen sollte als über Germanistik. Sie studierte jetzt in der Sowjetunion.

Rosas Kind, Stanislaus' einziger Sohn auf Erden, lebte nicht weit von seinem Vater entfernt und schien zu gedeihen.

Bei der Weissblattschen Beton- und Zementwaren pp. ging es aufwärts, falls wir die Steigerung von Gewinst als ein Aufwärts gelten lassen wollen. Der Weißblatt-Betrieb wurde von den Wellen der Konjunktur angehoben. Der Prinzipal ließ Flugplatzpisten herstellen und war wieder ein Unternehmer mit »politischer Überaufgabe«. Um einen Nachfolger sorgte er sich nicht mehr. Er erwog, sein Unternehmen in eine Aktiengesellschaft zu verwandeln.

Alles ringsumher erneuerte sich schwungvoll. Es wurde entworfen, konstruiert und gebaut. Man stopfte die Landschaft voll neuer Zweckbauten und Industrien. Es mußte wieder etwas da sein, was im nächsten Krieg zerstört werden konnte.

Frau Friedesine Weißblatt verhielt sich nicht so herzlos zu ihrem Sohne wie ihr Herr Gemahl. Sie schickte ihm jede Woche ein Paket, und sie bekreuzigte sich bei jedem Brief, den sie ihm sandte, als schriebe sie an einen Verstorbenen, der sich in der Hölle aufhielt.

»Die Zeit vergeht, das Licht verbrennt, und das alte Weib stirbt immer noch nicht«, heißt es im Volke. Eine inhumane Redensart, denn jeder wird alt, und keiner will sterben. Also: Die Zeit scheint zu vergehen, die Weisheit nimmt ein paar Milligramm zu.

Der Spätherbst kommt, und die Blätter, die im Frühling aus den Zweigen der Bäume krochen, werden dürr und fallen zur Erde, werden wieder Erde und klettern in die Äste zurück. Und doch, Leute, wurde der Baum inzwischen ein anderer; die Winde bewirkten es, die von fernher kamen.

(Aus Stanislaus' Groschenheft Numero dreißig.)

61

Stanislaus wird vom Glück gelullt, soll dafür aber Alimente zahlen. Er wird von einem sanften Weibe aus seiner Schreibhöhle verwiesen, und ein kleiner Versucher versucht ihn in die Gefilde der Ehrsamkeit zu locken.

Der Winter war da. In der Bäckerei von Lina Lindstedt wurden bereits Weihnachtsstollen gebacken. Es gab Leute, die schon im Frühherbst an Weihnachten gedacht und die Weintrauben von den Südgiebeln ihrer Häuser zu Rosinen getrocknet hatten. Sie erhielten süße Weihnachtsstollen mit sauren Rosinen, doch sie verletzten die Tradition nicht.

Durch Stanislaus' Hände gingen Hunderte Stollen und Weihnachtskuchen. Er arbeitete Tag und Nacht und war so überanstrengt, daß keine Lust zum Schreiben in ihm war.

Ich habe schreiben wollen, ich habe nicht schreiben müssen, folgerte er.

Aber nach Weihnachten kamen gemächlichere Arbeitstage. Seine Schreiblust regte sich wieder. Es war gemütlich, abends in der Backstube zu sitzen. Er breitete eine Zeitung auf dem Beutendeckel aus, auf dem er tagsüber die Teigstücke bearbeitete, und holte das Tintenfaß vom Fensterbrett. Er war satt, selbst seine Nase war satt von nahrhaften Gerüchen, und er konnte in Hemdsärmeln schreiben. Ein Heimchen sang vor seinem Schlupfloch hinter der Teigpresse. Eine Schabe guckte von Zeit zu Zeit aus ihrem Ritz an der Backofenwand. Sie wußte nicht, daß sie hungern mußte, weil dort ein Mensch, der ein Schriftsteller werden wollte, ihr Revier mit störendem Licht beschoß.

Da es Stanislaus bisher nicht geglückt war, die Unvoreingenommenheit seiner Kindheit in seine Schreibereien hineinzuholen, wollte er wenigstens über die Bitterkeiten seines Lebens schreiben. Es wurden lauter Halbbitterkeiten, denn es war so mollig in der Backstube, und sein Zorn wurde eingelullt.

Manchmal wurde um Mitternacht leise an die Backstubentür geklopft. Die Gesellin Lina trat ein, brachte Meister Stanislaus Wurstbrote, echten Kaffee und auch ein bißchen sich selber. Meister Stanislaus hatte Verwendung für die Wurstbrote und den Kaffee, nicht aber für die Gesellin.

Kurz und gut, es war kein hartes Muß, das Stanislaus in den Bäckernächten hinter den Federhalter trieb. Es war eine Lust am Spiel mit Worten, Artistik. Er schrieb kleine Beobachtungen nieder, ondulierte schüttere Gedanken mit Wortschwall und Parenthesen auf und redete sich ein, es wären Fingerübungen, er müßte sich warm schreiben.

Inzwischen schrumpften die Ungerechtigkeiten, die er beschreiben wollte, beim Gesang des Heimchens und der Backofenwärme mehr und mehr zusammen.

Aber, aber, du kannst dich im Backofen verkriechen, um dort mit deiner Afterkunst allein zu sein; die Unbill des Lebens wird dich finden. Die Glücksaugenblicke, die du verkostetest, erzeugten bereits ein Vakuum, und das verlangt, mit Unbill ausgefüllt zu werden. Du mußt wieder heraus und mußt die Zähne blecken!

(Aus Stanislaus' Groschenheft Numero einunddreißig.)

Das schrieb Stanislaus nieder, als ihn ein zweites amtliches Schreiben aus Winkelstadt erreichte. Er wurde aufgefordert, Alimente für seine Kinder zu zahlen. Die Lebensinstanzen wollten die Großzügigkeit des Backstubendichters prüfen. Er hatte die Scheidung von Lilian aus den Augen verloren. Die Weihnachtsstollen der Dorfweiber hatten ihm den Ausblick versperrt. Nun sollte er dafür in die Tasche greifen. Es kam ihm nicht darauf an, für den Lebensunterhalt von zwei unmündigen Kindern zu sorgen; er hatte früher auch für Elsbeths Kinder mitgesorgt. Aber Lilian trieb es zu weit, wenn sie von ihm eine Nachzahlung von Alimenten für Jahre forderte.

Ach, und immer war Reinhold noch nicht da! Was konnte ihm Elsbeth sein, die mit sich zu tun hatte! Er brauchte Reinhold.

Schließlich ging er sich mit Bürgermeister Stangenbiel beraten.

»Die Alimente würdest du herausrücken, nur die Nachzahlung nicht?« fragte Stangenbiel.

»Bis ich geschieden bin«, antwortete Stanislaus.

Stangenbiel konnte nicht begreifen, weshalb sich Stanislaus scheiden lassen wollte. Er verfügte über eine fortschrittliche Frau, man müsse ihn beglückwünschen. »Eine Genossin zur Frau ist das halbe Parteileben!« Stangenbiel dachte wohl an seine Frau, die keine Genossin war. »Außerdem solltest du deine Kinder nicht vaterlos aufwachsen lassen«, empfahl er Stanislaus.

»Es sind nicht meine Kinder.«

»Aber du willst doch Alimente zahlen.«

»Nur, bis ich geschieden bin.«

»Aber weshalb willst du dich von einer Genossin scheiden lassen?«

Der Kreis schloß sich. Die Ratssitzung mit Stangenbiel war nutzlos. Nach den Ansichten des Bürgermeisters hätte Stanislaus nach Winkelstadt fahren und zu Lilian sagen müssen: Hier bin ich, künftige Genossin, laß uns ein Nest bauen und ein Kind haben, damit auch eines von unseren Kindern mich zum Zeuger hat!

Noch war der volle Preis für seine Glücksstunden in der Backstube nicht gezahlt: Die Gesellin Lina brachte ihm Kaffee und Brote. Sie wechselten jenen Blick miteinander, der zum Ritus des Kaffeereichens gehörte, aber diesmal blieb Lina stehen und zwang ihn, noch einmal von seiner Schreibarbeit aufzuschauen. Ihre tabakbraunen Augen waren feucht. Er glaubte etwas zu ahnen, doch er verahnte sich: Seine Gesellin mußte ihn leider bitten, nicht mehr in der Backstube zu sitzen und zu schreiben, auch nicht mehr auf dem Backofen zu übernachten, wie es geschehen war. Nicht daß Lina sich von seiner nächtlichen Anwesenheit gestört fühlte, aber es gab Leute, Kundschaft, Verwandte ihres früheren Mannes – sie schwatzten, klatschten und verdächtigten.

Stanislaus dachte an den Bruder Sypsimos im Kloster, der mit gebeugtem Nacken einherging. Er richtete seinen Blick nach innen und behauptete, der Mensch käme mit vorgefertigtem Schicksal auf die Welt; man hätte ihm einen Lebensfilm eingelegt, bevor er im sichtbaren Leben erschienen wäre – der Film müßte abrollen.

»Sie dürfen nun nicht davongehen, Herr Büdner, und tun, als hätten Sie mich und mein Geschäft nie gesehen. Wenn Sie mich auch nicht brauchen, ich brauche *Sie*, Herr Büdner.«

Stanislaus versuchte sich zu entschuldigen. »Es ist nun einmal so, daß ich Vergnügen am Schreiben habe, und daheim auf dem Vorwerk ist es kalt.«

Doch, doch, Lina konnte das verstehen, der eine Mann spielte Karten, ein anderer trank lieber, ein noch anderer schrieb am liebsten, ganz wahr. »Es soll aber auch Männer gegeben haben, die alles zur Seite warfen, weil ihnen eine Frau anfing zu gefallen, Herr Büdner.« Lina strich sich über die weiße Ladenschürze. »Freilich, Sie sind ein ehrenwerter Mann und irgendwo in der Welt noch mächtig, aber unglücklich verheiratet, wie man hört. Ich selber wäre da nicht empfindlich, Herr Büdner, aber die Kundschaft ist es. Was müssen wir uns denn was nachreden lassen, wenn nichts ist, Herr Büdner?«

Nun wußte Stanislaus wieder einmal, worüber er schreiben würde. Über einen Menschen natürlich, der vergeblich versuchte, sein Schicksal abzuschütteln. Es würde ein bitteres Buch werden, aber sein Leben war nicht süßer. »Liebste Lina«, sagte er deshalb, »das Trinken und das Kartenspielen würd ich mir deinerhalb abgewöhnen, aber das Schreiben nicht!«

Das war freilich traurig. Lina packte ihm eigenhändig Kohlen in einen Rucksack, und es tropften ein paar Tränen auf die Kohlen. »Ich werde trotzdem meinem Gott danken, wenn ich Sie morgen früh zur gewohnten Zeit hier in der Backstube wahrnehme«, sagte sie.

Stanislaus wanderte aufs Vorwerk zu. Es war still, nur wenn er über eine Pfütze sprang, klapperten die Kohlen in seinem Rucksack wie die Knochen eines Gespenstes. Er ging durch die Schonung. Der Himmel war bewölkt, kein Stern war zu sehen. Die Erde prahlte, das einzige Gestirn im Weltraum zu sein. Sie machte, daß Stanislaus über einen Feldstein stolperte, und ließ sich beim Gerassel der Kohlen von ihm küssen.

Als er sich erhob, hörte er es zitternd fragen: »Ists der Gottseibeiuns oder Stanislaus?«

Wer ahnt nicht, wer da rief? »Schon drei Tag hock ich hier im gräuslichen Wald und lauer auf dich«, sagte Katharina Hüberle.

»Wer hats dir befohlen?«

»Ich bin ängstlich geworden. Kein Mensch mehr, der mich heimgeleitet.«

»Wer seinen Beschützer lässet, soll mit Furcht gestrafet sein!«

Er hörte ihr Fahrrad umfallen, und gleich drauf war sie bei ihm, umhalste, drückte und schüttelte ihn, daß die Kohlen in seinem Rucksack rasselten. Alles sollte wieder so sein wie früher.

So war sie nun, naiv und grobgläubig, diese Katharina! Was sie wieder aufnahmen, waren alte Gewohnheiten. Es wurde nicht mehr so, wie es gewesen war: Stanislaus dachte zu oft an Lina Lindstedt und die warmen Backstuben-Schreibnächte, wenn er, mit Katharina am Arm, durch die kalten Mondnächte von einem Dorf in das andere zog. Er wünschte, sich mit dem Meisterfaun beraten zu können, aber der gab sich nicht mit so Wünschen ab, wie sie Stanislaus jetzt hegte. Der Bäckergeselle mußte sich mit dem Besuch eines kleinen Versuchers begnügen. Der Versucher zeigte ihm das nahrhaft-weiße Leben eines Bäckermeisters in Waldwiesen. Am Abend würde eine tabakäugige Frau aus dem Laden kommen, die Hände voll Großgeld und die Schürzentaschen voll Kleingeld: Unser Umsatz ist wieder gestiegen. Solltest du nicht die Meisterprüfung machen und einen Lehrling einstellen? Gefüllte Mehlsäcke würden ankommen, und der Bäckermeister würde sie leeren und ihren Inhalt verarbeiten. Die Menschheit hatte verlernt, das Mehl aus Säkken zu essen; sie wünschte es mit Wasser verrührt und halb verbrannt zu sich zu nehmen.

Von Zeit zu Zeit würde ein Reisender Kaufmann im Laden vorsprechen und Backessenzen und Butterkremfarben anbieten. Stanislaus würde mit ihm ein wenig über die Belange der Kunst reden. Der Reisende Kaufmann würde die Augen verständnislos aufreißen: Ein Bäckermeister in Kunstdingen beschlagen! Es hatte wohl wenig Sinn, es in der Kundenkartei zu vermerken.

Aber der Bäckermeister könnte dann und wann ein kleines Theaterstück für den Volkschor schreiben, vielleicht sich selber mit einer Hauptrolle darin bedenken. Nicht gerade ein geruhsames, aber ein ehrsames Leben! Nicht davon zu reden, in welch hoher Achtung er bei Mutter Lena, selbst bei Vater Gustav und anderen Dorfleuten stehen würde!

Als der Versucher ihn verließ, stand ihm der Schweiß auf der Stirn, obwohl es in seinem Dichtereibüro in der Kate kalt war.

62

Der parteilose Stanislaus erhält beim Brotwirken einen Parteiauftrag, seine Schwester nimmt ihn nicht ernster als einen Züchter von Grashüpfern, und er erhält den ersten seiner achtundsiebzig Fragebogen.

Das Leben mischte sich in die Belange unseres schwankenden Dichters: Wenn du mich nicht meisterst, meistere ich dich! Es schickte Reinhold nach Waldwiesen.

Also war der Lehrgang des Kreissekretärs zu Ende? Aber ja, denn der Mensch kann sich nicht unausgesetzt mit Theorie füllen, sonst verschwindet er in einem Himmel aus Papier und Worten, und das Leben rutscht ihm unter den Händen weg, ohne sich um irgendwelche Konzeptionen zu kümmern.

Reinhold war nicht in einem Walde bei Potsdam, sondern im »befreundeten Ausland« auf einer Schule gewesen.

Schade!

Wie?

Schade, daß er sich so wenig um Elsbeth und die Familie kümmern konnte! Aber jetzt war alles, wie es war:

Als er seiner Frau mitteilte, er würde Landessekretär werden, zog er seine Augenbrauen hoch und wartete auf ein Lächeln von Elsbeth, aber Elsbeth erschrak. »Ach, du lieber Gott!« sagte sie. »Da wirst du in einem langen schwarzen Auto fahren, und alles um dich herum wird einen Zentner vornehmer und zehn Nummern größer sein müssen. Nimmst du übrigens Willi mit?«

»Wie, was, Willi?« Er stünde dem neuen Kreissekretär in Kohlhalden zur Verfügung.

Elsbeth lächelte ein wenig, wurde sogleich wieder ernst und sagte: »Dir ist es gegeben, dich in hohe Ämter einzufinden, aber ich kann nicht die Frau eines hohen Tiers sein. Ich werd Dummheiten machen, mit dem Handwagen Stroh für meine Kaninchen holen oder bei euren langen Reden einschlafen, weil sie mich so langweilen wie früher die Kirchenpredigten.«

»Ein williger Mensch findet sich zurecht!« sagte Reinhold schroff, aber dann wurde er traurig. Elsbeth wurde vom Mitleid gepackt, und sie umarmte ihn. Küssen konnte dieses Fraustück, obwohl es doch schon bei Jahren war!

Der Fahrer Willi hatte Reinhold vom Flugplatz abgeholt. Es wäre bei ihm gewesen, seinen Genossen über das aufzuklären, was zwischen ihm und Elsbeth vorgefallen war, aber Elsbeth hatte es ihm verboten.

Reinhold und sein Fahrer Willi hatten eine Zeit zusammen im Konzentrationslager verbracht. Willi, der früher freikam, brachte ausführliche Nachrichten von Reinhold. Nach dem Kriege trafen sich die Freunde wieder. Willi war familienlos, aß sonntags bei den Steils, und alle Welt wußte, daß er und Elsbeth sich nicht haßten. Die Kinder und die Enkel nannten ihn Onkel. Und es war ja auch so: Willi konnte sich mehr um die Kinder kümmern als Reinhold, der sich um Tausende andere Menschen zu sorgen hatte.

Aber die Moral, oder wie man jene Tugend hinter den Wechseljahren nennt, hat viele Augen, Ohren und Münder. Zwei Tage nach seiner Rückkehr mußte sich Reinhold im Landessekretariat sagen lassen, daß in seiner Ehe »nicht alles in Ordnung« wäre.

Nun rächte sich, daß Willi seinem alten Freunde nicht gesagt hatte, was zu sagen war. Die Angelegenheit kehrte sich um, und Reinhold mußte mit Willi und Elsbeth sprechen. Er schlug Willi vor, sich eine eigene Frau anzuschaffen. Er sagte es ohne Spott, ohne Zorn, aber seine Stimme zitterte, als er es sagte.

»Es ist mir, wie du weißt, nicht gegeben, lange Zeit mannlos umherzulaufen«, sagte Elsbeth, als Reinhold sie zur Rede stellte. »Trotzdem hast du mich wieder allein gelassen. Was soll ich machen, wenn mich albernes Weib die Lust auf einen Mann überfällt wie ein Räuber?«

Reinhold wollte Elsbeth umarmen; er verzieh nicht das erstemal, aber Elsbeth sträubte sich. »Wir werden nicht verbleiben können, wie wir miteinander waren.«

Da wurde Reinhold blaß.

»Schuld bin ich in allen Stücken«, sagte Elsbeth, »obwohl mich Willi nicht gerade biß, als ich ihn das erstemal umarmte.«

Reinhold bat um Bedenkzeit. Er kam zu dem Trugschluß,

ohne Elsbeth nicht leben zu können. Sie wars, nach der er sich im Lager, auch jetzt auf der Schule gesehnt hatte. Reinhold, ein »politischer Mensch« und Dialektiker, hätte wissen können, daß kein Zustand ein Recht auf Ewigkeit hat, doch er war Elsbeths wegen bereit, sich selber zu betrügen. »Könntest du dich nicht entschließen, auf Elsbeth zu verzichten?« fragte er Willi.

»Es würde mir schwerfallen«, sagte Willi.

Reinhold wurde schwach. Er war nicht als rechtschaffender Funktionär, sondern als Mensch auf diese Erde gekommen, und er wußte, was es bedeutete, wenn er Elsbeth fragte: »Gehst du mit mir nach Friedrichsdamm, wenn ich Willi mitnehm?«

Die reinste Teufelei mit dieser Elsbeth! Beide Männer wollten sie nicht verlieren, obwohl sie eine so unklassische Schönheit war.

Und was hatte Stanislaus mit all dem zu tun? Reinhold suchte ihn auf der Bürgermeisterei, fand ihn dort nicht, und das lag an höheren Gewalten. Bürgermeister Stangenbiel traf keine Schuld am Verschwinden seines Sekretärs. Überirdische Mächte. Büdners Parteischicksal läge im dunkeln. Stangenbiel atmete auf, als Reinholds Auto weiterfuhr und vor dem Bäckerladen hielt.

Lina Lindstedt kam zu Stanislaus in die Backstube. Ihr wohlgewölbter Busen bewegte sich. »Eine hochgestellte Person im Laden, Herr Büdner.«

»Ich bin beim Brotwirken«, sagte Stanislaus.

Reinhold kam in die Backstube, setzte sich auf einen Schemel und war durchaus nicht der mächtige Mann, für den ihn einige Bewohner dieses Wandelsterns hielten. Wenn jemand hohlwangig vor Liebeskummer war, so war es unser Reinhold. Er berichtete nicht, wie es ihm auf der Schule ergangen war, sondern wie es ihm jetzt ging, und wartete auf einen Ratschlag seines Schwagers, aber dieser Schwager fühlte sich elend vor Ratlosigkeit.

»Ich verlange es nicht von dir als Schwager, sondern von dir als Genosse: Sprich mit Elsbeth; du bist ihr Lieblingsbruder!« sagte Reinhold.

Stanislaus rollte ein Teigstück zur Kugel und formte eine

Teigwalze daraus, die schon einem Brot ähnelte. Er warf die Walze in eine mit Holzmehl ausgestreute Buchenholzform und sagte endlich: »Mit Elsbeth red ich, aber dein Genosse bin ich nicht.«

Reinhold sprang auf und ging mit weißem Hosenhintern in der Backstube auf und ab. Konnte ihn Stanislaus mit seinen bemehlten Händen abklopfen und dieses antiautoritäre Bild löschen?

Fragen und Gegenfragen. Wir wissen, weshalb Stanislaus noch kein Genosse seines Schwagers Reinhold war.

»Das sind doch Kleingeister, alles Kleingeister«, sagte Reinhold. »Sie nehmen für bar, was dieses bösartige Weib ihnen schrieb, nur weil sie eine Genossin ist!«

Es tat Stanislaus ein wenig wohl, Lilian aus Reinholds Munde ein »bösartiges Weib« genannt zu hören.

»Andererseits«, sagte Reinhold, »weshalb schriebst du nicht in deinen Fragebogen, daß du dich freiwillig zur Wehrmacht meldetest?«

Stanislaus hatte nie einen Fragebogen in der Hand gehabt. Er befand sich noch im Zustande der Unschuld.

Das änderte die Sachlage und entkräftete Reinholds Vorwurf. Das Brot war aufgewirkt. Jetzt mußte es gären. Stanislaus wusch sich die Hände und säuberte seinen Schwager endlich vom Mehlstaub.

»Demnächst werden wir Genossen sein«, sagte Reinhold.

»Der deine möcht ich schon sein, aber nicht der von Lilian.«

»Wenn mehr Lilians als Reinholds in der Partei wären, würde auch ich dir nicht raten einzutreten«, sagte Reinhold.

Stanislaus schämte sich seiner Bedenken trotzdem nicht. Drei Jahre später würde er aus falsch ausgelegter Parteidisziplin einem Landessekretär nicht mehr widersprechen. Jetzt aber wagte er noch zu sagen: »Ich kann nicht begreifen, daß du Elsbeth mit einem anderen Manne teilen willst. Ist das im Sinne deiner Partei?«

Reinhold überlegte lange und sagte: »Du hast nie heftig geliebt!«

»Wie ich geliebt, befrag die Sterne!« Ein altes Dorfmädchenlied. Wußten diese Dorfmädchen und ihre Mütter schon, was wir uns wissenschaftlich zu beweisen mühen? Ich denk nur an die unumstrittene Wirkung der Sonnenflecke auf unser Leben; an anderes Umstrittene wage ich nicht zu denken.

(Aus Stanislaus' Groschenheft Numero zweiunddreißig.)

Nachdem Katharina Hüberle längere Zeit ohne Stanislaus verbracht hatte, wurde sie überanhänglich. Jetzt war ihr gleich, ob der Bäckergeselle von seiner Frau geschieden war oder nicht, und nun wollte sie am Sonntag auch mit ihm nach Kohlhalden. Katharina konnte so hellblau bitten, es wäre ein so paßrechter Tag, sie hätte frei, sie wäre so lange nicht in der Stadt gewesen.

Die Familie Steil war vollzählig daheim: Reinhold, Elsbeth, Willi, die Zwillingsenkel und Elsbeths französischer Junge. Die Kinder wollten von Stanislaus das Leuchten des Ägäischen Meeres erklärt haben. Elsbeth freute sich über Katharina, rief sie sogleich beim Vornamen und nannte sie Schwägerin. Die Zwillingsmädchen behandelten Katharina wie eine Tante, jedenfalls war die Gemeindeschwester flugs in die Steil-Familie aufgenommen, und auch Katharina fühlte sich wohl und freute sich über Stanislaus' sympathische Verwandte.

Es ging so lustig her, daß selbst Reinhold und Willi nicht wie vom Leben Beleidigte dasaßen.

Nach dem Mittagessen wünschte Stanislaus mit Elsbeth spazierenzugehen, allein aber! Elsbeth war sogleich bereit, weil sie glaubte, Stanislaus wollte mit ihr über seine Hochzeit reden.

Sie gingen, und als ihr Stanislaus alles gesagt hatte, was er zu sagen sich vorgenommen hatte, sah ihn Elsbeth an wie früher, wenn er ihr von seiner Grashüpferzucht erzählte. »Noch mehr, du kleine Apfelmade?« Alles in allem: Reinhold wäre ein Mann, den man nicht genug lieben könne, sie wäre seiner eben nicht wert. »Weiß ich, von wem ichs hab, daß ichs nicht aushalt, wenn ein Mann einschläft, sobald er ins Bett kommt?«

Aus! Darauf wußte Stanislaus nicht zu antworten. Er war doch kein Agitator. Elsbeth war übrigens mit sich und allen Dingen im reinen: Sie würde Reinhold die Wäsche waschen und alle Wochen nach Friedrichsdamm fahren, um ihm dort die Junggesellenwohnung zu putzen. »Wann ist übrigens deine Hochzeit?«

Hier endete Stanislaus' Unterredung mit seiner Schwester Elsbeth, sein erster Parteiauftrag.

Reinhold lauerte daheim auf die Rückkehr der Frau und des Schwagers. Er saß bei der Familie, hatte eine Mappe auf den Knien liegen und las Rundschreiben. Er versuchte Sinn aus umständlich geschriebenen Schachtelsätzen zu keltern. Die Kinder lärmten. Sie spielten mit Willi und Katharina Hüberle »Mensch, ärgere dich nicht!«. Der Spiellärm forderte von Reinhold doppelte Konzentrationskraft. Er hätte in sein Arbeitszimmer gehen können, aber er wollte Funktionär, guter Familienvater und aufmerksam gegen den Besuch zugleich sein.

Katharina sah den leidenden Reinhold und sagte: »Bissel mehr ruhig dürfet ihr schon sein, wenn sich der Herr Steil aufs Physikum vorbereitet.« So war sie, diese Katharina, eine Krankenschwester von der Haube bis zu den Sandalen, und wenn jemand angestrengt las, so hieß das für sie: Einer bereitet sich aufs Physikum vor.

Die Kinder beachteten Katharinas Ermahnung nicht. Sie zankten sich und schimpften. Katharina sprang auf. »Ich mag nimmer! Das ist ja a Judenschul hier!«

Reinhold zuckte. »Ich muß schon bitten, Fräulein!«

»Na, man sagt doch halt so!«

Reinhold seufzte. »Aber darfs ein denkender Mensch nachplappern?«

»Freili, freili!« Bei Katharina hatte recht, wer sie belehrte. »Man kommt sowenig in die Welt, wissen S'.« Im übrigen bat sie Reinhold, sie nicht »alleweil Frollein« zu nennen, »wo ich bald Ihr Schwagerin werd, gell?«.

Reinhold gefiel das neutrale Vorfrühlingsblau von Katharinas Augen. Diese ganze Krankenschwester war ein gesammelter Aufruf an die Mannswelt, sich zu ihrem Beschützer aufzuschwingen. Reinhold nahm Katharina mit in sein Arbeitszimmer. Möglich, daß er sich sogar vor Willi ein wenig aufspielen wollte.

Katharina setzte sich in einen rotbraunen Sessel beim Rauchtischchen und sah sich illustrierte Zeitungen an. Reinhold versuchte, sich wieder in die stocksteifen Texte seiner Rundschreiben zu vertiefen.

Elsbeth und Stanislaus kamen zurück. Der deutsche Sonntags-Nachmittags-Kaffee wurde zelebriert. Der Kuchen duftete nach künstlichen Essenzen. Ein ungewöhnlicher Sonntagskaffee: Es war so still wie nie sonst im Steilschen Hause. Hatten Elsbeth und Stanislaus die Nachdenklichkeit ins Haus getragen, oder hatte eine unerkennbare Macht beschlossen, daß die Familie, wie sie da zusammensaß, zu existieren aufhören sollte? Es war wohl nicht nur Stanislaus, der etwas von diesem GEHEIMBESCHLUSS spürte.

Nach dem Kaffee zogen sich Reinhold und Stanislaus zurück.

»Was erreicht?« fragte Reinhold begierig.

»Nichts zu machen«, sagte Stanislaus.

Reinhold hielt eine Weile seine Hände vors Gesicht. Hernach schien ein anderer Mensch hinter den Händen hervorzukommen. Er zog aus einem Schreibtischfach eine Lage bedruckten Papiers: Stanislaus' Fragebogen für die Parteiaufnahme.

Stanislaus konnte Reinhold nicht enttäuschen; genug, wenn seine Schwester Elsbeth ihn enttäuscht hatte.

63

Stanislaus erfährt von Gustav, daß in seinem Roman zuwenig Regenbögen auftreten, erkennt die Zweckmäßigkeit des Buddhismus und weigert sich, ein Widerstandskämpfer gewesen zu sein.

In Stanislaus' Roman (der wievielte Versuch war es eigentlich?) hieß der Held jetzt Stacho Heiter, und der hatte sich vorgenommen (wie konnte es anders sein!), ein Aufschreiber und Büchermacher zu werden. Den Auftrag für sein Unternehmen erhielt er von der Schmetterlingskönigin, als er noch ein Kind war. Stacho erlernte einen Beruf, um sich ernähren zu können, aber damit wurde ihm ein Schicksal angefertigt. Trotzdem vergaß der Held den Auftrag der Schmetterlingskönigin nicht und versuchte, versuchte ein Buch zu schreiben, doch das Schicksal, dieses Weib mit Goldzähnen, zog ihn immer wieder in eine andere Lebensrichtung.

Wir sehen, Stanislaus ließ die Weisheiten des Meisterfauns nicht unberücksichtigt, aber dann beschäftigten ihn die Ereignisse im Hause Steil. Sie ließen sich nicht mit kindlicher Unvoreingenommenheit betrachten. Er fühlte sich verpflichtet, das Schicksal seines Schwagers Reinhold in sein Buch einzuarbeiten. Aber wie sollten all diese Vertracktheiten zu einem guten Ende geführt werden? Wer würde ein Buch lesen wollen, in dem das Schicksal siegte?

Die Erde, das gute Tier, machte ihre alljährliche Bewegung zum Frühling hin. Trotzdem war es noch kalt. Einige Herren, die Frühlingsnormen für die Erde ausgearbeitet hatten, sagten empört: »Was erlaubt sich diese wissenschaftlich ungebildete Kugel!«

Stanislaus schleppte abends wieder und wieder seinen Rucksack voll Kohlen auf das Vorwerk.

»Es tut mir leid«, seufzte Lina Lindstedt, »aber wenn es schon nicht anders zwischen uns sein kann, Herr Büdner!«

Stanislaus erzählte Gustav, der getreulich die Dichtereiwerkstatt heizte, was zwischen Elsbeth und Reinhold geschehen war. Der Vater kraulte sich den grauhaarigen Hinterkopf. »Wo Elsbeth das nur her hat? Mutter Lena war nicht so, auch ich war nicht eifrig wie ein Hofhahn; es muß die Gleichberechtigung der Frauen sein!«

Beim Heizen des Dichtereibüros tat der neugierige Gustav ab und zu drei bis fünf Blicke in Stanislaus' Romanmanuskript. »Alles, was recht ist, aber du wirfst deinem Stacho einen Knüppel nach dem anderen zwischen die Beine! Auch ich habs nicht leicht gehabt im Leben, aber es gab immer einmal Sonnentage, auch einen Regenbogen ab und zu.«

Und Mutter Lena, lebte sie noch? Doch, doch, aber sie versagte sichs, an den Sorgen der Familienmitglieder Anteil zu nehmen. Sie durfte sich nicht mit fremden Schicksalen vermischen, um ihr Leben nach buddhistischen Geboten leidfrei zu halten.

Stanislaus beobachtete die Mutter unausgesetzt. War wirklich eine Tür in ihr zugeschlagen und hatte die Kindsliebe weggesperrt? Wenn Stanislaus mit dem Vater über Familienangelegenheiten sprach, verließ die Mutter die Küche. Stanislaus vermutete, daß sie hinter der Tür mit den Ohren spielte, um die Familienneuigkeiten doch zu erfahren. Sie war Vegetarierin geworden, aber Stanislaus fürchtete, nur um den Männern ihre Fleischration drauflegen zu können. Wenn sie meditierte, in der Schlafkammer blieb und die Männer den Abendbrottisch dekken ließ, dann, weil es ihr peinlich war, so karge Mahlzeiten auftischen zu müssen. Wenn Vater Gustav sie an den Abendbrottisch holen wollte, sagte sie gehoben buddhistisch: »Wozu diesen Leib mit Speisen bei Lust und Leben erhalten?«

Aber weshalb gab die Mutter der Ziege eine Maulschelle, wenn die ihr beim Melken den Milchtopf aus der Hand schlug? Es mußte ihr doch recht sein, wenn der weiße Ziegensaft in den Mist sickerte, statt durch Stanislaus und Gustav hindurchzugehen und Lebenslust in diesen Kerlen zu erwecken.

Das Leben ging jetzt »Volldampf voraus« auf Stanislaus los. Die erste Sache: Er wurde in die Partei aufgenommen. Die Erde erbebte nicht, als das geschah, und es zog auch kein Stern mit langem Schweif über den Himmel; er wurde mündlich zu einer Versammlung der Ortsgruppe eingeladen.

Parteisekretär Kleinpfennig las einige Mitteilungen von einem Zettel ab: »Jeder Genosse ein Kämpfer für den Frieden!« Was hinwiederum nicht bedeuten sollte, daß sie im Dorfe mit jedem Frieden schließen könnten, denn es gäbe Quertreiber, Klassenfeinde und Beauftragte der Klassenfeinde. Die Klassenfeinde gefährdeten den Weltfrieden. »Deshalb, Genossen, wer den Weltfrieden erhalten will, muß für den Kampf sein!«

Stanislaus erschien das unlogisch. Kleinpfennig bemerkte das Zweifeln des Parteinovizen. »Jawohl«, sagte er, »das ist die Dialektik, mit der du es fortan zu tun kriegen wirst! Diskussion jetzt!«

Die Genossen taten beschäftigt: Einer kratzte seine Tabakspfeife aus, ein anderer entdeckte einen losen Jackenknopf, einem dritten fiel die Mütze von der Stuhllehne. Arbeit und Bewegung, aber keine Diskussion. Schließlich sagte Kleinpfennig: »Ich dächte, der Genosse Stangenbiel müßte etwas dazu zu sagen haben!«

Der Bürgermeister griff nach der Tischplatte und zog sich an ihr hoch. So mochte er früher in der Schule aufgestanden sein, wenn der Lehrer ihn aufrief. »Es kommt hier und überall«, sagte er, »auf das Ideologische an.«

Kleinpfennig nickte.

»Mir scheint«, fuhr der Bürgermeister fort, »unser Parteisekretär hat das Ideologische gut herausgearbeitet.«

Gustav nickte.

»Die Landwirtschaft kann nur im Frieden gedeihen!«

Mehrere Genossen nickten.

Draußen hob sich der Vollmond aus dem Wald; völlig naiv und ohne den Verdacht, daß ihn in einigen Jahren Amerikaner bespringen, und ohne zu ahnen, daß demnächst Wettsuchen auf seiner Oberfläche veranstaltet würden.

Nachdem der Bürgermeister das Ideologische hinter sich gebracht hatte, sprach er über jene Bauern von Waldwiesen, die ihre Produkte zurückhielten und dem Staate nicht gaben, was des Staates war. Damit war der Mangel an Diskussionsstoff behoben.

Zuletzt meldete sich die Genossin Lotte Wohlgemut zu Wort. Sie war Putzfrau für den Konsum, für die Bürgermeisterei, säuberte sonnabends die Wege vor den Gemeindehäusern und verlangte, die Genossen sollten fördernd vorangehen, sich vor dem Betreten öffentlicher Gebäude die Füße abstreichen und die Arbeit einer Putzfrau mehr achten als bisher.

Nach der Diskussion wurde Stanislaus aufgefordert, seinen Lebenslauf zu erzählen. Na he, er hatte seinen Lebenslauf doch bereits niedergeschrieben! – Trotzdem, er sollte erzählen, es wäre so üblich.

Stanislaus stotterte vor Aufregung.

»Was stotterst du«, fragte Kleinpfennig, »hast du was zu verschweigen?«

Nein, nichts zu verschweigen, aber Stanislaus' Leben war

nicht ohne zu stottern dahingegangen; er mußte sich auf manches erst besinnen.

»Seinen Lebenslauf hat man herunterzuschnurren wie eine Maschinengewehrsalve!« sagte Kleinpfennig, aber da mischte sich Vater Gustav ein. »Du kannst freilich schnurren, weil du nie aus diesem Kuhpott Waldwiesen herauskamst. Was unseren Stanislaus betrifft, ich meine, den Genossen Büdner, so hat er die Welt hinter sich und wurde sogar am Niederrhein und an der holländischen Grenze gesehen; nicht davon zu reden, daß er in einem Kloster saß und mehr antifaschistische Vergangenheit hat als mancher.«

»Ich erkläre dich für befangen. Es handelt sich um deinen Sohn«, sagte Bürgermeister Stangenbiel.

»Heißt das nun, daß ich lüge?«

»Befangen ist befangen, hast dus nicht in der Zeitung gelesen, Gustav?«

Gustav schwieg. Er hatte die Zeitung wahrhaftig seit acht Tagen nicht gelesen. Es konnte sein, daß er das Wort »befangen« verpaßt hatte.

Bürgermeister Stangenbiel schien echt besorgt zu sein, Stanislaus könnte in seinem gestotterten Lebenslauf Wichtigkeiten vergessen, und atmete auf, als Büdner erwähnte, daß er sich freiwillig zu den Soldaten gemeldet hätte.

»Freiwillig? Warst du so aufs Sterben aus, oder warst du faschistisch angeseucht?« fragte der Maurerrentner Max Krüger. Sein Gesicht schien aus zerknittertem Leder angefertigt zu sein. Auch er hatte während der Faschisten-Herrschaft nicht gerade himmelhohe Heldentaten vollbracht, aber immerhin die rote Fahne der kommunistischen Ortsgruppe versteckt. Seine pfiffige Frau hatte sie über das Inlett ihres Bettes gezogen.

Krügers Frage brachte Stanislaus in Verlegenheit. Sollte er hier über seine verfahrene Liebe zu Lilian reden, von seiner Eifersucht auf die Unteroffiziere, die ihn zu den Soldaten getrieben hatte? »All das ist schwer zu erklären«, sagte er.

Aber da kam er bei Kleinpfennig nicht durch. »Deiner Partei sollst du mehr anvertrauen als Vater und Mutter, merk dir!«

»Du sollst nicht wie mit einer Zuchtrute auf einen jungen

Genossen losgehen!« sagte Waldarbeiter Strauch, der aussah, als hätte ihn ein erzgebirgischer Holzschnitzer angefertigt. Außerdem war Strauch die Abgeklärtheit jener Menschen eigen, die in der Waldesstille arbeiten. »Fürchte dich nicht, mein Sohn«, sagte er zu Stanislaus, »du hast es hier mit der Parteidisziplin zu tun. Man muß sich erst an sie gewöhnen. Ich habe mich noch immer nicht dran gewöhnt; außerdem wird sie bisweilen mißbraucht.«

Kleinpfennig hieb mit der Faust auf den Tisch.

»Dieses Argumentieren mit der Faust zum Beispiel ist ein Mißbrauch von Macht!« sagte Strauch.

Stanislaus wars peinlich, daß sich die Genossen seinetwegen stritten: Er erzählte, wie ihn die Eifersucht zu den Soldaten getrieben hätte.

Man zeigte mehr Verständnis, als er vermutet hatte. »Über die Liebe ist man leider nicht Herr«, sagte Waldarbeiter Strauch.

»Erst die Klassenverhältnisse klären, dann verlieben!« riet der Maurerrentner Krüger.

Lotte Wohlgemut meldete sich zu Wort. Sie war ein brettflaches Mädchen. Als Genossin war wenig an ihr auszusetzen, aber als Frau schienen die Männer sie nicht allzu hoch zu veranschlagen, hinwiederum schien auch sie in den Männern keine Übermenschen zu sehen, wäre sie sonst ungeheiratet geblieben? Lotte Wohlgemut bemängelte, Stanislaus, ein verheirateter Mann mit zwei Kindern, brächte die Krankenschwester Katharina in Verruf.

Stanislaus konnte sich nicht entschließen, mitzuteilen, daß die besagten Kinder nicht die seinen waren. Das Männchen regte sich in ihm, er wollte nicht als Hahnrei vor der Versammlung stehen. Er versicherte jedoch, er hätte seine Ehescheidung eingereicht.

Die Genossen gaben sich zufrieden, aber jetzt hielt Vater Gustav keine Ruhe. »Wenn ich auch befangen bin, wie es fortschrittlich heißt, so muß ich doch sagen, daß ihr darauf aus seid, unserem Stanislaus Schlechtes nachzusagen, und da er selber nicht mit dem Guten prahlt, was er zu einer Zeit tat, als wir alle nicht die größten Helden waren, muß ichs tun.«

Kleinpfennig fuchtelte abweisend, aber Gustav war nicht aufzuhalten. »Wenn unser Stanislaus freiwillig zu den Soldaten ging, so rückte er auch vorzeitig von ihnen ab. Das hat er hier nicht gesagt. Und daß er seine Schwester Elsbeth unterstützte, als ihr Mann Reinhold, mein Schwiegersohn, im Lager saß, könnt ihr nicht wissen, weil er es auch nicht sagte, dieser Dummkopf!«

Die Genossen, die mehr liturgisch als echt kritisch gewesen waren, sahen sich an, nur Stangenbiel blieb der Bürgermeister, der er war. »Ich hoffe, du hast auch dieses in deinem Fragebogen verankert«, sagte er zu Stanislaus, »ob antifaschistische, ob faschistische Vergangenheit, wer was verschweigt, vergeht sich.«

Die Angelegenheit belustigte Stanislaus: Wenn das, was sein Vater Gustav von ihm berichtet hatte, antifaschistische Taten waren, so sollten wohl auch seine Kämpfe mit einem gewissen Helmut in seiner Bäckerzeit und seine Beziehungen zu Gustav Gerngut antifaschistisch veranschlagt werden.

Na, da würde er zuletzt aussehen wie ein Widerstandskämpfer.

Stanislaus wurde in die Partei-Ortsgruppe Waldwiesen aufgenommen. Gleich hinter Punkt »Verschiedenes« der Versammlung durfte er seinen Einstand anfahren lassen. Er bestand aus siebzehn Flaschen Bier und einer Flasche Wodka. Alle Mitglieder stießen mit ihm an. »Prost, Genosse!« Auch Vater Gustav stieß mit ihm an. »Prost, Genosse!«

Gustav hatte eine glänzende Versammlung mit einer mutigen Stunde hinter sich. Er hatte sich vom verschüchterten sozialdemokratischen Halbgenossen zum kommunistischen Vollgenossen aufgeschwungen.

64

Stanislaus hilft einem weiblichen Schiff seinen Hafen finden, wird von Sitzungen besessen gemacht und läßt zum ersten Male Spiritistengeister aus sich reden.

Unsichtbare Ereignisse greifen ineinander, kaum ein Mensch gewahrt sie, bis sie als Zufall oder Umschlag sichtbar werden.

Gleichermaßen greifen sichtbare Ereignisse ineinander. Wer will, kann sie beobachten, als wären sie eine Ringelnatter im Terrarium: Die Ringelnatter verschlingt einen Frosch und macht den Frosch zur Ringelnatter.

(Aus Stanislaus' Groschenheft Numero dreiunddreißig.)

Er sollte nicht mehr Bäckerarbeiter bei Lina Lindstedt sein. »Es ist eines Genossen unwürdig, einen Privatbetrieb zu unterstützen«, sagte Stangenbiel. Stanislaus sollte wieder Gemeindesekretär sein, sofort!

»Denkt an die Leute, die Brot essen!« sagte Stanislaus. »Hast du einen anderen Gesellen für Lina Lindstedt?«

Bürgermeister Stangenbiel bekam es mit dem künftigen Genossen Stanislaus zu tun.

Der »tiefere Grund« für Stangenbiels Übereile: Reinhold hatte geschrieben, Stanislaus sollte wieder auf dem Gemeindebüro arbeiten (eingesetzt werden, wie es kriegsmäßig hieß). Die Partei würde zu gegebener Zeit über Büdner verfügen. Stanislaus fands nicht gemütlich, daß über ihn verfügt werden sollte.

Büdners Weigerung, Lina Lindstedt zu verlassen, bevor ein Ersatzgeselle für ihn beschafft wäre, zwang Stangenbiel, »das Bäckereiproblem« für alle Zeiten zu lösen.

Bei Lina Lindstedt zog ein neuer Geselle ein. Stanislaus sah nach, ob sein Ersatzmann so funktionierte, wie es sich Lina Lindstedt wünschte. Es war ein stiller Mann mit einer Halbglatze, der seine Familie im Kriege verloren hatte. Lina Lindstedt betrachtete Stanislaus nicht mehr so verlangend wie vor Wochen.

Er ging mit der Gewißheit: Das Schiff Lina würde seinen Hafen finden.

Stanislaus wurde wieder Gemeindesekretär, und weil er nun ein Genosse war, spuckte seine Schwägerin, Bertchen KLAUMÜLLER, nicht mehr vor ihm aus; erst einige Schritte hinter ihm.

Stanislaus nahm wieder an den »Razzien« auf Milchschuldner

teil, und je mehr Rinder ein Bauer im Stalle hatte, desto eifriger haßte er den Gemeindesekretär, diesen hergelaufenen Zeitungsschreiber.

Er geriet in ein Gewimmel von Sitzungen, die nicht mehr ohne ihn abgehalten werden konnten. Wenn er hie und da eine zu schwänzen versuchte, wurde er von Stangenbiel »ideologischer Unterschätzungen« bezichtigt.

Es wuchs eine Blume am Rande des Wiesenweges; ihre Blätter lagen platt; sie wurde von niemand benötigt. Trotzdem trieb sie ihre Blüten, und nicht nur im Frühling, nein, zu allen Jahreszeiten, sogar im Winter unter dem Schnee.

Es ging ein Mädchen den Wiesenweg entlang, pflückte sich zwei Fingervoll der kurzstieligen Blüten und fragte: »Wie kommt ihr hierher?« Dabei blieb es.

Das Mädchen wuchs heran. Es ging in die Städte, und es kam eine Zeit, da sich die Studentin ihrer Kindheit erinnerte. »Nein, diese schlichten Blumen damals!«

Es ging eine Dichterin den Wiesenweg entlang. Sie nahm die unscheinbare Blume mit in eines ihrer Gedichte und machte sie der Welt sichtbar. Das wars wohl, was die Blume beabsichtigt hatte, als sie so tapfer und jedes Jahr eine Winzigkeit anders am Wiesenweg blühte, die Blume, auf der sonst alle herumtrampelten, die Kühe und die Gänse.

(Aus Stanislaus' Groschenheft Numero dreiunddreißig.)

Er wurde auf die Kreisparteischule delegiert. Das geschah wieder in einer Versammlung der Ortsgruppe unter »Verschiedenes«. Niemand wurde mehr nach da und dort geschickt – er wurde delegiert. In Waldwiesen tauchten neben Neubauern Neuworte auf: Man redete nicht mehr miteinander, man »diskutierte«; man befragte sich nicht mehr, man »konsultierte« einander.

Über Stanislaus' Parteischulbesuch wurde wenig geredet; er war »von oben« empfohlen. Lotte Wohlgemut ermahnte den Genossen Büdner, auf dem vierzehntägigen Lehrgang »nicht neue Liebeskramereien« anzufangen. Schande genug, daß er noch mit der Krankenschwester Katharina Hüberle umherzöge.

»Was ist mit deiner Ehescheidung, hä?«

»Das Scheidungsgericht arbeitet zu langsam.«

Lotte Wohlgemut war nicht zufrieden. »Du kritisierst andere, statt selbstkritisch Stellung zu nehmen!« (Auch das war ein neuer Begriff für Waldwiesen!)

Woher sollte Stanislaus eine Selbstkritik nehmen und nicht stehlen? Bürgermeister Stangenbiel half ihm. »Du hättest der Ortsgruppe einen Zwischenbericht geben sollen!«

Stanislaus überlegte.

»Na, mach schon!« sagte Stangenbiel.

»Ich stelle selbstkritisch fest, daß ich der Ortsgruppe hätte...« Stanislaus brach ab. War er jetzt auf dem Wege, ein Spiritist zu werden? Rosa fiel ihm ein. Vielleicht lohnte es sich um ihretwillen.

Die Sonne beschien die Erde. Zwei Moleküle trennten sich. Eines mischte sich unter die Düfte, stieg auf und verflüchtigte sich, anscheinend nutzlos; ein anderes mischte sich in die Säfte einer Pflanze, anscheinend nutzvoll. Was auch immer – beide Moleküle gingen neue Verbindungen ein.

(Aus Stanislaus' Groschenheft Numero dreiunddreißig.)

Die Steils trennten sich. Elsbeth blieb mit den Kindern in Kohlhalden. Reinhold bezog eine möblierte Wohnung in Friedrichsdamm. Die Trennung fiel ihm schwer. Er erwog, Willi per Parteiauftrag als Fahrer mitzunehmen, um ihm das Familienleben mit Elsbeth zu erschweren. Das Rachegelüst hielt nur einen Tag an. Reinhold dachte an die gemeinsame Lagerzeit. Er schämte sich. Es war ja wohl so: Für Elsbeth mußte er mit seiner ewigen Übermüdung nur ein Stück Mannsklotz gewesen sein. Seine Müdigkeit war freilich eine Folge der Forderungen, die an ihn gestellt wurden, trotzdem hielt er den Zerfall seiner Ehe für sein Verschulden.

Stanislaus rüstete zu einer Sonntagsfahrt nach Friedrichsdamm. Reinhold hatte ihn um einen Besuch gebeten. Der künftige Kreisparteischüler machte seine Zurüstungen heimlich.

»Da kennst mich schlecht, ich bin a Ahnfrau«, sagte Katharina. Sie hatte merkwürdigerweise wieder keine Kranken zu versorgen. Fingen die Kranken an, sich nach den Bedürfnissen der Gemeindeschwester zu richten?

Katharina war nicht einverstanden, daß Stanislaus auf die Parteischule gehen sollte. Sie hielts für ein Gotteswunder, daß er diese Scylla oder Charybdis Lina Lindstedt unversehrt passiert hatte. Nun sollte er Katharina nicht mehr aus den Augen!

Elsbeth hatte Wort gehalten und putzte Reinholds Wohnung zweimal wöchentlich. Konnte mans dem Landessekretär verdenken, daß er nicht eilig auf eine Putzfrau aus war, wenn ihm die Unordnung seiner Wohnung ein Wiedersehen mit Elsbeth verschaffte? Freilich wars oft nur der Husch eines Wiedersehens. Einen Landessekretär, der sich tagsüber in seiner Wohnung aufhält, gibt es nur in Märchen, und so sah auch Reinhold in der Regel nur die Spuren von Elsbeths Wirken, aber immerhin...

Die letzte Woche war Elsbeth ausgeblieben. Es sah nicht feiertäglich in Reinholds Wohnung aus, als Stanislaus und Katharina auf Besuch kamen. Reinhold stammelte Entschuldigungen. Völlig unnötig! Katharina Hüberle war ein Wesen, das zum Helfen auf der Erde erschienen war. Sie begann zu putzen und scheuchte die Männer von einer Stube in die andere. »Eine Bitte hätt ich halt, Herr Landessekretar«, sagte die Krankenschwester zwischendrein. Reinhold zog belustigt die Brauen hoch und beugte sich zur Entgegennahme der Bitte zu Katharina herunter.

»Schreiben Sie den Lackel von Stanislaus parteischuldienstuntauglich!«

Das war ernst gemeint, aber Reinhold hielt es für einen Scherz. Nein, die Partei hätte Besonderes mit Stanislaus vor. Ob es wirklich die ganze Partei war oder nur Reinhold, ließ sich später nicht mehr ermitteln.

Katharina gab nicht auf. »Könnt ich nicht mit auf dere Parteischuln?«

Ja war sie denn Genossin, diese Katharina?

Nein, aber was nicht war, konnte ja werden!

Eine merkwürdige Konstellation. Katharina begann Reinhold zu interessieren. Der MENSCHENFISCHER wurde in ihm wach. Er war nicht abgeneigt, auch für die Partei den Bibelsatz gelten zu lassen: »Wo aber du hingehst, da will auch ich hingehn.« Er schlug Katharina vor, ihre Absicht dem Ortsgruppensekretär Kleinpfennig in Waldwiesen bekanntzugeben.

Katharina wollte wissen, obs auf der Kreisparteischule Besuchszeiten gäbe wie im Krankenhaus. »Besuche nicht ausgeschlossen«, sagte Reinhold, »besonders wenn man eine Genossin ist.«

»Als ob man krank sein müßt, um jemand im Krankenhaus zu besuchen!« sagte Katharina, und da lachte Stanislaus, lachte auch Reinhold, sie lachten alle drei und tranken einen Schnaps mitsammen. Sie tranken zwei Schnäpse, drei Schnäpse, und Reinhold verlangte, mit Katharina Brüderschaft zu trinken, echte Brüderschaft mit einem Kuß.

Stanislaus hatte nichts dagegen, und Katharina war nicht abgeneigt. Das Leben nahm seinen Lauf. Weshalb Reinhold aber Stanislaus nach Friedrichsdamm gerufen hatte, erfuhr Katharina nicht. Auch wir erfahren es vorläufig nicht.

65

Der Parteischüler Stanislaus belehrt eine Krankenschwester über Zigeuner, wird von seinem einstigen Eheweibe aufs neue verleumdet, trifft eine Totgeglaubte und wird »Referendar«.

Der Mensch will endlich etwas über den Zweck seines Erdenlebens wissen. Wenn er gut beobachtet, kriegt er allerhand drüber raus. Manchmal trägt er dabei Pilze in den Wald oder entdeckt mühselig die Nähmaschine zum zweiten Male. Weshalb nicht die Erkenntnisse der Altvorderen nutzen? Sie werden einem auf Schulen vermittelt. Leider wird der Sinn von Schulen allzuoft gefälscht, und man beschäftigt sich dort damit, den Menschen das Zutrauen zum eigenen Denken und Entdekken zu nehmen.

Die lieben Leser vermuten richtig: Eine Groschenheft-Eintragung des Kreisparteischülers Stanislaus Büdner. Parteischule heißt lernen, die menschliche Gesellschaft aus dem Blickwinkel der Besitzlosen zu betrachten und soziale Gerechtigkeit kämpfend herzustellen.

Der Parteischulleiter und seine Assistenten waren keine Sterne erster Leuchtgüte am Himmel der marxistischen Wissenschaft. Stanislaus hatte die Zeit bis zum Schulbeginn genutzt und eifrig Zeitungen, Zeitschriften, Broschüren, auch die Werke marxistischer Klassiker, die er sich von Reinhold lieh, gelesen. Manche dieser »Leihbücher« waren zerfleddert, weil sie in Faschisten- und Kriegszeiten versteckt gehalten worden waren. Man sah ihnen die Versteckplätze in Schornsteinen oder modrigen Kellerräumen an. Ihr Geruch erinnerte Stanislaus an die Zeit mit Gustav Gerngut.

Die Parteischule war in der Villa eines ehemaligen Braunkohlenaktionärs untergebracht. Der Kreisparteischulleiter war ein alter Genosse, der nach seiner Entlassung aus dem Konzentrationslager, Ende der dreißiger Jahre, illegal für den Kommunismus gearbeitet und sich, so gut es möglich war, mit Parteitheorie beschäftigt hatte. Er hinkte. Auch den Zeigefinger der rechten Hand hatten ihm die Arier von der Geheimen Staatspolizei gebrochen und ausgerenkt. Er mußte den Finger gereckt halten und gab unfreiwillig eine Lehrerkarikatur ab. Sein Familienname war König.

Genosse König genoß Autorität. Die Parteischüler respektierten ihn bis zur Ehrerbietigkeit. Es tat nichts, daß er Fremdworte falsch aussprach, Schperspektive oder Fakulität sagte. Wer unter uns, der sein Unwissen autodidaktisch besiegte, kennt derlei ausrottbare Gebrechen nicht?

Die Dozenten hatten ihr parteitheoretisches Wissen mühsam »zusammengeschöpft« und trugen es wie gefüllte Wasserkrüge auf dem Kopfe. Sie gaben becherweis davon ab und wurden sogleich unwillig, wenn jemand den Ausschank durch Fragen unterbrach. Es war ihnen am liebsten, wenn Fragen mit Sätzen beantwortet wurden, die in Büchern und Broschüren nachzulesen waren.

Keine Festtage für einen so unruhigen Geist wie Stanislaus. Er nahms hin, zählte die Tage, und die erste Woche ging herum.

Der Sonntag kam und mit ihm Katharina Hüberle, Stanislaus war der einzige Kreisparteischüler, der Besuch kriegte. Anlaß zu Spott. Stanislaus ertrug ihn. Wenn solcher Spott sich früher gegen Rosa gerichtet hätte, wäre er wütend geworden. Ein Beweis, daß Rosa ihm immer noch etwas war?

Stanislaus und Katharina spazierten durch den kleinen Industrieort. Sonne und sinkender Kohlenstaub. Anderwärts machte sich der Frühling heraus. Hierorts wurde die Erde aufgeschlitzt. Dem halb erkalteten Wandelstern wurden vorsintflutliche Produktionsergebnisse aus dem Leib operiert.

Katharina ergriff Stanislaus' Hand: Hänsel und Gretel. Sobald ihnen Leute entgegenkamen, entzog sich Stanislaus dem Märchenspiel. Da war er ja ein lieblicher Spießer! Nein, Rosas Hand hätte er nicht eine Sekunde ausgelassen.

Katharina plauderte flott und bayerisch. Es erschien sogar ein wenig Rot dort, wo bei Dorfmädchen die Wangen sitzen: Sie hatte ihren Fragebogen bereits ausgefüllt und abgegeben. »Glei werd ich einistampfen in' Partei!«

Es ist nicht verbürgt, daß Stanislaus unter seinen Künstlerhut fuhr und sich den Kopf kratzte.

Katharina erzählte, daß Stanislaus' Scheidung voranginge wie »der Teifi«. Reinhold hätte sich eingeschaltet und einen neuen Rechtsanwalt damit beauftragt.

War Katharina denn mit Reinhold zusammen gewesen?

Natürlich, sie wäre über Friedrichsdamm gefahren und hätte Reinhold die Wohnung in Ordnung gebracht. Sollte der Schwager wie ein Zigeuner hausen?

Stanislaus konnte Katharina beweisen, daß er auf der Parteischule bereits was gelernt hatte: »Auch Zigeuner sind Menschen.« Fort mit so abfälligem Geschwätz!

Gut, Katharina wollte das mit den Zigeunern in Zukunft

beachten. »Aber es hat wirkli geschert beim Reinhold hergeschaut wie bei den Botokuden!«

Die zweite Parteischulwoche wurde interessanter. Unter den Schülern war Wettbewerbsfieber ausgebrochen. Stanislaus wetteiferte mit einer Genossin, hübsch und hellblond bis zum Kinn, um den Primusposten. Sie war eine Lehrerin. Stanislaus wollte sich beweisen, daß seine autodidaktischen Studien und seine »zerlesenen Nächte« nicht umsonst gewesen waren. Wie naiv wird der Mensch zuweilen beim gemeinsamen Lernen! Stanislaus übersah, daß es sich bei der Lehrerin, mit der er zum Wettbewerb antrat, nicht um eine mit Seminar und Präparandenanstalt, sondern um eine Neulehrerin, also auch um eine Autodidaktin, handelte. Wenn dieses Lehrerweib nicht so »strebig« gewesen wäre, hätte er sich wahrhaftig in es verliebt, denn es erinnerte ihn an Rosa. Ach, Rosa, Rosa, Rosa – sie folgte ihm überallhin.

Die Parteischulzeit ging zu Ende. »Gehet hin und lehret alle Völker!« Auch die Parteischüler sollten das. Man feierte den Lehrgangsabschluß, nicht nur weil man festlüstern war. Es wurden für derlei Feste Sonder-Eß- und Trinkrationen bewilligt.

Man aß, man trank, man tanzte. Es wurden Freundschaften fürs Leben geschlossen, die nach einem halben Jahr vergessen wurden. Keiner der Schüler ahnte, wieviel Arbeit auf ihn zukam. Von jetzt ab würden sich nur noch die Phlegmatischen selber gehören.

Vater Gustav war stolz auf Stanislaus. »Wenn man in deinem Alter eine Schule besucht, so nennt man das Universität. Es wird mich nicht wundern, wenn du eines Tages zum Doktor geschlagen wirst.«.

Stanislaus mußte beim Abendbrot dies und das von sich geben, was er auf der Kreisparteischule gelernt hatte. »Man will ja auch nicht der Dümmste bleiben«, sagte Gustav, »wars nicht Lenin, der gesagt haben soll: Lernt, lernt, ihr Burschen, los, los!«

Mutter Lena interessierte Stanislaus' Neugelehrtheit nicht.

Sie verließ den Abendbrottisch und sagte schnippisch: »Nichts als Oberflächen und Auswendigkeiten.«

Stanislaus tauchte wieder in seiner Tätigkeit als Gemeindesekretär unter, schrieb Milchleistungslisten und Berichte für das Kreissekretariat und das Landratsamt. Die Berge abgelegter Abschriften wuchsen. Muffig riechender Staub drang aus ihnen, wenn man draufklopfte.

Stanislaus stritt sich mit den Bauern um die Anbaupläne, war für die einen ein böser, für die anderen ein guter Mensch. Bürgermeister Stangenbiel betrachtete ihn mißtrauisch. »Du wirst mit deinen Kenntnissen doch nicht in diesem Mistkoben Waldwiesen sitzenbleiben wollen?« Er bangte um seinen Bürgermeisterposten. Aber keine Bange: Stanislaus wußte, was er wußte und was er mit Reinhold abgesprochen hatte.

Lilian gab sich nicht so schnell geschieden, wie man gehofft hatte. Auch der von Reinhold bestallte Rechtsanwalt konnte die Scheidung nicht beschleunigen. Man zapfte Stanislaus Blut ab. Es stellte sich heraus, daß er nicht die gleiche Blutgruppe hatte wie seine Kinder. Sein Blut glich weder dem von Wachtmeister Dufte noch dem eines gewissen Majors, der jetzt Vertreter für Schmieröle in Westdeutschland war. Aber ließ ihn Lilian in Ruhe? Sie fragte wieder an, ob man Stanislaus' Beziehungen zur SA überprüft hätte.

O diese Lilian, die eine deutsche Mädchenführerin und ein Soldatenliebchen gewesen war, ließ jetzt Stanislaus' Zugehörigkeit zur SA überprüfen, die nicht länger als zwei Stunden gedauert hatte.

Die Ortsgruppe der Partei hielt Gericht über den Gemeindesekretär ab. »Was hast du dazu zu sagen?« fragte der Genosse Kleinpfennig. »Es ist übertrieben«, antwortete Stanislaus. Er bat nach Friedrichsdamm fahren zu dürfen, um sich mit Reinhold zu beraten.

»Reinhold ist Reinhold, und du bist nichts als sein Schwager«, sagte Bürgermeister Stangenbiel. Er sah eine »Gelegenheit heranreifen«, Stanislaus wieder aus dem Gemeindebüro zu schaffen.

»Du solltest dir immerhin denken können, daß uns Reinhold keinen SA-Mann in die Gruppe gesetzt hat«, gab Maurerrentner Krüger zu bedenken.

»Was Reinhold nicht weiß, macht Reinhold nicht heiß«, sagte Stangenbiel.

»Wer kann beweisen, daß du nicht bei den Braunen warst?« fragte Lotte Wohlgemut. »Leuten, die mit zwei bis drei Frauen umherziehen, muß man mißtrauen.«

Stanislaus schrieb an Papa Pöschel. Pöschel schrieb zurück, er könne nichts bekunden: er wisse, daß Stanislaus kein Verehrer Hitlers gewesen wäre, daß er, Pöschel, und Büdner manche Stunde mitsammen verbracht und über Gedichte und hohe Kunst gesprochen hätten, aber es hätte auch Abende gegeben, an denen sie nicht zusammen gewesen wären...

Stanislaus fiel die kleine Frau Gerngut ein. Vielleicht würde sie ihm in einem der Augenblicke, da sie nicht verworren war, bescheinigen, was er bescheinigt haben mußte. Er fuhr wieder nach Winkelstadt.

Unterwegs erschien ihm alles lächerlich. Hatte er sich in die Partei gedrängt? Wars nicht Bürgermeister Stangenbiel, der ihm als erster den Eintritt anempfahl? Sollten sie ihn hinaustun aus ihrer Partei, wenn sie nicht ihm, sondern einer boshaften Lilian glaubten. Einmal würde wohl sichtbar werden, ob er oder sie die Unwahrheit gesagt hatte.

Schmunzelt nicht, liebe Leser, wenn der Held so naiv dachte. Die Psychologie war damals eine vernachlässigte Wissenschaft.

Auf dem Wege zur Wohnung der Gernguts sah Stanislaus die hüstelnde Meisterin Dumpf auf einer Bank sitzen und stricken. »Cho, cho, der Stanislaus!«

Die junge Bäckerin, die Stanislaus was von einer erhängten Meisterin erzählte, hatte etwas verwechselt. Die erste Nachfolgerin der hüstelnden Bäckerin Dumpf war eine Umsiedlerin gewesen. Man hatte ihr die Zigarrenkiste voll vereinnahmter Brotmarken aus dem Laden estohlen. Grund genug, sich zu erhängen – damals.

Die Meisterin Dumpf freute sich an Stanislaus. »Mir ist, als ob mein Sohn auferstanden wäre!«

Stanislaus zögerte, die Meisterin um die Bescheinigung zu bitten, die er benötigte. Nein, lieber parteilos und zu den guten Menschen gehören als zur Partei der boshaften Lilian und des Preußen Stangenbiel. Aber dann fielen ihm Rosa, Leo Lupin, Reinhold und Otto Rolling ein, vor allem aber Rosa.

Aus der Bescheinigung seiner alten Meisterin ging hervor, daß sie mit eigenen Augen gesehen hätte, wie die SA Stanislaus zugerichtet hatte. Reinhold, der inzwischen von Katharina verständigt worden war, freute sich, daß sein Protektionskind mit »reiner Weste« zurückkam.

Stanislaus wurde wieder in das Parteigeschehen eingewoben. Jetzt mußte er nicht nur Versammlungen besuchen, sondern auch solche abhalten. Genossen aus Nachbarortsgruppen forderten ihn an. Es wurde nicht danach gefragt, ob er Referate und Reden halten konnte; er war auf der Kreisparteischule gewesen, er mußte es können.

»Wenn du nun Referate und Referaten hältst«, sagte Vater Gustav, »wirds wohl nicht zuviel verlangt sein, wenn sie dir eines Tages den Titel Referendar anhängen.«

Und was tat Stanislaus' Romanheld? Er lag in der Schublade. Sein Verfasser hatte wenig Gelegenheit, sich mit ihm zu beschäftigen. Zuweilen las er nachts, was er bisher geschrieben hatte, und staunte über sich selber. Wenn er das geschrieben hatte, so war er, als ers schrieb, ein begabterer Mensch gewesen als jetzt! Aber das war seine persönliche Ansicht, sein reaktionärer Individualismus. Seine Genossen hielten seine jetzige Arbeit jedenfalls für nützlicher, weil sie eine gesellschaftliche und damit eine höhere Tätigkeit war.

66

Stanislaus trinkt aus den Wissensquellen und versucht sich in der »Erstellung« eines Gedichtes, mit dem er aus dem Rahmen einer »kulturellen Umrahmung« fallen will.

Der Sommer verging, der Herbst kam, und es wurde Winter. Jede Jahreszeit forderte, daß sich die Waldarbeiter, die Glasbläser und die Bauern auf sie einstellten. Wer auf einer Schule saß, hatte es nicht so nötig, sich auf die wetterwendischen

Tage einzustellen. Außerdem würden die rückständigen Jahreszeiten demnächst abgeschafft werden; man hatte ja die Wissenschaft.

Saß Büdner schon wieder auf einer Schule? Hatte er noch immer nichts fürs Leben gelernt?

Doch, doch, aber fürs Parteileben nicht, deshalb saß er auf einer Landesparteischule.

Auf der Kreisparteischule *las* man Zeitungen, Zeitschriften und Broschüren, auf der Landesparteischule wurden sie studiert. Man trank aus den Quellen der Klassiker, und wer das Wort Empiriokritizismus bisher nicht kannte, lernte es kennen. Es war besser, aus den Wissensquellen als aus den Händen von Zitierern zu trinken.

Stanislaus drängte es von Kind an, »zu den Quellen vorzustoßen« und den Urgrund der Dinge zu erkunden. Weshalb begriff er erst jetzt, daß, wer Maschinenparks, Fabriken oder Ländereien besaß, von der Arbeit anderer lebte? Weshalb ging ihm jetzt erst auf, daß die Herrscher gewisser Völker andere Völker zu unterjochen und zu versklaven trachteten und Imperialisten waren? Weshalb hatte er nicht längst eingesehen, daß das Proletariat eine Vorhut benötigte, die sich Partei nannte?

Ja, werdet ihr sagen, liebe Leser der achtziger Jahre, Stanislaus hatte ohne Bewußtsein gelebt; die höchste Zeit, daß dieses geweckt wurde!

Eines war sicher: Stanislaus war jetzt ein geschiedener Mann, obwohl er nie verheiratet gewesen war. Er hatte Mühe, keinen Triumph in sich aufkommen zu lassen. Nun wollte er Lilian »parteitheoretisch« überholen; eine Frau wie sie würde den Anforderungen einer Landesparteischule niemals gewachsen sein!

Er irrte. Sie war es. Auf einer Landesparteischule wurden keine Zensuren verteilt. Ein Glück, daß das Leben nicht täuschbar ist wie eine Schulleitung zum Beispiel! Morgen wird das Heute historisch sein, und die nach uns kommen, werden über unsere Computer-Seligkeit lächeln: Ach, diese Altchen, sie glaubten wirklich, Kunstwerke maschinell herstellen zu können! Obwohl wir das ahnen, hören wir nicht auf zu glauben, daß wir eines Tages auf die primitiv-obszöne Zeugung von Menschen werden verzichten können, um »Schubkräfte« wie Sympathie, Zuneigung und Liebe einsparen zu können.

Der Verfasser gerät ins Schwärmen, wenn er über die glücklich-unkomplizierte Verfassung seines Helden auf der Landesparteischule schreibt. Stanislaus wurde von Tag zu Tag optimistischer: Die Zukunft sollte sich nur einstellen, er und seine Genossen würden sie schon meistern! Freilich gabs auch Tage, an denen er fürchtete, die blanke Theorie, die er sich auf der Schule, ungehindert von der Umwelt, einverleibte, könnte sich vor dem Weltgeschehen nicht so kraftstrotzend ausnehmen wie in den Seminaren.

»Wenn einer kommt, der ›Eckermanns Gespräche mit Goethe‹ gelesen hat und sagt: ›Gewisse Regeln in der Kunst sind so unumstößlich wie Naturgesetze‹, was antworte ich ihm?« fragte Stanislaus den Dozenten Anton Wacker.

»Typische Frage eines Aufweichers«, sagte Wacker. Wacker war ein Mann, an dem alles rund war wie an einem Igel, und seine Borstenfrisur verstärkte das Igelige an ihm, es war, als ginge er mit aufgestellten »ideologischen Stacheln« umher. »Ha, unumstößlich, laß einen solchen Kacker doch behaupten, was er will«, belehrte er Stanislaus, »die Hauptsache, du stimmst nicht zu, Genosse Büdner. Unumstößliche Naturgesetze? Wer davon redet, bei dem ist klassenmäßig etwas faul. ›Ich bin Berufsrevolutionär‹, würde ich einem solchen Heini sagen. Deine Frage fällt ins Fach unserer Jungs von der Literaturwissenschaft. Die werden das Buch vom Kollegen Eckermann schon gelesen und einer marxistischen Einschätzung unterzogen haben. Frag sie!«

Stille im Hörsaal. Offene Münder. Dagegen war wohl nichts einzuwenden, wie? Im Gegenteil, Stanislaus' Mitschüler Engelbert Habrecht, ein dürrer Glasmacher, Umsiedler aus Schreiberhau, wollte Wacker gefallen und sagte: »Eins mußt du dir merken, Stani, wo die Wirklichkeit nicht auf die Theorie passen tut, da wird se ock passend gemacht, und daderzu sind wir da!«

War auch dagegen nichts zu sagen? Die Schüler wagten es nicht. Anton Wacker hatte Habrecht zugenickt und hatte seine »ideologischen Borsten« aufgestellt.

Nicht alle Dozenten waren so unbegabt fürs Denken und solche Bilderstürmer wie Anton Wacker. Da war Friedrich Schlichting, ruhig und sachlich, ziemlich zerhackt im Gesicht von einem Arbeitsunfall im Karbidwerk, ein Genosse, der durch Schulen gegangen war, in denen mit dem Auswendiglernen von Tatsachen keinerlei Examen zu machen gewesen war. Die Konzentrationslagerhaft hatte ihn nicht verbittert, andererseits war er kein Utopist, der glaubte, die Menschen verwandeln sich ethisch und moralisch im Handumdrehen, wenn ein Staat von Arbeitern regiert wird. »Guter Wille – nicht zu verachten«, sagte er, »aber man wird uns nach den Ergebnissen unserer Arbeit beurteilen, nicht nach unseren Leistungen im Selbstbetrug.«

Beim Genossen Schlichting hörten die Parteischüler Historischen Materialismus. »Aus der Geschichte lernen, wie man es nicht machen soll, ist schwieriger, als wir wähnen«, sagte er. »Es ist schwer, die Macht zu erringen, schwer, sie zu halten, und schwer, sie nicht zu mißbrauchen!«

Leider hatte es Stanislaus mehr mit dem vorlauten Genossen Anton Wacker als mit dem zurückhaltenden Genossen Friedrich Schlichting zu tun. Wacker waren Stanislaus' komplizierte Fragen lästig. »Du bist eben ein bewußtseinsloses Element, Büdner«, sagte er.

Zerknirscht dachte Stanislaus über seine »Bewußtseinslosigkeit« nach. »Immerwährende Selbstkritik ist ein hervorragendes Glied in der Kette des Garants«, sagte Engelbert Habrecht.

Stanislaus kam sich so sündig vor wie früher in der Religionsstunde. »Allenthalben ist der Christenmensch von Sünden umlauert«, eiferte Lehrer Gerber und hatte Speichelschaum in den Mundecken. »Die Sünde sitzt mit dir zu Tisch, die Sünde liegt mit dir zu Bette, die Sünde geht mit dir in die Schule!«

Ach, wie sündig war sich Stanislaus damals vorgekommen, weil er in der Pause vor der Religionsstunde festgestellt hatte, daß Hannchen Pielau bereits eine nach außen gebogene Brust herumtrug. Was für eine babylonische Sünde! Welche hetärische Sudelei!

Auch die Landesparteischüler wurden von Sünden ideologischer und moralischer Art umlauert. Es entstanden geheime Liebschaften, unvermeidlich beim nahen Zusammenleben und Zusammenstreben. Auch der ehegeschiedene Genosse Büdner wurde von Sünden heimgesucht.

Da war Hannelore, eine zierliche Braune. Ihren Familiennamen verschweigen wir lieber. Hannelore mit den Leberflecken am weißen Hals, ein Braunkehlchen, ein Mädchen von jenem Typ, auf den Stanislaus trotz des Intermezzos mit der ganz andersgearteten Rosa immer noch reagierte. Er war erstaunt, daß gerade er von den flinken Augen der kleinen Teufelin für eine Liebelei ausersehen wurde.

Sie fuhren getrennt in den Wochenendurlaub und trafen sich in jener kleinen Stadt hinter den Wäldern, in der Kurt Tucholsky bereits in den zwanziger Jahren ein Liebespaar umheralbern ließ. Sie waren verrückt nacheinander, verbrachten einen Sonnabend und einen Sonntag auf Feldrainen, in Wäldern, in Kaffeestuben und Hotelzimmern. Alles Hexereien dieser Hannelore!

Die lieben Leser vermuten richtig, wenn sie annehmen, daß es nicht bei Freundschaftsküssen blieb.

Trotzdem fand Hannelore, daß sich dieser köpflings nur noch halb behaarte Stanislaus, dieser Typ eines Lebemannes für ihre Begriffe, zu rücksichtsvoll benahm. »Alles oder nichts!« sagte sie. »Wir haben keine Kinder, aber an mir liegts nicht, das weiß ich. Mein Mann sagt, an ihm läge es auch nicht, aber zum Arzt geht er nicht, der Bengel. Es bleibt mir nichts, als ihm zu beweisen, daß es wirklich nicht an mir liegt. Er schiebt mich sonst von Schule zu Schule, damit ich mich entwickle, aber die Wahrheit ist wohl mehr, daß er mich außer Bett haben will.«

Da hielt Stanislaus also eine verheiratete Genossin im Arm und begann zu zittern, weil er nicht an einem anderen Manne so handeln wollte, wie jener Wachtmeister Dufte an ihm gehandelt hatte.

Hannelore maulte und wurde nicht einmal häßlicher dabei.

Wenn nicht, dann nicht! Es hätte ja sein können. Sie verfiel nicht in Liebeskrisen und Herzkrämpfe. Sie fand den Mitschüler, der ihr ihren Wunsch erfüllte. Stanislaus gewahrte es mit Ingrimm und Eifersucht. Hannelore beendete die Schule wegen Schwangerschaftsbeschwerden vorzeitig. Ganz ohne Nutzen war die ideologische Einwirkung wohl auch für ihre künftige Funktion als Kindsmutter nicht. Auch so kann die Liebe sein!

Stanislaus beobachtete andere Genossinnen seines Lehrganges, und eine ledige fiel ihm besonders auf. Sie hieß Miene Rüde, war gelb im Gesicht wie zweimal gefirnißtes Frischholz, rauchte, trank Schnaps, verleugnete ihren kleinen Charme, hielt sogar mit, wenn männliche Parteischüler Zoten rissen, und ähnelte in ihrem Wesen einer gewissen Frieda Simson, die wir einmal kannten. »Na, du knieweicher Geistesasthmatiker«, sagte sie zu Stanislaus und hieb ihm auf die Schulter, daß der in die Knie ging. Anton Wacker grinste und freute sich an Miene Rüde. Sie war sein Typ. »Du mußt doch zugeben, daß sie eine solche Genossin ist«, sagte er, und er winkelte den Unterarm und ballte die Faust, um die politische Qualität von Miene anzudeuten.

»Na, man na«, sagte der magere Genosse Erlenbeck, »wenn du ihr Benehmen für sozialistische Qualität hältst; ich werde traurig, wenn ich im Zirkus dressierte Ziegen sehe.«

Anton Wacker spreizte die Borsten und holte zu einer gepanzerten Entgegnung aus, aber der beflissene Engelbert Habrecht sprang ein. »Sie is an hundertprozentiger Kumpel, das Mienchen. Du natierlich willst ock eine, die Strimpfe strickt. Wenn ich dich gezwirbelten Zwirnsfaden seh, wer ich auch traurig!«

Es gibt Mitschülerinnen, die sind fleißig, strebsam und unnahbar, und manche sind schon ganz auf die gesellschaftliche Funktion eingestellt, die sie nach dem Verlassen der Schule einnehmen werden. Wenn ich sie mit Hannelore vergleiche, so war die ein Stück personifiziertes Leben, während jene ein Stück personifiziertes Pflichtgefühl sind.

(Aus Stanislaus' Groschenheft Numero dreiunddreißig.)

Was blieb Stanislaus, als an Rosa zu denken? Nein, an Katharina Hüberle dachte er nicht, nicht einmal, wenn er es sich vornahm.

Wo und wie mochte Rosa jetzt sein? War sie ein personifiziertes Stück Pflichterfüllung? Benahm sie sich wie ein Mann und nannte das Emanzipation?

Ach, ach, ach, alle diese Betrachtungen waren doch nicht der Zweck seines Parteischulbesuchs? Nein, durchaus nein! Die Schule war nicht ohne Nutzen für ihn, denn es waren, wie gesagt, nicht alle Dozenten wie Anton Wacker bestrebt, den Marxismus zu einer neuen Religion zu erheben. Durch diese Lehrergenossen erlangte Stanislaus die Sicherheit: Der Mensch muß aufhören, seinesgleichen auszuplündern und zu töten, ein Grundsatz, für den zu leben und zu streben es sich lohnte.

Überdrauf lernte er Festsitzungen, Versammlungen und Feierstunden »kulturell umrahmen«, und das war wieder weniger nach seinem Geschmack, doch sein Geschmack war nicht maßgebend, weil der Geschmack der Mehrheit maßgebend war. Was aber, wenn der Geschmack der Mehrheit noch ungeschult war?

»Wieder eine so aufweicherische Frage!« sagte Anton Wakker, sträubte seine »ideologischen Stacheln« und verkündete, daß demnächst ein Dichter zu ihnen kommen würde, der mit einer kulturellen Umrahmung erquickt werden sollte.

Niemand auf der Schule wußte, daß sich Stanislaus für einen Dichter hielt. Freilich hätte er es mit gedruckten Erzeugnissen aus seiner Dichtereiwerkstatt beweisen können, aber da wäre er sich wie ein Prahlhans vorgekommen. Außerdem war er sich in seiner parteitheoretischen Stimmung nicht mehr sicher, ob er je ein Dichter werden würde.

Eines Sonntags, als ihn das Kollektiv nicht benötigte, versuchte er sich in sozialistischer Dichtung. Wieso *sozialistische Dichtung*? War die Dichtkunst nicht universell, ging sie nicht durch die Menschheit? Nein, Anton Wacker vertrat eine Dichtkunst, die gesellschaftswissenschaftliche und soziologische Probleme aufarbeitete. Das war für ihn »Sozialistischer Realismus« – alle sonstige Dichtkunst »hinkte gesellschaftlich«. Stanislaus imponierte die pferdehändlerische Beredsamkeit des Dozenten Anton Wacker. Er erboste sich über sich selber, weil ihm die Schönheit dieser von Wacker vertretenen Dichtungsart nicht aufgehen wollte. Ach, er war wohl noch immer ein verbildeter Kleinbürger, der da glaubte, man könnte in der Dichtkunst ohne Kraftworte auskommen und Hesse, Rilke oder Storm zu Meistern haben, ohne dem Sozialismus Schaden zuzufügen. Die Auseinandersetzungen mit Rosa am Niederrhein fielen ihm ein. Sie war also im Recht gewesen, die gute Rosa. Er geriet in Büßerstimmung und zwang sich, als Abbitte für seine sündigen Vorurteile, ein »sozial-realistisches« Gedicht zu machen.

Er saß Stunde um Stunde, aber es wollte und wollte ihm nicht gelingen. Heulte er nicht gar? All diese Wahrheiten von unterdrückten Arbeitern, schuftenden Proletariern, erbarmungslosen Ausbeutern und impertinenten Imperialisten waren zu Stanzen geworden – abgenutzt. Man konnte sie nicht immerzu verwenden! Es wäre nötig gewesen, neue Wendungen und Tropen für all diese Tatsachen zu finden. Aber wenn diese gehabten Stanzen nicht auftauchten, würde sein Gedicht für Anton Wacker eine matte Sache und nicht »kämpferisch« genug sein.

An diesem Sonntagnachmittag wars, daß es in Stanislaus' Internatsstube nach Erde und Gras zu duften begann. Ach ja, der grüne Juni trabte draußen vorbei. Aber was nutzte der Menschheit ein grüner Juni, wenn »der Frieden nicht gesichert« war! Sieh da, es war Stanislaus schon nicht mehr möglich, einen Glücksaugenblick zu genießen, ohne gleichzeitig um den »Weltfrieden« besorgt zu sein. War das nicht ein gutes Zeichen, wie?

Erst als der Meisterfaun sich räusperte, sah ihn Stanislaus auf dem Spind hocken. »Hast dich einsacken lassen?« fragte er den Landesparteischüler.

»Du Kleinbürger wirst nie begreifen, daß man etwas für die Erhaltung des Friedens tun muß«, antwortete Stanislaus.

»Hübsche Bürokratensprache«, keckerte der Faun.

»Ich habe keine Lust, mich mit deinen kleinbürgerlichen Ansichten auseinanderzusetzen«, sagte Stanislaus.

Der Meisterfaun schwieg lange. Stanislaus hoffte, er hätte ihn heftig genug beleidigt. Aus Protest versuchte er erneut, »sozialistischen Realismus« herzustellen, wie er von Dozent Anton Wacker verstanden wurde. Er hatte sich in den Kopf gesetzt, etwas zur »kulturellen Umrahmung des erwarteten Dichters beizutragen«. Vielleicht würde sich der Poet für den herzlichen Empfang bedanken und fragen: Von wem war das Gedicht, das aus dem Rahmen der kulturellen Umrahmung fiel? Ein Mitschüler würde aufstehen und sagen: Dieses Gedicht hat Stanislaus Büdner im Stachanow-Verfahren an einem Sonntagnachmittag in einer halben Stunde erstellt, auch wir Schüler der Landesparteischule sind nicht von Pappe!

Diese Naivität, diese kindliche Eitelkeit! Stanislaus war offenbar heruntergekommen. Die Lehrer versicherten jedoch, alle Schüler wären ideologisch heraufgekommen. Dann war Stanislaus eben heimlich heruntergekommen. Oder litten sie alle, ohne es zu bemerken, an einseitig geistiger Überfütterung? In der Tierzucht führt Überfütterung zu Unpäßlichkeiten, wie man weiß.

Stanislaus vergaß den Meisterfaun, bis der mit seinen bestiefelten Beinen, die vom Spind baumelten, gegen die Schranktür bummerte.

»Laß das Gedonner, du siehst, daß ich dichte!« sagte Stanislaus.

»Du dichtest nicht, du mauerst«, sagte der Faun, »denn wenn du das, was du da stümperst, den Genossen als Dichtkunst präsentierst, betrügst du sie!«

»Kommt noch mehr so kleinbürgerliches Gesabbel von deinem Schrank?«

»Jetzt hör ich das drittemal ›kleinbürgerlich‹. Du betest nach. Lehnen wir Marxisten nicht alles Kirchliche ab?«

»Du, ein Marxist?« Stanislaus suchte im lutherischen Zorn nach einem Tintenfaß. Leider – er schrieb mit einem Füllfederhalter; also warf er seine halb gefüllte Teetasse. Die Tasse zerschellte. Der deutsche Haushaltstee rann an der Spindtür herunter. Der Meisterfaun war verschwunden.

Seine Stubenkameraden kehrten vom Ausgang zurück. Das Kollektiv trat in Tätigkeit. Stanislaus konnte nicht umhin, den

Genossen sein Dichtungs-Produkt vorzulesen: »An die Adresse der Kriegstreiber. Ihr rüstet wieder zu neuen Kriegen, / doch wir stehn hier, um euch zu besiegen. / Ihr seid für Klassen, wir sind die Massen, / wir werden euch nicht gewähren lassen« – und so weiter und so weiter.

Einige Stubenkameraden staunten: Ein Mensch, mit dem sie täglich zusammen lebten, mit dem sie nächtlich zusammen schnarchten, hatte plötzlich ein Gedicht aus sich herausgeholt. Der Stolz der Genossen war echt; das Gedicht leider nicht.

Da war, Gott sei Dank, Engelbert Habrecht mit seinem Lächeln. Es war kein erhabenes, auch kein überhebliches Lächeln, sondern mehr die Kundgebung, daß Habrecht alles ein wenig besser zu wissen glaubte als seine Mitmenschen. »Ha, wir ziehn uns die Hosen nich mit der Beißzange an!« Habrecht war für die Korridorwandzeitung verantwortlich. »Ich bin ja ooch'n bissel von die Musen gekißt«, sagte er zu Stanislaus, »bete dein Gedicht ock noch mal runter!«

Stanislaus tats.

»Es wär schöner, wenns ock heißen würde: Ihr seid für Klassen und ihr seid für Rassen; da hättste die Fliege glei an allen fünf Beenen, ich meen, es wäre alles drin in dem Gedicht.«

Auch die anderen Stubengenossen waren der Meinung von Engelbert Habrecht. Sie konnten schlecht gegen die »politische Vervollständigung« eines Gedichtes sein. Stanislaus überlegte, änderte, und Habrecht entschied: »Das nehm wir für die kulturelle Umrahmung von dem Dichterheini!«

67

Stanislaus fertigt eine Präambel und wundert sich etwas zu spät über den Dichter Jo Ostra. Er wird eines Frauenräubers ansichtig und für einige Dozenten in den Adelsstand erhoben.

Der »Dichterheini« kam und wurde mit Beifall empfangen. Das war üblich. Jeder Gastdozent wurde beklatscht, noch bevor er etwas geleistet hatte.

Der Gast aus dem Lande der Poesie ging etwas gebeugt und hatte einen Bauchansatz. Der Schulleiter und Dozent Anton

Wacker eskortierten ihn und brachten ihn an seinen blumengeschmückten Platz.

Manche Schüler, vor allem Schülerinnen, waren enttäuscht. Sie hatten sich einen Dichter anders vorgestellt. Dieser hier trug eine Litewka wie der Parteiführer Mao Tse-tung. Mußte ein Dichter nicht langes, gepflegtes Haar haben? Dieser hier trug einen gefransten Stirnpony. Und mußte ein Dichter nicht ernsten Gesichtes dasitzen? Dieser hier grinste geradezu impertinent.

Es wurde ein Präsidium für die Veranstaltung hergestellt. Der Schulleiter, einige verdiente Dozenten und Engelbert Habrecht wurden, wie vorbesprochen, dazu vorgeschlagen. Auch abwesende Personen wurden in das Präsidium berufen, zum Beispiel der Genosse Stalin. Er weilte leider zur Zeit in Moskau und war verhindert, die Veranstaltung zu besuchen.

Die kulturelle Umrahmung des Programms hub an: Einige Genossen hatten eine kleine Musikgruppe gebildet, Verzeihung, sie hatten sich konstituiert. Nun sangen und spielten sie: »Wann wir schreiten Seit an Seit...«

Stanislaus hatte seine Stubengenossen gebeten, ihm einen Platz frei zu halten. Er war beauftragt worden, schnellstens über die Parteischul-Veranstaltung mit dem Dichter Jo Ostra zu berichten, deshalb schaffte er sich etwas Vorlauf und schrieb über das Kulturleben an der Schule im allgemeinen, denn ohne Präambel war in jener historischen Zeit nichts zu machen. Und zugegeben, Stanislaus wollte die kulturelle Umrahmung schwänzen. Engelbert Habrecht war nicht davon abzubringen gewesen, Stanislaus' Gedicht »eigenhändig« aufzusagen. Gut, Habrecht war Präsidiumsmitglied, doch er würde das mühevoll aufbereitete Gedicht in schlesischer Mundart vortragen, würde beim schwungvollen Vortrag sogar umdichten und ihm zu matt erscheinende Stellen »verstärken«.

So kams, daß sich Stanislaus erst in den Vortragssaal schlich, als der Dichter Jo Ostra bereits rezitierte. Da Stanislaus im halbdunklen Raum nach seinem Platz suchte, sah er nicht sogleich zum Podium, doch dann wars ihm, als kennte er die Stimme da oben, und als er hinsah, mußte er sich auf alle Fälle setzen, damit ihn Johannis Weißblatt, der Popignore des Santorinischen Bruderordens, nicht erkannte.

Schreck und Verwunderung bewirkten, daß unser Held Weißblatts Gedichte nicht begriff. Oder waren sie nicht zu begreifen?

> Rote fahne roter stern
> sternenfahne fahnenstern
> roter roter fahnenstern
> rote fahnenerde stern
> rote fahnensternenerde
> sternenfahnenerde rot
> erde fahne rotsternmensch
> menschen rote erdsternfahne
> roter erdsternfahnenmensch

Jedenfalls war viel von rotem Blut, roten Fahnen, flatternden Fahnen, blutgetränkter Erde und roten Brüderherzen in den Versen. Derbe Worte, aber auch verschwommene Symbole, wie hier bei Weißblatt, waren in jener Zeit Beweise für die »Durchdrungenheit« vom »sozialistischen Glauben«.

Johannis Weißblatt war also wieder unter die Dichter gegangen! Anton Wacker klatschte derb Beifall, ohrfeigte gewissermaßen eine Hand mit der anderen. Es gab nur wenige Schüler, die trotz dieses vorbildlichen Beifalls den Mut hatten, sich von den Rezitationen des Dichters Jo Ostra nicht angerührt zu finden. Zu den Ignoranten gehörten neben Friedrich Schlichting und einigen anderen Dozenten die Schüler Erlenbeck und Büdner.

Was Anton Wacker für sozialistische Dichtung hielt, konnte man anfertigen wie die Symbolgedichte, die John Samsara einst Stanislaus abverlangt hatte.

Darf es im Sozialismus »Königs neue Kleider« geben? Es darf! Der Sozialismus wird von Menschen gemacht, das wollen wir mal festhalten, nicht?

(So redete sich Stanislaus später in seinem Groschenheft Numero vierunddreißig zu.)

Aber in der Veranstaltung erschrak er über seine Ketzerei und verfluchte den Kleinbürger in sich, weil er so »kampfstarken« Gedichten nichts abgewinnen konnte. Wars so, weil er den Dichter Jo Ostra gut kannte? Vielleicht wäre ihm leichter gefallen, Lilian Pöschel als »berühmte BoogieSängerin« im Friedrichstadt-Palast zu feiern.

Er hatte vor, dem Schulleiter mitzuteilen, daß der neben dem Popignore des Santorinischen Bruderordens saß, und zählte an den Fingern ab, wieviel Monate Weißblatt in der »Ostzone« zugebracht haben konnte. Den genauen Zeitpunkt von Weißblatts Einreise kannte er nicht. Konnte der Popignore inzwischen ein ehrlicher Genosse geworden sein?

Es fiel ihm ein, daß er selber noch nicht einmal so lange hier war. Für einen ehrlichen Genossen hielt er sich trotzdem. Er beschloß, dem Schulleiter nichts zu sagen. Man hatte ihn überprüft bis hinter die Unterhosen, man sollte wohl auch Weißblatt überprüft haben, zumal er der Sohn eines Unternehmers war. (Von den echt kriminellen Handlungen Weißblatts, in die ihn die Leisegang hineingezogen hatte, wußte Stanislaus nichts.)

Bleibt zu erwähnen, daß der Dichterlesung – dieses scheußliche Wort entstand in jener historischen Zeit! – eine Aussprache mit dem Gast folgte. Engelbert Habrecht bat den hochverehrten Genossen Dichter um »eine Einschätzung der kulturellen Umrahmung«.

Jo Ostra versicherte, die kulturelle Umrahmung hätte ihm »mächtig was gegeben«. Engelbert Habrecht war stolz und ließ nicht unerwähnt, daß die Parteischüler das Gedicht in der Umrahmung selber gefertigt hätten. Ein dichterisch nicht ganz auf den Kopf gefallener Genosse hätte den Entwurf gemacht. »Steh ock mal auf, Stani!«

Der aufgerufene Genosse wurde nicht sichtbar. Sein Platz war leer.

»Diese Gedichte gingen mir nicht zu Herzen«, sagte der Genosse Erlenbeck auf der Stube. Er war Neulehrer, und man hatte ihn auf die Parteischule geschickt, damit er Schulrat oder Schulleiter werden konnte. »Das war revoluzzerhaftes Wortgerassel!«, sagte er.

Engelbert Habrecht war zur Stelle. »Dichtung soll ock nich zu Herzen, sie soll zu Verstand gehn. Indifferente Dichtung hatten mir früher satt und genug. Wohins geführt hat, weeß ä jeds!«

»Trotzdem war das Wortgerassel für mich, auf Gedichtzeilen gefädelte Symbolik«, sagte Erlenbeck.

»Was sagst ock du als Dichter, Stani?« fragte Habrecht.

»Das war keine Dichtung, das war Konfektion«, sagte Stanislaus.

»Also war ock dei Gedicht Konfektion?«

Stanislaus nickte.

Engelbert Habrecht sagte nichts mehr, aber er ging zu Anton Wacker. »Kleinbürgerliche Meinungen über Dichtung in der Schülerschaft zu verzeichnen!«

Draußen toste inzwischen das Leben. Die Menschen verwandelten die Erde mit unterschiedlichem Geschick; erzogen sie zur Fruchtbarkeit, entlockten ihr Pflanzen und Tiere, drangen in ihre Haut, spürten Energiequellen auf, schöpften aus ihnen und produzierten Nützliches und Unnützes.

An der Schule schälte sich aus Gemunkel und Gerüchten eine Tatsache: »Klar Schiff, der neue Landessekretär besucht uns!«

Man arbeitete an einem Programm für Reinholds Empfang. Stanislaus wurde nicht gebeten, mit einem Dichtereierzeugnis aufzuwarten; er »lag schief in der Position Dichtung«.

Ersparen wir es uns zu berichten, was Reinhold auf der Landesparteischule vorgeführt und was ihm vorenthalten wurde. Halten wir unserem Reinhold zugute, daß er zum ersten Male eine Landesparteischule inspizierte. Seine Hauptabsicht war übrigens, Stanislaus zu besuchen. Wenn aber ein Landessekretär jemand auf einer Landesparteischule besuchen will, kanns wohl geschehen, daß sich daraus ein ganzes Programm entwickelt.

Der Verfasser weiß, daß die voreingenommenen Leser, jene mit der Kerbe über der Nasenwurzel, sagen werden: »Was ein Quatsch! Konnte Steil seinen ehemaligen Schwager doch bei sich im Sekretariat antanzen lassen! Wird ein Landessekretär sich eines Landesparteischülers wegen solche Umstände machen?« Na, wir werden sehen!

Reinhold und Stanislaus fuhren in den Wald. Weshalb denn wieder in den Wald? Auch das werden wir sehen: Reinhold schwieg, solange der Fahrer dabei war. Er wirkte nervös. Sie hörten die Spechte klopfen, einen Buchfink singen und aus der Ferne das Geächz einer Schrotsäge.

»Bist du je von Gefühlen überrumpelt worden?« fragte Reinhold.

»Fast jeden Tag.«

»Von Gefühlen für eine Frau?«

»Hat dich Elsbeth überrumpelt?« fragte der Parteischüler.

»Nein, Katharina.«

Zwei blaue Heidschmetterlinge umspielten Reinholds linken Schuh und setzten sich auf einen blühenden Labkrautstengel, nicht neben-, sondern übereinander.

»Katharina ist ein Mädchen, auf das du dich verlassen kannst«, sagte Stanislaus.

»Aber du konntest dich nicht auf sie verlassen, wie du siehst.«

»Ich hatte sie nicht so gern und nötig, wie sie es verdiente.«

Diesmal wars Reinhold, der Stanislaus freundschaftlich aufs Knie schlug. Die beiden Heidschmetterlinge machten sich davon. »Auch ich wurde einmal überrumpelt«, sagte Stanislaus und kam Wort bei Wort auf Rosa zu sprechen. Reinhold wollte mehr über diese Person wissen, nicht ganz uneigennützig; es ersparte ihm zu berichten, wie er und Katharina sich nähergekommen waren. Je länger und begeisterter Stanislaus von Rosa erzählte, desto leichter wurde Reinholds Schuldsack, den er sich glaubte mit dem »Frauenraub« aufgeladen zu haben. Er zog sein Taschenbuch und machte sich Notizen. Das Taschenbuch hatte die Stärke eines doppelten Butterbrotes. Jedesmal, bevor Reinhold etwas einschrieb, machte er Schreibbewegungen über dem Papier und verriet damit den Autodidakten, der sich zügiges Schreiben erst nach der Schulzeit beibrachte.

Nach dieser »Plauderstunde« im Walde beendete Reinhold seine Inspektion der Landesparteischule. Er brachte Stanislaus zum Schultor und verabschiedete sich vom Schulleiter und den Lehrern.

Für einige Dozenten galt Büdner fortan als geadelt; einigen Mitschülern wurde er unheimlich, andere hingegen machten sich über ihn lustig. »Sorg für mehr Butter zum Frühstück, du, mit deinen Beziehungen zum Landessekretär!«

68

Stanislaus entdeckt die Unzulänglichkeit der Eisenbahnbenutzer und erkennt seinen Heimatort Waldwiesen nicht wieder. Er kämpft mit einer Ziege um ein Flugzeug und versieht seinen Romanhelden mit Ostereierfarben.

Und die Erde, dieser betriebsame Wandelstern, drehte sich um ihre Achse, strebte in den Weltenraum, stemmte die Hände in die Hüften, sah auf die Fixsterne, die sich nicht von der Stelle zu rühren schienen, und schüttelte den Kopf: Faules Gesindel! Kein Wunder, daß dieses Verhalten immer wieder Leute ermunterte zu behaupten, die Erde wäre deutsch.

Stanislaus wurde auf der Landesparteischule mit entgegengesetzten Ansichten bekannt gemacht. Unnötigerweise; sie waren ein Bestandteil seines Wesens: Er hatte nie zu jenen Deutschen gehört, die nach dem Besitz der Erdkugel strebten; ihm waren stets Erkenntnisse wichtiger gewesen, aber wie kams, daß er sich so spät an den Marxismus heranstudierte?

Anton Wacker überzeugte Stanislaus, daß der Schlüssel für alle Welträtsel unverborgen vor ihm gelegen, daß er ihn nur nicht ergriffen hätte. Nun packte der Parteischüler ihn. Ein mächtiger Schlüssel, schwer wie ein Festungsschlüssel! Stanislaus und seine Mitschüler benutzten ihn als Hammer und versuchten mit ihm die Nüsse ihres Lebens zu knacken.

Früher hatte Stanislaus angenommen, man könnte die Mitmenschen glücklich machen, wenn man sie dazu bekehrte, gute Gedanken zu produzieren und das Gute in der Welt zu vermehren. Dazu wollte er als Dichtereiarbeiter mithelfen. Er wurde belehrt, daß das eine Utopie, ein frommer Glaube wäre.

»Gute Gedanken und das Gute vermehren, daß ich nicht lache«, sagte Anton Wacker, »dazu hatte man Jahrhunderte

Zeit, unds kam nichts raus dabei. Revolutionäre Gedanken mußt du haben! Paar Jahre Sozialismus – und zum Beispiel die Verbrechen verschwinden; wenn einer alles hat, hat er keine Lust mehr zum Klauen oder andere abzumurksen. Das muß man doch sehen, Genossen! – Staunen werdet ihr, wie sich unsere Frauen entwickeln.«

Miene Rüde nickte und stieß ächzend einen Puff Zigarettenqualm aus. »Jedes Dorf und jeder Betrieb wird seine Gemeinschaftsküche und seinen Kindergarten haben! Weg mit den Kindern aus den Händen von pädagogisch ungebildeten Eltern! – Ist euch noch nicht aufgefallen, daß die Kapitalisten keine Frauen als Staatsoberhäupter haben?«

»England !« wurde gerufen.

»England zählt nicht, und Ministerinnen und Komponistinnen haben sie auch dort nicht. Wie viele Frauen sind hingegen bei uns schon Traktoristinnen. Laß uns mal zwanzig Jahre machen, und es werden ebenso viele Frauen wie Männer im Ministerrat sitzen, und für einen weiblichen Johann Strauß garantiere ich!«

»Mir scheint, auch das ist eine Art Glaube«, sagte der zwirnige Erlenbeck.

Dozent Wacker stellte die »ideologischen Borsten« auf und erklärte, weshalb kein Glaube wäre, was ein Atheist glaube.

Wie solid klang hingegen, was der Dozent Friedrich Schlichting in dieser Sache zu sagen hatte: Das Zusammenleben der Menschen auf Erden muß neu geordnet werden! Das war einsehbar, und dazu bedurfte es keines Glaubens.

Es wurde Sommer, und es gab Ferien auf der Landesparteischule. Einerseits war Stanislaus nicht darüber erfreut, weil er so rasch wie möglich in den Marxismus und die Parteipolitik eindringen wollte; andererseits freute er sich darauf, in der sündigen Durchschnittswelt umherzugehen, das Rechte zu wissen und die Menschen auf die glücklichen Zeiten hinzulenken, die ihnen bevorstünden.

Die Auseinandersetzungen der Landesparteischüler mit den »indifferenten Menschen« begannen auf der Heimfahrt im Personenzug. Sie besetzten mehrere Waggons. Die Leute in den Abteilen rückten zusammen, und die kleinen Gespräche, die sie miteinander geführt hatten, wurden zunächst vom Lachen und Krakeelen der Parteischüler gesprengt.

In dem Waggon zweiter Klasse, in dem Dozent Anton Wacker Platz gefunden hatte, verstummten die ferienfrohen Gespräche der Parteischüler am ehesten. Vor Wacker mußte man auf der Hut sein! Was man sagte, durfte »ideologisch nicht schiefgewikkelt« sein, also schwieg man lieber, um sich nicht zurechtweisen lassen zu müssen.

Dafür begannen sich die Mitreisenden wieder leise zu unterhalten. Neben Anton Wacker saß eine Frau, deren Bluse am Halse mit einer Seidenschleife geschlossen war; vielleicht die Frau eines Dorflehrers, die sich mit einer breitberockten Bäuerin über Dorfangelegenheiten unterhielt. »Salzheringe«, verstand Anton Wacker, und eine Weile später verstand er »Bananen«. Er stellte die »ideologischen Borsten« auf. »Kolleginnen«, sagte er, »ich appelliere an Ihr Staatsbewußtsein und bitte Sie, jegliche Westpropaganda zu unterlassen!«

»Westpropaganda?« fragte die Frau, die wie eine Lehrersfrau aussah. »Wir sprachen über unseren Dorfkonsum.«

»Sie werden doch nicht behaupten wollen, daß es in Ihrem Dorfkonsum Bananen gibt«, sagte Anton Wacker und zog seine appetitliche Reisezehrung aus der Aktentasche.

»Eben nicht«, sagte die Frau, »es gibt dort keine Bananen, aber wärs nicht schön, wenns da mal welche gäbe?«

»Wie drüben im Westen, wollten Sie doch sagen.«

»Woher wollen Sie wissen, was ich sagen wollte? Ich verbitte mir Unterstellungen!«

Die mitreisenden Parteischüler zogen die Köpfe ein: Keine willige Parteischülerin, mit der es Anton Wacker da zu tun hatte! Vielleicht hätten sie Wacker agitieren helfen sollen, aber sie machten schließlich mehr falsch als richtig und zogen deshalb vor, sich ihre Münder mit der leckeren Reiseverpflegung zu stopfen.

Anton Wacker stieg mit seiner Agitation zu der Losung an: Erst besser arbeiten, dann besser leben!

»Aber das ist doch eine Beleidigung für uns«, sagte die Frau, »das würde heißen, im Westen arbeiten sie mehr und besser als wir.«

Anton Wacker verdrehte die Augen. Das war wirklich nicht so einfach wie im Seminar. Er biß von einem Kloben Sülzwurst ab und redete mit vollem Munde. »Die Sache it doch die, liebe Frau: Schulden bei Amerikalern machen und Bananen kaufen – oder mit eigenen Kläften aus der Kliegsnot kommen und auf Balanen verzichten.« Die Frau war nahe dran, einzusehen, aber dann ließ Anton Wacker wieder utopisches Feuerwerk aufflammen. »Auch wir werden eines Tages Bananen haben. Früh, mittags und abends Bananen, zudecken werden wir uns mit Bananen!«

Das waren zuviel Bananen für die kluge Landlehrersfrau oder was sie nun war. Sie schwieg.

In den anderen Waggons wurden ähnliche Diskussionen geführt. Engelbert Habrecht war entsetzt über die unqualifizierten Äußerungen und die Unaufgeklärtheit der Eisenbahnbenutzer. »Man hats ock fast mit lauter Kleinbürgern zu tun, und alle han an Stich ins Reaktionäre.«

Die Eisenbahnbenutzer hingegen entsetzten sich über den Wespenschwarm agitierender Männer und Frauen. Manche glaubten, den falschen Zug bestiegen zu haben, andere glaubten, sich im Wochentag geirrt und einen der damals üblichen »Aufklärungssonntage« vor sich zu haben. Ein Mann schimpfte in Verkennung der Sachlage, er hätte schon vor dreiunddreißig nichts mit der Heilsarmee im Sinne gehabt.

Es verging keine halbe Stunde, da äußerte sich niemand von den Eisenbahnbenutzern mehr. Es war nicht so, daß sie ein wohltemperiertes Gespräch verabscheuten, aber sie hatten nicht im Sinn, sich politisch etwas unterstellen und mit fremden Zeigefingern unter ihren Nasen herumfuchteln zu lassen.

Der erste, den der Parteischulurlauber Stanislaus belehrte, war Bürgermeister Stangenbiel. »Was *ist* das für ein Dorf?« fragte er.

Stangenbiel erwiderte treuherzig: »Ich hoffe, du hast noch nicht vergessen, daß es sich um Waldwiesen handelt.«

Aber das hatte Stanislaus nicht gemeint. Man tat »bürgermeisterlicherseits« zuwenig für die Aufklärung der Dorfbewohner. Weshalb stand auf dem Dorfplatz keine große Tafel, keine Sichtwerbung: »Ein Kampfflugzeug der Kriegstreiber kostet soundso viel Millionen; eine Schule unseres friedliebenden Volkes kostet soundso viel Millionen«? Was ist besser, Krankenhäuser oder Kampfflugzeuge – so stand die Frage!

Bürgermeister Stangenbiel nickte. Er stellte »selbstkritisch fest«, daß »betreffs Sichtwerbung« in seiner Gemeinde »die Aktivität zu wünschen übrigließe«. »Ach, wenn wir bloß einen Stubenmaler am Orte hätten, der Buchstaben hinbringt, so möchten wir sichtwerbungsmäßig auch mehr Aktivität zu verzeichnen haben! Aber ich will die Kritik um Gottes willen nicht von mir abwälzen!« sagte Stangenbiel, was er aber dachte, war: Sie kommen alle mit einem ideologischen Überdruck von der Landesparteischule.

Stanislaus legte es auch mit Vater Gustav an. Gustav war von jeher lernwillig. Man konnte ihn nicht zu den stumpfsinnigen Genossen des Dorfes zählen, aber Stanislaus stellte fest, daß der Vater in seiner Funktion als Kassierer nicht agitierend genug auf die Genossen einwirkte.

»Es ist nötig, daß du jedes Mitglied in eine politische Debatte verwickelst und tagespolitisch auf Linie bringst«, sagte Stanislaus, und das hörte sich nicht unspiritistisch an.

»Am besten, du zeigst es mir!« sagte der lernwillige Gustav.

In die erste Auseinandersetzung wurden Stanislaus und Gustav beim Maurerrentner Max Krüger verwickelt. Krüger zahlte als Rentner nur einen kleinen Parteibeitrag, trotzdem atmete er schwer, als er die Groschen mit zitternden Fingern aus dem Portemonnaie klaubte. »Man zahlt ja gern für die Partei, aber die Renten sind zu niedrig«, sagte Krüger.

»Ich lobe meinen Gott, daß ich noch kein Rentner bin«, antwortete Vater Gustav.

»Hol einem armen Staat was aus der Tasche!« sagte Stanislaus unwillig belehrend.

»Das hab ich schon zu oft gehört«, antwortete Krüger, »lernt ihr nichts Neues auf der Landesparteischule?«

Stanislaus, noch unwilliger: »Bekommst du nicht Rente als von den Faschisten Verfolgter?«

»Das ist so eine Sache: Wir hörten im Kriege ausländische Sender ab. Meine Alte schrieb die Nachrichten mit Hilfe einer Lupe auf Papierchen. Ich trug sie in Streichholzschachteln, zwischen den Hölzchen verpackt, zu anderen Genossen über die Dörfer. Wenn mich der Gendarm oder Ortsbauernführer KLAUMÜLLER erwischt hätte, würden sie mich schon verfolgt haben, aber sie erwischten mich nicht. So bin ich eben ein Unverfolgter. Aber ich rede nicht von mir, ich rede von den Altersrenten; sie sind allgemein zu niedrig.«

Stanislaus berücksichtigte den Ratschlag Anton Wackers: »Offensiv diskutieren, Genossen !« und sagte: »Wenn du als Genosse über zu niedrige Renten jammerst, was soll man dann von Indifferenten verlangen?«.

»Indifferent? Die Renten sind zu niedrig.«

Stanislaus wurde noch »offensiver«. Noch nach Jahren wird er erröten, wenn er daran denken wird, was er damals dem alten Max Krüger sagte: »Du solltest achtgeben, daß du nicht hinter den Ansichten deiner Partei zurückbleibst!«

Da stutzte der Genosse Krüger und sagte nichts mehr. Vater Gustav quittierte den Parteibeitrag. Krüger verschloß die Haustür hinter den Kassierern und rief seiner schwerhörigen Frau in der Küche zu: »Und die Renten sind doch zu niedrig!«

Vater Gustav sah Stanislaus an. »Hier haben, dächt ich, beide recht: Der Staat, der nicht genug hat, um mehr geben zu können, und der Rentner, der zuwenig hat, um die Renten loben zu können.«

»Keine parteiliche Logik!« sagte Stanislaus.

»Ja, du als künftiger Doktor wirst es ja besser wissen«, antwortete Vater Gustav.

Sie kamen zu Lotte Wohlgemut. Ihr alter Radioapparat gab Operettenmelodien von sich. »Ja, das Studium der Weiber ist schwer«, fistelte ein Tenor. Lotte Wohlgemut antwortete ihm: »Auch das Studium der Männer ist nicht leichter, du Dussel!«

Der Sprecher schaltete sich ein: »Hier ist Rias Berlin ...«

Vater und Sohn Kassierer zwinkerten einander zu. Diesmal

agitierte Vater Gustav offensiv: »Du hast, wie mir scheint, möcht ich meinen, wenn ich mich nicht irre, einen falschen Sender im Lautsprecher.«

»Ich hab nichts als Musik im Lautsprecher, sobald er politisch wird, drehe ich ihm das Maul ab!«

»Ist dir unsere Musik nicht gut genug?« fragte Stanislaus.

Lotte Wohlgemut brauste auf. »Sag nur, daß ich Feindsender höre!«

»Schwer abzuleugnen«, sagte Stanislaus.

Lotte Wohlgemut wurde anzüglich. »Freilich, ihr seid rein wie die Weihnachtsengel, besonders eure Elsbeth, die unserem Landessekretär Hörner aufsetzte.«

»Du vermischst hier zwei Sachen!«

Lotte Wohlgemut, immer wilder: »Du sollst das schmutzige Hemd deines Nächsten nicht tadeln, wenn es dir selber aus der Hose stinkt!«

Der große Aufklärer Stanislaus zog unverrichteterdinge ab. »Das kann man auf der Landesparteischule nicht erzählen, was es hier noch gibt!« sagte er zum Vater.

Gustav tröstete ihn: »Keinen Neid, Waldwiesen war auch früher kein frommes Dorf, als der Pastor noch das Reden hatte.«

Beim Waldarbeiter Otto Strauch fanden sie die Tür verschlossen. Es hatte sich herumgesprochen, daß die Beitragszahlung diesmal von Stanislaus »ideologisch untermauert« wurde. Weit nach Mittag kehrten sie heim und hatten nur die Beiträge von vier Genossen kassiert. Mutter Lena empfing sie mit Schimpfagitation, weil der Kaninchenbraten im Ofen ausgedörrt war.

Nahm Lena wieder am Familienleben teil? Ja doch, ja! Wie konnte sie sich aufs Nirwana konzentrieren, wenn sie solche Unnütze von Kindern hatte! Nicht genug, daß ihr Sohn Herbert gestohlen und das Land seiner Väter verlassen hatte und daß Stanislaus seinen Bruder Arthur bestahl, nun hatte auch Tochter Elsbeth Schande auf die Familie geladen. Die Nachricht hatte Lena auf dem Wege zum Nirwana erreicht. Sie war sofort umgekehrt und nach Kohlhalden gefahren, um das Schlimmste zu verhüten.

Lena hatte ihren Schwiegersohn Reinhold nie recht gemocht. Er tat ihr leid, als er im Lager sitzen mußte, doch sie verzieh ihm nie, daß er ihre einzige Tochter um die Hochzeitsfeier gebracht hatte. Aber ob mit oder ohne Hochzeitsfeier verheiratet, man hatte auszuhalten! Sie hatte es bei Vater Gustavs Dummheit ausgehalten; Elsbeth hatte es bei Reinholds Politik auszuhalten!

Lena erschien am Abend, um Elsbeths Familienleben zu überprüfen. Als sie statt Reinhold den Fahrer Willi am Abendbrottisch sitzen sah, stemmte sie unbuddhistisch die Hände in die Hüften. »Na, Gott steh mir bei! Hat Reinhold mit mal eine Glatze?« Lena ging auf Elsbeth los, hob die Hand und wollte die Tochter ohrfeigen. Elsbeths neuer Mann Willi warf sich dazwischen. Elsbeth drückte ihn auf seinen Stuhl nieder, verschränkte die Arme, stellte sich vor die Mutter und sagte: »Wag, was du früher mehr als einmal tatest. Dein hockender Buddha wird sich von dir abwenden!«

Mutter Lena erschrak, blieb mit erhobenem Arm stehen, drehte die Handfläche langsam nach innen und hielt sie wie segnend über Elsbeth.

Die Zwillinge sprangen auf, hakten Großmutter Lena links und rechts ein und führten sie an den gedeckten Tisch.

Auf dem Tisch sah Mutter Lena Räucherhering, den sie seit Jahren nicht gegessen hatte. Sie ließ sich vom Leben verführen. Der Verführer sah sie mit geräucherten Fischaugen an.

Schließlich ließ Lena sich sogar von den Zwillingen bewegen, über Nacht zu bleiben. Sie redete mit den Mädchen, dann und wann auch mit dem Franzosenjungen, doch mit Elsbeth und Willi redete sie nicht. Sie verfolgte aus den Augwinkeln, was die beiden trieben, und wenn Elsbeth Willi in die Augen sah, schüttelte sie den Kopf.

»Spielst du mit uns ›Mensch, ärgere dich nicht!‹, Mutter Lena?« fragten die Zwillinge. »Man muß sich so genug ärgern«, sagte Lena, aber sie spielte mit und strich sogar dem kleinen Franzosenjungen einmal über das Haar, weil der ihr die Klötze so fleißig weitersetzte und dafür sorgte, daß sie zweimal gewann.

In Waldwiesen schleppten Bürgermeister Stangenbiel und Vater Gustav eine Holzplatte von der Größe eines halben Scheunentores auf den Katenhof. »Was von uns zu deiner Sichtwerbung getan werden konnte, taten wir«, sagte Stangenbiel zu Stanislaus. »Die Preise für die Kampfflugzeuge, Kirchen und Schulen wirst du als Parteischüler wohl im Kopf haben, auch das Malen wird dir besser von der Hand gehen als uns Ungebildeten. Ich nehme an, daß ihr mehr lernt als Vorschriften machen.«

Stanislaus' Idee war als Halbfabrikat zu ihm zurückgekommen. Er war leider kein Zeichner. Ein paar Tage lang zeichnete er Entwürfe auf Papier; denn zäh war er, wie wir wissen. Schließlich hexte er ein wackliges Krankenhaus und einen flügellahmen Aeroplan auf die Holztafel. Die Zahlen machten ihm weniger Schwierigkeiten.

Die Tafel stand auf dem Katenhof und trocknete, da kam Mutter Lenas Ziege und fuhr mit der rauhen Zunge über das Flugzeug und verdarb es. Stanislaus hätte die Kleinmannskuh am liebsten erwürgt. Sollte er nie aus dieser Ziegenlecke Waldwiesen herauskommen?

Er benötigte zwei Stunden Zeit, um das Flugzeug wiederherzustellen. Am Abend kam Vater Gustav und sagte: »Wenn du auch kein Glasfresser geworden bist, so zweifle ich keinen Augenblick, daß es dir gegeben ist, nicht nur Flugzeuge, sondern auch das Innere eines Menschen auf eine Sichtwerbung zu malen, wie es sich für einen künftigen Doktor gehört!«

Stanislaus hätte den Lobspruch für Ironie gehalten, wenn er nicht von Vater Gustav gekommen wäre: War nicht das Innere des Menschen abzumalen, ein Dichter zu werden, einmal sein Wunsch gewesen? Was war los mit dem Dichter? War er von der Partei beurlaubt? War er ein schwaches Siebenmonatskind gewesen, das sich von politischen, ökonomischen und agitatorischen Anforderungen in die Ecke drängen ließ? Dann gehabts euch wohl!

Tags drauf hockte er über dem Manuskript, das er in der Backstube von Lina Lindstedt begonnen hatte. Er las ein paar Seiten und wurde unzufrieden mit dem Stanislaus, der er gewesen war. Sein Held war ja ein Trauerkloß. Nein, so gings nicht, Genossen: Der Held mußte optimistisch leuchten wie ein Osterei. Seinem marxistisch ungebildeten Helden war eben die Zukunft verschlossen. Um Himmels willen, wie würde Stanislaus dastehen, wenn Dozent Anton Wacker oder gar der Chef der Landesparteischule zu lesen bekäme, was er in Waldwiesener Stille geschrieben hatte: »Kleinbürgerlicher Pessimismus! Pessimistischer Realismus!«, ob es eine solche Stilrichtung gab oder nicht.

Stanislaus schrieb, schrieb um und glitt in jenen angenehmen Zustand, in dem er sich auch früher beim Schreiben befunden hatte. Er vergaß Ort und Zeit, sah nur Buchstaben, Worte und Sätze. Ein Satz zeugte den anderen.

Er verharrte drei Tage in diesem Zustande, aß und schlief kaum und rührte sich nicht vom Platze.

Vater Gustav wurde das Verhalten seines Sohnes unheimlich. »Jetzt hast du Unmengen von Wörtern geschrieben, wie ich sehe, und streichst sie wieder durch. Das ist ja, als ob du Blaubeeren sammelst, um sie hernach in die Erde zu stampfen.«

Keine Antwort. Der Vater nahm aus dem Innern seiner Glasmachermütze ein Telegramm. Die Posthalterin hatte es ihm gegeben, als er auf seinem alten Fahrrad durchs Dorf strampelte.

»Gewiß von der Landesparteischule«, sagte Stanislaus, »sie werden den Urlaub gestrichen haben und die Schüler wieder einziehen.«

»Ganz und gar nicht«, antwortete Gustav. »Ein Telegramm von Reinhold. Die Postfrau hats mir gesagt. Es geht um eine Rosa, die kein Mensch kennt!«

Stanislaus' Augen wurden groß wie Mantelknöpfe. Er riß das Telegramm auf: Rosa war eingetroffen und hielt sich in Friedrichsdamm auf, hatte sich in einem Hotel eingemietet und wartete auf ihn.

Waren hier Wunder im Spiel? Wenn Stanislaus vorher beim Schreiben Zeit und Raum vergessen hatte, so wurde er sich ihrer jetzt wieder bewußt: Er mußte den Raum bis nach Friedrichsdamm in kürzester Zeit durchmessen.

69

Stanislaus findet eine schönere, aber noch rätselhaftere Rosa, gibt sein Jawort zu Katharinas Verheiratung und lernt seinen ersten Sohn kennen. Er weiß verschiedene Rätsel nicht zu deuten, doch er nimmts von neuem mit dem Leben auf.

Rosa war noch schöner geworden, fand Stanislaus. Es war etwas Russisches zu ihrem Wesen hinzugekommen. Wie hatte er einen Augenblick diesen Mund vergessen und sich mit dem einer Katharina Hüberle zufriedengeben können?

Ob auch Rosa Stanislaus schöner geworden fand? Sie ließ sich nicht darüber aus.

»Wenn eure Verliebtheit gut war, währte sie hundert Jahre«, heißt es in dem bewußten Ratgeber für Liebende.

Es war nicht ratsam, zu laut über die mindere Qualität von Katharinas Mund nachzudenken; sie befand sich in der Nähe und war die Gastgeberin für Rosa und Stanislaus in Reinholds Wohnung.

Der Verfasser bittet die lieben Leser, sich nicht zu entsetzen, wenn sie Reinhold und Katharina noch nicht verehelicht vorfinden. Elsbeth und Willi hatten noch nicht geheiratet, da wollte auch Reinhold nichts überhasten, obgleich es nicht an Andeutungen und Hinweisen fehlte, es schicke sich für einen Landessekretär nicht, in wilder Ehe zu leben. Denkt an die bürgerliche Moral, Genossen! Jawohl, den Wert dieser Moral hatte Reinhold im Lager kennengelernt.

Katharina war es fast gleich, ob sie mit Reinhold gesetzlich verheiratet war oder nicht; ehrlich, es wäre ihr angenehmer gewesen, verheiratet zu sein. Bei ihren Eltern hatte sie jedenfalls erwirkt, daß sie nichts mehr gegen ihre Verbindung mit Reinhold hatten. Sie hatte ihnen erklärt, daß Reinhold soviel wie früher ein Gauleiter wäre. Da gaben sie sich zufrieden. Aber was hatte diese Elsbeth im Sinn, wenn sie keine Hochzeit mit ihrem Willi machte?

Alle Fragen wurden beantwortet, als Reinhold zu Rosa und Stanislaus sagte: »Ihr würdet mir eine Freude machen, wenn ihr meine Trauzeugen sein wolltet!«

Da Rosa bereit war, konnte Stanislaus nicht »unbereit« sein, seine einstige Geliebte zu Reinholds amtlicher Frau zu machen.

Mit diesen Angelegenheiten wurden Rosa und Stanislaus also überfallen, als sie sich endlich in Friedrichsdamm trafen. Es wurde Spätabend, ehe sie allein miteinander waren. Für die Nacht war Rosa, wie wir wissen, im Zentralhotel untergebracht, Stanislaus aber sollte in der Wohnung des Landessekretärs übernachten. Das hatte Katharina angeordnet. Hatte sie noch Forderungen an Stanislaus? Verwandt war er mit ihr in keiner Weise. Reinhold war nicht mehr sein Schwager. Aber Stanislaus hatte Rosa nicht einmal zur Begrüßung geküßt, weil ihn Katharinas Gegenwart störte. Der Pudel bewachte den Milchtopf vor dem Kater und umgekehrt, und die Milch blieb unangerührt. Lassen wir die psychologischen Rätsel!

Stanislaus brachte Rosa ins Hotel. Sie gingen steif nebeneinanderher. »Wie war das Wetter in Moskau?«

»Hochsommerlich.«

»Sieht man in Rußland noch Russenkittel?«

»In Moskau nicht.«

»Sprichst du russisch?«

»Ja, aber es muß sich so anhören, als ob ein Schwabe berlinert.«

Belanglosigkeiten! Sie wußten nicht, wo anfangen.

»Siehst du den Stern dort?« fragte Rosa und meinte die Venus. Eine neue Belanglosigkeit?

»Ich dachte stets nach hier und an etwas Bestimmtes, wenn ich ihn sah.«

Er glaubte, sie hätte an ihn gedacht, und griff nach ihrer Hand. Sie hatte nicht ausschließlich an ihn gedacht, wenn sie auf jenen Stern gestarrt hatte. Trotzdem – sie umarmte ihn und sagte: »Auch wenn wir morgen unglücklich sind, du sollst dir nicht einfallen lassen, mich wie ein Paket im Hotel abzuliefern!«

Zwei Stunden später lagen sie im Bett eines zweitklassigen Hotelzimmers. Selbst wenn der Verfasser jedes Wort niederschriebe, was sie in jener Nacht miteinander sprachen, würde das noch kein Groschenheft füllen. »Sie fanden im Schweigen genug aneinander«, heißt es in gewissen Romanen.

In unserern Falle machten unerkennbare Gründe das Gespräch unseres Heldenpaares so mühsam. Stanislaus, der »Berufsneugierige«, fragte wirklich nicht wenig, aber es gingen keine Antworten ein.

»Liegt eure Schule in einem Walde wie die unsere?«

Keine Antwort.

»Wie lange bleibst du in Moskau?«

Keine Antwort.

»Was wirst du tun, wenn du zurückkommst?«

Keine Antwort.

»Wirst du in West- oder Ostdeutschland arbeiten?«

»Frag nicht, ich würds dir nicht sagen, wenn ichs wüßte.«

Stanislaus, gereizt: »Wir sind Genossen, du solltest nicht so geheimnisvoll tun!«

»Du solltest auf der Landesparteischule mehr gelernt haben!«

Wieder Schweigen, längeres Schweigen. Die Julinacht summte vor dem geöffneten Fenster. Der Große Wagen befuhr den Himmel. Die Gegenwart hatte Wände, die Zukunft hatte Wände. Zwei Kommunisten mußten also in die Vergangenheit zurück. Widersinn! Hatte Stanislaus mit Rosa eine gemeinsame Vergangenheit? Eine kleine. Aber sie konnten hier nicht dumm herumliegen und sich bei den Händen halten; sie hatten keine Zeit; also krochen sie in diese kleine Vergangenheit, sprachen von Zuständen, aus denen sie lange heraus waren.

»Ich werde nie vergessen, wie gern ich dich gleich hatte!«

»Ich weiß nicht, ob das alles Wirklichkeit war?«

Austauschbare Sätze, mit denen Liebende in aller Welt vom Beginn ihrer Liebe schwärmen. Später wurden sie etwas persönlicher.

»Weißt du, daß du schliefst, als ich dich kennenlernte und sogleich küssen wollte?«

»Ich erfuhr deine Absicht im Traum.«

»Metaphysische Spekulationen, Genosse Büdner!«

Wieder eine Strecke Schweigen. Sie nutzten sie für die stummen Möglichkeiten, die Liebenden in einer Julinacht zur Verfügung stehen. Es ist uns weder gegeben noch erlaubt, ein Wort darüber zu verlieren.

Stanislaus war es, der wieder zu reden anfing. »Ich habe politisch manches getan, dir näherzukommen!«

»Also hast du dich wohl gefühlt zwischen diesen Mautenbrinks und Weißblatts, diesen Samsaras und Leisegangs, und ließest sie nur, um mir näherzukommen?«

Er wußte nicht, ob es so war.

Wieder eine Strecke Schweigen.

Es wurde Quant bei Quant Tag. In den Sträuchern des Hotelgartens sang eine Amsel. Diesmal grub Rosa eine Frage aus. »Was schriebst du nach dem Stück, das man aufführte, als ich dich das letztemal sah?« Er hielt ihr den Mund zu, und als er seine Hand zurücknahm, war sie feucht von den aufreizenden Rosalippen. »Was schreibst du jetzt?« Eine Frage, die er später tausendmal beantworten mußte, viel später. Auf Rosas Frage antwortete er nicht.

»Findest dus freundlich, mir nicht zu antworten?«

Er hob die Schultern. »Ich schreibe nichts.«

»Dann habe ich dich überschätzt.«

Rosa-Diplomatie, die ihn traf, wo sie ihn treffen sollte. Verwirrt warf er mit Begriffen um sich, von denen er auf der Parteischule zum erstenmal gehört hatte, sprach von »Basis« und »Überbau« und erklärte ihr, daß die materielle Basis wichtiger wäre als der intellektuelle Überbau. Die Dichtung gehöre zum Überbau und wäre vielleicht ganz und gar entbehrlich. Gott möge ihm helfen, amen!

Rosa lächelte. Ein Konvertit lag neben ihr. Aber sie vergaß keineswegs, daß auch sie wie eine Evangelische gewesen war, die zum Katholizismus übertrat, eine, der das strengste Dogma die größte Sicherheit gab. Wie hatte sie ihn damals gequält, als sie Parteiagitation in seinen Gedichten zu finden wünschte.

Sie sagte es ihm nicht. Für Stanislaus lag sie da, lächelnd, wie eine Sphinx, aufreizend, aber nicht im Sinne von Liebesromanen.

»Ich habe nach vielen Dingen gefragt«, sagte er unwillig, »aber du lächelst wie eine gewisse Dame mit einem Löwenhinterleib und machst die Partei zu einer Freimaurerloge. Jetzt frage ich dich: Wo hast du unser Kind?«

Nun war es gesagt, und der Erfolg war eindeutig: Rosa lächelte nicht mehr. Zuerst zog sich ihr Gesicht zusammen, als ob die Luft des Julimorgens säuregesättigt wäre, dann brach es in einem großen Weinen auseinander.

Am Nachmittag besuchten sie das Kinderheim in Wilhelmsthal, einem Stadtteil der Hauptstadt. Die lieben Leser wollen dem Verfasser verzeihen, wenn er behauptet, daß Stanislaus den Kopf wie ein Hahn trug, der seine Henne nach dem Ablegen ihres Eies vom Nest geleitet.

Der Junge hieß nach seinem Großvater Leo, doch Rosa rief ihn Lew. Das hatte seine Gründe, wie vieles bei Rosa Gründe hatte, nur daß man diese Gründe nicht erfuhr.

Sie gingen auf das Haus im Park zu, in dem sich ihr Sohn befinden sollte. Der Kies knirschte unter ihren Schuhen, und von den Blumenbeeten wehte der Sommerwind eine Mischung von Honig- und Veilchenduft, den Duft von Stiefmütterchen herüber.

Rosa versuchte zu scherzen. »Als vorschriftsmäßige Eltern sollten wir eingehakt und aufgerichtet auf unser Kind zugehen. In Filmen sieht mans so.«

Sie waren wirklich vorschriftsmäßige Eltern, die ihr Kind von klein an in die Hände der Gesellschaft gaben, um ihre Hände für gesellschaftliche Arbeit frei zu haben. So jedenfalls hatte es Stanislaus auf der Landesparteischule gelernt. Gelernt ist gelernt! Aber mit Rosa sprach er nicht darüber, nein, diesmal lächelte *er* fein und geheimnisvoll.

Rosa war noch immer mit dem vorgeprägten Verhalten von Menschen beschäftigt. »Ist dir aufgefallen, wie gern wir uns nach Vorlagen verhalten? Wir trauern wie Hamlet, sind erschüttert wie Gretchen, grübeln wie Faust. So Einfluß haben Dichter auf Menschen!«

»Aber erst haben trauernde, erschütterte und grübelnde Menschen die Dichter beeindruckt«, sagte er und war ein Materialist durch und durch.

»Das wars nicht, was ich wollte«, sagte sie, »aber wenn ich zu weinen anfang um mein Kind, wie es ein gewisses Gretchen getan hat, dann sollst du mitleidlos mit mir davongehen!«

Er versprach ihr nichts. Sie waren telefonisch angemeldet. Es kam ihnen eine Kindergärtnerin entgegen, und das Kind, das sie an der Hand führte, war der kleine Lew. Er war für beide eine Überraschung. Stanislaus kannte ihn nicht und Rosa nur von früher her. Es war kein schönes, und es war kein häßliches Kind, es gibt keine häßlichen Kinder. Der Kerl hatte Rosas kleine Ohren, und seine Hände waren denen von Vater Stanislaus nachgeraten. Der Mund hinwiederum war Rosas Mund, und das Lächeln des kleinen Lew reichte in die Unschuldszeiten der Menschen zurück.

Das Kind wurde unwillig, als die Kindergärtnerin ihm erklärte, daß Rosa seine »Mama« wäre; es schüttelte den Kopf, was da heißen sollte: Weshalb erklärst du mir, was ich seit immer weiß?

Der kleine Lew jubelte nicht. Er ging mit langen Schritten auf Rosa zu, reichte ihr die Hand und machte eine Verbeugung, wie man es ihn gelehrt hatte. Aber dann zerbrach alles Eingelernte; Rosa und der Kleine sahen einander an, und schon war der Augenblick heran, vor dem Rosa sich gefürchtet hatte.

Sie schob den Kleinen zu Stanislaus und machte den zum hilflosesten Menschen auf Erden. Er sagte seinem Sohne lauter Dummheiten: »Du, du, du!« oder »wo bist du denn, wo bist du?«. Jedenfalls alle Albernheiten, die er in Waldwiesen Erwachsene kleinen Kindern hatte sagen hören: Der kleine Lew schien zu bedauern, daß ihm ein so einfältiger Vater geliefert wurde. Vater Stanislaus hingegen war mächtig von dem kleinen Menschen beeindruckt. Es verging Zeit dabei, nicht allzuviel Zeit, aber immerhin. Als er sich wieder Rosa zuwenden wollte, war sie verschwunden.

Er fand sie nirgendwo in den Anlagen und ging zur Pförtnerloge. Nein, Frau Lupin hatte das Kinderheim noch nicht verlassen.

Er rannte wieder durch den kleinen Park, fragte die Kindergärtnerin und in seiner Hilflosigkeit sogar seinen Sohn. »Keine Mama mehr?«

Was für Kräfte waren im Spiel, wenn hier Menschen wie auf einer Varietébühne im Handumdrehen verschwanden? Sie suchten, suchten – keine Rosa mehr.

Es blieb ihm nur eine Hoffnung: Reinhold. Er fuhr zurück nach Friedrichsdamm.

»Rosa?« Reinhold sah auf seine Armbanduhr. »Sie hätte schon heute morgen dort sein müssen.«

»Wo dort?«

»Am Bestimmungsort, Genosse Büdner.«

In diesem Augenblick erschien Reinhold Stanislaus wie ein Mensch, der in Himmelsstrichen und Zuständen zu Hause war, die er noch nicht kannte, und alles, was ihm so erklärlich erschienen war, als er die Parteischule verließ, war jetzt unklar. Neue Fragen waren zu beantworten, neue Rätsel mußten gelöst werden! Die verkleidete Unendlichkeit zeigte sich ihm, und er erkannte sie nicht.

AtV

Band 5410 **Erwin Strittmatter**
Der Laden

Romantrilogie

3 Bände in Kassette

1504 Seiten
42,00 DM
ISBN 3-7466-5410-6

Der Laden ist der magische Punkt in Erwin Strittmatters Romantrilogie. Hier treffen sich die Bossdomer, die Einwohner des kleinen Heidedorfes in der sorbischen Niederlausitz. Sie kaufen ein und erzählen sich Neuigkeiten.
Esau Matt, gelernter Bäcker und heimlicher Schriftsteller, beobachtet und sammelt menschliche Eigenarten. Er erzählt von seiner Familie, den Zerwürfnissen und Versöhnungen. Dorfalltag und Weltgeschehen vermischen sich auf amüsante und skurrile Weise: „Ob Sommer, ob Winter, ob Krieg, ob Frieden – das Merkwürdige ist stets unterwegs."

AtV

Band 5400

Erwin Strittmatter
Tinko

Roman

395 Seiten
16,90 DM
ISBN 3-7466-5400-9

Mit tiefem Mißtrauen beobachtet Tinko den fremden Mann, der eines Tages im Dorf auftaucht. Er ist ein »Heimkehrer«, einer, der gerade aus der Kriegsgefangenschaft entlassen wurde. Tinko soll »Vater« zu ihm sagen, aber für ihn bleibt er der »Heimkehrer«. Und Tinkos böse Ahnungen bestätigen sich: Mit dem Heimkehrer kommt Unfriede und Streit. Er nennt Großvaters 50-Morgen-Hof eine Knochenmühle und will, daß Tinko in die Schule geht statt aufs Feld.

AtV

Band 5404 **Erwin Strittmatter**

Ole Bienkopp

Roman

404 Seiten
19,90 DM
ISBN 3-7466-5404-1

„Was ist ein Dorf auf dieser Erde? Es kann eine Spore auf der Schale einer faulenden Kartoffel oder ein Pünktchen Rot an der besonnten Seite eines reifenden Apfels sein."
Zwischen diesen Sätzen am Anfang und am Ende eines der wichtigsten und eindrucksvollsten Romane aus dem Osten Deutschlands erzählt Strittmatter das Leben des Bauern Ole Bienkopp, der den schönsten aller Träume, den von der Gerechtigkeit, träumt, der enttäuscht wird, am Ende tot ist und der den Leser klüger als zuvor und überhaupt nicht traurig zurückläßt.

AtV

Band 5401

Erwin Strittmatter
Die blaue Nachtigall oder Der Anfang von etwas

Nachtigall-Geschichten

122 Seiten
12,90 DM
ISBN 3-7466-5401-7

Diese vier Erinnerungen, zu einem Zyklus verbunden, sind Lebensbericht und literarische Erfindung zugleich, biographische Geschichten mit hintergründigem Witz und Humor und manchmal satirisch. Erwin Strittmatter erzählt von seinem lesehungrigen Onkel Phile, davon, wie er seinen Großvater kennenlernte, von Pferdehandel und Pferderaub und schließlich – von der blauen Nachtigall, die aufflog, als der Dichter sich aus den Armen seiner Geliebten löste.